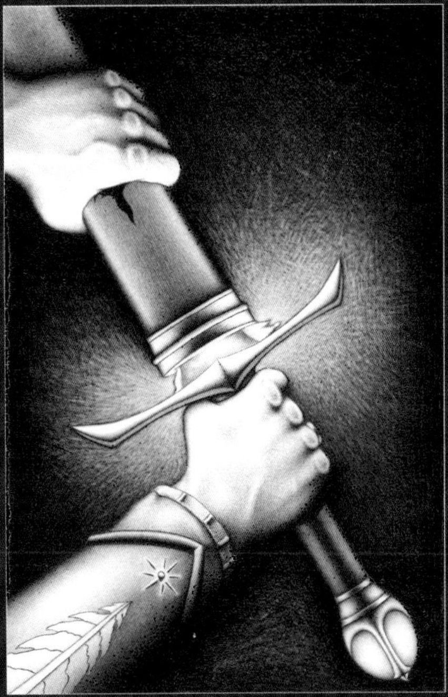

伊拉龙的佩剑“布里星迦”（克里斯托弗·鲍里尼绘）

黑龙“苏瑞坎”（约翰·裘德·帕伦卡绘）

遗产系列

DIGUO SHANG

帝国 上

[美] 克里斯托弗·鲍里尼 著
罗家如 周玉军 叶 芊 译

接力出版社
Publishing House

桂图登字：20-2004-079

图书在版编目（CIP）数据

帝国. 上 /（美）克里斯托弗 · 鲍里尼著；罗家如，周玉军，叶芊译.—3版.—南宁：接力出版社，2018.9
（遗产系列）
书名原文：Brisingr
ISBN 978-7-5448-5650-8

Ⅰ.①帝…　Ⅱ.①克…②罗…③周…④叶…　Ⅲ.①儿童小说-长篇小说-美国-现代　Ⅳ.①I712.84

中国版本图书馆CIP数据核字（2018）第163812号

责任编辑：陈　邕　　美术编辑：林奕薇　　责任校对：王　静　贾玲云
责任监印：刘　冬　　版权联络：金贤玲
社长：黄　俭　　总编辑：白　冰
出版发行：接力出版社　　社址：广西南宁市园湖南路9号　　邮编：530022
电话：010-65546561（发行部）　　传真：010-65545210（发行部）
http：//www.jielibj.com　　E-mail：jieli@jielibook.com
经销：新华书店　　印制：北京明月印务有限责任公司
开本：710毫米 × 1000毫米　1/16　　印张：30　　字数：630千字
版次：2009年2月第1版　2013年2月第2版　2018年9月第3版
印次：2018年9月第7次印刷
印数：56 001—66 000册　　定价：58.00元

目　录

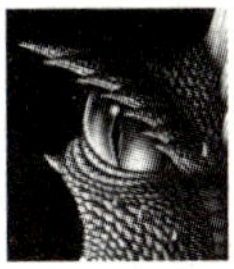

死亡之门

The Inheritance Cycle

伊拉龙紧盯着黑黢黢的石头堡垒，杀害舅舅加罗的怪物就藏身其中。

他俯卧于山丘之后，沙地上零星点缀着一些稀疏的小草，还有多刺的灌木丛和呈玫瑰花蕾状的矮仙人掌。为了看得更清楚些，他向前挪了些许，手掌被落叶的尖梗刺得有些发痛。黑格林拔地而起，宛如突出地面的一柄黑色匕首。

夕阳西下，周围低矮的山丘投下道道狭长的影子——极目远眺——地平线尽头，雷欧那湖湖面在余晖中闪闪发亮，仿佛一条波光粼粼的金块。趴在左边的表兄若伦，传出沉稳的呼吸声。一般情况下无法听见的空气流动声，此时对伊拉龙来说异乎寻常地响亮。经历了精灵族的血盟庆典之后，他的身上出现了翻天覆地的变化，敏锐的听觉就是其一。

他也懒得理会这些，因为此时眼前出现了一队人群，正缓缓地朝黑格林塔下走去，很明显，他们来自数英里之外的雷欧那城。身穿厚重皮革长袍的十二对男女行走于队伍前面，他们步法奇特，花样多多：有的跛行，有的蹒跚，有的驼背，有的扭着身。他们或拄着拐杖，或因为腿出奇短，只得两手撑着身子向前移。再仔细看，伊拉龙才明白，那十二对男女如此怪异的走法也挺自然，因为他们要么少了只胳膊，要么缺了条腿，或兼而有之。他们的头领端坐在轿子上，由六名浑身油亮的奴隶抬着。在伊拉龙看来，那姿态也已难能可贵了，毕竟，那人——他无从分辨是男还是女——只剩下了躯干和脑袋，脑门儿上还晃荡着一顶三英尺高的华丽皮盔。

“黑格林的祭司。”他低声对若伦说。

“他们懂魔法吗？”

“难说。要等他们走了才能用意识搜索黑格林，否则，要是有魔法师，就会感知我的打探，无论怎么轻微都躲不过，这样我们就暴露了。”

紧跟祭司的是两排身裹金衣的年轻人，每人手持一只长方形金属架子，架子上有十二道横栏，栏上悬挂着头颅般大小的铁铃。一排人右脚前移时便用力摇动架子，发出凄厉刺耳的铃声。另一排人则在探出左脚时猛地挥动架子，令铃锤撞击铃盖，发出哀鸣般的喧嚣声。两种铃声此起彼伏，在山丘上空萦绕回响。伴着铃声的节奏，祭司助手们低吟高唱，一副如痴如狂的样子。

这支怪异队伍的后面，缓慢行进着一群雷欧那城的居民：贵族、商人、手艺人和几个高级军官，还有一群低层人——苦力、乞丐和普通步兵——混杂其中。

伊拉龙在想：不知雷欧那城的城主马科斯·塔伯是否也在人群中？

来到环绕黑格林的陡峭碎石岗边上，祭司停了下来，分立于一块上方打磨平滑的褐色巨石两侧。待所有行进队伍在简陋的神坛前静立下来，轿上的那人便动了，用近似铁铃发出的凄厉声开始吟唱。一阵阵狂风掩去了大部分声音，伊拉龙断断续续捕捉到些片段。巫师用的是古语——但是音不准、调不正——夹杂着精灵语和巨人语词汇，并与伊拉龙所讲母语的某种古方言交织在一起。得知大概的布道内容就足以使伊拉龙震颤不已，因为这些内容实在不宜为人所知：巫师在吟诵一种刻毒的仇恨，这种仇恨数百年来隐藏于人类心灵最阴暗的角落，由于骑士的消失得以泛滥。还有对血和痴狂的赞美，更有对只在风高月黑之下进行的残酷仪式的称颂。

随着一场堕落的布道的结束，两名低阶祭司冲上前去，抬起主人——或女主人，天知道——离开轿子，置于石台之上。接着，主祭司一声令下，两把钢刀眨眼间挥起劈落。顿时，两股鲜血从主祭司的双肩喷涌而出，顺着身上的皮衣流下，涌过石面淌到下方的沙砾地上。

两名祭司手持杯子冲上前去，接住流下的深红色液体，待杯满时，分发给会众，大伙迫不及待地喝下。

“天哪！”若伦低声叹道，“你没说那些邪恶的人肉贩子，那些嗜血、怪异的白痴信徒竟然是食人狂！”

“并非如此。他们不吃人肉。”

待所有会众都喝过了血，卑躬屈膝的修士将主祭司搬回轿上，并用白亚麻布条裹住其肩上的创口，洁白的布瞬间血迹斑斑。

创口对主祭司似乎毫无妨碍，只见那个四肢全无的躯体转动身体，面向嘴唇呈橘红色的众信徒大声宣告：“在伟大的黑格林影子之下，你们已品尝过我的鲜血，成了我真正的兄弟姐妹。血召唤血，你的家人若需要帮助，为教会、为所有无上之主的信徒，尽你所能……为向三圣至诚确认和再确认，跟我诵读九大誓言：谨以戈尔姆、伊尔达和费尔·昂瓦拉三圣之圣名起誓，保证做到每月供奉不少于三次，于黄昏前时分进行。且将自身献祭一次，以慰上主永恒之渴望……保证信守《托斯克》所载法则……保证随身携带布雷格尼亚，谨守双十二禁忌，避免接触打结绳索，以免……”

一阵骤风使得祭司后面的誓言含混不清。随后，伊拉龙看见下面的听众一一抽出小弯刀，刺向自己的肘弯处，将血涂抹在祭坛上。

几分钟后，狂风平息下来，伊拉龙听到祭司继续说道：“作为你的忠心之回报，你心所欲所望，皆将赐予你……祭礼到此结束。不过，你们中间，若有人诚勇无比，愿意表现其对主的无比虔诚，就让他们展示吧！”

下面众人立时绷紧身子向前探，一张张脸上露出痴迷的表情。很明显，众人期待的时刻到来了。

相当长的时间，人群中寂静无声，似乎在人们就要失望之际，一人冲出队列，大喊一声：“我愿意！”人群顿时一阵欢呼，教友们疯狂地挥舞起手中的铁铃，铃声令信众欢呼雀跃，如痴如狂，仿若意识已离身而去。刺耳的铃声激起伊拉龙内心一阵兴奋——尽管他反感他们的献祭过程——唤醒了他某种原始的兽性。

那黑发青年脱去金色长袍，身上只剩下一条皮腰裹。他跳上祭台，红色液体从脚下两侧飞溅而出。面向黑格林，他仿佛瘫痪似的，伴着铃声的节奏，身体开始颤动不已，脑袋在无力地摇晃，嘴角冒泡，双臂如同长蛇般挥动着。夕阳下，汗流浃背的他如同一尊铜雕，全身闪耀着金光。

铁铃的音符相互撞击，节奏变得飞快。这时，年轻人猛地向后伸出一只手，祭司迅速递上一柄怪异的工具：单刃，两英尺半长，鳞纹手柄，护手破损，刀身宽扁，越往刀头越宽，以扇贝形收尾。这一工具的造型只有一个目的：如同砍破一只皮革水袋般，一挥之间，穿甲断骨。

年轻人举起工具，朝向黑格林制高点。然后，他单膝跪下，随着一阵不连贯的叫喊，挥刀斩向自己的右腕。

立时，鲜血朝祭坛后的岩石飞溅而落。

伊拉龙本能地一缩，把脸转到一边，可是，耳际还是传来年轻人的凄厉尖叫声。或许，与在战场上所见相比，这算不了什么；但是，在伊拉龙看来，在日常生活中，人们一不留心，身体就可能招致伤残，而如此故意自行截肢无疑是一种错误的做法。

若伦动了一下，身下的草沙沙作响。他嘴里嘟哝了些诅咒的话，但声音转眼即逝，于是，他再次缄口。

接着，一名祭司给年轻人治疗创口——用咒语止血，而一名助手从主祭司的抬轿奴隶中放开二人，用链条锁住他们的脚踝，并将他们铐到埋在祭坛的一个铁环上。接着，其他助手从各自的衣袍里掏出无数的大小包裹，堆在奴隶够不着的地上。

仪式结束，祭司及其随从们离开黑格林，在一路的哀鸣和铃声中朝雷欧那城走去，那名独臂青年则跌跌撞撞地走在主祭司之后。

他的脸上闪烁着圣洁的微笑。

“唉！”随着那支队伍消失在远处的一座山丘之后，伊拉龙终于吐出憋了好久的一口气。

“唉什么？”

“矮人国和精灵国我都去过，怪事也见多了，却从未见过像那些人，那些人类，那么怪的。”

“他们跟蛇人一样，都是怪物，”说着，若伦向黑格林努了努嘴，“现在能看看凯特琳娜是不是在里面吗？”

“我试试看，也要做好随时跑的准备。”

伊拉龙闭上眼睛，将意识向外展开，像缕缕细流渗入沙土一般，穿越一个又一个生物的大脑。他触及熙熙攘攘的昆虫之国，感受到它们在来回奔忙。他还探测到藏身于被晒暖的石头缝间的蜥蜴和蛇，各种燕雀，以及无数小型哺乳动物。夜幕即将降临，昆虫和动物们都为此忙活，或退守巢穴，或——那些夜行性的——打着哈欠，伸展肢体，为即将开展的狩猎和掠夺做好准备。

跟其他能力一样，伊拉龙探测别人思想的能力会随着距离的增大而减弱。触觉抵达黑格林塔基一带时，他只能微弱地识别出一些大型动物。

他小心翼翼地继续探索，并做好一旦触及猎物——蛇人以及它们的父母兼坐骑雷斯布拉卡——便即刻收回的准备。伊拉龙敢于如此开放自己的意识，是因为蛇人族不会使用魔法，他也确信蛇人并非碎灵者——非魔法师，但经训练，可使用通灵术作战。实际上，蛇人及雷斯布拉卡根本用不着通灵术这种雕虫小技，它们喷一口气，即可令最强壮的人类昏迷不醒。

伊拉龙甘冒被发现的危险进行探测，是因为他、若伦和蓝儿都必须知道蛇人是否已将若伦的未婚妻凯特琳娜囚在黑格林，答案将决定他们这次行动到底是解救人质，还是抓蛇人来审问。

伊拉龙继续他漫长而艰难的搜索。待他收回意识时，却见若伦如同恶狼般在一旁盯着他，阴沉的眼神透露出愤怒、希望，还有绝望。其情感如此强烈，似乎随时都可能化为冲天烈火爆发出来，将眼前的一切化为灰烬，将岩石熔化。

他的感受，伊拉龙当然理解。

凯特琳娜的父亲——屠夫史洛恩——向蛇人出卖了若伦。失手后，蛇人将凯特琳娜从若伦的房间劫走，偷偷带离帕伦卡谷，让帝国士兵对卡沃荷村民进行杀戮和奴役。失去凯特琳娜的行踪后，若伦非常及时地说服村民抛弃家园，跟随他翻越斯拜恩山，沿着阿拉加西亚海岸一路南来，最后加入反叛的沃顿族。在这个过程中，他们历经了太多的磨难。经过无数的曲折，若伦与伊拉龙终于得以相聚。正好伊拉龙知道蛇人的老巢，还答应帮助解救凯特琳娜。

正如他自己后来所解释的那样，若伦的成功是因为爱情的力量使得他不顾一切，使得别人都因怕他而避其锋芒，使得他在面对敌人时所向披靡。

此刻，类似的激情正激励着伊拉龙。

如果他所关心的人发生危险，他会丝毫不顾自身安危挺身而出。他爱若伦如同兄长，而若伦即将娶凯特琳娜为妻，这样一来，伊拉龙所理解的家人的概念，自然将凯特琳娜包括在内。在家族血脉中，伊拉龙和若伦现在硕果仅存，家人的概念变得比任何时候都更为重要。一直以来，伊拉龙拒绝承认与穆塔的亲生兄弟关系，于是，若伦成了他在这个世上唯一的亲人。当然，现在还有凯特琳娜。

亲人之间的这种高尚情感并非他们唯一的驱动力，还有一个共同的目标令他们寝食难安：复仇！在谋划解救凯特琳娜的同时，他俩——凡夫俗子也好，龙骑士也罢——还想设法手刃加巴多里克斯国王的怪兽仆役，是它们摧残并杀害了加罗。对于若伦，加罗是亲生父亲，而对于伊拉龙，加罗更亲若父亲。

这么一来，伊拉龙所采集的信息，无论对他自己还是若伦，都同等重要了。

“我想我感觉到她了，”伊拉龙说，“尽管很难确定，因为我们离黑格林太远了，以前我也从未探测过她的大脑。但是，我认为她就在那孤零零的塔顶上，被藏在顶部的什么地方。”

“她没生病吧？她没受伤吧？快说，伊拉龙！别瞒我，他们伤了她吗？”

“此刻她没受什么苦，其他我就说不准了。我竭尽全力才捕捉到她的一丝意识，我无法与她进行交流。”不过，还有一点伊拉龙不愿说，他还探测到一个人，对其身份现在还有些怀疑，如果确认真是其人，那麻烦就大了，“想不到竟然没发现蛇人或它们的父母兼坐骑雷斯布拉卡。纵使我可能会忽略了蛇人，但绝不会错过它们的父母。它们体形庞大，生命力应该旺盛得像上千盏灯那么闪亮，甚至足以跟蓝儿匹敌。除了凯特琳娜和几个微弱的光点，黑格林是座孤城，除了黑暗，别无他物。”

若伦双眉紧锁，左拳紧握，对石塔怒目而视。暮霭中，塔身正慢慢隐去，为团团紫色影子所包围。仿佛自言自语似的，若伦用低沉、平淡的声音说道：“你对也好，错也好，现在都一样。”

“什么？”

“今晚不能动手。夜间是蛇人最厉害的时候，如果它们就埋伏在附近，以我们的短处去攻击它们的长处，那岂不太笨，你说呢？”

“没错。”

“那么，我们就等到天亮。”说着，若伦朝被链条锁在血迹斑斑的祭坛上的奴隶指了指，“到时候，如果那些可怜虫没了，就说明蛇人在附近，我们按计划行事。如果奴隶没事，就怨我们倒霉，让蛇人从眼皮子底下溜走。我们就放开奴隶，救出凯特琳娜，趁穆塔还没出手，带她赶回沃顿国。无论如何，我想蛇人都不会长时间放任凯特琳娜留在这里。只要加巴多里克斯还想让她活着，以便利用她来对付我，蛇人就不会这么做。”

伊拉龙点头赞同。他现在就想放开那两个奴隶，但是，这么做会给敌人发出警示，告诉他它们出岔子了。不过，话说回来，假若蛇人来享受晚宴，他和蓝儿是否又能与其周旋，让奴隶得以安然脱身呢？龙与雷斯布拉卡的一场公开大战，会引起周边男女老少所有人的注意。伊拉龙想，一旦加巴多里克斯知道他们孤身来犯，他、蓝儿和若伦又如何能全身而退？

他不由得转过脸去，不忍再看被铸着的奴隶。为了他们，真希望蛇人此刻远在阿拉加西亚的另一边，或者，至少希望它们今夜不感到饥饿。

无须言语，两个人默契地向后爬下先前隐蔽的山丘。到了丘底，他们变为半蹲，然后转头，弓着身子，利用两侧的山丘作掩护奔跑起来。渐渐地，凹陷不断加深，变成一条洪水冲刷出的狭长隘谷，两侧布满了随时可能碎落的板岩。

隘谷里长着杜松。伊拉龙边跑边避开松枝，抬头扫了一眼，只见天鹅绒般光滑的夜空中繁星点点。星星看上去冰冷而且醒目，宛如闪光的冰片缀于苍穹。于是他收回注意力，留心脚下，与若伦一道，朝南向宿营地跑去。

The Inheritance Cycle

篝夜话

篝火堆里的炭像巨兽的心脏跳动般熊熊燃烧着，不时扬起一串串金色的火花，蹿到柴火上方，然后化为一道白炽的线消失了。

伊拉龙和若伦所生的篝火只剩下些余烬，给附近地面罩上一层微弱的红光。亮光之中，可看到岩石地面一些青灰色的灌木丛，以及稍远些但已模糊不清的杜松，更远处，则漆黑一片了。

伊拉龙席地而坐，背靠蓝儿粗壮前足布满疙瘩的鳞甲，将脚丫伸向火堆取暖。对面的若伦靠着一棵古树干，树皮如铁一般冷硬，被太阳晒得脱了色，一副饱经风霜的样子。每次他挪动身子，树干就发出令人痛苦的刺耳声，让伊拉龙不由得想堵住耳朵。

此刻，夜空下万籁俱寂，篝火中的炭也在默默地燃着。若伦找来的都是些干树枝，这样，篝火就不会冒烟，也就不会引起敌人的注意。

伊拉龙给蓝儿复述了白天里发生的事。一般来说，他根本没必要多此一举，他们之间，思想、情感以及其他知觉会自由流动，犹如湖里的水会从一端流向另一端那么自然。但是，今天，在侦察过程中，除了对蛇人的老巢进行闪电式搜索之外，他还仔细将自己的意识进行了屏蔽。于是，此刻的复述，就非常有必要了。

他们静默了好长时间。终于，蓝儿打了个哈欠，露出令人生畏的两排巨齿。尽管它们残忍邪恶，但是，蛇人竟然能施法，让猎物心甘情愿渴望被吃掉，这真让我大开眼界。能做到这点，它们可称得上好猎手……或许哪天我也来试一试。

千万别，伊拉龙不得不告诫道，别拿人来试。要试就拿羊来吧。

人，或羊，对龙来说，又有何区别？说完，蓝儿长颈深处冒出一阵笑，低沉的轰隆声，此刻在伊拉龙听来，不亚于一阵雷鸣。

伊拉龙向前倾，让身体离开蓝儿的锋利鳞甲，拾起身边的山楂棒，两手转动起来，欣赏棒头上打磨得精光的根所反射出的光，布满划痕的金属包头以及棒尾的尖刺。

在烈火平原，他们离开沃顿国时，若伦将该棒塞到伊拉龙手里，说："喏，蛇人咬伤我的肩膀后，菲斯克给我做了这个。知道你失去了佩剑，我想或许你会需要这个。当然，如果你想另寻一把剑，那也没问题。不过，我发现，要说打起来，有一根坚实趁手的棒子，一旦挥舞起来，没有你打不赢的。"想起布鲁姆以前随身携带的那根棍子，伊拉龙决定放弃另寻一把剑的打算，选择了这根布满硬结的山楂棒。再说，失去萨若克后，他也无心使另一把小剑。那天夜里，他给山楂棒和若伦的锤柄加了几个咒语，以确保除非在最恶劣的情况下，否则两者不会断裂。

此刻，回忆的思绪不禁油然而生：随着蓝儿俯冲追逐赤龙及其骑士，自己盘旋于橙黄、绯红的阴沉天空，狂风在耳际呼啸……在地面与那骑士对决，他们你来我往，双剑的撞击将手指都震得发麻……战斗中掀开那人的头盔，赫然发现对方竟是自己昔日的朋友和旅伴穆塔。在此之前，他还以为他早已撒手人世……穆塔从他手里夺走萨若克并声称作为他的兄长有权优先继承赤剑时脸上露出的嘲笑……

随着战斗的喧嚣退去，血腥为杜松的芳香所替代，伊拉龙眨了眨眼，脸上一片惘然。于是，他舌头朝上齿扫去，想除去嘴里的苦涩。

穆塔。

一想起这个名字，就令伊拉龙内心百感交集。在他和蓝儿首赴雷欧那城途中，是穆塔出手将他们从蛇人手中解救出来；是穆塔冒着生命危险使伊拉龙从基里脱困；在堡藤杜尔战役，穆塔体面地为自己洗脱罪名。尽管因此遭受折磨，在烈火平原之战后，穆塔选择按自己的方式去理解加巴多里克斯的命令，因而放过了伊拉龙和蓝儿，未将他们带走。双胞胎劫持他，赤龙荆刺为他破壳而出，或者加巴多里克斯发现了他俩的真实姓名并利用这一点来逼迫穆塔和荆刺以古语对其宣誓效忠，所有这一切，并非穆塔之过。

这一切都不能怪穆塔。他是命运的牺牲品，自他降生那一刻起，就命中注定了。

不过……向加巴多里克斯效忠，也许并非穆塔所愿。对于国王命令自己去实施的暴行，或许他会深恶痛绝。只不过他已部分失控，陶醉于炫耀新获得的法力。最近，沃顿族与帝国在烈火平原交战，尽管加巴多里克斯并未给他命令，穆塔却将矛头对准了矮人国王罗特加，并且将其杀害。他放过了伊拉龙和蓝儿，这没错，但是，也是在一场苦战后打败他们，并且仅在伊拉龙开口求饶后，才放过了他们。

而且，最后穆塔还揭开了他们的身份之谜。他告诉伊拉龙，他俩均为十三名变节龙骑士之首莫赞——正是他，将自己的同志出卖给加巴多里克斯——的儿子。在将痛楚加诸伊拉龙之后，穆塔又从中获得了多少快乐！

现在，烈火平原之战已过去四日，伊拉龙脑海里浮现出另一种解释：穆塔之所以开心，是因为可以看到另一个人来肩负他出生以来所承受的沉重负担。

无论这种猜测是否属实，伊拉龙怀疑，穆塔接受现在的新角色，其中原因应正如一条狗无缘无故遭到鞭笞，某一天会转而攻击其主人。穆塔遭遇了无数的鞭笞，现在，他终于有机会向这个对自己如此冷酷的世界发起反击。

要是他没有跟随阿吉哈到垡藤杜尔地下追击巨人，要是我当时行动再稍稍快些，双胞胎就……

伊拉龙。蓝儿叫道。

他回过神来，点了点头，对蓝儿的干预表示感激。伊拉龙竭力不去想穆塔或他们的双亲，但是，不经意间，这种思绪油然而生。

伊拉龙深深吸了一口气，然后缓缓吐出来，以便把先前的想法置之脑后，迫使自己回到眼前现实，却怎么也做不到。

烈火平原之战的第二天早上，沃顿族正忙于重整队伍，以便乘胜追击沿着吉特河后撤了数英里的帝国部队。伊拉龙找到娜绥妲和阿丽娅，向她们解释了若伦的处境，请求她们允许自己帮助表兄，但未获同意。两位女士极力反对，娜绥妲更直称其计划“轻率至极，稍有任何差池，就会给阿拉加西亚人带来灾难性后果”！

他们激烈争论持续了好久，最后，蓝儿出面打断，一声龙吟，指挥大帐四壁为之晃动。只听蓝儿说道：我已又累又烦，伊拉龙的解释工作也没做好。与其站在这里像寒鸦一样哇啦哇啦吵个不停，不如去做些更有意义之事……好了，现在听我说。

看来，伊拉龙想，跟一条龙，真的没有什么好争论的。

蓝儿话里的细节繁杂无序，但是潜在的思维逻辑却直截了当。蓝儿支持伊拉龙，因为蓝儿理解这项行动对他意味着什么。出于爱与亲情，伊拉龙要帮助若伦。他知道，无论是否得到他的帮助，若伦肯定都要去解救凯特琳娜。而且他也知道，表兄一人绝对不是蛇人的对手。另外，只要凯特琳娜还掌握在帝国手里，加巴多里克斯就很容易控制住若伦。而且，通过若伦控制伊拉龙。若他威胁要杀了凯特琳娜，除了任其驱使，若伦将别无选择。

在敌人还没对此加以利用之前，修补好自己的防线漏洞，当然最好不过。

至于时机，现在就是最好的选择。在沃顿族忙于在色达边界与帝国部队交战之际，加巴多里克斯或蛇人都难以预料有人敢突袭帝国腹地。穆塔和荆刺已飞往乌鲁邦——应该是前去接受当面训斥。娜绥妲和阿丽娅也同意伊拉龙的分析，认为穆塔可能会继续往北飞。一旦精灵族发动攻击，泄露行藏之后，穆塔便会出面对付伊丝兰查蒂女王及其麾下部队。况且，如果可能，现在除掉蛇人，以免沃顿族战士受其惊吓而丧失士气，也是个好主意。

接着，蓝儿采用最为婉转的外交辞令指出，如果娜绥妲现在利用作为伊拉龙领主的权威禁止他参与此次行动，就会损害他们之间的关系，由此产生的积怨和不满就有可能葬送整个沃顿族的事业。当然，蓝儿说，选择权在你们。如果你们愿意，就把伊拉龙留下。不过，他的义务他自己尽，与我无关。至于我嘛，我已决定陪若伦走一趟，看样子，这趟冒险肯定很有趣。

想到这里，伊拉龙嘴角浮现一丝淡淡的微笑。

蓝儿的声明，加上无懈可击的逻辑，双管齐下，成功说服娜绥妲和阿丽娅，令她们——尽管十分勉强——同意伊拉龙的行动。

后来，娜绥妲说："伊拉龙，蓝儿，在这件事情上，我们相信你们的判断。为了你们也为了我们，我希望此行一切顺利。"语调令伊拉龙难以把握她说的话到底是衷心的祝愿，还是委婉的威胁。

后来的大半天时间里，伊拉龙忙于准备补给，与蓝儿一起研究帝国地图，以及施加一些他认为有必要的符咒，如防止加巴多里克斯或其手下企图占卜若伦，等等。

第二天一早，伊拉龙和若伦骑上蓝儿，升至笼罩烈火平原的橙黄色云层上空，朝东北方向飞去。蓝儿日夜兼程，见证了太阳越过苍穹，消失在地平线，然后再次迸发出灿烂的红黄色光芒。

第一段行程结束时，他们来到了几乎无人居住的帝国边界附近。从那里，他们往西，飞向雷欧那城和黑格林。从那时起，为避人耳目，他们只在夜间飞行。那里到目的地之间，广袤的草原上散布着许多小村落。

伊拉龙和若伦紧裹披风和毛皮大衣，戴着羊毛手套和毡帽，因为蓝儿飞得实在太高，超越了大多高山的冰封山峦。在这个高度上，空气稀薄干燥，给他们的肺部带来阵阵刺痛。这样一来，在蓝儿经过的地方，如果某个在田里照料患病小牛的农夫或某个眼尖的巡夜人恰巧抬头的话，他们看到的蓝儿，也只不过一只飞鹰大小。

所经之处，伊拉龙看到的全是战争正在进行的迹象：一个营一个营的士兵，夜间会聚在一起，满载补给的运输车，一排排戴着铁颈圈的人被带离家园去为加巴多里克斯而战。为对付他们而调动的资源数量实在惊人。

第二个晚上接近天明时，他们看到了远处的黑格林。在黎明前的灰白光线中，一大堆破碎的圆柱显得那么模糊，那么阴森。蓝儿在一块空地落下，也就是他们现处之所。接下来的白天里，他们大多时候是先睡觉，然后才开始侦察。

若伦将树枝扔进火炭正在碎裂的篝火中，激起一股黄褐色的灰烬。见伊拉龙在看自己，他耸了耸肩，说："冷。"

伊拉龙正要开口，只听附近传来滑动刮擦声，仿佛有人在拔剑出鞘。

他毫不迟疑地冲到了对面，身子一滚，弯腰屈膝，同时挥起山楂棒，随时准备架开敌人的一击。若伦也同样迅速地抓起地上的盾牌，嗖地从坐着的木头上站起来，抽出皮带中的锤子，这一切几乎都发生在几秒钟之间。

他们纹丝不动，准备迎战来犯之敌。

伊拉龙在黑暗中搜寻，任何一丝细微的移动都逃不过他的眼睛。他感到心怦怦跳，身子有些哆嗦。

没闻到什么。蓝儿说。

几分钟过去了，伊拉龙将意识展开，覆盖周边区域。“没人。”他说。接着他将意识深入到内心魔法层，嘴里吐出“Brisingr raudhr”（红色的火）两个字，只见眼前几码远的地方浮现出一团淡淡的红光，高度与眼睛持平，将空地笼罩在一层稀薄的光芒中。他缓缓地移动身子，光团如影随形，仿佛有一根看不见的线将他和光团连在一起。

他和若伦一起沿着东向的谷壑，朝发出声响的地方走去。他们高举手中武器，一步一停，做好了时刻进行战斗的准备。离开宿营地大概十码的时候，若伦举手示意伊拉龙停下来，朝草地上的一片页岩指了指。很显然，岩片本不该在那里。若伦蹲下来，将一小块页岩在石片上划过，发出了他们先前听到的同样的金属刮擦声。

“石片应该是自己掉下来的。”伊拉龙一边说一边打量谷壑的两侧，并收回了魔法。

若伦点了点头，立起身子，顺手拍掉裤子上的脏物。

回头朝蓝儿走去时，伊拉龙回想起刚才他们的反应速度。直到此刻，他还能感受每次心跳所产生的强烈而又痛苦的收缩，双手在颤抖，仿佛刚才疾步冲入黑暗，连续狂奔了数英里。*以前没有那么快，他想，他们变得如此警觉，也不稀奇。*一次次的战斗经历，将原有的漫不经心渐渐消磨殆尽，最后留存下来的，仅有最原始的、一触即发的敏感神经。

若伦看来也在想同样的事，只听他问道：

“你见到他们了吗？”

“谁？”

“死在你手里的那些人，他们会出现在你梦里吗？”

“有时候。”

下方火堆里跳动的灼热照亮了若伦的脸，反衬出嘴部和额头上浓重的黑影，半眯着的浓眼，流露出一副悲愁的神态。他语速很慢，仿佛有些词不达意：“我从来没想过要成为斗士。小的时候，跟其他男孩一样，当然梦想过血与火的荣耀。但是，对我来说，土地才是最重要的。土地，还有家人……而现在，我杀过人了……一次，又一次，而你杀得更多。”他的目光落在只有他自己知道的某个遥远处，“在那达城，有两个人……我跟你说过吗？”

当然说过，不过，伊拉龙还是摇了摇头，依然默不作声。

“他们是大门的守卫……两个人，哦，右边那个，长着满头白发。我记得很清楚，因为他最多不过二十四五岁。身上佩戴着加巴多里克斯的徽章，不过口音应该是来自那达城一带，不是职业士兵，是些普通人，只是为了保卫家园，防止巨人、海盗、土匪……我们根本不会伤他们一根毫毛。我发誓，伊拉龙，我们根本没打算那么做。我没有选择，他们认出我来了。我朝那白发人的脖子捅了一刀……就像爸爸以前杀猪那样。接着是另一个，我砸开了他的脑壳。现在还能听到他骨头碎裂的声音……从卡沃荷到烈火平原，我依然记得我对那些士兵们挥出的每一击……你知道吗？闭上眼睛，我有时会睡不着，因为我们在台姆城的码头上放的那把火，那冲天的火光，在我脑海里总是挥之不去。我想，迟早我会疯的。”

伊拉龙发现，自己双手紧握山楂棒，力道之大，以致指关节发白，腕部青筋暴突。“是啊，”他说，“一开始，只是巨人，接着有巨人也有普通人类，而最近这场战斗……我知道我们做的事是正确的，可是，正确并不意味着轻松。由于我们的身份，沃顿族就希望我和蓝儿冲锋在前，大批量屠杀敌方士兵。我们做了，完成得很彻底。”他突然打住，不再言语。

*每次大变必有大乱，*蓝儿对二人道，*我们经历的远远超过我们应该承受的，因为我们本身就是这次巨变的起因。我是一条龙，对于那些置我们于险境的人，他们的死，我没有半点后悔。杀死那达城守卫，虽然不是什么值得庆祝的事，但也大不必感到内疚，那是你必须做的事。当你必须战斗时，若伦，战斗的激情难道不让你如虎添翼？难道你不知道与一个强有力的对手作战是多么愉快？看到眼前敌人横尸遍野又是多么大的满足？伊拉龙，这些你都经历过，你来跟你表兄说。*

伊拉龙盯着火堆。蓝儿说的是实情，尽管自己不愿承认，因为害怕，一旦承认一个人能在暴力中得到满足，自己就变成了一个自己所鄙视的人。于是，他选择了沉默，坐在对面的若伦似乎也同样受到了震动。

蓝儿再次开口，语气变得缓和了些：*别生气，我并非有意让你们难受……有时候，我会忘记你们还未习惯这样的感受。我不一样，从我孵出的那天起，我一直就这么全力拼搏才得以生存下来。*

伊拉龙起身朝鞍囊走去，从里面掏出他们出发前奥利克给他的那个瓦罐子，猛然灌下两大口浆果蜂蜜酒。顿时，一股暖流从胃部扩散开去。伊拉龙做了个鬼脸，将罐子递给若伦分享。

几轮酒下肚，原来的压抑情绪得到缓和。伊拉龙开口道：“明天我们会有问题。”

“什么意思？”

伊拉龙同时也对蓝儿说：“还记得吗？我曾说过，我们，我是说我和蓝儿，曾经可以轻松地对付蛇人。”

“记得。”

*现在也没问题。*蓝儿说。

“哦，是这样，我们在侦察黑格林时，我就在想，不过现在就不再那么有把握了。有了魔法，要做什么事，可以有几乎无数的途径。比如说，如果要生火，我可以聚合空气或地里的热，可以用纯能量，可以召唤一道闪电，可以将阳光聚焦到一个点，可以使用摩擦，等等。”

“那又怎么样？”

“问题是，要完成这单一的动作，我可以设计无数的符咒，但是，要解除这些咒语，只需一个解咒。要想阻止某一动作的实施，设计解咒时，根本无须针对原来符咒的单个特有属性。”

“我搞不懂，这跟明天又有什么关系呢？”

我懂，蓝儿对他俩说，一瞬间，蓝儿理解了伊拉龙的含义，这就是说，一个世纪以来，加巴多里克斯……

“——可能已将蛇人置于保护之中——”

——使它们可以免受——

“——众多咒语的攻击。可能我——”

——要杀它们，就无法——

“——使用我所学的死亡咒语，也无法使用——”

——现造的攻击法术。我们可能——

“——只能依赖——”

“停！”若伦大声叫道，脸上露出痛苦的表情，“请暂停！你们这样说话，把我弄晕了。”

突然被打断，伊拉龙嘴都合不拢了。他之前没意识到，自己和蓝儿一直在轮流说话。这让他感到很高兴：这表明，他们之间的默契达到了一个全新的层次，行动上做到了人龙合一，与彼此独立的合作相比，力量上要强大得多。不过，再一想，要达到这种默契，注定要削弱合作双方的个性，这也令他感到有些担忧。

他闭上嘴，咯咯笑道：“抱歉，我担心的是，如果加巴多里克斯有先见之明，事先采取了防范措施，要对付蛇人，我们唯一的办法就是使用武力了。如果真是这样……”

“明天我就会成为你们的妨碍。”

“胡说。你的速度可能比不上蛇人，可是，铁锤若伦，我相信，你是绝对有实力令他们害怕你的铁锤的。”这句恭维似乎让若伦很受用，“对你最大的威胁，就是蛇人或雷斯布拉卡会企图把你跟我和蓝儿分开。我们越抱成一团，就越安全。我和蓝儿会尽量缠住蛇人，不过可能会有漏网之鱼。如能以四敌二，而且你属于四，胜算就大了。”

对蓝儿，伊拉龙说：如果有剑，我肯定可以手刃蛇人。现在只有这根棒子，对于速度快如精灵的魔兽，我不敢肯定能否以一敌二。

是你自己坚持要拿那根干树枝，而不是寻找一件合适的武器，蓝儿说，还记得吗？我跟你说过，面对蛇人这样的劲敌，那根棒子恐怕派不上用场。

伊拉龙虽不情愿，却不得不承认确有其事：如果咒语不奏效，我们遭到的攻击就会远比我预料得多……明天的结局就可能很惨。

接过他们的话题，若伦说：“魔法这个东西难以捉摸。”说着，他两肘撑在膝盖上，身下坐着的木头嘎吱嘎吱响个不停。

“没错，”伊拉龙赞同道，“最难的是先发制人，预想到所有可能的符咒。大部分时间里，我在思考，如果我遭到这样的攻击，自己如何防卫，以及别人是否会猜到我会那样进攻。”

“你能不能把我变得跟你一样强，一样快？”

考虑了好几分钟后，伊拉龙答道：“我不知道该怎么办。需要能量才能做到，问题是能量来自何方？虽然我和蓝儿可以输给你，不过，你获得多少速度和力量，就意味着我和蓝儿相应失去多少。”还有一点他没有提：可以从周围的动植物身上提取能量，但是，这样代价很可怕——被抽取生命力的小生物会因此死去。这个法术是一大秘密，伊拉龙觉得不应轻易泄露。况且，这个法术现在对若伦也没有用，因为黑格林一带根本找不到足够的动植物来支撑一个人类的能量需求。

“那你能教我魔法吗？”见伊拉龙有些迟疑，若伦继续道，“当然不是现在，我们现在也没有时间。我想，无人能一夜之间成为魔法师。不过，学个大概，有何不可？我们是表兄弟，血缘相近，况且，技多也不压身。”

“我不知道非龙骑士如何学习魔法，”伊拉龙坦承道，“这个我没学过。”说着，他看了看周围，从地里掰起一块扁圆形石头扔了过去，若伦赶忙接住。“来，试试。集中意念，想着要将石块上移一英尺左右，然后说‘Stenr risa’（石头起来）。”

“Stenr risa？”

“对。”

若伦皱眉看着手里的石块，那神态让伊拉龙想起了自己学习魔法的情景，他不禁怀念起跟随布鲁姆学习的那些日子。若伦双眉紧锁，嘴巴收紧呈号叫状，然后大喊一声：“Stenr risa!”力度之强，伊拉龙几乎都以为石块会就此凭空消失。

石块纹丝不动。

这一次，若伦眉头锁得更紧，再次发出命令：“Stenr risa!”

石块依然纹丝不动。

“这样，”伊拉龙说，“继续努力。这是我的唯一忠告。不过，”说到这儿，他竖起一指，“如果真的碰巧成功了，记住马上来找我。如果我不在，找别的魔法师也可。对魔法规则一无所知的情况下，如果胡乱施用，结果可能不仅自己丧命，还会连累他人。而且，切记这一点：如果发出的咒语需要过多能量，你必死无疑。不要好高骛远，不要妄想起死回生，不要逆天而行。”

若伦点头应承，不过眼睛还盯在石块上。

“除了魔法，我刚刚才想起来，还有一样重要得多的东西是你需要学习的。”

“哦？”

“是的，你必须学会把思想隐藏起来，以免黑手帮、杜万加塔及类似的其他人打探。现在，你掌握了很多可能危及沃顿族的信息，我们一回去，你必须学会这一技巧。否则，我、娜绥妲或其他人就会对你封锁可能有助敌人的消息，直到你掌握防止间谍窃密的方法为止。”

“我明白。不过，为什么把杜万加塔也包括在内？他们不是为你和娜绥妲服务的吗？”

“没错。不过，即使在我们的同盟者中，也不排除会有那么一些人迫不及待地想出卖我们的计划和秘密。”或许觉得用词不当，他做了个鬼脸，“当然还有你的，重要性不言而喻。你现在是个大人物了，部分是因为你的战绩，部分是因为我们的关联。”

“我知道。没见过的人竟然认识你，感觉怪怪的。”

“听之任之吧。”本来还有些相关的话，不过他忍住了，现在谈这些还不是时候，“对一个人的大脑触及另一人的大脑是怎么回事，你已有所了解，或许你现在可以学习如何展开意识去探识别人了。”

“这种能力是否值得拥有，我现在说不准。”

“没关系，或许你根本做不到。无论如何，想不想这个问题先放在一边，现在专心学习防卫术。”

若伦的眉毛一扬。“怎么学？”

“选择一样东西——声音、图像或感受，什么都行——让其在脑海里无限扩大，直到它把其他思想全部屏蔽起来。”

“这么简单？”

“没有你想得那么容易。现在继续，试一试。准备好就告诉我，我来检查。”

过了一会儿，听到若伦打了个响指，伊拉龙便将意识铺向他，想看看他究竟准备得如何。

伊拉龙全力发起脑波攻击，但波光撞上了一道由若伦对凯特琳娜的记忆组成的墙，便无法继续前进。他在其间无法立足，找不到入口或有用的信息，也无法破坏屏障。那是伊拉龙迄今见过的最强防御。因为，那一刻，若伦对凯特琳娜的感情充盈了他的脑海，除此之外，伊拉龙找不到任何可以用来控制他的东西。

若伦移动了一下左腿，身下的木头再次发出刺耳的嘎吱声。

刹那间，伊拉龙一直想突破的那道屏障裂成数十块碎片，化为无数横冲直撞的思绪，转移了若伦的注意力：*什么……快说！别理它；他要突破进来了。凯特琳娜，记住凯特琳娜，忘记伊拉龙。那天夜里她答应嫁给我，小草和她头发的芳香……是他吗？不！专心！不能……*

利用若伦此刻脑际的混乱，伊拉龙的意念长驱直入，在若伦再次建立起屏障之前，令他无法动弹。

*基本概念你懂了。*说完，伊拉龙撤离若伦的大脑，用声音说道：“但是，你必须学会保持意念，即使在战斗中也应如此。除了那道意念屏障，要学会不假思索……心无杂念。精灵教过我一个办法，我发现也很有用，那就是背一段谜语，一首诗或一段歌词。这样一个可以反复重复的动作，更易于防止分心。”

“我会努力。”若伦承诺道。

伊拉龙以平静的口气问道：“你真的很爱她，是不是？”与其说是提问，不如说是陈述事实和表示惊讶——答案不言而喻——是否该提，他自己也没有把握。几年前，伊拉龙和若伦曾就卡沃荷一带的女孩子孰优孰劣进行过长时间的争论，但是，爱情这个话题却是头一遭，“你们是怎么好上的？”

“我喜欢她，她喜欢我。细节很重要吗？”

“哎，快说嘛。”伊拉龙求道，“你去特林斯福德村的时候，我发火了，没来得及问你。之后，我们四天前才再次见面。我好奇。”

若伦双手搓着太阳穴，眼角露出了皱纹。“没什么好说的。我对她一直有好感，小时候当然算不上什么。成年礼后，我就开始想，要跟谁结婚，让谁来做我未来孩子的妈妈。有一回，在去卡沃荷的路上，我看见凯特琳娜在洛林家房子旁停了下来，想摘一枝屋檐下的半支莲。她看着花儿，脸上露出了微笑……她的笑容是多么温柔，多么愉悦。我当时就下决心，我要让她笑得永远那么甜美，我要时时刻刻看着那张笑脸，直至我生命最后一刻。”若伦两眼闪着泪光，泪水却不掉下来，不一会儿，他一眨眼，泪花消失了，“恐怕我做不到了。”

停顿了好一会儿，伊拉龙才继续问道：“你向她求婚了，是不是？除了通过我向她表达爱慕，你还做了什么？”

“你问起来好像要取经似的。”

“我没有，是你自己胡思乱想的……”

“你算了吧，”若伦说，“你一撒谎，我就看得出来。看你傻笑的样子，耳朵都红了。精灵们给你旧貌换上了新颜，但是，这些没改变，你和阿丽娅又是怎么回事？”

若伦的观察能力令伊拉龙方寸大乱。“根本没有这回事！你被月亮弄糊涂了。”

“坦白吧，对你来说，她说的话字字如金。你的目光总是停留在她身上，你像一匹饿狼，而她就像一顿近在咫尺却够不着的大餐。”

蓝儿似乎憋不住发出了什么声音，鼻孔冒出一股灰烟。

见蓝儿偷着乐，伊拉龙也不理会，继续争辩道：“阿丽娅是个精灵。”

“而且还很美。跟她的美貌相比，尖耳和斜眼只是微不足道的瑕疵。你现在的样子就像只猫。”

“阿丽娅有一百多岁了。”

这话吓了若伦一大跳，只见他睁大了眼睛，继续说：“难以置信！看上去她正处在青春好年华。”

“没错。”

“伊拉龙，你给出了那么多理由，我们姑且听之任之。其实，感情都是不讲理智的。你到底喜不喜欢她？”

如果他还喜欢阿丽娅，蓝儿对两个人说，我就去吻她。

蓝儿！窘迫的伊拉龙在蓝儿腿上重重拍了一掌。

若伦还算精明，不再取笑伊拉龙。“现在回答我刚才的问题，告诉我你和阿丽娅进展到哪一步了。你跟她或她家人谈过此事吗？我发现，这种事千万别拖，否则就太不明智了。”

“阿丽娅，”伊拉龙盯着山楂棒，说，“我跟她说了。”

“结果呢？”见伊拉龙没立刻回答，若伦发出了一声沮丧的感叹，“要从你嘴里听到答案，简直比拖伯尔卡过泥潭还难。”听到若伦提到他们的役马伯尔卡，伊拉龙不由得咯咯笑了起来。“蓝儿，你来给我解开这个谜好不好？否则，恐怕我永远得不到一个完整的答案。”

“没结果，没任何结果，她不愿接受我。”伊拉龙淡淡地说道，仿佛是在谈论一个陌生人的不幸。其实，在他内心深处，受伤的感觉，正如一股洪流，奔腾不息，以至于伊拉龙察觉蓝儿都退缩了些许。

“对不起。”若伦说。

伊拉龙强迫自己咽下这一切，抚平受伤的心，暂时抛开剪不断理还乱的感情。“常有的事。”

“我知道，现下看似乎不大可能，”若伦说，“不过，你肯定会找到另一个女孩，她会让你把这个阿丽娅忘掉。天涯何处无芳草，我敢打赌，会有无数的女孩——当然也会有好些已婚妇女——想得到龙骑士的青睐。阿拉加西亚有那么多的女孩，你又何患无妻？”

“如果当初凯特琳娜拒绝了你，你会怎么办？”

这个问题一下子让若伦说不出话来。很明显，他难以想象自己会怎么办。

伊拉龙继续道：“跟你、阿丽娅和其他人所想相反，我知道阿拉加西亚还有其他好女子，而且有人可以再次相爱。毫无疑问，以前如果我跟奥林国王的女朝臣朝夕相处，完全可能会喜欢上某人。可是，我的路并不像说起来那么容易走。且不说我能否移情别恋——人心，正如你说的，是个令人捉摸不透的魔兽——问题是：我应该吗？”

“你真饶舌，就像杉树的根。”若伦说，“别跟讲谜语似的。”

“好吧，人类女性如何能明白我是谁？是个什么样的人？我拥有什么样的力量？谁又能与我长相厮守？极少，即使有，也都是魔法师。她们算是百里挑一的了，即使把所有普通女孩都算上，她们中又有几个能长生不老？”

若伦放肆地哈哈大笑起来，开怀的笑声在谷壑间荡然回响。“你简直是要把天上的太阳都装进自己的口袋，这也太……”他突然哑然无声，紧张得似乎要跳起来，全身僵硬，“不会吧？”

“当然会。”

若伦有些语无伦次：“是因为在埃勒斯梅拉的变化？还是因为变成了龙骑士？”

“因为是龙骑士。”

“怪不得加巴多里克斯现在还活着。”

“没错。”

若伦往火堆里塞了一根树枝。尽管经过不知多少年的日晒，树枝中依然残存了少许水分或树汁，受炭火一烤，啪的一声轻响，多结的树枝爆裂开来，水分化为蒸汽。

“这个想法太……太宏伟了，太不可思议了，”若伦说，“人总有一死。我们受此指引，受此限制，因此而发疯。如果可以生生不息，还能说是人类吗？”

“我也不是不可战胜的，”伊拉龙指出，“我同样也会死于刀剑之下，同样可能会患不治之症。”

“可是，如果避开这些危险，你就可以长生不老了。”

“如果做得到，当然可以。我和蓝儿都可长生。”

“似乎有些吉凶未卜。”

“没错。眼见跟我结婚的人衰老死亡，而自己丝毫不留岁月的痕迹，我于心何忍？这样的经历对双方都同样残酷。况且，一想到在漫长的岁月里，要一次次地结婚，那简直没法儿让人开心起来。”

“你能通过魔法让人长生不老吗？”若伦问。

“可以使白发变黑，抚平皱纹，清除白内障。如果不厌其烦，甚至还可以还花甲老人一副弱冠之躯。不过，精灵族一直没找到恢复一个人的心智却不伤其记忆的办法。谁又愿为长生而一次次抹去数十载的记忆？这样一来，每次再生，那注定是一个陌生之人。新瓶装旧酒也不是个好的解决办法，因为即使拥有最好的健康，凡人之躯的存活通常至多不过百年，或稍长些。我们也不可能就这么令一个人停止衰老，否则，由此会产生一系列的别的问题……对了，精灵族和人族尝试过无数的办法来阻止死亡，但都失败了。”

“换句话说，”若伦插了进来，“对你来说，与其任由你的心被一人类女性撷取，不如爱阿丽娅，这样更安全。”

“除了精灵，我还能跟什么人结婚？特别是看我现在的长相。”他按捺住往常的习惯，不再去摸自己尖尖的耳朵，“在埃勒斯梅拉的时候，接受龙对我长相的改变要容易些，毕竟他们还馈赠了我很多其他天赋。血盟庆典之后，精灵族对我比以前友好多了。再次回到沃顿国后，我才意识到自己已变得如此与众不同……我也烦恼不已。我不再仅仅是人类，也不是一个真正的精灵。我居于两者之间，是一个混合体，一个混血。”

“别难过，”若伦安慰道，“对于长生不老，不要自寻烦恼。加巴多里克斯、穆塔、蛇人或帝国的某个士兵，随时可能会给我们来个白刀子进，红刀子出。人生得意须尽欢，管他明天怎么样，这才是明智之举。”

“我知道，对这种事，爸爸会怎么办。”

“他会一脚把我们踢得远远的。”

他俩都笑了。随即，他们之间再次出现了沉默。这样的冷场经常发生，是因为双方的疲惫和熟悉，反过来说，同样也因为命运造成的诸多差异。尽管来自同一个背景，经历的不同造成双方之间巨大的差异，宛如同一旋律而演变而来的两个变奏曲。

你们该休息了，蓝儿对两个人说，很晚了，明天还要早起。

伊拉龙看着夜空，依据星星移动的位置来推断大概的时间，结果比他预想得要晚。“有道理，”他说，“真希望先休息几日，再袭击黑格林。烈火平原之战耗尽了我和蓝儿的能量。接着，我们一路飞过来，这两天晚上我还给智者拜乐思腰带灌输了能量。所以，我们还没有完全恢复过来。我现在四肢酸疼，身上伤痕累累。你看……”他解开左手护臂的结绳，卷起细软的毛麻——那是精灵用羊毛和荨麻线交织而成的织物——露出一道已化脓的伤口，是盾牌压破前臂而造成的。

“哈！”若伦笑道，“那么一小点也叫伤痕？今早我走路碰了脚指头，伤得也比你重。来，给你看看男人可以引以为豪的伤痕。”说着，他松开左脚鞋带，脱下靴子，卷起裤腿，露出一道斜穿四头肌的黑疤痕，足有伊拉龙的拇指宽，“这是一个士兵挥舞长矛，矛柄碰上留下的。”

“说得过去吧。不过，给你看看更厉害的。”说着，伊拉龙迅速脱掉束腰外衣，扯出套在裤子里的衬衫，把身体扭转过来，让若伦可以看到肋部和腹部的大块瘀青。“给箭伤的。”他解释道。接着，他露出右臂，那里有一道与左臂一样的伤痕，是用护腕挡剑时留下的。

接着，若伦露出了身上青一块紫一块的金币大小伤痕，从腋窝一路往下，直至脊椎尾，都是穿着盔甲摔在岩石上留下的。

伊拉龙仔细打量了若伦的疤痕，笑道：“哼！这只是小针孔而已。是不是迷路掉进蔷薇丛里了？跟我的相比，这简直是小巫见大巫。”只见他脱下靴子，起身褪下长裤，身上只剩衬衫和毛内裤，“看看，你有这么厉害的吗？”说完，他指着两腿内侧。只见那里色彩一片斑驳，仿佛伊拉龙成了一个正在成熟中的奇异水果，表皮从沙果绿到深紫，深浅不一。

“哎哟！”若伦叫道，“怎么回事？”

“我们在空中与穆塔和荆刺作战的时候，我从蓝儿背上跳了下来，伤了荆刺。蓝儿追下来，要接住我，以防我掉到地上，我落在蓝儿背上的时候，力度大了些。”

若伦惊得后退了一步。“是不是一路向……”他边问边作了个大概向上的手势。

“很不幸，确实如此。”

“必须承认，伤得确实挺重的，值得骄傲：竟然这样伤着了，而且，还伤在那个……那个专门的地方。”

“你认同这点，谢谢！”

“喏，”若伦说，“你的伤疤是够大的了。不过，因为那些龙，这点我知道，把你背后的伤疤去除了，蛇人给我留下的伤，就找不到对手了。”说着，他脱去衬衫，凑近火堆。

若伦的右肩上，有一条长长的皱痕，殷红而又光泽，自锁骨而下直至手臂中部。很明显，蛇人砍掉了部分肌肉，以致两边无法完全愈合，因为伤疤下方有一道难看的凸起，很明显，下面的肌肉组织翻转过来了。再往上，皮肤下陷，形成了一个半英寸深的凹痕。

“若伦！你早该跟我说，我不知道蛇人把你伤得这么厉害……你的手能动吗？”

“只是不能向侧面和向后，”说着，他展示了一下，“至于向前，手只能抬到……胸口。”只见他做了个鬼脸，放下了手臂，“这也得用力才行。拇指要平，否则胳膊就废了。我发现，最好的办法就是将手臂从后边往前挥，这样就可以抓住要抓的东西。指关节裂了好几次才学会的。”

伊拉龙转动手中的棒子。我该不该？他问蓝儿。

我想应该。

否则明天我们会后悔的。

如果情况紧急，若伦因为无法使用锤子而死了，你会更后悔的。如果你汲取周围的能量，就不会让自己的能量枯竭。

你知道我讨厌那样做，提到这个就让我难受。

*我们的生命要比蚂蚁的重要。*蓝儿反驳道。

就是对一只蚂蚁也不能下手。

那你是蚂蚁吗？别油嘴滑舌的，伊拉龙。

伊拉龙叹了一口气，放下棒子，示意若伦过来。“来，我帮你治。”

“你能吗？”

“当然。”

若伦的脸上露出了瞬间激动的表情，但是，随即，他有些犹豫不决，看上去很为难：“现在吗？这样明智吗？”

“正如蓝儿所说，最好趁有机会就给你治，否则，你的伤会要了你的命，或者危及我们。”于是若伦走过来，伊拉龙将手放在他的伤口上，同时将意识扩展，将谷壑周边的草木动物尽囊括其中，当然放过了那些他认为无法承受自己咒语的弱小动植物。

伊拉龙用古语开始漫长而又复杂的吟诵。修复这样的创口要远远难过重造皮肤，而且难以把握，伊拉龙只能依赖他在埃勒斯梅拉耗费好几周才记住的那些治疗方子。

施法力时，他掌心的图案闪灵符闪烁着银白色的光芒。片刻之间，他嘴里发出了不情愿的呻吟，那是因为已有三个生命在自己的法力下丧生：一是栖息在附近一个杜松树上的两只小鸟，二是石缝里的一条蛇。随着肩部皮肤下肌肉的跳跃、扭动，对面的若伦头后仰，张着嘴，发出无声的号叫。

终于结束了。

全身发抖的伊拉龙重重吸了一口气，双手抱住脑袋，趁机抹去脸上的泪水，然后再检查自己的劳动成果。若伦耸了耸肩，伸手转动胳膊。他长年挖坑，围篱笆，搬石头，堆干草，练就了一副浑圆壮实的臂膀，不由得令伊拉龙感到一丝羡慕：自己力量上可能胜过若伦，却从来没他那么壮实。

若伦咧嘴一笑："完好如初！甚至更好。谢谢你。"

"别客气。"

"真是太奇怪了。刚才感觉我差点就要脱壳而去，痒得要命，我差点就要骂粗口了。"

"给我从背囊拿点面包来，好不好？我饿了。"

"我们刚吃过饭。"

"这样施法之后，我通常要吃些东西。"伊拉龙抽了抽鼻子，掏出手绢擦了擦。接着，他又抽了一下。他刚才并没有完全说实话。令他感到不安的是，刚才的符咒让周围的野生生命的味道苦极了，他需要一些东西压一压胃，否则他怕自己会吐出来。

"你没生病吧？"若伦问。

"没有。"脑海里依然满是刚才杀生的景象，伊拉龙伸手取过酒罐，希望借此抵挡那些可怖的意念。

一个庞大、沉重的尖物碰了他的手并将其压在地上。他惊愕地抬头，只见蓝儿一只乳白色的爪尖陷到自己肉里。蓝儿咔嚓咔嚓地眨着眼，炯炯目光紧盯着他。过了好一会儿，仿佛一个人轻轻将手指抽走一样，蓝儿抬起爪子，伊拉龙赶紧把手收回。他大口大口地喘着气，再次拿起棒子，竭力不再去想酒，不再沉湎于对过去的自责，而是把注意力集中在眼前。

若伦从袋里扯出一块发酵面包，停了下来，脸上带着一丝笑容，说："要不要来点鹿肉？我的没吃完。"说着，他伸出烤焦的杜松枝，那是他临时拿来当炙叉用的，上面穿着三团烤得金黄的肉。一股香浓的味道随风飘入伊拉龙敏感的鼻子，令他的思绪回到了斯拜恩山上，他想起那些与若伦和加罗一起度过的漫长寒冬夜晚，尽管屋外暴雪呼啸，他们一起围炉而坐，享受着温馨的晚餐。"还是暖的。"若伦一边说一边举着鹿肉在伊拉龙眼前晃来晃去。

伊拉龙下定决心，摇了摇头。"给我面包就行了。"

"真的？烤得多好啊。软硬适中，用料恰到好处，肉美多汁，一口咬下去，感觉就像喝了一口伊莱恩最拿手的炖汤。"

"不，我不能吃。"

"你知道自己肯定喜欢。"

"若伦，别开玩笑，把面包给我！"

"哈！看到没有？现在你看上去好多了。也许，你需要的不是面包，而是要人激起你的怒气，对不对？"

伊拉龙瞪着若伦，以迅雷不及掩耳的速度，一把从他手里抢过面包。

这让若伦更来劲，看伊拉龙撕着面包，他说："我不明白，光吃水果、面包和蔬菜，你怎么活？要保持体力，人要吃肉，你难道不想吗？”

“想得超乎你的想象。”

“那你何苦还要如此折磨自己？这个世界上，每种生物——即使是植物——都要靠吃别的生物才能生存。这是我们的天性，为什么要抗拒自然规律呢？”

在埃勒斯梅拉我也说过，蓝儿说，可他就是不听。

伊拉龙耸了耸肩。“这个我们讨论过了。你可以随心所欲，我也不想知道别人怎么生活。但是，要我把跟我一起分享思想和情感的动物吃掉，我无法做到问心无愧。”

蓝儿尾巴摆了一下，鳞甲扫过凸出地面的一块石头上，叮当作响。天哪，他没希望了。蓝儿抬起脖子，伸过来，把若伦另一手里的鹿肉和炙叉，一股脑儿全咬了下去。只听松枝在蓝儿的锯齿间断裂，连同鹿肉，消失进她的折火炉肚里。哞哞，你没说大话，她对若伦说，这块肉真是甜美无比。这么软，这么入味，简直就是美味佳肴，让我高兴得都想跳起来了。以后你得常给我烤，若伦锤子。只不过，下次你一次就得烤几头鹿才行，否则我根本吃不饱。

若伦有些迟疑，拿捏不定蓝儿是不是来真的，如果真是这样，自己又如何能从这个始料未及而且又繁重无比的任务中脱身呢。无奈之下，他只好向伊拉龙投去求救的目光。见到若伦的表情和窘境，伊拉龙忍不住哈哈大笑起来。

随即蓝儿爆发出响亮的笑声，与伊拉龙的笑声交汇在一起，响彻整个谷壑。火光映照之下，蓝儿的锯齿闪烁着茜草般的红光。

他们歇息一小时后，伊拉龙背靠着蓝儿，用毡子将自己层层裹住以抵挡夜寒。万籁俱寂，仿佛魔法师用魔法让整个世界和万物进入了长眠，在闪烁的星星凝视下，一切将从此静止不变。

静静地，伊拉龙在脑海里小声问道：蓝儿？

怎么了，小家伙？

如果我没猜错，他在黑格林，怎么办？我不知该怎么办……你说我该怎么做。

我没法儿说，小家伙。这个决定得你自己做。人类的行事方式跟龙不同，换了我，就会扯断他的脑袋，把他吃了。但是，我想，你不能这么做。

无论我作任何决定，你都会支持我吗？

永远，小家伙。现在睡吧，一切没事的。

伊拉龙感到了一丝安慰。看着星际的夜空，他放慢呼吸，进入了入定状态。对他来说，入定已取代了睡眠。这个状态下，他依然可以感知周围的状况，但是，在群星荟萃的夜空下，像往常一样，梦里的人物走了出来，上演着杂乱、朦胧的一出出戏。

突袭黑格林

The Inheritance Cycle

离天亮还有十五分钟，伊拉龙翻身坐了起来。他打了两个响指，叫醒若伦，便着手收起毡子，卷成一捆。若伦离地起身，同样把铺盖收了起来。

他们四目相对，身体因兴奋而颤抖。

“如果我死了，”若伦说，“你帮我照看凯特琳娜。”

“好的。”

“告诉她，我是带着满心喜悦参加战斗的，而且我对她念念不忘。”

“好的。”

伊拉龙小声用古语迅速发出一个简短咒语，能量的损耗几乎难以察觉。“好啦，咒语可以布满在我们周围的空气中，防止蛇人的麻痹呼吸。”

伊拉龙从袋子里拿出锁子甲，打开包在外面的粗麻布。原来光亮的胸甲上还结着一层烈火平原之战遗留下来的血迹，由于血污、汗水和疏于打理，金属环上已经出现道道锈斑。不过，锁子甲上没留下任何划痕，因为出发前伊拉龙已作修复。

伊拉龙披上皮衬里衬衫，闻到衣服上面附着的绝望和死亡气息，不由得皱起了鼻子。接着，他给前臂戴上宝石镶嵌护腕，颈部戴上护颈，头部先戴衬里底帽，接着来一层铠甲防护帽，外加一顶普通钢盔。自己原来的头盔——在堡藤杜尔时戴的那顶，矮人在上面刻有银吉通部饰章——以及防护盾，都丢失于蓝儿与荆刺那场空中对决。

若伦的装备也差不多，只是盔甲外加了一层防护板，盾边上包了一圈软铁，能更好接挡敌人的来剑。伊拉龙的左臂未加防护，因为山楂棒需要双手才能挥动自如。

伊拉龙后面斜背着伊丝兰查蒂女王所赠的箭囊，除了二十支白天鹅羽尾橡木杆重箭外，里面还装着女王以魔法制作的银饰紫杉弩，弩弦已拉上，可随时发射。

蓝儿拨弄着地上的泥土：我们出发吧。

他们把袋子和装备挂在一簇杜松枝上，爬上蓝儿的背，为节省时间，蓝儿昨夜戴着鞍具休息，因此，伊拉龙觉得，鞍座的皮革暖和至极，甚至有些发烫。他抓住前面的颈部鳞甲——以确保在蓝儿突然转向时能坐稳——若伦则一手抱住伊拉龙的腰，另一只手挥舞着铁锤。

随着蓝儿身子微蹲，脚下岩片发出碎裂声。轻轻一跃，蓝儿跳到谷壑边上，短暂平衡后，展开巨型双翅。随着呼呼地轻轻一振，他们直冲云霄。垂直看去，蓝儿的翅膀宛如两张半透明的船帆。

“别抱太紧。”伊拉龙咕哝道。

“抱歉。”说着，若伦松开了些。

随着蓝儿再次往上飞，他们之间无法再交谈。升至山顶后，蓝儿奋力展翅，发出阵阵嗖嗖声，将他们带到更高处，直至稀薄的云层。

蓝儿朝黑格林方向飞去。一瞥之间，伊拉龙看到了左侧数英里之外雷欧那湖宽阔的湖面。黎明前的暮光下，水面上覆盖着一层灰白而又诡异的厚厚雾霭，仿佛一层魔法之火在燃烧。尽管拥有鹰眼般锐利的视力，伊拉龙依然看不到遥远的湖畔，也看不清斯拜恩山的南麓。为此，他觉得有些遗憾。他的童年时光就在山间度过，好长时间没机会再看斯拜恩山一眼了。

北面是雷欧那城，庞大而又散乱的一块，在西侧边上的雾墙衬托下，呈现出一个浓淡不均的剪影。伊拉龙能识别的一栋建筑，就是自己遭到蛇人袭击的大教堂，其突出的塔尖宛如一支矛头，高耸于城市之上。

眼下的地貌飞掠而过，伊拉龙知道，那里有他曾经的宿营地，正是在那里，布鲁姆被蛇人所害。他任由那天发生之事——以及加罗的死和农场的毁灭——所带来的愤怒和悲痛宣泄而出，以此激发自己的勇气，不，是渴望，让自己去勇敢面对蛇人。

伊拉龙，蓝儿说，今天我们不必再为守护大脑而隔绝彼此的思想了吧？

除非冒出另一个魔法师来。

随着太阳露出地平线，一抹金光闪耀而出。一瞬间光芒四射，了无生机的大地顿时复活。雾霭泛着白光，水面呈现出一片蔚蓝色，环绕雷欧那城中心的泥巴围墙露出泛黄的墙面，树木披上了绿装，土地冒着红橙色，而黑格林却呈现出一如既往的黑色。

随着他们越来越近，石山也迅速变得愈来愈大，即使从空中往下看，依然显得阴森森的。

蓝儿向左倾，朝黑格林底部俯冲，幅度很大，好在伊拉龙和若伦已将腿绑在鞍上，否则早把他们摔下去了。接着，蓝儿绕着碎石坡和祭司们进行仪式的祭坛上方飞快盘旋，气流冲进伊拉龙的头盔，发出几乎震耳欲聋的鸣响。

“怎么样？”若伦喊道，他看不见前方。

“那两个奴隶不见了！”

旋即，伊拉龙感觉一股重力将他往下压。此时，蓝儿结束俯冲，向上拔起，绕着黑格林盘旋而上，希望找到蛇人藏身处的入口。

连林鼠能藏身的那么大的洞都没有。说完，蓝儿放慢速度，在一山脊前方停稳。山脊位于四座山峦中的第三峰与最高峰之间。蓝儿振翅发出的声音，在参差不齐的山壁间反响，逐渐变成了霹雳般的轰鸣声。受气流的冲击，伊拉龙眼睛冒出了泪水。

险崖和石柱的石缝间，布满了道道白霜，宛如山体的白色脉络。除此之外，映入眼际的，只有黑格林那被风侵袭的阴森堡垒。其间英寸草不生，找不到一棵树，一丛灌木，一块地衣，连老鹰也不敢在山峰的岩架上驻足。黑格林真是名副其实的死亡之所，山体表面锋利如同锯齿般的悬崖，其石缝突兀，就像一个游荡于人间的幽灵。

伊拉龙将意识向外延伸，确认了前一天所探识的二人依然在黑格林，却无法感应两个奴隶的丝毫气息，而且，令他不放心的是，竟然无法找到蛇人或雷斯布拉卡的藏身所在。如果不在此，它们又会在何处？他自问。他继续搜寻，却发现了之前一直忽略的一样东西：那是一株花，一株黄龙胆，在他们前方不到五十英尺、一个应该只有顽石的地方赫然绽放。哪儿来的光照让它能存活下来？

作为回应，蓝儿降落在花右侧数英尺的一块破碎山嘴上，一时间身体失去平衡，不得不展翅稳定下来，锋利的右翼翼尖，避开了黑格林本体，又随着扑打刺入岩石退了出来。

蓝儿，看到了吗？

看到了。

蓝儿身体向前倾，鼻子朝岩石逼近，每进一两英寸便暂停片刻，仿佛在等待一个突然蹦出来的陷阱。缓缓地，蓝儿的一片又一片鳞甲滑入了黑格林，直至伊拉龙只看到她的颈、躯干和双翼。

是幻象！蓝儿惊呼。

旋即，蓝儿力量猛增，身体猛然后退，离开了山嘴。此时，伊拉龙的自控能力也得到充分展示，眼见险崖袭来，他并没有本能地伸手遮住脸。

片刻之间，眼前呈现出一个宽大的拱顶岩洞，早晨的阳光弥漫于其间。受蓝鳞的折射，阳光在岩面上洒落无数蓝色斑点。转过身，伊拉龙看到，除了洞口和里面无限延伸的景象，那里根本不存在什么墙体。

伊拉龙皱了皱眉：他没料想到，加巴多里克斯竟然会用魔法将蛇人的老巢隐藏起来。白痴！得加把劲！他想，低估了国王简直就是自寻死路。

若伦抗议道："下次再这样要提前打个招呼。"

伊拉龙弓起身子，一边解开脚上的绑带，一边打量着周围，时刻保持戒备。

洞口呈椭圆形，约五十英尺高，六十英尺宽，再往里，扩大至两倍，尽头是一堆厚石板，参差不齐，横七竖八的。地面上满是划痕，很明显，那是雷斯布拉卡的起落点。洞壁上有五个低矮的隧道，像神奇的钥匙孔一般。还有一条整齐得如同刀削般的通道，大得可容下蓝儿。伊拉龙飞快地发出意识，仔细探测了隧道，发现里面黑乎乎、空荡荡的。从黑格林的腹地里，传来怪异、断断续续的细声，应该是什么东西在黑暗中忙碌。另外还有持续不断的水滴声，夹杂着蓝儿均匀的呼吸声，在光秃秃的岩洞里，听上去显得特别响亮。

不过，岩洞里让人感觉最明显的，是弥漫的混杂气味。主要是冰冷石头的味道，但是，伊拉龙从中觉察到一股股霉味，以及更糟糕的东西：令人闻之欲呕的腐臭味。

随着最后几根绑带解开，伊拉龙右脚转过蓝儿的脊背，横坐在鞍上准备往下跳，若伦在另一侧也做好了准备。

就在他要松手时，在一堆杂乱声中，伊拉龙捕捉到同时响起的两对咔嚓咔嚓声，仿佛有人在用两把锤子敲打岩石。半秒钟后，咔嚓声再次出现。

他和蓝儿同时朝发出声音的方向看去。

通道上，一只异型庞然大物猛冲而来。暴突、无眶的黑眼，七英尺长的喙，蝙蝠一样的双翼，光秃秃的躯干，无毛，肌肉暴突，铁钉般的脚爪。

蓝儿连忙侧身，想避开雷斯布拉卡，却没成功。那怪兽撞上蓝儿的右侧，力道之强、之霸道，在伊拉龙看来，犹如一场雪崩。

接下来确切发生了什么，他便不知道了，因为他还没来得及思考，冲撞已将他从蓝儿背上掀下，向黑暗中摔去。当然，这次飞行结束得如同开始一般突然，他只觉又硬又平的东西撞在背上。接着，他滚落，脑袋再次撞在地上。

这一撞似乎耗尽了伊拉龙仅存的一息。他侧身蜷缩在地上，艰难地喘着气，挣扎着想爬起来，四肢却已不听使唤。

*伊拉龙！*蓝儿惊叫道。

叫声中的关切给他带来一种独有的力量。随着手脚知觉的恢复，他伸手抓住落在身边的棒子，摸索着将棒尾的尖刺探入附近的石缝，顺着棍棒将自己拉了起来。他东摇西晃，站立不稳，只觉两眼直冒金星。

情形一团糟，他根本辨别不出方向来。

蓝儿和雷斯布拉卡相互抓踢、撕咬，在洞里翻滚，威力之大，足以穿岩碎石。他们的厮打声本应难以想象得大，但是在伊拉龙看来，那简直是一场无声的搏斗：他已听不到任何声音。不过，他还能感到脚底传来的震动。只见两只巨兽从洞的一侧翻腾到另一侧，任何靠近的人都会被他们碾成粉末。

一道蓝火炽热至极，温度足可熔化钢铁，从蓝儿嘴里喷发而出，袭向雷斯布拉卡头部左侧。火苗裹住雷斯布拉卡，却未伤及分毫。雷斯布拉卡对蓝儿的攻击毫不在意，反而朝蓝儿的颈部啄去，迫使蓝儿停止喷火进行自卫。

几乎就在同时，第二只巨兽张着喙，发出令人生畏的尖叫声，从通道中冲出来，猛然扑向蓝儿腹部。那凄厉的声音令伊拉龙感到头皮刺痛，还有一阵彻骨的惧意，他难受至极，禁不住大叫起来：“终于撑住了。”

两只雷斯布拉卡同时出现，它们散发出的恶臭酷似夏天将几斤腐肉丢入一桶污水，然后任由其发酵一周。

感觉胃在翻腾，伊拉龙紧闭双唇，转移注意力，以免控制不住要呕出来。

若伦落在离他几步远的地方。只见他蜷缩在洞壁边上，抬起手，四肢着地，慢慢爬了起来，不过目光呆滞，步履蹒跚，仿佛喝醉了。

若伦身后，两个蛇人从附近的地道里钻了出来，畸形的手上挥舞着古长刀。与它们的父母不同，蛇人的身材与人类相差无几，但从头到脚是一层乌黑色外壳。不过，即使在黑格林里，它们也身着黑长袍和斗篷，所以，基本上看不到它们的本来面目。

它们的速度快得惊人，动作像昆虫，突发且多变。

但是，伊拉龙的意识还是无法觉察到蛇人或雷斯布拉卡。*难道它们也是幻象？不可能，简直是胡扯！蓝儿爪子上带出的肉真实无比。*还有一个解释：或许根本无法感知它们的存在。也许，蛇人能躲过作为它们猎物的人类的大脑，就像蜘蛛能隐藏而不被苍蝇发现一样。如果真是如此，伊拉龙终于明白了为何它们自己不会魔法，却能帮助加巴多里克斯猎获魔法师和龙骑士。

*该死！*伊拉龙本可花些时间，想想有什么咒符可用，不过，现在不是诅咒倒霉，而是采取行动的时候。布鲁姆曾说，在大白天，蛇人不是他的对手，或许真的如此——毕竟，布鲁姆有数十年的时间去研究各种咒语来对付蛇人——而此刻，伊拉龙明白，如果采用突袭的方式，他、蓝儿还有若伦，别说要解救凯特琳娜了，他们首先面临的是如何逃生的困境。

伊拉龙抬起右手，大声喊道："Brisingr（火）！"将一熊熊火团朝蛇人扔去。火团被它们躲过，溅落在石板上，摇曳了一会儿就熄灭了。这个咒语显得那么愚不可及，如果加巴多里克斯像对雷斯布拉卡那样给蛇人施加了防护，伊拉龙的咒语就无法对它们造成实质性的伤害。尽管如此，伊拉龙对自己发动了攻击还是无比满意。这毕竟转移了蛇人的注意力，使得他能朝若伦跑去，与他背靠背站在一起。

"挡开它们一下。"他大喊道，希望若伦能听见。也不知他是否听到了，不过若伦明白了伊拉龙的意思，用盾牌护住自己，抡起锤子，时刻准备战斗。

雷斯布拉卡每次攻击都异常凶猛，逐步突破了伊拉龙在蓝儿身上设置的保护场。失去了保护，蓝儿腿上被它留下了几道划伤——很长却不深——还被啄中了三次，这三个创口不大，却很深，给蓝儿造成了很大的痛楚。

反过来，蓝儿撕开了一只巨兽的肋部，咬断了另一只的三英尺尾巴。让伊拉龙惊奇不已的是，巨兽的血竟然是一种蓝绿色的液体金属，颜色跟古铜表面的铜绿一模一样。

这时，雷斯布拉卡不再与蓝儿近身相搏，而是绕着她飞行，不时进攻一下，目的是要困住她，待她耗尽体力时逮住机会给她致命一啄。

蓝儿满身是鳞甲，比雷斯布拉卡更适于直接搏击——她的鳞甲要远比巨兽的黑皮坚韧——而她的锯齿，在狭窄的地方也远比巨兽的喙更致命——不过，她无法以一敌二，特别是洞穴太矮，使她无法运用跳跃或飞行来机动取胜。伊拉龙担心，在杀死巨兽之前，蓝儿也会为其所伤。

伊拉龙迅速吸了一口气，发出一道俄拉米斯所教的咒语，咒语包括了十二必杀技。他仔细遵照咒语的步骤一一施行，这样一来，即使遇到加巴多里克斯所施防护的阻挠，他也可以随时停下来。否则，咒语就可能耗尽他的能量并且要了他的命。

好在他预先有所准备。咒语一发出，伊拉龙立刻意识到无效，于是，他放弃了攻击。他原本就没指望能依靠那些传统的死亡咒符取得成功，不过，只要有一丝可能，他就不能放弃，当然，这种可能是建立在加巴多里克斯给雷斯布拉卡和蛇人施加防护时的粗心或无知之上的。

身后传来“若伦呀！”的大喊声，瞬间，一剑重重击在他盾牌上，接着是锁子甲飘动的叮当声，以及第二剑从他头盔上弹开发出的如同铃铛般的响亮声音。

伊拉龙意识到，自己的听力肯定在恢复。

蛇人的剑如雨点般落下，但是，无论它们的剑招多快，每每总是滑过若伦的盔甲或者以间不容发的距离错过他的脸部或四肢。若伦速度太慢，无法还击，蛇人却也奈何不了他。蛇人沮丧地嘶叫着，嘴里骂个不停，不过这只让空气更为恶臭而已，因为在它们坚硬爪子啪嗒啪嗒的碰撞声中，它们确切在骂些什么却无法听清。

伊拉龙笑了，自己给若伦施加的防护咒语见效了。他希望，这层无形的能量网能支撑到他找到遏制雷斯布拉卡的办法为止。

两只雷斯布拉卡齐鸣，令伊拉龙周围的一切颤抖起来并黯然失色。一时之间，伊拉龙丧失了意识，无法动弹。接着，他重新振作起来，像狗一样抖了抖身子，摆脱它们的致命一鸣。此刻听来，那声音就像两个孩童的痛苦尖叫。

于是，伊拉龙开始用古语飞快而又准确地发出一连串咒语。他吟诵的每句话的力量之大，足可令敌人立时丧命，而致命的方式却各不相同。在他自言自语之际，蓝儿肋部再次受伤，而她则用利爪将对手薄薄的翼膜撕成碎条，成功毁掉攻击者的翅膀。蛇人狂风暴雨式的砍刺带来阵阵冲击力，从若伦背部传到伊拉龙身上，而个子大的蛇人则移动到若伦侧面，伺机进攻伊拉龙。

接着，钢碰钢，钢碰木头，爪子碰石头，嘈杂之中，传来剑划过锁子甲的刺耳声，接着液体飞起。随着若伦“啊”的一声，伊拉龙感觉鲜血飞溅到自己的右腿肚上。

透过眼角，伊拉龙看到一个驼背的身影挺着利剑朝自己冲刺而来。整个世界仿佛都集中在那如同水晶碎片、散发着点点寒光的剑尖之上，在黎明的明媚阳光下，每一剑宛如一道银线划过。

眼见蛇人的剑即将刺入自己的肋部，伊拉龙只来得及大声发出最后一个咒语："Garjzla, letta（光，停住）！"便被迫放弃雷斯布拉卡这个目标，转而去对付蛇人，那是一道非常粗陋的咒语，发于仓促之间，有些杂乱无章，但却收效了。只见雷斯布拉卡球茎状的眼珠变成了两面浑圆的镜子，伊拉龙的魔法将光线反射进它的瞳孔。它两眼一黑，在上方东倒西歪地乱冲一气，根本碰不着蓝儿。

伊拉龙转动手中的山楂棒，隔开离自己肋部仅英寸许的剑尖。冲到他跟前的蛇人伸出脖子，兜帽后赫然探出短粗的喙朝他右眼啄去，伊拉龙弓身而退，刚巧避过。这时，他才注意到，蛇人紫色的舌头状如芒刺，蠕动起来就像一条无头之蛇吐着芯子。

伊拉龙手中握棒，朝前奋力一抡，狠狠打在蛇人凹陷的胸部上，令其趴倒在几码开外。接着，他围着左侧受伤、血流如注的若伦，挡开另一蛇人的进攻。他虚晃一招，击中来剑；蛇人刺其喉，伊拉龙转过棒的另一端，挡去蛇人的进攻。不过，伊拉龙并未停下，而是一个弓箭步向前，棒端直插蛇人腹部。

如果手中拿的是萨若克，蛇人此时此刻早应命丧剑下。尽管如此，蛇人体内还是传来骨头断裂的声音，滚落到十几码开外的地方，却腾地又站了起来，只在凹凸不平的石板地面留下一片蓝色血污。

我需要一把剑。伊拉龙想。

两个蛇人开始联手进攻，伊拉龙只得扩大自己的攻防范围。这也是不得已而为之，因为他必须守住阵地，抵挡敌人的进攻，毕竟在两个黑秃鹫和若伦之间他是唯一的屏障。他打算用对付雷斯布拉卡的咒语来对付蛇人，可是它们上下同时进攻，让他忙得手忙脚乱，根本无暇开口。

嘭的一声闷响，来剑被山楂棒弹开，加了咒语的棒却丝毫未损。伊拉龙上挡下砸，左扫右拨，任意为之，干净利落，与蛇人周旋。面对数敌，棍棒攻防兼备，实乃理想兵器，现在伊拉龙手上，正派上了大用场。他喘着粗气，汗水顺着眉毛而下，聚集在眼角，背部和手臂下侧已湿透。战斗给洞内染上了一层朦胧的血色，仿佛随着他的心跳而颤动，令他视线有些模糊。

他从未感到自己如此充满活力，也从未感到自己如此满怀惧意。

伊拉龙自身的魔法防护严重不足，因为他将大部分的防御能量都给了蓝儿和若伦。很快，他身上的防御能量将会耗尽，左膝外侧为个子小些的蛇人所伤。尽管不致命，造成的麻烦可不小。这样一来，左腿就无法支撑其全身重量了。

伊拉龙抓住棒尾的弯钩，以棒当棍，飞快旋转，当即击在一个蛇人脑袋上。蛇人瘫倒在地，至于是否已毙命，伊拉龙也无暇察看，而是朝另一个蛇人奋身而上，一气连击其手和臂，接着猛地一挑，其手中剑应声而落。

伊拉龙正待结束蛇人的生命，却见那只眼瞎翼折的雷斯布拉卡从洞穴的另一端飞扑而来，重重撞在洞壁上，洞顶的石块如飞雪般震落。场面和声音如此之大，迫使伊拉龙、若伦和蛇人出于本能赶紧闪避。

蓝儿一记狠踢之后，追上被撞得七荤八素的雷斯布拉卡，张嘴朝其颈背咬去。它竭力挣扎，企图摆脱，却被蓝儿紧紧咬住，左右扭摔，断了颈椎，一命呜呼。蓝儿从血泊中站立起来，昂首发出胜利的怒吼。

另一只雷斯布拉卡可没闲着，开始对蓝儿发起攻击，爪子从蓝儿鳞甲下沿刺入，令蓝儿一个踉跄，摔倒在地上。两只巨兽纠缠在一起，滚打到洞口边上，转眼间坠落而下，失了踪影。蓝儿这一招相当高明，因为她将雷斯布拉卡带离了伊拉龙的感应范围，这样一来，他即使想施放咒语，也无能为力了。

蓝儿！伊拉龙喊道。

管好你自己，这家伙逃不了。

一惊之下，伊拉龙赶忙回身，只见矮个子蛇人正搀着高个子躲进最近的地道中。伊拉龙闭上眼，探测到被囚者的大脑，嘴里咕哝着一连串的古语，然后对若伦说："我已将凯特琳娜的牢房封闭，只有我和你能打开，这样蛇人就无法拿她当人质。"

"好！"若伦咬紧牙关说道，他下巴朝右手紧压着的部位扬了扬，只见血正从他指缝间涌出。伊拉龙想先察看他的伤口，但手刚碰到，若伦便痛得弹了回去。

"算你幸运，"伊拉龙说，"剑伤在肋骨上。"说完，伊拉龙一手抵住伤口，另一只手搭在藏在智者拜乐思腰带里的十二颗钻石上，从里边提取储存的能量。"Waise heill（伤口愈合）！"随着一道涟漪穿过若伦的侧腹，魔法迅速将伤口的肌肉和皮肤缝合。

接着，伊拉龙治好了自己膝部的伤。

完事后，伊拉龙直立起身子，凝视着蓝儿消失的方向。她朝雷欧那湖方向追雷斯布拉卡，不过自己与她的联系越发微弱，想帮她也无从下手，现在蓝儿只能靠她自己了。

"快点，"若伦催促道，"它们要跑了。"

"对，走吧。"

伊拉龙手持山楂棒，来到黑乎乎的洞口前，目光扫过洞里的一块块凸石，他心想，蛇人可能会从某块石头后跳出来。他踮着脚走，以免脚步声在通道内回响。他每摸到一块石头，稳住身子，就发现石头表面上有一层厚厚的黏土。

穿过蜿蜒曲折的通道，十几码之后他们来到主洞。那里伸手不见五指，伊拉龙发现自己眼前一片漆黑。

"也许你与众不同，不过，这么黑的地方，我没法儿打。"若伦低声道。

"如果用魔法唤出光来，蛇人知道对自己不利，就不会现身。它们会一直躲着，直到我们离开。趁着这个机会，我们应该把它们干掉。"

"我该怎么办？在这里，我只会撞墙，碰得鼻青脸肿的。怎么可能找到那两只臭甲虫？它们会躲过我们，从后面下手。"

伊拉龙看不到，其他感觉听觉、嗅觉、触觉和味觉依然灵敏，可感知附近有些什么。最大的威胁是蛇人从远距离发动攻击，比如放箭，不过，他自信反应足够敏捷，可保护若伦和自己免受箭伤。

一阵气流轻轻拂过，随着洞外气压的起伏，伊拉龙感觉气流时而停滞，时而回转，周而复始，却无固定间歇，在洞内形成无形的旋涡，犹如翻动的泉水，不时扑面而来。

洞内传来杂乱而怪异的声响，相比之下，伊拉龙和若伦的呼吸声此刻显得大而刺耳。透过他们自己的呼吸声，伊拉龙捕捉到地下迷宫里类似石头掉落发出的叮当、啪、哐啷声，以及冷凝的水珠滴落在某个地下水池的水面发出的咚咚声。靴子踩碎石时，脚下还不时嘎嘎作响，他们前方还传来一声悠长而怪异的呻吟。

至于扑鼻而来的味道，就再熟悉不过：甜腻、血腥、潮湿，还有霉味。

由伊拉龙带路，若伦亦步亦趋，渐渐步入黑格林腹地。地道向下倾斜，岔道弯曲极多，如果没有凯特琳娜的大脑作为参照指引，他们早就迷路了。地道低矮狭窄，一次，伊拉龙脑袋碰在洞顶上，撞得满眼金星，不禁感到一阵眩晕和恐惧。

我回来了。听到蓝儿的宣告之时，伊拉龙正行进于从岩石中凿出来的崎岖小道上。他停下脚步，她没有再受伤，这下可放心了。

那雷斯布拉卡呢？

翻着肚皮浮在雷欧那湖中，恐怕有渔民看见了我们。最后见他们时，他们正前往雷欧那城。

算了，这也是没办法的事。你去看看雷斯布拉卡出来那个洞里还有什么，留意蛇人，它们可能躲起来了，然后从我们进来的地方溜走。

它们地下也许有逃生通道。

或许，不过我想它们暂时还不会溜。

黑暗中，似乎过了漫长的一个钟头——实际上，伊拉龙知道，最多不过十几分钟——他们又往下走了一百多英尺，伊拉龙在一块石地上停下来。他将思维传给若伦，告诉他：凯特琳娜的牢房在我们前方五十英尺左右，右侧。

要等蛇人死了或走了，才能救凯特琳娜出来，否则太冒险了。

如果它们一直躲藏着，等我们放她出来，怎么办？不知何故，我探测不到蛇人，它们可能会一直躲着我。我们到底是该就这么等下去？还是趁这个机会把凯特琳娜救出来？我可以给她设置一些防护，让她对大多数攻击免疫。

若伦想了一下：那就救她出来吧。

他们在低矮崎岖的地道里摸索着继续前进。为了保持身体平衡，伊拉龙不得不专注于自己的脚下。

结果，他几乎听不到衣服摩擦发出的唰唰声，也差点错过了来自右侧微弱的一声响。

他连忙把若伦往后一推，同时缩身靠到洞壁上，感觉有东西钻过自己脸部，在右颊上剐去了一道肉，不算太深的伤口顿时传来一阵烧灼般的疼痛。

“Kveykva（燃起）！”伊拉龙大声喊道。

一团如同正午太阳般的红光立时闪现，无源之光均匀地照亮洞里的一切，不留丝毫阴影，世界仿佛被切成了扁平的。光线的突现令伊拉龙一阵目眩，不过，眼前的一个蛇人更惨。只见它扔下手中的弩，双手捂住弯钩脸，发出厉声尖叫。后面传来同样的尖叫让伊拉龙意识到另一个蛇人就在身后。

若伦！

伊拉龙飞速转身，正见若伦高举铁锤冲向另一个蛇人。晕头转向的怪物跌跌撞撞地向后退，速度却大不如从前。随着若伦一声大喊："为了我父亲！"锤子应声而落，蛇人当场毙命。若伦却再次挥起锤子："为了卡沃荷！"如同打在干瓜皮上一样，最后一锤劈裂了蛇人的背甲。若伦怒目圆睁，看着地上淌出越来越大的一摊紫血。

伊拉龙飞快地旋转手中的山楂棒，挡开攻向自己的箭或剑。待他转过身子，发现地洞里已失去蛇人的影子，他不由得诅咒起来。

伊拉龙大步向地上蜷缩的蛇人走去，棒子朝尸首的脑袋和胸部狠狠一击，发出砰的一声回响。

"这一天我等得太久了。"伊拉龙说。

"我也是。"

他们四目相对。

"啊！"伊拉龙叫了起来，随着疼痛加剧，他禁不住紧抓着自己的脸。

"流着血呢，"若伦喊道，"快想办法。"

蛇人肯定在箭头上涂了赛瑟油（译注：赛瑟油，由一种长在阿拉加西亚北部一小海岛上的叫赛瑟的植物中提取，极其罕见。经血祭并施咒后，赛瑟油变成一种对人体具有强大腐蚀性的毒药，多为蛇人及暗杀者使用）。伊拉龙想。回想起自己学过的内容，他用咒语清洗伤口和周围组织，接着修复面部的创口。完成之后，他张合着嘴，确认肌肉已完好无损，脸上挤出一丝笑容，说："真难想象，没有魔法，我们会是什么样。"

"没有魔法，我们根本就不必为加巴多里克斯而烦恼。"

这些以后再说吧，蓝儿提醒道，那些渔民一旦到了雷欧那城，国王就可能从他某个咒语编辑手那里得知我们的所作所为。我们可不希望还在黑格林的时候遭到他的占卜。

对，对！说着，伊拉龙熄去无所不在的红光，紧接着一声"Brisingr raudhr（红色的火）"，发出一道与前晚一样的火，让其在离洞顶六英尺的空中停住，而不是像原先那样跟着自己走。

现在，伊拉龙终于有机会仔细打量一下地道里的情形。只见洞内两侧的石壁上有二十来扇铁门，他指着前方说："正数第九个门，右边。你去救她，我去检查其他的地牢，里边或许有蛇人留下的什么东西。"

若伦点了点头，弯腰在尸首上翻找，却没发现钥匙。他一耸肩："看来得来硬的。”说完，他冲到第九扇门前，放下盾牌，对准门铰链，奋力挥动起锤子，每一锤都传出恐怖的开裂声。

伊拉龙没去帮手，一是表兄不需要或不愿意，二是自己也没闲着。他来到第一座地牢前，轻声说了三个字，锁头啪嗒一声开了。他推开门，发现室内只有一副黑镣铐和一堆白骨。这并未出他所料。伊拉龙知道自己要寻找的目标在哪儿，现在只是在装模作样，以免若伦起疑心。

第二扇，接着第三扇门，一一被伊拉龙施法打开。随着第四扇地牢门缓缓后移，浮动的冥火照亮了地牢，里面正是伊拉龙极不愿面对的那个人：史洛恩。

生离死别

The Inheritance Cycle

史洛恩垂头靠墙而坐，双手被链条吊在上方的铁环上。

衣不遮体的屠夫，脸色苍白，骨瘦如柴。半透明的皮肤上，青筋暴突，几乎可以看清他身上每一根骨头。被镣铐铐住的手腕处早已溃烂，渗出透明的液体和血。稀疏的头发已花白，黏结成一缕缕，垂在麻脸上。

听到若伦锤子发出的当当声，史洛恩朝有光的方向微微抬起了头，用颤抖的声音问道："是谁？谁在那儿？"他的头发分开，向后滑，露出了凹陷的眼眶。空眼洞上方的眼皮孤零零垂着几小片皮，周围青肿且已结痂。

惊愕的伊拉龙此时才意识到，蛇人已将其眼珠啄去。

接下来怎么办，伊拉龙心里没底。伊拉龙发现龙蛋，是他告诉蛇人的。史洛恩杀害了看守，还将卡沃荷出卖给帝国。如果将他带给村民，他们肯定会判他有罪，把他吊死。

在伊拉龙看来，让屠夫血债血还，这最恰当不过。不过，他犹豫不决，并非因为这个缘故，更多是因为若伦爱凯特琳娜，而无论史洛恩做过什么，作为其女儿，凯特琳娜内心依然会对父亲怀有一丝好感。目睹一个仲裁人当众控诉史洛恩的罪行，并宣布对他处以绞刑，对她来说并非易事，推而论之，对若伦也是。伊拉龙若把史洛恩一起带回去，定会在自己、若伦、凯特琳娜和其他村民之间埋下不和的种子，由此产生的怨恨会使他们无法专注对抗帝国。

*最简单的解决办法，伊拉龙想，就是把他杀了，然后说找到他时已死亡……*他嘴唇颤动，就要发出死亡咒语。

"你们要干什么？"史洛恩问，他左右转动着脑袋，想听清楚些，"我把知道的一切都告诉你们了。"

对自己的优柔寡断，伊拉龙心里有些自责。史洛恩的罪行昭然若揭：他是一个杀人犯，一个叛徒，任何一个执法者都会判他极刑。

这样的结论当然正当至极。不过，蜷缩在眼前的却是史洛恩，一个自己打小时候起就认识的人。屠夫或许是个卑鄙小人，但是历历在目的往事和记忆，让伊拉龙良心感到不安。这么把他杀了，跟杀死霍司特、洛林或任何一个卡沃荷的其他长者又有何分别？

伊拉龙依然决定发出死亡咒语。

一个画面在伊拉龙的脑海里浮现：托肯布兰德——他和穆塔前往沃顿国途中遇到的那个奴隶，跪在尘土飞扬的地上，穆塔大步上前，将其斩首。伊拉龙记得，自己当时极力反对穆塔的所为，而且，事后好些日子都难以释怀。

我是不是变了，他自问，变得也可以做同样的事？正如若伦所说，我杀过人，但那毕竟是在战场上……却从来没在这样的场合啊。

他朝身后瞥了一眼，只见若伦砸掉了牢门的最后一个铰链。若伦扔下锤子，正要把门往里撞开，但似乎想了一下，转而打算把门板抽出门框。门板只稍稍升起了一点便停住了，在若伦手里有些摇晃不定。"来帮我一把！"他喊道，"我不想让门砸到她。"

伊拉龙回头看着可怜的屠夫，他已无暇再磨磨蹭蹭。他必须做出选择，要么这样，要么那样，他必须做出抉择……

"伊拉龙！"

我不知道怎么办。伊拉龙想。他难以决断，是因为自己知道不能把史洛恩杀了，也不能把他带回沃顿国。但是，还能怎么办？有没有不那么明显，不那么暴力的第三个办法？

伊拉龙抬起手，似乎发出了一个咒语，嘴唇轻轻吐出一个字："Slytha（睡）。"史洛恩身子一顿，手上的镣铐发出碰撞声，随即昏睡不醒。确信咒语生效后，伊拉龙关上牢门，上好锁，恢复了原来的保护场。

你要干什么，伊拉龙？蓝儿问道。

等我们再会时，我再解释。

解释什么？你根本没想清楚。

给我点时间，会想清楚的。

伊拉龙过去，站到若伦对面。这时，若伦问："里面是什么？"

"史洛恩，"伊拉龙边说边调整好手势，"他死了。"

若伦瞪大了眼睛："怎么死的？"

"看样子是被蛇人扭断了脖子。"

一时间，伊拉龙担心若伦会怀疑自己，不过他只是咕哝着说："我想，这样更好。准备好了？一，二，三……"

他们一起抬起沉重的浇铸铁门，扔到外面地上，低沉的回响在洞内经久不息。若伦立刻飞身进了地牢，伊拉龙紧跟其后。

牢里点着蜡烛，只见凯特琳娜蜷缩在一张铁床尽头，嘴里发出愤怒的声音："滚开，你们这些无耻的禽兽！我……"见若伦走上前来，她惊呆了。由于缺少阳光，她脸色苍白，污渍斑斑。但是，此时此刻，她脸上绽放的惊奇表情和柔柔爱意，让伊拉龙觉得极少见过这么漂亮的女孩。

她缓缓站起来，双目一刻不离若伦，然后伸出一只颤抖的手，轻抚他的脸颊。

"你来了。"

"我来了。"

若伦喜极而泣，伸出双臂，将她紧紧抱在怀里。他俩久久相拥，完全将外面的世界抛诸脑后。

若伦向后退了一步，在她嘴唇上印上三个吻，凯特琳娜皱着鼻子，惊叫道："你长胡子了！"纵使她有千言万语，但谁也想不到她竟然会冒出这么一句来——口气里还流露出惊讶和难以置信，伊拉龙禁不住咯咯笑了起来。

凯特琳娜似乎这才发现他的存在。她转过视线，目光停留在他脸上，疑惑地打量了一番。"伊拉龙？是你吗？"

"是啊。"

"他现在是龙骑士了。"若伦补充道。

"骑士？你是说……"她结结巴巴地问道，若伦的话让她有些不知所措。她抬头看着若伦，像要寻求保护似的，将他抱得更紧，身子缓缓向一侧游移，远离伊拉龙。接着，她开口问道，"你……你是怎么找到我们的？你还跟谁一起来？"

"这些以后再说吧。我们得赶紧离开黑格林，否则帝国的兵马很快就会追杀而来。"

"等等，我爸爸呢？你找到他了吗？"

见伊拉龙不语，若伦收回目光，看着凯特琳娜，低声说道："我们晚了一步。"

凯特琳娜浑身颤抖。她闭上眼睛，一颗泪珠顺着脸颊滚落："随他去吧。"

他俩说话间，伊拉龙绞尽脑汁在想如何处置史洛恩。他尽量隐藏自己的那些想法，不让蓝儿得知，因为他知道，蓝儿不会同意他的打算。终于，他有了个主意，奇特至极，充满了危险和未知数，但是在目前情形下，这是唯一可行的。

伊拉龙决定不再为此纠缠下去，要立即开始行动。时间紧迫，要做的事太多。"Jierda（破）!"他大声喊道，手向下一指，一阵蓝色火花和碎片飞溅，凯特琳娜脚踝上的铁镣应声而散，把她吓得跳了起来。

"魔法……"她呢喃道。

"一个简单的咒语！"说着，伊拉龙的手伸向凯特琳娜，受惊的她连忙一缩，"凯特琳娜，我要看看加巴多里克斯或他的魔法师是否在你身上设置了魔法陷阱，或者强迫你用古语起誓。"

"古……古……"

若伦打断了她："伊拉龙！我们回到营地再做不迟，这里不可久留。"

"不，"伊拉龙振臂一挥，断然拒绝，"现在就做。"

若伦绷着脸，无奈地站到一旁。伊拉龙双手搭在凯特琳娜肩上，说："看着我的眼睛。”她点头应承。

这是伊拉龙首次有充分的理由利用从俄拉米斯那儿学来的咒语去侦寻另一个魔法编辑手。他无法逐字记住埃勒斯梅拉古卷上的内容，记忆上存在好些空白，有三次他在咒语中只好使用同义词来替代。

伊拉龙凝视着凯特琳娜闪亮的眼睛，嘴里诵着古语短语，间或——当然在得到她许可的前提下——检查她的记忆，看看是否有人动过手脚。他小心翼翼地进行着，完全不同于自己抵达堡藤杜尔那天双胞胎粗暴的行径。

若伦在门外来回踱着，警觉地为伊拉龙护法，每一秒的逝去都徒然增加他的焦虑。他转动着手里的铁锤，似乎在伴随着音乐般轻轻敲打着腿。

终于，伊拉龙放开了凯特琳娜：“结束了。”

“发现什么了？”她轻声问道。她紧抱双臂，皱着眉，焦虑地等待他的裁决。若伦停下了脚步，地牢里静得有些可怕。

“没什么，只有你自己的思想，没发现咒语。”

“当然没有。”若伦有些愤愤不平，再次将她揽进怀里。

他们三人一起出了地牢。“Brisingr, iet tauthr（火，跟我来）！”说着，伊拉龙朝浮在地道上空的冥火做了个手势，火球立刻飞射到他头顶上方，宛如一片激流中的浮木。

由伊拉龙领头，他们一路小跑，穿过来时所经迷宫地道，朝他们落地的那个大洞奔去。伊拉龙一边跑一边给凯特琳娜建立防护，时刻提防另一个蛇人的袭击。身后的若伦和凯特琳娜不时在用些简短的字词交谈：“我爱你……霍司特和其他人安全……永远……为了你……当然……当然……当然……当然。”他们之间的肝胆相照和忠贞不渝完全流露，这在伊拉龙心底里激起一阵暗暗的渴望。

离大洞约十码的地方，可依稀看到前方微弱的光亮，于是，伊拉龙熄了冥火。再行几码，凯特琳娜慢下了脚步，捂住脸靠在洞壁上：“我受不了了。太亮了，我眼睛疼。”

若伦迅速移身到她前面，遮住了光线：“你多久没出来了？”

“我不知道……”她声音中带着惧意，“我不知道！它们带我来这儿之后。若伦，我的眼睛会不会瞎？”她抽抽搭搭地哭了起来。

伊拉龙为之一惊。在他的记忆中，凯特琳娜是一个坚强果敢的女孩。不过，毕竟被关在黑暗中数周，整天担惊受怕。换了他自己，也会是这个样子。

“不，你没事了。只是需要慢慢适应阳光。”若伦轻抚着她的头发，安慰道，“来吧，别担心。一切都会好起来的……你现在安全了。安全了，凯特琳娜。听到没有？”

“听到了。”

尽管有些不情愿，伊拉龙还是从精灵送给自己的那件束腰外衣的下摆扯下一条布，递给凯特琳娜，说：“用这个蒙住眼睛。透过布，应该可以看得到路，不至于跌倒或踢中什么。”

道谢后，她给自己蒙上眼。

他们三人继续前行，终于到了主洞。这里阳光明媚，地面血液四溅，因雷斯布拉卡尸首散发出的有毒气体而更加臭不可闻。这时，蓝儿从对面的一个地道里现身，一惊之下，凯特琳娜有些喘不过气来。她抱着若伦，紧紧抓住他的胳膊。

伊拉龙说：“凯特琳娜，让我来给你介绍蓝儿，我是她的骑士。她听得懂你说什么。”

“很荣幸认识您，噢，龙。”凯特琳娜好不容易挤出了几个字，同时一躬身，勉强致了一礼。

蓝儿微微颔首，转而面向伊拉龙：我搜索了雷斯布拉卡的窝，发现除了骨头还是骨头，有些似乎是刚被啃去了肉的。蛇人应该是昨晚把那两个奴隶吃了。

可惜没能救他们。

我知道，但是，这场战争中，我们不可能保护每一个人。

对蓝儿打了个手势，伊拉龙说：“来吧，爬到她背上去，我马上就来。”

凯特琳娜有些犹豫，看着若伦。若伦点头，轻声安慰道：“没事的，是蓝儿带我们来的。”他俩绕过雷斯布拉卡的尸首，朝蓝儿走去。蓝儿平蹲在地上，让他们上去。若伦双手并成梯子，抬起凯特琳娜，让她可以够得着蓝儿左前腿的上方。从那里，她使劲爬到鞍座下像梯子一样的圆形脚镫，最后坐到了蓝儿的肩顶部。像一只在岩脊间奔跳的山羊，若伦也攀上了蓝儿的背。

伊拉龙早已跟着他们来到蓝儿身旁，仔细检查了她身上的划伤、伤口、裂口、肿块和戳伤，依自己的观察与蓝儿的自我感觉判断其严重程度。

天哪，蓝儿说，等我们脱离了危险再看不迟，我不会流血致死的。

不对，这个你也明白。你有内伤，如果现在不加以治疗，可能会出现并发症，到时我就束手无策了。这样，我们就无法回到沃顿国。别争论了，我不会改变主意的，况且一下子就可以了。

事实上，那可不是一下子。伊拉龙花了数分钟才将蓝儿治愈。她的伤其实相当严重，为了给她疗伤，伊拉龙耗尽了智者拜乐思腰带里储存的能量，此外还从蓝儿的庞大能量中抽取了一些。每当他完成一个重伤口的治疗去处理轻微些的伤痕，蓝儿就会抗议，说他愚不可及，要求他停下来。不过，伊拉龙置之不理，越发令她不快。

因长时间使用魔法和此前的战斗，伊拉龙能量消耗甚大，有些站立不稳。对着被雷斯布拉卡啄伤的部位，伊拉龙轻轻弹去一指，对蓝儿说：回去后，让阿丽娅或其他精灵给你检查一下，尽管我尽我所能了，不过，可能会有所忽略。

谢谢你的关心，蓝儿应道，不过，这里不是表现柔情的地方。来吧，我们离开这个鬼地方！

没错，该走了。说着，伊拉龙往后一退，离开蓝儿，朝身后的一条地道走去。

“来啊！”若伦呼唤道，“快点！”

伊拉龙！蓝儿惊呼。

伊拉龙摇了摇头：“不，我留下。”

“你……”若伦张口正要说什么，蓝儿愤怒的咆哮打断了他。她的尾巴打在洞壁上，爪子狠狠抓过地板，地上的骨头和石头嘎吱作响，刺耳的声音犹如一个人临终发出的凄厉呐喊。

“听着，”伊拉龙喊道，“一个蛇人溜了。再想想，黑格林还有什么？卷轴，药品，有关帝国的各种信息——这些对我们来说都很有用。蛇人甚至还可能把它们的蛋藏在这里。如果真的这样，在加巴多里克斯下手前，我要毁了它们。”

对蓝儿，他说：我不能杀了史洛恩，不能让若伦或凯特琳娜看见他，不能任由他在地牢里饿死或让国王的人又把他抓走。对不起，我得自己处置史洛恩。

“你怎么离开帝国？”若伦问道。

“我会跑。我现在跑得跟精灵一样快，你知道的。”

蓝儿的尾巴一摆，伊拉龙知道，这是蓝儿要行动的征兆，接着她就会伸出闪亮的爪子，朝自己扑来。刹那间，恰恰赶在蓝儿踏足他原来所站之处前，伊拉龙飞身冲进了地道。

蓝儿奔到地道口前，戛然而止，因无法追进地道内而沮丧咆哮起来，身躯几乎遮住了所有光线。蓝儿爪齿并用，把入口上的岩石大块大块地抓下。她那狂野的咆哮，还有伸向地道里的、露出如同伊拉龙手臂般大小牙齿的长嘴，令伊拉龙感到一阵惧意袭遍全身。一匹狼不停在外挖掘，一只兔子蜷缩在窝里是怎样的感受，此时，他才有了切身体会。

“Gánga（走开）！”他大声喊道。

不！蓝儿脑袋垂地，瞪着可怜的双眼，发出一声恸哭般的哀鸣。

“Gánga! 我爱你，蓝儿，但是你必须走。”

蓝儿后退了几步，朝他呼哧呼哧地抽着鼻子，像一只小猫似的呜咽着说：小家伙……

伊拉龙不愿让她伤心，不愿叫她离开。这么做，仿佛将自己撕裂开了。蓝儿的痛楚通过他们之间的思维通道传递过来，与他自身的悲痛汇集在一起，几乎让他瘫倒在地。但是，最后他还是鼓足了勇气，说：“Gánga! 别回来找我，也不要派别人来。我不会有事的。Gánga! Gánga!”

沮丧的蓝儿发出阵阵哀鸣，无奈地走向洞口。龙鞍上的若伦也大声喊道：“伊拉龙，快来！别犯傻了。你千万不能冒险……”

随着蓝儿振翅而飞，嘈杂掩去了若伦后面的话。晴空之下，龙鳞如同蓝宝石一般发出璀璨的光芒。伊拉龙觉得，蓝儿真是一条华贵无比的龙：远比世上任何其他生物要雄伟、要高贵。牡鹿也好，狮子也罢，如何能与翱翔在天的飞龙相媲美。这时，只听蓝儿说：一个星期，我最多等这么久。否则，我就会回来找你，伊拉龙，无论是荆刺、苏瑞坎，还是成百上千的魔法师，谁都无法阻挡我，我一定会杀出一条血路来找你。

伊拉龙默默地站在那里，心里像灌了铅一般沉重，看着蓝儿渐渐消失在眼际，自己无法再感应到她。接着，他挺直肩膀，转身将太阳以及明亮和有生命的一切抛在后，再次踏步进入黑暗的地道。

骑士与蛇人

The Inheritance Cycle

这里是黑格林心脏地带的地牢通道。头顶上的冥火闪着冷光，伊拉龙端坐于地上，腿上横放着山楂棒。

他嘴里重复着一个古语短语，声音在石壁间不停回响。他所说的并非咒语，而是向另一个蛇人发出的一段信息，大意是："来啊，你这个人肉食者，让我们来结束这场战斗。你受伤了，我也精疲力竭。你的同伙死了，我现在也是孤身一人。我们算是棋逢对手，旗鼓相当。我保证不会对你使用魔法，也不会像先前那样使用咒语来伤你或困住你。来啊，你这个人肉食者，来结束我们之间的这场战斗……"

这些话他不知说了多久：在这个色彩诡异的通道里，时间仿佛停滞了，永恒不变的只有他不断重复的言语，其中具体的语序和语义本身并不重要。再过了一会儿，他喧嚣的思维终于平静下来，取而代之的是一种怪异的宁静。

他嘴张着，却停止了言语。接着，他合上嘴，时刻保持着警惕。

蛇人在他前面三十英尺开外出现，破烂斗篷的褶缝上淌着血。"我的主人并不想让我杀你。"它发出嗞嗞声。

"这个现在对你没有意义了。"

"不，如果我败在你的棒下，就让加巴多里克斯随心所欲地处置你，他的心肠要比你好。"

伊拉龙大笑："心肠？我才是人们的捍卫者，而非他。"

"你这个傻小子，"蛇人微微抬起头，越过他，看着通道里另一个蛇人的尸首，"它是我的伴侣。跟我们第一次相遇相比，你厉害多了，魔影杀手。"

"要不早就没命了。"

"魔影杀手，愿意跟我讲个条件吗？"

"什么条件？"

"魔影杀手，我是蛇人族的最后一个。我们是非常古老的一族，因此，我不愿蛇人族就此毁灭，不为人知。可否通过歌曲的传唱以及历史的记载，让你们人类牢记我们所唤起的恐怖？……我们就代表恐怖！”

“我为什么要这么做？”

蛇人将喙状的嘴塞进狭窄的胸膛，嘎嘎吱吱叫了好一阵。“因为，”它说，“我会告诉你一个秘密，对，一个秘密。”

“那就说吧。”

“你先答应我，不然给你耍了。”

“不，你先说，我再决定是否同意。”

至少过了一分钟，他们谁都不言语。伊拉龙全身肌肉紧绷，时刻防备蛇人的突袭。蛇人又尖叫了一阵，开口说道：“他差点就发现那个名字了。”

“谁？”

“加巴多里克斯。”

“什么名字？”

蛇人失望地嗞嗞喊道：“我不能告诉你。那个名字！那个真名！”

“除了这个，你还得另告诉我些东西。”

“不行！”

“那就没什么条件可讲了。”

“该死的骑士！我诅咒你！咒你在这个世界上永远找不到栖身之所或洞穴，永远找不到片刻的安宁。咒你离开阿拉加西亚，一去永不返！”

彻骨的惧意袭来，伊拉龙感到脖子隐隐作痛。他的脑海再次回响起草药师安吉拉的话，看到她铺开龙骨，给自己算命，并且说出一模一样的命运。

蛇人将斗篷向后一甩，一股血幕随之起落，露出手中已搭上箭的弩，抬手朝伊拉龙胸膛就是一箭。

伊拉龙举棒将箭弹开。

这一回合仿佛是他们大战前约定俗成的一个前奏。完后，蛇人弯腰将弩放在地上，起身拉直风帽，慢慢拔出长袍下的长剑。而伊拉龙则立起身子，紧握着棒，身体微微向前一倾。

双方同时发动攻击。蛇人企图将伊拉龙一劈两半，伊拉龙身子一旋，避开一击，回手棒尖向上一刺，尖刺穿透蛇人的喙嘴和护颈板。

蛇人身子一颤，倒落在地。

看着恨之入骨的敌人，看着它那无眶黑眼，伊拉龙突然觉得两腿发软，止不住在石壁上干呕起来。擦干嘴角，拔出棒子，伊拉龙沉声道：“为了我们的父亲，为了我们的家园，为了卡沃荷，为了布鲁姆……大仇终于得报。咒你永远烂在这里，蛇人。”

接着，伊拉龙进了地牢，找到依然沉睡不醒的史洛恩，将他扛在肩上，顺着原路往回走。沿途，他不时将屠夫放下来，去打探自己没去过的房间或小路。在这些地方，他发现了许多邪恶的器具，包括四罐赛瑟油。他立即将其销毁，以防这种人肉腐蚀剂再落恶人之手。

伊拉龙跌跌撞撞地走出了迷宫般的地道，外面的阳光照射在脸上，他感到有些灼热。他屏住呼吸，越过雷斯布拉卡的尸首，来到大洞边上，俯视黑格林峭壁之下远处的群山。朝西，他发现，在连接黑格林和雷欧那城的路上，一柱橙色的尘土飞扬，显然，一队骑兵正在赶来。

右肩上的史洛恩压得他有些发痛，只好将他移到左肩。他一边眨眼，挤掉睫毛上的汗珠，一边思考两个人如何才能翻越五千多英尺的峭壁到达地面。

“差不多一英里，”他喃喃自语道，“如果有路，即使扛着史洛恩，要走下去也是小事一桩。看来，我得拥有足够的能量，使用魔法来把我们弄下去……对，不过，一段时间可完成的事，放到一瞬间来做，那太费劲，甚至还会要了你的命。正如俄拉米斯所说，人体内的能量转换速度永远赶不上消耗的速度，一次转换只能让咒语持续几秒钟。每一个时刻，我自己体内只有一定的能量，一旦消耗掉，就要等待恢复……这么自言自语解决不了问题。”

伊拉龙扶稳肩上的史洛恩，目光锁定下方大约一百英尺的一条窄岩脊。这回有的受了。他想。做好了准备，他厉声喊道：“Audr（起）！”

伊拉龙感到自己离开地面上升了几英尺。接着，他说：“Fram（向前）。”咒语推动他离开城堡，如一片浮云，悬于空中。尽管惯于与蓝儿在空中翱翔，看到脚下除了稀薄的空气，别无一物，还是让他感到有些不安。

伊拉龙平稳地控制好魔法，飞快地从蛇人的老巢降落到岩脊上，回首一看，老巢再次隐入虚石墙之后。落地时，靴子踩在一块松动的岩石上，他差点滑倒。他挣扎着，试图站稳，却无法往下看，因为此刻一旦向下探头，整个人就可能翻落而下。就在他要驱动魔法自救之际，他的身子移动戛然而止。原来左腿卡入了石缝，石缝的边穿透护板，夹住了腿肚。这点他并不放在心上，毕竟这一夹让他停稳下来。

伊拉龙将背靠在黑格林石壁上，以便支撑住史洛恩软绵绵的身子。还不算太差。他想。这一招，消耗了一些能量，不过并不影响他继续施威。“我能做到，”他想，他大口吸入新鲜空气，等待剧烈的心跳平和下来，此时的感觉，就像扛着史洛恩一口气跑了数十码，“我能做到……”

越来越近的骑兵引起了他的注意。他们越发清晰可见了，行进的速度也让伊拉龙有些担心。看来这是我和他们的一场竞赛，他意识到，我要在他们赶到黑格林之前离开这里。他们中肯定会有魔法师，现在这个样子，无法跟他们一战。想到这里，他瞥了史洛恩一眼，说：“或许你也可出点力，是不是？考虑到我现在拼命救你，这点微薄之力你还是该出的。”沉睡中的屠夫脑袋一翻，再次回到他的梦中。

随着一声“Audr！”，伊拉龙再次飞离黑格林，悬于半空。这一次，他调动了两个人的能量：自己的，还有史洛恩的。相比之下，史洛恩的能量极其有限。顺着黑格林突兀的外侧，他俩像两只怪异的鸟向下飘，落脚点是另一块岩脊，其宽度足可让他们平稳落地。

就这样，伊拉龙精心计划着向下降落，一般都是走曲线，向右移，这样就可利用身后的凸岩挡住骑兵的视线。

愈接近地面，他们的速度愈慢。伊拉龙感到似乎就要被疲劳压垮，每次降落的距离越来越短，每次施法后能量的恢复也越来越困难。甚至要抬起一根手指都不是一件简单的事，这令他感到极其恼火。困倦不断袭来，使他的思想和感觉越发迟钝，对于他酸痛的肌肉而言，坚硬的岩石现在似乎成了松软的枕头。

当他最终摔落在被太阳烤干的地面上时——他太虚弱了，根本无法控制，只能任由自己和史洛恩一起撞到了地上——伊拉龙趴在地上，手臂压在胸口下，眼睛半开半合，迷茫地看着离鼻尖一两英寸距离的一小石块，盯住嵌入石块缝隙里的小片黄水晶。背上的史洛恩重得像一堆铁块，伊拉龙感到自己只有气出，却无气进，视线越来越模糊，仿佛一片黑云已遮天蔽日。每一次心跳不过是一次微弱的脉动，而每次心跳之后就是死一般的平静。

他已无法连贯思维，但是心底里清楚自己就要死了。他并不害怕，相反，觉得有一丝安慰：他疲惫至极，或许死亡可以帮助他从已被重创的肉体中解脱出来，赐予他永恒的安宁。

这时，头顶或脑后飞来一只拇指粗的大黄蜂，先是在他耳际徘徊，然后盘旋于石块之上，似乎在仔细研究缝隙里的晶体。晶体的颜色如同满山绽放的原野星一般鲜黄，在早晨的阳光映照下，蜂体上的短毛闪闪发亮——伊拉龙来时，其尖尖细毛清晰可见——一对模糊的翅膀发出嗡嗡响，宛如阵阵鼓声传来，腿上的细毛沾满了花粉。

这是一只美丽、鲜活而又生机勃勃的大黄蜂。它的出现，重新激发了伊拉龙生的欲望。一个有如此鲜活生命存在的世界，当然也是他所期待的世界。

凭着那股意志力，他把压着的左手抽出来，像一条水蛭，一只壁虱，或其他寄生虫一般，抓住附近一株灌木的木本干系。随着他抽取其生命源，植物顿时蔫黄。从手臂传递过来的能量顿时让他清醒，现在，他终于害怕了。重新燃起生的欲望之后，他心里仅存对死亡黑暗的恐惧。

他费力地向前爬，抓住另一株灌木，将其能量传导到体内，接着是第三株，第四株……直到他感觉自己体力充沛如初。他站了起来，回望身后留下的一长串蔫黄的植物，看到自己造成的结果，嘴里的苦味油然而生。

伊拉龙知道，自己刚才施行魔法有些无所顾忌，而且，他也意识到自己此举是多么草率。假如他死了，沃顿族也注定要落个惨败的结局。现在回想起来，他为自己的愚蠢感到有些后怕。把事情搞得一团糟，要是布鲁姆，早该扇我耳光了。他想。

伊拉龙回到史洛恩身边，抱起地上骨瘦如柴的屠夫，离开黑格林，借着一段洼地的遮蔽，向东大步而行。十分钟后，他停下来，看看身后是否有人追击，只见黑格林基座上方烟尘滚滚，应该是那队骑兵到了。

他笑了。他们之间距离已相当远，加巴多里克斯的手下里，即使有魔法师，也不可能发现他或史洛恩了。等到他们发现蛇人的尸首，他想，*我早就跑到一英里之外了。我想他们就不可能再发现我。而且，他们即使要找，也会去找龙和龙骑士，才不会来理会一个步行之人。*

因为不用担心再遭袭击，伊拉龙现在大为放心，从而恢复先前的行进速度：平稳、轻松地大踏步走，这样一天下来也不会累。

金色的太阳当头照，眼前是一片无路荒野，延绵数英里，才出现某个村落的外围建筑。伊拉龙内心燃起了新的喜悦和希望。

蛇人终于死了！

终于完成了复仇之旅，终于完成了对加罗和布鲁姆的未尽义务，终于摆脱了自蛇人出现在卡沃荷以来积压在内心的恐惧和愤怒的阴影。他没料到复仇之旅如此漫长，现在得以完成，实乃壮举。他让自己陶醉于完成这一壮举所带来的满足里，尽管其间少不了若伦和蓝儿的协助。

没错，令他吃惊的是，这竟然是一场苦乐参半的胜利，伴随着意想不到的失落感。他的复仇之旅是他与帕伦卡那段生活之间的最后关联之一，而无论这一联系是多么可怕，他也不愿放弃。另外，复仇任务让他第一次觉得生活有了一个目标，那也是他离家的原因。没有了它，他顿时感到内心出现了一个空白，那里一度是他存放对蛇人仇恨的地方。

对于如此可怕的任务的完结，自己竟然会感到惋惜，这令伊拉龙有些惊骇。他发誓，今后绝对不再犯这样的错。*我竭力与对抗帝国、穆塔和加巴多里克斯的斗争保持一定距离，目的就是避免为形势所迫而节外生枝，或者，更糟糕的是，我会试图延长这样的对抗，而不是顺势而为。*他决定将这些无谓的惋惜抛诸脑后，满足于眼前的解脱：复仇之旅是自己强加给自己的一种苛求，现在得以解脱了。剩下的责任，就是作为龙骑士应尽的义务了。

伊拉龙有些兴高采烈，脚下的步伐也变得轻松起来。随着蛇人的消失，他觉得终于可以不必再依赖于过去，而是依赖于自己的现在，即作为龙骑士，为自己打开一片新的天地。

他微笑地看着前面起伏的地平线，一边跑一边笑，完全不在意可能有谁会听见。他的笑声在洼地里、在他四周回荡。这个世界似乎旧貌换了新颜，显得如此美丽，显得充满了希望。

旷野独行

The Inheritance Cycle

伊拉龙的肚子咕噜咕噜地叫了起来。

长途负重跋涉之后，他正仰卧在地上，伸着腿。这时，肚子里发出了响亮的咕噜声。

听到这意外的声响，伊拉龙飞快蹿起来，四处寻找棒子。

旷野之上，风呼啸而过。太阳已落山，万物染上了青紫色。除了摇曳的小草，一切都停滞下来。当然，史洛恩也是一个例外。只见他的手指在缓慢地张合着，似乎在伊拉龙魔法施加的沉睡中看到了什么。彻骨的寒意预示着夜晚的降临。

伊拉龙放松下来，自嘲似的笑了笑。

一想到肚子咕噜叫的原因，轻松的心情立时化为乌有。与蛇人作战，施放了无数的咒语，还有一整天扛着史洛恩，让伊拉龙早已饥肠辘辘。他在想，如果自己能穿越时空，肯定能把去塔纳哥时矮人招待自己的那顿饭通通吃掉。一想起他们的烤野猪——以蜂蜜和香料调味、烤得流油的香辣野猪——伊拉龙不禁流出了口水。

问题是，他现在没有任何补给。水很容易弄来，如果需要，他可以从泥土里取水。在这样的荒凉之地寻找食物，不仅很难，而且还使他陷入一个棘手的道德困境。

训练时，俄拉米斯给他讲了很多有关阿拉加西亚各地气候和地理的知识。所以，伊拉龙离开营地去四周侦察时，他能识别所见到的大多数植物。其中，只有少数几种可食用，但是，它们都很小也很少，在一定时间里，不可能找到够两个成年人吃的量。当地的野生动物早已将四周的果实搜罗殆尽，他一时间也找不到。况且，他认为，在这种地方，就是沙鼠，也顶多囤积了几口食物而已。

现在，他只有两个选择，当然两者他都不喜欢。他可以——就像从前一样——从营地周围的动植物身上汲取能量，这样做的代价就是在地上留下一条死亡带，死亡带内，所有的生物，哪怕是土壤里的微生物，将无一幸免。这样做可让他和史洛恩支撑下去，但是，仅靠能量的注入不能完全解决问题，毕竟他们现在腹中空无一物。

另外一个选择就是猎取。

伊拉龙绷着脸，转手将棒插在地上。他与无数的动物分享过彼此的思想和渴望，一想到要把它们中哪一个吃掉，他极其反感。不过，他不能就因为要放过一只兔子而忍饥挨饿，让自己虚弱下去，甚至让帝国将自己抓获。正如蓝儿和若伦所说，每一种生物都以吃别的生物为生。这是一个残酷的世界，他想，这是我所不能改变的……精灵吃素没错，但此刻，我迫切需要食物。迫不得已的情况下，我也不必感到内疚。吃些熏肉，吃条鳟鱼或者什么别的，并不是什么罪过。

他脑海里继续为此纠缠不休，想说服自己，但是，一想到要吃动物，还是感到有些反胃。过了近半个小时，他依然原地踏步，无法迈出理所应当的那一步。突然，他意识到天已很晚，不禁为虚耗时光而大骂自己。从现在开始，他必须争分夺秒。

伊拉龙狠下心来，将意识的触角向外伸展，搜寻着旷野，找到了两只大蜥蜴。沿着一个弯曲的地洞，在沙地下又发现了一窝介于鼠、兔和松鼠之间的某种啮齿目或类似啮齿目的动物。“Deyja（死）。”伊拉龙咒语一出，杀死了两只蜥蜴和一只啮齿目动物。它们都是瞬间死亡，没有任何痛楚。但是，在熄灭它们大脑中的光芒那一刻，伊拉龙咬牙切齿才得以痛下决心。

伊拉龙翻开它们藏身处上面的石头，取出了蜥蜴。那只鼠则是用魔法从洞里唤出，而且在这个过程中，尽量不惊动其伙伴。试想，如果让它们知道，即使在秘密的避风港，捕食者竟然能杀它们于无形，那会产生多大的恐惧，那又是多么残忍！

他随即动手清理内脏，剥皮，清洗，接着将垃圾深埋，以防食腐动物觅食。接着找来些薄平石片，临时搭了个烤炉，在下面生好火，开始烹饪。其实，身边没有盐，他无法调什么味。不过，他用手碾碎了些植物，发现它们气味芳香，便在食物外表涂抹一番，还塞了些进其肚里。

鼠先熟，毕竟其体积比蜥蜴小。伊拉龙将鼠从炉里取出，举到嘴边，愁眉苦脸地看着，内心止不住在抵触。如果不是被兼顾烧火和烤食物，分散了注意力，伊拉龙可能就这么举棋不定下去。于是，不假思索的伊拉龙，终于听从了饥饿发出的咕噜咕噜的指令，张口咬了起来。

万事开头难。第一口肉，噎在了喉咙里，热热的油腻味让他有些恶心。他颤抖着，干咽了两下，终于抑制住了。接下来，就简单些了。这样烤出来的肉，淡而无味，为此，伊拉龙其实感到特别高兴，因为这让他暂时忘记了自己究竟在吃什么。

他吃掉了那只鼠和一小块蜥蜴肉。随着小腿骨上最后一片肉下肚，伊拉龙满足地吐了一口气。但是，随即，他呆住了，因为他意识到自己尽管此前有诸多挣扎，结果，自己竟然大快朵颐，十分享受。为此，他感到有些懊恼。实际上，他太饿了。在克服原来的禁忌之后，他有些饥不择食，这顿粗陋的晚餐成了美味佳肴。或许，他思索着，或许等我回去之后……假如娜绥妲或奥林国王请吃饭，如果餐桌上有肉……或许，如果自己想吃，而且也不好拒绝的情况下，我会吃上几口……当然不会像以前那样狼吞虎咽，不过也不会像精灵那样恪守清规。与其过于执着，不如审时度势。他想。

史洛恩躺在一两码外的地上。借着炭火的光亮，伊拉龙打量着屠夫那双手：细长瘦削的手指上纵横交错着十来道细白伤疤，指关节粗大，指甲很长，不同于在卡沃荷时修剪得那么仔细，现在有些破裂，有些参差不齐，指甲缝里满是污垢。数十年来，屠夫在刀口上讨生活，从那些疤痕来看，他应该是一个使刀的好手。皮肤布满了皱纹，青筋暴突，一副饱经风霜的样子，不过，皮下的肌肉却依然结实。

伊拉龙抱膝而坐。"不能就这么把他放了。"他喃喃自语道。如果放了史洛恩，他会跟踪我找到若伦和凯特琳娜，这是伊拉龙不能接受的。况且，即使不杀他，伊拉龙认为，屠夫也应为犯下的罪恶遭到惩罚。

伊拉龙跟伯德谈不上是什么好朋友，不过，他知道伯德是个好人，既诚实又可信。他还想起了伯德的妻子费尔达及他们的孩子，他对他们颇有好感，因为他和加罗及若伦在他们家住过几次。在伊拉龙看来，屠夫将伯德杀死，实在太残忍。他觉得，应该还他们一个公道，尽管他们也许对此事一无所知。

但是，该怎么惩罚屠夫呢？我绝不当一个行刑人，伊拉龙想，只做裁决者，但我又知道什么法律呢？

伊拉龙站起来，走到史洛恩身边，凑近他耳朵，说："Vakna（醒）。"

史洛恩一惊，醒了过来，粗壮的手在地上乱抓一气。眼眶上的眼帘抖动着，似乎是出于本能，屠夫抬起眼帘，张望着四周。可惜的是，对他而言，眼前永远是漆黑一片。

"给，把这个吃了。"说着，伊拉龙把吃剩一半的蜥蜴递给史洛恩。尽管看不见，屠夫肯定闻到了食物。

"这是哪里？"史洛恩问。他用颤抖的手，触摸着前面的石头和草木。待他摸到自己的手腕和脚踝时，发现镣铐已不在，显得有些迷惑不解。

"精灵族，还有以前的龙骑士，管这个地方叫默纳多，矮人族称其为弗格哈登，而人类把它叫石南荒原。如果这还不够，我可以告诉你，这儿离你被关押的黑格林有好几英里，东南方向。"

史洛恩嘴里默念着"黑格林"，问道："你救了我？"

"没错。"

"那……"

"待会儿再问吧，先把这个吃了。"

伊拉龙的口气生硬，仿佛抽了屠夫一鞭子。史洛恩战战兢兢地朝蜥蜴伸过手来，伊拉龙松开手，回到烤炉旁，捧几把土盖在火炭上，这样挡住了光亮，以免万一附近有人，发现他们的行藏。

一开始，史洛恩只是试探性地舔了舔手中之物，判断伊拉龙给自己的究竟是什么，接着，张口咬下一大块。他简直就是狼吞虎咽，每一口都把嘴塞得满满的，而且只嚼一两下便吞了下去。他每一块骨头都啃得又快又干净，显示出他是一个极其熟悉动物身体构造之人，肢解起来得心应手，娴熟至极。很快，啃下的骨头在他左边堆成一整堆。见史洛恩把蜥蜴尾巴上最后一块肉咽下，伊拉龙将第二条蜥蜴整个递给他。含混不清地道谢后，屠夫继续大快朵颐，吃得满脸油污，却全然不顾。

事实证明，第二只蜥蜴对史洛恩来说还是太大了。啃到大半，他停了下来，把剩下的放在骨堆上，一挺腰，手把嘴一抹，把长发掠到耳后，开腔道："谢谢这位陌生的先生，谢谢您的招待。好久没吃过饱饭了，所以，我觉得您给的食物远比我的自由重要……请允许我问一句，您知道我女儿凯特琳娜吗？她怎么样了？她原来跟我一起被关在黑格林。"问话的口气夹杂着复杂的情绪：恭敬、害怕和对陌生权位的谦卑。当然还饱含着对女儿命运的希望和恐惧，以及如同斯拜恩山一般不屈的决心。出乎伊拉龙意料的是，屠夫的言辞中少了他们在卡沃荷相遇时说话所带的那种讥讽和不屑。

"她跟若伦在一起。"

史洛恩惊讶得张开了嘴："若伦！他怎么来了？是不是给蛇人抓来的？是不是……"

"蛇人和它们的坐骑都死了。"

"是你杀的？怎么杀的？……你是……"一时间，史洛恩僵住了，仿佛结巴的不仅是他的嘴，而是整个躯体。接着，他的脸和嘴一松，双肩垂落，不得不抓住旁边的灌木来稳住身子，他不停地摇着头，"不，不，不……不……不可能。蛇人说过，它们问了好多我无法回答的问题。不过，我以为……事情就是这样，不过谁又会相信……呢？"他一边说一边猛烈喘息，让伊拉龙担心，怕他出了什么问题。最后，仿佛其间挨了一拳被迫开口似的，史洛恩喘着气，低声说道，"你该不是伊拉龙吧？！"

伊拉龙突然感到一种"一切皆命中注定"的无奈，仿佛自己成了两个至高无上统治者手中的工具。于是伊拉龙放慢节奏，字字斩钉截铁，饱含着自己的尊严、身份和怒火："我是伊拉龙。不仅如此，我还是阿吉兰、魔影杀手和火剑。我的龙名叫蓝儿，别人也称她为闪鳞和火焰舌。我们的师傅之一是布鲁姆，他原来也是龙骑士，其他师傅还包括矮人和精灵。我们与巨人族、魔影和莫赞的儿子穆塔打过仗，我们效力于沃顿族和全体阿拉加西亚人民。史洛恩·阿尔丹森，我把你带到这里，就是要对你杀害伯德和出卖卡沃荷等罪行做出裁决。"

“你撒谎！你不可能是……”

“撒谎？”伊拉龙怒吼道，“我没撒谎！”说着，他展开意念，紧紧裹住史洛恩的意识，迫使他接受能证实自己所言非虚的一些记忆。同时，通过此举，他也想让史洛恩感受一下自己现在的法力，让他明白，这已非凡人所能为。尽管伊拉龙不愿承认，能这样控制一个人，特别是一个给自己带来如此多麻烦、嘲笑过自己并侮辱自己和家人的家伙，自己多少感到有些快意。半分钟后，他撤回了意念。

史洛恩全身发抖，却没像伊拉龙预想得那样崩溃或跪地求饶。相反，他的举动显得越发冷漠和不屈。“见鬼去吧，”他说，“我犯不着跟你解释，伊拉龙，你这个家伙。你要搞明白：我做所有的一切，都是为了凯特琳娜。”

“我知道，这也正是你现在还活着的原因。”

“想怎么处置我，你随便。我不在乎，只要她平安无事……好了，来吧！是什么呢？痛打一顿？烙印？它们啄去了我的眼珠，你要不要砍去一只手？或让我饿死，还是让帝国再把我抓起来？”

“我还没决定。”

史洛恩猛地一点头，拉紧身上的破衣服，试图抵挡夜寒。他端坐着，空洞的眼眶似乎凝视着宿营地周围的影子。他并没求饶，没乞求怜悯，没否认其所作所为，也没试图安抚伊拉龙。他依然那么顽固，只是静静地坐着，等候对他的裁决。

他的勇气给伊拉龙的印象十分深刻。

放眼看去，四周皆为浓重的黑暗所包围。伊拉龙觉得，无形的沉重在向自己靠拢，这让他更感焦虑，不知如何抉择。*我的裁决将会影响他的后半生*。他想。

伊拉龙暂时不去思考如何处罚屠夫，转而回忆起自己对他的了解：屠夫对女儿凯特琳娜的爱压倒一切——过分，自私，虽然整体健康，却有些病态；他对斯拜恩山怀有刻骨的仇恨和恐惧，因为他的前妻伊丝米拉正是丧命于高耸入云的山间；他对家族其他分支一直很疏远；他对自己的职业颇为自豪；伊拉龙所听到的有关其童年的故事；还有伊拉龙对卡沃荷生活原貌的了解。

伊拉龙在脑海里反复思量这些零散、支离的认识，试图找到其背后的含义。他像玩拼图游戏一样将这些记忆的碎片拼接在一起，几度失败，却不放弃。慢慢，他找出了事件与史洛恩的生活态度之间的种种关联，从而编织出一张史洛恩的全貌图。思前想后，伊拉龙终于为史洛恩的行为找到了解释。为此，他开始同情起屠夫来。

其实不仅仅是同情，他甚至觉得自己理解他。他认为，自己找到了形成史洛恩性格最核心的东西，抛却了这些，史洛恩就不复为史洛恩。这时，他的脑海里浮现出三个似乎代表了史洛恩的古语词，他不假思索地轻声说了出来。

伊拉龙的声音极小，不可能传到史洛恩那里，但是，他还是被惊动了。只见他双手紧抓大腿，表情显得十分不安。

看着屠夫，伊拉龙感到左侧阵阵寒意袭来，一身鸡皮疙瘩。对于史洛恩的反应，他尝试过几种解释，一种比一种更缜密。但是，只有一种真正说得通，这让他大感意外。他再次轻轻说出那三个词，跟先前一样，史洛恩开始坐立不安，场甚至还可听到他的自言自语：“……有人行走于我的坟墓之上。”

伊拉龙颤抖着吐了一口气，他觉得难以置信，可是刚才的尝试结果不容置疑：机缘巧合，他发现了史洛恩的真实姓名，这让他有些不知所措。知道一个人的真实姓名，意味着一个沉重的负担，因为这等于赐予你生杀的权力。正是由于这种固有的危险，精灵们一般绝不将真名示人。如果这么做，对方肯定是个肝胆相照之人。

这是伊拉龙第一次知道一个人的真实姓名。此前，他一直期望，如果真有这么一天，这应该是一个自己极其关心之人送给自己的一件礼物。现在，未经史洛恩同意，获取其真名，使得事情出现了转折。对此，伊拉龙毫无准备，也不知该如何应付。这件事让伊拉龙明白，要猜出史洛恩的真名，自己要比屠夫更了解他本人，毕竟，伊拉龙对于自己的真实姓名也一无所知。

明白这一点，伊拉龙感到极为不安。他担心——考虑到敌人的本性——对自己不进行全面了解，恐怕是个致命的漏洞。他决定要花更多时间进行内省，找出自己的真实姓名来。或许俄拉米斯和葛勒多能告诉我究竟是什么。他想。

尽管史洛恩的真名在伊拉龙的内心引发出更多的迷惑和更大的混乱，这也让他慢慢知道该如何对付屠夫了。有了一个基本的概念，他又花了十分钟仔细推敲其余的细节，并确保自己的计划能按设想实施。

见伊拉龙起身走出宿营地，史洛恩转过头来，问道：“你要去哪儿？”

伊拉龙一声不吭。

他在旷野上不停地走，直到找到一块低矮的大岩石，岩石表面覆盖着点点地衣，中间下凹，形状像一个巨大的碗。“Adurna rïsa（水升起来）。”他说。随即，岩石周围无数细小的水珠透出地面，会聚成一道道银色的流体，越过石块边沿，流到凹陷处。直到水开始溢出，回流到地里，却再次被法术召回，他才停止施法。

待水面完全平静下来，那一汪水成了一面镜子，一盆星星。他走上前，嘴里念道：“Draumr kópa（梦境显现）。”还有许多其他词语。发出这个咒语，使得他不仅可以看到远方的人，还可与其交谈。在他和蓝儿离开埃勒斯梅拉赶往色达的两天前，俄拉米斯教会他这种占卜术。

仿佛有人将蜡烛吹熄一般熄灭了所有星光，水面变得漆黑。过了一会儿，中间映现出一个椭圆形亮块，伊拉龙看到一个白色大帐内部，一盏红色的艾里斯达灯——精灵族的魔法灯之一——将帐内照得通明。

一般来说，伊拉龙无法对自己未见过的人和地方进行占卜，但是，精灵族的魔法千里镜能将其周边的景象传输给任何联系镜子之人。同样，伊拉龙也可使用魔法，将自己及周边的景象呈现在千里镜上。这样一来，两个陌生人可以相隔千万里在世界任何地方进行联系，这种法术在战争时期可派上大用场。

一位满头银发的高个子出现在伊拉龙的视线里，他身披饱经战斗洗礼的盔甲，伊拉龙认出他是贵族达思德尔，伊丝兰查蒂女王的顾问，也是阿丽娅的朋友。见到伊拉龙，达思德尔或许感到有些意外，却丝毫未表露出来。他只是颔首，右手的食指和中指触唇，声音轻快地说："愿您吉祥如意，伊拉龙舒尔图加尔（龙骑士）。"

伊拉龙将思维转换到以古语交谈的状态，重复他此前的问候动作，回答道："愿您福星高照，达思德尔沃德尔。"

达思德尔继续用古语说道："见您一切安好，不甚欣喜，魔影杀手。阿丽娅公主几天前将您的行程告知我们，我们一直为您和蓝儿感到担忧。相信一切顺利！"

"一切顺利。不过，我遇到了一个意想不到的问题，如果可能，希望能求解于伊丝兰查蒂女王陛下，以得到她智慧的引领。"

达思德尔猫一样的眼睛慢慢合上，几乎成了两道缝隙，表情深不可测，令人望而生畏："我知道，除非迫不得已，您也不会提出此要求，伊拉龙沃德尔。不过，请记住：拉开的弓可把箭射出去，同样也可能会折断而伤及射手……那么，请您稍候，我得请示女王的旨意。"

"我等着。非常感激您的帮助，达思德尔沃德尔。"

见精灵转身离去，伊拉龙不由得皱了皱眉。他不喜欢精灵们的繁文缛节，尤其是他们说起话来往往如同说谜语一般，难以揣摩其意。*他是不是在警告我不要对伊丝兰查蒂女王玩什么花招？还是伊丝兰查蒂女王自己就是一张就要折断的弓？还是别的什么？*

*至少现在可以跟精灵们联系上了。*伊拉龙想。精灵族用魔法给杜维尔敦森林布下了保护场，即使通过占卜等法术也无法进入。如果精灵族生活在自己的城市里，唯一的联系方式就是派信使进森林。不过，现在精灵族在大举迁移，远离了黑针叶松的庇护，他们法力无边的咒语无法再给他们提供保护，这样就可以使用千里镜这种办法来联系了。

一分钟，又一分钟缓慢流逝，伊拉龙越来越不耐烦。"快点啊。"他自言自语催促道。说着，他扫视了自己周围，确保自己在看这一摊水时，不会有人或动物来打扰。

突然传来布匹撕裂声。随着伊丝兰查蒂女王随手一拨，大帐门帘飞起，女王大步朝千里镜奔来。她身上一袭金鳞盔甲，外加锁子甲、胫甲和一顶宝石镶嵌的漂亮头盔，头盔罩住了她飘逸的披肩黑发。白色镶边的红色披风，让伊拉龙想起一场即将来临的风暴前锋。她左手持剑，右手空无一物，但似乎戴着绯红的手套。再仔细看，原来那是手和腕流血所致。

见到伊拉龙，女王的两道斜眉皱了起来，那表情跟阿丽娅像极了，当然，女王的身材和举止比公主显得更威严。女王很美，也很可怖，就像一尊可怕的战争女神。

伊拉龙手指触唇，右手抵胸，做出精灵族的忠敬姿势，接着吟诵精灵族传统的问候开场白。他首先开口，对于地位比自己更尊贵的说话对象来说，这么做无疑是得体的，女王的反应在意料之中。为了取悦于女王并展示自己对精灵族习俗的了解，伊拉龙结尾还加了一句祝福的话："愿您心境宁静。"

女王威严的姿态稍稍退去，嘴唇露出微笑，似乎认可了他的小诡计。"愿你同此，魔影杀手。"她的声音低沉而饱满，仿佛松针在摩挲，溪流咕噜咕噜地流淌和芦笛在悠扬地吹奏。女王插剑入鞘，走到帐的另一边，来到一张折叠桌旁，站在一个让伊拉龙可以看见的角度，从壶里倒水洗掉手上的血污。"这些日子，心境恐怕难以宁静了。"

"战斗很激烈吧，女王陛下？"

"大战在即，我的臣民正在杜维敦西边一线集结，在无须离开我们所钟爱的森林太远的地方，准备浴血奋战。平时，我们一族居住散落，战时也不会像其他族群那样全体一齐出动——尤其是考虑这样会对集结处带来多大的损坏——所以，要把大家从森林的各个角落汇集起来，这需要些时日。"

"我明白，只是……"他在琢磨，想找个恰当的提问方式，以免唐突，"如果大战未开始，不知为何您的手沾满了血污？"

伊丝兰查蒂甩掉手上的水珠，抬起金棕色的前臂给伊拉龙看。他发现，原来，自己在埃勒斯梅拉所住树屋入口处所见的那尊双臂交叉的雕塑，就是以女王为原型的。"洗干净了。血液玷污不了一个人的躯体，只会玷污其心灵。我刚才说近期战斗将逐渐升级，并不是说我们必须要让其升级。"她一边说话一边整了整盔甲的袖子，理了理腕处的内衣袖。接着，从围在细腰上的镶宝石腰带中，她抽出一只带银线绣饰的防护手套，戴到手上，"我们一直在密切注视赛隆城的动静，因为我们打算首先对其发动进攻。两天前，我们的巡逻队员发现几组人马和骡队从赛隆进入了杜维敦森林。一开始，我们以为，就像过去那样，他们要去森林边上采集些木材。这是我们所能容忍的，毕竟人类需要木材，而且林边上的树木年轮很短，几乎不受我们控制，还有就是我们一直不愿现身。可是，那些队伍到了森林边上并未停下来，而是追随他们所熟悉的猎物痕迹进入了森林深处。他们要找的是那些最高最大的树——树龄如同阿拉加西亚一般古老。早在矮人族发现佉藤杜尔时，这些树就已经十分古老，已完全长成。找到这些树后，他们就把它们锯倒。"她的声音因愤怒而起伏，"听了他们的话，我们才明白他们为何到此。原来，加巴多里克斯在烈火平原之战损失了许多围城器械和攻城槌，他要用这些大树来重造。如果他们是出于纯洁和诚实的目的，即使损失一棵树王，我们也会放过他们。可是，没想到竟然多达二十八棵！"

伊拉龙不禁打了个寒战。"你们怎么处置他们的？"尽管可以猜到答案，他还是提出了这个问题。

伊丝兰查蒂抬起头，表情变得很刚毅："我和两个巡逻队员在现场，我们一起联手纠正了人类的错误。以前，赛隆城的人很知趣，不会贸然闯入我们的领地。今天，我们给了他们一个提醒，让他们明白这个规矩是怎么来的。”无意之间，她揉了揉手腕，似乎那里有些疼，接着，她的目光扫过千里镜，似乎在打量自己，“伊拉龙腓尼睿尔，你触及过周围草木和动物的生命力，对此有过切身感受。试想一下，如果拥有这种能力数百年了，你会多么珍惜它们。为了让杜维敦森林得以永续，我们宁愿奉献自我。森林就是我们身心的延续，对森林的伤害就是对我们的伤害……我们精灵族性子慢，可是，一旦激发，我们就会像龙一般咆哮，就会被气得发疯。一百多年了，我以及大多其他精灵都未曾在战场上流过血，这个世界忘记了我们精灵族的能耐。随着龙骑士的消失，我们的能力或许也减弱了，但是，现在我们要重新评估一下自己。对于我们的敌人来说，似乎老天在与他们作对。精灵族是古族之一，我们积累的技能和知识远胜于凡夫俗子。让加巴多里克斯和他的同盟者当心了，我们精灵族宁愿舍弃我们的森林，不成功，便成仁。”

伊拉龙全身战栗不已，即使在杜尔查作战之时，他也没遇到过这样宁死不屈的意志和无情。*太没人性了，*他想，*接着他对自己笑了，当然没有了。我必须牢记这一点。无论我们与他们多么相像——自己与他们简直一模一样——我们还是不同的。*“如果拿下赛隆，”他说，“你们如何控制那里的人？他们对帝国之根无以复加，可是，我想他们不会信任你们，光凭他们是人类，而你们是精灵，就不会信任你们。”

伊丝兰查蒂一挥手：“那并不重要。进城之后，我们有办法确保不会有人反抗。我们也不是第一次与你们人类作战。”说着，她卸下了头盔，长发向前飘，乌发之间露出一张美丽的脸，“听说你突袭黑格林，我不甚愉悦。不过，我想，攻击已结束，并且成功了？”

“是的，陛下。”

“那么，我的反对就无足轻重了。可是，我要警告你，伊拉龙舒尔图加尔，不要为这样不必要的冒险而危及你自己。这是很残忍的事情，必须承认，确实如此，不过，事实是：你的生命要远比你表兄的幸福重要。”

“我原来发过誓，要帮他的。”

“那就是你起誓时过于冲动，根本未顾及后果。”

“难道要我抛弃我所关心的所有人？如果真的那样，我就成了卑鄙小人。对于那些对我满怀希望、希望我通过什么方式把加巴多里克斯拉下台来的人们而言，我就成了一个残缺的工具。况且，凯特琳娜被国王劫为人质，若伦就无法摆脱他的控制。”

女王匕首般尖利的眉毛一扬：“要摆脱加巴多里克斯的控制，你可教若伦一些相关的咒语，用魔法语言……我并不是要教你抛弃朋友或亲人。那样做简直愚不可及，但是，你必须牢记你在拿什么冒险：那就是整个阿拉加西亚。如果我们现在失败了，加巴多里克斯的暴政将会降临到所有族群之上，他的统治将看不到尽头。你是我们长矛的锋芒之所在，如果锋芒断了或丢失了，我们的长矛就会被敌人的盔甲弹回来，我们将必败无疑。”

伊拉龙双手紧握石盆边沿，手下的地衣纷纷碎裂。他竭力遏制自己的莽撞冲动，因为他差点就要说：一个装备精良的战士，不能光配一支长矛，还应该拥有一把剑或其他武器。谈话的内容被引到这个方向，他感到有些气馁，所以渴望赶快转换话题。他联系女王，并不是要让她把自己当作孩童似的痛斥一番。不过，让焦躁来主宰行动无助于自己的目的，于是，他平静下来，说：“请相信我，女王陛下，您的担忧，我会非常、非常认真地对待。我只能说，如果我不出手帮若伦，我肯定会跟他一样难过。况且，假如他只身犯险并因此丧命，我只会更难过。出现任何一种情形，我将会被彻底击垮，无论对您还是对别人，我将成为无用之人。在这件事情上，我们可否保留彼此的不同看法？我们根本无法说服对方。”

“很好，”伊丝兰查蒂说道，“我们且将此事暂时放在一边……不过，别以为你就此能逃避我要对你的决定进行一番调查，伊拉龙龙骑士。我看你对自己要承担的更大的责任有些掉以轻心，这个问题非常严重。我要跟俄拉米斯谈谈，让他来决定如何处置。现在告诉我，你为何要见我？”

伊拉龙数次咬紧牙关，让自己心平气和下来，将当天发生的事一一道来，就自己对史洛恩的行为进行解释，还就如何处置屠夫谈了自己的想法。

他说完后，伊丝兰查蒂飞快地转过身去，在帐内不停地踱圈子——步态像猫一样轻巧——待她终于停下脚步，只听她开口道：“你选择留下来，留在帝国的腹地，竟然就为了救一个杀人犯、一个叛徒的命！你跟这个人徒步而行，没有装备，没有武器，当然除了魔法，而敌人在背后紧逼。我看我刚才对你的告诫更是应该，你……”

“陛下，如果您要生我的气，以后再生吧。我想尽快解决此事，以便在天亮前休息一下。明天还要赶远路。”

女王点了点头：“活下来是最重要的。谈完后，我肯定会大发雷霆……至于你的请求，在精灵族历史上是前所未有之事。换了我，会把史洛恩杀了，当场把问题解决掉。”

“我知道您会这样。我有一次见阿丽娅把一只受伤的鹰隼杀了，她说因为它注定是要死的，当时杀了它，可让其免受几个小时的痛苦。或许对史洛恩我也该那样，可是，我做不到。如果这样做了，我会后悔终生，甚至更惨，以后我会轻易开杀戒。”

伊丝兰查蒂叹了一口气，突然显得很累。伊拉龙提醒自己，女王毕竟也战斗了一整天。“看来俄拉米斯更适合做你的老师，可是，事实证明你继承了布鲁姆的衣钵，而非俄拉米斯的。除了你，布鲁姆是唯一一个老让自己陷入各种困境的人。跟他一样，似乎你总是强迫自己去找一块最深的流沙，然后埋头跳进去。”

这个比喻让伊拉龙一乐，暗暗笑了起来。“那史洛恩怎么办？”他问，“他的命运掌握在您手上了。”

伊丝兰查蒂在折叠桌旁的一张凳子上慢慢坐了下来，将手放在膝盖上，目光注视着千里镜的一侧，表情让人感到困惑：仿佛戴上了一张美丽的面具，将所有思想和情感都隐藏其下，无论伊拉龙如何努力，都无法洞察。终于，她开口道：“既然你觉得应该留这个人一命，自己也不厌其烦，我也不能拒绝你的请求，让你做出无谓的牺牲。如果史洛恩能从你给他设定的历险中活下来，智者吉尔得林会让他通过，他将会有一个房间，一张床，还有食物。我不能许诺更多，因为更多取决于史洛恩自己。不过，如果他达到了你所规定的条件，那么好的，我们将让他重见光明。”

“谢谢您，陛下，您真是太慷慨了。”

“不，不是慷慨。这场战争不许我慷慨，只是更实际而已。去吧，做你该做之事，多保重，伊拉龙魔影杀手。”

“陛下，”他鞠躬道，“我还有一个请求：我现在的情形，可否暂时别让阿丽娅、娜绥妲或其他沃顿人知道？我不愿让他们现在就为我担心，他们迟早会从蓝儿那里知道的。”

“我会考虑你的请求。”

伊拉龙等着。可是，她一直沉默不语，显然不会现在就告诉他自己的决定。他再次鞠躬，说：“谢谢您！”

伊拉龙停止了咒语，水面闪烁的图像随之一晃消失。他抬头仰望繁星点缀的夜空，让自己的眼睛逐步适应微弱闪烁的星光。然后，他离开那堆正在分崩离析的石块，穿过草地和灌木丛，顺着原路回到宿营地。史洛恩如同铁浇铸一般依然僵直地端坐于原地。

伊拉龙脚下踢中了一块鹅卵石，声音显示了他的出现。史洛恩像一只鸟一样，飞快地转过头来。“你决定了吗？”他问。

“决定了，”伊拉龙答道，他停下脚步，蹲在屠夫跟前，一手撑地稳住自己，“仔细听着，我的话绝不重复。你的所作所为是出于，或者自己声称出于，对凯特琳娜的爱。无论你承认与否，我认为，你要将她和若伦分开，还有其他更卑劣的目的。那就是怒气……仇恨……报复……还有你自身受到的伤害。”

史洛恩的嘴唇抿成两道线：“你错了。”

“不，绝对不会。我的良知让我无法杀掉你，可是，你将遭到除了死亡以外最为可怕的惩罚。我相信之前你说的是真话，就是说凯特琳娜对你无比重要。那么，对你的处罚就是：今生今世，你将不得再见她，不得再接触她，不得再跟她说话。让你明知她跟若伦在一起，在一起幸福地生活，却无可奈何。”

史洛恩咬着牙，吸了一口气：“这就是你的惩罚？哈！你怎么执行？你有监狱把我关起来？”

“我还没说完。我要你用真理与魔法语言——精灵族的语言——起誓，并遵守对你的裁决的各项条件。”

“你不可能强迫我发誓，”史洛恩怒声道，“即使折磨我也办不到。”

“我可以，而且也不会折磨你。另外，我会在你身上加一个强制，令你一直向北，直到你到达杜维敦森林深处的埃勒斯梅拉精灵城。如果愿意，你可以尝试反抗这个强制。不过，无论你反抗多久，咒语将一直侵扰你，让你感到无痕之痒，直到你服从其命令，抵达精灵族领地。”

“难道你就没胆量亲手把我杀了？”史洛恩问，“你真是一个懦夫，竟然连把刀子架到我脖子上都不敢，而是让我这个瞎子在荒野上迷失、流浪，直到老天或野兽取我的性命？”说着，他朝伊拉龙左侧吐了一口唾沫，“你这个满身疮痍的肥猪生下的胆小鬼！野种！没错，一个生下来没被舔过的野种！满身污秽、肥头大耳的啃石怪！恶心的流氓！恶毒的癞蛤蟆！你这个肥母猪生下的嗷嗷叫的小崽子！你就是要饿死了，我也不会给你一片面包皮；渴死了也不会给你一滴水；要让你死无葬身之处。咒你骨髓出脓，脑子发霉，你这个令人讨厌、只配替别人舔屁股的家伙。”

伊拉龙想，史洛恩这个屠夫骂起来着实下流却令人钦佩。钦佩归钦佩，他禁不住想扭了屠夫的脖子，或者至少回敬他几句。不过，他还是抑制住要以牙还牙的欲望。因为，他怀疑，史洛恩只是故意要激怒他，让他出手，自己图个痛快了断。

于是，伊拉龙说：“你可以骂我野种，但我绝对不是杀人犯。”史洛恩急喘了一下，没等他继续倾泻污言秽语，伊拉龙补充道，“无论你到哪里，你将不会挨饿，野兽也不会攻击你。我会给你施加一些符咒，让其他人或野兽不来找你的麻烦，而且，在你需要的时候，让野兽给你找食物。”

“你办不到，”史洛恩低声说道，即使在昏暗的星光下，伊拉龙可以看出屠夫的脸血色尽失，变得极其苍白，“你无法办到，也无权这么做。”

“我是一个龙骑士，拥有和国王或王后同样的权力。”

伊拉龙无心再继续责骂下去，于是，他大声把屠夫的真名说了出来，声音大得足以让他听到，史洛恩脸上顿时露出恐惧和明了的表情。只见他举起双手，仿佛被人刺了一刀似的呼号起来。哭声丝毫未加掩饰，刺耳而凄凉，那是一个因自己的本性而遭天谴，并不得不接受无法逃脱的命运之人所发出的呐喊。他匍匐在地上，不停地抽泣，脸部为阵阵抖动的头发所遮盖。

伊拉龙看呆了，为史洛恩的反应而束手无策。难道知道一个人的真名影响都会这么大？这会不会发生在自己身上？

面对史洛恩的凄惨状，伊拉龙硬起心肠，开始着手自己的计划。伊拉龙重复说出屠夫的真名，然后一字一句地教他以古语发誓，保证今生今世将不再见或联系凯特琳娜。史洛恩一直在反抗，不停地流泪，不停地哭泣，不停地咬牙切齿。

不过，无论他如何挣扎，只要伊拉龙唤出他的真名，他只能服从，没有任何选择的余地。起誓完毕，伊拉龙施加了五个符咒，命令史洛恩朝埃勒斯梅拉走，保护他免受无故的暴力，还诱惑鱼虫鸟兽给他提供食物。而且，伊拉龙将这些符咒设计为从史洛恩而非自己身上抽取能量。

完成最后一个符咒时，早已过了半夜。疲惫的伊拉龙感觉有些恍惚，靠在山楂棒上休息，史洛恩则蜷缩在一旁。

“完工了。”伊拉龙说。

地上传来一声含混不清的呻吟，他听起来似乎想说什么。伊拉龙皱着眉头，在他身旁跪下，只见史洛恩的脸被他自己抓得红肿，血迹斑斑，鼻子在流涕，左眼还淌着眼泪，因为其左眼毁损程度不如右眼严重。见此情景，伊拉龙内心的同情和自责油然而生，将史洛恩贬低到如此地步并未给自己带来丝毫快意。屠夫是一个失败之人，被剥夺了他自己所在乎的一切，包括他的自欺欺人，而伊拉龙正是击败他之人。现在，伊拉龙觉得有些丢人，仿佛自己做了什么可耻之事。*必须这么做，他想，当然，但愿别人不必像我这样。*

史洛恩又发出一声呻吟，然后断断续续地说着：“……只是一段绳子。我不是有意要……伊拉龙……不，不，千万别……”慢慢地，屠夫梦呓般的呢喃平息了。伊拉龙用手碰了一下史洛恩的手臂，他的身子一僵。“伊拉龙，”他低声说，“我眼瞎了，而你要让我长途跋涉……独自一人走。我是一个被遗弃之人，一个背信弃义之人。我知道我自己，我受不了。帮帮我，把我杀了！让我从这种痛苦中解脱。”

冲动之下，伊拉龙将山楂棒塞进史洛恩的右手，说：“拿着我的棒子，给你在路上当向导。”

“把我杀了！”

“不。”

史洛恩猛烈地扭动着身体，以拳击地，发出阵阵沙哑的叫喊：“残忍，你好残忍！”不过，他很快就耗尽了他那微薄的精力，身子紧紧蜷成一团，不停地喘息、抽泣。

伊拉龙弯下腰，凑近史洛恩的耳边，低声说道：“我并非铁石心肠，所以，现在给你一点指望：到了埃勒斯梅拉，会有一个家在等着你。精灵们会照应你。你的后半生，可以为所欲为，当然有一个条件，那就是：一旦进了杜维敦森林，你就不得离开……史洛恩，听我说。跟精灵们在一起的时候，我得知，一个人的真实姓名会随着年龄的增长而改变。你知道这意味着什么吗？那就是说，一个人现在是什么样子，并非注定永远这样。如果愿意，一个人完全可以重塑自我。”

史洛恩毫无反应。

伊拉龙把棒子留在史洛恩身边，走到宿营地的另一头，四肢伸开躺在地上。他闭上眼睛，嘴里念叨了一个在天亮前唤醒自己的符咒，很快，他就进入了入定状态。

低沉的嗡嗡声在脑海里响起时，石南荒原还是那么寒冷、阴暗和荒凉。伊拉龙一声“Letta（停）”，嗡鸣停止了。他一边咕哝一边伸展着酸痛的肌肉，接着，他站起来，双手高举过头，不停地摆动，以便血液循环。他感觉背部受了伤，希望再次挥动武器前，能多休息些日子。他放下手，开始寻找史洛恩。

屠夫走了。

从宿营地向外，他看到一连串的足迹，伴着点点棒头印。看到这些，他笑了。尽管足迹杂乱，甚至有些迂回曲折，其大体方向朝北，指向精灵族的大森林。

*但愿他成功，*伊拉龙想，对自己有这样的想法有些吃惊，*我希望他成功，是因为这将意味着人人有改过自新的机会。如果史洛恩能改正自己性格中的弱点，并承认自己所作之恶，他会发现，自己的境况并非如同他自己预想得那么凄惨。*还有一点伊拉龙没告诉史洛恩，那就是：如果屠夫真正对自己的罪孽进行忏悔，改过自新，立志做一个好人，伊丝兰查蒂女王会让她的符咒编辑手给他恢复视力。当然，史洛恩必须通过自己的努力去赢取这个奖励，现在不将这个告诉他，是担心他耍手段，在条件未成熟时骗取精灵们的赐福。

伊拉龙默默地看着地上的足迹，接着把目光投向地平线，说：“祝你好运。”

尽管依然很累，伊拉龙感到十分满意。转身朝着史洛恩相反的方向，他在荒野上跑了起来。往西南方向，他知道那是古老的砂岩地带，布鲁姆的钻石坟墓就在那里。他多想拐过去悼念一番，可是他不敢，因为，如果加巴多里克斯发现了那个地点，就会派人去寻找伊拉龙。

“我会回来的，”他说，“我向你保证，布鲁姆，总有一天我会回来的。”

他继续飞奔。

“可是，我们是同族啊。”

身材魁梧、鼻子高挺的黑人法达瓦说话时带着娜绥妲熟悉的重音和元音变音。她记得，小时候在堡藤杜尔，每当父亲的部族来人，她就会坐在阿吉哈的腿上打瞌睡，听着他们边说话边抽蓟草烟。

娜绥妲目光向上盯着法达瓦，心底里希望自己能再高那么六英寸，这样就可以直视首领法达瓦及其扈从。不过，她早已习惯男人这么高高在上跟她说话。令她感到窘迫的是置身于与自己同样肤色的一群人中，不再是人们好奇目光的焦点和私底下评论的对象，这对她还是一个从未有过的体验。

此刻，她正立于雕椅前，在其红色指挥大帐里接待来访者。沃顿国迁移到色达时，他们仅带过来那么几张椅子，这张雕椅便是其一。日薄西山，余晖仿佛像透射彩色玻璃似的，从帐篷的右侧照进来，给室内抹上一层浅红色。一张狭长低矮的桌子占了室内一半的面积，桌面堆满散乱的报告和地图。

她知道，大帐外有自己的六名私人护卫——两个人类、两个矮人及两个巨人——他们剑拔弩张，随时待命。阿吉哈牺牲后，作为她手下最资深、最可信赖的指挥官，约蒙杜一直坚持给她派护卫，不过也从来没像现在这么多。烈火平原战役结束的第二天，约蒙杜对娜绥妲表达了对她安全的担忧，说这件事常常让他心急如焚，通宵无法安睡。此前，在阿布隆，有人企图暗杀她，而且就在不到一周前，穆塔就成功除掉了罗特加国王。所以，约蒙杜认为，应该成立一支专门保护她的队伍。娜绥妲认为这是过激反应，却无法说服他。约蒙杜甚至威胁说，如果她拒绝采取适当的预防措施，他就要辞职。她只好让步，却又耗上一个小时跟约蒙杜就具体的数字进行讨价还价。他认为随时应保持十二名以上，而她坚持四名以下。最后，他们折中为六名，这在娜绥妲看来还是太多，因为她担心，带着这么多的护卫，别人会认为自己胆小，甚至是在摆架子、给别人下马威。无论她如何抗争，都无法动摇约蒙杜。她骂他是个无事自寻烦恼的老顽固，他置之一笑，说：“宁做无事烦恼老顽固，不为鲁莽早逝年轻人。”

护卫每六个小时换一班，这样一来，给她指派的护卫总数达到三十四名，其中包括十名机动护卫，可以在有人生病、受伤或死亡时随时替上。

娜绥妲坚持要从联手抵抗加巴多里克斯的三支力量中挑选护卫，她希望，这么做可以增进彼此之间的团结，同时向外界传递这样的信息：即她所代表的，并非仅仅是人类，而是麾下所有族群的利益。她甚至还把精灵族包括在内，只不过当时队伍里只有阿丽娅一个精灵，而伊丝兰查蒂女王派来保护伊拉龙的十二名精灵魔法师还在途中。让娜绥妲失望的，是人类和矮人护卫对巨人护卫的敌意。她预料到了这样的局面，但是，至于如何避免或缓和这种敌意，她束手无策。过去多少代，各个族群之间相互战争，相互仇恨。要缓和彼此之间的紧张关系，需要大家携手共赴一战。不过，有一点是值得宽慰的：护卫们给自己的队伍取名“夜鹰”，一是因为她的肤色，二是因为巨人们通常都称她为“夜行者女士”。

有了护卫，娜绥妲顿时有了更强的安全感，当然，这一点她是绝对不会向约蒙杜承认的。除了是使武器的好手——人类使剑，矮人用斧，巨人持怪兵器——之外，她的护卫都是娴熟的魔法编辑手，且都以古语向她宣誓效忠。自从夜鹰开始行使护卫职责的那天起，除了侍女法芮卡，他们从未让娜绥妲单独与人相处过。

今天是个例外。

娜绥妲把护卫支出帐外，因为她知道，今天与法达瓦的会面将引发一场流血，夜鹰们职责所在，肯定会加以阻止。即使如此，她也并非毫无防备：她在衣服中藏了一把匕首，紧身胸衣里还有一把小刀。此外，具有预言能力的巫童埃娃就藏身在椅子后面的帷幔中，如果有必要，可随时干预。

法达瓦用手中四英尺长的权杖轻轻叩击着地板。宝石镶嵌的权杖乃黄金打造，法达瓦也是一身珠光宝气：前臂上的金臂镯，胸甲上的黄金胸铠，脖子上的粗大金项圈，耳垂上的白金镂盘，还有头顶上的华丽金冠。王冠硕大无比，娜绥妲甚至担心法达瓦的脖子会不会撑不住，同时也好奇——如此庞大的一个建筑物如何能安放于脑袋之上。她怀疑，要防止这座至少两英尺半高的建筑倒塌，得用栓将其固定在骨头基座上。

扈从的打扮跟法达瓦的风格差不多，只是没有那么奢侈。穿金戴银，不仅代表他们的财富，同时也代表了他们各自的地位和业绩，以及他们久负盛名的部落工匠的工艺水平。阿拉加西亚的各个黑人族群中，有些是游牧部落，有的居住在城里。不过，长期以来，他们都以生产高质量的珠宝出名。他们最好的珠宝甚至可以跟矮人族的相媲美。

娜绥妲也有几件，不过一般都不戴。她衣着简朴，无法跟法达瓦相比。另外，她认为，将自己与某一族群过于紧密联系在一起并非明智之举，无论这个族群是多么的富有或有势。毕竟，她现在要与沃顿国不同的族群打交道，代表他们说话。如果对某一群体表现出偏颇，她对全局的控制能力就会大打折扣。

她与法达瓦的争论正是基于这样的认识。

法达瓦再次用权杖敲击着地板："血脉胜过一切！说到尽责，首先是对家庭，然后是对部落，对首领，对天上地下的神明，最后，如果有的话，才是对国王以及国家。乌努鲁库纳教导人们这样生活，如果我们要幸福开心，也应该这样生活。难道你敢抛弃自己的祖宗？一个人如果不帮家里人，他又能指望谁来帮他呢？朋友易变，只有家人才靠得住。"

"你要求，"娜绥妲说，"给你的族人委以重任，因为你是我母亲的表兄弟，而且我父亲是你们部落的一员。如果他们比沃顿国其他人更胜任，我高兴还来不及。不过，迄今为止，你所说的还无法让我相信这一点。我知道你能说会道，不过暂且打住。你应该知道，我可不能任人唯亲。在堡藤杜尔时，假如你们真的支持了我父亲，而不是送些小首饰和言而无信，或许我会仔细考虑你的要求。现在，我功成名就了，你就来认亲戚了。我父母均已过世，所以，我可以说，除了自己，我没有什么家人。你们是我的族人，这没错，但也仅此而已。"

法达瓦眯着眼，仰起头，说："女人的骄傲常常缺乏理性。没有我们的支持，你将必败无疑。"

他开始用部族语交谈，迫使娜绥妲跟着切换。这令她更讨厌法达瓦，因为她说得结结巴巴，调子把握不定，暴露出她对母语的陌生，更显示出她并非在部落里长大，是一个外来者。他这一手极大损害了她的权威。"我总是欢迎新同盟，"她说，"我不能任人唯亲，你们也不需要这个。你们的部族都很强大，很有天赋，完全可以凭借自己的实力，而非别人的施舍，在沃顿国迅速得到提升。你们究竟是到我桌子来乞食的饿狗？还是自食其力的好男儿？如果你们真的有能耐，我就期待跟你们一道，推进沃顿国的事业，推翻加巴多里克斯。"

"呸！"法达瓦大声叫嚷，"你的许诺和你自己一样虚假，我们才不做下人干的事。我们是首选子民，你侮辱了我们。你站在那里，看似满面笑容，其实心如毒蝎。"

娜绥妲抑制住自己的怒火，竭力安抚首领："我并非有意冒犯，只是在解释我的立场。我对游牧部族没有丝毫敌意，却也没有特别的好感，这难道有什么错吗？"

"这不仅仅是错的问题，而是公然的背信弃义！基于我们之间的关系，你父亲对我们提过些要求，而现在，你对我们的效力视而不见，把我们当作两手空空的叫花子打发。"

一时间，娜绥妲有种叫天天不应的感觉。*看来埃娃说得没错——该来的迟早会来。*她内心既害怕又激动，*如果必须这样，我就完全没有必要搞这些玄虚。*于是，她说："那些要求你们一半都没做到。"

"我们做到了！"

"没有。即使你说的是真的，沃顿国现在根基未稳，我也不能无故给你们什么。你们要求特殊待遇，那么告诉我，你们拿什么作回报？以你们的黄金和珠宝给沃顿国提供资助吗？”

“不是直接，而是……”

“能让我免费使用你们的工匠吗？”

“我们不能……”

“那么，你们究竟要如何赢取特殊待遇？不能说用战士来偿还，因为沃顿和奥林国王的军队里本来就有他们，可以说，他们已在为我而战。首领，你就满足于现在拥有的吧，别吃着碗里的看着锅里的。”

“你为了自私的目的而故意歪曲事实。我们只是要求应得的东西，这是我今天来这里的原因。你一直在不停地说啊说啊，可是，你的话没有任何意义，因为你行动上已经将我们出卖。”仿佛面对成千上万人，他一边说一边手舞足蹈，手臂上的镯子相互撞击，发出清脆的响声，“既然你还承认我们是你的族人，那么你是否依然遵从我们的习俗？信仰我们的神？”

转到正题上来了，娜绥妲想，本来，她可以说那老一套的东西自己不再遵守，可是，如果真的那样说，让别人知道了，沃顿国就会失去法达瓦及其他游牧部落的支持。我们需要他们，要推翻加巴多里克斯，我们需要团结一切可以团结之人。

“当然。”她答道。

“那么，我可以说，你并不适合领导沃顿国。我向你发出长刀血拼之战，这是我的权力。如果你赢了，我们将向你鞠躬，并且永远不会再质疑你的权威。可是，如果你输了，你就站到一边，我将取代你领导沃顿国。”

娜绥妲留意到了法达瓦眉飞色舞的样子。这才是他真正的打算，她意识到，即使我满足了他的要求，他也会挑起这场血拼。于是，她说：“我原来以为，除了自己的部落，赢的一方还将获得对方部落的指挥权，是不是？也许我弄错了。”看到法达瓦惊讶的表情，她几乎就要笑出来。没料想我知道这个，是不是？

“是这样。”

“我接受你的挑战。我的理解是，如果我赢了，你的王冠和权杖就归我，同意吗？”

法达瓦沉着脸，点头应道：“同意。”他用力一插，权杖立在地上。然后，他抓住左臂上的第一个镯子，要把它弄下来。

“且慢。”娜绥妲阻止道。说完，她走到帐篷另一侧的桌子旁，拿起一只小铜铃，摇了两下，稍稍停顿，又摇了四下。

不一会儿，法芮卡进来。她坦然地瞥了来客一眼，向众人行屈膝礼，然后问道：“女王陛下？”

娜绥妲朝法达瓦一点头：“我们可以继续了。”然后，对侍女说：“帮我把衣服脱了，可别弄坏了。”

听了她的话，女仆非常惊讶："就在这儿，陛下？当着……这些男人？"

"是的，就这儿。动作快点！跟仆人，还需要我这么费口舌吗？"其实，娜绥妲是刀子嘴，豆腐心。她心跳在加速，皮肤变得异常敏感，细软的亚麻内衣现在感觉如同粗布一般粗糙。现在她根本顾不上什么耐心或礼节，她满脑子都是即将到来的考验。

娜绥妲一动不动地站着，法芮卡给她解裙子的系带。带子很长，从肩胛一直到腰间。松开后，法芮卡把娜绥妲的手抽出衣袖，呈束状的宽松外裙往下坠，在脚下堆成一堆，娜绥妲身上仅剩一件白色无袖宽内衣。尽管她竭力保持镇静，面对四个武士垂涎的目光，娜绥妲觉得自己毫无招架之力。对此，她置之不理，而是漫步向前，法芮卡赶忙拾起地上的衣裙。

对面的法达瓦一直在忙于取镯子。臂镯取完后，露出了内袍的绣花衣袖。最后，他摘下巨大的王冠，交给一个扈从。

帐外的说话声让他们停了下来。信使——娜绥妲记得他应该名叫贾沙——疾步往帐内迈了一两步，大声报告道："色达国王奥林陛下，沃顿国约蒙杜，杜万加塔的女巫特里安娜，英纳帕舒那部落的纳阿科和拉姆斯瓦，到！"说话时，贾沙两眼紧盯着帐顶。

接着，贾沙转身离去，众人由奥林打头鱼贯而入。他首先看到的是法达瓦，便打招呼道："啊，首领，相信您和……"这时，他看到了娜绥妲，年轻的脸上露出诧异的神情。"怎么，娜绥妲，这是怎么回事？"

"我也想知道为什么。"约蒙杜咕哝着说。他手按住剑柄，怒目而视地看着敢于赤裸裸打量娜绥妲之人。

"我请大家过来，"她说，"是为了见证我和法达瓦之间的长刀血拼，并将真实的结果公之于众。"

听了她的话，纳阿科和拉姆斯瓦两位满头银发的部落男子似乎很诧异。他们凑到一起，低声交谈着。特里安娜两臂交叉，露出一只手腕上的盘蛇手镯，没有任何反应。约蒙杜骂了一句，说："你是不是丧失了理智，女王陛下？这简直是疯了。你不能……"

"当然能，而且会。"

"女王，如果你这样，我……"

"我知道你的担心，不过我已经决定了，谁都不得干预。"看得出来，他想违抗命令，不过，那是他希望保护她，让她免受伤害，约蒙杜的忠心是无可挑剔的。

"可是，娜绥妲，"奥林国王说，"这场血拼，总不会在这儿……"

"就在这儿。"

"见鬼！为何不能放弃这么疯狂的冒险？这么做简直愚不可及。"

"我已答应法达瓦。"

帐篷里的气氛变得更加严峻。做出了承诺，意味着她只能信守诺言，否则就表示自己是一个食言者，任何公正之人都会诅咒和回避她。奥林支吾了片刻，继续问道：“为了什么？我是说，如果你输了……”

“如果我输了，沃顿国将听命于法达瓦，而非我。”

娜绥妲原以为会引发一场抗议，可是，帐内却寂静无声。奥林国王脸上的怒气已冷却，取而代之的是尖刻：“对于你这种危及我们整个事业的行为，我并不赞成。”对法达瓦，他说：“你可否理性些，让娜绥妲收回承诺？如果你同意放弃你那些所谓的抱负，我愿好好地补偿你。”

“我的财富已然不少，”法达瓦说，“我根本不需要你那些破金子。不，我只需要一场长刀血拼，这样才能弥补娜绥妲对我和我的臣民的诽谤。”

“那么请大家见证吧。”娜绥妲说。

奥林气得紧紧抓住自己的衣角。但是，无奈之余，他只得鞠躬，说：“好的，我来做证。”

法达瓦的四个扈从从宽大的衣袖里掏出小小的羊皮鼓。接着，他们蹲下来，把鼓夹在两膝间，飞快地敲起来，节奏如此之快，根本无法看清他们起落的手。鼓声盖过了所有其他声音，也驱走了一直在纠缠娜绥妲的一股脑儿的疯狂想法，她的心跳似乎与灌入耳朵的狂躁节奏同步了。

随即，四个扈从中年龄最大的把手探入马甲，抽出两柄长弯刀，往帐顶掷去。娜绥妲抬头看着空中翻飞的弯刀，为其美丽的运动弧线而陶醉。

待长刀飞近，她伸手抓住，感觉蛋白石刀柄扎得掌心隐隐发痛。

法达瓦也接住了自己那把刀。

接着，他抓住左袖口，把衣袖推到肘部上。娜绥妲在一边打量着，只见他前臂粗壮，肌肉发达。不过，她认为，这并不重要，体格上的天赋并不能给他带来什么优势。她要找的是肌肉脊状突起，如果有的话，应该在前臂的下侧。

她看到了五道。

*五道！她想，这么多！*想着法达瓦如此健硕，她的信心有些动摇。现在，唯一能让她坚持住的，就是埃娃的预言。那个女孩说，在这场血拼中，娜绥妲将胜出。娜绥妲抱着这些话紧紧不放，这是她唯一的希望。*她说我能做到，所以我必须比法达瓦坚持得更久……我肯定能！*

因为是法达瓦发出挑战，所以，他先动手。他伸直手，掌心朝上，将刀架在前臂的肘弯处。随着他右手一拉，锋利的刀锋划过，皮肤像一颗熟透了的浆果赫然裂开，血液从殷红的裂缝中涌出。

他俩四目相望。

她笑着将刀搁到前臂上，感觉到刀锋冰冷。这是一场毅力之战，看谁能承受更多的刀口。他们相信，谁想成为部落首领或者是军事首脑，就应该愿意为其人民忍受比别人多的痛苦。否则，各个部落难免怀疑领袖会将个人私欲置于公共利益之上。在娜绥妲看来，这种做法会鼓励人们走极端。当然，她也明白，此举可以赢得人们的信任。长刀血拼是黑人部族的特有风俗，不过，她希望，击败法达瓦可以增强自己在沃顿族甚至在奥林的追随者中的威信。

娜绥妲祈求祈祷女神歌库卡拉赐予自己力量，然后右手一抽。钢刀锋利无比，轻易切开了她的肌肤。她尽量把握好，不要切得太深。刺痛让她全身战栗。她想抛开刀子，捂住伤口，大声尖叫。

当然，这些都没发生。她竭力保持肌肉松弛，如果紧张，这个过程只会带来更大的痛苦。于是，看着刀锋划过躯体，她保持着笑容。这一划其实只持续了三秒钟，可是，她觉得受伤害的躯体似乎发出了无数的抗议，每一声抗议都差点让她停下手来。当她终于抽开刀子，她注意到，尽管部落男子手里的鼓依然在响，可是，她仅能听到自己的怦怦心跳。

法达瓦划了第二刀。知道接着要发生的事只让她更感害怕。自我保护的本能——这个本能在其他场合一直发挥了效力——在与她向手和手臂发出的指令作抗争。急切之下，她将所有意识专注于保护沃顿国和推翻加巴多里克斯这两项事业之上。从出生以来，她就将自己奉献于两项事业。她在脑海里看到了父亲、约蒙杜、伊拉龙，还有沃顿国民。她想，*为了他们！我是为了他们！我生下来就是为了奉献，这就是我的奉献！*

她划了下去。

不一会儿，法达瓦划了第三刀，娜绥妲照做不误。

很快是第四刀。

接着，第五刀……

一阵怪异的睡意袭来。娜绥妲觉得好累、好冷。她突然意识到忍痛的能力并非决定性因素，更重要的是看谁会因失血过多而昏倒。道道血液淌过腕部，顺着手指，溅落到她脚下，会聚成一摊。看法达瓦，他的靴子周边也汇集了一样大小，甚至更大的一摊血。

首领手臂上一排张开的红色切口让娜绥妲想起了鱼鳃。这个匪夷所思的想法让她感到有趣，她咬住舌头才不至于傻笑出来。

法达瓦号叫着划下第六刀："试试看，你这个无用的母狗！"他的叫声盖过了喧嚣的击鼓。他单膝跪倒在地上。

娜绥妲也划了第六刀。

法达瓦颤抖着将刀换到左手。根据传统，一只手臂最多只能割六刀，否则就有割断血管和腕腱的危险。娜绥妲换手时，奥林国王跳到他们中间，说："停！不能再继续下去，你们这样会丧命的。"

说着，他向娜绥妲伸过手去。娜绥妲一刀刺过来，吓得他赶紧往回跳。"别乱来。"她齿缝间吐出低沉的怒声。

法达瓦在健硕的右臂上划了一刀，一股鲜血迸射而出。他在握拳了。她希望这个错误足以令他坚持不下去。

随着刀切过肌肤，娜绥妲禁不住发出无声的呻吟。锐利的刀锋，如同一道扫过皮肤的灼热白线。行进到一半时，已受了六道刀伤的左臂一阵抽搐，结果刀子一歪，在右臂上留下一道长长的不规则裂口，比其他的切口深一倍。剧烈的疼痛迫使她屏住呼吸。我坚持不下去了，她想，坚持不了了……坚持不了了！太难受了。我宁愿死了……天哪！快让这一切都结束吧！内心的杂念和抱怨，让她获得了一丝安慰。其实，在她的心里深处，她知道自己绝对不会放弃。

第八次，法达瓦将刀举到了手臂上方。泛白的刀锋，在离他黑色皮肤不足半英寸的地方，停住了。只见他汗如雨下，血流如注。就在似乎即将放弃之时，他大声一叫，左手猛地一拉，刀子再次划过手臂。

娜绥妲觉得自己越来越虚弱，不过，法达瓦的犹豫给了她勇气，一阵狂喜袭来，将她此刻的疼痛变成了一种近似令人愉悦的刺激。照着法达瓦的样子，她在手臂上划了一刀，然后，冲动之余，全然不顾自己的性命，又加了一刀。

“试试看。”她低声说道。

一想到要连续划下两刀——一刀是为了赶上娜绥妲，另一刀是为了超过她——法达瓦似乎有些害怕。他眨着眼，舔着嘴唇，调整了三次才把手里的刀握住，举到手臂上。

他伸出舌头，又舔了舔嘴唇。

突然，他左手一阵痉挛，刀从手指间滑落，直直插立在地上。

他弯腰捡起刀，衣袍后的胸脯在剧烈起伏。他举起刀，抵住手臂，一不留神，划出一小道血迹。法达瓦的下巴在收缩、在扭曲。只觉脊背一凉，他弯下了腰，双臂紧紧压在腹部上。“我认输了。”他说。

鼓声戛然而止。

不过，只有片刻的宁静，因为奥林国王、约蒙杜和其他人都冲了过来，惊叫声此起彼伏。

他们说了什么，娜绥妲根本不加理会。她摸索着向后退，碰到了椅子，一屁股瘫坐下去，仿佛双腿无法再继续承担她身体的重量似的。她的视线越发模糊、飘忽，她却竭力要保持清醒，因为她绝对不能容忍自己在部落的人面前晕倒。肩膀上传来轻轻的一触，让她感到法芮卡就在身旁，手上捧着一堆绷带。

“女王，可否让我来帮您？”法芮卡问道，脸上露出关切和犹豫的表情，似乎不敢肯定娜绥妲会作何反应。

娜绥妲点头同意。

法芮卡给她手臂缠上亚麻布条的时候，纳阿科和拉姆斯瓦走上前来，鞠躬致礼。拉姆斯瓦说：“从来没有人在长刀血拼中能承受这么多道划伤。您和法达瓦都证明了各自的勇气，当然，您是胜利者。我们会将此事告知族人，他们将会向您宣誓效忠。”

“谢谢。”娜绥妲应道。手臂的抽痛愈来愈烈，她不得不闭上眼睛。

"愿为女王效劳。"

周围都是杂乱的声音，娜绥妲也懒得去分辨，宁愿将自己封闭起来，感觉自己正飘浮于一个无边无际的、闪烁着奇光异彩的黑色空间里，身体上的疼痛也不再那么直接、那么令人难受。

很快，片刻的宁静被女巫特里安娜的声音打破："侍女，停止你手头的一切，弄走那些绷带，我好给你的女主人治疗。"

娜绥妲睁开眼，看见约蒙杜、奥林国王和特里安娜正站在跟前。法达瓦与其手下已离开。"不。"娜绥妲说。

一群人惊讶地看着她，然后，约蒙杜说："娜绥妲，看来，你有些迷糊了。血拼已结束，这些刀伤可去了。至少，我们得给你止血。"

"法芮卡那样就足够了。我会让医者给我缝上伤口，涂些药膏消肿，这样就可以了。"

"可是，为何要这样？"

"长刀血拼要求参加者让伤口自行愈合。否则，就根本没必要去承受血拼的全程痛苦。如果我坏了规矩，法达瓦就会被宣布为胜利者。"

"可否让我帮你减轻痛苦？"特里安娜问道，"我知道些符咒，可随心所欲地减少疼痛。如果你事先问我，我就可以做好准备，让你就是砍掉一只手臂也不会感到丝毫不适。"

娜绥妲笑了起来，觉得一阵眩晕，只好让脑袋懒散地垂到一边："那我的答案会跟现在一样，毕竟，玩手段不是光彩的事。我必须诚实地赢得对决，这样，将来就不会有人对我的领导权提出挑战。"

奥林国王的口气变得极端温柔："如果你输了，那怎么办？"

"我不会输的。就算是要了我的命，我也不会让法达瓦来掌控沃顿国。"

奥林国王严肃地打量了她好一会儿："我相信你。只是，部落的效忠值得你做出如此大的牺牲吗？你毕竟不是普通女子，我们不可能随便找个人来顶替。"

"部落的忠诚？不。这件事的影响要远远超过那些部落，我想你也应该知道，它能让我们的力量团结起来。能有这样的结果，即使痛苦死几次我也在所不惜。"

"老天知道，如果你今天死了，沃顿国又得到什么了呢？那就没有任何益处可言。你留下的就只有气馁、迷茫，还有毁灭的可能。"

每当喝葡萄酒、蜂蜜酒，特别是高度酒时，娜绥妲就会特别留意自己的言行举止。尽管她可能不是马上留意到，但她自己内心明白，酒精会妨碍自己的判断力和协调能力。而且，她不愿自己出现行为不端，也不愿让别人有机可乘。

尽管因疼痛而有些痴迷，但她后来意识到，在跟奥林国王的辩论过程中，自己应该像喝了三大杯矮人族的浆果蜂蜜酒之后那么警觉。当然，如果她真的做到了，也就不会说出这样有损自己谦恭有礼名声的话来："奥林，你简直是杞人忧天，活像个老头儿。既然我必须那么做，事情也做了，现在多说无益……我是冒险了，没错。可是，如果我们不敢在灾难的悬崖边上跳舞，我们又如何推翻加巴多里克斯？你是个国王，应该明白，当一个人自诩可以决定别人的命运时，就会披上危险的外衣。”

“我很清楚，”奥林怒声道，“帝国长期以来对色达虎视眈眈，我和我的家族几代人都在奋力保家卫国。而沃顿国只不过藏身在堡藤杜尔，依附在罗特加身上，仰其鼻息而生存罢了。”说完，他一转身，昂首阔步走出帐篷，长袍随之飘起。

“这件事处理得太糟糕了，陛下。”约蒙杜说。

法芮卡在扯开绷带，娜绥妲脸部本能地抽搐起来。“我知道，”她喘着气说，“明天再弥补他受打击的自尊吧。”

千里飞鸿

接下来，娜绥妲的记忆出现了一段空白：她彻底丧失了知觉，直到她感到约蒙杜抱住她的肩膀摇晃着，大声在嚷着什么。过了好一会儿，她才弄明白他的话，只听他在说："……看着我，见鬼！就知道会是这个样子！不要睡过去，否则就永远醒不过来了。"

"可以放开我了，约蒙杜。"说着，她挤出一丝微笑，"我没事了。"

"你没事，那我叔叔就成精灵了。"

"他不是吗？"

"呸！你跟你父亲一个样：丝毫不在意自身的安危。老守住这些陈规旧俗，那些部落迟早有一天会败落的。我才不管呢。找一个医者来，现在这个状态，你不能作任何决定。"

"所以我等到傍晚才跟他血拼。你看，太阳快要落山了，今晚我休息，明天就可以处理待处理的事情。"

法芮卡从一边探出头来，一副忐忑不安的样子："天哪，陛下，你可吓了我们一大跳。"

"其实，现在不还是这样。"约蒙杜小声埋怨道。

"好啦，我现在好多了。"说着，娜绥妲坐直起来，全然不去理会手臂的疼痛，"你们俩现在走吧，我会没事的。约蒙杜，给法达瓦传话，告诉他：只有对我宣誓效忠，他才可以继续当自己部落的首领，他是一个不可多得的人才。另外，法芮卡，回去路上，请通知药剂师安吉拉，说我请她来。她答应过要给我配制一些补药和药膏。"

"你这个样子，我不能让你一个人留在这儿。"约蒙杜声明道。

法芮卡点头附和："请原谅，陛下，可是我也有同感，这样不安全。"

娜绥妲朝帐篷入口瞥了一眼，确信夜鹰不会听到后，低声说道："我不会一个人。"约蒙杜的眉毛一扬，法芮卡脸上也闪过惊讶的表情，"我从来都没有一人独处过，你们明白吗？”

“你是说，你采取了一些……预防措施，陛下？”约蒙杜问。

“是的。”

听到她的肯定回答，两个人似乎有些不安，其中，约蒙杜说：“娜绥妲，你的安全就是我的责任。我需要了解你究竟采取了什么额外的保护措施，以及到底是谁跟你在一起。”

“不。”娜绥妲柔声否决道。看到约蒙杜眼神流露出的受伤和愤慨的表情，她继续道，“我这么做并不是怀疑你的忠诚，远不是这么回事。不过，这一点小秘密，我必须自己保留。为了我自己内心的安宁，我必须藏有一把别人无法看到的匕首，你也可以说这是藏在我袖子里的一件秘密武器，就当是我性格的一个缺陷吧。这绝不代表我对你履行的职责不满意，所以，千万不要为此想不开。”

“陛下。”约蒙杜鞠躬致礼，如此正规，是他前所未有的。

娜绥妲抬了抬手，示意他们可以离去。约蒙杜和法芮卡鱼贯而出。

长达一两分钟的时间里，娜绥妲只听到沃顿营地上空传来血鸦的厉声尖叫。接着，她身后传出一阵窸窸窣窣声，仿佛一只老鼠在嗅寻食物一般。她一回头，看见埃娃从藏身的帘子后溜了出来，来到帐中间。

娜绥妲打量着女孩。

女孩怪异的增长依然在持续。不久前，娜绥妲第一次见到她时，看样子她不过三四岁，现在相貌却已近六岁。她身着一袭黑衣，只是领子和肩头部分有些紫色皱褶。相比之下，那头垂直的长发更显黑亮，仿佛一帘瀑布从头部倾泻在瘦弱的背上。因为极少外出，尖尖的脸蛋显得惨白。眉上的龙纹呈银白色，紫色的眼睛流露出一股厌倦的、愤世嫉俗的眼神——那是拜伊拉龙所赐，一个诅咒迫使她去承担别人的痛苦，也使她要试图阻止这种痛苦的发生。最近的那场战斗中，尽管一名杜万加塔的魔法师为了保护她而施法让她陷入麻痹状态，可是，数以千计人的痛楚一齐向她袭来，那几乎要了她的命。直到最近，女孩才再次开口讲话并且对周围的事物产生兴趣。

她用手背搓了搓玫瑰花蕾状的嘴，见此，娜绥妲问：“你病了吗？”

埃娃耸了耸肩：“我习惯了那些痛苦，可是，要反抗伊拉龙的符咒，我还是无能为力……我见的事多了，娜绥妲，不过，能承受那么多道刀伤，你真是少见的坚强。”

尽管已多次听埃娃说话，她的声音还是让娜绥妲震惊不已。那辛辣和嘲笑的口吻本应属于一个饱经沧桑的成年人，现在却从一个小女孩嘴里发出。娜绥妲努力把这种思绪抛到一边，回答道：“你比以前坚强了，我也不用同时承受法达瓦的痛感。谢谢你跟我在一起，我知道你为此经受了折磨，我非常感激！”

“感激？哈！夜行者女士，这句话对我有何意义？”埃娃噘着娇小的嘴唇，不屑一顾地一笑，“有没有吃的？我快饿死了。”

“法芮卡在那些卷轴后面留了些面包和酒。”说着，娜绥妲朝帐篷的另一头指了指，她看着女孩走过去，将面包大块大块塞进嘴里，狼吞虎咽地吃了起来，“至少你这个样子不会太久了。伊拉龙一回来，就会帮你解除符咒。”

“也许吧。”半块面包下肚，她暂时停了下来，“关于长刀血拼，我没跟你说实话。”

“你什么意思？”

“我预见的是你输，而不是赢。”

“什么？”

“如果我任由事件按照原来的轨迹发生，第七刀时你就会垮了，那现在坐在这个位置上的应该是法达瓦。所以，我就把你需要听到的告诉你了，所以，你赢了。”

一阵寒气袭遍娜绥妲全身。如果埃娃说的是真的，自己欠这个女孩的可就更多了。不过，她还是不喜欢被人操纵，尽管是为了她好：“原来如此，看来我得再次感谢你了。”

埃娃尖声笑起来：“其实你恨我入骨，对不对？没关系了。你也不用担心会得罪我，娜绥妲。我们彼此有利用价值，仅此而已。”

这时，当值的一个矮人头领以锤击盾，大声通报道：“药剂师安吉拉觐见，夜行者女士。”娜绥妲终于觉得得到了解脱。

“进来。”娜绥妲应道，声音高了许多。

安吉拉手臂上吊着数只布袋和篮子，匆匆进了帐篷。跟以往一样，她瀑布般的长发遮住了那满是关怀的脸。她身后紧跟着猫人索伦明，一见埃娃，猫人立刻奔过去，弓着背，在她两腿间蹭来蹭去。

安吉拉放下手中的行囊，卷起袖子，说：“我可是说真的，只对你和伊拉龙说，似乎我大多时间都耗在医治那些愚不可及的沃顿人身上，这些人根本就意识不到自己应该避免被砍成碎片。”说着，药剂师奔到娜绥妲身旁，揭开右臂上的绷带，接着，她又开始嚷道，“一般来说，医者会问病人怎么样啊，病人就会撒谎，说：‘哦，还行。’然后呢，医者就会说：‘好，好。放心吧，你很快就会好起来的。’我想现在看来再明白不过。可是，你不可能马上就能跑起来，然后领军作战。还早着呢。”

“我会好起来，是不是？”娜绥妲问。

“当然，如果我能使用魔法把伤口愈合。既然不能，就有点悬。就像别人那样，慢慢耗吧，希望伤口千万不要感染。”说着，她停下手来，盯着娜绥妲，“你应该知道，这些伤口以后会留下疤痕？”

“该来的总会来，听之任之吧。”

“确实如此。”

娜绥妲憋住不喊出来，抬头看着安吉拉给自己缝合伤口，并敷上一层厚厚的捣碎的草药。透过眼角，她还看到索伦明跳到桌上，坐到埃娃身旁。猫人接着伸出长粗毛的大爪，从埃娃的碟子里钩过一块面包，送到嘴里慢慢啃着，尖牙不时闪烁着白光。听到帐外盔甲武士走过，猫人的耳朵随着声音转动，粗大耳朵上的黑色流苏不停颤动。

“见鬼，”安吉拉抱怨道，“只有人类才会想到用自己砍自己来决定谁做首领。白痴！”

现在一笑就疼，可是娜绥妲还是禁不住笑了起来，待痉挛稍退，应道：“确实如此。”

就在安吉拉要绑完绷带之时，帐外传来矮人领队的呼啸声：“站住！”接着是人类侍卫封路阻挡来人时发出的此起彼伏的清脆的剑剑交叉相击声。

娜绥妲毫不犹豫地从缝在紧身胸衣上的刀鞘中抽出四英寸长的刀子。她觉得自己难以握紧刀柄，因为她觉得自己手指又厚又木，手臂上的肌肉也反应迟钝。除了烧灼般痛感的道道伤口，整个手臂似乎依然在沉睡。

安吉拉也从衣服中抽出一把匕首，立于娜绥妲前，嘴里念叨了一句古语。索伦明跳到了地上，蜷伏在安吉拉一旁。猫人毛发竖起，看上去个子要比一般的狗还大，喉中发出低沉的嘶吼。

埃娃继续啃着面包，似乎根本不理会眼前的喧闹。如同一个人研究一只从未见过的异型昆虫似的，她仔细打量着拇指和食指间的一小块面包，接着将其浸到一杯酒里，啪的一声塞进嘴里。

“女王陛下！”一人喊道，“伊拉龙和蓝儿从东北方向快速靠近。”

娜绥妲将刀入鞘，挣扎着从椅子立起身子，对安吉拉说：“帮我穿好衣服。”

安吉拉在她面前将衣服展开，娜绥妲跨了进去。然后，安吉拉轻轻地帮她套上衣袖，接着开始系上背后的裙带，埃娃也过来帮忙。很快，娜绥妲的衣服穿好了。

她仔细检查了双臂，发现没有绷带露出来，就问：“要不要露出伤口来？”

“看情况，”安吉拉说，“你认为露出来会给你的声望加分，还是会给认为你如此脆弱、如此不堪一击的敌人带来鼓舞呢？所以，这个问题很玄乎，取决于看到一个失去大脚趾的人时，你会说什么。你可以说：‘天哪，他废了’或者‘哇，就受这么点伤，他真是太聪明、太强壮或者太幸运了’。”

“你打起比方来也够怪异的。”

“谢谢！”

“长刀血拼比的是力量。”

“这件事在沃顿和色达人中都已家喻户晓了。你为你的力量感到自豪吗，娜绥妲？”

“把袖子剪掉，”娜绥妲说，见他们犹豫不决，她催道，“快点！肘部以下都剪掉。别管裙子了，我后面再补。”

安吉拉三两下就按娜绥妲的要求去掉了袖子，把剪下的布丢到桌上。

娜绥妲下巴一扬：“埃娃，如果你感觉我就要晕倒，就告诉安吉拉，让她接住我。我们可以走了吗？”她们三人由娜绥妲领头，结成一个小队列，索伦明离群独行。

一出帐篷，矮人领队大声喊道：“各就各位！”轮值的六名夜鹰围着她们三人形成了保护圈：前后是人类和矮人，两侧是库尔人——身高超过八英尺的巨人。

黄昏在沃顿的营地上空张开了金紫色的翅膀，给连绵不断的一排排帐篷洒下神秘的色彩。帐篷的影子越拉越长，预告着夜晚即将来临。暖洋洋的暮霭中，无数的火把和营火闪烁着明亮的光芒。向东，晴空依然万里无云；向南，一条狭长、低矮的乌云遮去了地平线和一英里外的烈火平原；向西，一排山毛榉和山杨标示出吉特河的走向，乔德、若伦和其他卡沃荷村民劫持了“龙翼号”船后，正是沿着那条河顺流而下。不过，娜绥妲的目光却只盯着北方，那里正是蓝儿光彩夺目的身形即将降落之处。夕阳照在蓝儿身上，给她披上了一层蓝晕，宛如天上落下了一团星星。

那场面太令人叹为观止了。娜绥妲都看呆了，庆幸自己见证了这样的壮观。他们平安无事！想着，她松了一口气。

报信的那个武士个子瘦小，大胡子散乱。只见他上前鞠躬，随手一指：“女王陛下，您看，我说的是实话。”

“是的，你干得很好。那么早就发现了蓝儿，你的视力一定超人。你叫什么名字？”

“弗莱切，哈顿之子，女王陛下。”

“谢谢你，弗莱切，你可以归队了。”

那人再次鞠躬，小步朝营地的边缘跑去。

娜绥妲穿过帐篷之间的通道，朝专门为蓝儿起降而设的那大块空地走去，目光一直盯着蓝儿。因为急切想跟伊拉龙和蓝儿会面，一路上，她根本就没注意紧跟其后的卫兵和随从。过去这些天里，她一直在为他们担心，一是作为沃顿国的领主，同时，令她自己感到吃惊的是，也作为他们的朋友。

蓝儿的飞行速度不亚于娜绥妲见过的任何鹰隼，不过，此时，她离营地还有数英里的距离，剩下的行程花了她近十分钟。此间，空地周围聚集了一大群士兵：人类、矮人，还有纳·嘎兹沃格率领的一队巨人，他们对靠近自己的人啐唾沫。人群中还有奥林国王及其廷臣，他们立于娜绥妲对面；有奥利克前往垡藤杜尔后取代他出任大使的纳尔汗；有约蒙杜，元老会的其他成员以及阿丽娅。

高个子女精灵穿过人群朝娜绥妲走去。她是如此引人注目，即使蓝儿降落在即，人们的目光还是为她所吸引。她一身黑衣，像男士一般系着绑腿，腰挂宝剑，背背弩和箭囊。她尖脸，肌肤如同浅色蜂蜜般清澈透明。她步态优雅、刚毅，无不显示出她非凡的剑法和力量。

她的怪异打扮在娜绥妲看来有些不雅，因为这将她的身材展示无遗。不过，娜绥妲不得不承认，即使穿的是破旧衣服，阿丽娅依然会比人类贵族更显庄严和高贵。

阿丽娅在娜绥妲跟前停下脚步，抬起一根优雅的手指，指着她的伤口说："正如诗人伊尔内所说，为了你所钟爱的人民和国家而以身涉险，那是再伟大不过的壮举。以往的所有沃顿领导人我都认识，他们都是伟大的人，他们中又以阿吉哈为最。不过，在这点上，你甚至超过了他。"

"你过奖了，阿丽娅。不过，我担心，如果我自己太耀眼，别人就会把我父亲忘了。"

"后辈的行为是前辈教养结果的最好证明。像太阳那样闪耀吧，娜绥妲，你越耀眼，就会有越多的人尊敬阿吉哈，因为是他教会你小小年纪就勇于肩负指挥重任。"

娜绥妲颔首，表示将阿丽娅的忠告铭记于心。接着，她笑着说："小小年纪？按照我们的算法，我已经是成年女子了。"

阿丽娅绿色的眼睛流露出消遣的神色："没错。不过呢，如果我们按年份而非智慧来计算，人类对我来说就根本未成年。当然，加巴多里克斯算是例外。"

"还有我。"安吉拉插了进来。

"算了吧，"娜绥妲说，"你也大不了我多少。"

"哈！你把外貌跟年龄混淆了。跟阿丽娅这么长时间了，你应该多长些见识才对。"

正待她要开口问安吉拉的实际年龄，娜绥妲感觉有人从后面用力扯了一下她的衣服。回头一看，胆大妄为的埃娃，在向她打着手势。娜绥妲弯腰侧耳靠近埃娃，只听她小声说："伊拉龙不在蓝儿背上。"

娜绥妲心头一紧，屏住了呼吸。她抬头凝视着天空，只见蓝儿在营地上方数千英尺的高空盘旋，蝙蝠形的宽大双翼在空中显得黑乎乎的。从下面，娜绥妲可以看到蓝儿的腹部，以及从层层鳞甲间突出的白色龙爪，可是，却看不到到底谁骑在上面。

"你怎么知道？"娜绥妲压低声音，问道。

"我感觉不到他的不舒服，或者他的恐惧。若伦在上面，还有一个女的，我猜是凯特琳娜。没有别人了。"

娜绥妲直起身子，一拍手，大声喊道："约蒙杜！"

站在十几码开外的约蒙杜推开挡在前面的人，跑了过来。他颇有经验，自然明白有什么突发之事："陛下。"

"马上清场，在蓝儿降落前把所有人都赶走。"

"包括奥林、纳尔汗和嘎兹沃格？"

她一皱眉："不，其他人都离开。快！"

在约蒙杜发出号令之时，阿丽娅和安吉拉围了上来，显然跟娜绥妲一样惊讶不已。阿丽娅说："如果伊拉龙受伤或死了，蓝儿不会如此平静的。"

“那么，他到哪儿去了？”娜绥妲问道，“他现在是不是陷入什么麻烦了？”

现场一片喧闹混乱。约蒙杜和手下人马在指挥旁观者退回各自的帐篷，对不服或拖拉者则是手杖相向。发生了几起扭打，不过，约蒙杜麾下的指挥官们很快制服了闹事者，防止了骚乱的进一步蔓延。幸运的是，在嘎兹沃格指挥下，巨人队伍平静离开了，而嘎兹沃格本人跟奥林国王和矮人纳尔汗则朝娜绥妲走来。

八英尺半高的嘎兹沃格走近时，娜绥妲感觉脚下的地面都在震动。他按照部族习俗抬起下巴，露出喉部，问道：“这是什么意思，夜行者女士？”他的嘴部和牙齿，加上口音，令娜绥妲难以听懂他到底说了什么。

“对，我也需要一个解释。”满脸通红的奥林附和道。

“还有我。”纳尔汗说。

看着他们，娜绥妲突然意识到，数千年以来，恐怕这是阿拉加西亚各个部族首次和平地聚会在一起。现在唯一缺席的是蛇人和它们的坐骑。当然，娜绥妲也知道，稍有理性之人就不会邀请那些可恶的怪物参加自己秘密的议会。她指着蓝儿，说：“她会提供你们所需要的答案。”

随着挨到最后一刻的人离开空地，一道气流呼啸而来，蓝儿扑向地面，收起双翼，降低速度，后脚落地。接着她趴到地上，营地间传来一声低沉的回响。若伦和凯特琳娜解开鞍座上的搭扣，迅速爬了下来。

娜绥妲走上前去，仔细打量着凯特琳娜，因为她感到很好奇，想知道她究竟是一个什么样的女子，竟能让一个男人为了救她而甘冒如此大的危险。眼前的女子骨架结实，脸像个病人一样苍白，一头紫铜色头发，身上的衣服破烂且肮脏不堪，难以分辨出原来究竟是什么样子。尽管久遭囚禁，在娜绥妲眼里，凯特琳娜还是相当漂亮的，只不过还够不上士兵们嘴里所说的大美人。可是，从她的神态和举止判断，如果被抓的是若伦，为了自己所爱之人，凯特琳娜同样也能鼓动卡沃荷村民，带他们一路南奔来到色达，参加烈火平原之战，并且马不停蹄地赶往黑格林。即使在看到嘎兹沃格之时，凯特琳娜只是紧挨若伦站着，没有丝毫的畏缩或胆怯。

若伦先向娜绥妲鞠躬致礼，然后转向奥林国王。“女王陛下，”他满脸严肃地说，“国王陛下，请允许我介绍我的未婚妻，凯特琳娜。”凯特琳娜分别向两位行屈膝礼。

“欢迎来到沃顿国，凯特琳娜。”娜绥妲说，“由于若伦对你非凡的忠贞，你早已名声在外，人们到处在传唱他对你的爱。”

“我们非常欢迎，”奥林补充道，“欢迎至极。”

娜绥妲注意到，说话时，奥林的眼睛一直盯着凯特琳娜，其他男人，包括矮人，也是如此。她敢肯定，当晚，他们就会向自己的战友吹嘘凯特琳娜有多漂亮。若伦的这次冒险，大大提升了她的名声，令她成为士兵们倍感神秘和迷恋的对象。有人愿意为其付出如此大的牺牲，单就代价而言，这个人必定弥足珍贵。

凯特琳娜脸一红，赶紧答道：“谢谢！”见这么多人注意自己，除了感到有些不好意思外，她脸上还流露出一丝骄傲的神情，仿佛早知道若伦是多么的杰出，并且在所有阿拉加西亚女人中，唯独自己俘获了他的心，该多么令人开心。他是她的了，这就是她梦寐以求的。

娜绥妲突然感到极度的孤独。多么希望自己也能像他们一样。她想。她肩上的负担，使得她无法拥有一般女孩的梦想——花前月下，山盟海誓，甚至结婚生子——除非出于沃顿国的利益，为自己安排一段权宜婚姻。她时常考虑可以与奥林联姻，可就是下不了决心。目前而言，她还是满足于现状，还不至于妒忌凯特琳娜和若伦的幸福。事业乃她心之所系，与推翻加巴多里克斯相比，结婚生子实在无足轻重。大多数人都会走进婚姻的殿堂，可是，又有多少人有机会见证一个全新时代的诞生？

今晚我怎么魂不守舍的？娜绥妲想，看来是伤口把我的脑袋弄得像蜜蜂一样嗡嗡乱转。她身子一震，目光越过若伦和凯特琳娜，落在蓝儿身上。为能听到蓝儿说些什么，娜绥妲将自己的思维屏障打开，开口问道：“他呢？”

随着鳞甲摩擦发出的一阵刺耳的窸窸窣窣声，蓝儿趴上前来，垂下脖子，龙首直面娜绥妲、阿丽娅和安吉拉，左眼仿佛闪耀着蓝色火焰。蓝儿嗅了嗅，伸出血红的舌头，炽热、潮湿的气流袭来，娜绥妲的蕾丝领子不停地翻动。

随着蓝儿的思维触及她的意识，娜绥妲不禁咽了一口口水。蓝儿跟她接触过的其他生物不同：古老、陌生，令人生畏却又如此温顺。一想到这儿，再加上蓝儿的庞大身躯，娜绥妲突然觉得，如果蓝儿要把他们吃掉，完全可以做得到。所以，面对一条龙，一个人根本不可能有什么骄傲之感。

我闻到血腥味，蓝儿说，谁伤了你，娜绥妲？告诉我，我把他们撕成两半，把脑袋带回来给你当战利品。

“你可以不必把谁撕成两半，至少现在是这样。是我自己动的刀，不过现在不是谈这个的时候。此刻，我唯一想知道的，是伊拉龙的下落。”

伊拉龙，蓝儿说，决定留在帝国。

一时，娜绥妲觉得脑子一片空白，全身无法动弹。一开始，她以为听错了，心里极力否认蓝儿的话，紧接着是万念俱灰，仿佛世界走到了尽头。其他人反应各异，不过，从这点可以推测到，蓝儿同时把话都对他们说了。

“你怎么……怎么能让他留在那里？”

蓝儿呼哧喷了一下，鼻孔荡出一浪浪的火舌。伊拉龙自作主张，我阻止不了他。他自行其是，全然不顾对自己或阿拉加西亚其他人会造成什么结果。对于我来说，他只不过一只小鸟，不过我为他感到自豪。不要害怕，他能照顾自己。到目前为止，还没有什么不幸的事发生。假如他受了伤，我能感应到。

阿丽娅问道：“他为什么决定这么做，蓝儿？”

与其这样解释，我不如展示给你们看，可否？

他们都表示同意。

蓝儿的记忆如同潮水一般涌进娜绥妲的脑海。她看到了耸入云端的黑格林，听到伊拉龙、若伦和蓝儿在讨论最佳进攻手段，看到他们发现蛇人老巢的入口，还目睹了蓝儿与雷斯布拉卡的惊魂大战。蓝儿记忆中的景象令她着迷，尽管出生于帝国，娜绥妲对它却没有什么记忆。除了加巴多里克斯帝国边界的一些荒野地区，这是她长大后第一次有机会看看其内部究竟是什么样子。

最后出现的是伊拉龙与蓝儿之间的对峙。被迫留下伊拉龙，依然令蓝儿感到悲痛欲绝，令她难以对此加以隐藏。娜绥妲禁不住抬起手臂上的绷带，轻轻抹去脸颊上的滚滚泪珠。可是，伊拉龙留下的理由——杀掉另一个蛇人和搜索黑格林的其他角落——在娜绥妲看来却不够充分。

她不由得皱起了眉头。伊拉龙可能会冲动，但绝对不会愚蠢到这种地步，仅仅为了看看几个山洞以及完成所谓的那点复仇，而置大家的共同目标于危险境地。肯定另有原因。她不知道能否强迫蓝儿道出实情，不过，她知道，蓝儿如果要隐瞒这些信息，绝非一时心血来潮。也许她想私下再谈。她想。

"见鬼！"奥林国王嚷道，"伊拉龙真会挑时间，偏偏这个关口上一人溜开。与加巴多里克斯大军压境相比，单单一个蛇人又算得了什么？……我们得把他找回来。"

安吉拉笑了起来。她在用五根骨针织袜子，针针相碰，咔嗒咔嗒，节奏有序而怪异："怎么找？他白天走，蓝儿又不能大白天四处飞着找，否则有人看见，就会惊动加巴多里克斯。"

"这没错，可是，他是我们的龙骑士啊！他现在深入敌后，我们可不能这么闲坐着。"

"我同意，"纳尔汗附和道，"无论怎么做，我们都要确保他平安归来。罗特加已承认伊拉龙为他的家族成员，也就是我的家族，你知道的。根据我们的法律和血统，我们都应该这么做。"

阿丽娅跪了下去，吓了娜绥妲一跳，原来她是要解靴带，然后重新系牢。她咬住靴带一端，问道："蓝儿，你最后接触伊拉龙的意识时，他确切在哪儿？"

在黑格林的入口处。

阿丽娅站起来，说："看来得四处找找看。"

她动若脱兔，说完便飞身朝北而去，越过空地，消失于帐篷之间，宛如一阵疾风，轻快无比。

"阿丽娅，不！"娜绥妲喊道，可是，精灵早已无影无踪。看着她消失的身影，娜绥妲感到极度绝望。大厦将倾。她想。

嘎兹沃格用力拽着身上铠甲上杂乱的甲片，仿佛要扯下来似的。他对娜绥妲说："要不要我跟着，夜行者女士？我没小精灵跑得快，可是一样耐跑。"

"不……不，别去。阿丽娅能远距离避开人类。可是，要换了你，一旦被农夫发现，士兵们会围捕你。”

“我习惯被追杀了。”

“不过可不是在帝国的心脏地带，那里的乡村有数百帝国士兵在游荡。让她去吧，阿丽娅能自己保护自己。我祈祷她能找到伊拉龙，保他安全，否则，我们就完了。”

亡命天涯

The Inheritance Cycle

伊拉龙的脚撞击着地面。

他在大步飞奔，撞击从脚跟传来，传到腿部，经臀部、脊梁骨，直达脑部。不停撞击，令他牙齿发麻，头痛越来越厉害。一开始，他觉得这么跑乏味至极，不过，他很快就陷入了迷糊状态，脑子不再思考，只是脚步不停地移动。

随着靴子落地，他听到脚下草茎像树枝一样断裂，瞥见干裂的地面上扬起一股股尘土。他猜想，这个地方至少有一个月没下过雨了。干燥的空气抽去了他呼出的湿气，他感到喉咙干痛。无论他喝多少水，也无法弥补太阳和干风从他身上窃取的水分。

结果，他觉得头痛。

身后的黑格林越来越远，可是，他觉得现在的速度还是太慢。那片土地上，有成百上千的帝国巡逻兵——包括士兵和魔法师——在游荡。为了避开他们，他常常得隐藏起来。毫无疑问，他们在寻找他。前一晚，他甚至还看到荆刺在西边游弋。他只好封闭自己的意识，飞身扑入旁边的沟渠，躲藏了近半个小时，直到荆刺消失在地平线。

伊拉龙打算尽可能走现存的路。过去一个星期，他的身心所承受的都已达到极限，与其披荆斩棘、跋山涉水，他宁可尽量让自己的身体能得到休息和恢复。需要他竭尽全力的时刻很快就会再度来临，可不是此刻。

顺着路走，他就不敢用最快的速度奔跑，其实，最明智的做法就是不要跑。这个区域散落着好些村落，假设村民看见一个人像被狼群追赶似的全速奔跑，那个景象肯定会引起人们的好奇或怀疑，甚至还有人会向帝国通风报信。这样会要了伊拉龙的命，毕竟他现在的唯一保护就是自己的身份还不为人所知。

伊拉龙此刻正在跑，是因为前面一英里的路途上，除了一条在晒太阳的长蛇，他一直没有碰到别的生物。

回到沃顿国是伊拉龙的主要目的，像一个流浪汉那么慢腾腾地走对他简直就是折磨。不过，现在有机会独处，他还是比较喜欢的。自从在斯拜恩山里发现龙蛋后，他从未真正意义上独处过。蓝儿的思维一直与他有所接触，接着就是布鲁姆或穆塔一路陪伴。除此之外，自从离开帕伦卡谷起，他一直都在刻苦训练，中间停顿，也只是为了旅行或参战。现在，他终于可以长时间专注于应对如此多的困惑和恐惧。

他喜欢这样一个人，以及与此相伴的宁静。声音（包括他自己的）的消失，宛如一首甜美的摇篮曲，让他暂时忘却了对未来的恐惧。他不打算占卜蓝儿——尽管他们相距太远，彼此的思想无法交织，心灵的相通让他能感知到蓝儿是否受伤——也不打算联系阿丽娅或娜绥妲，那只会招来一顿责骂。他想，*就现在这样，聆听飞鸟的歌唱，倾听微风在草丛和树叶间拂过，那该多好啊！*

挽具的叮当声，马蹄沉重的落地声以及人们的交谈声，让伊拉龙一下子从刚才的出神中惊醒过来。一惊之下，他停下脚步，打量着四周，判断声音的方向。一对寒鸦喳喳叫着，从附近的一条沟壑飞起。

附近，只有一处杜松丛可以勉强藏身。他冲过去，刚隐身于低垂的松枝之下，六名骑兵就从谷壑里现身，骑马行于离他不足十英尺的路上。正常情况下，伊拉龙早该探识他们的出现，可是，自从见到远处的荆刺后，伊拉龙便屏蔽了自己的意识。

几个士兵勒马在路上漫无目的地乱转，嘴上却不停在较劲。“跟你说，我好像看到什么了！”其中一人嚷道。他中等身材，两颊通红，长着一把黄胡子。

伊拉龙的心里开始打鼓，他尽量让自己的呼吸平缓下来，摸了摸围在眉头上的布条，确信眉毛和尖耳都已遮盖好。*要是还穿着盔甲就好了*。他想。为了避免别人的注意，他给自己做了一个背包——用树枝和一块从一个铁匠手里换来的粗布做的——把铠甲背在背上。担心被士兵听到，他现在可不敢把铠甲穿上。

黄胡子士兵下了枣红马，顺着路边走了过来，仔细打量着路面和前方的杜松丛。与其他帝国士兵一样，黄胡子也身着一件红色紧身短上衣，上面用金线绣有一个火舌图案，随着他的移动，金线闪烁着道道光芒。他的装备简单至极——头盔、锥形盾牌、皮质护甲——表明他至多不过一个普通的马前卒。至于武器，他右手持矛，左侧挂一长剑。

随着马刺相碰发出的叮当声，那士兵走近了杜松丛。伊拉龙赶紧用古语发出一道复杂的符咒。古语从嘴里如流水般飞泻而出，直到他惊讶地发现，自己竟然弄错了一段复杂的元音组合，只好从头再来。

士兵朝他又走近了一步。

又一步。

就在士兵在他面前停下脚步那一瞬间，伊拉龙完成了符咒。随着魔法的生效，他感到自己的力量在衰减。不过，他还是有些迟了，没有彻底逃遁。只听那士兵惊呼：“啊哈！”说着推开松枝，露出了伊拉龙。

伊拉龙纹丝不动。

士兵直直地瞪着他，皱着眉头，自言自语道："这到底……"他的长矛刺入树丛，离伊拉龙的脸不到一英寸。伊拉龙感到肌肉在震颤，紧张得紧握着拳头。"啊，见鬼了！"说着，那士兵松开了手中的树枝，松枝弹回原处，再次掩住了伊拉龙。

"是什么？"另一士兵问道。

"没有什么，"说完，黄胡子回到众人站立处，"看花眼了。"

"布雷顿那个杂种到底要我们干什么？这两天我们都没合过眼。"

"就是，这么逼我们，国王看来有些狗急跳墙了……说实在的，但愿别碰上我们要找的这家伙。能让加巴多里克斯不爽的人，绝非等闲之辈，我们最好敬而远之。至于这个神秘的逃犯，就让穆塔和他的龙怪去抓吧，你们说呢？"

"好像我们是在帮穆塔找似的，"第三人插话，"你们跟我一样，都听到莫赞的那个兔崽子穆塔的话了。"

士兵们似乎都感到些许不安，一时间都不说话了。接着一人上了马，左手抓住缰绳，说："闭上你的鸟嘴，德尔乌。你说的太多了。"

于是，六个士兵骑马顺路朝北而去。

马蹄声渐远，伊拉龙结束了符咒，握拳揉了揉眼睛，手放在膝盖上，不由得低声长长一笑。他摇了摇头，想想自己在帕伦卡谷长大，跟现在的情形相比较，心中不禁一乐。*以前绝对想不到今天会发生这样的事。*他想。

刚才他施放的符咒包括两个部分：一是造成身上光线的曲折，令其隐身；二是防止其他魔法编辑手发现自己使用魔法。这个符咒的主要缺点就是无法隐藏足迹，所以，施放时，身体必须保持静止。另外，符咒无法完全隐去身影。

伊拉龙钻出杜松丛，面向士兵现身的谷壑，抬手伸了伸腰，继续上路。此刻，他脑海里萦绕着一个问题。

究竟穆塔说了什么？

"啊！"

从宛如薄纱般轻柔的入定中苏醒过来，伊拉龙两手向空中胡乱地抓着。他从躺着的地方飞快一滚，身体几乎蜷成一团。接着，他向后一撑，站了起来，双臂一振，仿佛要挡住敌人的攻击。

四周是黑乎乎的一片。头顶上，星星依然在天穹上移动着永恒的舞步。脚下看不到一个生命在移动，除了轻抚小草的微风，几乎听不到什么声音。

伊拉龙确信有人要发动攻击，于是将意识延展出去，四周探识了近一千多英尺，却找不到别人的踪迹。

终于，他垂下了双手，胸口剧烈起伏着，感到肌肤烧灼般疼痛，全身散发着汗臭。脑海里似有风暴在咆哮：刀光剑影，四肢断飞。一会儿，自己仿佛在堡藤杜尔，与巨人作战；又一会儿，自己置身烈火平原，与同样身形的人类刀剑相交。每一个场景是那么真实，他觉得似乎某种神奇的魔法将自己带回过去的时空。他看到那些被自己所杀的人和巨人就站在眼前，栩栩如生，仿佛他们会开口说话。尽管身上的伤疤早已消失，身躯却依然记得所承受的诸多伤口，感受到剑和箭穿透肌肤时的剧痛，他禁不住颤抖起来。

伊拉龙一声吼叫，跪倒在地上，双手紧抱肚子，身体不停地前后摇摆着。好了……好了。他前额触地，身体蜷缩成一团，嘴里喷出的气足以让他腹部感到燥热。

“我怎么了？”

在卡沃荷时，布鲁姆所吟诵的那些史诗没有提到以前的龙骑士会出现这样的幻觉。伊拉龙在沃顿国所遇到的战士中，也没有人会因为自己曾流过的血而受烦扰。而且，尽管若伦说他不喜欢杀戮，他也不会在半夜惊叫中醒来。

我太脆弱，伊拉龙想，一个男人不应该有这种感觉，一个龙骑士不该这样。换了加罗或者布鲁姆，他们肯定不会有事。做该做之事，仅此而已。对此，不会有什么哭泣，不会有无尽的烦恼，不会整天咬牙切齿……我太脆弱了。

伊拉龙跳了起来，在草丛中的宿营地里不停来回踱着，努力使自己平静下来。半个小时后，他感到忧虑依然揪心，仿佛上千只蚂蚁在皮肤下爬行，一有风吹草动，便感到草木皆兵。他抓起行囊，没命地跑了起来，全然不管无尽的黑暗中有什么东西在等待自己，也不在乎别人会看到自己的狂奔。

他的目的就是要摆脱噩梦。大脑似乎在与他作对，他已无法通过理性的思考来驱走恐惧。他只能依赖肌肉的原始本能，这种本能告诉他要动起来。如果跑得够快、够卖力，或许那一瞬间他可以控制住自己。或许，胳膊的挥动、脚在尘土上的重踏、腋窝下因汗湿带来的滑腻的寒意，还有种种其他感受，能迫使他暂时忘却恐惧。

或许。

如同海里的游鱼，一群椋鸟掠过午后的天空。

伊拉龙眯眼看着那些鸟儿。在帕伦卡谷，春天时，椋鸟会群聚在一起，数量大得惊人，足可遮天蔽日。眼前这鸟群并不大，不过却让他想起从前的那些傍晚，他、加罗还有若伦，一起在门廊前一边喝着薄荷茶，一边欣赏天空中如同一块乌云般飘动、翻腾的鸟群。

迷失于回忆中的伊拉龙停下了脚步，在一块岩石上坐了下来，重新系牢靴带。

天气变了，变凉了。西边一片乌云，预示着一场暴雨可能降临。这里的植被更茂盛了，有苔藓、芦苇，以及一簇簇的绿草。远处数英里之外，平坦的地面上露出五座山丘，中间那一座山丘上，长着一片茂密的橡树。繁茂的树冠之上，伊拉龙依稀看到一些残垣断壁。那应该是一座早已废弃的建筑，也不知是哪个族群在远久以前修建的。

一时好奇心起，伊拉龙决定前去找点吃的。那里应该有很多猎物，寻找食物是一个很好的借口，让他在继续上路前，到那里探究一番。

一个小时后，他来到第一座山脚。在那里，他发现了一条残存的、方石铺就的古路。于是，他循路朝废墟走去。前方的怪异建筑让他感到很纳闷，因为它与自己所熟悉的人类、精灵或矮人的建筑大相径庭。

伊拉龙开始朝中间那座山上爬，橡树林下阴森森的，让他感到阵阵寒意。接近山顶时，脚下的地面变得平坦起来，眼前的橡树林豁然开朗，出现了一块巨大的空地。空地中央矗立着一座破旧的塔楼，塔基很宽，用肋状物支撑着，像一棵树的树干。再往上，塔身高达三十英尺，依次缩小，顶部尖突。塔楼的另一半已倒塌在地，碎成无数碎片。

伊拉龙感到有些激动。他怀疑自己发现了精灵族的一座哨点，应该是在龙骑士毁灭之前早已建成，其他的族群不可能有技能或意愿来修建这么一座建筑。

这时，他发现空地另一端有一片菜地。

一个男子弓身坐着，给一块豌豆菜地除草。他朝下的脸背着光，花白的胡子长得堆积在膝上，像一团未经梳理的羊毛。头也不抬，那人说："好了，你帮不帮我除草？如果帮，就包你一顿饭。"

伊拉龙愣住了，不知如何是好。接着，他一想，我为什么要怕一个老隐士？于是，他走了过去："我叫伯根……加罗的儿子伯根。"

那人含混不清地应道："我叫藤加，英格瓦之子。"

伊拉龙随手把行囊扔到地上，里面的盔甲发出刺耳的碰撞声。接下来的一个小时里，他默默地与藤加一起干活。他知道自己不应在此停留这么久，不过，他干得很开心，因为这让他无须思考。他一边除草，一边向四周探识，让意识接触空地上的种种生物，感受到它们与自己息息相关，不禁心情大悦。

除完菜地里的杂草、马齿苋和蒲公英，伊拉龙跟随藤加来到开在塔正面的一道窄门，进门后是一间宽阔的厨房兼餐厅。屋子正中央有一个旋梯直达二楼，书籍、古卷和一捆捆松散的仿羊皮纸手稿等占据了所有空地，包括大部分的地板。

藤加朝壁炉里的一小堆树枝一指，啪的一声点燃了柴火。伊拉龙全身一紧，全身心地戒备着，随时准备与藤加一战。

似乎没注意到伊拉龙的反应，那人继续在厨房里忙活，摆上茶缸、碟子、刀以及一些残羹剩菜，嘴里含混不清地唠叨着什么。

全神戒备的伊拉龙在附近的一张椅子上坐了下来。*他没有念古语，*伊拉龙想，*在脑海里念出咒语，即使仅仅为了生火，他依然冒着生命甚至更大的危险。*俄拉米斯跟伊拉龙说过，语言是一个人控制魔法施放的途径。施加魔法时，如果没有适当的语言结构对意志能量加以约束，思维或情感就可能出现偏离，结果会出现扭曲。

伊拉龙打量了一下屋子，希望找到有关主人的一些线索。他看到一张展开的卷轴，上面记录着一列列古语词汇。原来，那是一份真实的名称手册，跟他在埃勒斯梅拉所学习的有些相似。魔法师都渴望得到这类卷轴和书籍，为此他们可以舍弃一切，因为有了它们，魔法师就可以学习新的魔法词汇，并且把自己发现的新词记录下来。不过，名称手册乃罕见之物，极少有人能得到，拥有者也不会轻易相赐。

这样看来，藤加能有这么一份，已非同小可。可是，再仔细一看，伊拉龙惊讶不已：屋里竟然还有六份实名手册，外加大量的历史、数学、天文、生物等方面的图书。

藤加把食物推到伊拉龙前面，有一缸艾尔啤酒和一碟面包、奶酪和一片冷肉馅饼。

伊拉龙接过来，说："谢谢！"

藤加不理会他，而是紧挨着壁炉盘腿而坐，一边大口吃东西，一边念叨着什么。

伊拉龙吃尽碟子里的食物并喝完啤酒时，藤加也差不多吃完了。这时，伊拉龙禁不住问道："这座塔楼是精灵修建的吗？"

藤加尖锐的目光瞪了伊拉龙一眼，仿佛这个问题让他怀疑伊拉龙的智商："是啊，正是那些古灵的精怪建造了伊辛译瓦岗。"

"你在这里做什么？你是独自一人，还是……"

"我在寻找答案！"藤加大声说道，"那是一把打开封闭之门的钥匙，那里的树木花草都有秘密，还有火、热、闪电、光……没有多少人知道这个问题，那些都是懵懵懂懂的芸芸众生；少数知道的人，却不敢去寻找答案。呸！我们一直像野蛮人一样活着，野蛮人！我要结束这一切，开启光明的纪元，让人类为我的事业欢呼自豪吧。"

"那么，你究竟在寻找什么？"

藤加的脸露出不悦的表情："你竟然不知道是什么问题？我还以为你知道呢。不，看来我错了。尽管如此，我看你能理解我的探索。你在探索一个不同的答案，不管怎么说，你是在探索。你我的心都打上了同样的烙印，除了一个志同道合的朝圣者，还有谁能理解我们为了寻求答案做出了多大的牺牲？"

"是什么的答案？"

"我们所选择的问题的啊。"

这是个疯子。伊拉龙想。伊拉龙目光四处搜寻，希望找到什么东西来分散藤加的注意力。他看到，一扇泪滴形窗子的窗台上，摆着一排小动物木雕。"那些好漂亮！"说着，他指了指雕像，"是谁雕的？"

"是她雕的……她离开前雕的，她老在做这做那的。"藤加跳了起来，左手食指尖按住第一座木雕，"这只摆尾松鼠，看它多鲜活、多有动感，一脸的嘲讽。"他的手指移到第二座雕像上，"这只野猪，长着犀利的獠牙，多恐怖……再看这只渡鸦……”

藤加喋喋不休地说着，根本不理会伊拉龙，伊拉龙两脚向后移，抬起门闩，溜出了伊辛译瓦岗。伊拉龙背起行囊，快步穿过橡树林，渐渐把五座山丘之地以及隐居于其间的那个疯狂的魔法师抛在了身后。

接下来的半天和第二天，路上的行人慢慢多了起来。伊拉龙觉得不时会从一座山后冒出一群人来。他们大多数是难民，当然，当中也有士兵和商人。伊拉龙尽量避开人群，大多时候，他把衣领竖起来，遮住下巴，疲惫地行走着。

这样一来，他只好在墨林以北二十英里的艾斯科夫村过夜。按照他原来的打算，在抵达艾斯科夫村前，要离开正道，找一个洞穴，休息到第二天早上。可是，因为对环境不熟，路程判断失误，最后，在离村庄还有一个小时的路程时，身边还有三名士兵。到了村里，就意味着进入一个安全之境，可以找到一张温暖的床。如果这个时候离开，即使再笨的人也会怀疑，他究竟要刻意躲避什么。于是，伊拉龙咬紧牙关，决定走一趟。他心里默默练习自己编造的旅行故事。

第一眼看到艾斯科夫村时，太阳离地平线还有两个手指的距离。村子不大不小，四周围着高大的栅栏。到达村子时，天几乎黑了。在村子入口，他还听到哨兵问那些士兵后面是不是还有什么人。

“据我所知，没有了。”

“这太好了，”那哨兵说，“过了关门时间，他们得等到明天才能进村。”说着，他朝对面的另一卫兵喊道，“关门！”他们一起推，将十五英尺高的包铁大门关上，还上了四根门闩，每根都有伊拉龙身子那么粗。

他们是怕有人来围攻村子。伊拉龙想，不过，他旋即笑了，觉得自己愚不可及。这个时节，又有谁不担心出事呢？换了几个月前，他可能会担心被困在艾斯科夫村，可是，现在，他自信可以赤手拆了村子的防御。而且，如果用魔法隐身，他还可以趁黑不声不响地离开。不过，他还是选择停下来过夜，因为他太累了。况且，如果附近有魔法师，他施法就可能引来麻烦。

沿着一条泥泞的小路，他朝村子广场走去。没走出几步，一个巡夜人走了过来，举灯凑近他的脸：“站住！你没来过艾斯科夫村吧？”

“我第一次来。”伊拉龙答道。

身材短粗的巡夜人摇头晃脑地继续问道：“这里有家人或亲戚朋友吗？”

“不，没有。”

“那你来艾斯科夫村干什么？”

“没什么。我要到南边去接我姐姐一家人回雷欧那城去。”对伊拉龙的话，那巡夜人似乎无动于衷。看来他不相信我，伊拉龙猜想，或者，类似的话听过无数遍，他都麻木了。

“那么你需要到旅店去，就在大水井边上。去吧，那里有吃的和住的。在艾斯科夫村期间，我警告你，我们这地方对谋杀、盗窃及纵欲绝不心慈手软。这里有牢固的夹具和绞刑架。它们可没一直闲着，明白我的意思吗？”

“是的，先生。”

“那走吧，祝你好运。嘿，等等！陌生人，你叫什么？”

“伯根。”

听了这话，巡夜人走开了，继续他的巡视。待巡夜人的灯消失于几座房子之后，伊拉龙来到大门左侧的告示牌前。

告示牌上钉着好几张通缉令。其中，两张三英尺长的羊皮纸上分别画着伊拉龙和若伦的画像，他们都以帝国叛徒的名义被通缉。伊拉龙饶有兴趣地看着通缉令，并惊讶于赏金的丰厚：抓住任何一人封伯爵。若伦的画像跟他本人很像，甚至还画上了他逃离卡沃荷后才长出的胡子。不过，伊拉龙的画像就差了些，那还是血盟庆典之前他的纯人类相貌。

世事多变啊。伊拉龙想。

他继续走，穿过村子，来到旅店。大堂的天花板很低，木板都涂了焦油。黄色的油脂蜡烛发出柔和、摇曳的光，使得空气弥漫着浓重的油烟味。地上铺上了沙和灯芯草，伊拉龙一脚踩下去，会发出嘎吱嘎吱的声响。左侧有桌椅，大壁炉，一个小孩转动炙叉烤着一头猪。右侧有一个长形酒吧和一道防御工事。工事主要包括拉起的吊桥，另一端，存放着一桶桶的各色啤酒。工事的目的就是要把那些嗜酒如命的男人拦在外面。

大堂有六十来人，人声鼎沸，拥挤得让人感到不舒服。长途跋涉之后的伊拉龙，对此应该感到触目惊心。他听觉灵敏至极，感觉自己仿佛置身于雷鸣般的瀑布之中，无法捕捉一个确切的声音，只言片语之后，一个声音便飞逝而过，为另一个声音所取代。在屋子的一角，三个吟游诗人在演唱《道斯美丽的艾丝丽德》的戏剧版，不过，却丝毫无助于缓解屋内的喧嚣。

伊拉龙不由得一皱眉，挤过拥挤的人群，来到吧台前，想问问那个女服务员，可是她太忙了。至少过了五分钟，一缕缕头发沾在汗湿脸上的她，才得空将目光转过来，问道：“你要什么？”

“还有没有房间？或者给我找个角落过夜？”

“我不知道。你得找旅店女主人，她很快就会下来。”说着，她随手朝一排椅子指了指。

于是，伊拉龙就等着。他靠在吧台上，打量着屋里的众人。三教九流，什么人都有，他猜多半是当地村民来此买醉。其他的男男女女，往往是一家人，看样子是要举家迁移到安全地区去。这些人很好认，通常穿着磨破了边的衬衫和脏兮兮的裤子，蜷缩在椅子上，一旦有人走近，便会紧张地盯着。不过，他们似乎刻意要避开旅店里的一小群常客——加巴多里克斯的士兵。那些身穿红色短上衣的男人说话嗓门特大，他们一边狂饮啤酒，一边肆无忌惮地大笑、叫喊，不时用戴着铠甲的拳头捶打着台面，有的还暗中对过往的女孩子伸出咸猪手。

他们是不是因为知道无人敢反对，并且乐于对此加以炫耀，才这么肆无忌惮？伊拉龙想，或者，他们是被拉了壮丁，只是为了掩盖自己的耻辱及恐惧感而这么寻欢作乐？

只听吟游诗人唱道：

道斯美丽的艾丝丽德一路奔跑，长发飞扬，
找到艾德尔大人，厉声喊："放了我的情郎，
否则，巫婆会将你变成一只山羊！"
艾德尔大人哈哈一笑，眉飞色舞：
"巫婆也无法将我变成山羊。"

随着人群的移动，伊拉龙看到紧挨墙根的一张桌子，桌旁坐着一个孤单的女人，旅行风衣上的风帽遮住了脸部。四个男人围着她，都是粗壮的农民，在酒精的烧灼下，个个面红耳赤。其中，两个人分别在女人两侧靠墙看着，一人把椅子反过来，跨坐在上面，咧嘴笑着，第四人一脚踩住桌边，身子靠在膝盖上。他们肆意说着什么，还打着手势。尽管听不见也看不到那女人说了什么，伊拉龙明显看出几个农民生气了。只见他们满脸怒容，鼓起胸脯，像斗鸡一般趾高气扬，其中一人还不停地对那女人晃动着手指。

在伊拉龙看来，这些平时都诚实、勤劳的男人，只是因为贪杯而举止失常。在卡沃荷的节庆时节，这样的事也十分常见。加罗历来看不起那些酒杯都已拿不住，却依然当众丢人现眼的男人。"简直不合时宜，"加罗常说，"况且，如果不是为了庆祝，而是为了麻痹自己而喝酒，就该找不会干扰别人的地方。"

左侧那个男人突然伸手，用手指钩住了女人风帽的边缘，似乎是要把它扯下来。没待伊拉龙看清楚，那女人右手一抬，抓住了男人的手腕，旋即却松开，恢复了原来的坐姿。这一切发生得太快，伊拉龙怀疑，屋子不可能有别人，甚至包括那个被抓手腕的男人，能察觉她的动作。

风帽被掀开，落在肩上。伊拉龙一看，整个人惊呆了。那女人是人类，可是长相跟阿丽娅几乎一模一样，唯一的区别就是这个女人的眼睛——圆平，而非像猫眼那么斜——还有耳朵，不像精灵的那么尖。她跟伊拉龙所认识的阿丽娅一样漂亮，只是显得更易于亲近，不是那么遥不可及。

于是，伊拉龙毫不迟疑地将意识向那女人延伸出去，他要弄清楚，她究竟是谁。

刚接触到，她的意识立即反击回来，突破他的意识，紧接着，他的脑海里响起震耳欲聋的一声惊呼：伊拉龙！

阿丽娅？

他们四目相视了好一会儿，直到人越来越多，遮去了她的身影。

伊拉龙使劲推开挡在前面的众人，飞快穿过大堂，朝阿丽娅的桌子奔去。一开始，那些农民都斜眼瞪着他，其中一人嚷道："你太粗鲁了，不请自来，打扰我们。快滚开，好不好？"

伊拉龙尽力让自己口气显得平和："先生们，在我看来，这位女士似乎愿意一人待着。一个如此诚实的女士的小小愿望，你们不会置之不理的，是吧？"

"诚实的女士？"站得最近的那人笑道，"诚实的女人不会一人独自出门。"

"这个您请放心，因为我是她兄弟，我们是要去雷欧那城投奔叔叔的。"

四个男人交换着不安的目光。三个人慢慢向后退去，只是其中一个大个子逼近伊拉龙，呼吸喷到他脸上："朋友，我可不敢肯定能相信你。你只是要把我们赶走，好自己一人占着她。"

他倒没全醉。伊拉龙想。

伊拉龙声音很低，仿佛只说给那人听："我向您保证，她是我姐姐。我求您了，先生，我可不想跟您打架，求您让开，好不好？"

"不好，看你娘娘腔，肯定是在撒谎。"

"先生，请少安毋躁。我们这么闹不愉快，大可不必。现在天还早，到处都是音乐美酒。我们何必为一个小小的误会而争吵，这样不值得。"

过了几秒钟，那人终于放下了架子，用嘲讽的口吻说："我可不想跟你这样的小毛孩打架。"说完，他转身跌跌撞撞地跟着伙伴奔吧台去了，伊拉龙顿时感到心里一块石头落了地。

伊拉龙目光盯着人群，身子却退到桌子后，在阿丽娅身旁坐了下来。"你为何在此处？"他问道，却几乎未动嘴皮。

"来找你。"

伊拉龙一惊，扫了她一眼，她眉毛一抬，反瞪了他一眼。他赶紧回头看了一眼众人，然后挤出一丝笑容，问道："你一个人？"

"现在不是了……你订房间了吗？"

他摇了摇头。

"好。我有房间了，我们去那里说话。"

他们一齐起身，他跟在后来到大堂后的楼梯。踏上楼梯，脚下破旧的楼板嘎吱作响。他们来到二楼的走廊，因为只点了一支蜡烛，楼道光线十分昏暗，阿丽娅领着伊拉龙来到右侧最后一间房。宽大的风衣衣袖一抖，她掏出一把铁钥匙，把门打开，自己进了屋，等伊拉龙跨入门槛，便回身关上门，上好锁。

一道昏黄的光线，穿过铅框窗，照在伊拉龙身上。光线发自悬挂在村子广场另一头的一盏灯，让伊拉龙隐约可以看出自己右边矮桌上似乎有一盏油灯。

"Brisingr（火）。"伊拉龙低声一吟，指尖发出一点火花，点燃了油灯。

灯虽点燃了，可是屋子依然很暗。跟楼道里一样，房间里也是镶板墙，栗色木头将照射在其上的光线吸收殆尽，屋子显得很窄、很沉重，仿佛有重物向里压。除了桌子，屋里另一件家具就是一张小床，床褥子上扔了一张薄毯，床垫上还放着一小袋物品。

他们面对面站着，接着，伊拉龙抬手解下裹头的布条，阿丽娅也解开系住披风的别针，把披风放在床上。她一身橄榄绿装扮，乃伊拉龙首次见到。

看到彼此相貌正好反了过来，伊拉龙觉得有些怪异：他越来越像一个精灵，而阿丽娅变得更像一个人类。这种改变虽丝毫未减少他对阿丽娅的倾心，却使他觉得她不那么遥不可及了，与她在一起可以更随意些。

阿丽娅首先打破沉默："蓝儿说，你留下来，是要杀另一个蛇人，还要探究一下黑格林的其他地方，这是真的吗？"

"部分属实。"

"那完整的事实又是什么？"

伊拉龙知道，不能再有丝毫隐瞒："答应我，没有我的允许，不要将我要讲的告知任何人。"

"我答应。"她用古语说道。

接下来，他把如何发现史洛恩、自己为何决定不将其带回沃顿国、自己给屠夫施加的符咒、给史洛恩的自我救赎机会——至少是部分机会——让他通过改过自新以重获光明等一一道来。最后，他说："无论如何，不能让若伦和凯特琳娜知道史洛恩还活着，否则，就会有无穷无尽的麻烦。"

阿丽娅坐在床边，默默地盯着油灯和跳跃的火苗，然后，她说："你该把他杀了。"

"也许是的，不过我下不了手。"

"不能因为讨厌一项任务而逃避它，你简直是个胆小鬼。"

面对她的指责，伊拉龙有些动怒："是吗？谁手里有刀，都可以杀了史洛恩。可是，我要做却困难得多。"

"要说困难，也只是体力上的，而非道德上的。"

"我没有杀他，是因为我认为那是不对的。"伊拉龙皱着眉，仔细琢磨着自己的用词，"我并非胆怯……绝对不是。至少，参加过战斗以后不会这样……完全是另外一码事。战斗中，我出手杀敌，可是，我不认为一个人的生死应该由我决定，我缺乏这样的经历和智慧。阿丽娅，每个人都会有一道自己不会逾越的底线。看着史洛恩的时候，我明白自己的底线在哪里。即使加巴多里克斯为我所俘，我同样也不会把他杀了。相反，我会把他带到娜绥妲和奥林国王面前，如果他们判处他死刑，我就会很乐意地砍掉他的脑袋。不过，在此之前绝对不行。如果你愿意，就称之为懦弱吧。我这个人就是这个样子，我无须为此道歉。"

"这样，你岂不就成了别人手中挥舞的一件工具？"

"我会尽我所能为大家服务，不过，我从来没想过要去引领大家，阿拉加西亚不需要另一个暴君。"

阿丽娅揉了揉太阳穴："伊拉龙，怎么什么事情到了你那里都会变得如此复杂？无论你到哪里，都会弄得自己身陷困境。你似乎是放着大路不走，却总去选择披荆斩棘。"

"你母亲也说过类似的话。"

"我不奇怪……好了，顺其自然吧，我们谁也无法说服对方。除了公正和道德，我们还有更紧迫的事情要考虑。不过，将来你最好牢记自己是谁，明白自己对阿拉加西亚的各个族群究竟意味着什么。"

"我不会忘记的。"说完，伊拉龙停顿了一下，看看她有何反应，不过阿丽娅对此不置可否，伊拉龙坐到床边，说，"你完全没有必要来找我的，我没事。"

"当然有必要。"

"你是怎么找到我的？"

"一开始，我猜你离开黑格林后会走哪条路，幸运的是，我猜的路线离这里以西大约四十英里。不过，这对我来说已够近了，我可以通过倾听大地的低吟来确定你的方位。"

"我搞不懂。"

"伊拉龙，龙骑士在这个世界上行走，不可能不引起注意的。耳聪目明之人可以对种种迹象加以解读：鸟儿会传唱你的到来，大地上的野兽能辨识你的气味，花草树木会记住你的触摸。骑士与龙灵相通，这种联系强大无比，能感知自然力量的生物都会感应到。"

"什么时候你得教教我这个法术。"

"这不是什么法术，只是对自己周围的万物多加留心而已。"

"那你为何来到艾斯科夫村来？我们在村外会面不是更安全吗？"

"迫不得已罢了，我猜你的情形也差不多，你不是自愿来这里的吧？"

"不是……"说着，他转动一下胳膊，一天长途跋涉之后，身体十分疲乏，赶走睡意之后，他指着她的衣服，问道，"你是不是换装扮了？"

阿丽娅微微一笑："只是为了这次出行。不知在沃顿人中生活多长时间了，不过，我还是弄不明白人类为何要将男女分开来。尽管我的行为举止也不完全像一个精灵，不过，我也无法让自己接受你们的习俗。谁又会对我说三道四呢？我母亲？她远在天边。"说着，她停了下来，仿佛觉得自己说得太多了，接着，她说，"来的路上，刚离开沃顿国，我就跟两个看牛的闹了个不愉快。紧接着，我就偷了这身衣服。"

"很合身。"

"作为魔法师，一个好处就是用不着找裁缝。"

伊拉龙大笑不止。接着，他问道："现在怎么办？"

"现在休息。明天，日出前，我们就偷偷溜出村庄，没人会知道。"

那一夜，阿丽娅睡床，伊拉龙躺在靠门的地板上。这样安排并非出于伊拉龙的谦让——当然，换个情形，他肯定会坚持让阿丽娅睡床——而是出于小心。如果有人闯入房间，见女士睡地上，定会觉得很奇怪。

时间在百无聊赖中缓慢地过去，伊拉龙呆呆地盯着头上的横梁，看着木头的裂纹，脑海里思绪万千，不得片刻安宁。他尝尽各种办法，试图让自己平静下来，可总是禁不住会想到阿丽娅，想到重逢的惊喜，想到她对自己如何处置史洛恩的评价，当然，更多的是想到自己对阿丽娅的种种情愫。这究竟是一种什么样的情怀？他说不清道不明。他渴望与她在一起，却被拒之千里之外。这给他的情感造成了伤害，让他感到生气、感到沮丧。他拒绝承认自己的追求走到了终点，却又不知如何继续下去。

听着阿丽娅均匀的呼吸声，他感到心口发疼。与她近在咫英尺，却又仿佛相隔千里，令他难以承受。他揉着衣角，期盼能找到一条出路，而不必服从讨厌的命运的安排。

这些杂乱的思绪不断纠缠着他。一直到深夜，他才因为极度疲劳而渐渐入定。其间，他断断续续四处神游，直到星光逐渐暗淡，他和阿丽娅该动身了。

他们一起打开窗子，跳到离窗台十二英尺的地面。这对于拥有精灵一般能耐的伊拉龙来说，只不过是小菜一碟。向下跳的时候，阿丽娅手压住裙摆，不让它飘起来。他俩紧挨着落地，接着飞身穿过村巷，朝栅栏奔去。

“别人会怀疑我到底跑哪儿去了，”伊拉龙一边跑一边说，“也许我们应该等到天亮，像其他旅客一样离开。”

“留下来更冒险。房费已付过，店主最关心的就是这个，他才不会理你是不是提早离店呢。”这时，路上出现了一辆破旧的马车，他们左右一闪让过，然后重新并排在一起。阿丽娅补充道，“现在，最重要的就是不要歇息，得不停地走，否则国王肯定会发现我们。”

来到村子的外围，顺着栅栏，阿丽娅一路摸索，直到发现一根突出的木桩。她合手一抱，用力扳了一下，看看木桩能否承受自己的重量。一扳之下，木桩有些晃动，碰到两侧的其他木桩，发出嘎吱嘎吱的声音，不过，还算牢固。

“你先上。”阿丽娅说。

“你先请。”

她不耐烦地叹了一口气，轻轻拍了一下衣裙：“伊拉龙，裙子要比裤腿招风。”

明白了她的意思，伊拉龙不禁脸上一热。于是，他举手抓紧，脚下踏牢，爬上木桩。到了顶部，他停下来，稳住身体。

“继续。”阿丽娅低声喊道。

“我等你。”

“别这么……”

“巡夜人！”说着，伊拉龙一指。两座房子间的黑暗中隐现出一盏灯，随着光亮的接近，阴暗中显出一个持剑男人的闪亮身形来。

阿丽娅默不作声，却如同幽灵一般，双手抱住柱子，仅依靠双臂的力量向上攀缘，身子如有魔法似的向上滑行。接近伊拉龙时，他抓住她的右臂，将她拉上顶端。两个人像怪异的鸟栖息在柱子顶端，屏住呼吸，一动不动地看着下面的巡夜人。那男人左右晃动着灯，查看是否有人闯入。

千万别看地面，伊拉龙内心祈祷道，也千万别朝上看。

过了一会儿，那人将剑入鞘，一边哼着小曲，一边向前继续他的巡视去了。

伊拉龙和阿丽娅默默地跳下栅栏。伊拉龙落在草地上，他身子一滚，缓冲下落的冲力，行囊中的盔甲发出一阵碰撞声。接着，他飞身而起，弯腰飞奔而去，阿丽娅紧随其后。他们绕开村子周边的农场，取道洼地和干涸的河床。有几次，看夜的狗冲出来，似乎要阻挡他们对其领地的侵扰。伊拉龙将意识释放出去，对那些吠叫的狗加以安抚。他发现，要让那些狗停止吠叫，最有效的办法就是告诉它们：它们的尖牙利爪足以将伊拉龙和阿丽娅赶走。见自己威猛有力，那些狗就摆着尾巴，趾高气扬地回到自己看护的谷仓、牲口棚或门廊去了。看它们自鸣得意的样子，伊拉龙不由得心里一乐。

此时，他们离艾斯科夫村已有约五英里了。很明显，他们周围都没有其他人，后面也没有尾巴跟着。他们在一棵烧焦的树桩旁停了下来。阿丽娅蹲下身子，用手在前面的地上挖了几把土。随着她一声“Adurna risa（水升起来）”，涓涓水流从旁边的地里冒出来，汇入刚挖好的小坑里。待坑里水满，随阿丽娅一声“Letta（停）”，水流便停止了。

她吟诵了一段占卜咒语，寂静的水面上浮现出娜绥妲的面孔。阿丽娅跟她打了个招呼，伊拉龙则躬身致礼，嘴里说道：“女王陛下！”

“伊拉龙。”娜绥妲应道。看上去，她很疲惫，脸颊凹陷，仿佛生了一场大病。一绺长发从圆发髻啪的一声弹开，在发际线卷成一卷。随着她抬手在头上一掠，抚平翘起的头发，伊拉龙瞥见她手臂上硕大的绷带。“感谢歌库卡拉，你平安无事，伊拉龙。”

“很抱歉，让你担心了，不过，我这样做是有原因的。”

“回来后你必须向我解释。”

“当然，”他说，“你怎么受伤的？有人攻击你吗？杜万加塔的人为何不给你治疗？”

“是我下令别让他们管的。你回来后我会向你解释这个。”一头雾水的伊拉龙只得点点头，咽下了后面的一大堆问题。娜绥妲转向阿丽娅，说，“令人钦佩！你竟然找到他了。我原来还不敢肯定呢。”

“幸运之神向我微笑。”

“也许吧。不过，我更愿意相信你的能力，它与幸运之神的慷慨同样重要。你们需要多久才能回来？”

“两三天吧，除非遭遇难以预料的困难。”

“好。我期待你们的归来。从现在开始，希望你们每天在正午和傍晚前与我联系，否则，我只能假定你们被捕了，那样我就派蓝儿带救援队伍出发。”

“我们不一定随时都有机会实施魔法。”

“那就想办法吧，我需要知道你们身在何处以及是否安全。”

阿丽娅考虑了一下，然后回答道：“我会尽力而为，不过一旦可能对伊拉龙带来危险，我就不联系你了。”

“同意。”

利用她们对话之间的停顿，伊拉龙问道：“娜绥妲，蓝儿在附近吗？我想跟她说话……离开黑格林后我们一直没有联系。”

“她一小时前外出侦察去了。我现在就去看看她是否已回来，你们等着，不要关闭。”

“去吧。”阿丽娅应道。

娜绥妲一步跨出了视阈，眼前只呈现一幅她红色大帐里桌椅的静止画面。一开始，伊拉龙仔细打量了帐内的物件，慢慢地，他变得焦躁不安，目光从水面转移到阿丽娅脖子后面。只见她一头浓密的黑发垂在一边，露出衣领上一段柔滑的肌肤，伊拉龙不由得一愣，浑身一哆嗦，靠在了树桩上。

耳边传来树木断裂声，接着，蓝儿挤进了帐篷，水镜展现出一片蓝色的鳞甲。伊拉龙无法判断眼前是蓝儿躯体的哪一部分，毕竟现在所看到的只是那么小小的一块。随着片片蓝鳞进入镜面，伊拉龙看到了蓝儿腿部的下侧，接着是她尾巴上的尖刺、翅膀收拢后形成的袋状薄膜，最后是一颗龙牙的闪亮齿尖。蓝儿在挪动自己的位置，以便能舒服地看到娜绥妲那面神秘的占卜镜。听到蓝儿身后传来的物品碎裂声，伊拉龙猜想帐内的桌椅恐怕都报销了。终于，蓝儿找准了位置，将脑袋凑近镜子——这样一来，一只硕大的蓝眼睛占据了整个水面——盯着伊拉龙。

好一会儿，他们彼此默默地看着对方。伊拉龙惊讶地发现，见到蓝儿，仿佛心里的一块石头终于落了地。其实，自从他们分开，他从未真正有过安全感。

“我想你。”他低声道。

她眨了一下眼。

“娜绥妲，你还在吗？”

蓝儿右边某个角落传来娜绥妲低沉的声音，仿佛嘴被什么东西堵住了：“还算在吧。”

“你能否把蓝儿的话传过来？”

“非常乐意，不过，现在我被夹在翅膀和帐杆之间，看样子无路可走，恐怕你听不清我说什么。不过，如果你愿意，我倒想试试。”

“请试一下。”

娜绥妲沉默了一会儿，接着传来她近似蓝儿语气的声音，伊拉龙禁不住笑了起来。只听她说：“你好吗？”

“跟牛一样壮实，你呢？”

“要把我比作一头笨牛，那太荒唐，简直是侮辱。不过，我跟平时一样，状态良好，如果这就是你要的答案。很高兴，阿丽娅跟你在一起，有一个理性的人在你后面看着，这对你有好处。”

“我同意。身处危险，有人帮忙总是受欢迎的。”终于可以与蓝儿交谈，尽管不是直接的，伊拉龙内心的感激之情油然而生。不过，与彼此近距离身心相通相比，此刻的言语显得多么苍白。况且，有阿丽娅和娜绥妲在场，伊拉龙实在不愿谈及一些更私人的话题，譬如在黑格林强迫蓝儿离开，自己独自留下，不知蓝儿是否已原谅他。蓝儿似乎也有所不愿，因为她也没有谈及这个话题。所以，他们都在说些无关紧要的事情，然后道别。在他离开水面之前，伊拉龙手指触唇，默默地道了一声：对不起！

蓝儿眼眶肌肉一松，无数细小的鳞片周边露出银色，慢慢地眨了一下眼，伊拉龙明白，蓝儿理解自己传递的信息，而且她并未因此前的事而记恨于他。

与娜绥妲道别后，阿丽娅终止魔法，站了起来，顺手用手背拍掉衣服上的尘土。

见她这样，伊拉龙有些着急，与以前相比，现在的他有些大相径庭。此时此刻，他满门心思就是直接奔回蓝儿身边，与她围篝厮守在一起。

“我们走吧。”阿丽娅说着，脚下已迈开步伐。

微妙的问题

The Inheritance Cycle

若伦从地上搬起石块，后背肌肉曲张，一块块突起。

他将巨石搁在大腿上歇了歇，紧接着，随着一声闷哼，挺直了双臂，将石块高举过头。他撑着那泰山压顶一般的重量，站了足足有一分钟之久。等到双肩开始颤抖，就要支撑不住的时候，他才将巨石扔在面前。石头轰然落地，砸出一个深达数英寸的大坑。

若伦身边的二十名沃顿武士跃跃欲试，纷纷寻找同样大小的石块一试身手，然而成功的只有两个人，其余的还是回头去对付轻一些的石块。若伦心中暗自庆幸，多年的田间劳作，还有在霍司特铁匠铺几个月的学徒生活没有白费，面对这群自打满了十二岁便天天拿着武器操练的人，他的力气毫不逊色。

若伦甩甩胳膊，火辣辣的感觉消退了一些。他再做了几个深呼吸，赤裸的胸膛感觉到空气的清冷。他伸手揉搓右边的肩膀，捂着那一块胀鼓鼓的肌肉，用手指在上面摸索，再一次确信，令他饱受折磨的蛇人咬过的伤口没有留下任何痕迹。他不由得开怀一笑，为自己的身体恢复完整和健康而高兴。他一度认为这比让一头母牛学会跳快步舞还要渺茫。

一声痛楚的喊叫传来，他望了过去，看到艾伯瑞和波多尔正联手对抗朗格。朗格是一名负责传授格斗技能的老兵，肤色黝黑，身上到处都是战斗留下的疤痕。虽然是一对二，朗格却占尽上风。他手执练习用的木剑，不过三招两式，便击落了波多尔的武器，横过剑身拍中了他的两边肋骨，还狠狠地刺中了艾伯瑞的腿，令他摔了个四仰八叉。若伦对这两个人大有同情之意。他才和朗格交过手，最后的结果是在黑格林留的旧伤上又添了几道新伤。在很大程度上，他更喜欢用锤子，而不是剑，不过又觉得在形势所迫时，能使剑也是必要的。剑术中有许多技巧，可是他觉得那些在大部分交手中纯属多余：照某位剑客的手腕，一锤子砸下去，不管有盔甲没盔甲，碎裂的骨头都会令他无暇自保。

烈火平原一战之后，娜绥妲邀请卡沃荷的村民加入沃顿族，得到了全体村民的响应。所有可能拒绝这一邀请的人，早在他们前往烈火平原的途中，就在多斯选择了留在色达。每一位身强力健的卡沃荷村民都放下原先凑合着使用的矛和盾，拿起了合适的武器，精心操练，要让自己不输于阿拉加西亚境内任何一名武士。帕伦卡谷的人们一向吃苦耐劳，舞刀弄剑并不比砍柴伐木更辛苦，比起顶着毒辣的日头耕田，或者在甜菜地里锄地，更是轻松得多。身怀一技之长的人继续用手艺为沃顿族人服务，但在闲暇的时间里，他们也努力操练配给的武器。因为一旦战争的号角吹响，必须做到人人皆兵。

从黑格林回来以后，若伦满腔热忱，全心全意地投入训练。要保护村民和凯特琳娜，他就要扶助沃顿族，推翻帝国，最终打倒加巴多里克斯。他并不是自大狂，不认为凭一己之力就可以赢得这场战争，但他确信他的力量可以影响这个世界，只要他竭尽全力，就能增加沃顿族获胜的希望。同时，他还必须好好活着，这就是说，他需要增强体魄，要熟练运用各种格杀武器和技能，这样才不会败给更有实战经验的武士。

他穿过练习场，向与波多尔合住的帐篷走去。半路上有一片狭长的草地，长六十英尺，上面摆着一根二十英尺长的树干。树干已经剥去了树皮，在成千上万只手日复一日地打磨下，通体光滑闪亮。大步流星的若伦没有放慢速度，只是陡然折了个方向，走到树干边。他将手塞到树干较粗的一头底下，用力一抬，吃力地吼了几声，将它竖了起来，然后又奋力一推，将木头放倒。接着若伦又抬起较细的一头，重复了两次同样的动作。

若伦再也搬不动了，便离开了草地。曲曲折折的小径，四通八达地穿行在一顶顶灰色的帆布帐篷之间。若伦走得飞快，一路上不时地挥手，和洛林、菲斯克以及其他认识的人打招呼，还有六七个向他致意的陌生人。“你好，重锤若伦！”他们热情地说道。

“你好！”他也说道。*感觉有点怪，他心想，从没见过面的人都能把你认出来。*片刻之后，他到了自己的帐篷前，现在他已经把这儿当成家了。他弯腰走进去，解下身上的弓和一袋箭，还有沃顿人送给他的短剑。

他从被褥边拿起水囊，快步回到明亮的阳光下，拔开水囊的塞子，照自己的后背和双肩淋了下去。在若伦来说，洗澡是越来越难能可贵了，但今天是个重要的日子，他想整洁光鲜地面对即将到来的事。他用一根削尖的木棍刮去手臂和双腿上的积尘，还剔干净了指甲，然后再梳梳头，理了理胡须。

自觉可以见人之后，他穿上新洗的长袍，将铁锤插进腰带，穿过宿营地往外走，却突然吃了一惊。伯吉特正在帐篷后面的一处角落里盯着他，双手紧握一把没出鞘的匕首。

若伦全身蓄势待发。对方只要稍有进犯之意，他的铁锤随时便可以出手。他知道，此刻的处境相当危险。虽然他神勇过人，但要是伯吉特有意进攻，自己还是没有必胜的把握。伯吉特跟他一样，对敌人也有一股子穷追猛打、不死不休的劲头。

“你曾经请求我的帮助，”伯吉特说，“我同意了，因为我想找到蛇人，为被它们吃掉的丈夫报仇。我有没有说清楚条件？”

“有。”

“你是否还记得我说过，一旦蛇人死了，我就要清算你对昆比之死所负的责任？”

“记得。”

伯吉特的情绪越来越激动。她拔出了匕首，握成拳的手背上青筋暴露。匕首从鞘中全身拔出，雪亮的刀锋赫然一现，随后又缓缓沉入黑暗之中。“很好，”她说，“我不希望你忘记这件事。我一定要讨个公道，若伦，你永远不要怀疑这一点。”说完，她一个转身，大踏步走了，匕首隐入她长裙的褶缝中。

若伦轻出一口气，在近旁的一张木凳上坐下。刚才差点儿被伯吉特开膛破肚，他手摸着喉头，确定自己逃过一劫。她的出现吓了他一跳，但并不意外。这几个月来，早在他们离开卡沃荷以前，他就清楚她的打算。他知道，总有一天，自己要偿还对她的亏欠。

一只乌鸦聒噪着从头顶飞过，他目送它远去，心情渐渐开朗，微笑浮现在脸上。他心想：*有几个人能知道自己哪一天什么时刻死呢？我随时都可能丢掉性命，想躲也躲不了。该来的总会来，我才不会浪费活着的时间去担惊受怕。厄运总是光临那些老惦记着它的人，窍门就是要从两次灾难之间的短暂空当里找到快乐。伯吉特凭她的信念做事，事到临头我再去面对好了。*

他看到左脚边有一颗黄色的小石子，便拾了起来，用手指捻着它转动，然后尽可能地将注意力集中在石子上，说了声：“Stenr risa（石头，起）！”石子对他的命令不理不睬，稳稳地架在他的拇指和食指之间。他悻悻然哼了一声，随手扔掉了它。

他昂首挺胸，大步走在成行成列的帐篷之间，边走边解领口带子上的一个结，但那结却一味跟他死缠。就这样一直走到霍司特的帐篷前，他终于放弃了。霍司特的帐篷是一般帐篷的两倍。“里面的人好啊！”他说着，敲了敲两片门帘间的桩子。

凯特琳娜棕红色的长发在脑后飞扬，她冲出帐篷，一把抱住他。若伦呵呵地笑着，双手拦腰将她举起，原地转了一圈。整个世界都模糊了，清晰的只有她的面庞，然后若伦将她轻轻放下。她飞快地轻吻他的嘴唇，一下，两下，三下。若伦晕乎乎的，凝视着她的眼睛，感觉从来没有这么幸福过。

“你很好闻呢。”她说。

“你怎么样？”看到遭受囚禁的折磨后，她是那么苍白消瘦，他的快乐蒙上了阴影，恨不得让蛇人起死回生，也尝尝她和她父亲受到的苦楚。

“你每天都要问我一次，每一次我都告诉你：‘好些了。’耐心一点，我会好的，只不过需要时间……对我来说，最好的治疗就是在阳光下，和你在一起，感觉有多好，我都说不出来。”

“我问的不仅仅是这些。”

凯特琳娜的脸上出现两片红晕，她头朝后仰，弯弯的嘴角露出俏皮的笑容：“天哪，您可真无礼，亲爱的先生，太无礼了。我真不知道还要不要和您单独在一起，免得您又对我放肆。”

她欢快的口吻让他放下心来：“放肆，嗯？好啊，既然你已经把我看成一个无赖，我就好好地放肆一回吧。”他一直吻着她，直到她挣脱开去，不过仍然留在他怀里。

“啊，”她喘息着说道，“你可真霸道，重锤若伦。”

“没错。”他朝身后的帐篷点了点头，压低嗓门问道，“伊莱恩发现了吗？”

“本来应该发现的，可是她的身孕已经让她什么都顾不上了。我想，从卡沃荷逃出来，一路的奔波劳顿可能会让她流产。她已经病了好久了，她还肚子痛，嗯，不是正常的那种。葛楚德在给她看病，但没什么起色。不管怎样，伊拉龙越快回来越好，我不知道这个秘密还能保守多久。”

“我肯定你会好好的。”他放开她，把束腰外衣上的褶子拉平，“我的样子还过得去吗？”

凯特琳娜用挑剔的眼光打量着他，然后舔湿手指尖，帮他把前额的头发朝后梳。看到他领子上打了个结，她一边伸手去解，一边说道：“你该多注意一下自己的衣服。”

“衣服又不想干掉我。”

“哦，现在可不一样了。你是龙骑士的表哥，应该注意一点，大家都看着你呢。”

他一直随她摆弄，直到她对他的外表满意为止。然后他和她吻别，走了半英里路，来到沃顿族这一大片宿营地的中央，娜绥妲的红色指挥帐就在这里。帐顶升起的三角旗下方，有一面黑色盾牌和两把平行斜放的剑，在暖和的东风里，旗子呼啦啦地飘拂着。

帐外的六名守卫，两个是人，两个是矮人，另外两个是巨人。他们看到若伦走近，放低了手中的武器。其中一个巨人，一头满嘴黄牙的巨怪，问道：“你是谁？”口音极难听清。

“重锤若伦，加罗之子。娜绥妲叫我来的。”

巨人用拳头在胸甲上一捶，发出嘭的一声巨响，然后大声通报：“夜行者小姐，重锤若伦求见。”

“让他进来。”帐中人答道。

卫士们举起武器，若伦戒备地走上前去。双方剑拔弩张，互相盯得紧紧的。

走进大帐，若伦心中一惊。里面大部分摆设都被毁了，除了娜绥妲坐着的高背椅，只有镶在一根支柱上的镜子还完好无损。他不动声色，朝她下跪鞠躬。

娜绥妲的仪表风度与若伦从小见惯的女人迥然不同，他在她面前有点不知所措。刺绣长裙，发间的黄金链饰，加上在四壁映照下泛着暗红的黝黑肤色，令她具有一种卓尔不群而又高高在上的气度。此外，格外突兀刺眼的是她小臂上的亚麻绷带，这是她在“长刀血拼”中惊世骇俗的勇气的明证。自若伦带着凯特琳娜回到这里以来，她的壮举一直是沃顿族人津津乐道的话题。若伦觉得，在这一点上他似乎能与她相通，为了保护自己所关心的人，他同样也不惜付出任何代价。只不过她心系数千族人，而他承担的则是保卫家人和村民的责任。

“请起。”娜绥妲说。他按照吩咐站了起来，一只手按在锤头上，静静地等着她开口，同时任她审视的目光打量自己。“在我的位置而言，有话直说几乎是一种奢侈，若伦。不过今天我会跟你开门见山。你看上去是那种懂得欣赏直来直去的男人，而且，我们的时间很少，要商量的事情却很多。”

“谢谢，我的小姐，我从来不喜欢说话兜圈子。”

“好极了，那我就坦白说了，你给我出了两个难题，哪一个都让我大感棘手。”

他皱起了眉头：“什么难题？”

“一个关于你这个人，一个关于对你的安排。你在帕伦卡谷的作为，以及后来与村民们并肩战斗时的表现，都堪称惊人。他们告诉我，你具有坚强无畏的意志，勇武善斗，足智多谋，并且极具号召力，能唤起大家追随你，并对你忠心耿耿。”

“他们也许会追随我，但也肯定永远不会停止对我的质疑。”

她的唇边浮起一抹微笑：“也许吧，不过你到底还是把他们带到这儿来了，不是吗？你具备非常可贵的品质，若伦，沃顿族需要你，我可以认为你愿意效力吗？”

“我愿意。”

“如你所知，加巴多里克斯四处调兵遣将，南向支援阿热夫斯，西进费斯特尔，北路挺进毕拉同那。他企图延长战线，以便将我们消耗殆尽。约蒙杜和我不可能同时现身在几个地方，我们需要信得过的指挥员去应对四面八方的无数战斗，在这方面，你可以证明自己的价值。然而……”她拖长了声音，没有说下去。

“然而你还不知道我靠不靠得住。”

“确实如此。保护朋友和家人，会激发出一个人的勇气，但我不知道，当你身边没有他们的时候，心中会有多大的恐惧。你有足够的胆识吗？当你能发号施令的时候，是否还有人愿意听从号令？我不是在诋毁你的品格，若伦，但阿拉加西亚危机四伏，我不能轻率地让一个不能胜任的人去指挥我的人马。这场战争容不得这样的过失。如果没有令人心服口服的理由，置你于高位，对你手下的沃顿族旧人也不公平，你必须建立自己的威信。”

“我明白。那么，你要我做些什么？”

“嗯，这事处理起来并不容易，因为你和伊拉龙亲如兄弟，这令局面更加复杂无比。你肯定知道，伊拉龙是我们取胜的关键。因此，让他免于分心，集中全部精力于自己的使命，是非常重要的。如果我派你上战场，而你最终战死，悲痛和愤怒一定会令他不能自已，这我已经领教过了。而且，我对给你指派的上级也必须多加留意，由于你和伊拉龙的特殊关系，会有许多人企图伺机对你施加影响。好了，现在你对我所顾虑的方方面面，已经有一个清楚的了解，你对此有什么想法？”

“如果像你所说的，目前局势危急，战争激烈，那我就要说，放着我不用的话，对你是个极大的浪费。如果把我当作一名普通士兵去用，那也和浪费差不多。不过这些你可能已经知道了。至于说对我的安排，”他耸了耸肩，“我不在乎你把我和谁放在一起，谁也别想通过我打伊拉龙的主意。我关心的只是推翻帝国，好让我的亲友和族人重返家园，安居乐业。”

“你的目的很明确。”

“非常明确。你不能让我继续领导卡沃荷的村民吗？我们就像一家人，而且同心同德。用这个办法考验我，就算我不能胜任，对沃顿族也没有损害。”

她摇了摇头：“不行，也许将来可以，但现在还不是时候。他们需要得到基本的训练，而且这样做的话，我对你无从判断，因为你周围都是对你忠心不二的人——他们在你的鼓动下，居然愿意背井离乡，长途跋涉，横穿阿拉加西亚。”

*她把我当成了威胁，他想，我在村民中的威信让她对我有顾虑。*为了打消她的顾虑，他说道：“他们有自己的判断力，他们知道留在山谷里是愚蠢之举。”

“不是那么简单，若伦。”

“你想我怎么样，小姐？到底要不要用我？如果要，怎么用？”

“我有一个提议。今天早上，我的魔法师发现，有二十三名加巴多里克斯的士兵正向东面开进。我打算派出一小队人马，由图恩伯爵马特兰率领，前去侦察敌情，并一举消灭这股敌人。如果你同意，便在马特兰麾下效力。你将听从他的命令，并有望从他身上受到教益。而他则会从旁观察你的表现，并就你是否适合得到提升向我汇报。马特兰经验丰富，我对他的判断抱有充分信心。你觉得这样公平吗，重锤若伦？”

“公平。只是，我什么时候走，要走多久？”

“今天就出发，半个月内回来。”

“那我想问，你能不能再等一等，过几天再将我派遣到别处？我想在这里等伊拉龙回来。”

“你对表弟的关心令人赞赏，可是军情瞬息万变，刻不容缓。一旦我得知伊拉龙的下落，将让杜万加塔部的一位成员向你传递消息，不管它是好还是坏。”

若伦的大拇指在锤头的锋利边缘摩挲着，想找一个既能让娜绥妲改变主意，又能保守住他的秘密的办法。最终他发现这是不可能的，于是放弃了这个打算，决定还是说出实话：“你说得没错，我是在为伊拉龙担心，但他比所有人更能保护自己。想看到他安然无恙并不是我想留下的原因。”

“那又是为什么？”

“因为凯特琳娜和我想结婚，我们想让伊拉龙主持仪式。”

娜绥妲轻敲扶手，指甲叩出一连串脆响：“如果你以为，在你能为沃顿族出力的时候，我会同意你袖手旁观，为的只不过是让你和凯特琳娜能提早几天享受婚庆之夜，那就大错特错了。”

“但这事非常紧急，夜行者小姐。”

娜绥妲的手指停在半空中没有敲下去，眼睛眯了起来：“急到什么地步？”

“我们越早结婚，越能保全凯特琳娜的名誉。如果你对我的话完全明了，就会知道我这个请求不是为了自己。”

娜绥妲歪起了脑袋，投在皮肤上的光影随之变换：“我明白了……为什么一定要伊拉龙？为什么你想让他主持婚礼？为何不另找他人，比如说你们村里的长者？”

“因为他是我的表弟，我看重他，还因为他是龙骑士。凯特琳娜由于我的缘故，几乎丧失了一切——她的家，她的父亲，还有她的嫁妆。我无法令这些失而复得，但是至少可以为她安排一个难忘的婚礼。我既无钱财，又无家畜，无法将婚礼办得奢侈铺张，所以我必须在财富以外寻找办法，让我们的婚礼别具一格。在我看来，没有比让龙骑士宣布我们结为夫妇更加荣耀的了。”

娜绥妲久久沉默不语，若伦不由得猜想她是不是在等他自行离开，然后她开口了：“有龙骑士主持婚礼确实荣耀非常，但如果凯特琳娜接过你伸出的手时，没能带着一笔适当的嫁妆，这一天也将令人遗憾。我住在崇吉海姆的时候，得到矮人们馈赠的许多黄金和珠宝。其中一些为了给沃顿族筹集资金，已经被我变卖，但剩下的部分，仍然足以令一个女人在未来许多年内锦衣华服。如果你接受，它就是凯特琳娜的。”

若伦大为震动，再次躬下身去：“谢谢你，你的慷慨无与伦比，我不知道怎样才能报答。”

“像为卡沃荷一样，为沃顿人而战，就是对我的报答。”

“我会的，我发誓，加巴多里克斯将会诅咒自己派遣蛇人追杀我的日子。”

“我相信他已经如此了。现在，去吧，你可以留在营地，直到伊拉龙回来为你和凯特琳娜主持婚礼。但是，我要你在第二天的早晨便跨上战马。”

血狼

The Inheritance Cycle

好一个桀骜不驯的人，娜绥妲目送若伦离开大帐，在心中想道，有意思，他和伊拉龙在许多方面都很相似，但个性却有本质不同。伊拉龙也许是整个阿拉加西亚最强大的武士之一，但他并不是一个心如磐石或冷血无情之人。然而，若伦，却比他强硬得多。希望他永远不会起来反对我，否则为了阻止他，只能消灭他。

她看了看臂上的绷带，满意地发现并没有血迹渗出，然后按铃让法芮卡布餐。等侍女将食物送来并退出帐外之后，娜绥妲用意念向埃娃发出信号。埃娃随即从帐篷后部的暗门里走出来，与娜绥妲一起吃了一顿推迟的早餐。

接下来的几个小时里，娜绥妲审阅了最新的物资清单，计算要举族北上，需要多少辆辎重马车，又在几行代表军费的数字上加加减减。她还向矮人族和巨人族送出消息，命令铁匠增加矛头的产量，又向长老会发出解散的威胁——基本上每个星期她都要来上这么一回——还处理了沃顿族的一些其他事务。然后，在埃娃的陪伴下，娜绥妲跨上骏马"战风"去见特里安娜。她正忙着审问早前抓捕的一名俘虏，他是加巴多里克斯黑手帮间谍网中的成员。

娜绥妲和埃娃走出特里安娜的营帐时，北面传来一阵骚动，叫喊和欢呼传入耳中。一个男人的身影突然闪现在帐篷之间，飞快向她跑来。护卫们迅疾无声地紧紧围住她，一名巨人挡在奔跑者前进的小径上，举起了手中的大棒。那人跑到巨人面前慢慢停下，气喘吁吁地喊道："娜绥妲小姐！精灵来了！精灵来了！"

有那么一阵子，娜绥妲异想天开，以为是伊丝兰查蒂女王率领精灵大军赶来了。但随即她便想起，伊丝兰查蒂身在赛隆一带，就算是精灵的人马，也不可能在一周之内横穿阿拉加西亚。一定是伊丝兰查蒂派来保护伊拉龙的十二位魔法师。

"快跑，马儿。"她打了个响指，飞身跨上"战风"，小臂不由得一阵火辣辣的疼痛。巨人刚将埃娃送上马背，娜绥妲立即用后脚跟一磕马腹。骏马在一瞬间全速跑了起来，肌肉曲张，势如离弦之箭。她伏身马背，在一排排帐篷间的土路上策马狂奔，避开行人和动物，腾空跃过一排挡道的接雨木桶。人们对她似乎热情有加，个个喜笑颜开，追逐在她身后，争相一睹精灵的风采。

她赶到了营地北面的入口，与埃娃一起下马，极目远眺寻找精灵的踪迹。

“在那儿。”埃娃伸手一指。

约莫在两英里路之外，十二个细长的身影自一片杜松树丛后出现。此时正是上午，精灵们的轮廓在蒸腾的地气中波动摇摆，亦幻亦真。他们发足力奔跑，步调和谐一致，身态轻盈而迅捷，步下纤尘不动，仿佛在原野上驾风飞行。娜绥妲的头皮一阵发麻，这轻捷无比的跑动美妙而魔幻，让她想起了紧紧咬在猎物身后的一群掠食动物。记得她在博尔山脉中看到过一头索尔戈，一种体形硕大的狼，当时心里也有同样毛骨悚然的感觉。

“叫人敬畏，是不是？”

娜绥妲一惊，这才发现安吉拉站在身旁。这位草药师居然能神不知鬼不觉地接近她的身边，娜绥妲大感恼火，同时又颇为不解，她还是希望埃娃在安吉拉靠近以前就能告知自己：“为什么哪儿有热闹，哪儿就有你？”

“呃——我喜欢知道发生了什么事，亲临现场总比事后等着听人说要快。还有呢，人们总是漏掉一些很重要的细节，比如某人的无名指是不是比食指长呀，他们有没有设下魔法盾呀，又比如他们骑的驴子身上是不是有一块公鸡头形状的秃斑呀。对不对？”

娜绥妲皱了皱眉：“你从来不说出心底的秘密，是不是？”

“那有什么好处？一个无聊的符咒就能搅得大家兴奋起来，然后我就得花上好几个小时去解释，到头来，奥林国王会想砍下我的头，我还得一边逃，一边想办法打跑半数的巫师。照我说啊，犯不上费这些事。”

“你的回答可说不上鼓舞人心。不过……”

“那是因为你太一本正经啦，夜行者小姐。”

“不过，告诉我，”娜绥妲追问道，“为什么你想知道有没有人骑了一头身上有公鸡头形状秃斑的驴子？”

“啊，这个啊，嗯，这头与众不同的驴子的主人，在跟我赌掷指节骨的时候，骗了我三颗纽扣和一片很有意思的魔法水晶碎片。”

“连你都能骗到？”

安吉拉噘起了嘴，满脸不高兴：“我那副指节骨作了手脚，是我偷偷换上的，可是他又趁我不注意，换了一副他自己的……到现在我还不太清楚他搞了什么鬼。”

“这么说，你们俩都在骗人。”

“那片水晶宝贵着呢！而且，你怎么可能骗到一个骗子？”

娜绥妲未来得及作答，六名护卫地动山摇地冲出营地，围成一圈护在她周围。他们的身体散发出逼人的热气和臭味，两个巨人的味道尤其令人难以忍受，她极力收藏起内心的厌恶。然后，让她稍稍有些惊讶的是，这一班护卫的卫队长，一个长着鹰钩鼻子，名叫卡尔文的大块头，向她发话了：“小姐，可以私下跟你说句话吗？”他的话从牙缝里挤出来，好像正极力克制某种强烈的情绪。

安吉拉和埃娃不知道该不该走开，抬眼看着娜绥妲，见她点了点头，便向西边的吉特河走去。娜绥妲确定她们已经听不到了，正想开口说话，但被卡尔文抢在了前面。他大声说道：“见鬼，娜绥妲小姐，你不该这样自己跑开！”

“冷静，卫队长。”她答道，“没什么危险，我觉得及时赶到这里欢迎精灵很重要。”

卡尔文一拳砸在自己的腿上，盔甲叮当作响：“没什么危险？不到一个小时以前，有证据向你显示，我们中间仍然潜伏着加巴多里克斯的人。他能不断地向我们内部渗透，可是你却觉得抛开护卫，跑到一群可能是刺客的中间没什么问题！你忘了在阿布隆遇到的袭击，忘了双胞胎是怎么刺杀你的父亲了吗？”

“卡尔文卫队长！你小题大做了。”

“我会更加小题大做，只要能保证你的安全！”

这时，精灵已经跑完了一半路程。娜绥妲心中恼怒，急于结束这次谈话，说道：“我并不是没有自己的安全措施，卫队长。”

卡尔文瞥了埃娃一眼，说道：“我们也做此猜想，小姐。”他停了停，似乎在等她透露更多的消息。看到她保持沉默，他踏前一步，继续说道，“如果你确实很安全，那我指责你鲁莽就是错误的，我道歉。不过，安全和表面安全是不同的。为了让夜鹰护卫队发挥作用，我们必须是世上最机警、最强悍和最无情的卫士。必须让人相信我们是最机警、最强悍和最无情的，让他们相信，如果胆敢刺杀你，或者用弓弩、魔法对付你，必会遭到我们的打击。如果他们相信，暗杀成功的机会只和一只老鼠杀害一条龙的机会相当，那么他们将视之为痴心妄想，我们也等于不费力地将一次攻击化为无形。

“我们不可能与你所有的敌人交战，娜绥妲小姐，那需要一整支军队。如果所有希望你死的人，都敢于承受心中的憎恨驱使，付诸行动的话，就连伊拉龙也救不了你。也许，在刺杀行动中，你能幸免一百次，甚至一千次，但终究会有成功的一次。唯一可以避免这种局面的，就是让你大部分的敌人相信，他们永远别想闯过夜鹰这一关。我们的名声能像手里的剑和盔甲一样保护你；相反，让人们看到你毫无防范，一点好处都没有。我们跟在后面，拼命地想追上你，看上去就像一群不折不扣的傻瓜。说到底，小姐，如果连你都不尊重我们，谁又会呢？”

卡尔文上前一步，压低声音说道：“在必要时，我们乐于为你赴死。我们想要的，仅仅是你能让我们履行自己的职责。考虑一下吧，这不过是举手之劳。总有一天，你会因为有我们在身边而高兴。你的其他保护来自人类，这是不可靠的，不管她拥有什么样的神秘能力。夜鹰护卫队曾用古语向你起誓，而她没有。她的支持是可变的，一旦她转而对付起你来，你可就得好好考虑自己的命运了。然而，夜鹰护卫队永远不会背叛你，我们效忠于你，娜绥妲小姐，全心全意。所以，请求你，让夜鹰护卫队做好分内的事……让我们保护你。”

起初，娜绥妲对他不以为然。但他有力的言辞和清晰的说理令她的想法大为改观。这个人可以委以其他重任。她心想。“我发现，约蒙杜放在我身边的卫士拥有与剑术同样高明的口才。”她微笑着说。

“小姐……”

“你说得对，我不该甩开你和你的手下就跑了。我向你道歉，是我太鲁莽。我还是不习惯身边每时每刻都带着护卫，总是忘记自己不能再像从前那样随心所欲地走动。我向你保证，卡尔文卫队长，这种事再也不会发生。我和你一样，不想有损于夜鹰护卫队。”

“谢谢您，我的小姐。”

娜绥妲向精灵们望去。不远处有一条枯竭的小河，他们走在河床上，被河岸挡住了。

“我突然想，卡尔文，你刚才可能为夜鹰护卫队想出了一句格言。”

“是吗？我记不起来了。”

“没错，‘最机警、最强悍和最无情’，你说的。这个当格言挺好啊，不过也许去掉‘和’字更好。如果夜鹰护卫队一致通过，你就让特里安娜把这段话译成古语，然后我就找人给你们刻在盾牌上，绣在旗帜上。”

“您真慷慨，小姐。回营以后，我就和约蒙杜以及同僚们商量一下。不过……”

他打住了话头，娜绥妲猜测地接了下去：“你担心，这个格言对你们这种地位的武士而言，过于通俗，你觉得应该更高贵、更崇高一点，我猜得对吗？”

“没错，小姐。”他如释重负地说。

“我觉得，这样想也有道理。夜鹰护卫队执行任务时，代表了沃顿人，要与不同种族和等级的贵族打交道，如果留下了错误的印象，那将十分令人遗憾……很好，这个问题就交给你和你的同僚，去想一个合适的格言吧，我相信你会做得很好。”

这时，十二位精灵走出了干枯的河床。卡尔文嗫嚅着又说了几句感谢的话，然后从娜绥妲身边谨慎地退开一点。娜绥妲抖擞精神，示意安吉拉和埃娃过来，准备正式迎接精灵。

领头的精灵还身在数百英尺之外，似乎从头到脚都是黑的。一开始，娜绥妲还以为他和自己一样是黑皮肤，并且穿了黑色的衣服。随着他越来越近，她才看到这精灵只围了一块布，腰上缠着根布带子，上面吊着个小口袋。他身体的其余部分覆满了黑毛，幽幽地泛着暗蓝，在阳光下流转着充满生命力的光彩。那些毛大部分只有四分之一英寸长，就像是一层服帖而柔韧的保护层，流畅地勾勒出他的形体，能看得到底下肌肉的运动，但是在他的脚踝和小臂下方，黑毛长达两英寸，更有长约四英寸的鬃毛竖立在肩胛骨之间，从后背一直延伸到脊柱的末端，越向下越短。参差不齐的额发挡住了额头，他的尖耳朵上像猫一样生长着一簇长毛，但他面部其余地方的毛非常短而平顺，要不是黑色的几乎都看不到。他的眼睛是浅黄色的，两个中指上没有指甲，而是伸出了长长的尖爪。他在她面前收住脚步，停了下来。娜绥妲注意到，他全身散发着某种气味：一股咸咸的麝香味儿，让人想起干燥的杜松树枝、上了油的皮革和烟气。这味道如此强烈，明显地充满男性的特质，娜绥妲觉得皮肤上一阵冷一阵热，充满了期待，不由得脸上一热，又暗自庆幸红晕不会在黑皮肤上透出来。

后面的精灵更符合她想象中的样子，都有着和阿丽娅差不多的体态和面貌，身穿暗橙色和墨绿色束腰短上衣，其中六位男性，六位女性。除了两名女性的发色犹如星光闪耀，其余的都是一头黑发。想知道他们的年龄是不可能的，因为他们脸上一片光滑，看不出端倪。不算阿丽娅的话，这是娜绥妲第一次与精灵会面，她特别想知道阿丽娅是不是她种族的典型代表。

领头的精灵伸出两根手指碰碰嘴唇，躬了一躬，身后的同伴也行了同样的礼。他右手抚胸，说道："向您表示问候及祝贺，娜绥妲，阿吉哈之女，Atra esterni onto thelduin（愿好运永远伴随你）。"他的口音比阿丽娅重，语调明快，抑扬顿挫别有韵律。

"Atra du evarinya ono varda（愿星辰永远看护你）。"娜绥妲按阿丽娅教的回答道。

精灵微微一笑，露出异常尖利的牙齿："我是布洛德迦姆（精灵语'血狼'），美丽的伊尔翠德之子。"他依次介绍了众精灵，然后接下去说道，"我们为您带来了伊丝兰查蒂女王的好消息。昨天夜里，我们的魔法师成功摧毁了赛隆城的大门，就在此刻，我们的人马正穿过大街小巷，向塔兰特总督困守的高塔前进。还有很少一部分人在负隅顽抗，但城市已经被攻陷，很快我们将全盘控制赛隆城。"

娜绥妲的护卫们，还有聚在她身后的沃顿人听到这个消息，全体大声欢呼。她对这个胜利也感到欢欣鼓舞，但随即又有一种不祥的忧虑隐隐生出，冲淡了她的欣喜。她想象着精灵们——尤其是像布洛德迦姆这样强壮有力的精灵——侵入人类家宅的图景。*我释放的到底是怎样一种超凡的力量啊？*她心中想道。"确实是振奋人心的好消息，"她说，"我非常高兴。攻陷赛隆城之后，我们离乌鲁邦又近了一步，也离加巴多里克斯和我们的最终目标近了一步。"她压低了声音，说道，"我相信，伊丝兰查蒂女王会善待赛隆城的人民，善待那些对加巴多里克斯并无好感，而又缺乏反抗帝国的勇气或办法的人。"

"伊丝兰查蒂女王对待臣民一向宽厚仁慈，就算是对并不衷心顺服的臣民亦是如此。但是，如果任何人胆敢反抗，我们将会像秋风扫落叶一样将他们清扫干净。"

"这正是我对于你们这个古老而又强大的种族的期望。"娜绥妲答道。双方又礼节性地说了几句越来越琐碎的客套话之后，她觉得可以提及精灵来到的目的了，便下令人群解散，然后说道，"你们此行的目的，据我的理解，是保护伊拉龙和蓝儿，对吗？”

“是的，娜绥妲，阿吉哈之女。据我们所知，伊拉龙还在帝国境内，不过很快就会回来了。”

“那你们是否还知道，阿丽娅已经去找他，现在正跟他在一起？”

布洛德迦姆的耳朵抽动了几下：“这个我们也得知了。很不幸，他们身处险地，但愿他们平安归来。”

“那么，你有什么打算？是去找到他们，保护他们归来？还是完全放心地在这儿等着，相信伊拉龙和阿丽娅能打败加巴多里克斯的爪牙？”

“我们会在这儿做您的客人，娜绥妲，阿吉哈之女。伊拉龙和阿丽娅只要不被发现，就是安全的。到帝国境内去找他们反而会引起不必要的注意。在目前的情况下，我们帮不上什么忙，耐心等待似乎是最好的。加巴多里克斯很可能会向这儿，向沃顿族发起进攻。如果是这样的话，穆塔和荆刺将再次出手，到那时蓝儿会需要我们助上一臂之力。”

娜绥妲深感吃惊：“伊拉龙说，你们是精灵族中最强大的魔法师，但你们真的可以对抗那可恶的一人一龙吗？他们和加巴多里克斯一样，能力已经非普通龙骑士可比。”

“在蓝儿的帮助下，是可以的，我们能力敌甚至战胜荆刺和穆塔。我们知道变节者的厉害，也知道在加巴多里克斯的调教下，荆刺和穆塔已经超越了任何一位变节者，但肯定不会比得上他自己。从这一点来说，他因为担心背叛而有所保留，正好对我们有利。就算是三位变节者同时出击，也战胜不了我们十二位魔法师与龙的联手。因此，我们自信，只要不是加巴多里克斯，在任何对手面前我们都足以匹敌。”

“太好了。自从伊拉龙在穆塔手下落败，我一度犹豫是不是该撤退，在伊拉龙的实力增强前隐忍。你的话又给了我希望。我们也许没有杀死加巴多里克斯的办法，但现在看来，在打到他乌鲁邦的老巢门口之前，或者在他决定亲自驾着苏瑞坎出征以前，我们将势不可当。”她顿了顿，接着说道，“你完全取得了我的信任，布洛德迦姆。但是，在你们进入营地之前，请允许我的人接触你们每一位的意识，来确认你们是真的精灵，而不是加巴多里克斯派来的奸细。提出这样的要求令我非常为难，但奸细和叛徒一直是我们的心腹大患。我们不敢单从言语轻信你或者任何人。我无意冒犯，但战争教会我们，这样的谨慎是必不可少的。杜维敦森林广阔无边，树叶郁郁葱葱，在它的外围用咒语布下重重保护的你，一定能理解我的苦衷。所以我请问，你同意这样做吗？”

布洛德迦姆的眼睛充满了野性，尖利的牙齿令人心生惧意。他说道：“杜维敦森林里，大部分是针叶，不是一般的宽树叶。如果必要的话，只管查验好了。不过我警告你，不管指派谁来承担这项任务，一定要格外小心，不能太深入我们的意识，否则他将会丧失自己的意识。对人类来说，我们的脑海是危险之地，他们一不小心就会迷失其中，无法返回自己的躯壳。而我们的秘密也不向例行检查公开。”

娜绥妲知道这一点。精灵会摧毁冒险进入禁区的人。“卡尔文卫队长。”她叫道。

卡尔文跨列而出，脸上一副壮士一去不复返的悲壮表情，站在了布洛德迦姆的对面。他闭上双眼，紧张地皱着眉头，在布洛德迦姆的意识中搜寻着。娜绥妲暗暗咬着嘴唇，在一旁观望。在她小时候，一个名叫哈格若夫的独腿汉教过她如何封锁自己的意识，以及面对他人用意识发起攻击时，如何抵抗并转移对方的刺探。她对这两种技能的掌握相当娴熟，虽然从未成功试过用意识交流，却通晓其中的原理。因此，她深知卡尔文承担的是一件相当艰难而精细的任务，精灵与人各异的身体机能令这一考验尤其困难。

安吉拉凑近她，悄声说道：“你应该让我去检查精灵，会安全一点。”

“也许吧。”娜绥妲说。虽然草药医生曾给予她和沃顿族很大的帮助，但说到指派她去执行正式的任务，娜绥妲还是有三分顾虑。

有那么一会儿，卡尔文一直在努力搜索，然后他的眼睛猛地睁大，噗地从嘴里吐出一口气来。因为用力，他脖子上、脸上颜色深一块浅一块，瞳孔放大，就像是在夜里。相反，布洛德迦姆一副好整以暇的样子，皮肤光滑平顺，呼吸正常，嘴角还隐隐有一丝戏谑的笑意。

“怎么样？”娜绥妲问道。

这个问题仿佛过了一会儿才传到卡尔文的耳朵里，然后这位鹰钩鼻子的大块头护卫说：“他不是凡人，小姐。我可以肯定，不管怎样，这一点是没有疑问的。”

娜绥妲满意之余，尚有一丝忧虑，因为他的回答有几分含糊之处，让人隐隐感到不安。娜绥妲说：“很好，继续。”在这以后，卡尔文花在每一位精灵身上的时间越来越少，每人不会超过六七秒。整个过程里，娜绥妲不错眼珠地盯着他，眼看着他的手指慢慢发白，失去血色，眼看着他太阳穴处的皮肤凹了进去，就像青蛙脑袋两侧的鼓膜一样。他整个人变得疲惫不堪，就像吃力地游在深水里。

完成任务后，卡尔文回到娜绥妲身边就位。他就像变了一个人，原先一派果敢坚毅的气质已经消失，取而代之的是梦游者那种迷迷茫茫的神情，尤其回答问题时。她觉得他仿佛已神游太虚，灵魂滞留在精灵族神秘的森林中，滞留在一片烟尘弥漫、阳光轻透的林间空地里。娜绥妲但愿他能很快恢复元气。如果不行，她打算叫伊拉龙或者阿丽娅，要不就两个人一齐上阵，来照料卡尔文。她决定，在情况改善以前，他不能再充当夜鹰护卫队的骨干，约蒙杜会安排他做简单一点的工作，以免他的状况雪上加霜，令她负疚自责。这样的话，不管与精灵的接触在他的意识中遗留了怎样的图景，也许至少他还能享受它带来的愉悦。

这个损失令她难以接受，她对自己、对精灵、对让牺牲成为必需的加巴多里克斯和帝国满心愤怒，很难保持平和的态度，将语调放得委婉：“在你提到危险的时候，布洛德迦姆，本应该更清楚地说明，哪怕对方的意识能够回归躯体，人也不能不受损伤。”

“小姐，我没事。”卡尔文说。他的话有气无力，完全不能令人信服，有没有人听得见都成问题，只能更加增添娜绥妲心中的愤慨。

布洛德迦姆颈背上的黑毛抖了起来，泛起了波纹：“如果之前我没有很好地解释清楚，那么我道歉。然而，不要为这事怪罪我们，我们无法控制自己天生的体格。也不要责备自己，因为这是一个互相设防的时代。在你的位置而言，不加盘查就让我们登堂入室，实为疏忽大意之举。很遗憾，这个不愉快的事件令我们具有历史意义的会面蒙上了阴影，但至少现在你可以放心了，可以相信自己已经确定了我们的身份，确定我们表里如一：来自杜维敦森林的精灵。”

一股清新之气从他散发的香味里飘向娜绥妲，她原本因为愤怒而紧张的身体，顿时放松了四肢百骸，纷乱的思绪在她脑中徘徊萦绕：帐幔低垂的深闺、盛着樱桃酒的高脚杯、旧时矮人族的悲歌回荡在崇吉海姆空旷的走廊上。她心头烦乱，说了句：“如果伊拉龙和阿丽娅在就好了，他们能查探你的思想，又不至于失魂落魄。”

然后，她再次被布洛德迦姆充满诱惑力的迷离香气摄住了心神，想象着如果用双手从他的鬓毛间掠过，会是怎样的一种感觉。直到埃娃用力拉她的左臂，拉得她弯下腰来，耳朵凑近幼年女巫的嘴边时，她才收回心神。埃娃低沉沙哑的声音说道：“苦薄荷，集中精神，想想苦薄荷的味道。”

娜绥妲按照指点，唤起久远的记忆，回想起在罗特加国王的宴会上吃到的苦薄荷糖。记忆中的苦涩滋味立即让她的嘴里发干，布洛德迦姆的气息中那蛊惑人心的力量在刹那间烟消云散。为了让恍惚的心神集中起来，她说道：“我这位年轻的同伴很奇怪，为什么你和别的精灵那么不一样，不得不承认，对这个问题我也有些好奇。你的外表和我们想象中的精灵大不相同。你能行个好事，告诉我们为什么会有这样更接近于动物的形象吗？”

布洛德迦姆耸了耸肩，皮毛上泛起一道光亮，一瞬间传遍全身。“我喜欢这个样子，”他说，“有人吟诗，歌咏日月星辰，有人悉心栽培奇花异草；有人打造宏伟建筑，有人编制曲调歌谣。各种各样的艺术我同样欣赏，但我相信，真正的美只存在于狼的尖牙上、山猫的皮毛间和鹰隼的眼眸里，所以我把这些荟萃一身。再过一百年，也许我会失去对陆地动物的兴趣，转而认为海洋生物才集美之大成。到那时，我会让身体覆满鳞片，把双手变成鳍，把双脚变成尾巴。我将消失在海浪深处，阿拉加西亚将永远失去我的踪影。”

虽然娜绥妲觉得他是在开玩笑，但从外表一点都看不出来。相反，他显得严肃认真，让她拿不准他是否在愚弄自己。“有趣极了，”她说，“我希望最近这段时间，你不会有这种变成鱼的冲动，因为我们需要你待在陆地上。当然，如果加巴多里克斯决定把鲨鱼和岩鱼也变成奴隶，嗯，那么，能在水下呼吸的巫师倒也能派上用场。”

突如其来，十二位精灵欢快清朗的笑声响彻云霄，方圆一英里以内的鸟儿在四面八方齐声鸣唱。他们的欢笑就像飞珠泻玉的水流，跌落在水晶石上。娜绥妲不由自主地露出微笑，身旁的卫士们脸上也有同样的表情，就连那两名巨人仿佛也陶醉在喜悦之中。当精灵们沉静下来，世界顿时失去了光彩，娜绥妲恍然若失，宛如一场美梦悄然逝去，心中一阵抽动，泪光模糊了视线。随后，这种感觉也不复存在。

布洛德迦姆头一次露出微笑，面容上英俊与狞厉同时并存。他说道："为您这样一位睿智、能干而又风趣的女人效力是一种荣幸，娜绥妲小姐。有朝一日，当您的时间允许时，我会很乐意教你玩我们的《努尼斯游戏》。我相信，您将会是一位难以应付的对手。"

精灵态度的突然变化让她想起以前无意中听到矮人对他们的一个评价：变幻莫测。这个描述在幼时的她听来，完全没有危险性——只不过加深了她的想象，以为精灵就是那种快乐的、心思瞬息万变的生灵，就像花园里的小仙子——但她现在才认识到，矮人真正的意思是：警惕！要警惕，因为你永远无法预知精灵的行动。她暗暗叹息。将来可能要与另一个出于自身考虑而试图控制她的种族周旋，她为此倍感压力。生活就是这么复杂吗？她心想，还是我自找的？

向营地里面望去，她看到奥林国王向这边策马驰来，后面浩浩荡荡地跟着一大群贵族、侍臣、大小官员、谋士、助手、仆人、士兵，以及众多她懒得区分的各色人等。与此同时，蓝儿伸展着翅膀，从西面的天空急转直下。她暗自发笑，无聊沉闷而又闹哄哄的场面就要到来，就要将精灵淹没其中。她说："只怕要过好几个月，我才有机会接受你的好意，布洛德迦姆，但无论如何都要感谢你。在劳累了一天之后，我乐于用一场游戏散散心。但眼下，这只是一个可望而不可即的享受，来自整个人类社会的压力就要降临在你身上了。我建议你做好准备，迎接潮水一般的人名、问题和请求。我们人类好奇心强烈，谁都没有见过那么多的精灵。"

"我们对此有所准备，娜绥妲小姐。"布洛德迦姆说。

这一边奥林国王声势震天的人马越来越近，那一边蓝儿正准备着陆，翅底鼓荡的劲风压平了地面的草叶。娜绥妲最后闪出的念头是：天哪，我应该在布洛德迦姆周围布上一支军队，以免他被营地里的女人们撕成碎片。不过，也许这样也不管用！

饶命，龙骑士

The Inheritance Cycle

离开艾斯科夫村时已是下午。这时，伊拉龙感觉到前方有一支十五人的巡逻队。

他告诉了阿丽娅，她点点头："我也注意到了。"他们再没说别的，但伊拉龙顿时大为焦虑。他看到阿丽娅眉头一沉，露出一股悍勇之气。

周围地势平坦开阔，没有任何藏身之处。他们之前也遇到过几小股敌人，但当时身边总有其他人同行，现在这条若隐若现的路上，只有他们两个人。

"我们可以施魔法挖一个洞，用杂草盖住，在里面躲到他们离开为止。"伊拉龙说。

阿丽娅摇摇头，脚下丝毫不缓："多出来的泥土怎么办？他们会以为发现了史上最大的獾洞。而且，我宁愿省点力气留着跑步用。"

伊拉龙嘟囔了一句什么。*不知道我还能跑多远。*他没有喘粗气，但无休无止的奔走已令他精疲力竭。他的膝盖很疼，脚踝酸痛，左边的大脚趾又红又肿。而且，不管把脚板绑得多紧，水泡还是不停地冒出来。昨天晚上，他治好了几处伤痛，虽然感觉好了些，但咒语又消耗了他更多的体力。

大约半个小时后，巡逻队出现在眼前，在天际灰黄的云块下就像一缕烟尘，一时看不清人和马的轮廓。伊拉龙和阿丽娅的视力为一般人所不及，马上的人目前应该看不见他们，因此他们接着又跑了十分钟，然后才停下来。阿丽娅从背囊上解下垂绳，束在为奔跑而扎起的绑腿上。伊拉龙将布鲁姆的指环藏进背囊里，又往右手掌心抹了一把泥，盖住银亮的闪灵符，然后他们耷拉着脑袋，佝偻着肩膀，慢吞吞地拖着脚继续向前走。如果不出什么岔子的话，士兵会把他们也当成流亡的难民。

虽然伊拉龙已经能听到隆隆的马蹄声越来越近，还有打马前进时人的呼喝，但又过了一段时间，双方才在旷野中碰头。伊拉龙和阿丽娅避到路旁，两眼盯着双脚之间的地面。打头的骑手过去了，伊拉龙只从低垂的眼帘下瞥见几条马腿，随后呛人的尘土便扑卷到眼前，后面的人马全都看不清了。滚滚飞尘让他不得不闭上了眼睛，一边仔细地听，一边在心中暗数。等到确信巡逻队已经过了一半，他心中想道：他们不会盘问我们了！

他高兴没有多久。片刻之后，尘土飞扬中一个声音大喝道："伙计们，停下！"随后是一阵"停""别动""这儿，尼尔斯"的吆喝声，十五名骑手驱使马匹，准备包围伊拉龙和阿丽娅。趁着骑兵的包围圈尚未成形，尘土还在空中弥漫，伊拉龙从地上抓起一枚石子，然后挺身站直。

"别动！"阿丽娅小声喝道。

伊拉龙等着看这些骑兵有什么企图，一边在心里重温他和阿丽娅编好的说辞，解释为什么他们会来到离色达这么近的边境地带，希望这样能让狂跳的心脏恢复平静，但他的努力毫无作用。尽管他拥有强大的力量，受到过严格的训练，并且取得了许多战斗经验，还有六道咒语护身，但他的身体依然能感觉到，伤痛和死亡迫在眉睫。他胃在抽动，喉咙发紧，四肢轻飘飘地抖动着。挺住！他在心中想道。他想用双手将什么东西一撕两半，似乎这种破坏行为能释放他内心积聚的压力，但这样的渴望只是加重了他的挫折感，因为他不敢乱动，唯一能支撑住他的就是阿丽娅在他身边。他宁愿当场切断一只手，也不愿被她看成懦夫，而且，虽然她是一位强大的战士，但他还是有保护她的欲望。

命令巡逻队停下的声音再次传来："让我看看你们的脸。"伊拉龙抬起头，看到面前的枣红马上坐着一个男人。他戴着手套的双手叠放在前鞍上，上唇长着浓密卷曲的胡子，分向嘴角两边，之后又继续伸出足足九英寸长，与披在肩头的直发形成刺眼的对照。这一大蓬乱草在上面怎么挂得住，叫伊拉龙看得大感费解，尤其它还灰暗无光，明显没有用温过的蜂蜡滋润过。

其余士兵将手中的长矛指向伊拉龙和阿丽娅。每个人身上都风尘仆仆，完全盖住了长袍上绣着的火焰图形。

"喂，"那人说着，两边的胡须上下抖动，像重量不匀的一杆秤，"你们是什么人？到哪里去？在国王的土地上干什么？"然后他又一甩手，"得了，用不着回答，这些压根儿无关紧要。眼下没啥东西是要紧的，世界末日就要到啦，我们还把时间浪费在盘查这些乡下人身上。呸！你们这帮迷信的蠢东西，整天东游西荡，一窝一窝地生儿育女，能吃的全都被你们吃光。在我乌鲁邦附近的家乡，你们这种未经允许瞎转悠的人，我们抓到了就赏一顿鞭子，要是再让我们发现偷了主人家的东西，哼，那就得吊死。你们嘴里全是谎话，肯定是……

"你那背囊里是什么，嗯？噢，食物和毛毯，不过，也许还有一对金烛台，嗯？上锁的箱子里面装了银器？沃顿族的密件？嗯？舌头被猫叼走了吗？好吧，咱们很快就能弄清楚。朗格华德，干吗不搜搜那个背囊，看看里面有什么宝贝，乖孩子。"

一个士兵用矛柄在伊拉龙后背上扫了一下，他向前一个踉跄。锁子甲早已用破布包好，免得各个部件互相摩擦。然而那些布还是太薄，挡不住那一击之力，也盖不住金属的铿锵之声。

“哟！”大胡子叫了一声。

士兵从后面揪住伊拉龙，解开背囊，扯出他的锁子甲：“看，长官！”

大胡子咧开嘴，心满意足地笑了：“盔甲！打造得还不错，老实说，是非常不错。你可真叫人吃惊。想去加入沃顿族，是吗？想叛国谋反，嗯？”他面孔一板，“要么你是那种总给真正的士兵抹黑的人？如果是这样的话，你就是雇佣兵里最无能的那个，连件武器都没有，自己动手削根木棒就那么麻烦吗，嗯？你怎么说？回答我！”

“不麻烦，长官。”

“不麻烦，长官？我看你是想不到。真倒霉，就这么个傻乎乎的可怜虫，我们也得接收。该死的战争，逼得我们与这种人为伍，连垃圾也不放过。”

“接收我到哪里去，长官？”

“闭嘴，不懂规矩的浑蛋！谁让你说话了！”胡须一抖，那人做了个手势。身后的士兵朝伊拉龙当头砸下，他眼前顿时闪出一片红光。“不管你是贼，是叛国者、雇佣兵，还是个白痴，命运都一样。一旦宣誓效忠，你就没有别的选择，只能服从加巴多里克斯和代表他的人。我们是有史以来第一支没有二心的军队。没有废话，只有命令，直截了当的命令。你也得入伙，得到这个特殊的机会，帮助我们伟大的国王实现他的宏图大业。至于你这位可爱的同伴，会有别的办法让她为帝国效力，是吧？现在把他们捆起来！”

伊拉龙知道，现在不得不出手了。他向周围扫了一眼，看到阿丽娅正看着自己，目光坚定而明亮。他眨了眨眼睛，她也眨眼回应。他的手攥紧了小石子。

伊拉龙在烈火平原迎战的士兵大部分都受到一定程度的保护，以避免受到魔法攻击，他估计这些人也一样。他自信可以突破或者化解加巴多里克斯属下魔法师设置的任何咒语，但目前时间有限。所以，他一抖手腕，石子朝大胡子甩去。

石子从侧面击穿了他的头盔。

不等士兵反应过来，伊拉龙身形一转，夺过先前殴打他的士兵手中的长矛，顺势将他扯下马来，这人刚一落地，伊拉龙手中的矛尖便刺穿了他软甲上的护心铁镜，将他扎了个透心凉。伊拉龙旋即松开长矛，向后一倒，身体几乎与地面平行，避开瞄准他飞来的几支长矛。千钧一发之际，长矛正好从面门掠过。

就在伊拉龙石子出手的一瞬间，阿丽娅飞身而起朝最近的马扑去。她轻点马镫，跃上马背，那个士兵还浑然不觉，被她一脚踢中头部，飞上天去足有三十英尺高。然后阿丽娅在马背上兔起鹘落，连续跳跃，以膝盖、双足、双手杀敌，动作犹如行云流水，其优美与流畅令人叹为观止。

伊拉龙稳住脚步，胃里好像有尖利的石块在撕扯着他。他龇龇牙，奋力挺直身躯。四名士兵拔剑下马向他冲了过来，抢先到达的士兵挥剑刺向他的肋部，他向右边一闪，抓住对方的手腕，士兵倒地后一动不动。接下来的两名士兵被伊拉龙扭住头部，颈椎发出咔吧一声，就此解决。第四名士兵此时已经离伊拉龙近在咫英尺，正朝他挥剑猛冲，他再也闪避不及。

避无可避之际，伊拉龙唯有使出全身力气，向那人胸膛猛击。拳头落在那人身上，鲜血和汗水犹如泉水一般喷涌而出。这一击折断了那人的肋骨，并将他在草地上送出十几英尺之外，倒在另一具尸体上。

这边的伊拉龙猛吸一口冷气，捧着疼痛不已的手弯下了腰。他的四根手指关节尽数骨折，皮肤的裂口处暴露出白色的筋肉。见鬼。他看着热血涌出的伤口，在心中咒骂了一句。他试着活动手指，但手指已经完全不听使唤。看来，在彻底治好以前，这手算是废了。他担心再受袭击，向四周环顾，寻找阿丽娅和其余士兵的身影。

马匹已经四散逃开，只有三名士兵还活着，远处的阿丽娅正与其中两个人展开厮杀。与此同时，最后一名士兵正在路上向南面逃去，伊拉龙鼓足劲向他追赶。随着他越追越近，那人开始苦苦求饶。他发誓不会把这场屠杀告诉任何人，还举起双手，表明他没有武器。就在伊拉龙一伸手就能抓到他时，那人又陡然往旁边一闪，跑了几步，之后又再次一个急拐弯，在旷野躲躲闪闪地飞跑，像一只惊慌不已的兔子。他不停地哀求着，脸上涕泪交流，说他还年轻，不应该就这么死了；说他还没结婚，还没试过当父亲的滋味，他的父母会怀念他；他是被迫当兵的，这只是他第五次执行任务，为什么伊拉龙一定要赶尽杀绝呢？“为什么你不放过我？”他抽泣着说，“我只是做了不得不做的事，我是个好人！”

伊拉龙停下来，强迫自己回答说：“你跟不上我们，不能带着你走，但又不能把你留下。你会追上一匹马，然后泄露我们的行踪。”

“不，我不会的！”

“会有人追查这儿发生了什么事，你对加巴多里克斯和帝国的誓言让你说不出假话。我很抱歉，但我不知道怎样才能替你解除这个约束，除非……”

“为什么要这样？你是个魔鬼！”那人尖叫起来，满脸尽是恐惧之色。他绕过伊拉龙，跑回到大道上，但不出十步就被伊拉龙追上，接着他又声泪俱下地乞求饶命。伊拉龙左手扼紧了他的脖子，等他松开手时，士兵倒在他的脚面上，死了。

伊拉龙低头盯着那人呆滞的面孔，嘴里满是胆汁的味道。每一次杀戮，都会杀死一部分自己。他想道。带着满心的震撼、痛苦，和对自己的憎恨，他摇着头，回到原地。阿丽娅正跪在一具尸体旁，用一个士兵随身携带的锡壶里的水洗干净双手和胳膊。

“怎么回事，”阿丽娅问道，“你能下手杀死那个人，却不能动史洛恩一根指头？”她站起来，坦率地直视着他。

伊拉龙耸耸肩，干巴巴地说了句：“他是个威胁，史洛恩不是，这不明摆着吗？”

阿丽娅静默片刻：“应该是，可我却没看出来……很惭愧，一个经验比我少得多的人让我在道义上受教了。也许我太想当然，对自己的选择过于自信。”

伊拉龙对她的话似乎听而不闻，目光在一具具尸体上逡巡。这就是我的生活？他自问，无休无止的征战厮杀？“我觉得自己是杀人凶手。”

“我知道这有多难，”阿丽娅说，“记住，伊拉龙，龙骑士的身份意味着什么，你目前只体验了很少的一部分。战争总有结束的一天，你会看到，你的天职不仅仅包括暴力。龙骑士不只是武士，还是导师、医生和学者。”

伊拉龙颧骨上的肌肉纠结成了硬块，过了一会儿，他问道：“为什么我们要和这些人交战，阿丽娅？”

“因为他们站在我们和加巴多里克斯之间。”

“那我们应该设法直接打击加巴多里克斯。”

“这不可能。不打败他的军队，我们就到不了乌鲁邦；不解除经营了将近一百年的机关和魔咒，我们进不了他的城堡。”

“一定会有办法。”他呆呆地站着不动，嘴里喃喃地说道。阿丽娅大步走开，捡起一支长矛。她用矛尖抵住一个死去士兵的下巴，然后用力一插，长矛直穿头颅。伊拉龙跳了起来，冲过去一把将她从尸体边推开。“你在干什么？”他吼道。

怒气在阿丽娅脸上一闪而逝：“看在你心烦意乱，失去理智的份儿上，我原谅你一回。现在已经没有人照顾你了，想想吧，伊拉龙！为什么要这样做？”

答案自动从脑子里冒了出来，他勉强地说道：“不这样的话，帝国会发现大部分人是被徒手杀死的。”

“没错！只有精灵、龙骑士和库尔人才有这个本事。连傻子都知道这不可能是库尔人干的，他们马上会明白我们在这一带。不出一天，荆刺和穆塔就会飞上天空搜寻我们的踪迹。”随着叫人恶心的咕叽一声响，她从尸身上拔出长矛，然后一直伸手举着，直到伊拉龙接了过去，“我和你一样讨厌做这件事，所以，最好你也能帮帮忙。”

伊拉龙点点头。阿丽娅找来一把剑，与伊拉龙一起动手，将现场伪装成士兵们被一支普通军队赶尽杀绝的样子。这件事做起来令人毛骨悚然，但进行得相当迅速，因为他们俩都清楚，应该在士兵身上造成怎样的伤口，才能掩饰得天衣无缝，而且两个人谁都无心再逗留下去。来到被伊拉龙一拳打烂胸口的那个士兵面前时，阿丽娅说道：“这个伤口上做不了什么手脚，只能是不管它了，但愿人们会以为是被马踩成这样的。”他们继续进行下去，最后一个处理的是这支巡逻队的指挥官。他的胡子此刻粘成一缕一缕，软塌塌的，先前那股威风凛凛的气派荡然无存。

伊拉龙扩大了石子掷出的伤口，让它更接近战斧柄造成的三角形创口，然后歇了一会儿，沉默地看着那指挥官惨兮兮的大胡子，然后说了句：“他说得对。”

“什么说得对？”

“我需要一件武器，一件普通的武器，我需要一把剑。”他的手在衣襟上抹了一把，向周围看了一圈，数了数尸体，“现在，可以了，对吗？我们完事了。”他走过去，捡起散落的盔甲，重新用布包好，放进背囊最底下。阿丽娅攀上一座小山丘，伊拉龙走到了她的身边。

“从现在起，最好避开大路，”她说，“再也不能冒险遇到敌兵了。”伊拉龙变了形的右手鲜血淋漓，染红了上衣。她说道，“离开以前，你得先处理好这个。”不等伊拉龙有所反应，她已经握住了他残废的手指，说了句“Waise heill（伤口愈合）！”

他不由自主地哼出声来。手指啪嗒啪嗒地接上了臼，受损的筋腱和粉碎的软骨恢复了原来的形状，从指节处垂下来的皮肤也重新覆盖了新生的肌肉。咒语的效力结束后，他将手掌连续地张开又握住，发现它已经完好如初。“谢谢你。”他说。他明明完全可以自行疗伤，她却主动代劳，这叫他大感意外。

阿丽娅似乎有点窘。她扭头望向旷野，说道：“我很高兴，今天有你在旁边，伊拉龙。”

“我也很高兴有你在身边。”

她难得向他展开笑颜，却一闪而逝，若有若无。他们又在小丘上静静伫立了片刻，谁都不急着继续赶路。最后阿丽娅轻叹一声，说道：“我们该走了。天色越来越暗，很快就会有人来，对着这乌鸦的美餐大呼小叫了。”

他们走下小丘，离开大路，在坎坷不平的辽阔草地上向西南方大步奔去。在他们身后，第一只食腐动物自天空扑向地面。

过去的阴影

The Inheritance Cycle

那天晚上，伊拉龙坐在微弱的火堆边，嘴里嚼着一片蒲公英的叶子。他们的晚餐是各种各样的植物根茎、种子，还有阿丽娅从周围采集的绿叶。这些东西未经烹煮，也没有调味，吃起来叫人提不起胃口。虽然周围的鸟和兔子多得很，但他还是忍着没有抓来改善伙食，因为他不想让她对自己不以为然。而且，经过与巡逻兵的一战，一想到断送另一条生命，哪怕只是动物，也会令他感到恶心。

夜已深，明天他们还要早起，但他没有去休息的意思，阿丽娅也一样。她和他成直角坐着，抱起双膝支着下巴。裙裾在她周围散开，就像被风吹散的花瓣。

伊拉龙深深地低下头，用左手揉搓着右手，想减轻从深处传来的隐痛。*我需要一把剑*，他心想，*没有的话，也可以把双手护起来，重击的时候就不会伤到自己了。问题是，我现在的力气太大，手套至少要有几英寸厚才行。这太可笑了，戴上去会过于笨重，而且还太热，更关键的是，我总不能以后一辈子都戴着手套走来走去。*他皱起眉头，将手指扭来扭去，看着落在皮肤上的投影随之变化，身体的柔韧让自己都看得着了迷。*还有，如果在格斗中，我戴着布鲁姆的指环又会怎样呢？它是精灵打造的，也许用不着担心毁坏蓝宝石。但如果戴着指环用力打什么东西，可能结果就不是脱臼这么简单了，整只手的骨头都会碎掉……也许再也不能复原……*他握紧拳头，慢慢转动，看着指关节间的阴影时明时暗。*我可以设计一道咒语，阻止一切高速逼近的物体碰到我的双手。不，慢着，这不行。如果是一块巨石呢？是一座山呢？阻止它会陪上我自己的命。*

*嗯，如果戴手套和用魔法都行不通的话，我最好有一套矮人的“钢拳”。*他脸上露出微笑，想起了矮人希尔格宁。他每根手指的指节上都嵌着一个金属底座，上面插着钢钉，连大拇指上都有。这些钢钉让希尔格宁什么东西都敢打，不用怕疼，而且它们还很方便，因为可以随意拆装。这个办法很吸引伊拉龙，但他还不打算在指节上钻洞。*而且*，他心想，*我的骨头比矮人的薄，薄得太多，也许装了底座也不能正常发挥作用……这么说，钢拳是个坏主意，或者我还可以……*

他向双手俯下身去，嘴里轻声说道：“Thaefathan（变厚）。”

他的手背突然又痒又痛，好像一跤摔进扎人的荨麻丛中一样，难受得让人恨不得跳起来用钢拳狠命地挠一挠，但他还是按捺着坐在原地，看着关节上的皮肤鼓胀起来，形成了一个颜色发白、形状扁平的硬茧，令他想起了马腿内侧的皮肤角质块。等他觉得硬茧的大小和硬度都已经合适之后，便停止了咒语，一边摸一边看，端详着分布在手指上的沟壑与丘陵。

他的双手变大了，还比以前硬，但尚能活动自如。也许样子挺丑，他用右手上的硬茧刮擦着左手掌心，心中想道，也许还会惹人笑话，但我不在乎，因为它管用，能救我的命。

他暗自欢喜，照两腿之间一颗半埋在土里的球形石块击去。这一击发出一声闷响，令他手臂震颤，但除此之外再也没有其他感觉，不比击打盖了几层布的木板更难受。他胆子大了些，从背囊里取出布鲁姆的指环，将手指伸进了冰凉的金环中，看到它邻近的硬茧高出了指环的表面。他伸出拳头在石块上又打了一下，检验自己的观察是否准确，只听到干燥紧实的皮肤碰上顽石的声音。

“你在干什么？”阿丽娅的视线隔着低垂的黑发，斜斜地向他投过来。

“没什么。”他说了一声，伸出双手，“想必我还得狠揍什么人，这可能是个好办法。”

阿丽娅看了看他的指关节：“戴手套可能会有麻烦。”

“只要割个口子就行了。”

她点点头，接着凝视那一堆火。

伊拉龙向后一仰，以肘支地，伸长了双腿。在紧接下来的一段日子里，不管面对什么样的战斗，他都已经做好了准备，他对此很是欣慰。但再长远一点的事他就不敢多想了，否则将面对一个问题：他和蓝儿怎样才能有机会战胜穆塔或者加巴多里克斯？然后，恐惧就会伸出冰凉的爪子，一直伸进他的心里。

他的目光移到跳动的火焰的中心。在那里，在那一团翻腾的炽热中，他企图忘记所有的思虑和压力，然而火焰不停地闪动很快就让他神思飘忽，各种思绪、声音、想象和情感的片段，支离破碎，散漫地穿越脑海，像雪花从寂静寒冷的天空飘然而下。在这纷乱的雪幕之中，出现了那个哀求的士兵的脸。伊拉龙再一次看到他的哭泣，再一次听到他绝望的乞求，再一次感觉到他的脖子在手中折断，就像一段潮湿的树枝。

这回忆折磨着伊拉龙，他咬紧牙关，翕动的鼻翼中粗气连连。冷汗流遍全身，他不停地变换姿势，极力驱走士兵的冤魂，但全都徒劳无用。走开！他在心中大叫，这不是我的错，加巴多里克斯才是罪魁祸首，不是我，我根本不想杀你！

无边的黑暗中，一头狼在某处发出凄厉的嗥叫，四周各处响起一片同类的应和之声，犹如一段高亢而刺耳的悲歌。这诡异的歌唱令伊拉龙头皮发麻，胳膊上寒毛倒竖。然后，有那么一瞬间，嗥叫声汇合接应，变成一个单音，很接近库尔人冲锋陷阵时发出的战斗怒吼。

伊拉龙坐立不安。

“怎么了？”阿丽娅问道，“因为那些狼吗？它们不会打扰我们的，你知道。它们在教幼崽捕猎，不会让幼崽接近有陌生气味的生物，比如我们。”

“不是那里的狼，”伊拉龙抱紧自己，说道，“是这里面的狼。”他敲了敲前额。

阿丽娅点点头，这个急促的具有鸟类特征的动作透露，虽然她具有人类的外表，但确实不属于人类：“就是这样。心里的恶魔比真实存在的恶魔坏得多，恐惧、怀疑和仇恨比野兽更能摧残一个人。”

“还有爱。”他补充道。

“还有爱，”她同意地说，“以及贪婪与嫉妒，具备感知力的族类容易感染的种种强烈情绪。”

伊拉龙想起了藤加，孤身一人在精灵族废弃的伊辛译瓦岗，在堆积如山的珍贵典籍中埋首寻找，无休止地寻找那玄奥的答案。他没有对阿丽娅提起这位隐士，因为他现在并没有谈论那次奇遇的心情，而只是问道：“杀人会令你难过吗？”

阿丽娅碧绿的眼睛眯了起来：“我，以及我所有的族人，都不沾荤腥，因为我们不忍心为了满足口腹之欲而杀生。而你竟然如此无礼，问我杀人是否会感到难过？你真的这么不了解我们，以为我们是冷血的杀手吗？”

“不，当然不是，”他辩解道，“我不是这个意思。”

“那就把你的意思说清楚，不要再出言不逊，除非你就是想这样。”

伊拉龙小心翼翼，字斟句酌地说：“在袭击黑格林以前，我也问过若伦类似的问题。我想知道的是，在你杀人的时候，有什么感受？应该怎么去感受？”他眉头紧锁，盯着火光，“你可曾见到被杀死的敌人盯着你看，真实得就像你站在我面前？”

阿丽娅更紧地抱住双腿，目光里带着沉思的味道。成群的夜蛾围着营地飞舞，火焰蹿起，烧着了一只。“Gánga（去）。”她手指一点，轻轻地说。蛾子毛茸茸的翅膀扑腾了几下，飞走了。阿丽娅定定地注视着燃烧的树枝，“我成为使者九个月之后——老实说，是我妈妈唯一的使者——从垡藤杜尔的沃顿国前往色达首都，当时那里还是一个新兴的国家。我和同伴离开博尔山脉不久，就遇到了一队四处游荡的巨人。我们很乐于让剑待在鞘里，继续走自己的路，但巨人们按照本族的习俗，一心想为自己争取荣誉，从而提升他们在部落中的等级。然而，维当——继布鲁姆之后成为沃顿族首领的人——和我们在一起，我们占有优势，轻而易举地就赶走了他们……那一天，我生平头一回结束了一个生命。在那之后，有好几个星期，我都为此而苦恼，直到我明白，再这样纠缠下去，我就会疯掉。许多人就是这样的，他们如此愤怒，如此自责，从而一蹶不振，要么就变得心如顽石，失去了辨别是非的能力。”

“你最后怎么接受了自己做的事？”

“我反思自己杀人的理由，看它是否公正，我欣慰地发现是公正的。然后，我问自己，我们的目标是否足够重要，值得继续追寻，哪怕需要我再次杀人。最后我决定，不管什么时候，一旦想起死亡的问题，就立即想象自己站在提娅达丽宫的花园里。”

“有用吗？”

她从脸上拨开发丝，绕在耳后。“有用。暴力唯一的解毒剂，就是寻找内心的宁静。这个办法很难，但值得一试。”她顿了顿，接着说道，“呼吸也有用。”

“呼吸？”

“缓慢、有规律的呼吸，就像做冥思一样，这是让自己冷静下来的最有效的办法之一。”

伊拉龙按照她所说的，做起了吐纳。他小心地调匀气息，每一下呼气，都吐尽胸中的浊气。不过片刻，胃里的硬结松开了，他眉宇间的沉郁之色开朗不少，敌人的冤魂似乎也淡了些……群狼再次发出嗥叫。在最初的一阵战栗过后，他听在耳里，却已不再恐惧，它们的叫声已经失去了令他不安的力量。“谢谢你。”他说。阿丽娅优雅地抬了抬下巴，以示回应。

沉默又持续了一刻钟，然后伊拉龙说道：“巨人……”他沉吟半晌，流露出心中的矛盾，“你对娜绥妲让他们加入沃顿族怎么看？”

阿丽娅伸出纤细而有力的手指，从散开的裙裾边捡起一根弯弯曲曲的小树枝，翻来覆去地看，好像在研究里面的什么秘密：“这是个很勇敢的决定，我对她深感钦佩。她的决定总是为了谋求沃顿族的最大利益，为此不惜付出任何代价。”

“接受拿·葛左格的加入，沃顿族里有很多人不高兴。”

“在‘长刀血拼’中，她又重新赢得了他们的爱戴，娜绥妲很善于维护自己的地位。”阿丽娅将树枝扔进火堆中，“我不喜欢巨人，但也不恨他们。和蛇人不一样，他们的天性并不邪恶，只是过于好战。这是一个很重要的区别，虽然对受害者的家庭来说，并不会因此获得安慰。我们精灵族曾与巨人族交过手，在需要时同样也会这么做，不过估计可能性很小。”

她不用解释这是为什么。俄拉米斯指定伊拉龙阅读的大部分卷轴都是关于巨人族的，特别是其中一卷，名叫《格那沃德斯科得之旅》。它里面提到，巨人族的文化完全建立在武功战绩之上。男性巨人要想提高等级地位，只能通过袭击别的村庄——是巨人族的，还是人类、精灵，或者矮人族的，都无所谓——或者与族人一对一地格斗，有时候为此送掉性命。在择偶时，那些没有打败至少三个以上对手的雄性，连被雌性接受的资格都没有。因此，巨人族的每一代别无选择，只能挑战他们的同辈，挑战他们的长辈，并且四处寻找证明自己能力的机会。这个传统根深蒂固，所有反抗的企图都以失败告终。至少他们毫不掩饰，伊拉龙想道，这是大部分人类都难以做到的。

“为什么，”他问道，“杜尔查伙同巨人，对你和戈兰温、法奥兰偷袭得手？

你不是有魔法保护，能拦截一切对身体的攻击吗？”

“箭上施了咒语。”

“那么说，巨人族也会咒语吗？”

阿丽娅闭上眼睛，轻叹一声，摇了摇头：“不，那是杜尔查使的黑魔法。我在基里的时候，杜尔查曾经在我面前吹嘘过。”

“真不知道，你是怎么在他的毒手下，坚持了那么久的。我看到他对你做了什么。”

“这……不太容易。我把他的折磨视为对自己决心的考验，视为一个机会，检验我有没有错误地估计自己，我是否配得上雅威指环。这样一来，倒是可以坦然接受那些酷刑了。”

“不过，就算是精灵，也不是感觉不到痛楚的。你能把埃勒斯梅拉位于何处的秘密守住好几个月，实在是很了不起。”

她的声音里流露出一丝自豪：“不仅是埃勒斯梅拉的位置，还有蓝儿龙蛋的下落、我所掌握的古语词汇，以及对加巴多里克斯有用的一切。”

谈话到此中断了片刻，后来，伊拉龙开口道：“在基里的遭遇，你会常常回想起来吗？”她沉默不语，他接着说道，“你从来不提这些事。那段身陷囹圄的日子，你说起来都是轻描淡写，从来不提当时的感觉，也不提现在还有什么感受。”

“痛就是痛，”她说，“不需要渲染。”

“没错，但无视它会比当初的创伤带来更大的伤害……没有人在那样的经历过后，还能浑然无事，至少内心不会。”

“你怎么知道我就没有对谁倾诉过？”

“谁？”

“那又有什么关系？阿吉哈，我母亲，埃勒斯梅拉的朋友，谁都行。”

“也许我弄错了，”他说，“但你看起来不像和谁那么亲近的样子。你总是独来独往，哪怕在自己的族人中间也一样。”

阿丽娅的脸孔一片漠然，完全没有任何表情，伊拉龙不由得怀疑她是否不屑于回应。等到怀疑在他心中就要变成确信的时候，她却低声地说了一句：“以前不是这样的。”

伊拉龙顿时紧张起来，一动都不敢动，等着她的下文，生怕任何一点举动打断了她的倾诉。

“以前，曾经有一个我可以说话的人，一个了解我是谁、我从哪里来的人，曾经有过……他比我大，我们趣味相投，都对森林以外的世界充满好奇，一心想去闯荡一番，想反抗加巴多里克斯的统治。当我们发现龙骑士的对头‘屠龙者’意图征服精灵族时，都无法继续安心地待在杜维敦森林里研究和使用魔法，潜心于个人的造诣。他看到这一点比我晚，是在我担任使者几十年之后，比赫弗林偷走蓝儿的龙蛋早几年——但一旦他意识到了，便自愿陪伴我，不管伊丝兰查蒂将我派往何处。”她眨了眨眼，声音轻颤，“我不同意，但女王赞成这个想法，理由又是那么充分……”她抿起嘴唇，又眨了几下眼睛，眼里闪动着异样的光亮。

伊拉龙用最轻柔的声音问道：“是法奥兰吗？”

“是的。”她几乎哽咽地给出了这个肯定的答案。

“你爱他吗？”

阿丽娅仰起头，望着星光闪烁的天空，修长的颈项被火光镀上了金色，夜空为她的面孔蒙上了一层雪白的柔光。“你这么问，是出于朋友间的关怀，还是为了你自己？”她出其不意地笑了起来，声音沙哑，有如流水冲击在冷硬的岩石之上，“都没关系。夜色令我一时昏乱，忘记了礼貌，让我心里最不敬的想法冲口而出。”

“没关系。”

“有关系，因为我后悔，我不能允许这种事发生。我爱法奥兰吗？你觉得爱是什么？二十多年里，我们结伴同行，行走在生命短暂的族类中，唯有我们俩长生不灭。我们是伙伴……和朋友。”

强烈的嫉妒折磨着伊拉龙。他在内心与之展开了激烈的搏斗，想将它压下去，想消灭它，但终于不能完全成功，残留的妒意仍然令他苦恼，就像扎进皮肉里的一根刺。

“二十多年了，”阿丽娅又说了一句，她依旧仰望星空，轻轻地前后摇摆，似乎已经忘记了伊拉龙的存在，“就在一瞬间，杜尔查从我身边夺走了一切，法奥兰和戈兰温是近一百年来最先在战斗中罹难的精灵。看到法奥兰倒下去，我顿时就明白了，战争真正的伤痛不在于自己受伤，而是不得不眼睁睁地看着你关爱的人受伤。早在与沃顿人的相处中我就已经明白了这一点，我眼看着自己慢慢开始尊敬的人，男人，女人，一个接一个，死在刀枪剑戟之下，死于毒药和意外，死于年迈。然而，这种伤痛从来没有直接发生在我身上。当它来临时，我心想：‘我肯定也要死了。’因为我们以前无论遇到多大的危险，法奥兰和我总是能一起走出险境，如果这一次他不能幸免，为什么我就可以？”

伊拉龙发现她哭了。成串的泪珠从她眼角滑落，一直流进头发里。星光照耀下，她的泪就像一条银光闪闪的玻璃之河。这巨大的悲恸震撼了伊拉龙，他不是故意的，也没料到她会有这样的反应。

“然后就到了基里，”她说，“那是我一生中最艰难的日子。法奥兰死了，蓝儿的龙蛋下落不明，不知道是不是被我失手送回了加巴多里克斯手里，还有杜尔查……杜尔查对我使出了所有他能想象出来的最残忍的手段，满足了控制他灵魂的杀戮欲。有时候，如果他下手太狠，还会把我治好，为的是第二天继续他的暴行。如果他给我恢复神志的机会，我就可以像你一样，瞒过狱卒，不去喝那抑制法力的毒药，但我从来得不到超过寥寥几个小时的喘息时间。

“杜尔查需要的睡眠不比你我多。只要他有空，只要我清醒过来，他就不停地折磨我。在他的酷刑下，一秒钟是一小时，一小时是一星期，而一整天则漫长得无穷无尽。他很小心地不把我逼疯——否则会触怒加巴多里克斯——但他已经快了。他只差一点点。我开始听到鸟叫声，而那儿不可能有鸟飞过，我还看到了一些并不存在的事物。有一次，我在囚室里，眼前金光灿烂，全身都暖洋洋的。我抬起眼睛向上看，发现自己躺在高高的树枝上，就在埃勒斯梅拉的中心地带。太阳就要落下，整座城市灯火辉煌，仿佛像着了火。阿索瓦（Äthalvard，一群致力于保存本族歌谣和诗篇的精灵）在脚下的小径上歌唱，一切是那么安宁，那么平静……那么美丽，我真愿意在那儿待上一辈子。可是光亮消逝了，我又回到牢笼里……有一次，一名士兵在囚室里留了一枝白玫瑰，这是我在基里得到的唯一的慈悲。那天晚上，花儿生出了根，长成一棵巨大的玫瑰树。它攀上墙面，挤进屋顶的石砖缝里，穿透了地牢，伸出地面。然后它继续向上生长，一直长到月亮上，就像一座盘绕回旋的巨塔，喻示着只要我能从地上爬起来，就可以逃出去。我拿出了最后一丝残存的力量，但还是做不到，就在一眨眼的工夫，玫瑰树消失了……在你梦到我，我也感觉到你的意识在周围徘徊的时候，我就处于这样的精神状态之下，所以自然就没有在意，以为不过又是一个幻觉。”

她向他惨然一笑：“然后你就来了，伊拉龙，你和蓝儿。在希望断绝之后，在我就要被带到乌鲁邦去见加巴多里克斯之时，一位骑士从天而降，拯救了我。一位骑士和一条龙！”

“还有莫赞之子，”他说，“其实是莫赞的两个儿子。”

“随你怎么说，这是一次危险至极的援救行动，我有时候会想，我肯定是疯了，所有的事全都是我臆想出来的。”

“那你想过我留在黑格林会惹出这么多麻烦吗？”

“不，”她说，“我想没有。”她用左边的袖口，轻轻覆盖在眼睛上，擦干泪痕，“当我在偺藤杜尔苏醒过来，有太多的事需要我去解释，但新近发生的事在记忆中充满黑暗和血腥，让我情绪阴郁，心烦意乱，对日常琐事失去了耐心。”她换了个跪坐的姿势，双手一左一右撑在地上，仿佛要把自己架稳，“你说我独来独往。精灵不像人类和矮人，不喜欢公开展示彼此的友情，我也显得性情孤僻。但是，如果你认识基里城之前的我，如果你认识过去的我，就不会以为我有多冷傲。那时候，我会唱歌、跳舞，没有厄运来临的感觉在威胁着我。”

伊拉龙伸出右手，覆在她的左手之上：“那么多关于英雄的传说都没有提到过，这是你与黑暗中的魔鬼，以及心灵中的魔鬼搏斗的代价。想想提娅达丽宫的花园，我相信你会好的。”

阿丽娅让他们的接触保持了将近一分钟。在这一分钟里，伊拉龙心中没有激情与爱恋，而只有默默的伙伴之情。他不是在向她示爱，因为除了与蓝儿的联系，她的信任是他在世上最珍惜的东西，他宁愿面对一场厮杀，也不愿让它受到损害。然后，她的手臂轻微地动了一下，让他知道这个时间已经过去了，他毫无怨言地将手收了回去。

伊拉龙急切地想做些什么，减轻她的痛苦，于是抬头四顾，然后细不可闻地说了句：“洛伊薇莎（Loivissa，长在帝国境内的一种蓝色长颈百合花）。”在真名的法力指引下，他的手指在脚边的地面上摸索，握住了要找的东西：一片纤薄的半圆形纸片样的物体，约莫和他的小指甲一样大。他屏住呼吸，用最轻柔的动作，将它放在右掌心，居于闪灵符的当中。他先把俄拉米斯所教的这一类咒语中，要用的这一部分在心里想了一遍，确保自己不会弄错，然后用精灵那种柔和婉转的调子唱道：

生长吧，美丽的洛伊薇莎，大地的女儿，
生长如沐浴于阳光雨露，
绽放你春天的花朵，
呈现于众人的眼前。
生长吧，美丽的洛伊薇莎，大地的女儿……

伊拉龙反复低吟这几句话，将它们向手中的褐色小薄片送去。薄片颤动，然后膨胀成了球形。一两英寸长的白色须蔓从它脱皮的底部抽出，弄得伊拉龙手痒痒的。与此同时，纤细的绿茎伸出顶部，在他的催动下，飞快地向上长了大约一英尺的高度。单独的一片叶子从茎梗的侧面长了出来，宽大而平整。然后茎顶变得粗大，微微弯垂，在片刻的静止不动后裂成五片，每一片都向外伸展，成为长茎百合那有蜡质光泽的花瓣。这朵花颜色淡蓝，形状像个铃铛。

这株花完全长成后，伊拉龙收了魔法，察看自己的成果。用歌唱催生花朵，是每个精灵早期就掌握的本领，但伊拉龙只练习过几次，还没有成功的把握。他为这个咒语付出了很大的代价：要抵得上百合花一年半的生长，需要的能量着实惊人。

他对自己的作品感到满意，伸手将百合花递给了阿丽娅：“不是白玫瑰，不过……”他微笑着耸了耸肩。

“你用不着这样，”她说，“不过我很高兴。”她从下面轻轻托起那朵花，闻了闻，表情柔和起来。有好一会儿，她都在欣赏这朵百合花。然后她在身旁的泥地上挖了一个坑，将花茎栽进去，再用手掌压实泥土。她再次轻轻地抚摸花瓣，说话的时候视线一直逗留在花朵上。“谢谢你。送花是我们两个族群共有的习俗，不过精灵族相比于人类，为这个行动赋予了更深的意义。它代表所有美好的事物：生命，美，重生，友谊等。我这样说，你就会明白你的举动对我意味着什么。你虽然不知道，但是……”

“我知道的。”

她打量着他，面容肃穆，似乎在判断他话中的意味：“原谅我。这是我第二次忘记你受到过广泛的教育，我不会犯这样的错误了。”

她用古语再次道谢。伊拉龙便也用同样的语言，回答说他很乐意这样做，很高兴看到她喜欢这个礼物。虽然才吃过晚餐，他却浑身发起抖来。阿丽娅注意到了，说道：“你消耗了太多的体力，如果阿若恩里还有能量，就用来止住你的颤抖吧。”

伊拉龙过了半晌，才想起“阿若恩”是布鲁姆指环的名字。此前他只听到过一次，在他到达埃勒斯梅拉的那天，出自伊丝兰查蒂之口。现在是我的指环了，他心中想道，不能总以为它是布鲁姆的。他审视着手指上硕大的蓝宝石，它在金环上熠熠生辉：“我不知道阿若恩里有没有储藏能量，我自己没有试过，也不曾检查布鲁姆有没有这样做。”就在说话的同时，他的意识向蓝宝石延伸出去。刚与这块宝石相接触，他立即就感觉到里面存在着一个巨大的能量旋涡。在棱角分明的割面之下蕴含着如此之巨的能量，宝石却没有爆炸，不由得令他暗暗称奇。他汲取能量驱走伤痛，恢复了全身的力气，却几乎无损于阿若恩里的储备。

他兴奋莫名，切断了与宝石的联系。这个发现，还有陡然精力充沛的感觉，都令他心花怒放。他开怀大笑，把这个发现告诉了阿丽娅。“布鲁姆躲在卡沃荷的时候，一定把省下的每一分能量都存了起来。”他又笑了，满含着惊叹，“这么多年呢……有了阿若恩，我一句咒语就能摧毁一座城堡。”

“他知道，在蓝儿出世之后，需要用它保护新骑士的生命，”阿丽娅说，“还有，我相信在遇到魔影之流的劲敌时，阿若恩也是他的护身法宝。在超过半个世纪的时间里，他令敌人为之胆寒，并不是偶然的……换了我是你，我就会将他留下的能量用在最紧要的关头，而且一有机会就继续添加。这可是一个极其珍贵的资源，别浪费了。”

不，伊拉龙心想，我不会的。他转动手上的指环，欣赏它在火光下的璀璨光芒，自从穆塔偷走萨若克，布鲁姆留下的东西，在我手里只剩下它和蓝儿的鞍，以及“雪焰”，但就连“雪焰”也给矮人借了去，最近我基本上都没骑过它。阿若恩几乎是唯一可以让我借以怀念他的东西了……他留给我的唯一的遗物。我得到的唯一的遗产。真希望他还活着！我从来没有机会，跟他说起俄拉米斯、穆塔、我父亲……唉，没说的东西数也数不完。我对阿丽娅的感情，他会怎么说？伊拉龙自嘲地想，我知道他会说什么：他会把我臭骂一顿，说我是个失恋的傻瓜，把精力浪费在不可能的奢望上……他可能是对的，我想。可是，唉，我又怎么能控制得了自己？她是我唯一渴望与之相伴的女人。

火堆噼啪作响，迸出一串火星。伊拉龙的眼睛半睁半闭地看着，一边细想阿丽娅吐露的往事。然后，他想起了一个在烈火平原战役过后，一直困扰他的问题：“阿丽娅，雄龙比雌龙长得快吗？”

“不会，为什么这么问？”

“因为荆刺。它才几个月大，可是体形已经接近蓝儿，我觉得很费解。”

阿丽娅捡起一片干草叶，在浮土上随手写下弯弯曲曲的精灵族文字：“加巴多里克斯很可能加快了他的成长，这样才能在体形上与蓝儿不相上下。”

“嗯……可是，这样不是很危险吗？俄拉米斯对我说，如果他用魔法赋予我所需要的各种能力，比如力量、速度和耐力等，我就不能像通过正常途径那样，了解自己的新能力。他是对的，就算是现在，龙族在血盟庆典上给我身体造成的变化还常常会吓我一跳。”

阿丽娅点点头，继续在土上写字：“通过某些咒语减轻这种负面的影响是可能的，但这是一个漫长而又艰苦的过程。如果希望真正地把握自己的身体，正常的途径才是最好的途径。加巴多里克斯强加给荆刺的变化一定给荆刺带来了极大的困惑，现在荆刺拥有接近成年龙的躯体，却依旧怀着幼年龙的心智。”

伊拉龙抚弄着手上新结的硬茧：“你又知不知道，为什么穆塔会变得这么厉害……比我厉害得多？”

“如果我知道，加巴多里克斯匪夷所思的能力是怎么来的，我也就明白了。可惜，唉，我不知道。”

可是俄拉米斯知道，伊拉龙心想，*或者说，至少这位精灵暗示过*。但是，他没有向伊拉龙和蓝儿透露过。伊拉龙打算，只要一有机会重回杜维敦森林，就要向这位前辈骑士请教其中的奥秘。*他现在必须说出来了！由于我们猝不及防，所以败在穆塔手下。他轻易就能把我们抓到加巴多里克斯面前*。伊拉龙差一点就要把俄拉米斯的话告诉阿丽娅，但到底还是咽了回去。因为他想明白，要不是俄拉米斯觉得保密至关重要，就不会将这个非同小可的事实隐藏了一百多年。

阿丽娅为地上的句子写下一个句号。伊拉龙俯身去看：*漂浮在时间之海，孤独的神灵徘徊于此岸与彼岸，主宰天上众星的运行*。

“这句话是什么意思？”

“我不知道。”她说着，手臂一挥，抹去字迹。

“为什么，”他说得很慢，边说边整理思路，“从来没有人提起变节者所乘的龙的名字？我们只说‘莫赞的龙’或者‘卡亚兰狄的龙’，从来不提龙确切的名字。他们肯定和各自的骑士一样有分量！我甚至不记得在俄拉米斯给我的卷轴上看到过他们的名字……虽然里面肯定会有……没错，我确定有的，但不知为什么，脑子里就是没印象。这不是很奇怪吗？”阿丽娅正想回答，但没等她开口，他又接着说道。“这会儿我倒是很高兴蓝儿不在这里。我很惭愧，以前没有想到这一点。就连你阿丽娅，还有俄拉米斯以及我见过的所有其他精灵，都绝口不提他们的名字，就好像当他们是些愚钝的动物，配不上这种荣耀。你是故意的吗？因为他们是敌人？”

“你上的课没说过吗？”阿丽娅问，好像真的很诧异。

“好像，”他说，“葛勒多对蓝儿提过，但我记不清了。当时我正在做蛇鹤戏的一个向后弓腰的动作，没太注意蓝儿在干什么。”他笑了一声，对自己的失误有点不好意思，想辩解一下，“有时候确实手忙脚乱。我一面在意识里倾听蓝儿和葛勒多的意念交流，一面又要听俄拉米斯对我说的话。更糟的是，葛勒多很少对蓝儿使可辨识的语言，他喜欢用图像、气味和感觉，而不是说话。他传达的不是名字，而是他要说的人或事物的形象。”

“他说的你全都想不起来吗，无论有没有使用语言？”

伊拉龙迟疑了一下，说：“只记得说起一个没有名字的名字，或者诸如此类的东西，具体的我就想不起来了。”

“他说的，”阿丽娅说，“是 Du Namar Aurboda，意为‘废名’。”

“废名？”

她又拿着枯草叶在泥土上写了起来：“这是在龙骑士和变节者交战期间最重要的事件之一。当龙族得知十三名同类背叛了——就是为加巴多里克斯卖命，对同族赶尽杀绝的那十三名——而且再无迷途知返的可能，举族上下大为震怒，所有不属于变节者的龙都联合起来，施展神奇玄奥的魔法，共同剥夺了那十三条龙的名字。”

伊拉龙听得悚然而惊：“这怎么可能做得到？”

“我不是说了那魔法神奇而玄奥吗？我们知道的只是，在龙族施出咒语之后，没有人说得出那十三条龙的名字，记得名字的人很快就忘记了。你可以看到卷轴和书信上记录着他们的名字，如果一次只看一个字母，你甚至可以抄下来，但都杂乱而没有意义。龙族留下了扎伦沃斯，他是加巴多里克斯的第一条龙。他被巨人所杀，自己并没有过错。还有苏瑞坎，因为他并不是主动为加巴多里克斯效力，而是被他和莫赞所逼迫的。”

*失去自己的名字，多么可怕的命运。*伊拉龙想着，顿时不寒而栗，*如果说，成为龙骑士之后我学到了什么，那就是永远不想与龙为敌。*“那他们的真名又怎样呢？”他问，“也被剥夺了吗？”

阿丽娅点点头：“真正的名字、后取的名字、绰号、家族的姓氏、名号，所有这一切。从此，那十三条龙没落到了只比动物好一点的境地。他们再也不能说‘我喜欢这个’‘我不喜欢那个’或者‘我有绿色的鳞甲’，因为要这么说，首先必须确定自己的身份，他们甚至无法自称为龙。就这样，咒语逐字逐句地湮灭了他们的思维能力。变节者无计可施，只能沉默而悲伤地看着他们的龙彻底沦入混沌无知的状态。这经历如此惨痛，十三条龙中至少有五条，还有几名变节者，最终陷入疯狂。”阿丽娅停下来，端详着一个字母，然后涂掉它重写，“现在有这么多人以为龙不过是某种可以骑的动物，主要根源之一就在于这场‘废名’的惩罚。”

“要是他们见到蓝儿，就不会这么想了。”伊拉龙说。

阿丽娅微微一笑：“没错。”她潇洒地一挥手，完成了最后一个句子。他歪着脑袋，凑过去辨认她写下的字迹。上面写的是：*施计者，布局者，调停者，千面归一，他于死中得生，无惧邪恶；他穿越重门。*

“你为什么写这个？”

“想到许多事物实际上并不是它表面所呈现的那样。”她用手掌轻拍地面，尘土飞扬，覆盖了字迹。

“有没有人试着猜过加巴多里克斯的真名？”伊拉龙问道，“好像这是结束战争的最直接办法。说老实话，我觉得还是我们在战争中打败他的唯一希望。”

“难道你以前说的都不是老实话吗？”阿丽娅说着，眼中燃起两点亮光。

她的问题让他忍不住笑出声来：“当然不是，这只是一种表达的方式。”

“是个蹩脚的方式，”她说，“除非你正好撒谎成性。”

伊拉龙一阵语塞，好不容易才想起要说的是什么，接着说道：“我知道，想找出加巴多里克斯的真名很困难，但是，如果集合所有精灵和懂古语的沃顿人的智慧去寻找，没有不成的道理。”

就像一面被太阳晒得发白的小旗，干草叶从阿丽娅左手的拇指和食指之间垂下，随着她血脉的跳动而颤抖。她伸出另一只手，捏住草叶尖，将它从头至尾一撕两半，然后重复一次同样的动作，将草叶一分为四，接着动手织了起来，编成一根直直的麻花绳。她说：“加巴多里克斯的真名不是什么重大的秘密。三位精灵——一个是龙骑士，另两个是普通巫师——相隔很长的时间，各自独立地发现了它。”

“他们找到了？”伊拉龙大声叫道。

阿丽娅不动声色，又拾起一片草叶，撕成细条，然后插进编好的细绳里，换了个角度又织起来：“我们只能猜测加巴多里克斯本人是否知道他的真名。我赞同认为他不知道的观点，因为不管他的真名是什么，一定非常可怕，如果他听到了，肯定活不下去。”

“要不就是他邪恶疯狂到了极点，连他一切行为的本质也不能威慑到他。”

“也许吧。”她灵活的手指动得飞快，时而拧动，时而编结，几乎化成了一团虚影，她再捡起两片草叶，“不管是哪种情形，加巴多里克斯肯定知道，他和万事万物一样，有一个真名，这是一个潜在的弱点。在发动叛乱之前的某个时候，他施了一道咒语，所有说出他的真名的人，都会被这个咒语杀死。我们不知道这道咒语用什么方式杀人，也就无法预先设防保护。现在，你明白了吧，为什么我们只好放弃这方面的打算。俄拉米斯是为数不多的几个敢于继续寻找加巴多里克斯真名的人之一，只是采用了更为迂回的办法。”她带着满意的表情，伸出摊开的手掌，上面躺着一只绿色和白色草叶编成的精美小船。它长不到四英寸，但细致而逼真。伊拉龙定睛看去，看到若干划手凳，沿着甲板排开的纤巧围栏，还有黑莓籽那么大的舷窗，翘起的船首形如高昂的龙头和龙颈。船上还有一根桅杆。

“真好看。”他说。

阿丽娅凑上前，低声细语：“Flauga（飞）。”然后轻轻吹了一口气。小船从她手上升起，围着火堆转了一圈，然后速度加快，翘首驶进了星光闪烁的夜空深处。

“它能飞多远？”

“永远飞下去。”她说，“它从下面的植物汲取能量，只要有植物，它就能一直飘在天上。”

伊拉龙听得悠然神往，但随后心里又泛起一点伤感，想到这只秀美的小草船此后将漂流在云彩之间，永恒地飘下去，除了小鸟，再也没有别的伙伴：“想想看，人们以后会怎样说起它的故事。”

阿丽娅修长的手指互相交缠，好像还在编着什么东西：“像这样奇怪的东西，世界上还有很多。你活得越久，走得越远，看到的也就越多。”

伊拉龙凝视着跳动的火焰，过了一会儿，说道：“如果保护真名如此重要，我是不是也该设一道咒语，不让加巴多里克斯利用真名对我下手？”

“如果你愿意，不妨这样做，”阿丽娅答道，“但我怀疑没有必要。真名不像你想的那么容易找到，加巴多里克斯对你的了解不够深，猜不到你的真名，而他一旦潜入了你的意识，可以查看你的每一段思绪和记忆，那么不管有没有真名，你已经败在他手下了。也许这么说你会安心一点：就算是我，恐怕也难以猜出你的真名。”

“你也不能吗？”他问道。原来她相信他身上有永远无法看透的东西，这让他欣慰之余，又觉得失落。

她瞥了他一眼，然后垂下眼帘：“不，我觉得不能。你能猜到我的吗？”

“不能。”

沉默降临在宿营地上，头顶的星星闪动着清冷的白光。这时候，东边起了风。风掠过旷野，吹动草叶，发出细长的呜咽，就像在哀悼失去的爱人。木炭被吹得重新燃起火焰，密集的火星带着蜿蜒的光迹，向西面飘散而后湮灭。伊拉龙缩着肩膀，拉起外衣的领子裹在脖子上。这风里隐隐有一种不祥之意，它带着一股非同寻常的狠劲儿，刺痛了他，仿佛要将他和阿丽娅隔绝在整个世界之外。他们俩一动不动地坐着，被放逐在这个光与热的小岛上，而涌动的空气犹如巨大的水流，在身边汹涌而过，向空洞而辽阔的大地吼出它愤怒的悲伤。

风越刮越猛，将火星从伊拉龙生火的空地带得越来越远。阿丽娅抓起一把土，撒在柴火上。伊拉龙跪行过去，和她一起捧起泥土，更快地扑灭营火。随着火光的消失，伊拉龙视物顿感困难。原野变成了它自己的幽灵，充斥着扭曲摇摆的阴影、模糊难辨的形状，以及泛着点点白光的树叶。

阿丽娅似乎要站起来，但陡然又稳住了身形，双臂伸出，保持平衡，满面的警觉之色。伊拉龙也感觉到了：空气震荡，隐隐有嗡鸣之声，似乎在酝酿着闪电。他双臂上寒毛竖起，在风中轻颤。

“是什么？”他问。

“有人在暗中窥探我们。不管发生什么事，不要用魔法，不然会招来杀身之祸。”

“谁？”

“嘘。”

他东张西望，发现一块拳头大小的石头，于是将它从土里撬起来，拿在手里掂了掂分量。

远处，许多闪烁的彩色光点聚成一团，低低地掠过草面，急速向宿营地飞来。随着距离的拉近，里面的光点也越来越大——从比梨小一点变成直径几英尺的光球——它们的颜色也在变，依次呈现出彩虹上的每一种色调。一缕缕流动变幻的光带交织成一圈光晕，环绕着每个光球，这些光球的须蔓不停地挥舞甩动，似乎急着要缠住什么东西。光球移动得好快，他难以看清数量，只能估计有二十四个左右。

光球快速飞到宿营地上，变成一堵急速旋转的墙，将他和阿丽娅围在当中。它们的飞旋，加上急剧变幻的色彩，令伊拉龙头晕目眩，不由得伸出一只手支在地上。嗡嗡声在耳边轰响，他牙齿打战，嘴里尝到了金属的味道，头发根根直竖。阿丽娅的头发虽然比他长，但也是同样情况。他向她看去，觉得这个样子是那么离奇古怪，好不容易才没笑出声来。

“它们想干什么？”伊拉龙大声喊叫，但她没有回答。

一个光球从墙上脱离出来，悬浮在阿丽娅面前，与她的眼睛齐平。它不停地收缩、膨胀，就像一颗跳动的心脏，颜色在深蓝与亮绿之间交替，偶尔闪出红光。一条光蔓抓住了阿丽娅的一缕头发。只听到噼啪一声脆响，那缕头发在一刹那闪出耀眼的光亮，就像太阳的碎片。亮光转瞬即逝，伊拉龙闻到一股头发烧焦的味道。

阿丽娅既没有退缩，也没有露出丝毫惧色。她面容平静，抬起手臂，没等伊拉龙来得及冲上去制止，已将一只手掌按在了那团闪烁的光上。光球变成黄白色，膨胀到了直径超过三英尺。阿丽娅闭上眼睛，头微微后仰，全部身心都洋溢着愉悦之情。她嘴唇开合，但说的是什么，伊拉龙根本听不到。当她说完以后，光球变得红彤彤的，随即飞快地变换色彩，从红色变成绿色、紫色、橘红色，再到令他目眩的蓝色，之后是纯粹的黑色，只留一个曲折纠结的白色光须组成的光环，就像日食时的太阳。此后它的外形不再变化，好像只有无色才能充分传达它的情绪。

它从阿丽娅面前飘走，向伊拉龙移近，就像是这个世界的架构上出现的空洞，被火光所环绕。它盘旋在他面前，带着刺目的强光嗡嗡作响，令他的双眼充满泪水。他的舌头好像镀了一层铜，皮肤上像爬着虫子，手指尖飞舞着游丝般的短促电流。他略有惧意，犹豫着是不是应该像阿丽娅一样，碰一碰那个光球，于是征询地看了她一眼。她鼓励地点了点头。

他向那球体所在的空洞伸出右手。始料不及的是，手上感觉到了阻力。这球无形无质，却像湍急的水流一样，生出推挡之力。离得越近，遇到的阻力越大。他一发力，推进了最后几英寸，碰到了那物体的中心。

微蓝的光从伊拉龙的手掌和球体表面之间飞射而出，呈现出一个耀眼的扇形，淹没了其他球体的光亮。在泛着浅蓝的白光的笼罩下，周围的一切都变成了白色。光线刺痛了伊拉龙的眼睛，他叫出声来，不由得低下头，半眯起眼睛。然后，球里有什么东西动了起来，就像睡龙舒展了身体。一个意识潜入他的脑海之中，如秋风扫落叶一般，拨开了他设防的屏障，他大吃一惊。凌驾一切的愉悦之感弥漫了他的整个身心，无论这球体是何方神圣，它的成分似乎就是经过提纯的幸福。它享受活着的感觉，万事万物都或多或少地令它感到欢欣。纯粹的喜悦充塞胸腔，伊拉龙几乎流出了眼泪，但又很快控制住了自己。闪闪烁烁的光一直从他的手掌下迸射出来，那生灵稳稳地定住他，它的意识从他的骨骼与肌肉间飞快掠过，在受过伤的地方稍作逗留，然后又回到了他的意识之中。虽然伊拉龙心中欢欣无限，但这生灵的意识如此奇异，如此神秘，他还是想摆脱它。然而，他的思想已经一览无遗。它以精灵之箭的速度在他的记忆中漫游，他只好继续保持与这个生灵那光辉熠熠的灵魂的亲密接触。他不由得奇怪，它怎么可能这么快就理解了那么多的内容。在这期间，他试图对它的意识也检视一番，争取对其天性和来路有所了解，但却遇到了它的阻挠。他获得的寥寥几个印象，与他在其他生命意识中获得的迥然不同，完全无法理解。

不过是眨眼的工夫，这生灵最后在他体内游走一遍，然后退了回去。他们之间的联系顿时中止，像一条扭绞的绳索吃不住力，终于绷断。勾勒出伊拉龙手掌轮廓的灿烂光芒消失不见，只在他眼前残留一片鲜亮的粉红色幻象。

伊拉龙面前的光球恢复了变幻不定的色彩，缩成苹果大小，回到环绕他和阿丽娅的光的旋涡中，加入它的同伴。嗡嗡声大到令人无法忍受的程度，然后，旋涡向外迸裂，灼亮的光球四面飞散。它们在离幽暗的宿营地约一百英尺的地方重新聚集，翻翻滚滚，你上我下，就像一群打闹嬉戏的小猫。然后它们向南奔去，从此消失得无影无踪，就像从来没有出现过一样。这时，风势减弱变成了柔和的微风。

伊拉龙向光球消失的方向伸出双臂，跪倒在地。极度的喜悦从心头消失，他顿时满怀空虚。“它们，”他张口欲言，喉咙里却又干又涩，咳了一阵才接着说下去，“它们是什么东西？”

“灵魂。”阿丽娅说着，坐了下来。

“它们跟我杀死杜尔查时从他身体里释放出来的那些不一样。”

“灵魂可以披上各种不同的伪装，全凭它们一时的兴致。”

他连连眨了几下眼睛，用手指擦了擦眼角：“怎么会有人忍心用驱灵巫术奴役它们？太残忍了。我要是当上这样的巫师，会连自己都觉得羞耻。嘿！特里安娜还吹嘘她做得到。我要禁止她再驱使灵魂，不然就把她从杜万加塔部赶出去，还要叫娜绥妲将她驱逐出沃顿族。”

“换成是我，可不会这么贸然行事。”

“你肯定不会以为魔法师强迫灵魂为自己效命是正确的吧……它们多美

啊——”他停了下来，摇了摇头，压抑住心头的激动，“谁伤害了它们，都该受鞭刑，只留最后一口气。”

带着隐隐的笑意，阿丽娅说：“看来，你和蓝儿在埃勒斯梅拉的时候，俄拉米斯没有说起这个话题吧。”

“如果你说的是灵魂，他倒是提过几次。”

“我敢说，肯定不详细。”

“也许吧。”

黑暗中，她的影子动了动，倚向一旁：“当灵魂选择与我们这些拥有血肉之躯的生命展开交流的时候，总是激起我们心中极度的喜悦，但不要被它们蒙蔽了。它们可能会让你认为，它们是那么善良、本分、快乐，但实际上并非如此。取悦发生联系的对方，是它们保护自己的方式。灵魂最讨厌被困在一个地方，它们很久以前就发现，如果对方感觉快乐，那么他或她就不太可能禁锢并奴役灵魂。”

“我不知道，”伊拉龙说，“它们带来的感觉如此美妙，如果有人希望把它们留在身边，而不是释放它们，我也能理解。”

她的肩膀耸了耸：“灵魂预测我们的行为，和我们想预测它们一样困难。它们与阿拉加西亚各种族的共通点那么少，与它们的交流哪怕再微不足道，也充满了挑战，与它们的任何接触都充满了危险，因为你永远不知道它们会做些什么。”

“这也不能说明为什么不应该命令特里安娜放弃她的巫术。”

“你见过她驱使灵魂吗？”

“没有。”

“我想也是。特里安娜加入沃顿族已经差不多有六年了，在这期间她只施展过一次这种驱灵的巫术，那也是在阿吉哈百般劝说之下，经过好一番战战兢兢的准备才做到的。她确实有这个本事，不是乱吹，但召唤灵魂的危险性极高，绝不是随随便便就行的。”

伊拉龙用左手拇指揉着亮闪闪的手掌。光的颜色变得就像皮肤充血一样，但他怎么使劲都不能减弱手掌放射的光线。他用指甲刮擦闪灵符。*最好过几个小时能消掉，我可不能像盏活动灯笼一样，会招来杀身之祸，而且看着还挺傻的，谁听说过身上放光的龙骑士？*

伊拉龙想起布鲁姆说过的话：“它们不是人类的灵魂，对吗？也不是精灵、矮人和别的生物的。也就是说，它们不是幽灵，我们死后不会变成它们。”

“对。还有，关于它们到底是什么，我猜你想问，但还是别问了。这个问题该去问俄拉米斯，不是我。驱灵巫术的研究，如果进行得顺利，也是漫长艰辛而且需要谨慎行事的。我不想说什么，以免干扰俄拉米斯给你计划的课程，而且我很不希望你在没有正确指引时，尝试我提过的什么东西，以至于伤害了自己。”

“我到底什么时候才能回埃勒斯梅拉？”他问道，“我不能再离开沃顿族，不能像这次这样，在穆塔和荆刺还活着的时候。蓝儿和我必须一直支持娜绥妲，直到我们打败帝国，或者帝国打败我们。如果俄拉米斯和葛勒多真的想完成训练，他们就应该到我们这里来，那加巴多里克斯的末日就到了！”

“拜托，伊拉龙，”她说，“战争不会像你想的那么快结束，帝国很庞大，我们只不过触及它的皮毛。加巴多里克斯一天不知道俄拉米斯和葛勒多的存在，我们就有一天的优势。”

“如果他们不能发挥全部作用，那还说得上是优势吗？”他闷声闷气地说道。她没有回答，过了一会儿，他觉得自己的抱怨很幼稚。没有人比俄拉米斯和葛勒多更想消灭加巴多里克斯，如果他们决定把时间消磨在埃勒斯梅拉，一定有充分的理由。愿意的话，伊拉龙自己都能说出几条来，最关键的一点，是俄拉米斯已经无力使用需要巨大能量的咒语了。

很冷，伊拉龙拉长袖子盖过双手，抱起了胳膊：“你对灵魂说的是什么？”

“它很好奇，我们用了魔法，这也是引起它们注意的原因。我解释了，还告诉它们，就是你解放了困在杜尔查身体里面的灵魂。它们听了好像很高兴。”沉默降临二人中间，她向百合花俯下身去，抚摸花瓣。“啊！”她说，“它们真的很感谢你呢。Naina（亮起来）！”

随着她一声令下，一团柔光照亮了宿营地。在光照中，伊拉龙看到百合花的茎梗和叶片都已经变成了纯金，花瓣是一种他认不出来的浅白色金属。阿丽娅托起了花朵，露出红宝石和钻石镶嵌的花心。伊拉龙啧啧称奇，用一根手指轻抚弯曲的叶片，上面微细的金属绒毛令他有点痒痒的。他弯下腰去，看到装点在原来那株植物上的起伏、凹陷、斑点、纹理，所有一切细节都无变化，唯一的区别就是质地变成了纯金。

“完美的复制！”他说。

“而且还是活的。”

“不会吧！”他集中精神，寻找可以说明百合不是死物的生命迹象，哪怕是最微弱的一点热力和活动。他找到了，而且非常活跃，正像一株植物在晚间应有的样子。他抚弄着叶片，说道，“这超出了我对魔法的全部了解。按道理，这株百合花应该已经死了，但它却生机勃勃。怎么才能把植物变成生长的金属，我一点头绪都没有。也许蓝儿做得到，但她永远无法传授给别人。”

“真正的问题，”阿丽娅说，“是这朵花能不能结出可以发芽的种子。”

“它还能播种？”

“能的话，我不会感到意外。用魔法造出永恒存在的东西，在阿拉加西亚境内比比皆是。比如哀厄姆岛上流动的水晶和曼尼岩洞里的梦井，这百合花也并不比它们更神奇。”

“不幸的是，如果有谁发现了这朵花，和它可能会有的后代，就会一股脑儿全挖出来。世上所有的淘金者都会蜂拥而至，来这儿挖纯金百合。”

“它们不会这么容易被破坏的，我想，不过最后到底怎样，只有时间知道。”

伊拉龙突然之间很想笑。他几乎是兴高采烈地说道："我以前听过一句俗语，叫'为蛇添足，为百合镀金'，可是，灵魂真的做到了！它们为百合镀了金！"他终于放声大笑，朗朗的笑声响彻了旷野。

阿丽娅抿着嘴笑了："嗯，它们的用心是美好的，可不能因为它们不懂人类的俗语，就贬低了它们。"

"是，不过……啊，哈哈哈！"

阿丽娅打了个响指，光亮消失："我们已经聊了大半夜，该休息了。黎明很快就要到来，紧接着我们便该上路了。"

伊拉龙在一片没有石头的平地上躺下来，一面哧哧地笑，一面坠入醒着的梦里。

在喧闹的人群中

The Inheritance Cycle

午后几小时，沃顿国终于在望了。

伊拉龙和阿丽娅站在一座小山之巅，眺望山下绵延铺展的营地，到处是灰色的帐篷，炊烟无数，人、马似乎数以千计。帐篷群西侧是吉特河，两岸绿树成荫；东面约半英里外，是又一个较小的帐篷群，好似孤悬在大陆边缘的小岛，那是拿·葛左格率领的巨人族驻地。沃顿外围几英里内，到处可见一队队的骑士。有些在马上巡逻，有些是擎着旗帜的传令兵，还有一些是出发去执行任务，或者任务完成后返回的巡逻队。两个哨兵瞧见了伊拉龙和阿丽娅，吹了一通报信的号角之后，飞马向两个人的方向赶来。

伊拉龙脸上露出明快的笑容，他舒了一口气，兴奋地说："我们成功了！穆塔、荆刺、几百名士兵、加巴多里克斯豢养的魔法师、蛇人，谁都奈何我们不得。哈！听到这消息，国王的脸色估计不会好看，这个大跟头可是栽得不轻啊！"

"不过，恼羞成怒的国王会更加可怕。"阿丽娅警告说。

"我知道。"伊拉龙说，脸上的笑容更加灿烂，"不过，也许他羞愤过度，连给士兵发军饷都忘了，结果手下的人马临阵易帜，全投到了沃顿这边。"

"看来你今天真是心情大好。"

"为什么不呢？"伊拉龙叫道。他踮起脚蹦蹦跳跳，最大限度地开放他的意识，聚集力量，把思想像标枪般投向原野上空，大喝一声：*蓝儿！*

很快就有了回应。

伊拉龙！

他们用心灵拥抱，久别重逢的欢乐、终于得到机会宣泄的关爱之情，化为一股股暖流将他们淹没。他们交换了分别后各自的记忆，蓝儿宽慰伊拉龙，帮助他释放杀死那些士兵后心头积压的伤痛和戾气。伊拉龙的脸上露出了笑容，有蓝儿近在身旁，世上似乎再没有化解不开的事。

*我一直惦记着你。*他说。

我也一样，小家伙。她意念一动，伊拉龙脑中浮现出与他和阿丽娅交手的那些士兵的形象，真没办法，每次我一离开，你准保出事。每次都是！我连背对着你都不愿意，生怕一转眼，你说不定又卷入了一场殊死搏斗。

话可不能说得太绝对呀！我和你在一起的时候麻烦也不少，并不是只有我一个人的时候才出事！意外如果是铁，咱们就是吸铁石。

你才是意外的吸铁石！我自己待着的时候，从来就没发生过任何不同寻常的事。看看你吧，决斗、伏击、杀不死的敌人、像蛇人那样罕见的生灵、早就失踪的亲戚、神秘的魔法，有你在，什么奇奇怪怪的事都少不了！如果说它们是快要饿死的黄鼠狼，那你就是自己送上门的兔子！

你在加巴多里克斯手里的那段时间怎么说？算是很寻常吗？

那时我还没孵出来呢！她说，你不能把那段时间也算上。你和我的主要区别是，发生在你身上的事都是意外，而发生在我身上的都属意料之中。

也许吧，但那是因为我还在学习。给我几年工夫，我会像布鲁姆一样，把事情办得利利落落。而且，对于史洛恩，我总算把握了主动吧？

哼，这事我正要跟你谈呢。没有下次了，再让我这样措手不及的话，我就把你按在地上，从头到脚舔一遍。

伊拉龙打了个寒战。她的舌头上都是倒刺，一下子可以把一头鹿连皮带肉舔个精光，只剩骨头架子。我明白。但我自己也不确定是该放史洛恩走，还是杀死他，直到最后面对他的那一刻。此外，如果提前告诉你我会留在后面，那你肯定会尽量阻止我的。

他觉察到一声不满的低吼，在她胸膛中掠过。你应该信任我，相信我会做出正确的选择。如果不能开诚布公，龙和骑士又怎能配合无间？

正确的选择会包括不顾我的意愿，强行把我从黑格林带走吗？

也许不会。她用有所保留的语气说。

伊拉龙笑了起来。不过，你还是对的，我应该告诉你我的计划。很抱歉。从今以后，我保证，在做任何你没有想到的事情之前，都提前向你汇报，这样可以吗？

只有和武器、魔法、国王或亲戚这一类事情相关时才有必要。她说。

或者和花有关的？

或者和花有关的。她同意了，你半夜饿了，想吃点面包和奶酪，这种事我不需要知道。

除非这时候帐篷外面正埋伏着一个人，手持长刀想趁机刺杀我？

要是连一个持刀的匹夫都斗不过的话，那你这个龙骑士做得也太可怜了。

要是不但斗不过，连命都丢了，那岂非更不够格？

嗯……

照你自己的逻辑，你该感到安慰才是。我尽管比大多数人更能招惹麻烦，但我逃命的本事也很强，换成别人处在我的境地，早就死一千次了！

即便是最伟大的战士，也可能成为霉运的牺牲品，她说，记得矮人国王卡戈吧？死在了一个初出茅庐的小剑客——或者该叫他矮剑客——手上。就因为他的脚在石头上绊了一下。你要永远保持警惕，因为无论本领多么高强，总是会有想不到的情况出现，谁都有运气不好的时候。

我同意。不过，咱们是否可以结束这个沉重的话题啦？过去几天，满脑子都是机缘、命运、正义，还有其他一些同样压得人喘不过气的大问题，我已经被煎熬得就快油尽灯枯啦！在我看来，哲学思考就算可以帮人解脱，同样也能把你的脑子搅乱，让你失魂落魄。伊拉龙说罢，转动脑袋，打量着平原和天空，寻觅蓝儿鳞甲独特的蓝色反光，你在哪里？我能感觉到你就在附近，但我看不到你！

就在你头上！

随着一声欢快的长鸣，蓝儿从上方几千英尺高的云层后现出身形，翅膀紧收，盘旋着落向地面。只见可怕的龙吻突然张开，一道赤焰喷射而出，在她头颈上方向后飘飞，犹如燃烧的鬃毛。伊拉龙大喜过望，向她伸出双臂。正向前奔来的巡哨快马，甚至阿丽娅的坐骑，慑于蓝儿的声势，都打着趔趄向旁退去，怎么提缰驱策都不管用。

“我原来还指望悄悄溜进营地呢，”阿丽娅说，“但我早该想到，有蓝儿在，想偷偷摸摸做事可没那么容易，一条龙想不让人注意都难。”

别以为我听不到哦！蓝儿说。她展开翅膀，落地时发出雷鸣般的巨响，地面的冲击力在她雄伟的肩膀和大腿上激起了层层的波纹。一股气流撞到伊拉龙脸上，大地在脚下震颤，他屈起膝盖，努力保持身体的平衡。蓝儿把翅膀收到背上说：如果我想，我也可以偷偷摸摸。然后她歪起脑袋，眨了眨眼睛，尾巴尖在身后摆来摆去，但今天我不想偷偷摸摸！今天，我是一条龙！不是一只逃避猎鹰的没胆鸽子！

你什么时候不是龙了？伊拉龙边向她跑去边问。他在蓝儿的左前腿上一踏，宛如一片羽毛，轻飘飘上了她的肩膀，然后在颈部末端的凹处——他的老座位坐好，伸手抱着她温暖的脖子，感受着她棱角分明的肌肉随着每一次呼吸而起伏。

笑容再一次在他脸上展开，那是一种深深的满足的笑容。这里，和你在一起，这才是我的归属。蓝儿发出满意的低吟，节奏轻快，前所未闻，在声波作用下伊拉龙的双腿微微震颤。

“幸会，蓝儿。”阿丽娅以精灵族的方式说着，一手放在胸口，弯曲手指表示敬意。

蓝儿俯下身体，弯起长长的脖子，口鼻的尖端轻轻碰了碰阿丽娅的额头，就像当初她在堡藤杜尔祝福埃娃时一样。幸会，蓝儿道，ALFA-KONA（女精灵）。欢迎你，愿疾风在你的翅膀下鼓荡。她对阿丽娅说话的口吻，充满了爱护之情，而此前这一直是伊拉龙独享的待遇。似乎她已经把阿丽娅看作他们这个小家庭的一员了，理应分享她的关爱和亲近。伊拉龙见此非常意外，但妒火转瞬即熄，他接受了这样的局面。蓝儿继续说道：你帮助伊拉龙安然归来，我很感激。如果他被抓，真不知我会做出什么事！

“你的感谢对我来说非常难得，”阿丽娅垂首致意道，“至于说如果伊拉龙被加巴多里克斯抓去你会怎么做，那当然是把他救出来啦，我也会和你并肩战斗，哪怕是要去到乌鲁邦。”

是的，伊拉龙，我想我也会把你救出来，蓝儿转头看着他说，但我担心为了救你，我会向帝国投降，不管会给阿拉加西亚带来什么后果。她用爪子轻抠地上的泥土，摇了摇头，继续道，不过，干吗要胡思乱想呢，事实是，你现在安然无恙！无谓的担心只会败坏我们的好心情……

这时，巡逻兵奔了上来，他们在三十码开外的地方停住，以免坐骑太过紧张。他们提出护送伊拉龙一行去见娜绥妲。一位巡逻兵下马，把坐骑让给阿丽娅，然后大家一道向西南方望不到边的帐篷群进发。蓝儿走得慢慢悠悠，好让她和伊拉龙更多地享受重逢的快乐，不然的话，只要一走进营地，喧嚣和混乱一定会淹没他们俩。伊拉龙道：看来你最近不缺火草吃哦，你呼吸的气味比以前重多啦！

我当然没少吃。你只是离开得太久，不习惯了而已。我的气味就是一条龙该有的气味，劳驾你以后不要大放厥词，那我就感激不尽了，除非你希望自己挨顿痛揍。再说，你们人类也没什么好显摆的，身上又是汗又是油，简直臭气熏天。野生动物中和人一样臭的，只有公山羊和冬眠的熊。和你们比起来，龙的气息就和山坡上的野花一样芬芳。

拜托！不要太夸张好不好！他说着皱了皱鼻子，不过，从血盟庆典之后，我也留意到人类确实蛮臭的。但你不能把我和别人相提并论，我已经不能完全算是人类啦。

也许是吧，不过你还是该洗澡了！

他们穿过平原。越来越多的人向伊拉龙和蓝儿聚拢过来，像夹道欢迎的仪仗队一般，煞是壮观，却实在毫无必要。在阿拉加西亚的荒野中过了那么长时间之后，突然面对这紧逼的人群、挥舞的手臂、昂首扬蹄的战马，还有充斥在空气中的刺耳喧嚣，以及汹涌扑来的不设防的思想和情绪，如此的混乱和无序着实让伊拉龙有些吃不消了。

他退入自己的意识深处，将人群澎湃的思绪阻挡在外，像遥远的波涛般，不会再对他形成烦扰。尽管隔着重重阻碍，他还是有了感应：营地的另一侧，十二个精灵正排成队列向他这边飞速赶来。他们的动作矫健敏捷，好似黄眼睛的山猫。伊拉龙赶忙用手理了理头发，挺了挺肩膀，想给对方留个好印象；同时加强了意识周围的壁垒，确保只有蓝儿可以读到他的思想。

没错，精灵们是来保护他和蓝儿的，但他们效忠的对象毕竟是伊丝兰查蒂女王。尽管对他们的远迎很领情，同时也认为他们出于根深蒂固的礼仪，应该不会做出偷听的行径，他还是不愿冒任何的风险，让精灵女王有机会得知沃顿族的秘密，也不想在她手里留下任何把柄。如果能把他从娜绥妲身边弄走，他知道她是不会犹豫的。总的来说，在加巴多里克斯的背叛之后，精灵已不再信任人类，再加上其他一些因素，他确信伊丝兰查蒂更希望将他和蓝儿置于直接的控制之下。而且，在所有打过交道的首领当中，他对伊丝兰查蒂的信任是最少的，她的性情太过专横善变。十二位精灵在蓝儿前面停下，他们垂首致意，像阿丽娅一样地弯曲手指，一个个用精灵的传统礼节问候伊拉龙，并做了自我介绍。伊拉龙也得体地一一作答。然后，为首的一个身材高挑、全身覆满了蓝黑色油亮毛发的英俊男性精灵，高声向在场能听到的人宣布了他们此行的任务，然后又请伊拉龙和蓝儿示下，他们是否可以履行职责。

“可以。”伊拉龙说。

可以。蓝儿说。

伊拉龙随后又问道：“布洛德迦姆沃德尔，我是不是碰巧在血盟庆典上见过你？”他想起在欢庆期间，曾见过一个有着类似毛发的精灵在树林里跑过。

布洛德迦姆笑了，露出动物的尖牙：“我相信你见到的是我的表亲莉奥莎。我们长得非常像，不过她的毛发是棕色带斑点的，而我则是深蓝色。”

“我真觉得就是你呢！”

“很不巧，当时我正有事，无法分身参加庆典。也许下一次我会有机会参加，不过那要等一百年以后了。”

他身上有香气，你没闻到吗？蓝儿问伊拉龙。

伊拉龙吸了吸鼻子：我什么也没闻到啊，如果有什么气味，绝对逃不过我的鼻子！

真怪，你竟然闻不到。蓝儿把自己察觉到的各种细微的气味传递给他，伊拉龙马上明白了她的意思。布洛德迦姆的气味如氤氲的云雾一样包裹着他，浓郁而强烈，让人欲醉，里面含有一丝暖暖的馨香，让人想起压碎的杜松子，正是这气息使蓝儿的鼻孔禁不住翕动起来。沃顿族所有的女性似乎都坠入了他的情网，她说，不论他走到哪里，她们都紧跟在后面，幻想着能和他说上只言片语，但一被他的目光注视，马上又羞得张不开口了。

也许只有女性能够闻到他的气味？他担忧地看了阿丽娅一眼，她似乎没有受到什么影响。

她有护身，不受魔力的影响。

但愿如此……你觉得我们要不要对布洛德迦姆采取一些措施？用卑鄙的手段赢取女性的情感，他这么做可不够光明正大。

这算不上卑鄙，和打扮得漂漂亮亮来赢得心上人的青睐有什么两样？布洛德迦姆并没有趁机去占那些迷恋他的女性的便宜，而且他也不太可能专门为了吸引人类的女性而造出这种味道；相反，我怀疑这气味的目的与此毫不相干，对女性的吸引只是意外的副作用而已。除非他不顾斯文，肆意妄为，否则我们还是不要干涉的好。

娜绥妲呢？她能抵御他的魔力吗？

娜绥妲聪明而又谨慎。她让特里安娜在她周围布下了一层防护罩，可以保护她不受布洛德迦姆的影响。

很好。

到达营地时，聚在他们周围的人越来越多，似乎半个沃顿族的人都出动了。伊拉龙举起一只手，向呼喊“阿吉兰”和“魔影杀手”的人致意，他听到还有人说：“魔影杀手，你去了什么地方？给我们讲讲你的见闻！”许多人称他是“蛇人克星”，他听了欢喜异常，自己悄声地重复了四遍这个称号。人们还高声为他和蓝儿的健康祝福，邀请他吃饭，也有的想献上金银珠宝，还有的哀求他的帮助：能否请他把一户人家生来眼瞎的儿子治好？能不能请他治好某人妻子身上的恶瘤？给一匹马接上断腿？甚至还有人叫他把一柄弯了的宝剑弄直，因为，那人说：“这可是我爷爷传下来的！”还有两次，某个女人喊道：“魔影杀手，你能娶我当老婆吗？”他向人群中望去，却找不到喊话的人。

在一片喧闹中，十二位精灵一直跟在他身边。想到他们都在打起精神，耳目并用，捕捉他看不到听不着的动静，伊拉龙放松下来，在久违的轻松中与聚集的沃顿族人交流。

然后，在呈弧线形延伸的一排排毛毡帐篷之间，现出了一个个卡沃荷原村民的身影。伊拉龙从龙背上下来，走进打小就认识的朋友和熟人当中，彼此握手、拍打肩膀，为除了卡沃荷人谁也不懂的玩笑放声大笑。霍司特也来了，伊拉龙一把握住铁匠强壮的手臂：“欢迎回来，伊拉龙。干得不错，你除掉了害我们失去家园的恶魔，为全村人报了仇，大伙儿都感激你。我很高兴，你没缺胳膊少腿吧，嗯？”

“蛇人想从我身上砍点什么下来，身手还得再快一点点！”伊拉龙说道。紧接着过来打招呼的人更多了：霍司特的儿子艾伯瑞和波多尔、鞋匠洛林和他的三个儿子、卡沃荷的酒店老板塔拉和莫恩夫妇、菲斯克、费达尔、卡利莎、德尔温和列娜，还有眼神凌厉的伯吉特，她说：“我感谢你，伊拉龙，无父之子，感谢你让吃掉我丈夫的怪物得到了应有的惩罚。我的家随时为你敞开大门，直到永远。”

伊拉龙还来不及回答，人流就把他们冲散了。无父之子？他想，哈！我倒是有一个父亲，只不过每个人都恨他。

若伦在人群中挤了进来，凯特琳娜跟在他旁边。伊拉龙一见大喜，张开双臂和若伦抱在一起。若伦粗声粗气地说：“你怎么能一个人留在后面？真是傻透了！我该狠狠揍你一顿，叫你知道不该抛开我们。下一次，要是还想单独行动，就提前和我打个招呼。这都快变成你的恶习了！你真该看看蓝儿在往回飞的时候有多着急。”

伊拉龙把手放在蓝儿的左前腿上说：“很抱歉，我没提前告诉你我打算留下，但我也是到最后一刻才意识到有这个必要的。”

“你留在那些肮脏的洞穴里到底是为了啥？”

“因为有些东西我必须调查清楚。”

看到他没有继续说下去，若伦宽阔的脸膛上露出了不悦的神色。伊拉龙担心他会继续追问，但若伦停了片刻，说道：“像我这样的凡夫俗子哪能明白一位龙骑士的勾当，就算他是我的表弟也不成啊！你帮助凯特琳娜获得了自由，自己也安然无恙，这就够了，别的都不重要。”他抬头张望，好像要看看蓝儿背上有什么东西，然后又看了看在他们后面几码处的阿丽娅，“你丢了我的拐杖！它伴着我穿过整个辽阔的阿拉加西亚，你怎么几天就弄丢了？”

“拐杖现在在一个比我更需要它的人手里。”伊拉龙说。

“哦，你就别跟他凶了！”凯特琳娜对若伦说，稍为犹豫了片刻后，她给了伊拉龙一个拥抱，“你知道，他看到你明明开心死了，可就是不会好好说话。”

若伦不好意思地咧嘴一笑，耸耸肩膀说：“她说得不错，她总是最了解我。”说完他们交换了一个温情脉脉的眼神。

伊拉龙仔细端详凯特琳娜。她铜色的头发已经恢复了原有的光泽，磨难的痕迹基本都已退去，尽管和正常人相比，仍略显瘦削和苍白。

她走到伊拉龙跟前，用周围沃顿人听不到的声音说：“我从来没想到，竟会欠你这么大的恩情，伊拉龙，没想到我们会欠你这么大的情！蓝儿把我们带来这里以后，我听说你为了救我冒了那么大的危险，我真的很感激。如果再在黑格林多待一个星期，我即便不死也会疯掉，那更是生不如死了。多谢你，让我没有遭受那样的命运，多谢你治好了若伦的肩膀。不过，我最感激的，是你让我们俩重新相聚。如果不是你，我们可能永远都不会有重逢的一天。”

“我倒觉得，即使没有我，若伦也会想到办法把你从黑格林救出来。”伊拉龙说道，“在需要的时候，他能口吐莲花，也许他会说服另外某个巫师做帮手——比如草药师安吉拉——一样也会成功的。”

“草药师安吉拉？”若伦不屑地说，“那个傻姑娘怎么可能是蛇人的对手！”

“你会很意外的，她不像看上去……或者听起来那么简单。”伊拉龙说罢，放胆做了一件平时他永远不会认为符合龙骑士身份的事：他吻了吻凯特琳娜的额头，同样也吻了一下若伦的前额，然后说，“若伦，你就像我的亲兄弟一样，凯特琳娜，我把你也当作自己的姐妹。以后只要你们有了麻烦，送个信来，不论你们需要的是龙骑士伊拉龙，还是农夫伊拉龙，我都会随时听候你们的差遣。”

“我们也一样。”若伦说，“有用得着的地方，我们保证随叫随到。”

伊拉龙点点头，接受他的好意，当然也没必要提他最可能遇到的那些，并非他们能帮得了的。他抓着两个人的肩膀说：“愿你们长命百岁，长相厮守，子孙满堂。”凯特琳娜的笑容有一刹那的凝固，让伊拉龙颇有些费解。

在蓝儿的催促下，他们才重新举步，向娜绥妲在营地中部的红色大帐走去。

没过多久，他们和前呼后拥的沃顿人便来到了大帐门前。娜绥妲已在门外相迎，奥林国王在左侧相陪。帐门两边站着数十名贵族和政要，前面是两排卫兵。

娜绥妲身上的绿色丝裙像蜂鸟胸前的羽毛一样，在阳光下熠熠生辉，和她暗色的皮肤形成了鲜明的对照。蕾丝花边的袖子只及手肘，洁白的亚麻布缠在她的小臂上，直至纤细的手腕。在人群中，她超然出众，就好像是摆在一层黄色秋叶上的绿宝石，所有人都成了她的陪衬，只有蓝儿的绚丽华美才能与她相提并论。

伊拉龙和阿丽娅依礼参见了娜绥妲和奥林国王。娜绥妲代表沃顿族庄严地向他表示欢迎，同时盛赞他们的勇敢。在结束时，她说道："是的，像我们有伊拉龙和蓝儿一样，加巴多里克斯也有骑士和龙为他而战。此外，他还有遮天蔽日的大军，他还擅长诡异而可怕的魔法，精通巫师的幻术。尽管如此，他却不能阻止伊拉龙和蓝儿闯进他的地盘，杀死他的四名心腹，不能阻止伊拉龙在帝国来去自如。在外不能守住边境，在内不能保住躲在密洞之中的爪牙，一切都说明，篡位者的力量已日渐微弱了。"

在沃顿人激昂的欢呼声中，伊拉龙暗自一笑，娜绥妲调动民众情绪的手段真是高超。她成功地激发了他们的信心、忠诚和斗志，尽管现实远没有她所描述的那么乐观。她没有对他们撒谎——就他所知，她从不说谎，即使在与长老会或其他政敌打交道时也一贯如此。她说的都是事实，关键是她只说那些能支持她的立场和论点的事实。在这方面看，她和精灵没什么两样。

等沃顿人热烈的情绪稍微平静下来，奥林也和娜绥妲一样发表了一通欢迎伊拉龙和阿丽娅的讲话。和前者比起来，他的讲话平平淡淡，尽管大家都恭敬地听着，也照样鼓掌，伊拉龙却明显看出，人们无论如何尊敬奥林，却不像爱戴娜绥妲那样喜爱他，而他也无法像娜绥妲那样能够煽动起人们的热情。这位礼数有余、诚意不足的国王聪明过人，但个性不够强，行事又古怪，而且太容易被说服，正与加巴多里克斯做殊死决斗的人类，无法将希望寄托在他身上。

如果我们能打败加巴多里克斯，伊拉龙对蓝儿说，奥林也不能取代他在乌鲁邦的地位，他做不到像娜绥妲统领沃顿那样统治那里的人民。

同意。

奥林国王终于讲完了。娜绥妲对伊拉龙耳语说："现在该你对大家说点什么了，他们专门赶来，只为一睹著名的龙骑士的风采。"她的眼中充满笑意。

"我？！"

"大家都等着呢。"

伊拉龙转身面对人群，他的舌头发干，嘴里好像满是沙子，脑中一片空白。在那失魂落魄的几秒钟里，他以为自己可能从头到尾都说不出一句话，以为自己会在整个沃顿族面前出个大丑。什么地方传来一声马嘶，此外营地是一片可怕的寂静。最终还是蓝儿把他从瘫痪的状态中拯救了出来。她碰了碰他的胳膊肘，说：说你能得到他们的支持是多么荣幸，回到他们当中你有多高兴。受到她的鼓励，伊拉龙勉强含含糊糊地讲了几句，一旦觉得差不多了，马上鞠了个躬，迈步退开。

沃顿人鼓掌欢呼，用长剑敲打着盾牌。伊拉龙脸上强挤出笑容，心中叫道：太可怕了！我宁可和魔影作战！

是吗？没那么难吧，伊拉龙。

不是难，而是难透了！

蓝儿哧地一笑，鼻孔中喷出了一股轻烟。怕当众讲话，你这龙骑士当得可真不赖！要是给加巴多里克斯知道了，你就成了人家砧板上的鱼肉，只要请你给他的军队讲个话，你就完蛋了。哈哈！

这并不好笑。伊拉龙生气地说，但蓝儿继续咕噜咕噜笑个不停。

国王的问题

The Inheritance Cycle

伊拉龙对沃顿人讲完话后，娜绥妲扬了扬手，约蒙杜急忙走到她身边。“让大家各就各位吧，如果现在遇到袭击，我们必败无疑。”

“是，小姐。”

娜绥妲向伊拉龙和阿丽娅招手示意，然后左手搭在奥林国王的手臂上，带着他进入大帐。

你怎么办？伊拉龙一边跟上去，一边问蓝儿。他走进大帐，看到对面的篷布已经卷起，绑在上方的木梁上，为的是让蓝儿的头可以伸进来，参与帐中的活动。不一会儿，她亮闪闪的头颈就晃动着在掀开的篷布边上出现了。她伏身就位，室内的光线为之一暗。红色篷布上洒满星星点点的紫色光斑，是她蓝色鳞甲的反光。

伊拉龙四下扫视一周，这儿比起他上次进来时空旷了许多，是拜蓝儿所赐的结果。为了看娜绥妲镜子里的伊拉龙，她挤进了帐篷里。现在这儿只剩下四件摆设，就算按行军打仗的标准看也堪称简朴。一是那张亮闪闪的高背椅，娜绥妲正端坐其上，旁边站着奥林国王。原来那面镜子立在黄铜柱上，高度与人眼齐平。此外还有一把折叠椅，一张矮桌，上面散放着地图及其他重要文件。地上铺着一块工艺繁复的地毯，出自矮人的手艺。除了他和阿丽娅，已经有二十个人在娜绥妲面前站着，所有人都在看他。他认出其中有矮人队的新任指挥官那亥，有特里安娜等几名杜万加塔部成员，以及萨布莉、乌默思等除了约蒙杜以外的各长老会成员，还有奥林宫中的各色贵族和官员。不认识的那些，估计也是沃顿族各路军队中的首脑人物。在场的还有娜绥妲的六名卫兵，门口站着两名，她身后有四名。伊拉龙还察觉到了某种复杂的意识脉络，来自伊娃那阴沉而扭曲的思想，从她在大帐顶里头的藏身之处传来。

“伊拉龙，”娜绥妲说，“你们以前没有见过面，让我介绍一下。这位是萨迦巴图 - 诺 · 英那帕双纳 · 法达瓦，英那帕双纳部的首领，一位勇士。”

接下来的一个小时里，伊拉龙忍受着没完没了的介绍、祝贺，回答一些最好保密因而无法直言相告的问题。伊拉龙与所有这些人依次交谈过后，娜绥妲请他们退下。众人鱼贯退出大帐，她拍拍手掌，帐外的卫兵又放进了第二批人。在这第二批人不知作何感想地与他会面之后，又来了第三批。伊拉龙脸上一直挂着微笑，不停地与人握手，彼此交换一些毫无意义的客套话。他一面要绞尽脑汁地记下纷至沓来的名字和头衔，一面还要保持完全合乎身份的礼貌。他心里清楚，大家之所以尊重他，并非因为他是他们的朋友，而是因为在他身上寄托着阿拉加西亚人民获得解放的希望，因为他的强大，因为他们对他有所企求。他心里憋着一声郁闷的呐喊，恨不得把叫人窒息的礼数和教养抛到一边，纵身跃到蓝儿的背上，飞到一个清静的所在。

巨人高高耸立在娜绥妲的椅背之后，看众人在他们面前的反应，是伊拉龙在整个过程里唯一喜欢的环节。有的人假装对那长着犄角的武士视而不见，但是从他们急促的动作和颤抖的声音中，伊拉龙还是看得出来，他们被庞然大物弄得心慌意乱；另一些人用力瞪着巨人，双手紧紧抓住佩剑或匕首的圆柄；还有一些人虚张声势，对巨人恶名远播的勇力表现得不屑一顾，吹嘘自己的本事。只有个别人才真正做到对巨人的存在不为所动。最主要的是娜绥妲，此外还包括奥林国王、特里安娜，以及一名伯爵。他说他在很小的时候曾亲眼看见莫赞和他的龙将一整座城市夷为平地。

就在伊拉龙快要受不了的时候，蓝儿鼓起胸膛，发出一声雄浑的哼鸣。这低音如此强劲，震得玻璃在镜框里瑟瑟发抖，大帐里突然静得像一座坟墓。她的吼叫不是公然的威胁，但明明白白地宣告她已经不耐烦了，令所有人都心头一震。没有哪个客人会愚蠢到试探她的忍耐力，匆匆找个借口之后，他们收拾东西，一个接一个地走出大帐，听到蓝儿在用爪子尖轻轻敲打地面，更是快走几步。

门帘在最后一个来访者身后垂下，娜绥妲叹了一口气："谢谢你，蓝儿。我很抱歉，伊拉龙，把你拉进这种讨厌的事情里，公开引见给大家。不过，我相信你也知道，你在沃顿族享有崇高的地位，我再也不能让你只面对我一个人。你现在已经属于大家了，人们要求你认识他们，要求你为大家付出他们认为合理的时间。无论是你，还是我，还有奥林，都不能违背公众的意愿。就连乌鲁邦那位高居黑暗的权力宝座上的加巴多里克斯，对喜怒无常的公众也是颇为忌惮的，虽然他对谁都不会承认这一点，哪怕是对他自己。"

客人们一走，奥林国王就抛开了那一派皇室风范，放松了一本正经的表情。他在硬挺的外袍下活动着肩膀，看着娜绥妲说："我看用不着你的夜鹰护卫在这儿啦。"

"没错。"娜绥妲拍拍手，遣散了帐篷里的六名卫兵。

奥林国王把另一张椅子拖到娜绥妲旁边，带着一身鼓鼓囊囊的袍子，摊开手脚坐了进去。"现在，"他说着，眼光在伊拉龙和阿丽娅身上来回扫视，"把你的事迹原原本本说给大家听听，魔影杀手伊拉龙。关于你为什么要留在黑格林，我只听到过一点含糊的解释。那些借口和托词我已经听够了，我一定要知道真相。所以我警告你，在帝国逗留期间真正发生了什么，你别想隐瞒。除非我觉得你已经把该说的全说了，不然咱们大家谁都别想走出这顶帐篷。”

娜绥妲开口时，声音冷冷的：“您自视过高了……陛下。您没有权力约束我的行动；对伊拉龙也如此，他是我的属臣；蓝儿也一样；对阿丽娅也不行，她不受任何凡人君主的管辖，只服从我们加起来也比不上的那一位；我们也没有权力约束您。阿拉加西亚再没有哪几个人比我们五人更加地位相当的了……您要好好记住这一点。”

奥林国王以同样强硬的口吻回答道：“我越权了吗？哦，也许是的。你说得对：我对你无权支配。但是，如果我们真是平等的，从你对待我的做法中，我可是一点都看不出来。伊拉龙听你的，而且只听你的。通过‘长刀血拼’，你收服了游牧部族，其中许多过去一直都算在我的治下。你对沃顿族发号施令，也同样号令色达人，而他们长久以来，一直以常人所不及的勇敢和忠诚为我的家族效命。”

“是您自己要求我统领这场战争，”娜绥妲说，“并非我从你手中剥夺了权力。”

“是的，是在我的要求下，你才担负起统率各路人马的责任。我不会羞于承认，你在军事方面比我有经验，比我成功。我们的未来吉凶莫测，你、我，或者我们中的任何一人，都必须放下不必要的自尊。然而，在任职仪式之后，你似乎就忘记了我还是色达的国王，我们朗费尔德家族的历史可以追溯到赐戒者辛伯兰，他的前任是疯狂的老帕伦卡，他是我们家族中坐上王位的第一人，就在如今叫作乌鲁邦的那个地方。

“想想我们世袭的统治和朗费尔德家族在战争中为你提供的援助，你无视我的权力实属无礼之举。你仿佛认为只有你才能说了算，为了追求你所认定的、对已经解放的这一部分人最有利的目标，别人的看法全都无关紧要，可以粗暴对待。而这些人有你这样的统帅，实乃三生有幸。在与巨人族的联盟中，你自作主张，一意孤行，缔结同盟并商定条款，全然不顾我和其他人的意见，仿佛你就能代表我们所有人。你独自安排正式访问，比如与布洛德迦姆的会面，对他的到来甚至懒于通知我，也不等我到场和你一起平等地欢迎他。当我胆敢问伊拉龙——正是此人的存在，才让我在这次冒险中押上了我的国家——当我胆敢问一句为什么这个至关重要的人物选择危及色达人的性命，危及所有反抗加巴多里克斯的生灵的性命，逗留在敌人中间，你的反应是什么？就好像我是个热心过头、过分好奇的下属，用无知的问题影响你去做更重要的事！呸！我告诉你，我不干。如果你不能让自己尊重我的身份，接受更公平的权力分配，按正常的同盟该有的样子行事，那我就认为你不合适担当我们这支盟军的统帅，我将起而反对你。”

*好个唠叨的家伙。*蓝儿评论道。

伊拉龙对这场谈话可能引起的后果很是担心，说道：*我该怎么办？史洛恩还活着，这件事越少人知道越好。除了娜绥妲，我不想跟任何人说。*

蓝儿脖子两侧，一溜儿尖利的钻石形鳞片向上竖了起来，约一英寸高，如剑指戟张，带动了一点闪烁的海蓝色亮光，从头颈处流向双肩突起的顶部。森然奓起的鳞甲令她显出一副咄咄逼人的凶相。在这个问题上，我无法告诉你怎样做才是最好的，伊拉龙，你要自己去判断。仔细听听你的心在说什么，也许就会知道该如何摆脱这股凶险的逆流。

面对奥林国王的突然发难，娜绥妲在衣襟下握紧了双手。在绿色衣裙的反衬下，她手上的绷带白得惊人。她用平静的口吻说道："如果我怠慢了您，陛下，那是出于我的鲁莽大意，而并非有意贬损您或您的家族。请原谅我的过错，我向您保证，再也不会有同样的情形发生。正如您所说的，我最近才登上这个位置，许多方面还不能考虑周全。"

奥林略一颔首，态度冷淡，但还是庄重地接受了她的道歉。

"说到伊拉龙和他在帝国的活动，我无法向您透露更多，因为我也不知道详细的情形。我相信您能理解，这种局面并不是我想让外界知道的。"

"当然不想。"

"因此，依我看，要解决我们之间这场令人不快的分歧，最快的办法就是让伊拉龙坦白说出他的经历，我们也许可以对这件事有个彻底了解，然后做出判断。"

"它并不是一个解决办法，"奥林国王说，"不过是解决问题的开始，我很乐意听听。"

"那么我们就不要再耽搁，"娜绥妲说，"就让这个开始现在开始，扫清我们心中的疑虑。伊拉龙，轮到你说了。"

在娜绥妲等人探询的眼光中，伊拉龙做出了决定。他扬起下颌，说道："我所说的，基于对你们的信任。我知道，我不能期望你，奥林国王，或者你，娜绥妲小姐，会向我发誓将这个秘密深藏在心底，从现在直到死去的那一天。但是我请求你们就当作自己已许下誓言。如果这个消息暗地里在不该知道的人当中流传出去，会造成巨大的痛苦。"

"只有懂得沉默的价值，国王才能坐稳王位。"奥林说。

接下来再也没有打扰，伊拉龙原原本本地说出了他在黑格林期间，以及此后发生的一切。之后，阿丽娅解释了她如何开始搜寻伊拉龙的方位，又从她自己的角度，补充了他们旅途中的一些事实，为伊拉龙的叙述提供了佐证。他们俩都说完之后，大帐里安静无声，奥林和娜绥妲都纹丝不动地坐着。伊拉龙感觉自己好像又变成了小孩子，等着加罗告诉他因为他在农场里做的蠢事会受到怎样的惩罚。

足有好几分钟，奥林和娜绥妲陷入沉思。然后，娜绥妲理了理衣裙，开口道："奥林国王也许会有不同的意见，而如果这样的话，我想听听他的理由。至于我，我认为你做得对，伊拉龙。"

"我也是。"奥林的话令大家都深感意外。

"您也是！"伊拉龙大叫一声，接着又迟疑地说，"我不是故意失礼，因为您的赞同令我很高兴，但我没想到您会宽容地看待我饶了史洛恩一命这件事。如果可以，我想问——”

奥林国王打断了他：“为什么我们会赞同？因为法律是必须维护的。如果你自行处决了史洛恩，那就是僭越了娜绥妲和我的权力。如果一个人凭自己的判断决定谁该死，谁不该死，那就不是在顺从法律，而是在制定法律。无论你有多仁慈，对我们人类来说都不是好事。至少，娜绥妲和我都服从那一位神灵，就连国王在他面前也要跪倒在地。我们服从统辖着永恒黄昏的安格瓦德，我们服从这位灰色马背上的灰色骑手——死神。哪怕我们是史无前例的暴君，总有一天，安格瓦德也会强迫我们终止暴行……但你却不是这样。人类生命短暂，不应该受到不死之躯的统治。我们不需要另一个加巴多里克斯。”这时，奥林唇边挂着一个毫无欢快之意的笑容，发出奇怪的笑声，“你能理解吗，伊拉龙？你太危险了，我们被迫当着你的面承认这一点，并希望你是难能可贵、可以抵御权力诱惑的人之一。”

奥林国王十指交叉，支在下巴底下，盯着长袍上的一处褶皱：“我说得太多了……好吧，由于以上原因，再加上别的，我同意娜绥妲的观点。你在黑格林发现史洛恩后，对他手下留情是对的。虽然这样一来情形不大妙，但如果你杀了他，既不是出于自卫，也不是为了保护他人，而是图一时心头之快，那么情况只会更糟，对你也一样。”

娜绥妲点点头：“说得好。”

阿丽娅在一旁，一直静静地听着，脸上的表情高深莫测。不管她怎么看待这件事，总之是不予评价。

奥林和娜绥妲向伊拉龙连珠炮似的问了一大堆问题，关于他对史洛恩施下的诅咒，还有后来一路上的经历。这场问话进行了很久，娜绥妲还叫人送了一托盘食物到帐中，有冻苹果酒、果汁和肉饼，此外还有一条给蓝儿准备的牛腿。娜绥妲和奥林在提问的间隙里，倒是有充足的时间吃饱喝足，只苦了忙于回答问题的伊拉龙，他只来得及喝两口果汁和几小口苹果酒润润喉。

好不容易，奥林国王终于向他们道别，前往视察他的骑兵队。稍过片刻，阿丽娅也告辞了，说她必须向伊丝兰查蒂女王汇报，并且还要用她的话说就是：“热一缸水，洗净身上的风尘，恢复我原来的形貌。没有了尖耳朵，眼睛变圆，眼梢拉平，脸上的骨头全都移了位，我好像都不是自己了。”

当面前只剩下伊拉龙和蓝儿时，娜绥妲叹息一声，将头靠在椅背上。看到她疲态尽现，伊拉龙大受震动。她原先那副精力充沛的样子不见了，眼眸里光彩顿失。伊拉龙发现，她并没有表现出来的那么坚强，只不过是一直在维持着这样一个外表，为的是不让敌人觉得有机可乘，同时避免沃顿人因为看到她的软弱而丧失士气。

“你病了吗？”他问。

她朝手臂点了点头：“也说不上。这个伤口比我预想的愈合得慢……时好时坏的。”

“如果你需要，我可以……”

“不，谢谢，不用了。别动摇我，‘长刀血拼’的一条规定，就是要让伤口自然愈合，不准使用魔法。否则，参与者就不能充分体会伤处带来的痛苦。”

“真野蛮！”

一抹微笑慢慢浮上她的唇边：“也许吧，但规定就是如此，我不想因为忍不了一点小痛而功亏一篑。”

“那伤口溃烂怎么办？”

“那就让它溃烂好了，算是我为错误决定付出的代价。不过有安吉拉照料，估计不至于。她对草药的了解多得惊人，我几乎相信，东边野地里的草，她只要摸摸叶子，全都能叫出真名。”

蓝儿一直纹丝不动，好像睡着了一样，此时打了个哈欠——张开的大嘴几乎上面碰到篷顶，下面碰到地板——她抖了抖脑袋和脖子，鳞甲反射的光点在帐篷里飞旋，快得叫人眼花缭乱。

娜绥妲坐直身子，说道：“啊，真抱歉。我知道这些谈话令人厌烦，你们俩却很有耐心，谢谢。”

伊拉龙跪下来，右手放在她的手上：“你不用担心我，娜绥妲，我知道自己的使命。我对权力压根儿没有兴趣，那不是我的命运。哪怕有掌权的机会，我也会拒绝，并寻找比我更合适的人来领导我们的人民。”

“你是个好人，伊拉龙，”娜绥妲喃喃地说了句，双手握住他的手，然后咯咯笑了起来，“你、若伦、穆塔，我好像大部分时间都在为你们家的人操心。”

伊拉龙对这种说法很反感：“穆塔不是我们家的人。”

“当然，原谅我这么说。不过，你得承认，你们三人让帝国和沃顿族不是一般的焦头烂额。”

“这是我们的天赋。”伊拉龙自嘲地说。

*从血液里带来的，蓝儿说道，他们不管走到哪里，有多大麻烦就会惹多大麻烦。*她捅了捅伊拉龙的胳膊，*尤其是这位老兄。对这些从帕伦卡谷里出来的人，你还能指望什么？一个疯子国王的后代。*

“但他们自己可不疯，”娜绥妲说，“至少我这样认为。有时候疯与不疯，很难说得清。”她笑了起来，“如果你、若伦和穆塔被锁在一个房间里，我猜不出最后会剩下谁。”

伊拉龙也笑了：“若伦。他不会容许一丁点东西，比如死亡，拦在他和凯特琳娜中间。”

娜绥妲的笑容变得略略有些勉强：“对，我想他是这样。”有好一会儿，她沉默不语，然后接着说道，“哎呀，我真够自私的，一天快要结束了，我却在这儿拖着你陪我闲聊。”

“我很高兴。”

“嗯，不过朋友聊天该选个比这儿好些的地方。你一路上辛苦了，肯定想好好洗个澡，换身衣服，然后吃上一顿丰盛的美餐，不是吗？你肯定快饿死了！”伊拉龙瞅了瞅拿在手里的苹果，很惋惜地想，眼看跟娜绥妲的谈话已经到了尾声，再去吃它就不太好看了。娜绥妲看到他的神情，说道：“你的表情已经替你回答啦，魔影杀手。你看上去就像一头饿了一整个冬天的狼。好了，我也不要再折磨你了吧。去洗个澡，换上最体面的衣服。收拾停当以后，如果你愿意跟我一起晚餐，我会万分高兴的。有一点请你体谅，你不是我唯一的客人，因为族内的事务需要我每时每刻关注。但是，如果你参加的话，会令这顿晚餐增色不少。”

一想到要花好几个小时，在为了各自的利益而围绕他展开的唇枪舌剑中躲闪，并且满足人们对骑士和龙的好奇心，伊拉龙好不容易才忍住没露出一副苦相。然而，娜绥妲是不能拒绝的，于是他躬身答应了她的邀请。

欢宴

伊拉龙和蓝儿离开娜绥妲猩红色的大帐，向与沃顿族在烈火平原会合后分配给他的小帐篷走去，精灵们分散开来护卫在他们身后。帐篷前，他发现有人已经准备好了一大桶烧开的水。夕阳斜照，桶上袅袅的蒸汽呈现出乳白的色泽。伊拉龙先不去理会那一桶水，低头钻进帐篷。

他检查了一遍自己仅有的几样东西，发现离开后并没有人动过它们。随后他解下身上的背囊，又小心地脱下甲胄，在床底下放好。得把甲胄擦亮上油了，但还不是现在。他把手在床下更向前伸，摸到了靠床边的篷布，然后在黑暗中一阵摸索，总算找到了那件又长又硬的东西。他抓住了它，将这个又重又硬的长条形布包横放在膝盖上，解开包上打的结，然后从粗大的一头开始，把缠在外层的粗帆布条一圈圈打开。

一点点，穆塔的宽剑剑柄出现在眼前，上面缠的皮子已经很旧。转眼间，护手也露了出来，然后是一截剑身，上面满是锯齿一样的豁口，都是穆塔为伊拉龙挡住蛇人攻击时被砍出来的。剑身已经露出了相当长的一截，这时伊拉龙停住了手。

伊拉龙一动不动地坐着，盯着腿上的兵器，心中矛盾至极。战斗的第二天，他鬼使神差地又回到一片狼藉的战场，找到穆塔弃剑的地方，把它捡了回来，连他自己也说不清究竟是出于什么目的。尽管只在野地里暴露了一夜，剑身上已经出现了斑斑锈迹。伊拉龙说了一个字的咒语，便将锈斑除净。也许是因为穆塔抢了自己的宝剑，所以伊拉龙觉得必须把对方的剑拿过来，好似这种并非有意而且并不对等的交换，可以减少他的损失似的。又或者，是因为他想为那一场血战留下一点纪念品？也可能是因为他内心深处仍对穆塔怀有感情，尽管残酷的现实使他们成为仇敌。不论现在的穆塔让他多么厌恶和怜悯，都无法否认他们之间存在的关系。他们的命运是交织在一起的。如果出生时的情况稍有变化，那么在乌鲁邦长大的也许就是他，在帕伦卡谷的则是穆塔，那么他们现在的地位就会完全调换过来了。命运注定，俩人的关系是剪不断理还乱的。

伊拉龙看着银亮的剑身，心中编好了一道咒语，可以使剑刃恢复平直，消除豁口，并复原变得脆弱的刚性。但是，他却不能肯定自己是否应该这么做。杜尔查当年给他造成的伤疤，他一直当作是那次恶战的纪念，直到在血盟庆典上被龙族消除。那么他是否也应保留这剑身上的豁口呢？把这样一件充满痛苦记忆的东西整天挂在腰上，这正常吗？如果他选择拿一个叛徒的兵刃作战，那沃顿族会怎么想，怎么看？萨若克是布鲁姆送他的礼物，伊拉龙不能拒绝，当然也并不后悔接受。但是，腿上的这把无名的兵刃，他可就没有任何非要不可的理由了。

我是需要一把剑，但不是这一把。

他把剑重新用帆布包好，放回床下，然后用胳膊夹着干净的衬衫和外衣，走出帐外去洗了个澡。

洗浴过后，他换上质地精良的拉慕瑞衬衣（lámarae，一种高品质的羊毛与亚麻混纺的织物），加一件束腰外衣，如约前往草药师的帐篷和娜绥妲会面。蓝儿选择飞过去，如她所说：*地面空间太局限，我总是撞上帐篷，另外，如果看到我和你一起走，肯定会有一大群人围上来，到时动都动不了了。*

娜绥妲在一排三根旗杆下面等他。旗杆上挂着六七面色彩艳丽的三角旗，无力地低垂在清冷的空气中。分手后她已经换过衣裳，现在穿的是一件清爽的草白色夏季长衫。她有些像地衣的浓发梳成细细的小辫，又打了许多复杂的发结，高高地盘在头上，却只用一根白色的丝带扎住。

她笑看着伊拉龙，他也报以微笑，加快了脚步。走到娜绥妲跟前的时候，双方各自的护卫也站到了一起，夜鹰护卫队明显表现出不信任，而伊拉龙的精灵则做出一副无所谓的样子。娜绥妲挽住伊拉龙的手臂，引领他在帐篷的海洋中缓步前行，边走边随意聊天。头上，蓝儿在空中惬意地盘旋，准备等他们到达目的地后，才直接飞落。伊拉龙和娜绥妲说了许多话，都是些无关紧要的闲话，但是她的机智、她的活泼，以及谈吐的得体，都让他非常着迷。跟她讲话很轻松，听她讲话更轻松，正是这种轻松的感觉，使他意识到自己对她其实是多么在意。她对他的影响力，远远不只是一般意义上的君主和属臣。体会到他们之间的关系，对他来说是一种全新的感觉。除了只有一点模糊记忆的舅妈玛丽安，他从小到大一直生活在一个男孩和男人构成的世界中，还从来没有机会和异性交朋友。缺乏经验使得他有些犹疑，而犹疑又使他显得笨嘴拙舌，不过娜绥妲似乎没有注意到。

在一个帐篷前，她拉住他停了下来。帐篷里点着许多支蜡烛。烛光投射出来，伴随着模糊而嘈杂的人语声：“现在，我们必须再次跳进政治的泥潭了，准备好了吗？”

她猛地把帐篷入口的帘子拉开，伊拉龙吓了一跳，里面一大群人，异口同声地喊道：“欢——迎！”帐篷当中的大木板桌上摆满了食物，坐在桌边的有若伦和凯特琳娜，还有二十来位卡沃荷的村民，包括霍司特一家，此外是草药师安吉拉、乔德和他的妻子海伦。另外几人伊拉龙不认识，但看起来像是水手。六七个孩子正在桌边的地上玩耍，他们停止游戏，张大嘴巴盯着娜绥妲和伊拉龙，似乎拿不定主意这两个陌生人究竟哪一个更值得关注。

伊拉龙咧嘴傻笑，完全呆住了。还没等他想出来该说什么，安吉拉已经抓起酒壶，大声嚷道："嘿，别张着嘴巴傻站着啦，快坐下，我都饿死啦！"

大家都笑了起来。娜绥妲拉着伊拉龙走到挨着若伦的两个空位旁，伊拉龙挪开椅子请娜绥妲就座。等她坐好，伊拉龙问："这是你安排的吗？"

"若伦告诉我哪些人你可能想见，不过，是的，这主意是我出的。你也都看到了，我自己也请了几个客人参加。"

"谢谢你，"伊拉龙由衷地说道，"非常感谢！"

他看到埃娃盘腿坐在帐篷左边的角落里，腿上放着一大盘食物。孩子们都躲着她——伊拉龙也想不出他们有什么共通之处——成年人在她面前也都不自在，只有安吉拉例外。肩膀瘦弱的小女孩抬起头，黑色的刘海儿下面，那双可怕、狂暴的眼睛看着他，嘴巴动了动，看口形他猜她说的是："你好，魔影杀手。"

"你好，先觉者。"他也同样用口形作答。她小巧的红嘴巴张开，如果不是因为上面那双熊熊燃烧的可怕眼珠，那肯定是一个非常可爱的微笑。

突然，桌子抖动，盘子、碟子一阵乱响，伊拉龙赶紧抓住椅子的扶手。帐篷后面的帘布一鼓，然后分开，现出蓝儿的头。肉！她说，我闻到了肉香！

接下来的几个小时，伊拉龙完全沉浸在大吃大喝以及与亲朋相聚的欢乐氛围中，这感觉就像回家。大家喝酒比喝水还快，几杯下肚之后，村民们忘记了心中的敬畏，已经不把他当外人了，这是他们能够给他的最好的礼物。对娜绥妲他们也同样亲热，但不会像有时对待伊拉龙那样拿她来开玩笑，帐篷中弥漫着蜡烛燃烧飘出的淡淡的白烟。伊拉龙身边，若伦粗犷的笑声不时响起，而桌子对面，霍司特的笑声甚至更为洪亮。安吉拉用面包捏了个小人儿，说了一通咒语，小人儿便跳起舞来，大家看得都很开心。孩子们逐渐克服了对蓝儿的畏惧，慢慢走到她跟前，试探着摸摸她的嘴巴，很快他们就开始抓着她的颈刺，往脖子上爬了，有的还攀住了她眼睛上方的突起。伊拉龙在一旁边看边乐。乔德给大家表演了一首他很久以前从一本书上学来的歌曲。娜绥妲仰头大笑，洁白的牙齿闪闪发光。应众人的要求，伊拉龙也讲了自己的几次历险，其中村民们格外感兴趣的，还是他与布鲁姆一同从卡沃荷出走后的详细经历。

"想想吧，"圆脸的医生葛楚德手搭在自己的围巾上说，"我们自己的山谷里有一条龙，我们却压根儿不知道。"说罢她袖管里探出一对毛衣针，指着伊拉龙说，"你骑着蓝儿飞，把腿擦伤了，还是我帮你治的，可我竟然不知道你受伤的原因！"她又摇头又咂舌，同时针走龙蛇，套上一根棕色羊毛线织了起来，那纯熟的速度只能是几十年操练的结果。

伊莱恩是第一个退场的，说自己离临盆不远，再坐下去恐怕吃不消了，她的一个儿子波多尔陪着她一起走了。半小时后，娜绥妲也起身告辞，表示自己本来还未尽兴，但公务在身，不容继续留下来，同时她祝大家健康快乐，并希望在与帝国的斗争中一直得到大家的支持。

离席的时候，她朝伊拉龙点点头，示意他跟过来。两个人走到帐篷门口，她转回头对伊拉龙说："伊拉龙，我知道你需要时间来恢复长途跋涉带来的疲倦，还有一些自己的事务必须处理。所以明天和后天是你的自由时间，你可以随意安排。但大后天上午，你得到我的帐篷来一趟，我们要谈谈你未来的安排，我有一个极其重要的任务要交给你。"

"是，小姐。"伊拉龙道，接着他又说，"你到哪里都带着埃娃，是不是？"

"是的，她是我安全的保障，任何夜鹰护卫可能疏忽的危机，都逃不过她的眼睛。此外，她感知其他人痛苦的能力也非常有用。了解了一个人的隐痛，要想取得他的合作就易如反掌了。"

"你能答应放弃这些好处吗？"

她目光如电，盯着他端详了好一会儿："你打算除去加在埃娃身上的诅咒？"

"我想试试，记得吗，我曾答应过她的。"

"我记得，你承诺的时候我也在场。"一张椅子倒地的声音让她有片刻走神，然后她说，"你的承诺简直就是我们的末日……埃娃是不可替代的，没有人有和她一样的能力。像我刚才说的，她发挥的作用比一座金山还有价值。我甚至想过，在我们所有人当中，只有她才有能力击败加巴多里克斯。她能够预感到他的每一次攻击，你的咒语还让她知道该怎样进行反击，只要这反击不需要她以生命为代价，她就能够获得胜利……为了沃顿族，伊拉龙，为了阿拉加西亚每一个人的幸福，你难道不能在给埃娃除去诅咒时，只是做做样子吗？"

"不行！"伊拉龙断然说道，好似受到侮辱一般，"即使可以，我也不会这么做，这是不公正的。如果我们强迫埃娃保持现在这个样子，那可能会把她推到我们的对立面，我可不想有她这样的敌人。"他停了片刻，然后看着娜绥妲的表情，又补充道，"再说，很可能我的尝试并不会成功。清除这样复杂奥妙的咒语，至少是非常非常困难的……我能提个建议吗？"

"你说。"

"对埃娃坦诚相待。解释给她听，她对沃顿族意味着什么，问她是否愿意为了所有自由人的幸福继续牺牲自己。她有可能拒绝，她也完全有权利拒绝，但是如果是这样的话，那就说明，她这样的天性本来也不值得我们信赖。如果她接受，那么以后她做的一切都将是出于自愿。"

娜绥妲眉头微蹙，点了点头："我明天会跟她谈。你也要到场，帮我劝劝她，如果说不通，就给她解除诅咒。日出三小时后在我的大帐见。"说完，她便走入外面火把闪亮的夜幕之中。

许久之后，烛泪已经流满了插孔，村民们三三两两开始离开。若伦抓着伊拉龙的胳膊肘，拉着他从帐篷后面出去，站在蓝儿旁边，以防别人听到他们的谈话。“你说的关于黑格林的事情就那么多，没有什么隐瞒吗？”若伦问。他的手像铁钳般，箍在伊拉龙的胳膊上，充满疑问的眼神，既凌厉，又少见地透着无助。

伊拉龙看着他的眼睛说：“若伦，如果你信任我，就再不要问这个问题，你不会想知道的。”说这话的时候，伊拉龙内心感到深切的不安，因为他不得不向若伦和凯特琳娜隐瞒史洛恩的存在。他知道这是必需的，但欺瞒亲人的感觉仍使他非常难受。有一阵子，他甚至在考虑要不要告诉若伦真相，但他马上记起了让他决心保密的那些理由，最终还是忍住了没说。

若伦犹豫着，脸上写满了苦恼，最后他咬了咬牙，松开了伊拉龙：“我信任你。要亲人为的就是这个，是吧？信任。”

“对，信任，再加上把彼此干掉。”

若伦笑了起来，用拇指揉着鼻子说：“对，还有把彼此干掉。”他晃了晃厚实的肩膀，伸手揉了揉自己的右肩，被蛇人咬过之后，这已经成了他下意识的习惯，“我还有一个问题。”

“嗯？”

“我想请你屈尊……请你帮个忙。”他嘴角露出一丝苦笑，耸了耸肩说，“我从来没想过有朝一日会跟你说这事。你比我年轻，几乎还没成年，再加上又是我的表亲。”

“到底是什么事，别兜圈子了好不好？”

“婚事。”若伦下巴一抬，说道，“你可以为我和凯特琳娜主持婚礼吗？如果你同意我会很高兴，没得到你的答复之前，我还没有向凯特琳娜说这个计划，但我知道如果你能同意为我们主持婚礼，她也会很高兴，觉得非常光彩。”

伊拉龙一时惊得不知说什么是好。“我……”他结结巴巴地终于开了口，然后赶紧补充道，“我当然很愿意，但是……我行吗？你真是这么想的？我相信娜绥妲会乐意给你们主持婚礼……奥林也可以，那可是一个真正的国王。他明白主持这个仪式会赢得我的好感，绝对高兴还来不及呢。”

“我希望是你，伊拉龙。”若伦说着拍了拍他的肩膀，“你是龙骑士，是世上我唯一的血亲。穆塔不能算。我想不出还有谁，比你更合适用同心带把我和凯特琳娜的手腕绑在一起。”

“那么，”伊拉龙道，“就是我啦！”肺里的气呼地被挤了出来，若伦给了伊拉龙一个大力拥抱。若伦放开胳膊后，伊拉龙赶忙喘了口气，调匀呼吸，然后说：“什么时候？娜绥妲要派我执行一个任务，具体还不清楚，但估计会够我忙一段时间的。那么……如果情况允许，下月初你看怎么样？”

若伦肩膀上鼓起了肌肉疙瘩，像头晃动犄角冲过灌木丛的公牛一样摇着脑袋：“后天怎么样？”

“这么快？不会太匆忙吗？连准备的时间都不够，人们会有看法的。”

若伦的肩膀向上一抬，两只拳头一张一合，手上的青筋暴起：“不能等啊。早点结婚，大家只不过会说我猴急而已，如果我们不马上结婚，那些女人家可就逮着更有意思的闲话说了，你明白我的意思吗？”

伊拉龙愣了一会儿，一旦明白过来，忍不住脸上笑开了花。若伦要当爸爸啦！他想。他边笑边说：“没错，后天是个好日子。”若伦又给他来了一个拥抱，拳头猛敲着他的后背。他哼出声来，颇费了点力气才从若伦的胳膊里挣脱出来。

若伦咧嘴笑着说：“我欠你一个人情。谢谢你！现在我得把这个好消息告诉凯特琳娜，我们还得筹备一下宴席。具体时间定了我再通知你。”

“好的！”若伦向帐篷走去，突然又转回身，两只胳膊伸向天空，好似要把整个世界都抱在怀中，“伊拉龙，我要结婚啦！”

伊拉龙被他逗乐了，向他挥挥手：“快去吧，你这个傻蛋！别让她等！”

看着帘子在若伦身后掩上，伊拉龙爬上蓝儿的后背。“布洛德迦姆？”他叫道，像影子一样，精灵无声无息地闪到光线之中，黄眼睛像炭火般闪闪发光，“蓝儿和我要飞一会儿。我们待会儿在我的帐篷和你碰头。”

“好的，魔影杀手。”布洛德迦姆向后仰起头说。

蓝儿举起巨大的翅膀，向前跑出三步，然后便腾空而起。在她翅膀快速而有力的扇动下，下面的一排排帐篷瑟瑟发抖。她身体的晃动使伊拉龙也跟着晃动起来，他抓住面前的一根颈刺稳住身体。蓝儿盘旋着上升，直至灯火闪烁的营地变成了蒙蒙亮的一小块，飘浮在黑暗的大陆之中。蓝儿保持高度，在天地之间，在寂静之中滑翔。伊拉龙头靠在她的脖子上，望着横过天空的那一道光亮的尘埃。想休息就休息吧，小家伙，蓝儿说，我不会让你掉下去的。伊拉龙放松下来，脑海中浮现出一座圆形的石头城，位于一个广袤无边的平原中央，一个小女孩，在城中狭窄、蜿蜒的小巷中漫步，边走边唱着一首缠绵悱恻的歌。

漫漫长夜，慢慢走向黎明。

插曲

The Inheritance Cycle

清晨刚过，伊拉龙正坐在小床上给锁子甲上油。沃顿族的一位弓箭手找来，求伊拉龙给他生了恶瘤的妻子看看病。尽管还有不到一小时他就得去见娜绥妲，伊拉龙还是同意了，随弓箭手一道去了他的帐篷。肿瘤已经使她的身体极度虚弱，伊拉龙使尽全身解数，才把根扎得很深的瘤子从她身体里面拔除。他体力消耗很大，但还是很高兴能救人一命，不然等待这个女人的将是缓慢而痛苦的死亡。

之后，伊拉龙从弓箭手的帐篷里出来，和蓝儿一起在外面站了一会儿，帮她揉搓脖子根部的肌肉。蓝儿舒服地哼着，甩了甩强健的尾巴，扭动着头和肩膀，以便伊拉龙更容易抓到她光亮的脖颈下部。她说：你在这里忙的时候，还有其他人来想找你帮忙，但布洛德迦姆和他的同伴都替你挡驾了，他们的请求都没那么紧急。

是吗？他把手指头伸到一片很大的颈鳞下面，更用力地抓了起来，也许我该向娜绥妲学习。

学什么？

每周的第六天，从早晨到中午，她留出来专门接见每一个想当面向她提出请求，或请她解决纠纷的人。我也可以照此办理。

我喜欢这个主意，蓝儿说，只不过，你必须小心，不要为了帮助人们而消耗自己太多的能量，我们必须准备好随时与帝国进行战斗。蓝儿脖子用力，迎着他的手的动作，哼哼得更响了。

我需要一把剑。伊拉龙说。

那去找一把就是了。

嗯……

伊拉龙不停手地给她挠着，直到她移开身体说：再不抓紧，你就不能按时去见娜绥妲了。

他们一起向营地中部娜绥妲的大帐走去，距离不过四分之一英里，所以蓝儿没有像往常一样腾空飞翔，而是走在伊拉龙旁边。

距大帐约百英尺外，他们见到了草药师安吉拉。她跪在两顶帐篷之间，看着面前一块方形的皮子，铺在一块低矮平坦的石头上。皮子上是一小堆手指长短的骨头，骨头的每一面都烙刻着一些符印，她在台姆城曾用这些龙指骨为伊拉龙算过命。

安吉拉对面，坐着一位肩膀很宽的高个子女性，皮肤晒得黝黑，一看便知是饱经风霜。她的黑发编成一根又粗又长的发辫垂在身后，尽管岁月在嘴角周围留下了几道皱纹，但面孔仍然美丽。她身上穿着裁剪的赤褐色衣裙，原本应该穿在身量较小的人身上，两只小臂各有几英寸露在袖口之外。她的两只手腕上都缠着块深色的布条，但左腕上的布条松了，向胳膊肘缩去，露出了下面的累累伤痕，这种伤只能出自镣铐的长期摩擦。伊拉龙看了几眼后便意识到，如果那伤痕不会骗人的话，她曾落在仇敌的手中，而后不停地反抗挣扎，直至手腕被枷锁磨出白骨。他猜想着，这女人是否曾经做过囚犯，或是奴隶。想到竟然有人如此狠毒，让一个落入掌握的囚徒遭受这样的折磨，哪怕是她自找的。他的脸也不禁阴沉下来。

在这女人旁边，是一个表情严肃的十几岁姑娘，犹如一朵即将盛开的鲜花。她小臂上的肌肉格外发达，看上去像是一个铁匠或者剑客的徒弟。但对女孩子来说，不管她有多强壮，这都不太可能。

伊拉龙和蓝儿在一头鬈发的女巫身后停住脚步，这时她刚好对那女人和她的同伴讲完了一番话。她飞快地将皮子和指骨一把抓起来，塞进腰间的一条黄色布带里面，然后站起身，向伊拉龙和蓝儿露出了一个灿烂的笑容，说："神啊，你们俩可真会选时候，每次命运的机轴开始转动，你们俩就准时出现了。"

"命运的机轴？"伊拉龙一愣，问道。

她耸耸肩："怎么啦？不行吗？即便是我，也不可能每次都能说出漂亮的比喻呀！"她指了指两个此时也已站起来的陌生女性，"伊拉龙，你能不能答应给她们祝福？她们经历了许多危险，前面的路仍充满艰辛。我相信一位龙骑士的祝福，会让她们感激不尽，不论这祝福究竟能提供什么样的保护。"

伊拉龙颇为踌躇。他知道安吉拉很少用龙骨为想算命的人占卜，只有索伦明看得上眼愿意同其对话的例外。她的占卜也不是拿来蒙人的魔法，而是货真价实地预演未来的天机。对这个手腕满是伤疤而又满面英气的女人，和那个有着剑士般小臂的少女，安吉拉既然同意占卜，就表明这两个人大有来历，是已经并将会继续在塑造阿拉加西亚的格局中发挥重大作用的人物。好似专为证实他的猜疑一般，他刚好看到了索伦明，以平时的猫的形象出现，竖着尖尖的大耳朵，躲在附近一顶帐篷的角落里，神秘的黄眼睛关注着这边的动静。但伊拉龙仍拿不定主意，那第一次也是唯一一次给别人祝福的经历，阴魂般缠绕着他——由于古语还不熟练，他的祝福竟然毁掉了一个无辜孩子的人生。

蓝儿？他问。

她的尾巴在空中唰地一甩。别这么犹豫，你已经从错误中吸取了教训，不会一错再错。既然如此，为什么不去祝福那些可能从你的祝福中受益的人呢？要我说，就去给她们祝福吧，别出错就行。

“你们叫什么名字？”他问。

“如果你不介意的话，魔影杀手，”高个子的黑发女子说道，带着一点点他听不出何处的口音，“名字是含有法力的，我们不想让别人知道。”她的目光一直微微低垂，但语气却异常坚定，不容妥协。少女吃惊地张了张嘴，似乎想不到同伴竟敢如此不知天高地厚。

伊拉龙点点头，既不失望也不意外，不过这女人的慎言更激起了他的好奇。知道她们的名字当然更好，但名字对于他的祝福也不是非有不可的。他摘下右手的手套，把手掌按在女人温暖的额头正中。身子一颤，她并没有躲开，只是鼻翼翕动，嘴角抿得更紧了，双眉之间出现了一道深纹，他可以感觉到她身上的颤抖，似乎他的碰触给她带来极度的痛苦，要用尽力气才能忍住把他的手拨开的冲动。在外围，伊拉龙隐约感知到布洛德迦姆正在悄悄靠近，一旦这女人表现出敌意，他将毫不犹豫地扑上来。

她的反应有些出乎伊拉龙的预料，他在自己意识的屏障上打开一个缺口，沉浸到魔法之流中，然后用古语的全部力量，念道：“atra gulia un ilian tauthr ono un atra ono waise skoliro fra rauthr（祝好运和幸福紧随你，愿你远离不幸）。”随着能量的注入，这句话变成了一个咒语，他确信这祝福将影响事件发展的方向，进而改善这女子的命运。他很谨慎，把输入祝福的能量做了限制。否则，这种咒语会一直吸取他的能量，直到把他的精力榨干，只剩个空壳。尽管已经足够小心，能量的损耗还是超出了他的预料。他只觉两腿发软，几乎站立不住，视线也一阵模糊。

片刻之后，他恢复过来。

他把手从那女人的额上拿下，感觉松了一口气，而那女人似乎也有同感。她马上向后退了一步，揉着自己的胳膊，给人的感觉像是体内染上了什么不洁的东西，要尽力清除掉。

伊拉龙走到那姑娘身前，如法施行，对她也予以祝福。当他把咒语放出去的那一刻，姑娘的面孔一展，似乎能够感觉到咒语正在与她合为一体。她屈膝为礼，说道：“谢谢你，魔影杀手，这份恩情我们不会忘记。希望你能如愿战胜加巴多里克斯和帝国。”

她转身要走，又停下了脚步，因为蓝儿这时打了个响鼻，头从伊拉龙和安吉拉旁边绕过去，居高临下地看着两个女人。她弯起脖子，先在年长些的女人脸上喷了口气，然后又对着年轻的姑娘喷了一口，接着便将意识投向二人。她和伊拉龙都已经发现，黑头发女人的意识周围有很坚固的保护，所以蓝儿催动力量，此刻只有最强固的屏障，才可能拦得住她思想的蔓延。她说：哦，狂野之人，愿你们猎获丰富，愿好风托举你们的翅膀，愿阳光永远照射在你们的背上，愿你们的猎物永远在打盹。狼眼，我希望当你找到那个把你的手爪夹住的人时，你不要让他死得太快。

蓝儿一发话，两个女人都紧张地僵住了。片刻之后，年长些的女人握拳按在胸口说："我绝对不会，美丽的女猎手。"然后她向安吉拉施了一礼说，"先知，苦练为王，先下手为强。"

"好的，剑之歌者。"

裙子一摆，她和那姑娘大步走开，很快便消失在一模一样的灰色帐篷构成的迷宫之中。

怎么，不在她们的额头上留任何印记吗？伊拉龙问蓝儿。

埃娃是绝无仅有的。我不会再给任何人打类似的烙印了。发生在垡藤杜尔的事……就是发生了。完全是出于直觉，我也就能解释这么多。

三人向娜绥妲的帐篷走去。伊拉龙瞧了一眼安吉拉，问："那两个人是谁？"

她的嘴唇一撇说："是两个追寻自己目标的人。"

"你这不是和没说一样吗？"他愤愤地道。

"像冬至给小孩发糖果一样把秘密到处说，这可不是我的习惯，尤其这还是别人的秘密。"

伊拉龙沉默了几步路的工夫，然后说："每当有人不肯告诉我什么事的时候，只会使我更下定决心找出真相，我痛恨被蒙在鼓里。对我来说，一个未解答的问题就像肉里的一根刺，一动就疼，除非趁早把它拔出来。"

"那我可真同情你。"

"为什么？"

"如果你说的是真的，那你肯定每时每刻都疼得要死，因为人生本就充满了没有答案的问题。"

离娜绥妲的大帐还有六十英尺远，一队长枪兵列队从营地中走过，挡住了他们的去路。他们等着的时候，伊拉龙打了个寒战，往两只手上哈了口气。"有时间吃顿饭就好了。"他说。

安吉拉接话还是一如既往地快："是因为魔法，对吧？你耗费了太多的体力。"伊拉龙点点头。安吉拉将手伸进悬在腰带上的一个小袋子里，掏出一块棕色的东西。它硬硬的，上面撒满了亚麻籽。"喏，这东西会让你挺到午餐的。"

"这是什么呀？"

安吉拉把手伸到他面前，根本不容拒绝的样子："吃就是了，你会喜欢的，相信我吧！"他伸手去拿她捏着的那块油腻的东西，结果她空着的那只手突然一下子抓住了他的手腕，拉住不放，细看他指节处半英寸厚的老茧。"你可真聪明！"她叹道，"这东西跟癞蛤蟆皮一样难看，可只要能免于皮肉受苦，谁管它难看不难看呢。你是受了矮人钢拳的启发，对吗？"

“啥事都逃不过你的眼睛，是吧？”伊拉龙说。

“啥事还是能逃得过的，我注意到的都不是啥事。”伊拉龙直眨眼，经常碰到这种俏皮话他就只有干眨眼的份儿，她用留得很短的指甲在老茧上敲了敲。“我自己也想弄成这样试一试，不过我纺纱或者织衣服的时候肯定会钩住线。”

“你自己纺线织衣服？”伊拉龙想不到安吉拉也会干这么平凡的事。

“那当然！这可是放松的大好办法！此外，如果我不自己动手，去哪里找把《诗篇》里迪瓦拉对付疯兔子的咒语织在胸口上的毛衣？去哪里找染成黄、绿、亮粉色的发网？”

“疯兔子……”

她一甩浓密的鬈发说：“你肯定不会相信有多少魔法师是因为被疯兔子咬伤死掉的，这事远比你想象的常见。”

伊拉龙的眼睛盯着她，一时收不回来。你觉得她是不是在开玩笑？他问蓝儿。

你问问她不就知道了。

那结果只能是又多了一个谜题。

长枪兵已经走过，伊拉龙、蓝儿和安吉拉继续向大帐走去。索伦明在伊拉龙不经意间已经跟在他们旁边。一路上安吉拉小心地落脚，生怕踩到奥林王的骑兵留下的一坨坨马粪，她边走边说：“跟我说说，除了和蛇人的战斗之外，你路上还发生了什么特别有趣的事吗？你知道我最喜欢听有趣的故事了。”

伊拉龙笑了。他想起了造访过他和阿丽娅的那些灵魂，但是他并不想提起它们，于是说道：“既然你问起，倒是发生了几件有趣的事。比如说，我碰到一个住在精灵族废弃的前哨里的隐士，他叫藤加，有一个非常惊人的藏书室，里面有七……”

安吉拉陡然停了下来，太突然了，伊拉龙又往前走了三步才收住脚，转身看着她。女巫目瞪口呆，好像受了当头一棒的样子。索伦明无声无息地走过来，靠在她的腿上，仰头看着。安吉拉舔了舔嘴唇说：“他……”她咳了一声才接着说，“你能确定他的名字是藤加吗？”

“你见过他？”

索伦明的喉咙里发出咆哮，背上的毛全都奓了起来。伊拉龙向旁边挪开，与猫人保持距离，很怕被猫人的爪子抓到。“见过他？”安吉拉发出一声惨笑，手叉着后腰，“见过他？嘿，我可不只是见过他，我……很不幸地给他当过几年徒弟。”

伊拉龙从来没想过安吉拉会主动说起自己的过去，机不可失，他忙接着问道：“你什么时候和他在一起的？在什么地方？”

“很久以前，在很远的地方。不过我们最后不欢而散，我已经许多许多年没见过他了。”说着安吉拉皱了皱眉头，“实际上，我以为他已经死了呢。”

蓝儿说话了：既然你做过藤加的徒弟，那你知道他要解答的是什么问题吗？

“我一点都不知道。藤加总有什么问题要解答，如果给他找到了答案，那他马上又会找一个新问题来解决，就这样一直延续下去。从我最后一次见到他，他可能已经解决了上百个问题，也可能还为我离开时候的那一个问题冥思苦想呢。”

你离开的时候他想的是什么问题？

“月相是否会影响贝尔山脉深处玉石生长的数量和质量，这是矮人普遍相信的观点。”

“但这怎么能证明呢？”伊拉龙说。

安吉拉耸耸肩膀道：“如果有人能证明，那这个人一定就是藤加。他也许是个怪人，但才智确实卓绝。”

他是一个动辄用脚踢猫的人。索伦明说。好像这是对藤加性格的最佳总结。

安吉拉两手啪地握在一起说：“此事到此为止！伊拉龙，吃了你的甜点，咱们这就去见娜绥妲吧。”

补过

“你们来晚了。”坐在高背椅上的娜绥妲道。她对面，一排椅子围成半圆，伊拉龙和安吉拉在空位上落座。在座的还有埃娃和她的看护人格瑞塔，就是这个老太太在堡藤杜尔央求伊拉龙给埃娃祝福。和以前一样，蓝儿卧在大帐之外，头从一边的开口伸进去参加会议。索伦明在她的头旁边蜷成一个球，似乎已经睡熟，只有尾巴偶尔甩动一下。

伊拉龙和安吉拉一起为耽搁了时间致歉，继而娜绥妲便开始向埃娃宣讲她的能力对于沃顿族的重要意义——好像埃娃自己不知道似的。伊拉龙暗中对蓝儿嘟囔了一句——并请求她不要迫使伊拉龙履行承诺，为她解除祝福带来的神通。娜绥妲说，她明白，对于埃娃，这样的要求有些过分，但全天下的命运都处在危急关头，难道为帮助把阿拉加西亚从加巴多里克斯的魔爪中解救出来，牺牲一点个人的舒适不值得吗？这段话说得很精彩，雄辩而富于激情，处处意在打动埃娃心中的善念。

埃娃尖尖的小下巴一直搁在两只小拳头上，此时她抬起头，说：“不行。”众人皆为之一震，大帐内霎时静悄悄的。埃娃的眼睛一眨不眨地顺着众人的面孔一张张看去，“伊拉龙，安吉拉，你们都知道分享将死之人的思想和情感是一种什么滋味；你们知道那是多么凄惨、多么可怕，就好像你自己的一部分也跟着永远消失了。体验一个人的死亡，就会如此难受。你们两个可以拒绝死亡体验，除非你们自己愿意，而我……我却不能，我必须体验所有人的死亡、我身边一切生命的消逝。即便此刻，我也在感受着施尔夫顿生命的流逝。娜绥妲，他是你的一名剑手，在烈火平原负伤，并且我知道对他说什么话，便能够缓解他对生命泯灭的恐惧。啊，他的恐惧如此强烈，天哪，我真的受不了了！”她发出半声呼叫，双臂举到脸前，好似要挡住迎面的一击，“啊，他去了，但是还有别人。总还有别人，死亡是绵绵不断的。”她操着童音，说着成年人的话，却似是而非地模仿着儿童的口吻，听起来充满苦涩，“你真的能明白吗，娜绥妲，夜行者小姐……未来全世界的女王？你真的明白吗？周围的一切痛苦我都感同身受，不论是肉体的还是精神的，就像是我自己的痛苦一样。伊拉龙的魔法驱使我缓解那些人所受的折磨，不管我自己要付出什么样的代价。如果我像现在这样抗拒魔法的驱使，那我的身体都会来反对我：我的胃会发酸作呕，我的头会轰轰地悸痛，好像有个矮人在里面挥锤敲打，我难以移动，更别说思考。你是想让我继续承受这样的痛苦吗，娜绥妲？

“日日夜夜，我无时无刻不感受着世上的苦难。自从被伊拉龙祝福，痛苦和恐惧便成了我所知的一切，再没有快乐和幸福。生活中高兴的一面，使人们觉得生命可以承受的那些东西离我远去了。我永远看不到快乐，永远无法分享快乐，我有的只是黑暗，方圆一英里范围内所有男人、女人、孩子遭受的苦痛的集合，像午夜的风暴般冲击着我。他的祝福剥夺了我和别的孩子一样成长的机会。它使我的身体比正常人更快长大，而我的心智还要成熟得更快。伊拉龙也许能够去掉这可怕的能力以及和它相伴的不受控制的冲动，但他再也不能让我成为原来的我，也不能把我变成应有的样子，那等于让现在的我毁灭。我是个怪胎，不是孩子，也不是大人，注定永远是个另类。我并不瞎，你知道，我看得出你听了我的话身心发毛的样子。”她摇摇头，“不行，这要求对我来说太过分了。我不能再这样活下去，不能为了你，娜绥妲，为了沃顿族，为了整个阿拉加西亚，即使为了我亲爱的妈妈也不行，就算她还活着的话！一切都不足以让我付出这样的代价。我可以远远地离开人世，这样就感受不到别人的痛苦，但我不想过那样的生活。不！唯一解决的办法，是让伊拉龙改正他的错误。”她嘴唇一弯，露出个狡猾的笑容，“如果你不同意我的观点，如果你觉得我又蠢又自私，那么请你记得，我不比襁褓中的婴儿大多少，我还没有到两岁的生日呢。只有傻瓜才会指望一个婴儿为了什么远大目标而牺牲自我。但婴儿也好，成人也罢，我已经做出决定，你说什么也不会让我改变主意。在这件事上，我是铁了心的。”

娜绥妲又和她讲了一番道理，但正如埃娃已经表示过的，她毫不动摇。最后，娜绥妲只好请安吉拉、伊拉龙和蓝儿出面说情。安吉拉拒绝参与，理由是娜绥妲已经把话说尽，她也没什么好说的了，而且她认为这完全是个人问题，所以埃娃有权做出自己的选择，大家没有必要像一群吵闹的鸟雀围着老鹰一样进行干预。伊拉龙也持类似观点，但他同意尝试说一下：“埃娃，我不能告诉你应该怎么做——这只有你自己才能决定——但请你不要不加考虑就拒绝娜绥妲的请求。她正努力把我们所有人从加巴多里克斯的魔爪中解救出来，她需要我们大家的帮助，否则根本没有一点成功的机会。我不能预知未来，但我相信你的能力也许是克制加巴多里克斯的绝佳武器。你能预知他的每一次攻击，你能准确地告诉我们怎样破解他的魔法盾。最重要的是，你能感知到加巴多里克斯的弱点，知道他什么地方最脆弱，我们怎样做才能打击他。”

“要想改变我的主意，龙骑士，你说的这些可没用。”

“我不想改变你的主意。”伊拉龙说，“我只是想确定，你已经充分考虑过自己的决定意味着什么，而不是太过草率行事。”

小女孩的身体动了动，但没有答话。

蓝儿问：哦，亮脑门儿，你心里是怎么想的？

埃娃用不带一点恶意的轻柔声音答道：“我说的就是我想的，蓝儿，再说什么都是废话了。”

如果埃娃的倔强使娜绥妲很丧气的话，她并没有表现出来。尽管她的表情一直很严肃，但这本来就是一场严肃的谈话。她说：“我并不支持你的选择，埃娃，但我会认可，因为很明显，我们无法改变你的想法。我想我也不能怪你，毕竟我没经历过你面对的那种痛苦，而且你是每天都要承受。如果我处在你的位置，可能也会做出和你一样的选择。伊拉龙，如果可以的话，就请你……”

在娜绥妲的授意下，伊拉龙跪在埃娃面前。她水汪汪的紫色眼睛一眨不眨地盯着他的眼睛。伊拉龙把她的小手握在自己的两只大手当中，感觉火烫，好像她在发高烧一样。

“会很疼吗，魔影杀手？”格瑞塔问，这位老太太的声音有些发抖。

“应该不疼，但我不能确定。解除咒语是一门还没成形的艺术，远比不上发出咒语那么有把握。魔法师极少这么做，因为难度太大。”

格瑞塔脸上的皱纹都担心地拧在了一起，她拍拍埃娃的头顶，说：“哦，勇敢点，我的小宝贝，勇敢点。”她似乎没注意到埃娃不耐烦地瞪她的眼神。

伊拉龙不理会她在旁边打岔，继续道：“埃娃，听我说。有两种办法可以破除咒语。一种是由当初施咒的魔法师本人，向维持魔法的那道能量开放自身……”

“正是这一点我觉得最为困难，”安吉拉接口说，“所以我更愿意用丹药、异草或者其他本身就带魔力的东西，而不是靠念咒。”

“不好意思，你能不能……”

安吉拉一笑，露出两个酒窝说：“对不起，你继续。”

“那好，”伊拉龙闷声说：“一种方法是魔法师本人开放他自己……”

“或者她自己。”安吉拉又插嘴说。

“请你让我说完好吗？”

“对不起。”

伊拉龙看到娜绥妲努力憋住不笑出来，接着说：“他向体内的那道能量开放自己，用古语重述并收回发出的咒语，连带也要把咒语背后的意念也一并撤回。你能想象，这个过程没那么容易。除非魔法师很准确地收回当时的意念，否则他只是改变了原先的咒语，而不是成功地撤销它。一旦出错，他要收回的便不再是一道单一的咒语，而是两道纠缠在一起的咒语了。

“另外一个办法是发出一道能够克制原来咒语的反咒。它并不会让原来的咒语消失，但如果施咒得法，可以让原来的咒语变得无害。如果你同意，我打算采用的就是第二种办法。”

“非常漂亮的手段，”安吉拉说道，“但能否请你说一下，该由谁来提供维持这个反咒所需的持续的能量呢？而且，既然总该有人问，不妨就由我来问好了，这个办法又有什么风险呢？”

伊拉龙的眼睛始终凝视在埃娃脸上：“能量必须由你自己提供，”他说着，用力按了按她的小手，“不需要太多，但还是会让你的体力有所损耗。如果我施这个反咒，那这咒语将终生像水蛭一样吸取你的能量，你将永远不能和正常人跑得一样快，也背不动和人家一样多的柴火。”

“为什么你不能提供能量？”埃娃弯起一道眉毛问，“毕竟我的痛苦都是你造成的。”

“我并非不愿意，但我离你越远，把能量输送给你就越困难。如果我离得太远，比方说一英里，或者更远一点，那输送能量就会把我累死。至于有什么风险，唯一的风险就是反咒的字句可能有纰漏，不能完全克制住我的祝福。如果出现这种情况，那我再另施一道反咒就是。”

“如果还是不行呢？”

伊拉龙愣了一下，然后说：“那我总还是可以用第一种办法。不过，还是不要出现这种情况为好。第一种办法固然可能全盘消除咒语，但过程中一旦出错，而且出错的可能还非常大，你的情况可能会变得比现在还糟糕。”

埃娃点头说：“我明白了。”

“那么，你同意我继续下去吗？”

她再次点了点头。伊拉龙深吸一口气，做好准备，眼睛因全神贯注而半闭起来。他开始用古语念咒，说出的每一个字，都落地有声。他小心翼翼地把每一个自己母语中没有的音都读得异常清晰，以避免出现任何可悲的失误。反咒已经牢牢地烙印在他的记忆之中，从黑格林回来的路上，他花了许多时间，对咒语进行设计，反复推敲，不放过尝试任何一种可能更好的选择，这一切都是准备有朝一日，能弥补他给埃娃造成的伤害。他念咒的同时，蓝儿将自己的能量输送给他，他感觉到她的助力，也体察到她已做好准备，一旦发现他心中把握不定，将马上帮忙干预。反咒的长度惊人，相当复杂，因为伊拉龙试图把祝福的每一种合理的解释都囊括在反咒克制的范围之内。这样，足足过了五分钟，伊拉龙才念完最后一句话，最后一个字，最后一个音。

在接下来的沉默中，埃娃的脸色越来越阴沉：“我还是能感觉到他们！”

娜绥妲在座位上俯身向前问：“谁？”

“你，他，她，所有感受到痛苦的人。它们并没有消失！帮助他们的冲动确实没有了，但那痛苦的感觉还在我心里不停地流过。”

娜绥妲依然身体前倾坐在椅子上。“伊拉龙？”她叫道。

伊拉龙皱起眉头：“我肯定是少说了什么。给我点时间让我想一想，我会再编出一道咒语，也许就能把这个问题解决掉。我曾考虑过其他几种可能性，但是……”他的声音渐渐低不可闻。反咒没有发挥预期的功用，让他大感头疼。另外，为封住埃娃所感受到的痛苦而专门施一道咒语，比从整体上破除祝福要难得多。说错一个字，一个词组用得不当，都可能会毁掉她同情的能力，或者使她永远不能学会用心交流，要么就会使她丧失自身的痛感，以后受了伤自己却不知道。

伊拉龙正和蓝儿商议，埃娃突然喊了声：“不！”

他困惑地向她望去。

只见埃娃似乎全身都洋溢在兴奋的光芒之中，她欢快地笑着，一颗颗像珍珠般圆的牙齿闪闪发亮，眼睛因喜悦而熠熠生辉：“不，不用再试啦！”

“但是，埃娃，为什么……”

“因为我不想再多一道咒语来吸我的能量啦！因为我刚刚意识到，我可以不理睬它们！”她紧紧抓着椅子的扶手，激动得发抖，“没了帮助每一个遭受痛苦的人的冲动，我就可以不理会他们的痛苦，而且这样做我的身体也不再有难以忍受的反应了！我可以不理那个截断了一条腿的男人，我可以不理那个刚烫伤了手的女人，他们我全都可以不理，这感觉真的不错！是的，我还不能完全不去感受别人的痛苦，至少现在还不能，但是，哦，这是多么轻松啊！寂静！可爱的寂静！再没有刀伤、擦伤、瘀伤或者骨折；再没有幼稚的年轻人那些无聊的惆怅；再没有弃妇或者戴了绿头巾的丈夫的哀怨；没了整场战争中千千万万不可忍受的伤痛，没了面对最终的黑暗时那抓心挠肝的恐慌。”泪珠顺着面颊滚落，她喜极而泣，笑声沙哑而颤抖，听得伊拉龙头皮发麻。

这是发的什么疯？蓝儿问，即使你可以不理睬那些感觉，但既然伊拉龙还有可能帮你解脱，为什么还要牵扯于别人的痛苦呢？

埃娃的眼中闪着异样喜悦的光芒，让人不寒而栗：“我永远都不会是个普通人。如果注定是个异类，那么还不如保留使我与众不同的东西。只要我能像现在这样，把这个能力置于控制之下，那我倒不介意有这个负担，因为现在是出于我的自愿选择，而不是受你伊拉龙的魔法所迫。哈！从今以后，任何人任何事都不能再约束我！我要是帮助谁，那只能是因为我自己愿意！如果我为沃顿族服务，那是因为我的良知告诉我应该这么做，而不是因为你叫我这样做，娜绥妲，更不是因为一旦不做我就会呕吐！今后我想干什么就干什么，那些阻挠我的人倒霉去吧，我知道他们所有的恐惧，为了达到我的目的，我是不会犹豫拿他们开刀的。”

“埃娃！”格瑞塔尖叫道，“别说这么可怕的话！这不是你的真心话！”

小女孩猛然把头转向她，头发在脑后唰地一摆：“啊，对了，还有你，我都差点忘了你了，我的保姆。一贯忠心，一贯絮叨，我感谢你在我母亲死后能领养我，从堡藤杜尔以来一直照顾我，但我以后不需要你的帮助了。我要一个人生活，自己照顾自己，对谁也不必负责。”老太太灰头土脸，袖口掩着嘴巴，退到了后面。

埃娃的话让伊拉龙既惊且骇，他决定不能让她保持这份特殊能力，因为有被滥用的危险。蓝儿与他心意相通。在她的帮助下，伊拉龙从刚才想出的另外几种反咒中选了最有可能成功的一种，张口即念。

像蛇般迅捷，埃娃的手臂伸了过来，掩住了伊拉龙的嘴巴，不让他念下去。蓝儿发出一声怒啸，整个大帐都为之震动，伊拉龙将听觉的灵敏度提高了，更是被震了个七荤八素。大家都感觉头晕目眩，唯一的例外是埃娃，她的手仍按在伊拉龙的脸上。蓝儿说：把手拿开，小不点儿！

听到蓝儿的怒吼，娜绥妲的六名护卫挥舞着兵刃，闪电般冲了进来。布洛德迦姆和其他的精灵也抢到蓝儿的两侧，拉开篷布，看看里面究竟发生了什么事。娜绥妲做了一个手势，护卫们放低了刀剑，但精灵们仍保持戒备，宝剑寒光闪闪，随时准备出手。因埃娃而起的混乱和指住她的刀剑似乎对埃娃没有发生半点影响，她仰着头，看着伊拉龙，好像他是一只在她椅子前面爬行的奇怪的甲虫。片刻后，她脸上露出了一个笑容，是那样天真无邪，让伊拉龙奇怪，自己为什么不能对她多一点信任呢？她接着用一种甜腻腻的声音说："伊拉龙，算了吧。如果你说出咒语，那就会像上回一样再伤害我一次，你并不想这样。每晚躺在床上的时候，你都会想起我，回想起你犯下的罪过，你会不停地受良心的煎熬。你要做的事，是不正义的，伊拉龙。你是这世界的法官吗？在我没有任何过错的情况下，你凭什么判我有罪，难道仅仅因为你不认可？为自己的喜好去控制别人，这是一种邪恶的快乐，只有加巴多里克斯才会觉得没错。"

说完她收回了手，但伊拉龙却一动不动地待在原地，完全不知如何是好了。她的话算是击中了他的命门，叫他根本不知怎么反驳。因为她的一席话，也正说出了他心中质疑自己的问题。想到她对自己的心理竟然洞若观火，伊拉龙不禁脊背一阵发毛。"伊拉龙，我也要谢谢你今天能来改正自己的错误，要知道，并不是每一个人都愿意承认并面对自己的短处的。不过，我并不算是承了你的情。你尽了最大的努力补过，但这只是任何有道义的人应该做的事而已。你并没有完全补偿我曾遭受的痛苦，这根本也在你的能力之外。所以，下次我们相遇，伊拉龙，魔影杀手，你我只能说非敌非友，互不相欠。我对你的感觉是很复杂的，龙骑士，我似乎该非常恨你，又觉得应该爱你。究竟如何，决定的权柄操控在你手里……蓝儿，是你给了我额头上的这颗星，你也一直对我很友善，我将永远是你忠心的仆人。"

埃娃抬起下巴，努力使自己三英尺半的身高达到最为高挑的程度，眼睛环顾帐中诸人说："伊拉龙，蓝儿，娜绥妲……安吉拉，就此别过。"说完便昂首挺胸向门口走去。护卫们自动闪出一条道路，让她通过。

伊拉龙站在原地，觉得有些恍惚："我这是制造了一个什么怪物出来？"两个巨人护卫摸了摸头上每根犄角的尖端，伊拉龙明白，他们的动作是为了辟邪。他对娜绥妲说："很抱歉，我似乎把事情弄得更糟糕了，不单给你，也给我们所有人带来了麻烦。”

娜绥妲平静得如同深山中的湖泊，她先整了整衣袍，然后才徐徐说道：“无所谓，游戏变得更复杂了一点，仅此而已，随着我们逐步接近乌鲁邦和加巴多里克斯，这也是必然现象。”

正在这个时候，伊拉龙听到有物体高速移近的破空之声。他向后一躲，尽管反应算得上奇快无比，还是没能躲过，挨了火辣的一巴掌。他的脑袋被打得歪向一边，人也趔趄着向一张椅子撞去。他从椅子上旋身而过，然后笔直地站定，左手抬起，以防对方连环攻击，右手回收，刚才一瞬间从腰带上抽出来的钢刀随时准备递出。让他吃惊的是，打他的人竟然是安吉拉。精灵们紧贴在占卜师身后，准备一旦她再出手马上将她制服，或者伊拉龙下令的话，便将她押走。索伦明靠在她脚边，龇牙咧嘴，全身的毛都奓了起来。

这个时候，伊拉龙还真有些喜欢上精灵了。“你这是干什么？”他问道。嘴巴一动，他疼得脸上的肌肉一跳，下嘴唇上的伤口撕得更大了，暖暖的带着金属味的鲜血流进嗓子里。

安吉拉猛地一甩头：“接下来的十年我都得教育埃娃怎么做人！这可不是我原来的计划！”

“教育她？”伊拉龙惊疑地叫道，“她怎么会老实地让你教？她会像阻止我一样轻松地阻止你。”

“哼！不见得。她不知道我怕的是什么，也不知道什么能伤害到我。第一次见到她那天，我就留了一手。”

“可以请你把这个咒语和我们分享吗？”娜绥妲问，“鉴于目前事态的发展，我们还是有个法子保护自己不受埃娃伤害才是万全之计。”

“不行，我可不想。”安吉拉说完也走了出去，索伦明乖乖地跟在后面，一如既往优美地摇晃着尾巴。

精灵们收起兵刃，退出大帐，停在恰当的距离之外。

娜绥妲来回揉着两边的太阳穴，愤愤地道：“魔法！”

“唉，魔法！”伊拉龙深有同感。

两个人陡然被格瑞塔扑倒在地的声音吓了一跳，只见她揪着本来就稀疏的头发号哭起来，边哭边打自己的嘴巴，撕扯自己的衣服：“哦，我可怜的小乖乖！我的小羊羔走啦！丢了！她一个人可怎么办？哦，我太惨了，我自己的宝贝都不要我了。我辛辛苦苦，像个奴隶一样地干活，这就是对我的报答呀！多么残酷的世界，总是把你的幸福夺走！”她哭罢呻吟起来，“我的心肝，我的宝贝，我的玫瑰，哦，我的甜豆，走啦！没人照顾她……魔影杀手！你能照看她吗？”

伊拉龙抓住她的胳膊，扶着她站起来，安慰她说自己和蓝儿都会密切留意埃娃的。蓝儿对伊拉龙说：没错，哪怕只是为了防备她偷偷地在我们身上捅一刀。

黄金的赠礼

The Inheritance Cycle

伊拉龙和蓝儿站在娜绥妲猩红色中军大帐的五十码外。终于远离了围绕埃娃而起的喧闹，伊拉龙心情舒畅。他抬头看着蔚蓝的天空，抖了抖肩膀。紧凑的一天下来，他有些疲惫。蓝儿打算飞去吉特河，在平缓深沉的河水中洗个澡，但他眼下还没有什么明确的计划。他的甲胄还没有上完油，还得准备若伦和凯特琳娜的婚礼，要去见乔德，还要给自己找一把合适的剑，此外……他伸手抓了抓自己的下巴。

你要去多久？他问。

蓝儿舒展了一下翅膀，为飞行做准备。几个小时吧。我已经饿了。洗完澡，我就去逮两三头肥鹿，先前我看见有鹿在河西岸啃青草。不过，附近的鹿被沃顿族射杀得太多，也许我得向斯拜恩的方向飞上六七英里，才能找到值得捕杀的猎物。

别飞太远，他提醒道，小心碰到帝国的人马。

不会的，如果正巧碰上一小队帝国士兵的话……她舔了舔嘴巴，那我可不想错过一次速战速决的机会，再说，人肉和鹿肉一样美味。

蓝儿，你不会吧！

她的眼睛露出顽皮的笑意。也许会，也许不会。那要看他们是否穿了盔甲。我讨厌咬金属，从铁壳子里往外扯肉也同样麻烦。

我明白了。他看了看站得最近的一位高挑的银发女精灵，精灵们不会愿意让你单独外出的。你可以让一两个精灵骑在你背上吗？否则，他们在地面可跟不上你的速度。

今天不行。今天，我就想自己去打猎！翅膀猛地一扇，蓝儿飞了起来，蹿向高空。她掉头向西，朝吉特河飞去。同时，她的声音在他心中响起，因为距离的关系，声音比先前弱了一些。等我回来，我们一起飞，好不好，伊拉龙？

好的，等你回来，我们一起飞行，就我们两个。她心头的快乐，化作他脸上的笑容。伊拉龙一直看着她如箭矢般向西天飞去。

伊拉龙收回目光，只见布洛德迦姆跑了过来，矫健有如猎豹。精灵询问蓝儿的去向，听了伊拉龙的答话似乎不太高兴，但他如果有所不满的话，也都留在了心里。

看着布洛德迦姆返回同伴当中，伊拉龙心想：好吧，从最紧要的事做起，一件件来。

他在营地中穿行，最后找到一大块开阔地，那里三十来名沃顿人正拿着各式各样的武器进行操练。见他们都投入紧张的训练中，没注意到自己，伊拉龙松了口气。他蹲下来，右手掌心向上，放到踩得失去本来面目的地面上，然后从古语中选择所需的词汇。“kuldr, risa lam iet un malthinae bollr（金子，到我手里来，聚合成球）。”他低声念道。

手掌附近的地面看上去毫无动静，但伊拉龙能感觉到，咒语的力量霎时已经延伸至地下各个方向几百英尺的范围。不到五秒钟，地面开始沸腾，像一锅烧得滚沸的水，并闪动着黄色的光芒。伊拉龙从俄拉米斯那里得知，不管哪里的土壤，都含有几乎所有元素的颗粒，尽管它们的颗粒太过微小和分散，不能用传统的办法提炼。一个通天彻地的魔法师，肯花大力气的话，却可以把它们提炼出来。

从那一小块黄色的地面上，细细的一柱金光闪闪的粉屑，喷泉般涌起，然后弯下来注入伊拉龙的掌心，每一个金光闪闪的颗粒互相碰撞，彼此融合，最后形成三个榛子大小的纯金丸，静静地停在他的掌上。

“letta（停）。”伊拉龙说道，终止了魔法。他坐在脚跟上，手撑地面，疲惫感席卷全身。他垂着头，眼皮半闭，视线一阵模糊。深吸一口气，他满意地端详着手里金光闪闪的金丸，一边等待体力恢复。真漂亮，他想，要是住在帕伦卡谷的时候我就有这本事，那……嘿，不过直接淘金也许还更容易呢。自从把史洛恩从黑格林顶上带下来，施咒语还没让我这么辛苦过。

他把金丸装进口袋，起身继续向前走，找到一座炊事帐篷，吃了一顿丰盛的午餐。施了这么多耗神的咒语之后，他已经很饿了。饭后，他向卡沃荷村民居住的区域走去。到了近处，一阵响亮的铁器撞击声传入耳中，他好奇地向着声音的方向走去。

三辆马车在一条巷口处一字排开，伊拉龙从旁边绕过去，看到霍司特站在两顶帐篷间一块三十英尺宽的空地上，手握着一根五英尺长的铁条的一头。铁条另一头鲜红欲滴，搁在一块有两百磅重的大铁砧上，铁砧下面垫着一个又矮又粗的木桩。霍司特身强力壮的两个儿子，艾伯瑞和波多尔，站在铁砧两边，各持一把巨大的铁锤，轮流击打着铁砧上的铁条，每一锤都从身后抡过头顶，声势惊人。铁砧后面几英尺远的是一个闪着火光的简易打铁炉。

打铁声实在太响，伊拉龙等在一定距离之外，直到艾伯瑞和波多尔已经把铁条打扁，霍司特又把铁条放回打铁炉。霍司特挥着没拿铁条的那只胳膊，喊道：

"嗨，伊拉龙！"然后他赶紧竖起一根手指，让伊拉龙先不要说话，接着把一团羊毛毡从左耳里掏出来，"好了，现在我又能听见了。什么风把你吹来了，伊拉龙？"他说话的时候，他的两个儿子则忙着拾掇散放在地上的火钳、锤子、模具和其他工具。父子三个人都是一身大汗，油光闪闪。

"我过来是想瞧瞧哪儿来的这么大的声音，"伊拉龙说，"我本应猜到是你。除了从卡沃荷村出来的人，还有谁能弄出这么大的动静！"

霍司特大笑起来，一把像大铲子一样的大胡子指向天空，直到笑了个够："这话说得我得意扬扬，真的！你自己不也是个活生生的证明吗？"

"我们都是，"伊拉龙答道，"你、我、若伦，每个来自卡沃荷的人都是。到我们这一拨人退出舞台的时候，阿拉加西亚再也不是原来的样子了。"他指了指打铁炉和其他用具，"你怎么会在这儿？我以为所有的铁匠……"

"是的，是的，没错，伊拉龙。不过，我说服了负责管这片营地的队长让我在靠近自己帐篷的地方开工。"霍司特捻着自己的胡子尖，"主要是为了伊莱恩，你知道。怀这孩子让她受了不少罪。想想我们来到这儿有多不容易，倒也不奇怪。她一向身子单薄，现在我担心……唉……"他说到这里像大熊赶走苍蝇般抖了抖身子，"也许等你有时间，可以瞧瞧她，看能不能让她舒服一点。"

"我会的。"伊拉龙答应道。

满意地咕哝了一声，霍司特把炉火上的铁条稍微抬了抬，好看清火候。他把铁条放回炉火正中，胡子朝艾伯瑞一点，说："嘿，来点风，就快好了。"艾伯瑞拉动皮风箱，向炉中吹风。霍司特咧嘴向伊拉龙一笑。"沃顿人一听我说我是个铁匠就乐坏了，看他们那兴高采烈的劲头，别人怕会以为我也是个龙骑士呢。他们的铁匠人手不够，我需要的工具都是他们给的，包括那个铁砧。离开卡沃荷的时候，我都哭了，以为这门手艺从此再也用不上了呢。我不是打造刀剑的铁匠，但在这里，嘿，这儿的活足够我、艾伯瑞和波多尔忙五十年的。工钱确实不够高，但至少我们没被抓到加巴多里克斯的地牢里绑在架子上受刑。"

"或者让蛇人啃我们的骨头。"波多尔接话说。

"对，说的是。"霍司特示意两个儿子再次拿起大锤，又将羊毛毡耳塞举到左耳边，"你找我们还有什么事吗，伊拉龙？铁已经烧好了，再多烧的话就会破坏硬度。"

"你知道加得瑞克在哪里吗？"

"加得瑞克？"霍司特双眉之间的沟更深了，"他应该正在和大家一起舞刀弄枪呢，那边大约四分之一英里。"霍司特说着用拇指一指。

伊拉龙谢了他，沿着他指的方向走去。金属撞击声重新一下下不停地响起，响亮有如小钟，尖锐则像一根刺破空气的玻璃针，伊拉龙微笑着捂住耳朵。看到霍司特又找回了自信和目标，他感觉很欣慰。尽管失去了财产和家园，他仍是那个卡沃荷的霍司特。不知怎的，铁匠的坚强和韧劲更坚定了伊拉龙的信念：只要推翻加巴多里克斯，一切都会好起来的，他和来自卡沃荷的村民都多多少少会过上正常的生活。

伊拉龙很快就找到了地方，卡沃荷的村民正拿着新发的兵器在场地上训练。霍司特说得不错，加得瑞克也在这里，正和菲斯克、达门以及莫恩练习拼杀。伊拉龙简短地和那位独臂的退役教官说明来意，他痛快地同意加得瑞克暂停训练。

皮匠跑过来，站在伊拉龙面前，目光停在地面。他肤色黝黑，五短身材，生着一个很像獒犬的下巴，两道阴沉的眉毛，粗壮的胳膊上布满疤痕，那都是常年把手伸进鞣制皮革的大桶里翻弄留下的印记。尽管离英俊差得很远，伊拉龙却知道他是一个善良、诚实的人。

“有什么需要我帮忙的吗，魔影杀手？”加得瑞克在嗓子眼里咕哝着说。

“你已经帮过我的忙了，我是来向你表示感谢，并报偿你的。”

“我？我怎么帮过你了，魔影杀手？”他讲话很慢，很小心，好像生怕掉进伊拉龙给他设的什么圈套里。

“我从卡沃荷逃离之后不久，你发现有人从鞣革桶旁边的阴干棚里偷走了三张牛皮。我说得没错吧？”加得瑞克的脚在地上来回蹭着，脸上露出尴尬的神色：“啊，是这样，不过，你知道，那个棚子我并没有锁门，谁都可能偷偷摸进去把皮子拿走。而且，发生了这么多事情之后，这件事我也看得很淡了。开进斯拜恩前我销毁了绝大部分存货，不让帝国和肮脏的蛇人染指任何有用的东西。不管是谁拿走了那几张皮子，他只是让我省了多销毁三张皮的力气。所以，我说过去的就都让它过去吧。”

“也许是吧，”伊拉龙说，“但我仍觉得出于道义有责任告诉你，偷走牛皮的人是我。”

到这时，加得瑞克才抬眼迎上伊拉龙的目光，像看普通人一样地看着他，没有恐惧，没有敬畏，也没有任何不敬，似乎皮匠正在心里对伊拉龙做一个全新的评价。

“是我偷的，我对此并不感到骄傲，但当时确实是迫不得已。没有那几块皮子，我怀疑自己是否能活着坚持到精灵居住的杜维敦森林。我一直想把这事说成是不告而借，但事实上我就是偷了，因为我根本没打算还。因此，我要向你道歉。此外，既然我还留着那几块皮子，或者说它们的残余部分，那我付钱给你也就是合情合理的。”伊拉龙伸手从腰带里取出一颗金丸——浑圆而坚硬，还带着他身上的热量——递给了加得瑞克。

加得瑞克看着手上闪闪发光的金丸，宽大的下巴闭得紧紧的，薄嘴唇周围的线条坚毅而倔强。他没有做任何会让伊拉龙难堪的动作，没有去掂金丸的重量，也没有放进嘴里去咬。等到他终于张口，他说的是：“我不能接受，伊拉龙。我是个好皮匠没错，但我的那几张皮子不值这个钱。你的慷慨无可争议，但我拿这金子的话会不好受，我会觉得自己是无功受禄。”

伊拉龙并不觉得意外，他说："你做买卖的时候，不会不给主顾一个合理的讲价钱的机会，对吧？"

"是的。"

"好，那你也得给我这个机会。大多数人讲价都是为把价钱压低，不过这笔交易，我却选择把价钱抬高，而且我会讲得和那些想剩下一把零钱的人同样凶。对我来说，那几张牛皮绝对值这些黄金，我绝对一个子儿也不会再少给你，你把刀架到我的脖子上也不成。"

加得瑞克粗壮的手指收拢，握住金丸，他说："既然你这么坚持，我也不能太斤斤计较英寸步不让。我不能让人说，加得瑞克把到手的好运放走了，因为他太忙着数落自己的不是。多谢了，魔影杀手。"

他把金丸小心地用一块羊毛布包好，以免弄花，然后放进腰带上的一个小布囊里："加罗没有把你教坏，伊拉龙，你和若伦他都教得不错。他也许像醋那么酸，像冬天的甘蓝那样又倔又硬，但在把你们带大成人这件事上，他确实干得不错。我想，他会为你们感到骄傲的。"

伊拉龙的感情突然一阵激荡，胸口一下子堵得满满的。

加得瑞克转身向其他村民走去，突然又停住："如果可以问的话，伊拉龙，为什么那几张皮子对你那么重要？你拿去干什么了？"

伊拉龙呵呵笑道："拿去干什么？布鲁姆帮我用它们给蓝儿做了一件鞍具。她现在不像过去那么常戴了，因为精灵送了我们一副更合适的龙鞍——但当初它陪着我们经历了许多战斗和难关，甚至包括垡藤杜尔之战。"

加得瑞克震惊地扬起眉毛，暴露出通常隐在深深皱纹中的浅色皮肤，像暗灰色的大理石裂开了口子一样。他张开嘴巴笑了起来，整张脸完全变了一副模样。"鞍子！"他低呼道，"敢相信吗？我为龙骑士的鞍具加工了皮子！而我当时一点都不知道，那也一样了不起！而且还不是随便哪个龙骑士，是那个龙骑士！是那个最终将亲自推翻黑暴君的骑士！要是我父亲知道我有这一天就好了！"加得瑞克说着快活地跳起了即兴的踢踏舞。他向伊拉龙鞠了一躬，脸上笑容不退，一路蹦跶地跑回到村民当中，随即放开嗓子向所有人讲起这件奇事。

伊拉龙见势不妙，再不走马上就会被众人围住，于是从两排帐篷中间悄悄溜开。办成了一件事，他对自己很满意。*也许会花不少时间，他想，但我欠债从来没有不还的时候。*

不久，他便来到靠近营地东端的一间帐篷前，他敲了敲两扇活动帘门中间的木柱。啪的一声，帘子被拉到了一边，露出站在门内的海伦——乔德的妻子。她冷冷地看着伊拉龙："我估计，你是来找他的吧。"

"要是他在的话。"伊拉龙知道他在，因为他能清楚地感知乔德的心绪，就和海伦的一样清晰。

有一会儿，伊拉龙以为海伦会否认丈夫在家，但最后她耸耸肩，让到一边：

“那你还是进来吧。”伊拉龙看见乔德坐在一张凳子上，正埋头在一堆五花八门的卷轴、书籍和散开的纸页当中，所有的东西都乱七八糟地堆在一张没铺任何东西的小床上。一绺稀疏的头发垂在前额上，和那道从头顶斜到左太阳穴的弯弯的伤疤相映成趣。

“伊拉龙！”乔德惊喜地叫了一声，因沉思而绷紧的面孔一下子舒展开来，“欢迎，欢迎！”他握着伊拉龙的手，把自己坐着的板凳让出来，“请坐，我坐床沿上就行。请坐，别客气，你是客人。想吃点什么还是来点喝的？娜绥妲给我们额外多发了一份口粮，所以你尽管吃，不用担心我们会饿着。跟我们在台姆请你吃的饭菜当然没法儿比，可现在是战争状态，就算国王也不能指望打仗的时候还能好吃好喝呀。”

“来一杯茶就好。”伊拉龙说。

“茶和饼干。”乔德说着给海伦使了个眼色。

海伦从地上抓起水壶，架在腰上，然后把皮水袋的嘴塞进水壶的壶口，用手挤压水袋。水打在壶底，水壶跟着共鸣，发出咚咚咚的闷响。海伦手指紧圈在水袋嘴上，把水流控制得又细又慢。她就那么站着，脸上一副不情不愿的表情。水流声咚咚不停，听得让人心浮气躁。

乔德脸上闪过一丝抱歉的笑容。他眼睛盯在膝盖旁的一张纸片上，等着海伦把水接完。伊拉龙则细看着帐篷布上的一道褶子。

震耳的滴水声持续了三分多钟。

水壶终于装满了。海伦把瘪下去的水袋从壶嘴上拿开，挂在帐篷中柱的一个钩子上，然后没好气地走了出去。

伊拉龙向乔德挑起一道眉毛。

乔德无奈地摊了摊双手：“我在沃顿族的地位没有她希望的那么显要，她为此埋怨我。她同意和我逃离台姆，因为她指望着娜绥妲会抬举我进入她的心腹幕僚圈，或者按大人物的标准赐给我良田美宅，或者其他什么不得了的奖赏，以回报我多年前帮助偷取龙蛋的功劳，至少我相信她是存着这样的指望。海伦期待的可不是一个普通剑手妻子的平凡生活：睡帐篷，自己做饭，自己洗衣服，等等。并不是说她心里只有钱财和地位，但你要明白，她出生在台姆最富有的船王家庭之一，而我们婚后的大部分时间里，我的许多冒险事业也并非不成功。她没经历过这样的贫困，还得慢慢适应和习惯。”他微微耸了耸肩膀，“我本来希望，这次的冒险——如果它当得起这个浪漫的说法的话——会缩小近些年我们之间出现的裂痕，但世上的事就是如此，总是没有表面看起来那么简单。”

“你自己觉得沃顿族对你不够礼遇吗？”伊拉龙问。

“对我自己来说，已经够了，但对海伦……”乔德犹豫了片刻，“我希望她快乐。我自己的报偿在于，当和布鲁姆一起受到莫赞和他的龙，以及他的人马攻击时，活着逃出基里；在于知道自己也曾帮过忙，为加巴多里克斯遭受的沉重一击出过力；在于能回到从前的生活轨道，同时继续为沃顿族的事业服务；在于能娶海伦为妻。这些就是我的奖赏，我已心满意足，别无所求。任何怀疑，当我在烈火平原看到蓝儿从烟雾中飞出的那一刻，都烟消云散了。可是，对海伦我却不知该怎么交代。不过我的话扯远了，这都是我自己的烦恼，不该拿来烦你。”

伊拉龙用食指轻轻碰了碰一个卷轴说：“那你跟我说说，弄这么多纸干什么？你干上抄写员了吗？”

乔德被这个问题给逗乐了：“算不上，可沉闷的程度也差不多。因为是我在乌鲁邦发现了进入加巴多里克斯城堡的秘道，再加上我带出了在台姆的图书室里的一些珍本密档，所以娜绥妲就交代我，找找帝国其他城市有没有类似的暗道。比方说，如果我能发现哪里提到有穿过雷欧那城墙的地道，那就会减少很多流血牺牲。”

“你查找的重点是哪类文件呢？”

“什么都得看。”乔德把垂在额前的那绺头发拨到后面，“历史、神话、传说、诗歌、民谣、宗教典籍，还有龙骑士、魔法师、流浪者、疯子、早被人遗忘的君主、大小将领，等等，所有可能了解某个暗门或秘道，或任何类似能为我们所用的秘密的人的作品。我要过目的材料数量惊人，因为所有这些城市都有数百年的历史，有些甚至在人类的足迹出现在阿拉加西亚之前就已经建立了。”

“真的很可能会有什么发现吗？”

“不，可能性很小。想从历史的尘封中打探秘密，希望总是非常渺茫，但给我足够的时间，我仍可能成功。我毫不怀疑，我要找的东西每个城市中都存在；这些城市太古老，肯定或早或晚挖过进出城墙的暗道。不过，是否有关于这些暗道的记录，即便有的话这些记录是否在我们手中，就完全是另外一个问题了。掌握暗门一类秘密的人，通常都不想给别人知道。”乔德从床上抓起一把纸片，举到眼前，然后哼了一声把它们丢开，“我这是在解一些出谜的人根本没想让别人解开的谜。”

接着他和伊拉龙又说了些闲话，直到海伦重新出现，手里端着三大杯热气腾腾的红花苜蓿茶。伊拉龙接过杯子的时候，留意到她似乎没有刚才那么不高兴了。他心里猜想是不是她刚才在外面听到了乔德说的那些关于她的话。她递给乔德一杯，又从伊拉龙身后的什么地方拿出了一盘薄饼干和一小陶罐蜂蜜。之后她便退后几步，靠在中柱上，吹着自己杯中的热茶。

出于礼貌，乔德等着伊拉龙从盘里拿起一块饼干并咬了一口之后才说：“伊拉龙，贵客上门，事必有因，快说说，你今天来，该不是随便串串门吧？”

伊拉龙喝着杯中的茶说：“烈火平原战役之后，我答应会告诉你布鲁姆是怎么死的，这就是我来的原因。”

乔德脸上的血色消退，代之为灰白：“哦。”

“如果你并不想听，那我不讲就是了。”伊拉龙赶紧说道。

乔德费力地摇摇头说："不，我想知道，刚才只是没有做好准备。"

乔德并没有让海伦离开，伊拉龙拿不准是不是可以当着她的面讲。但想了想，他觉得这件事情给海伦或随便什么人听到也没关系，于是便斟酌着讲了起来。从他和布鲁姆离开乔德家开始，逐渐讲到之后发生的许多事：他们与一伙巨人遭遇，在雷欧那城寻找蛇人，怎样在城外中了蛇人的埋伏，蛇人怎样在逃避穆塔的攻击时刺伤了布鲁姆。

说到布鲁姆生命中的最后时刻，伊拉龙不禁哽咽起来。他讲了布鲁姆躺在砂岩洞穴的里面，讲到自己看着布鲁姆的生命渐渐流走时的那份无助，讲到了弥漫在干燥空气中的死亡气息，讲了布鲁姆的临终遗言和自己用魔法为他造的砂岩墓穴，以及蓝儿怎样将布鲁姆的坟墓变成了一大块钻石。

"如果当时我能有现在的本领就好了，"伊拉龙道，"那我就能把他救活，可是……"他嗓子哽住，说不出话来，用手擦擦眼睛，大口地喝着茶水。此刻他很希望喝的不是茶，而是其他劲道更大的饮料。

乔德长叹一声："布鲁姆就这么走了。他的死对我们所有人都是一大损失。不过我相信，如果可以选的话，他自己必然也会愿意选择这样的死亡方式：为了沃顿族的利益，为保护最后一位自由的龙骑士而死。"

"你知道他也曾是一位龙骑士吗？"

乔德点点头："沃顿族人在我和他见面之前告诉我了。"

"他似乎不太愿意说关于自己的事。"海伦说。

伊拉龙和乔德都笑了起来。"这话没错，"乔德说道，"当时看见他和你一起站在我家门口，我那份震惊，现在还没过去呢。尽管布鲁姆一向都把话藏在自己心里，我们一道旅行的时候却建立起友谊，成了好朋友。我到现在还不明白，为什么他要让我以为他已经死了，蒙在鼓里多少年——十六七年！太久了！另外，布鲁姆在基里杀掉莫赞之后，又把龙蛋送到沃顿族。沃顿族为了保住布鲁姆已死的假象，就不能告诉我龙蛋已经送到他们手上。结果呢，在将近二十年的时间里，我一直以为自己一生中最大的一次冒险以失败告终，由此我们也失去了拥有一位能帮助我们推翻加巴多里克斯的龙骑士的唯一希望。这滋味绝对不好受，我可以向你保证……"

乔德一只手揉着额头，说："当我打开前门，意识到眼前站的人是谁，那时还以为自己是见鬼了。布鲁姆说他隐世不出，是为了在新的龙骑士出现的时候，他还能留得性命去对其进行训练，但他的解释从来没能让我完全满意。有什么必要非得和所有相识的、关心的人割断联系？他究竟在怕什么？他在保护什么？"

乔德的手指在茶杯的把儿上摩挲着："尽管无法证明，但我觉得布鲁姆在基里与莫赞和龙交锋的时候，肯定有所发现。一定是什么很重要的事情，才使得他几乎放弃了当时生命中的一切。我承认，这猜想有些大胆，但我只能推论他手里掌握着什么秘密，是我或任何人都无从得知的，否则便无法给布鲁姆的行为找到解释。"

乔德又叹了口气，一只手在长脸上抹了一下说：“阔别多年之后，我本来希望能有机会和他再次共游，但命运却不作美。从发现他还活着之后不过几个星期，又再一次失去他，这个玩笑实在残酷得过分。”海伦从伊拉龙旁边走过，站在乔德身边，手放在他的肩膀上，他朝她惨淡一笑，伸出胳膊挽住她纤细的腰肢，“我很高兴你和蓝儿给他造了一座连矮人国王都会嫉妒的坟墓。凭他为阿拉加西亚所做的一切，他应得的不只这些。虽然话说回来，一旦他的墓被人发现，我非常担心那些人会毫不犹豫为了钻石把他的坟敲开。”

“如果他们敢的话，我一定让他们后悔，”伊拉龙咬着牙说，他暗自决定，一有机会便回去把布鲁姆的墓用魔法盾罩住，以防盗墓贼侵害，“而且，找金百合就够他们忙的，一时还不至于打扰布鲁姆。”

“什么？”

“小事，没什么。”

他们三个啜饮着杯中的茶水，海伦小口地咬着饼干。伊拉龙问：“你见过莫赞，是吧？”

“那些算不得最温情的相逢，但是不错，我确实见过他。”

“他看起来怎样？”

“是作为一个人吗？我真的觉得不好说，尽管我知道很多他暴行的故事。每一次布鲁姆和我与他相遇，他总是想杀掉我们，要么就是想先抓，然后折磨，最后再把我们杀掉，不管哪一种情况，都决定了我们之间的友谊不大好发展。”伊拉龙听得太认真，顾不上回应乔德的幽默，乔德在床上挪了挪身子，“作为一个战士，莫赞异常可怕。印象中，我们经常被他和他的龙追得疲于奔命，很少有比一条暴怒的龙追在身后更可怕的事。”

“他长什么样？”

“你对他的兴趣好像真不小啊？”

伊拉龙眨了下眼睛，说：“我对他很好奇。他是变节者中最后一个死的，而杀他的人正是布鲁姆，现在，他的儿子又成了我的死敌。”

“那让我想想，”乔德说，“他个子高大，肩膀很宽，头发像乌鸦羽毛那么黑；他的两只眼睛颜色不同，一只黑一只蓝。他不留胡子，下巴光光的，有一根指头，我忘记是哪根了，缺了一截指尖。他很英俊，带着残狠和目空一切的劲头。他说话的时候，嗓音极富魅力。他的甲胄总是擦拭得闪闪发亮，不管是锁子甲还是胸甲，好像他根本不怕被敌人发现，我想他确实也不用怕。当他笑的时候，那笑声听起来似乎充满了痛苦。”

“他的同伴，那个女人莎伦娜怎么样？你也见过她吗？”

乔德笑了：“如果我见过，今天就不会坐在这里了。莫赞也许是位可怕的剑手，一个强大的魔法师，一个冷血的叛徒，但真正最让人们心生恐惧的，却是那个女人。莫赞只派她执行那些没有其他人愿意承担的最邪恶、最艰巨、最秘密的任务。她是他的恐怖黑手，她的出现，永远意味着大难临头，意味着死亡、酷刑、背叛和其他可怕的事情。”听到母亲被别人这样描述，伊拉龙觉得很不舒服。“她残酷到了极点，完全没有一点怜悯和同情心。据说，当初她请求为莫赞效命时，为了测试她的能力，他把治疗的古语教给她——因为她不单是名战士，同时也是巫师——然后让她和他手下十二名最优秀的剑手比试。”

“她是怎么打败他们的？”

“她治好了他们的恐惧，医好了他们的仇恨，消除了他们身上一切能让人起杀心的因素，然后，在他们像弱智的绵羊一样彼此傻笑的时候，她走过去，一个接一个抹了他们的脖子……你没事吗，伊拉龙？你怎么脸色白得像死人一样？”

“我没事，你还记得别的什么吗？”

乔德指头敲着手里的杯子说：“关于莎伦娜的极少。她从来都是个神秘人物。直到莫赞死前几个月，除他之外甚至没有人知道她的真实名字。在一般老百姓的心目中，她唯一的身份就是黑手。我们今天知道的所谓黑手帮——那一大群奸细、刺客和魔法师，替加巴多里克斯干那些伤天害理的勾当——在加巴多里克斯的意图里，发挥的就是莎伦娜对莫赞的作用。即使在沃顿族当中，也只有少数几人知道她的名字，而且他们中的大多数早都进了坟墓。我记得，是布鲁姆发现了她的真实身份。在我带着进入埃里瑞营的秘道的消息，到达沃顿之前——这个城堡是千年之前由精灵族所建，加巴多里克斯在原有基础上进行了扩建，成为现在坐镇乌鲁邦的黑城堡——在我去沃顿之前，布鲁姆花了相当长的一段时间刺探莫赞的领地，希望找到莫赞一些不为人知的弱点……我相信布鲁姆是伪装成下人混进莫赞的宫内的。就是在那时，他发现了关于莎伦娜的一些秘密。但是，我们一直不知道她为什么会死心塌地地追随莫赞，也许是她爱上了他。总而言之，她对他忠心耿耿，甚至到了可以牺牲自己性命的程度。莫赞被布鲁姆杀死之后不久，沃顿族就收到消息，说她也一病不起了。可能就像迷恋主人的猎鹰，没有他她也活不下去。”

*她的忠诚并不是那么彻底，伊拉龙暗想，涉及我的时候，她便违抗了莫赞，并为此付出了生命的代价。要是她能把穆塔也救出来就好了。*对于乔德讲的那些她的恶行，伊拉龙更愿意认为责任在于莫赞，是他扭曲了她本质良善的天性。为了自己的精神不至于崩溃，伊拉龙不能接受双亲都是恶人。

“她爱他，”伊拉龙说，眼睛看着杯中混浊的茶底，“开始的时候，她是爱他的，也许后来没那么爱了。穆塔是她的儿子。”

乔德扬起一条眉毛。“真的？我估计，你是听穆塔亲口说的吗？”伊拉龙点点头：“嗯，这就解开了一直以来在我心里的几个谜团。穆塔的母亲……真奇怪布鲁姆竟然没有发现这个秘密。”

“莫赞竭尽全力掩盖穆塔的存在，甚至变节者的其他成员也不知道。”

“鉴于那一帮争权夺利、背后插刀的恶棍劣迹斑斑的历史，他这么做很可能是救了穆塔一命。当然，也许还不如让他死掉。”

沉默，像一头腼腆的动物，悄悄爬到了他们中间，随时准备着一有动静马上就逃。伊拉龙的眼睛依然看着杯底，他心里有一大堆解不开的问题，但他知道，乔德不能给他答案，或许根本没人能够给。为什么布鲁姆要在卡沃荷隐居？为了保护伊拉龙，他最大仇敌的儿子？把他父亲的兵刃萨若克交给伊拉龙，这难道是个残忍的玩笑？为什么布鲁姆没有告诉他父母的真实身份？他握杯的手不知不觉地收紧，陶瓷杯一下子在手里碎掉了。

突如其来的声音让三个人全都一惊。

“来，我帮你弄干净。”海伦说着忙拿了块布，在他的长衫上擦拭起来。伊拉龙尴尬透顶，连连道歉，乔德和海伦则安慰他只是小事一桩，不用在意。

海伦收拾地上的粗陶片时，乔德开始在床上的那一堆书籍、卷轴和纸张中翻找起来，嘴里说：“啊，我差点给忘了，我有东西要给你，伊拉龙，可能会有用。只要我能找到……”他高兴地叫了一声，直起身，扬了扬手里的一本书，递给了伊拉龙。

原来是“*Domia Abr Wyrda*”——《天意》，僧侣赫斯兰特所著的阿拉加西亚全史。伊拉龙曾在台姆城乔德的藏书室见过这本书，从来没想过还有再次阅读的机会。他用手抚摸因年代久远而磨得发亮的压花封皮，细细体味着那美妙的感觉，然后把书翻开，欣赏用鲜亮的红墨水书写的一行行漂亮的如尼文。捧在手里的，简直就是一个巨大的知识宝库，伊拉龙不由得心生敬畏。他问：“你想把这书送给我？”

“是的。”乔德肯定道，他说着起身让开，海伦从床底下掏出一块茶杯的碎片，“我想对你可能有用。你身处其中的都是一些历史性的事件，许多你面对的困难，都可以从几十、几百甚至上千年前发生的事件中找到根源。如果我是你，一有机会我就会学习历史，从中吸取教益，因为古可鉴今，从历史中你可能学到解决今天问题的办法。在我自己的人生中，历史知识多次给了我勇气和眼光，让我做出正确的选择。”

伊拉龙很想收下这份礼物，但仍拿不定主意：“布鲁姆说过《天意》是你最珍贵的收藏，而且非常难求……此外，你的任务怎么办？不需要用到这本书吗？”

“《天意》确实很珍贵，而且很难求，”乔德说，“但那只是在帝国境内，因为加巴多里克斯把能找到的每一本都烧了，不幸的书主也都被他吊死了。但在这个营地，奥林国王宫廷的臣僚已经硬塞给我六本了，而这里根本还算不上什么治学的中心。不过，我也并非是把它随手送人的。我送这书给你，只因它对你更有用。好书应属识书人，而不是摆在架子上，被人遗忘，空积灰尘，你同意吗？”

“我同意。”伊拉龙把《天意》合起来，再次用手指沿封面上繁复的图案抚摸着，被压印在皮面上的涡形花纹深深吸引，“谢谢你。我会一直好生保管它，直到它找到新的主人。”乔德满意地一点头，身子靠在帐篷的壁上。伊拉龙把书翻过来，看着书脊上的文字，“赫斯兰特是个什么样的僧人？”

“他属于一个小教派。这个教派发源于克瓦斯塔附近，名叫阿塞那，它延续了至少五百年。这一教派认为，所有的知识都是神圣的。”乔德的脸上浮现出一丝神秘的笑容，“教徒致力于收集世界上所有的资料，保存起来，为将来某一场他们相信会摧毁阿拉加西亚所有文明的大灾难做准备。”

“听起来似乎是个很古怪的教派。”伊拉龙说。

“任何教派在外人看来不都是很古怪吗？”乔德反驳道。

伊拉龙说：“我也给你准备了一份礼物，或者应该说是给海伦。”她歪着头，探询地皱着眉。伊拉龙说：“你来自商人家族，是吧？”她点了点头表示认可。“你自己对家里的生意很在行吗？”

海伦的眼睛里光芒一闪。“如果我没嫁给他，”她朝乔德晃了一下肩膀，“父亲去世后的家族生意本该由我接管。我是独生女，而且父亲把他知道的一切都传授给我了。”

这正是伊拉龙想听到的答案。他转头对乔德道：“你说对自己在沃顿族的现状感到满意。”

“是的，大多数情况下都满意。”

“我明白。不过，为帮助我和布鲁姆，你冒了很大的风险，而你甚至甘冒更大的风险去帮助若伦和卡沃荷的每一个人。”

“所谓的帕伦卡强盗。”

伊拉龙呵呵笑了起来，然后继续说道：“没有你的帮助，他们肯定会落入帝国的魔爪。而由于你的反抗行为，你们两个都失去了自己在台姆所珍视的一切。”

“反正早晚都是要失去的。我已经快破产了，双胞胎又向帝国告了我的密。瑞斯亚特大人逮捕我只是时间问题。”

“也许，但你毕竟帮助了若伦。如果当时你先顾着自己保命，谁又能来怪你呢？事实是，你们为了和若伦及其他村民一起盗走‘龙翼号’，抛弃了自己在台姆的生活。对于你做出的牺牲，我将永远心怀感激。所以，我这里先表示一部分谢意……”

伊拉龙将一根手指伸进皮带里面，掏出三颗金丸中的第二颗，递给海伦。她把金丸放在掌心里，动作温柔得好似捧着一只羽毛未丰的小鸟。她难以置信地端详着手里的金丸，乔德则从一旁伸长了脖子向她掌心里望去。伊拉龙道：“这算不上一笔财富，但如果你够聪明的话，你可以让它生出更多的金丸。娜绥妲做的蕾丝买卖使我明白，战争年代，仍有许多机会可以发财致富。”

“哦，没错，”海伦轻声说，“战争是商人的天堂。”

“比方说吧，昨天晚饭时娜绥妲就和我说起，矮人现在很缺蜜酒。你们肯定也知道，他们多少桶都买得起，哪怕价钱是战争前的一千倍。不过，这只是个建议。留意的话，也许你们自己能找到急于成交的贸易伙伴。”

海伦冲过来一把抱住了他，害得伊拉龙冷不防打了个趔趄，倒退了一步。她的头发碰到他的下巴上感觉痒痒的。她放开伊拉龙，突然有些不好意思，随后马上又压抑不住地兴奋起来，把金黄色的小球举到鼻子前面说："谢谢你，伊拉龙！哦，谢谢你！"她指着手上的金丸，"这个我能用，我知道我会把它用好的。有了它，我可以建起一个帝国，比我父亲的还大！"闪亮的金丸消失在她的拳头里。"你觉得我是口出狂言吗？我说过的话是会实现的，我绝不会失败！"

伊拉龙向她点首为礼："我希望你成功，并希望我们所有人都能因你的成功而受益。"

海伦向他行了个屈膝礼，伊拉龙注意到她脖子上的青筋鼓起老高："你太慷慨了，魔影杀手，我要再次向你表示感谢。"

"是的，谢谢你，"乔德说着从床上站起来，"我觉得我们不配收这份大礼。"——海伦狠狠地白了他一眼，但乔德没理她，"但确实我们很高兴。"

伊拉龙脑子一热，说道："至于你，乔德，给你的礼物不是我送的，而是蓝儿送的。她同意等她和你都有空的时候，带你飞一次。"伊拉龙想到把蓝儿让给别人骑乘，很舍不得，他也知道没事先跟蓝儿商量就许诺提供她的服务，蓝儿肯定会不高兴，但送了黄金给海伦之后，如果不送点什么同样珍贵的东西给乔德，他心里觉得过意不去。

乔德的眼睛蒙上了一层泪光。他抓住伊拉龙的手，摇晃着不肯松开，说："我想不出还有什么比这更高的荣誉，你不知道这对我们来说意味着什么。"

伊拉龙把手从乔德的手中抽出来，一边向门口走去，一边尽量礼数周全地道别，说自己必须走了。终于，在对方又表达了一轮感谢，自己则过分谦虚地说了句"小意思"之后，他逃到了门外。

伊拉龙掂了掂手里的《天意》，看了看天上的太阳。蓝儿不用多久就会回来了，不过他还有时间可以办完另外一件事。但首先他得回一趟自己的帐篷。他可不想带着《天意》在营地里走来走去，万一弄坏了怎么办？

*我有了一本书了。*他高兴地想着。

他脚下小跑起来，双手把书抱在胸前。布洛德迦姆和其他精灵则跟在他的身后。

我要一把剑

The Inheritance Cycle

把《天意》在帐篷里放置好之后，伊拉龙马上赶往沃顿族的军械帐。那是一座巨大的敞篷营帐，里面摆满了一架架的长矛、宝剑和弓弩；一个个柳条箱里装满了盾牌和皮甲。比较贵重的锁子甲、束腰短袍、链盔和裹腿，则悬挂在木架上。几百个尖顶盔亮光光地闪着银光。地上摆着一捆捆的箭，旁边坐着十几个箭工，正忙着给在烈火平原战役中箭羽受损的箭装上新的羽毛。

军械帐里人来人往，进出不断：有的带着甲胄和武器来修补，有新入伍者来领取装备，还有的忙着把装备运去营地的其他地方，每个人似乎都把嗓门提到了最高。在这喧闹忙碌的人群当中，站着伊拉龙要找的人——弗雷德里克，沃顿族的军械总管。

布洛德迦姆陪着伊拉龙迈进帐篷，朝弗雷德里克走去。他们才一走进篷顶下面，里面的人马上静了下来，眼睛都盯在他俩身上。随后，他们又各自忙起了自己的事情，只不过脚步和嗓门都轻了许多。

弗雷德里克举起一只胳膊表示欢迎，赶紧迎了上来。他身上一如既往地穿着带毛的牛皮甲胄，那味道很臭，估计那头牲口活着的时候就很臭，没想到现在几乎还是一样臭。一柄大剑斜背在他身后，剑柄从右肩上面伸了出来。“魔影杀手！”他声如洪钟地说，“今天真是个好日子，有什么需要我帮忙的吗？”

“我需要一把剑。”

弗雷德里克胡子抖动，绽开了笑容。“哈，我还想你会不会为了这事来我这里呢？当你没带兵刃，空着手去阿拉加西亚的时候，我想，嘿，也许你已经用不着这些东西了，也许你现在全部的战斗都靠魔法进行了。”

“不，现在还不行。”

“嘿，我可不觉得有什么遗憾。每个人都需要一把好剑，不管他的魔法有多厉害。到最后，解决问题还是要剑对剑，钢铁对钢铁。你等着看吧，和帝国的战争准以这个收场——剑尖插进加巴多里克斯该死的心窝。嘿，我敢拿一年的薪水打赌，加巴多里克斯只要动动小指，就能把你像条小鱼一样开膛破肚，他也有一把自己的宝剑，不但有，而且还用，什么也比不上好钢握在手里的感觉。”

说话的工夫，弗雷德里克带着他们走到了一个单独摆放的剑架前。“你想要的是哪一种剑？”他问，“你过去那把萨若克是单手剑，如果我没记错的话。剑身两个拇指宽——反正是两个我的拇指那么宽——剑身的形状劈、刺全都适合，对吧？”伊拉龙表示确实如此。军械总管咕哝了一声，开始把剑从架子上一把把抽出来，但都只是在空中挥了几下，就又放回去，脸上神情好似不太满意。“与我们或矮人的相比，精灵的剑更窄更轻些，因为他们铸造的时候在剑上融入了魔法。如果我们的剑也造得和他们的一样轻巧，那在战场上要不了一分钟就会弯曲或者断掉，要么就弄得满是豁口，连奶酪都切不动了。”他眼睛一瞟布洛德迦姆说，“没错吧，精灵？”

“正如你所言，人类。”布洛德迦姆用控制得恰到好处的声音答道。

弗雷德里克点点头，检查另一把剑的剑刃，哼了一声，丢回到架子上：“也就是说，不管最后选哪把剑，都可能比你习惯的要重。对你来说重一点可能不算问题，魔影杀手，但多出来的重量仍有可能影响到你出剑的时机。”

“谢谢你的提醒。”伊拉龙道。

“不客气，”弗雷德里克说，“我干的就是这个：尽量减少沃顿人被杀的机会，同时帮助他们尽量多杀加巴多里克斯该死的士兵。我喜欢这个工作。”从这个武器架前离开，他又晃动着高大的身躯走到另一个隐在一堆方形盾后面的架子旁，“给剑手选择一把合适的剑，这本身就是门艺术。一把剑感觉起来，应该像是手臂的延伸，像从手上长出来的一样，和你血肉相连。你不必刻意想怎样去运用它，而是像白鹭的嘴巴或者龙的爪子一样，只要按着直觉行动就是。最贴切的描述应该是意念的外化：你心有所想，它已经化为行动。”

“你说话真像个诗人。”

弗雷德里克做出一个谦虚的表情，略微耸了一下肩：“已经二十六年了，我一直帮那些即将奔赴沙场的人选择武器。时间久了，有些思绪就会渗入骨髓：当时那个年轻人，如果我给他选的不是长矛，而是一个铁头棍，那他是不是有可能还活着？命运、机缘，你心里难免会经常想着这些问题。”弗雷德里克一只手悬在架上的一把剑柄上面，“你作战时喜欢用盾还是不用盾？”

“用盾，”伊拉龙说，“但我不能随身总带着一面盾，所以遇到攻击的时候，手边似乎永远都没有称心的盾牌。”

弗雷德里克点着那把剑的护手，咬了咬长满胡须的上唇：“嗯……那就是说你需要一把适合在不带盾的情况下战斗的剑，又不能太长，这样在你持盾的时候，不管是小圆盾还是大竖盾，都方便配合使用。也就是说，要找一把中等长度，适合单手运用的剑。而且，还得在任何场合都方便你带在身上，形状典雅到可以带着去参加加冕典礼，结实到可以抵挡住一群库尔人。”他做出一个苦笑，“娜绥妲做的这事太反常，和那些怪物结盟，这是不会长久的。我们和他们，天生就不是能走到一起的……”他晃了晃身子，把话题收回来，“可惜你只要一把剑，我有没有说错吧？”

“没错。蓝儿和我经常远行，实在不方便走到哪里都带着一大堆剑。”

“我想你是对的。再说，像你这样的武士也不该有超过一件的兵器。名剑之困——这是我个人的说法。”

“是什么意思？”

“每一个伟大的战士，”弗雷德里克说，“都有一把有名字的剑——通常他们用的都是剑。要么是他自己给剑取名字，要么等他以什么了不起的战绩证明了自己的勇武之后，吟游诗人就会自作主张地给他的剑取个名字。从此以后，他就必须用这把剑了，因为这是大家共同的期待。如果他上战场的时候没带着这把剑，战友就会问他剑去了哪里，还会怀疑他是不是瞧不上以往的战绩，是不是通过拒绝大家献给他的荣誉来侮辱他们；甚至他的敌人也会拒绝战斗，一定要等到他取回自己著名的兵刃。你等着瞧吧，一旦你用新剑与穆塔交战，或者做了其他什么值得纪念的事，沃顿人一定会给你的剑安一个名字，而且会想当然地认为从今往后它都应该挂在你的腰带上。”他边说边走，到了第三个架子前。“我从来没想过有朝一日会有幸帮一位龙骑士选择兵刃。真是机会难得呀！感觉好像我为沃顿族的工作已经到达了最辉煌的顶点。”

说着，他从架子上抓起一把剑，递给伊拉龙。伊拉龙上下抖了抖剑尖，摇摇头。护手的形状不适合他的手。军械总管并未失望，相反，伊拉龙的拒绝使他来了精神，似乎他很享受这种挑战。他又选了一把剑递给伊拉龙。伊拉龙再次摇头，重心太靠前，他不喜欢。

“唯一让我为难的是，”弗雷德里克说着走回到架子前，“无论我给你选哪把剑，都得经受足以毁掉任何平常兵刃的强大冲击力。你需要的是矮人的作品，他们的铁匠是精灵之外最优秀的，有时候甚至还好过精灵。”弗雷德里克突然停了下来，眼睛直直地看着伊拉龙，“等等，我一直没问到点子上！你学的剑法是怎样进行封挡的？是不是以剑刃对剑刃？我好像记得你在坔藤杜尔和阿丽娅交手时这么做过。”

伊拉龙皱了皱眉：“这有什么关系？”

“有什么关系？”弗雷德里克就差没仰天狂笑了，“没有不恭敬的意思，魔影杀手，但如果你用剑锋砍在另一把剑的剑锋上，两把剑都会严重受损。对于萨若克这样有魔法加持的剑来说可能不是问题，但我这里的任何一把剑你都不能这么用，除非你想每战都换把新剑。”

穆塔满是豁口的宝剑在伊拉龙心中一闪而过，他觉得自己真是不可原谅，连这么明显的事都忘记了。他已经习惯了萨若克，它永远不会变钝，永远不会变旧。而且就他所知，大多数魔法对它都是没有效用的。他甚至怀疑世上是否有什么办法能摧毁一柄龙骑士的宝剑："这不用你担心，我会用魔法把剑保护起来，难道找把武器我得等上一天吗？"

"再有一个问题，魔影杀手，你的魔法会一直有效吗？"

伊拉龙眉头皱得更紧："既然你问了……不会一直有效。只有一个精灵知道怎样造出真正的龙骑士之剑，但她还没有把秘诀告诉我。我能做的是把一定的能量传送到宝剑上。能量会保护它不至于受损，直到原本会使宝剑损坏的一次次撞击把剑上的能量耗尽，这时宝剑就会恢复自然的状态，如果不巧的话，下次我和对手作战的时候，它就可能在我的手里碎掉。"

弗雷德里克挠着胡子说："魔影杀手，我就照你的话来理解，就是说，如果你砍杀士兵用剑次数太多，魔法的能量就会耗尽，而你使剑越用力，咒语失效得越快，是吧？"

"完全正确。"

"那么你还是应该避免和敌人剑锋对剑锋地硬碰，因为这样魔法耗费得最快。"

"我没这个时间！"伊拉龙断然道，已经不耐烦到了极点，"我没时间去学一种完全不同的招数。帝国随时可能发动进攻，我必须集中精力熟习我已经掌握的剑法，而不是去学一套新招。"

弗雷德里克啪地一拍巴掌："哈，我知道最适合你的是什么了！"他走到一个装满了兵器的柳条箱前，伸出胳膊在里面掏着，嘴里自言自语，"左也不成，右也不成，看看这回怎么样！"说罢，他从柳条箱底部拿出一根黑色大铁杖，杖头又粗又大。

弗雷德里克用手指敲着铁杖说："用这家伙你可以打断敌人的宝剑，可以打烂锁子甲，可以砸扁头盔，而它绝对毫发无损，不管你砸的是什么东西。"

"这是根棍子呀！"伊拉龙不满地说，"一根铁棍！"

"那又怎么样？以你的力量，你可以把它挥得像根稻草，你会成为战场上的一位战神，绝对！"

伊拉龙摇着脑袋说："不行，砸来砸去可不是我喜欢的打法。再说，要是当时手里拿着铁棍而不是宝剑，那我怎么能一剑刺穿杜尔查的心脏，把他杀死。"

"这样的话，我就只剩一样东西推荐给你了，除非你坚持用传统样式的剑。"说罢弗雷德里克走到帐篷的另外一个角落，给伊拉龙拿回了一件兵刃，他说这是弯刃剑。这确是一把剑，但和伊拉龙熟悉的剑都不同，尽管他以前也在沃顿族当中见到有人用过。它有一个光滑的圆形剑柄头，亮闪闪的像枚银币，木制的剑柄较短，缠以黑色的皮子；曲线形的护手上雕着矮人的文字；单锋的剑身，长度相当于他伸直手臂；剑身两侧，靠近剑背的地方，各有一道细细的凹槽。弯刃剑的剑身平直，但距剑尖约六英寸的地方，剑背斜向外展，形成一个小小的尖锋，然后呈弧线形平缓地内收，直至锋利的剑尖。剑尖部分的增宽，使得它在破开甲胄的时候更不易折断或弯曲，并多了一重獠牙般的狰狞。和双锋剑不同，弯刃剑手持的方式是剑身和护手与地面垂直，但它最不寻常之处，是剑身沿剑锋约半英寸宽呈银灰色的一溜儿，颜色明显比闪着钢铁寒光的剑背其他部分深。两种颜色的交接地带，看上去波光流转，犹如风中摆动的丝巾。

伊拉龙指着那一长条灰色说："这我还是第一次见，有什么门道吗？"

"这是矮人的发明。"弗雷德里克说，"他们把剑刃和剑脊分别淬炼。剑刃部分淬炼得异常坚硬，超过了我们制造的任何一把刀剑敢于达到的程度。剑脊和剑背则单独回火。所以，这把弯刃剑的剑背硬度要比剑刃低，有足够的柔韧度和弹性，能经得住战斗的碰撞，不至于像纸片一样碎掉。"

"矮人所有的兵刃都是这样制造的吗？"

弗雷德里克摇摇头："只有单锋剑和最好的双锋剑才是。"他犹豫了一下，眼神中突然多了一丝踌躇。"你明白我为什么给你选这把剑吗，魔影杀手？"

伊拉龙明白。在剑身与地面垂直的情况下，除非他故意翻转手腕，那么任何攻击都会由剑身承受，保住剑锋不受损，从而有效杀敌，运用弯刃剑只需对他习惯的打法稍作调整。

大步走出帐篷，他手持弯刃剑摆了个架势，然后扬剑过顶，劈向想象中的敌人的头颅。接着他挥了一个剑花，向前猛刺，拨开虚设的一杆长枪，然后又凌空向左跃出六码，做了个漂亮却不实用的动作：舞动剑刃在身后打了个旋，同时把剑从一只手换到另一只手中。他气定神闲地走回弗雷德里克和布洛德迦姆跟前。弯刃剑的速度和稳定性出乎他的意料。尽管赶不上萨若克，但仍不失为一把上好的宝剑。

"你选得不错。"伊拉龙说。

不过弗雷德里克注意到了他言辞间有所保留，于是说："但还是没能让你完全满意，魔影杀手。"

弯刃剑在手上舞了一圈，伊拉龙露出苦笑："它要是看起来不这么像把杀猪刀就好了，我觉得拿着它有点滑稽。"

"啊，如果敌人笑你的话根本不必理会，等你砍掉他们的脑袋，他们就再也笑不出来了。"

伊拉龙颇觉有趣地点点头："我就要它了。"

"那就请你再等片刻。"弗雷德里克说着反身消失在帐篷里，回来的时候，他手上拿着一只黑色的皮剑鞘，上面装点着涡形银饰。他把剑鞘递给伊拉龙，"你有没有学过怎么磨剑，魔影杀手？萨若克是根本不用磨的，对吧？"

"是的，"伊拉龙承认道，"但我用磨石的水平也不差。我可以将一把刀磨到吹毛立断的程度。另外，不得已的话，我随时可以用魔法让剑的锋口齐整。"

弗雷德里克呻吟一声，猛力拍着大腿，拍掉了牛皮腿甲上十几根牛毛："不，不，宝剑的剑刃最怕的就是像剃刀一样又薄又利。剑锋必须要厚，厚而坚固。一个战士必须知道怎样维护自己的装备，其中就包括怎么磨他的宝剑！"

接着，弗雷德里克坚持给伊拉龙找来一块新磨刀石，然后坐在帐篷旁边的地上，向伊拉龙演示究竟怎样把弯刃剑的剑锋磨到适合战斗的程度。待到满意地看到伊拉龙可以在剑上磨出全新的剑锋来，他说："你可以穿着生锈的甲胄作战，你可以戴着凹凸不平的头盔作战，但如果你还想看到第二天的太阳，那就永远不要拿着一把不够锋利的剑作战。如果你刚打完一场硬仗，累得像在贝尔山脉里爬上某个山顶一样，而你的剑也不如现在锋利，那么，不管你有多累，一有机会，你该做的第一件事就是坐下来，拿出磨刀石开始磨剑。就像你先照料自己的坐骑，或者蓝儿，然后才考虑自己的需要一样，你也应该先呵护自己的宝剑。因为没有它，你就会成为敌人毫无反击之力的猎物。"

他们在下午西斜的阳光中坐了一个多小时，军械总管才终于讲解完毕。这时，头上一片清凉的阴影掠过，蓝儿在他们旁边落下。

你一直不来，伊拉龙说，你是故意不来！你本可以几个世纪以前就来把我接走，但你却让我待在这里听弗雷德里克大谈特谈什么水石、油石，讲亚麻油是否比猪油防水效果好。

真的比猪油好吗?

不是，只是味道不那么难闻而已！但我干吗要说这个！关键是你为什么要把我留下来遭受这份磨难?

她的一只厚重的眼皮垂下来，懒洋洋地眨了眨。不要太夸张好不好。磨难?要是准备不充分，你和我要经受的磨难可比这严重多了。那个穿着一身臭衣服的人说的话，对你来说似乎很有用。

嗯，也许是吧。伊拉龙让步道。蓝儿弓起脖子，舔了舔右前爪。

谢别弗雷德里克，并同布洛德迦姆约定了会面的地点之后，伊拉龙把宝剑系到智者拜乐思腰带上，爬上了蓝儿的后背。随着他一声欢叫，蓝儿振翅，高高地飞上了天空。

伊拉龙一阵眩晕，伸手抓住了身前蓝儿的颈刺，看着地上的人和帐篷越来越小，构成了一个缩微的世界。从高空看，遍布营地的帐篷成了一个个灰色的小三棱锥，每一个三棱锥的东面都隐藏在浓重的黑影当中，整个看上去，营地像一大块格子布。环绕营地的守卫工事上木栅林立，密如刺猬的尖刺，远处木柱的尖端在斜照的阳光中白得耀眼。在营地西北面这一片，奥林国王的骑兵是一大群游动的小点。他们东面是巨人的帐篷群，在起伏的大地上显得又黑又矮。

他们继续攀升。

凛冽的空气使伊拉龙面颊生疼，肺部刺痛，只能小口地吸气。在他们旁边，飘浮着一个厚厚的云团，密实得和奶油一般。蓝儿绕着这云团上升，峥嵘的影子在云层上急速掠过。他们飞进一朵流云，湿气迎面撞到伊拉龙脸上，他有几秒钟睁不开眼睛。无数冰凉的小水滴冲进鼻孔和嘴巴，他用手擦脸，有些喘不过气的感觉。他们升到了云团之上，一只红鹰飞过，看到他们，发出一声凄厉的长鸣。

蓝儿翅膀的扇动越来越费力气，伊拉龙也渐渐有些头晕的感觉。蓝儿翅膀平伸，从一股上升气流滑向下一股上升气流，保持着高度，但不再继续上升。

伊拉龙向下望去。他们现在已经高到不觉得高的程度，地面上的一切都显得虚幻。沃顿族的营地现在看上去像个不规则的棋盘，上面一个个小小的灰色和黑色的长方形格子。吉特河是一条银色丝带，两边缀着绿色的流苏。南面，硫黄云从烈火平原上升起，形成了发光的橘黄色的云山，奇形怪状的阴影忽隐忽现。伊拉龙马上转开了目光。

有大约半个小时，他和蓝儿乘风飞翔，默默地沉浸在彼此陪伴的快乐中。伊拉龙默念了一道咒语，将寒气隔开。终于，他们又单独在一起了，像从前在帕伦卡谷，在帝国人马扰乱他们的生活之前的那些日子一样。

蓝儿先开口说话：我们是天空的统治者。

在这里，在这世界的屋顶。伊拉龙伸出手臂，好似可以抚摸到星辰一般。

蓝儿侧身向左回旋，进入一股上升的暖气流后，又开始平飞。明天你就要给若伦和凯特琳娜主持婚礼。

多么奇怪的感觉。若伦竟然要结婚了，而主持婚礼的竟然是我……若伦要结婚了。想一想都让我觉得自己已经老了。不久前我们还都是男孩子，即便是我们，也逃不过时间的铁律。一代代人就这样过去，很快就该轮到我们把自己的孩子送出去，让他们来完成那些必须完成的工作了。

不过，那也得我们先活过接下来的几个月才成。

对，可不是吗！

一阵乱流袭来，蓝儿的身体摇晃起来，她回头看看伊拉龙问：准备好了吗？

走！

她身体前倾，把翅膀紧紧收到身侧，铅锤般向着下面的大地砸去，速度远胜急速的箭矢。失重的感觉让伊拉龙兴奋地大笑起来，他双腿夹紧蓝儿，以免不慎脱飞出去。突然一阵心血来潮，他松开颈刺，两手高高举在头顶。蓝儿陀螺般旋转着下落，下面圆盘形的大地跟着如车轮般飞旋。她慢慢止住旋转，然后向右一滚身，开始背朝下地坠落。

“蓝儿！”伊拉龙大叫着，双拳猛擂她的肩膀。

蓝儿鼻孔喷出一道烟气，正过身体，再次将头向下，对着快速上升的地面扎去。伊拉龙耳鼓生疼，他活动下巴，缓解空气的压力。距离地面的营地只剩不到一千英尺，眼看再过几秒钟他们就会在帐篷群中砸出一个鲜血四溅的大坑，这时蓝儿才展开翅膀。速度骤减，惯性使伊拉龙向前一冲，手里握着的颈刺差点扎进眼睛里。

翅膀大力地扇动了三下，蓝儿完全止住了下降，然后翅膀平展，开始慢慢盘旋着降落。

这才叫过瘾！伊拉龙叫道。

没有比飞翔更刺激的游戏了，因为一旦失控就意味着死亡。

嗯，不过我对你的能力有绝对的信心，你永远不会让我们摔到地上的。伊拉龙的赞美让蓝儿心花怒放。

她对准伊拉龙的帐篷飞去，摇了摇头，伊拉龙的身体跟着摇动，她说：我现在本该习惯了，但每次这样俯冲之后，我的胸口和翅翼都酸疼得厉害，第二天早晨几乎快不能动了。

他拍拍她说：嗯，不过明天你不用飞，明天唯一的事就是婚礼，而你可以走路去参加。她哼了一声，落在地上，扬起大片尘埃，尾巴不慎扫倒了一顶空帐篷。

伊拉龙从蓝儿背上下来，把她交给等候在地面的六名精灵照料，自己则和另外六名一起在营地中穿行，找到了医生葛楚德。从她那里，他问清了明天婚礼仪式的各个步骤和安排，然后和她一起演练了一番，以免到时说错话引起尴尬。然后伊拉龙返回自己的帐篷，洗脸换装，与蓝儿一起如约去和奥林及他的随员用餐。

夜深，晚宴终于结束，伊拉龙和蓝儿向他的帐篷走去。他们看着星空，谈着已经发生和可能会发生的许多事情，这是非常幸福的一刻。到了目的地，伊拉龙停下来，抬头看着蓝儿。他心里充满沉甸甸的爱，感觉都快要跳不动了。

晚安，蓝儿。

晚安，小家伙。

不速之客

The Inheritance Cycle

第二天早晨，伊拉龙走到帐篷后面，脱掉沉重的外衣，开始一招一式地练习润迦——精灵独创的体操——第二重的各种身法。很快，身上的凉意就消失了。他渐渐开始喘息，身体扭曲成各种几乎要把肌肉从骨头上扯掉的姿势，四肢上冒出的汗珠让手和脚滑溜溜地更难保持住体位。

一小时后，润迦练习结束。在长袍一角上擦干手掌，他拔出弯刃剑，练了三十分钟剑术。他本可能会练上一整天——因为他知道剑法的高明与否是性命攸关的事——但若伦的婚礼马上就要开始了，村民们需要所有帮得上忙的人，才有希望及时完成准备。

伊拉龙吃了点东西，洗了个冷水澡，穿好衣服，然后和蓝儿走去见伊莱恩。布洛德迦姆和他的同伴们跟在后面，落后大约十几码的样子，在帐篷之间悄无声息地穿行。

伊莱恩负责操办若伦和凯特琳娜的婚宴。她双手撑在臀部上，以减轻怀孕的重量。看到伊拉龙，她说："啊，很好，伊拉龙，我正盼着你来呢。"说着她用下巴一点，越过一排烤肉架和悬在煤火上的几口大锅，越过一堆正在杀猪的人，越过三个临时用泥巴和石头搭建的炉灶，越过一堆木桶，指向搭在树桩上排成一行的几块木板，六个女人正把它们当面板来用。她说："还有二十团做面包的发酵面团要揉呢，能请你帮帮忙吗？"然后她眉头一皱，看了看他指关节上的老茧，"尽量别把那东西弄到面里，好吧？"

站在长条面板旁的妇女，其中有费尔达和伯吉特，看到伊拉龙加入进来，顿时沉默起来。他打破沉默的几次努力都失败了，过了一会儿便放弃努力，不再试图用谈话缓和气氛，转而专心地揉他的面，但这时她们却又自己聊开了。她们谈到若伦和凯特琳娜，说他们是多么幸运，谈到了村民在营地的生活，以及一路来到这里的旅途经历。然后，费尔达看着伊拉龙，突如其来地说了一句："你的面团好像太黏了，是不是应该掺点面粉？"

伊拉龙试了一下黏度说:“你说得没错，谢谢！”费尔达微微一笑，此后，女人们就把伊拉龙也拉进了她们谈话的圈子。

伊拉龙揉着温暖的面团时，蓝儿则倒在不远的一片草地上晒着日光浴。来自卡沃荷的孩子们围着她嬉闹，有的还爬到了她的身上。儿童尖细的笑声，夹在大人低沉、平和的话音当中，时时传来；两只癞皮狗冲着蓝儿汪汪叫了几声。她从地上抬起头，低声一吼，两只狗呜呜叫着，灰溜溜地跑了。

林间空地上的每一个人，都是伊拉龙打小就认识的。霍司特和菲斯克在烤肉架的另一面，正在搭吃饭的桌子；基塞尔特正把猪血从胳膊上洗掉；艾伯瑞、波多尔、曼道尔和年轻一辈中的另外几个小伙子，正把缠着彩带的一些杆子运到山顶，若伦和凯特琳娜的婚礼将在那儿举办。开酒馆的莫恩正在调制婚礼用的喜酒，他的妻子塔拉拿着三个酒瓶和一个大酒桶在旁边帮忙。几百英尺外，若伦正对一个赶骡车的人大喊大叫。那人是想赶着他的车直接从空地上冲过去。洛林、德尔温和小男孩诺尔法雷尔围在旁边看热闹。若伦大骂了一声，抓住打头骡子的挽具，铆足了劲想拉着几头牲口掉头回去。这场面把伊拉龙逗乐了，他从来没见过若伦这么手忙脚乱，不知道他也是个急脾气。

“大勇士也难免临战紧张。”伊拉龙身边六个女人之一的埃索德说。女人一起笑了起来。

“也许，”伯吉特边往面粉里加水边说，“他担心自己的剑在战斗中弯掉吧。”女人们一听更是笑得前仰后合。伊拉龙脸上发烧，眼睛直勾勾盯着面团，越揉越快。婚礼上说点村话很正常，他以前也没少开别人的玩笑，但这回笑话的对象是他的表兄，还是令他大感尴尬。

那些不能参加婚礼的人，连同能够参加的这些，同样占据了伊拉龙的思绪。他想起了拜得、昆比、帕尔、海达，年轻的埃尔蒙德、克尔比，和其他因帝国而死的人，但想得最多的还是加罗。他希望舅舅现在还活着，可以看到他唯一的儿子被村民和沃顿族公认为英雄，可以看到他和凯特琳娜成亲，终于成为一个真正的男子汉。

闭上眼睛，伊拉龙把脸转向正午的太阳。他对着天空，露出心满意足的微笑。天气舒适，空地上飘满了酵母、面粉、烤肉、刚开启的葡萄酒、滚开的汤、甜点和溶化的糖汁的香气。朋友和家人聚在一起，不是为哀悼，而是为庆祝。这一刻，他是安全的，蓝儿也是安全的。生活本来就该是这样。

一声号角，传遍大地，异常响亮。

接下来又是一声。

然后又是一声。

每个人都僵在当场，不清楚这三声号角意味着什么。

有一会儿工夫，整个营地除了动物偶尔的声息外，寂然无声。然后，沃顿族的战鼓敲响了，混乱在一瞬间爆发。母亲冲向她们的孩子，厨子们急着把火浇灭，其余的男男女女则匆匆抓起武器。

蓝儿还没完全站起来，伊拉龙已经冲到她面前。他思绪延伸，寻到布洛德迦姆，等精灵稍微降低了心灵的防护，马上用意念说：在门口等我们。

遵命，魔影杀手。

伊拉龙跳上蓝儿后背，一条腿刚跨上她的脖子，蓝儿已经跳过了四排帐篷，落地然后再次跃起，她的翅膀半折起来，没有飞翔，而是像山猫横穿湍急的河水一样，跳跃着从营地穿过。每一次落地的冲击，都让伊拉龙牙齿打战，脊柱发麻，险些从她背上掉下去。在他们起落之间，惊恐的战士们纷纷躲避，以便给他们让路。伊拉龙发动意念，找到特里安娜和杜万加塔部的其他成员，确定每一个巫师的位置，组织他们准备战斗。

某个不属于杜万加塔部成员的意念接触到了他的思想，伊拉龙马上回避，在意识周围垒起高墙，转瞬他意识到这意念来自草药师安吉拉，便解除了防护，进行交流。她说：我和娜绥妲以及埃娃在一起。娜绥妲让你和蓝儿与她在北门会合……

我们尽快。是的，是的，我们已经在路上了。埃娃怎么样？她有没有感觉到什么？

痛苦，巨大的痛苦。你的，沃顿族的，别人的。很抱歉，她现在思绪很乱，感受到的刺激太强烈，叫她无法承受，我准备让她入睡，直到暴力结束。安吉拉切断了联系。

像木匠在干一份新活之前总要把工具摆开检查一遍，伊拉龙也逐一检视他布在自己、蓝儿、娜绥妲、阿丽娅和若伦周围的魔法盾，一切似乎都没有问题。

蓝儿在他的帐篷前一个急停，身体继续向前滑动，爪子在坚硬的地面上划出道道深沟。他从她背上跃下，落地时打了个滚，然后又一弹而起，片刻不停地冲进帐篷，边跑边解下挂剑的腰带。他把腰带和连在上面的宝剑丢到地上，伸手从床下摸出他的护甲。套头穿上锁子甲，冰凉而沉重的铁环落在肩上发出和硬币落地相似的声响。他在头上系好了衬帽，上面加了一重环甲盔，最后再把钢盔套在头上。接着，他从地上抓起腰带重新系好，左手拿着胫甲、腕甲，小手指钩着盾牌的套臂带，右手抓起蓝儿沉重的鞍具，冲出了帐篷。

他把护甲一扔，发出哐啷一阵乱响，然后把鞍具甩到蓝儿肩背当中的隆起处，自己也爬了上去。他心急火燎，而且紧张焦虑，结果怎么也系不好鞍带。

蓝儿动弹一下。快点。你太磨蹭了。

我知道！我已经尽快了！可这也得怪你长得太大了。

她怒哼了一声。

营地中一片忙碌，人类和矮人响应战鼓的召唤，排成长队，武器乱响，像一条条河流般向北方涌去。

伊拉龙把扔掉的护甲从地上捡起来，重又爬到蓝儿背上，坐进鞍座。蓝儿的翅膀陡然向下一拍，猛地生出一股上升的冲力，接着是强风扑面，腕甲摩擦着盾牌，发出让人牙疼的声响。她腾空而起，载着伊拉龙向营地北部边缘快速飞行。伊拉龙将腕甲塞在腹部与鞍具的前沿之间，盾牌则挂在蓝儿的一根颈刺上，飞快地在小腿上系胫甲。这时他的两只手都得用上，只能完全靠两腿的力量稳住自己。胫甲绑好后，他把腿伸进鞍具两侧的肋骨状皮腿套里，把一条条皮带扎紧。

伊拉龙摸了摸智者拜乐思腰带，不由得呻吟一声，想起在阿拉加西亚给蓝儿疗伤时已经耗尽了腰带的能量。唉！我该早存些能量在里面！

没关系的。蓝儿说。

他还在忙着戴腕甲时，蓝儿已经弓起翅膀，半透明的翼膜兜住空气，向后仰起，慢慢减速，他们稳稳地落在环绕营地的许多工事中的制高点。娜绥妲已经到了，端坐在她的战马——战风——之上，在她旁边是同样骑着马的约蒙杜，然后是徒步的阿丽娅。环绕一旁的还有当值的一班夜鹰护卫，由卡古阿率领，他是伊拉龙在烈火平原见过的一名巨人。布洛德迦姆和其他精灵走出身后密林一般的帐篷，在靠近伊拉龙和蓝儿的地方站队。营地的另一侧，奥林国王和他的随从快马赶来，接近娜绥妲的时候拉缰勒住昂首扬蹄的战马。紧跟在他们后面的是矮人的首领那亥和他的三个武士，他们几个骑的小马驹也全副武装，披上了皮甲和环甲。拿·葛左格从东边的旷野里奔来，这位库尔人轰隆隆的脚步声，提前几秒宣告了他的到来。娜绥妲大声发布了一道命令，让把守北门的卫兵拉开大门，尽管如果库尔人愿意，自己一下就能将门撞开。

“是谁来挑战？”葛左格吼道，迈出跨度非人类可及的大步，四步便攀上高垒。马匹一见着小山一般的巨人，惊得纷纷向后退避。

“你看。”娜绥妲指点说。

伊拉龙已经在观察敌情。大约两英里外，五艘快船，颜色漆黑，已经停靠在吉特河这一侧的岸边。从船上下来一群人，穿着加巴多里克斯部队的军服。在夏日的太阳下，刀剑、长矛、盾牌、头盔和甲胄上的铁环反射着阳光，远远看去，这支人马就向被风吹动的一片水波。

阿丽娅一只手遮在眼睛上，凝目向那一队士兵望去：“我估计他们人数在二百七十到三百之间。”

“怎么会这么少？”约蒙杜不解地问。

奥林国王怒气勃发：“加巴多里克斯不会狂妄到以为派这么一小撮人就可以把我们消灭了吧？”他摘下王冠形的头盔，用长衫的衣角擦了擦额头上的汗水，“我们可以不失一人就将他们全部剿灭。”

“也许能，”娜绥妲说，“也许不能。”

葛左格咬牙切齿地接道：“龙背上的国王是个满嘴谎言的叛徒，是一头无赖的公羊，但他的脑子可不傻，他像只嗜血的黄鼠狼一样狡诈。”

士兵们排成行列，开始向沃顿族方面开进。

一个报信的小男孩跑到娜绥妲近前，她从马鞍上俯下身子听了片刻，然后打发他走开。“拿·葛左格，你的人已经安全地进入我们的营地。他们在东大门附近聚集，等着听你的号令。”

葛左格哼了一声，但留在原地未动。

娜绥妲又看向逐渐接近的士兵，说：“我看不出有什么理由要和他们在开阔地接战。等他们进入射程，可以让我们的弓箭手逐个射杀，等他们到达工事外围，面对壕沟和木栅他们只好散开队形，一个也别想活着回去。”她的一番策略说完，带着明显的满意。

“等两军相接的时候，”奥林说，“我可以带着骑兵从背后突袭，杀他们个措手不及，连防御的机会都没有。”

“战斗的走向可能……”娜绥妲正在答话，突然间那曾宣布士兵到来的刺耳号角声再度响起，声音之大，令伊拉龙、阿丽娅，和其他的精灵全部捂住了耳朵。响声给耳朵造成的疼痛令伊拉龙脸上肌肉一抖。

*这声音从哪儿来的？*他问蓝儿。

我想，更重要的问题是，为什么士兵进攻前会预先示警，如果这聒噪声确实是来自他们的话。

也许是为转移注意或……

伊拉龙忘了自己接下来要说的是什么，他看到吉特河对岸的一丛败柳背后突然有了动静。红得像浸血的红宝石，红得像炉中锻造的铁，红得像燃烧着憎恨与仇怨的炭火，荆刺出现在无精打采的树丛上方。在这红光灼灼的龙背上，穆塔披挂着一身锃亮的铠甲，手中萨若克高举过头，直指天空。

*冲我们来的。*蓝儿说。伊拉龙浑身发紧，感觉到蓝儿的忧惧，像一道胆汁，流过他的心。

天火

伊拉龙看着荆刺和穆塔高高地升上北方的天空，耳中听到那亥轻轻说了声："该死！"然后开始咒骂穆塔，因为他杀了矮人的国王罗特加。

阿丽娅收回目光，转过头来。"娜绥妲，陛下，"她飞快地看了一眼奥林说，"必须赶在士兵杀到营地前阻止他们，不能让他们碰我们的防御工事，否则他们会向洪水决堤一样漫过这些壁垒，在我们的人和帐篷群中造成前所未有的浩劫，而我们自己却会束手束脚，不方便行动。"

"前所未有的浩劫？"奥林不屑地说，"使者，你难道对我们的勇武这么没信心吗？人类和矮人也许天赋比不上精灵，但是要对付这些可怜虫却不会有什么困难，我可以向你保证。"

阿丽娅面色凝重："您的勇武是无与伦比的，陛下。我对此毫不怀疑，但有一点请您注意：这是为伊拉龙和蓝儿设下的一个陷阱。他们……"说着她挥手朝越升越高的荆刺和穆塔一指，"此次行动的目的是抓住伊拉龙和蓝儿，把他们掳去乌鲁邦。加巴多里克斯不会派出这么少的一点兵力，除非他有把握，这些兵力就足以牵制沃顿族，让穆塔可以从容制住伊拉龙。加巴多里克斯肯定在这些人身上施了咒语，以帮助他们完成任务。究竟是什么样的魔咒，我不清楚，有一点我却很确定，那就是这些士兵绝不是看起来那么简单，一定不能给他们机会进入营地。"

伊拉龙此时已从最初的震惊中回过神来，他说："你是不会希望荆刺飞到营地上空的，它只要飞过去一趟，半个营地就都会烧起来。"

娜绥妲双手握在鞍座上，似乎根本没把穆塔和荆刺，以及距离已经不到一英里的士兵放在心上。"但是为什么不趁我们没有防备的时候偷袭呢？"她问，"为什么提前示警呢？"

答话的是那亥："因为他们不想让伊拉龙和蓝儿被地面上的战斗缠住。除非我猜错了，他们的计划是要伊拉龙和蓝儿在空中与荆刺、穆塔交手，而士兵则在地面向我们进攻。"

“那么，明知是计，还如他们所愿地派伊拉龙和蓝儿出战，这么做明智吗？”娜绥妲扬起一条眉毛问。

“错不了，”阿丽娅坚持道，“因为我们有一个他们绝对料想不到的优势。”她指着布洛德迦姆继续说，“这一次伊拉龙将不是一个人面对穆塔，会有十三个精灵联手做他的臂助。穆塔绝想不到有这样的变化。在士兵攻近之前把他们拦住，你就已经打乱了加巴多里克斯的一部分部署；派蓝儿和伊拉龙，在我族最强大的魔法师的支援下升空作战，将会把加巴多里克斯的如意算盘彻底打乱。”

“你已经说服了我，”娜绥妲说，“不过，士兵的距离太近，步兵恐怕没法儿在较远的地方把他们截住。奥林……”

她话还没说完，国王已经掉转马头，向北大门冲去。他的随从之一吹响了号角，召集奥林其余的骑兵集合，准备冲锋。

娜绥妲对葛左格说：“奥林需要援手，派你的手下去给他助战。”

“是，夜行者小姐。”仰起生着犄角的巨大脑袋，葛左格发出一声狂野的长号。听到巨人野蛮的咆哮声，伊拉龙脖颈和胳膊后面的肌肤一阵刺痒。葛左格啪地合上嘴巴，止住吼声，然后粗声粗气地说：“他们会来的。”话音刚落，霎时间地动山摇，库尔人举步向大门跑去，奥林国王和他的骑兵已经在那里集结待发。

四个沃顿人拉开大门。一声呐喊，奥林国王举起宝剑，飞马奔出营地，带着他身穿清一色金丝束腰衫的骑兵队向士兵冲去。奔腾的马蹄下扬起一片黄色的尘土，遮蔽了箭头形的冲锋队形。

“约蒙杜！”娜绥妲说。

“是，小姐？”

“派两百名剑手和一百名长矛兵跟上去，再派五十名弓箭手，到战场七十至八十码外布阵。约蒙杜，我要让这些士兵被击败，被消灭，被碾为粉末。要让大家明白，一个不留，杀无赦！”

约蒙杜鞠躬领命。

“告诉他们，由于臂伤未愈，我不能在战场上和他们并肩杀敌，但我的心和他们一起前进。”

“是，小姐。”

约蒙杜匆匆离开，那亥催着胯下的小马驹来到娜绥妲近前说：“我的人呢，娜绥妲？我们有什么任务？”

娜绥妲皱着眉，望着前方起伏不平的草地上飘过的滚滚烟尘：“你可以帮助守卫阵地。如果士兵竟然突破……”她被迫打住话头，四百名巨人——烈火平原战役后又有更多的巨人到来——从营地中部蜂拥而出，轰隆隆地跑出大门，奔向远处的战场，难以听清的呐喊声震耳欲聋，不绝于耳。等到他们冲进那片灰尘之中，娜绥妲才继续，“万一敌兵突破了防线，你们的斧头大有用武之地。”

一阵风吹过，送来人和马垂死的尖叫与哀鸣，还有兵刃相击的铿锵之声、宝剑划过头盔的哐啷声和长矛刺中盾牌的闷响。在这一片混响中，有一种可怕的阴冷笑声，从许多喉咙里同时发出，片刻不停，贯穿着混战的始终。伊拉龙心想：*这是疯子的笑声*。

那亥一拳砸在自己的胯上："凭着莫戈瑟尔的名义，我们不是坐着看别人打仗的人！让我们去吧，娜绥妲，让我们也为你砍下几颗头颅！"

"不！"娜绥妲断然道，"不行，不行，不行！我已经给你分配了任务，我希望你能服从命令。这是一场马和人和巨人，甚至还有龙之间的战斗，这不是适合矮人的战斗。你们会像小孩子一样被踩在脚下。"看到那亥急怒攻心的样子，娜绥妲举起一只手，止住他的话，"我知道你们都是勇猛的战士。没有人比我更清楚这一点，我曾和你们在垡藤杜尔并肩战斗。但是，坦率地讲，从我们的标准看你们矮了些，而我不想让你的战士在目前的战斗中去冒险，因为你们可能会吃身高的亏。更好的是等在这里，在高地上，你们会高出任何想爬上防护墙的人，就等着他们送上门好了。如果真的有士兵冲到跟前，那肯定是最凶猛的武士，我希望由你和你的部下来打退他们。因为想打败一个矮人，还不如去撼动一座大山。"

那亥还是很不高兴，嘟囔着说了些什么，但都被覆盖了。娜绥妲方才调动的沃顿族士兵列队走出防护墙上原本是大门的开口，随着战士们渐渐远去，激起一片杂乱的脚步声和装备的碰撞声。这时风速渐缓，变成了平稳的微风。战场那边，阴森的咯咯笑声又随风飘了过来。

片刻后，一个号叫着的意念以不可思议的强度，冲破伊拉龙的防护，闯进了他的意识，为他带来了强烈的痛苦。他听到一个人说：*啊，不，救救我！他们死不了！安格瓦德带走他们吧，他们无法死去！*联系到此中断，伊拉龙艰难地咽了咽口水，心中明白，那人已经阵亡。

娜绥妲在马鞍上动了一下，表情严峻起来："那是谁？"

"你也听到了？"

"似乎大家都听到了。"阿丽娅说。

"我想是巴登，跟着奥林国王一道骑马出营的巫师之一。"

"伊拉龙！"

奥林国王率领骑兵与敌人接战的同时，荆刺在天空盘旋，越升越高。此刻那龙纹丝不动地悬浮在天幕上，在敌兵和营地中间。穆塔的声音经魔法放大，在大地上回响："伊拉龙！我看到你了，躲在娜绥妲的裙子后面。来跟我分个高下吧，伊拉龙！这是你的命运。不然，你想做个懦夫吗，魔影杀手？"

蓝儿替伊拉龙作了回答。她扬起头，发出比穆塔雷鸣般的话语更响亮的咆哮，然后喷出一道噼啪爆响的蓝色火焰，足有二十英尺长。靠近蓝儿的马匹，包括娜绥妲的坐骑，都受惊倒退，高垒上只留下伊拉龙和蓝儿以及精灵。

走到蓝儿旁边，阿丽娅把一只手放在伊拉龙的左腿上，抬头用她斜飞的绿眼睛看着他说："这是我给你的，你要接受，瑟图戈（shurtugal，精灵语对龙骑士的称呼)。”他感觉到一股强劲的能量流注入了自己体内。

“eka elrun ono(谢谢你)。”他低声对她说。

她也同样用古语说:“小心保重,伊拉龙,我不希望看到你被穆塔打败。我……”她似乎还有话要说,但犹豫了一下,然后把手收了回来,退回到布洛德迦姆身边。

“飞好,闪鳞!”蓝儿从高垒上腾空而起,精灵们齐声祝道。

蓝儿扇动翅膀向荆刺飞去。伊拉龙先将意识和蓝儿连接,然后是阿丽娅,再通过阿丽娅与布洛德迦姆和另外十一个精灵连接起来。由阿丽娅作为精灵们意识的聚集点,伊拉龙就只需关注阿丽娅和蓝儿的意识,由于他对她俩极为熟悉,她们的反应在战斗当中就不会分散他的注意力。

伊拉龙左手执盾,抽出宝剑,剑尖上举,以免误伤蓝儿不停扇动的翅膀,也不会划伤她同样不停动作的肩膀或脖子。*幸好昨晚我花时间用魔法增强了宝剑的硬度。*他对蓝儿和阿丽娅说。

*那就希望你的咒语灵验吧。*蓝儿答道。

*记住,*阿丽娅说,*尽量靠近我们。离得越远,保持联系的难度就越大。*

蓝儿向荆刺飞近。荆刺并没有趁机从高处俯冲,也没有以别的方式展开攻击,而是张着翅膀滑向一旁,听任她顺利地升到相同的高度。两条龙在热气流上稳住身形,隔着五十码的距离,面对面摆开架势。他们带刺的尾巴尖摆动着,口吻翕张,发出狂暴的怒吼。

*他又变大了,*蓝儿说,*上次交手到现在还不到两个星期,他又长长了至少四英尺。*

她说得不错。荆刺与他们在烈火平原第一次交锋时比,从头到尾更长了,胸部也更为宽厚。他其实不过是刚孵化不久的幼龙,但体形已经几乎和蓝儿一般大了。

伊拉龙不情愿把眼睛从龙转到他背上的骑士。

穆塔没戴头盔,长长的黑发飘在身后,像油亮的鬃毛。他的面容生硬,比伊拉龙见过的任何时候都更冷峻。伊拉龙知道,这一次穆塔不会也不能再手下留情了。穆塔的声音已经小了许多,但仍高出普通的音量:“你和蓝儿给我们造成了巨大的痛苦,伊拉龙,因为把你们放走,加巴多里克斯对我们大发脾气。在你们两个杀了蛇人之后,他一怒之下,连杀了五个仆人,接下来又把怒火发泄到我和荆刺身上。因为你,我们俩吃了不少苦头,我们再不会犯同样的错误了。”他一挥手臂,荆刺摆出攻击的姿势,一人一龙眼看就要向伊拉龙和蓝儿杀来。

“等等!”伊拉龙叫道,“我知道一个办法,可以解除你们俩向加巴多里克斯立的誓约。”

一种极度渴望的神情掠过穆塔的面孔,他把萨若克放低了几英寸。片刻后,他又瞪起眼睛,朝下面啐了一口,叫道:“我不相信你!那是不可能的。”

“是可能的!只要你肯听我解释。”

穆塔似乎心中矛盾难决。有一阵子，伊拉龙觉得他很可能不肯听。荆刺掉转头，看着穆塔，他们之间进行了某种沟通。“你该死，伊拉龙，”穆塔说着，把萨若克架在身前的鞍具上，“你真该死，拿这个来诱惑我们。我们已经安心接受了命运，你却偏偏又拿一个已经被放弃的渺茫希望来引诱我们。如果事实证明这根本是子虚乌有的希望，兄弟，我发誓，在把你交给加巴多里克斯之前，要砍下你的右手……反正你在乌鲁邦也用不上它了。”

伊拉龙本能地要反唇相讥，却强行压了下去。放低手中的宝剑，他说：“加巴多里克斯当然不会让你们知道，但我和精灵族在一起的时候……”

*伊拉龙，关于我们的事不要再多说了！*阿丽娅叫道。

“……我了解到，如果你的性格发生变化，你在古语中的名字也会随之改变。你是谁并非是一成不变的，穆塔！如果你和荆刺能够对自身做些改变，你们的誓约就不再有束缚力，加巴多里克斯也就失去对你们的控制。”

荆刺向蓝儿靠近了几码。“你上回怎么不说？”穆塔问。

“我那时脑子太乱！”

现在荆刺和蓝儿之间只隔着不足五十英尺的距离。红龙的表情已经没有刚才的凶恶，只有上唇还略微上弯，保持着一点威慑。而在他殷红的眼睛里，出现了一种巨大的、充满困惑的忧伤，似乎他希望蓝儿或者伊拉龙能够了解，为什么他来到这个世上，好像只是为了能让加巴多里克斯奴役他、作践他、强迫他去毁灭别的生命。荆刺鼻子翕张，向蓝儿嗅着。她也朝他嗅了嗅鼻子，舌头从嘴巴里伸出，感觉着他的气味。对荆刺的怜悯在伊拉龙和蓝儿的心头涌起，他们希望可以直接和他对话，但又不敢向他敞开心灵的门户。

双方现在距离如此接近，伊拉龙能看得到穆塔脖子上隆起的条条肌肉，以及在他前额正中跳动的血管。

“我本性并不凶残！”穆塔说，“我已经在条件允许的情况下尽了最大努力。如果当时我们的母亲决定留在乌鲁邦的是你，而把我藏在卡沃荷，我怀疑你是不是能比我做得更好！”

“也许不如你。”

穆塔用拳头砸着胸甲说：“啊哈！那你的建议对我还有什么用呢？如果我已经是个好人，如果我已经尽了最大努力来做个好人，那我还能改变什么？难道我要变得更坏吗？难道我要拥抱加巴多里克斯的邪恶，才能从他的邪恶中解脱吗？这方法听起来可不太妙，如果我真的这样改变了自己的性格，那你是不会喜欢新的我的，你到时会像现在诅咒加巴多里克斯一样地诅咒我。”

伊拉龙一时有些语塞，但他很快说道：“你说得没错，但你并不一定要变得比现在更好或是更坏，只需要变得不同。世界上有许多种不同类型的人，做好人也可以有多种方式。看看某个你所仰慕但却选择了和你不同的生活道路的人，效仿他。奏效可能需要一段时间，但等你的性格有了足够的改变，你就能够摆脱加巴多里克斯的控制，离开帝国，那时你和荆刺可以来沃顿族和我们待在一起，过自由自在的生活。”

但是你为罗特加之死复仇的誓言怎么办？蓝儿问。伊拉龙不去理她。

穆塔讥诮地回答说：“看来你是要我变成另外一个人。如果荆刺和我要拯救我们自己，就必须要消灭当前的自我，那你的救赎真是比我们现在遭受的苦难还可怕。”

“我只是说，你应允许自己成长，通过成长而变得与现在的你不同。这不是容易的事，我知道，但人们总是在不停地自我塑造。拿你的愤怒来说吧，抛弃它，你就能一劳永逸地摆脱加巴多里克斯。”

“抛弃我的愤怒？”穆塔笑了，“如果你能够抛开自己的愤怒，完全不记恨帝国害死你的舅舅，将你的农庄夷为平地，那我也可以抛弃我的愤怒。愤怒就是我们的本质，伊拉龙。没有了愤怒，你和我就只是供养蛆虫的粪土。不过……”穆塔眼睛半闭，轻敲着萨若克与剑身垂直的护手，脖子上的肌肉松弛下来，尽管前额正中的青筋仍高高鼓起，“我承认，这想法确实让人动心，也许我们可以在乌鲁邦一起尝试。前提是，国王允许我们单独待在一起。当然，他也许会决定将我们永远隔开。如果我是他我肯定会这么做。”

伊拉龙握紧抓着剑柄的手指：“你好像认为我们会和你一起去乌鲁邦？”

“哦，你们会的，兄弟。”穆塔嘴角牵动，露出一个不怀好意的笑容，“即使我们有这个打算，荆刺和我也没办法在一时三刻之内就彻底转变。在有充裕时间这样做的机会到来之前，我们仍然得听命于加巴多里克斯，而他给我们的命令毫不含糊：把你们俩带回去见他。我们俩都不想再惹祸上身了。我们打败过你们一次，再打败你们一次也没什么难的。”

蓝儿的牙缝间喷出一溜儿火苗，伊拉龙则把冲到嘴边的呵斥硬生生咽了回去。如果他现在控制不住火气，血光之灾将势不可免：“穆塔，荆刺，请你们至少也尝试一下我的建议好吗？你们难道对加巴多里克斯一点反抗的愿望都没有吗？你们将永远不能摆脱身上的镣铐，除非你们有不服从他的意愿。”

“你低估了加巴多里克斯，伊拉龙，”穆塔吼道，“从他收服了我们的父亲开始，他用真名控制奴隶已经一百多年了。你以为他会不知道一个人的真名在他的一生中是会改变的吗？他肯定对此早有防范。如果我的真名，或者荆刺的，此刻就要变化，那非常可能会触发某个咒语，使加巴多里克斯预知变化就要发生，然后迫使我们回到乌鲁邦，以便他可以重新将我们置于他的控制之下。”

“但他要能猜到你们的新名字才行。”

“这是他最擅长的。”穆塔把萨若克从鞍具上举起，“你的建议也许我们以后用得到，但必须经过细心的研究和准备，那样才不至于在荆刺和我获得自由之后，唯一的结果是让加巴多里克斯马上又偷回去。”他扬了扬萨若克，剑刃闪闪发光，“因此，我们别无选择，只能带你们回乌鲁邦，你们愿意和平地跟我们走吗？”

伊拉龙再也控制不住自己，说："我宁可把自己的心剖出来！"

"最好还是把我的心剖出来。"穆塔答道，然后把萨若克向上一举，发出一声激昂的战斗呐喊。

荆刺同声怒啸，快速地扇动了两下翅膀，蹿到蓝儿上方。向上攀升的同时，他身体半旋，头伸向蓝儿的脖子。只要一口咬住蓝儿的颈项，就可以马上让她丧失行动的能力。

蓝儿并没有坐待他逼近。她头向下探，翅膀在肩窝中旋动，有大约一次心跳的工夫，她的身体垂直向下，而翅膀仍与灰尘笼罩的地面保持平行，以支撑她身体的重量。然后她收回右翼，头向左，尾巴向右，沿顺时针方向猛地一个旋转。钢筋铁骨的龙尾一摆，正击中从上方送到跟前的龙身左侧，在他翅膀上撕开了五道口子。荆刺的翼骨折裂，参差的断头刺破了皮肤，从闪光的鳞甲的缝隙中冒了出来。豆大的龙血冒着热气，雨点似的洒向伊拉龙和蓝儿。一滴血溅到伊拉龙链盔的后部，渗过链甲的缝隙渗到皮肤上，感觉像烧开的油一般火烫。他在脖子上抹了一把，想把血擦掉。

荆刺的咆哮变成了痛苦的厉吼，翻转着从蓝儿身边下坠，无法再保持高度。

蓝儿的身体恢复水平的姿态。干得好！伊拉龙向她叫道。

伊拉龙居高临下，看着穆塔从腰带上拿出一个小小的圆形物体，压在荆刺的肩部。伊拉龙没感觉到任何发自穆塔的魔法流的冲击，但他手里的东西光芒一闪，荆刺断裂的翅膀抖动着，暴露的骨头马上缩回原位，肌肉和筋腱一阵蠕动后，被撕开的伤口眼看着消失了。最后，荆刺表皮上的伤也完全愈合。

他是怎么做到的？伊拉龙吃惊地道。

阿丽娅答道：他一定是事先就将疗伤的咒语灌注在那个东西里了。

我们自己也该想到这个办法。

疗好了伤，荆刺停止下降，重新以惊人的速度向上朝着蓝儿飞来，嘴里喷出一道翻卷的暗红色火焰，烧灼着前方的空气。蓝儿俯身下冲，以对方喷出的火焰柱为中心盘旋着下降。她猛地朝荆刺的脖子咬去，逼得他向后躲闪，同时她的前爪抓向对方的肩膀和胸膛，巨大的翅膀也横向一扫。蓝儿右翅的边缘扫中了穆塔，打得他歪向一边。他很快稳住身形，一剑划向蓝儿，在她翅膀的翼膜上割开了一道三英尺长的口子。

蓝儿嘶鸣一声，后腿踢开荆刺，并向他喷出一道火流。流火到荆刺身前时散成两股，从他两侧飘过，未造成任何伤害。

伊拉龙感觉到蓝儿伤口的阵阵剧痛。他看着那鲜血淋漓的裂口，思绪飞速旋转。如果对手不是穆塔，而是任何别的魔法师，他都不敢在战斗中使用毁灭性的咒语，因为交战的魔法师很可能会以为自己必死无疑，肯定会运起全部的魔法之力进行死前的疯狂反扑。

与穆塔作战情况则不同。伊拉龙知道加巴多里克斯给穆塔的命令是活捉，而不是杀死他和蓝儿。不管我怎么做，伊拉龙想，他都不会下杀手。所以，给蓝儿疗伤应该是安全的，伊拉龙做出判断。他也是直到此时才想到，他可以用任何咒语攻击穆塔，而穆塔却不能用致命的咒语来反击。但他想不通，为什么穆塔要用一件附了魔咒的东西来给荆刺疗伤，而不是自己念咒。

蓝儿说：也许他是想保存体力，又或者他是不想惊动你。如果因为施用魔法，让你在惊恐中走了极端，自杀或者拼死杀掉荆刺或穆塔，那加巴多里克斯是不会高兴的。记住，国王的野心是把我们四个全部纳入他的麾下，而不是杀掉我们，从而失去对我们的控制。

肯定是这么回事。伊拉龙同意道。

他正要给蓝儿的翅膀疗伤，阿丽娅的思绪传来：别，等等！

什么？为什么？你感觉不到蓝儿的疼痛吗？

让我和我的同胞来治她的伤。这样会迷惑穆塔，而且也不会消耗你的体力。

那么远的距离可以吗？

合众人之力就可以做到。还有，伊拉龙，我们建议你不要用魔法攻击穆塔，除非他用意念或魔法主动进攻。即使有我们十三位精灵相助，他的法力可能仍然比你强大。我们对此没有把握。不到万不得已，最好不要冒险去试探。

如果我胜不了呢？

阿拉加西亚将彻底沦入加巴多里克斯之手。

伊拉龙感觉到阿丽娅集中了心神。很快，蓝儿翅膀上的伤口就不再滴血，细致的天蓝色翼膜的破口收拢愈合，没留下一点缺损或疤痕，蓝儿明显地从痛苦中解脱了出来。带着一丝倦意，阿丽娅说：做起来不容易。小心保护自己，最好别受伤。

被蓝儿踢中之后，荆刺向下方坠落，一路奋力拍扑着翅膀。他肯定以为蓝儿会乘势追击，把他逼向地面，让他难以反击，所以一下下坠了四分之一英里。等到发现蓝儿并未追击，他便又盘旋上升，飞到蓝儿头顶足有一千多英尺的高处。

他高举双翅，向蓝儿猛扑而下。怒张的龙嘴里火苗蹿动，白骨般的利爪张开，穆塔高踞龙背，萨若克在其手中挥舞。

蓝儿收起一边的翅膀，猛地翻转，向下方落去，同时伸出翅膀控制速度。在她空中翻身的时候，伊拉龙差一点松开握剑的手。此时，如果他向后仰头，便看得到下方的大地，或者该说是上面的大地。他咬紧牙，心无旁骛地抓紧龙鞍。

荆刺和蓝儿撞到了一起。在伊拉龙的感觉里，蓝儿好似迎面撞上了一座大山。冲击的力道使他向前一冲，头盔撞到面前的颈刺，厚厚的钢盔被磕出了一个小坑。他头晕目眩，颓然地坐在龙鞍里，看着恍若圆盘的天空与大地疯狂地旋转。荆刺击中了蓝儿暴露在外的腹部，伊拉龙感觉到她身上一阵颤抖，想着要是有时间给她穿上精灵族送的护甲就好了。

闪光的红腿出现在蓝儿的肩膀附近，血红的爪子向她抓来。伊拉龙想都不想，一剑挥出。一排鳞甲纷然飞落，几条筋腱瞬间被挑断，那只龙爪上的三只龙趾马上耷拉了下去。伊拉龙举剑再砍。

咆哮着，荆刺从蓝儿身边退开，巨蛇般竖起脖子。一阵强烈的吸气声在伊拉龙耳边响起，荆刺宽阔的胸膛骤然鼓突。伊拉龙一低头，脸藏进肘窝当中，犹如发自地狱的火流霎时吞没了蓝儿。有伊拉龙的魔法盾护体，火的热力伤不了他们，但炙热的火焰仍使他们一时不能视物。

蓝儿转身向左，从翻涌的火流中脱身而出。此时，穆塔已经治愈了荆刺腿上的伤口，红龙再次向蓝儿扑来。两条龙缠在一处，翻翻滚滚地向沃顿族灰色的帐幕群直坠下去。蓝儿看准机会，一口咬住了荆刺龙首上向后伸出的角冠。荆刺狂吼着，像上了钩的鱼一般在空中扑腾，拼命想从蓝儿的口中脱开。角冠的尖刺刺破了蓝儿的舌头，但蓝儿强有力的双颌却纹丝不动。两条龙就这样纠缠着下坠，如同连在一起的两片树叶。

伊拉龙身体前倾，斜斜一剑向穆塔的右肩划去，意不在取他性命，只希望重创对手以结束战斗。与烈火平原一战不同，此时的伊拉龙经过足够的休息，挥臂的速度不输精灵，他确信穆塔一定躲不开这一击。

穆塔举起盾牌，挡开了这一剑。

随即他便还以颜色，萨若克带动嗡嗡的蜂鸣，以不可思议的速度划破空气，向伊拉龙袭来。对方反应之快超出预料，伊拉龙一愣，几乎没来得及闪身挡开这一剑。肩膀一震，萨若克刺中了盾牌。穆塔不给伊拉龙喘息的机会，连环出击，一剑刺向伊拉龙的手腕，被伊拉龙拨开后，立即从盾牌下方刺入，贴着锁子甲的下缘，穿过长衫和马裤，刺进了伊拉龙左胯部，剑尖一直刺进了骨头。

疼痛袭来，伊拉龙像被浇了盆冷水般打了个激灵，但意识也随之变得更为空明，四肢百骸霎时涌起新的力量。

穆塔抽回萨若克，伊拉龙大喝一声，一剑刺出。穆塔手一翻，萨若克压住了弯刃剑，他露出牙齿，阴冷地一笑。伊拉龙片刻不停，手腕一抖，将宝剑抽出，然后作势刺向穆塔的右膝，中途猛然变向，划破了他的面颊。

“你该戴个头盔。”伊拉龙道。

这时他们距地面已非常近，只有几百英尺的样子。蓝儿不得不松口放开荆刺，两龙拉开距离，伊拉龙和穆塔的交手也暂时终止。

蓝儿和荆刺盘旋上升，竞相向停在沃顿营地上方的一片白云飞去。伊拉龙掀起锁子甲和长衫，检视腰胯部位的伤。拳头大小的一片皮肉已然面目全非，是锁子甲在宝剑的冲击下造成的瘀痕。瘀伤中间，被宝剑刺中的地方，是一道细细的红线，两英寸长的样子，鲜血不停地渗出，已经浸透了裤腰。

过去萨若克在危急关头从未让他失望，到现在他还认为它应该属于自己。伤在萨若克之下，让他心中特别不是滋味。武器向主人反戈，这是一个大错，是一件荒谬的事，他本能地觉得无法接受。

蓝儿飞过气流时一阵摇晃，疼痛电流般从伤处蹿了上来，伊拉龙身子一颤。幸亏不是在地上徒步作战，胯上的伤很可能让他站不起来。

阿丽娅，他说，是你帮我疗伤，还是我自己动手，穆塔想阻止我就让他来好了？

治伤交给我们，阿丽娅说，你也许可以给穆塔杀个出其不意，如果他以为你还带伤作战的话。

哦，等等。

怎么？

我得先为你解除禁制，不然我的魔法盾会把你的疗伤咒语挡在外面。伊拉龙想了片刻，才回想起解禁的咒语，然后用古语低声念道："我同意让阿丽娅，伊丝兰查蒂之女，在我身上施一道咒语。"

有机会我们得好好谈谈你的魔法盾。万一你昏迷过去怎么办？那时我们怎么给你用咒语疗伤？

经过烈火平原一战，我觉得设立保护很必要。穆塔那时用魔法把我们俩都定住了，我不希望他或任何人未经允许就能在我们身上施咒。

话是没错，但应该有更巧妙的法子。

精灵的魔法开始生效，伊拉龙在鞍具上轻轻扭动身体。腰侧的伤处一阵刺痒，感觉好像被许多蚊子叮咬过一样。当刺痒结束，他将手伸到长衫下面，很高兴地发现碰触的只是光滑的皮肤。

好哇，他活动着双肩说道，去教训教训他们，让他们以后害怕听到我们的名字！

银白色的云团在眼前变大。蓝儿陡然左转，眼看荆刺也跟着左转，便一头扎进云雾当中。眼前只剩下白茫茫的一片，又湿又冷。很快，蓝儿从云朵的另一头钻了出来，出现在荆刺后上方，相距只有几英尺。

一声胜利的咆哮响起，蓝儿身躯一沉，直取荆刺的侧翼，利爪在他的腿部和背脊一侧留下深深的伤口。然后她的头颈像毒蛇般伸出，咬住了荆刺的左翅，锋利的牙齿狠狠地嵌进肉里。

荆刺挣扎扭动，发出凄声厉吼。伊拉龙从来不知道龙也能发出这样的声音。

我拿下他了，蓝儿说，我可以咬断他的翅膀，但我不想这么做。接下来看你的了，不论你用什么手段，记住要在我们落到离地面太近之前收兵。

披面的血污遮不住穆塔苍白的脸色，他用萨若克指着伊拉龙，剑身抖颤，一股霸道至极的意念闯进了伊拉龙的意识。入侵的意念在伊拉龙的脑海中横冲直撞，捕捉他的思绪，急于找到控制其意识的契机。和在烈火平原时一样，伊拉龙感觉到穆塔的心中众声澎湃，似乎在他自己狂暴的思想下面，另有无数的意念在汹涌澎湃。

伊拉龙怀疑是不是有一群巫师在暗中帮助穆塔，就和自己有精灵相助一样。

尽管非常困难，伊拉龙还是成功地让自己脑中一片空白，只留下一柄萨若克的形象。他把全部心念都集中到这柄剑上，使自己的意识处于无思无虑的凝定状态，让穆塔无处下手，在他的意识中寻不到任何破绽。荆刺的身体突然一阵摇晃，穆塔的注意力瞬间出现转移，伊拉龙乘势发起猛烈反击，直取穆塔的意识。

激烈的搏斗无声地进行。他们一边从高空坠下，一边在心灵中展开你来我往的厮杀。有时伊拉龙似乎占了上风，有时穆塔似乎又抢得了先机，但谁也无法真正将对方击败。伊拉龙看了看飞扑而来的地面，意识到必须另寻办法，为这场对决分出一个胜负。

伊拉龙放低宝剑，平指穆塔，大喝一声："letta（停）！"——正是上次交手穆塔用在他身上的咒语。它很简单，只能把穆塔的手臂和躯干限制在原位，但这样却可以让他们进行全凭实力、不能取巧的对抗，看谁可以运用的能量更多。

穆塔念了一道反制的咒语，却被荆刺的咆哮和呼啸的风声淹没了。

伊拉龙心跳加速，体内的力量潮水般消退。就在他即将耗尽储存的能量，油尽灯枯的时候，来自蓝儿和精灵们的能量源源不断地输送过来，帮助他维持咒语。对面的穆塔开始时一副满不在乎的样子，当发现竟一时脱不开伊拉龙的咒语控制时，面色一沉，嘴唇张开，露出一口牙齿。就这样，两个人以对方的意识为目标缠斗了起来。

伊拉龙感觉到，阿丽娅注入他体内的能量突然一弱，然后又是一次回落，估计是布洛德迦姆手下的两个魔法师先后脱力晕倒了。*穆塔也不会坚持太久了。*他刚一动念，穆塔的意念便马上趁他心绪波动攻了进来，伊拉龙赶紧收住心神。

阿丽娅等众精灵传来的能量已经减弱了一半，连蓝儿都开始因疲惫而颤抖。就在伊拉龙以为要败给穆塔的时候，穆塔突然发出一声痛苦的吼叫，放弃了抵抗，伊拉龙霎时间如释重负，败给伊拉龙的现实似乎让穆塔难以接受。

*现在怎么办？*伊拉龙问阿丽娅和蓝儿，*要把他们抓起来吗？做得到吗？*

*现在，*蓝儿说，*我必须要做的是飞起来。*她张口放开荆刺，举起翅膀，竭尽全力想止住下坠。伊拉龙从她肩部看过去，瞬间只看到马匹和阳光斑驳的草地迎面扑来，下一刻便感觉似乎被一个巨人从下方击中，然后眼前是一片漆黑。

接下来，他最先看到的是蓝儿颈上的几片鳞甲，就在他鼻子前面一两英寸，像蓝色的冰一样闪闪发亮。迷茫中，他感觉到有人从遥远的距离外召唤他的意识，那感觉极度迫切而焦急。随着意识的恢复，他认出呼唤来自阿丽娅。她说：*伊拉龙，终止咒语！否则我们都会死去。结束咒语，穆塔已经去得太远了！伊拉龙，快醒来，不要让自己坠入虚无之境！*

伊拉龙浑身一震，在鞍具上坐直了身体，此时才看出蓝儿蹲卧在奥林国王的一圈骑兵当中，哪里都看不到阿丽娅。随着他的意识变得清晰，伊拉龙感觉到他施在穆塔身上的咒语仍在吸收着他的力量，而且流失的速度越来越快。如果没有蓝儿、阿丽娅和其他精灵的帮助，恐怕他早就死了。

伊拉龙收了魔法，眼睛在地面上搜寻着穆塔和荆刺的踪影。

在那里。蓝儿说着，用嘴巴指了指。在西北方的天空低处，伊拉龙看到荆刺闪着红光的身影，他正扇动翅膀，沿吉特河向上飞去，逃往几英里外加巴多里克斯的军队中。

怎么会这样？

荆刺的伤又给穆塔医好了，他很幸运地落在了一面山坡上，然后在你恢复意识之前借势飞了起来。

穆塔放大的声音越过起伏的大地，隆隆传来："伊拉龙，蓝儿，别以为你们赢了。我们还会见面的，我保证，到时荆刺和我一定会让你们尝到失败的滋味，因为我们会变得比现在更强大！"

伊拉龙紧紧攥着盾牌和宝剑，用力之大，让指甲缝都渗出血来。你觉得能追上他们吗？

应该能，但在那么远的距离外精灵恐怕帮不到你。没有他们的帮助，我怀疑我们是否有把握取胜。

我们也许可以——伊拉龙话说了半截，懊恼地捶着自己的大腿。该死，我真笨！竟然忘了阿若恩，我们本可以用布鲁姆指环中的能量来击败他们。

你有太多的事情要考虑，这是谁都可能会有的失误。

也许吧，但我还是该早点想到，也许我们现在还可以借它的帮助来抓住荆刺和穆塔。

然后呢？蓝儿问，抓到他们以后怎么办？你会像杜尔查在基里对你一样给他们下药吗？或者你想把他们杀掉，一了百了？

我不知道！我们可以帮助他们改变自己的真名，破除向加巴多里克斯所立誓言的约束。不过，给他们自由活动的权利还是太过危险。

阿丽娅说：理论上来讲，伊拉龙，你是对的，但你已经很疲倦，蓝儿也很累了。我宁可放走穆塔和荆刺，也不愿由于你们体力不支，从而失去你们。

但是……

但是我们没有能力可以安全地长期羁押一条龙和一位龙骑士，而且我也不认为杀死荆刺和穆塔有你想的那么容易，伊拉龙。既然已经把他们打退了，还是见好就收吧。知道他们敢再来挑战的话，随时可以照此处理，我们也该心满意足了。说完，她的意识便退了出去。

伊拉龙一直看着荆刺和穆塔，直到他们从视线中消失。然后他叹了口气，摸着蓝儿的脖子说：我能睡上两个星期。

我也是。

你应该自豪，每个回合你都占尽了荆刺的上风。

嗯，可不是吗，是吧？她有些美滋滋的，这不能说是公平的竞赛，荆刺没有我经验丰富。

也没有你的天分。

她扭过头来，舔了舔他右臂上部，锁子甲哗啦啦发出轻响。然后她闪亮的眼睛向下注视着他。

他勉强做出一个微笑的表情。我应该料到的，但看到穆塔的速度竟然和我一样快，我还是吃了一惊。一定是加巴多里克斯又施了更多的魔法。

不过为什么你的魔法盾没能防住萨若克呢？和蛇人交手的时候，魔法盾曾在更强力的攻击下保住过你的性命。

我不太确定。穆塔或者加巴多里克斯也许发明了我没防范的新咒语。也可能只是因为萨若克是真正属于骑士的利器，就像葛勒多说的——

——胡娜铸造的宝剑——

——专破各种法咒——

——只有极少的时候——

——才受魔法的影响。真是没错。

伊拉龙看着剑身上的龙血痕，满面疲惫，我们什么时候可以凭借自己的力量战胜对手？如果不是阿丽娅打碎了蓝宝石星，我根本杀不了杜尔查；我们能胜过穆塔和荆刺，也是靠了阿丽娅和十二个精灵的帮助。

我们必须变得更强大。

但要怎么做呢？加巴多里克斯是怎样获得那巨大的能量的？难道他发现了一种方法，可以在几百英里外汲取奴隶身上的能量吗？啊！我真想不通！

一滴汗水淌下额头，流进了他的右眼角。他用手掌擦去汗水，眨了眨眼睛，再次注意到围在他和蓝儿周围的骑兵。他们在这里干什么？伊拉龙向外一望，才意识到蓝儿降落的地方，就在奥林国王与登陆的帝国士兵交锋的战场附近。在她左边不远，数百号人、马和巨人正在混战，场面极度狂乱。偶尔，宝剑的撞击声、伤者的尖叫声穿过杀声一片的战场，其中还夹杂着阵阵疯狂的笑声。

我想他们在这里是为了保护我们。蓝儿说。

我们！为什么要保护我们？他们为什么还没把士兵杀光？哪里……伊拉龙把话咽了下去。他看到阿丽娅、布洛德迦姆和另外四个满面憔悴的精灵从营地方向飞速奔来。他扬手打了个招呼，叫道：“阿丽娅！发生了什么？怎么好像没人在指挥？”

见阿丽娅呼吸急促，竟然好半天讲不了话，伊拉龙不免吃了一惊。她喘了口气，说道：“这些士兵比我们预想中的难对付多了！我们也不清楚具体发生了什么，奥林的魔法师传回来的话没头没脑，杜万加塔部的人听得摸不着头脑。”阿丽娅调匀呼吸，开始检视蓝儿的伤势。

伊拉龙还要再问，混乱的战场上突然传来一片兴奋的呼喊，喊声压住了别的噪声。这时他听到了奥林的呼喊声：“退回来！回来！全都给我回来！弓箭手，保持队形！该死，谁都不要动，他跑不了啦！”

蓝儿和伊拉龙心念一致。她站起身，从围成一圈的骑兵头上一跃而过，战马受惊，四散逃开。她穿过尸横遍野的战场，向着奥林国王声音的方向冲去，挡在路上的不论是人还是巨人，统统被她拨到一边，好像他们只是一棵棵野草。精灵们拿着剑和弓，快步跟在后面。

蓝儿看到奥林骑在马上，立在布成密集队形的一队战士前沿，盯着四十英尺开外的一个人。国王脸色发红，眼神狂乱，甲胄上满是战斗的污渍。他的左臂下方有一道伤口，右边大腿上露出一截几英寸长的枪杆。看到蓝儿来了，他的脸一瞬间松弛下来。

"好，好，你们来了。"他喃喃地道，蓝儿缓步停在和他的战马平行的位置。"我们需要你，蓝儿，还有你，魔影杀手。"一名弓箭手向前移了几英寸，奥林向他挥着宝剑大喊道："回来！凭安格瓦德的王冠发誓，谁敢离开原位我就要他的人头！"说罢他又将眼睛转向了独立在阵前的那人身上。

伊拉龙随着他的目光看去。那是个中等身材的士兵，脖子上生着块紫色的胎记，棕色的头发被头盔压得平贴在头上。他的盾牌几乎快烂掉了，手里的剑已经弯折，剑身上满是豁口，剑尖处还断了六英寸长的一截。他双腿的链甲上糊满了河泥，血从肋部的一个伤口不停流出，一支装有白天鹅羽毛的箭穿透了他的右脚，把他钉在原地，箭杆的四分之三射进了地里。从这人的喉咙里，咕咕地发出一种可怕的笑声，音量如醉酒般忽大忽小，音调却节节升高，好似就要变成恐怖的尖叫。

"你究竟是什么东西？"奥林问，见士兵没有马上回答，国王骂了一句又说，"回答我，否则我就让我的魔法师来对付你。你是人是兽，还是什么天杀的魔鬼？加巴多里克斯是从什么肮脏的坑里找来你和你的弟兄的？你们是像蛇人一类的东西吗？"

听到国王的最后一个问题，伊拉龙好像被钢针刺中，一个激灵挺直了身体，全部的身心都紧张起来。

笑声停住片刻，那人说："人，我是人。"

"我所认识的人可不是你这样的。"

"我也是为了家人的未来，这和你认识的人有很大差别吗，色达王？"

"别跟我猜哑谜，你这个烂舌根的畜生！告诉我你是怎么变成现在这样的，说真话，不然我把铅灌进你的嗓子，看你到底会不会疼！"

狂乱的咯咯笑声更响了。片刻之后，士兵停下来说："你伤害不了我，色达王。没有人能伤害我。国王使我们消失了对疼痛的感觉，作为报偿，我们的家人将一辈子过上舒适的生活。你们可以躲避，但我们永远不会停止追逐，即使到了普通人会倒地累死的程度也不会停止。你们也可以选择战斗，但我们会不停地击杀你们，哪怕只剩下一条手臂。你们甚至不能选择投降，因为我们不留俘虏。你们唯一可做的是死，从而让这片大地恢复和平。"

带着一脸可怖的笑容，士兵伤得已经不成样子的左手握住箭杆，随着一声皮肉撕裂的声响，将箭杆从脚上拔了出来，箭头上带着一大块血淋淋的肉。士兵拿着箭向他们晃了晃，然后朝一名弓箭手投去，箭刺伤了弓箭手的手。笑声此刻变得更为尖厉，士兵拖着伤脚，蹒跚着向前走来。他举起手中的剑，做出要冲杀的姿势。

“放箭！”奥林叫道。

弓弦嗡地齐响，好似音未调好的琵琶，十几支箭向士兵狂射而出，转眼便射进了他的身体。两支箭被皮甲弹了回来，其余则全部穿透了他的胸膛。鲜血涌进肺中，他的笑声低了下来，变成气喘的轻笑，但他继续向前走，鲜血染红了脚下的草地。弓箭手们再放了一轮箭，那人的肩膀和胳膊上都插满了箭杆，但他脚步不停；紧接着又一轮箭雨，士兵终于摇晃着倒了下去。一支箭射中了他的左膝盖，两条大腿也被射成了箭垛，还有一支贯穿了他的脖子，在他的胎记上留下一个小洞，接着嗖地飞出好远，后面带出一行血雨。但士兵依然不死，他用两只胳膊拉动身体，艰难地向前爬来，张着嘴巴咯咯地笑着，好似整个世界都是一个肮脏的笑话，而只有他一个人能懂。

伊拉龙在一旁看着，凉气顺着脊柱向下直窜。

奥林大声咒骂着，伊拉龙觉着他的声音中已经透出一丝歇斯底里。他从马背上一跃而下，把剑和盾都扔到地上，然后指着距他最近的一个巨人说：“把你的斧头给我！”灰皮肤的巨人一惊，犹豫了一下，递出了自己的兵器。

奥林国王一瘸一拐地向士兵走去，双手举起沉重的大斧，一斧便将士兵的头颅砍了下来。

咯咯的笑声停止了。

士兵的眼珠转了转，嘴巴也动了几下，然后便再也不动了。

奥林抓着头发，把人头提了起来，让所有人看到。“他们是可以杀死的。”他高声道，“传下话去，唯一能确保杀死这些怪物的办法，是砍下他们的脑袋。砍头，或者用狼牙棒敲碎他们的脑袋，要么就是在安全的距离外用箭射他们的眼睛……大灰牙，你在哪里？”一个身材肥壮的中年人催马走上前来，伸手接过奥林丢过去的人头，“把人头用杆子插起来，立在营地北门。把所有士兵的人头都插在杆子上，以此向加巴多里克斯传递一个消息，让他明白，我们不怕他的鬼伎俩，我们会取得最终的胜利！”说完他大步走回坐骑旁边，把斧头还给巨人，从地上捡起自己的武器。

伊拉龙看到拿·葛左格站在几码外的一群库尔人中间，于是向蓝儿交代了几句，她便慢慢挪到了巨人们跟前。互相点了点头，伊拉龙问葛左格：“所有的士兵都是这样的吗？”说着他用手指着被箭射成了刺猬的尸体。

“所有人都感觉不到疼痛。你击中他们，以为他们已经死了，等你一转身，他们马上从后面砍你一剑。”葛左格怒气冲冲地说，“今天我损失了许多手足。我们曾和一群群的人类战斗过，但从来没遇到过这样会笑的活鬼。这太反常了，让我们觉得他们是被一些无家的游魂上了身，也许是因为诸神都在反对我们。”

“瞎说，”伊拉龙驳斥道，“这只不过是加巴多里克斯所施的一道咒语而已，而且我们很快就会想出自保的法子。”

尽管外表信心十足，一想到要与感觉不到疼痛的敌人作战，他心里其实和那些巨人一样惴惴不安。此外，葛左格的话让他想到，一旦所有人都了解了这些士兵的情况，娜绥妲想保持沃顿族的士气恐怕就更困难了。

沃顿人和巨人开始清理战场，寻找倒下的战友，从死尸上取下有用的装备，把士兵的头砍下来，然后再把砍了头的尸体堆在一处，放火焚烧；同时，伊拉龙、蓝儿和奥林，连同阿丽娅和其他的精灵一道返回营地。

路上，伊拉龙提出要给奥林治疗腿伤，但被国王拒绝了。“我有自己的医师，魔影杀手。”他说。

娜绥妲和约蒙杜在北大门等待他们。娜绥妲向奥林迎上来，问：“出了什么问题？”

听到奥林开始讲述，伊拉龙闭上了眼睛。一开始，对士兵的攻击似乎进行得很顺利，骑兵风卷残云般冲进他们的队列，左右冲杀，满以为已经给敌人造成重大伤亡，而一次冲锋下来，自己这边才损失了一名骑兵。当他们向残余的士兵发起攻击时，许多刚才已经倒地的士兵又站了起来，重新加入战斗。奥林说：“这时我们慌了起来，谁想不慌也不可能。我们不知道这些士兵是不是根本杀不死，也不知道他们到底是不是人类。当你看着一个人折断的小腿骨刺露在外，肚子上插着标枪，半边脸已经被砍没了，却还是笑着向你扑来，在这种情况下，还能稳住脚跟毫不退缩的人并不多见。我的战士们都惊慌失措，队形散了，接下来是彻底的混乱，一场屠杀。当巨人们和你的战士赶到时，娜绥妲，他们也马上被疯狂的战斗吞噬。”他摇了摇头。“太惨了，我从来没碰到过这样的情况，哪怕是在烈火平原。”

就连娜绥妲深色的面孔也变得苍白起来。她看了看伊拉龙，然后又望向阿丽娅：“加巴多里克斯是怎么做到的？”

答话的是阿丽娅：“把一个人感觉疼痛的能力大部分阻断，但不是全部，给他留下一点感知力，刚好够他知道自己在什么地方，在做什么事情，但又不能给他保留太多，否则感受到的疼痛就有可能使他丧失行动力。这个咒语应该只需要很少的一点能量。”

娜绥妲舔了舔嘴唇，问奥林道：“你是否知道我们损失了多少人？”

奥林身上一阵剧烈的颤抖。他弯下身，一只手按住大腿，咬了咬牙，然后恨恨地说：“我们这边有三百士兵……你派出了多少人？”

“两百剑手，一百长枪兵，五十名弓箭手。”

“这些，加上巨人，再加上我的骑兵……怎么也有一千人以上吧。这么多兵力，在开阔地上与三百步兵对战。对方全军覆没，我们的损失，唉……”国王摇了摇头，“要等到清点阵亡者之后才能知道具体的数字，但照我估计你的剑手损失了应该有四分之三，长枪兵损失的比例更大，再加上一些弓箭手。我的骑兵没剩下多少，五十，或者七十。他们当中许多都是我的朋友。巨人阵亡的数量大约在一百到一百五十之间。总计起来，阵亡者有五六百，活下来的大部分受了伤。我不知道……我不知道，我不……”他突然无力地张着嘴，身子向旁边歪倒，要不是阿丽娅快步上前扶住，他肯定会从马背上栽下来。

娜绥妲打了一个响指，两个沃顿人从帐篷间跑了过来，娜绥妲命令他们把奥林送回他的大帐，然后再去叫他的御医。

“虽然把敌人尽数剿灭，我们也还是败得很惨。”娜绥妲喃喃地道。她嘴唇紧闭，脸上的神情忧伤与绝望各半。眼里泪光闪动，却没有流下眼泪，她挺直了脊背，刚毅的目光锁在伊拉龙和蓝儿身上：“你们两个的情况怎么样？”她一动不动，专注地听着伊拉龙讲了一遍与穆塔和荆刺交战的过程。听完后，她点了点头，“你能逃脱他们的魔掌，已经是我们敢于期盼的最高目标，但你们却取得了更好的战果，你们证明了加巴多里克斯还没有使穆塔强大到不可战胜的地步。再多几名魔法师帮忙的话，穆塔就会落入你的掌握之中，任你处置。我想，经此一战，穆塔将不再敢冒险单枪匹马与伊丝兰查蒂女王的军队交战了。伊拉龙，如果我们能找到足够多的魔法师分布在你身边，等下一次穆塔和荆刺再来妄图生擒你们的时候，我相信一定可以杀掉他们。”

“你不想活捉他们吗？”伊拉龙问。

“我想要的事情很多，但能得到的恐怕没有多少。穆塔和荆刺也许不想杀死你们，但一旦机会出现，我们一定要毫不犹豫地把他们除掉。或者，你有什么不同的见解？”

“……没有。”

娜绥妲把目光转到阿丽娅身上，问：“你的魔法师有没有伤亡？”

“有几个晕倒了，但都已经复原。谢谢你。”

娜绥妲深吸一口气，转头向北，两眼望向不知名的远方：“伊拉龙，请通知特里安娜，我要杜万加塔部设法仿造加巴多里克斯的咒语。尽管这不是什么高尚的门道，我们却必须模仿，我们没有别的选择。让我们的人全都失去痛感是不实际的——而且会让我们太容易受伤——但我们应该有几百名不会感觉到肉体疼痛的剑手，当然他们都应该是志愿者。”

“是，小姐。”

“死了这么多人，”娜绥妲绞着手里的缰绳，“我们在一个地方停留太久了，现在是向帝国进行反击的时候了。”她一踢马腹，驱策“战风”离开营地前的杀戮场。战马咬着嚼子，甩了甩头。“伊拉龙，你的表兄请求参战，被我拒绝了，因为他即将举行婚礼。他很不高兴，尽管我怀疑他的未婚妻想法可能相反。你可否帮我了解一下，他们是否仍打算在今天举行婚礼？流了这么多血之后，一场婚礼会振奋沃顿族的士气。”

“我一知道结果马上就告诉你。”

“多谢，你可以走了，伊拉龙。”

向娜绥妲告辞之后，伊拉龙和蓝儿先去看望了在他们与穆塔和荆刺交战中昏迷过去的几位精灵，感谢他们及其同伴的帮助。然后伊拉龙、阿丽娅和布洛德迦姆查看了荆刺给蓝儿造成的伤情，治好了她身上的几处创口、剐伤和瘀痕。完事之后，伊拉龙发动意念，找到特里安娜，转达了娜绥妲的指示。

之后，他和蓝儿才去寻找若伦。布洛德迦姆等众精灵陪着他们，阿丽娅则去处理自己的事务。

伊拉龙找到若伦和凯特琳娜的时候，他们正站在霍司特的帐篷边上，小声然而却互不相让地争论。看到伊拉龙和蓝儿走过来，他俩都住了口。凯特琳娜抱着胳膊，转过脸去不看若伦。若伦则手抓着插在腰带里的锤头，在一块石头上不停地蹭鞋跟。

伊拉龙停在他们跟前，等了一会儿，希望他们会主动解释争论的原因，但是凯特琳娜的眼睛在他和蓝儿身上来回看了看，问：“你们两个有没有受伤？”

“有，但已经好了。”

“这……真是挺怪的。我们在卡沃荷就听过不少关于魔法的故事，但我从来不信，因为听起来太不真实。但在这里，魔法师到处都是……你们让穆塔和荆刺受了重伤吗？是不是因此他们才逃跑了？”

“我们打败了他们，但没给他们造成永久的伤害。”伊拉龙说罢停了片刻，但若伦和凯特琳娜都不再接话，于是他便问他们是否还想在当天办完婚礼，“娜绥妲建议婚礼继续，但也许你们应该放一放。死者还未入土，需要做的事情太多。明天会更方便……也更得体。”

“不，”若伦抬起脚跟，靴尖抵着石头说，“帝国随时可能会发动攻击，明天也许就太晚了。万一……万一我在结婚前死了，那凯特琳娜怎么办，我们的……”他舌头一顿停住了，脸红了起来。

凯特琳娜的表情柔和起来。她贴近若伦，拉住他的手说：“而且，婚宴都已经准备了，场地也都布置好了，亲友也都来了。让大家白忙一场也说不过去。”她抬起手，摸了摸若伦的胡子，他微笑着，把她揽在臂中。

*我快给他俩搞糊涂了。*伊拉龙向蓝儿抱怨。“那么，仪式什么时候开始？”

“过一小时。”若伦答道。

完婚

The Inheritance Cycle

四个小时后，伊拉龙站在开着星星点点的黄色野花的小山顶上。

山坡上芳草萋萋，右手边一百余英尺外，吉特河匆匆流过。碧空如洗，大地沐浴在柔和的阳光之中。空气凉爽、舒适而又清新，感觉像刚下过雨一样。

聚在山前的是来自卡沃荷的村民，他们在刚才的战斗中没有一人受伤，此外似乎沃顿族半数的居民也都到场了。许多战士拿着长枪，枪尖上装饰着花花绿绿的刺绣彩旗。各类马匹，包括“雪焰”，都用地桩拴在草场另一头。娜绥妲尽了最大努力，但来的人太多，组织工作时间之长还是超出了所有人的预料。

蓝儿从人群上方滑翔而过，轻轻落在伊拉龙旁边，翅膀扇起的风，轻抚着他刚洗完还湿着的头发。他笑着拍了拍她的肩膀。

小家伙。

正常情况下，在这么多人面前讲话，主持如此庄严而重要的仪式，肯定会让他很紧张。但在一场恶战之后，一切都显得不真实起来，好像只不过是个逼真的梦境。

山脚下站着娜绥妲、阿丽娅、那亥、约蒙杜、安吉拉、埃娃，和其他一些重要人物。奥林国王不在，他的伤势比表面看起来严重得多，仍在大帐中接受医师们紧急的治疗。国王的首相阿尔温代他出席婚礼。

到场的巨人只有娜绥妲私人卫队中的两个。娜绥妲邀请拿·葛左格参加婚礼的时候，伊拉龙也在场，看到葛左格很知趣地谢绝了邀请，他不禁松了口气。村民们绝不会同意让一大群巨人出现在婚礼上的，即便是娜绥妲的侍卫，也是她费了好多口舌，才说服大家同意留下的。

一阵窸窸窣窣的衣服声响，村民和沃顿人分到两边，当中留出一条长长的通道，直到山前。然后，村民们异口同声唱起了帕伦卡谷古老的婚礼赞歌。熟悉的曲调歌唱季节的循环，歌唱每年带来丰收的温暖大地，歌唱春季产崽的母牛、筑巢的知更鸟和产卵的鱼，歌唱新旧更替的自然规律。布洛德迦姆的魔法师之一，一位银发的女精灵，从一个天鹅绒盒子里取出一把小巧的金色竖琴，随着村民简单的旋律，即兴弹琴伴奏，为这熟悉的歌声增添了一缕惆怅的情怀。

通道尽头，若伦和凯特琳娜分别从两侧的人群中缓步走出，转身面向小山，两个人保持一定距离，并排向伊拉龙的方向走来。若伦身穿向沃顿人借来的新长衫，头发梳得整整齐齐，胡子也理过，靴子擦得干干净净，脸上洋溢着无法描述的快乐。总之，在伊拉龙看来，他今天可谓英俊不凡。然而，真正让他眼前一亮的是凯特琳娜。她按照传统，穿着首次结婚的新娘该穿的淡蓝色长裙，款式简单，但却有二十英尺长的蕾丝裙裾，由两个小女孩在后面托着。衬着浅色的衣裙，她飘飞的鬈发像打磨过的铜器一般光亮醒目。她手里拿着一束野花，整个人骄傲、沉静而又美丽。

伊拉龙听到女人们为凯特琳娜长长的裙裾发出低声惊呼。他决定一定要向娜绥妲表示感谢，感谢她让杜万加塔部为凯特琳娜准备了这条裙子，因为他断定这礼物肯定是她的手笔。

霍司特走在若伦身后三步远的地方，伯吉特跟在凯特琳娜后面相似的位置，每走一步都小心翼翼，怕踩到裙子上。

当若伦和凯特琳娜距小山还有一半路的时候，一对白鸽从吉特河岸边的柳林中飞出，两双爪子抬着一个黄水仙的花环。看到鸽子飞来，凯特琳娜放慢了脚步，然后停了下来。鸽子自北向东，绕着她转了三圈，然后落下来把花环放在她的头上，之后又向河边飞去。

“这是你的杰作吧？”伊拉龙轻声问阿丽娅。

她笑了笑。

山顶，若伦和凯特琳娜一动不动地站在伊拉龙前面，等待村民的歌声结束。最后一个重唱也渐渐沉寂后，伊拉龙举起双手说：“欢迎大家。今日我们相聚，来庆祝加罗之子若伦和伊丝米拉之女凯特琳娜缔结姻缘。他们都有良好的声誉，而且就我所知，都未和其他人有过婚约。如果情况并非如此，或者有任何不能让他们结为夫妇的原因，请当着所有这些证人的面，说出你的理由，以便我们做出裁决。”伊拉龙适当地等待了片刻，“今日谁为加罗之子若伦谈婚？”

霍司特上前说：“若伦没有父亲，也没有叔父，所以我，奥斯特里斯之子霍司特，愿作为血亲为他谈婚。”

“今日谁为伊丝米拉之女凯特琳娜论嫁？”

伯吉特上前说：“凯特琳娜没有母亲，也没有姨妈，所以我，马德拉之女伯吉特，愿作为血亲为她论嫁。”尽管与若伦有仇怨，但在情在理来讲，为凯特琳娜出面既是她的权利，也是她的责任，因为她曾是凯特琳娜母亲的密友。

“如此甚好。那么，加罗之子若伦带了什么来，保证他和他的妻子生活美满兴旺？”

“他带来了他的名字，”霍司特说，“他带来了他的锤子，他带来了双手的力量，他带来了卡沃荷的农场未来的收获，在那里他们将平静地生活。”

惊讶之情涟漪般扩散开来，大家都明白若伦这是在做什么：他是在以最公开、最具约束力的方式宣布，帝国不能阻止他带着凯特琳娜回家，不能阻止他给凯特琳娜一个如果不是因帝国血腥迫害本该属于她的生活。若伦把自己的荣誉，作为男人和丈夫的荣誉，与帝国的破灭绑在了一起。

“你愿意接受吗，马德拉之女伯吉特？”伊拉龙问。

伯吉特点头说：“我愿意。”

“那么伊丝米拉之女凯特琳娜带来了什么，能让她和她的丈夫生活美满兴旺？”

“她带来了献给加罗之子若伦的爱和忠诚，她还带来了管理家务的才能，她还带来了一份嫁妆。”伊拉龙惊讶地看到，在伯吉特的示意下，站在娜绥妲旁边的两个人走上前来，手里抬着一个金属箱子。伯吉特把箱子的锁扣打开，掀开箱盖，向伊拉龙展示里面的物品。看到里面的一堆珠宝首饰，伊拉龙不禁目瞪口呆。“她带来了一条黄金钻石项链；她带来了一枚南海红珊瑚制成的胸针；她带来了一件包头发的珍珠发网；她带来了五枚黄金和琥珀金戒指。第一枚戒指……”伯吉特每说到一样都会从箱子里拿出来，举起来让大家看她所言不虚。

伊拉龙心下困惑，向娜绥妲望了一眼，正好瞧见她脸上惬意的笑容。

伯吉特把该说的终于说完，重新关箱上锁，伊拉龙问：“你愿意接受吗，奥斯特里斯之子霍司特？”

“我愿意。”

“现在，你们双方的家庭，已经合法地结为一家。”到这里，伊拉龙第一次直接对若伦和凯特琳娜讲话，“为你们谈婚论嫁的人，已经同意了你们双方提供的条件。若伦，你对奥斯特里斯之子霍司特代你谈的条件满意吗？”

“满意。”

“凯特琳娜，你对马德拉之女伯吉特代你谈的条件满意吗？”

“满意。”

“重锤若伦，加罗的儿子，你是否愿意以你自己和你祖先的名义发誓，在你们的有生之年，保护并扶持伊丝米拉之女凯特琳娜？”

“我，重锤若伦，加罗的儿子，以我自己和我祖先的名义发誓，在我们的有生之年，保护并扶持伊丝米拉之女凯特琳娜。”

“你是否愿意发誓，在一生的岁月里，保护她的名誉，对她忠诚无二，善待她，呵护她？”

“我发誓，在一生的岁月里，我将保护她的名誉，对她忠诚无二，善待她，呵护她。”

“你是否愿意发誓，在明天日落之前，把箱柜和钱匣的钥匙，如果有的话，都交给她，让她能如妻子当做的那样，料理你的事务？”

若伦发誓说他愿意。

“凯特琳娜，伊丝米拉的女儿，你是否愿意以你自己和你祖先的名义发誓，在你们的有生之年，服侍和扶持加罗之子若伦？”

“我，凯特琳娜，伊丝米拉的女儿，以我自己和我祖先的名义发誓，将在我们的有生之年，服侍和扶持加罗之子若伦。”

“你是否愿意发誓，在一生的岁月里，保护他的名誉，对他忠诚无二，为他生养子女，做丈夫的贤妻，孩子的良母？”

“我发誓，在一生的岁月里，我将保护他的名誉，对他忠诚无二，为他生养子女，做丈夫的贤妻，孩子的良母。”

“你是否愿意发誓，接管他的财产和物品，尽心打理，让他能够专心于那些只属于他的责任？”

凯特琳娜发誓说愿意。

伊拉龙满面笑容，从袖管里抽出一条红丝带，说：“把你们的手腕交叉叠在一起。”若伦和凯特琳娜分别伸出左手和右手，照着做了。伊拉龙将红丝带从中间开始，绕着他们的手腕缠了三绕，最后打了个蝴蝶结。“现在我以龙骑士的合法权利宣布，你们已结为夫妇！”

人群爆发出一阵欢呼。若伦和凯特琳娜彼此靠近，互相亲吻。欢呼声霎时又提高了一倍。

蓝儿把头向一对喜气洋洋的新人伸过去，待若伦和凯特琳娜分开，唇部在俩人的额头上各自触了一下。长命百岁，愿你们的爱情随日月流逝越来越深。她说。

若伦和凯特琳娜转身面对人群，高高举起绑在一起的手臂。“宴席开始！”若伦高声宣布。

伊拉龙跟在一对新人后面，走下山坡，穿过欢呼的人群，向安置在一排桌子前的两把椅子走去。若伦和凯特琳娜作为自己婚礼的国王和王后，在椅子里就座。

宾客们排成长队，向他们道喜并送上礼物。伊拉龙排在第一个，脸上的笑容和两位新人一样灿烂。他握了握若伦空出来的那只手，向凯特琳娜点了点头。

“谢谢你，伊拉龙。”凯特琳娜说。

“是的，谢谢你。”若伦跟着说。

“这是我的荣幸。”他看着两个人，突然忍不住大笑起来。

“笑什么？”若伦问。

“笑你们哪！你们俩高兴得像两个大傻瓜。”

凯特琳娜眼睛里闪动着喜悦的光芒，她笑着拥抱了一下若伦说：“谁说我们不是！”

伊拉龙表情严肃起来，他说：“你们一定知道，今天你们能在这里，在一起，是多么幸运。若伦，如果你没能集合起所有的人，并且赶到烈火平原；凯特琳娜，如果你被蛇人抓住送到乌鲁邦，那你们就都不可能……”

“不错，但我成功了，而敌人失败了。”若伦打断他说，“我们不要尽想着那些可能发生的事情，给今天这个快乐的日子抹上阴影。”

“我提起这些事另有原因。”伊拉龙看了看排在后面的人，确定没有人能偷听得到，然后说，“我们三个都是帝国的敌人。今天的战况已经表明，我们并不安全，即便是身处沃顿族当中。如果可能，为了给他人造成打击，加巴多里克斯不会放过攻击我们当中任何一个的机会，也包括你，凯特琳娜。所以我为你们做了这两个东西。”说罢他从腰带上的皮囊里拿出两枚抛光的金指环。前一天晚上，他用自己从土中提炼出的金丸熔铸成了这两枚指环，打磨得十分光滑。他把大一点的递给若伦，小的交给凯特琳娜。

若伦把指环拿在手里，翻来覆去地看了一会儿，然后又举在头上，眯起眼睛看用阴文刻在指环内壁的古语：“很漂亮，但它们怎么保护我们呢？”

“我用咒语赋予了它们三种能力。”伊拉龙说，“不论你们什么时候需要我或者蓝儿的帮助，把指环在手指上转一圈，说‘我需要帮助，魔影杀手；我需要帮助，闪鳞’，我们就会听到你们的呼唤，尽快赶来。另外，你们两个人中，不论是谁处在生死关头，手上的指环都会让我们，让若伦或者凯特琳娜产生感应，关键看身处险境的是谁。最后，只要指环贴着你们的肌肤，你们永远都会知道如何找到对方，不管相距多远。”他犹豫了一下，“我希望你们能同意把指环戴上。”

凯特琳娜说：“我们当然愿意。”

若伦胸膛起伏，声音也变得有些暗哑。“谢谢你，”他说，“谢谢你。要是我和她在卡沃荷分开之前就有这两个指环就好了。”

因为两人都只有一只手可以自由活动，便互相帮忙，凯特琳娜把指环戴到若伦右手的中指上，而若伦则把指环戴到凯特琳娜左手的中指上。

“我还有一件礼物要给你。”伊拉龙说着转过身，向远处又挥手又吹哨。一个马夫牵着“雪焰”，穿过拥挤的人群，匆匆走来。马夫把缰绳交给伊拉龙，鞠了一躬，退到后面。“若伦，你需要一匹好马。这是‘雪焰’。它最初是布鲁姆的坐骑，然后又到了我手里，现在我把它送给你。”

若伦眼睛打量着“雪焰”说：“真是一匹良驹。”

“是最棒的，你愿意接受它吗？”

“求之不得呢！”

伊拉龙把马夫招回来，将“雪焰”交给他，并告诉他若伦以后是马的新主人。马夫牵着马离开后，伊拉龙瞧了瞧捧着礼物等待向新人道贺的一长队人，笑着说：“也许你们今天早晨还是穷光蛋，但不用等到晚上就会发财的。如果蓝儿和我真有机会能够定居的话，我们肯定要和你们住在一起，住到你们给子女盖的老大的房子里。”

“我想，我们的房子盖得再大，恐怕蓝儿也住不下。”若伦说。

“但我们的家永远欢迎你们，”凯特琳娜说，“你们俩都欢迎！”

再次向他们道喜之后，伊拉龙舒服地在一张长桌尽头坐下，把一块块烤鸡肉扔给蓝儿，自得其乐地看着她凌空一一叼住。他一直这样闲待着，直到看见娜绥妲和若伦、凯特琳娜讲了些话，然后把什么东西递到他们手里。东西很小，他看不到是什么。之后，娜绥妲便要从婚宴退场，伊拉龙起身将她拦住。

“给凯特琳娜准备礼服和嫁妆的人是你吗？”

“是的，你不赞成？”

“你对我的亲人这么关心，我很感激，但是我想……”

“怎么？”

“沃顿族不是急缺黄金吗？”

“是缺，”娜绥妲说，“但没有从前那么缺了。自从我的花边策略实施之后，自从我在‘长刀血拼’获胜，流浪部落宣誓绝对效忠于我，并允许我利用他们的财富之后，决定我们存亡的最关键因素已经不再是饥饿，而是缺少盾牌和长矛。”她嘴唇牵动，露出一个笑容，“我送给凯特琳娜的礼物，与军队所需的巨大数目比起来实在微不足道；而且，我不认为这财富会白白浪费，相反，我倒认为这是一笔很划算的买卖：我为凯特琳娜赢得了地位和自尊，同时也就赢得了若伦的好感。也许我是太乐观了，但我觉得事实会证明，他的忠心比一百个盾牌或长矛更有价值。”

“看来你做什么都是为沃顿族的前途考虑，是不是？”伊拉龙说。

“那当然，而且这也是你应该做的。”娜绥妲向前走，又转身回来，“日落前到我帐篷来，我们去看望今天的伤员。你知道，有许多人我们是无法医治的。让他们感觉到我们的关心，知道我们感谢他们的牺牲，这会让他们好过一些。”

伊拉龙点点头说：“我会去的。”

“很好。”

几个小时过去了，伊拉龙一直笑着，吃着，喝着，和老朋友交换别后的故事。蜜酒像水一般被一杯杯倒进肚内，婚宴变得更加热闹了。男宾们在饭桌中间腾出一块空地，开始比赛摔跤、射箭，还用铁头杖比武。两个精灵——一男一女，表演了剑术，他们的速度和剑式的优雅让观众瞠目结舌；甚至连阿丽娅也经不住劝说，同意演唱一首歌曲，让伊拉龙脊背阵阵发凉。

从始至终，若伦和凯特琳娜很少说话。他们更多的是坐在那里，温情款款地互相凝视，已然忘记了外界的存在。

当橘黄色的太阳擦着地平线的时候，伊拉龙无奈地起身告辞，和蓝儿一起向娜绥妲的帐篷走去，把喧闹声留在身后。一路上，伊拉龙深深地呼吸着夜晚清凉的空气，让自己的头脑清醒过来。娜绥妲已经在她猩红色的大帐前等待，夜鹰护卫环侍在周围。会合后，大家什么都没说，便穿过营地，向伤员接受治疗的帐篷走去。

有一个多小时，娜绥妲和伊拉龙一直在探望伤员。他们在与帝国士兵的战斗中，有的断掉了肢体，有的眼睛瞎了，还有的出现了难以治愈的感染。有一些战士是当日上午负伤的，还有一些，伊拉龙发现，是在烈火平原战役负的伤，尽管大量的草药和咒语双管齐下，却到现在仍未好转。在他们走进一排排盖着毯子的伤员中之前，娜绥妲警告了伊拉龙，不要再耗费体力，妄图给每个人都进行医治，但他还是忍不住时时念一道咒语，给伤员们缓解伤痛，或是排出脓液，给断骨复位，或消除一道难看的疤痕。

有一个留着灰白短须的伤员，左腿齐膝断掉，右手少了两根手指，双眼上罩着一条黑布。当伊拉龙走上前探问他的情况时，那人伸出右手，残余的三根手指抓住伊拉龙的胳膊肘，用嘶哑的声音说："啊，魔影杀手，我知道你会来的，我自从那光芒之后就一直在等你。"

"你在说什么？"

"那照在世上一切肉体的光。一瞬间，我清楚地看到了周围所有的生命体，从最大到最小，无一遗漏，我看到臂骨在我的胳膊里闪着白光，我看到地下的蚯蚓，看到天上的食腐鸟，和它们翅膀上的虱子。是诸神给了我灵光，魔影杀手。他们不会无缘无故开启我的眼睛。我看到你在战场上，你和你的龙，你在众人当中，就像昏黄的烛光森林里的一轮金光闪闪的太阳。我也看到了你的兄弟，他和他的龙，他们也像太阳般光华灿烂。"

伊拉龙听着他的话，颈项一阵发麻。"我没有兄弟。"他说。

已成废人的剑手呵呵笑了起来："你瞒不了我的，魔影杀手。我知道得很清楚。世界在我周围燃烧，火光中，我听到了思想的低语，了解到许多事。你现在想把真我隐藏起来，但我仍然看得到你，我看到你发出的黄色光焰，十二颗星环绕在你的腰间，还有一颗最亮的星，在你的右手上。"

伊拉龙手掌按在智者拜乐思腰带上，检查缝在里面的十二颗钻石有没有露出来。没有。

"听我说，魔影杀手，"那人低声说着，把伊拉龙拉近他深刻皱纹的脸，"我看到你的兄弟，他也发着光芒，但他的光与你不同。完全不同。从他灵魂发出的光穿过身体照射出来，感觉那光似乎来自别处。他……他是一个空壳，只是一个皮囊，而那耀眼的光芒只不过是透过他的皮囊发射出来的而已。你明白吗？是他人把他照亮的。"

"这些'他人'在什么地方？你也看到他们了吗？"

战士犹豫了片刻，说："我感觉到他们似乎近在咫英尺，他们狂暴地诅咒着这个世界，似乎仇恨世上的一切，但我却看不到他们的躯体。他们既在那里又不在那里，我没办法说得更清楚……我绝不想更接近这些生命，魔影杀手。他们不是人类，这一点我能肯定，而他们的仇恨，给人的感觉，就像你曾见过的最猛烈的风暴被封闭进了最小的玻璃瓶。"

"要是玻璃瓶破了……"伊拉龙喃喃自语道。

"说得正是，魔影杀手。有时我禁不住怀疑加巴多里克斯是不是想了什么办法，囚禁了诸神，让他们成了自己的奴隶，但我笑自己这么想真像个傻瓜。”

“不过，是哪一方的诸神呢？是矮人的神？流浪各族的神？”

“是谁的神有什么分别，魔影杀手？神就是神，不管他是出自哪里。”

伊拉龙闷声道：“也许你是对的。”

伊拉龙离开那人的矮榻，一名医师把他拉到一边。她说：“原谅我，大人。负伤的刺激已经快让他疯掉了，他一直吵着说自己看到了什么太阳、星星和光芒。有时候听起来好像他真知道一些秘密的事，不过你可别被他骗了，这都是从别的伤员那儿听来的，他们总是不停地传播小道消息。这是他们唯一能做的事，可怜的家伙们。”

“我不是什么大人，”伊拉龙说，“他也没有疯。我不能确切地知道他是怎么了，但他肯定具有超常的能力。他的伤势一有变化，不论好坏，都请即刻告知杜万加塔部的成员。”

医师行了个屈膝礼：“随您的意，魔影杀手。很抱歉我说错了，魔影杀手。”

“他是怎么负伤的？”

“他用手去挡剑，结果被一个士兵砍掉了手指。后来，帝国的投掷器射出的飞弹打中了他的腿，腿骨碎得根本接不上了，我们只好给他截肢。据当时在他旁边的人讲，一被击中，他就开始大喊大叫说看到了光。等他们抬走他的时候，看到他的眼珠全白了，连瞳孔都消失了。”

“啊，是这样。多谢你的帮助！”

当伊拉龙和娜绥妲终于离开医治区的时候，天已经黑透。娜绥妲叹了口气说：“现在我倒是想喝一大杯蜜酒了。”伊拉龙点点头，看着脚下。他们向娜绥妲的大帐走去，过了一会儿，“你有什么心事，伊拉龙？”

“我在想，我们生活在一个非常奇怪的世界里，如果能明白它的一小部分，我就算幸运了。”然后他把和那个伤员的对话重述了一遍，她听了也同样很感兴趣。

“你应该把这事告诉阿丽娅，”娜绥妲说，“也许她知道所谓的‘他人’究竟是什么人。”

他们在她的大帐前分手，娜绥妲入帐去完成一份报告，伊拉龙和蓝儿则返回了伊拉龙的帐篷。蓝儿蜷起身体躺在地上，准备睡觉。伊拉龙坐在她旁边，仰望天上的星辰，恍惚中看到一队伤员从他眼前走过。

他们当中的许多人对他说的话一直在他心中回响：*我们为你而战，魔影杀手。*

夜半私语

The Inheritance Cycle

若伦睁开眼睛，看着头顶垂下的帐幕。

帐篷中弥漫着灰蒙蒙的光线，所有东西都失去了色彩，似乎只剩下一个虚影。他打了一个寒战。毯子滑到腰部，他上身全暴露在夜晚寒冷的空气中。他把毯子往上拉时才注意到，凯特琳娜已经不在自己身边。

他看到她坐在帐篷入口，看着天空，睡衣外面罩了一件斗篷，黑色的长发乱蓬蓬地垂在腰后。

他看着她，嗓子渐渐有些发紧。

他把毯子披在身上，到她身边坐下，伸出一只胳膊搂住她的肩膀。她靠在他身上，头和脖子贴着他的胸膛，感觉很温暖，他亲了亲她的额头。好半天，他和她一起看着闪亮的星星，听着她平缓的呼吸，那是除他自己的呼吸外这已沉睡的世界中的唯一声音。

“你注意到没有，星座从这里看形状不一样。”她轻声说。

“是啊。”他挪动了一下手臂，顺着她腰部的曲线，轻抚她微微隆起的小腹，“你怎么醒了？”

她身上一抖说：“我在想些事情。”

“嗯。”

她在他的臂膀里转动了一下身体，凝视着他，眼中星光闪动：“我在想你和我们……想我们共同的未来。”

“深更半夜的想这些事情，太沉重了。”

“现在我们已经结婚了，你对养我和我们的孩子有什么打算？”

“你是在担心这个吗？”他笑了，“你们不会挨饿的，这点我们有足够的金子可以保证。而且，沃顿族也不会看着伊拉龙的表兄没吃没住的。即使我出了什么事，他们也会继续照顾你和孩子。”

“我知道，但你有什么打算？”

他不解地看着她的脸，想从中找出她焦虑的原因："我要帮助伊拉龙结束这场战争，这样我们就能够回到帕伦卡谷安居，再不用怕士兵来把我们抓去乌鲁邦。除此难道还有什么别的我应该做的吗？"

"那么说，你是要和沃顿族一起战斗了？"

"你知道我会的。"

"就像今天，如果娜绥妲允许，你就会参战？"

"是的。"

"那我们的孩子怎么办？行军路上可不适合养孩子。"

"面对帝国，凯特琳娜，我们不能逃也不能躲。除非沃顿族获胜，否则加巴多里克斯一定会找到并杀死我们，或者是找到并杀死我们的孩子，或者我们孩子的孩子。而我相信，只有每一个人都尽可能地出力，沃顿族才有获胜的希望。"

她伸出一根手指压住他的嘴唇："你是我唯一的爱，永远不会有别人拥有我的心。我愿意做一切力所能及的事来减轻你的负担。我愿给你做饭、缝补你的衣衫、擦亮你的盔甲……但等到孩子降生，我就要离开军营。"

"离开！"他一下僵住了，"胡说！你能去哪里？"

"也许去多斯。记得吗，艾拉瑞丝答应过给我们提供庇护，而我们有一些人还在那里，我不会孤身一人的。"

"如果你以为我会同意，让你和我们刚出生的孩子孤零零地长途跋涉，穿过阿拉加西亚，那你……"

"你没必要大喊大叫。"

"我没有……"

"你就是有。"两只手拉住他的手，按在自己心上，"这里不安全。如果只是我们俩，我不会惧怕危险，但现在受害的可能是我们的孩子。我爱你，若伦，我非常爱你，但我们必须首先考虑孩子，否则我们就不配为人父母。"她眼中泪光闪烁，若伦觉得自己的眼睛也湿润了起来。"士兵们袭击的时候，还是你说服我离开卡沃荷，躲进斯拜恩的呢，这次也是同一个道理。"

星星似乎在水中漂移，若伦的视线已经模糊："我宁可失去一只胳膊，也不想再次和你分离。"

凯特琳娜终于哭了起来，她无声的抽泣使他的身体也跟着微微抖动："我也不想离开你。"

他更紧地抱住她，一前一后轻轻地摇晃着。等她的哭泣渐止，他在她耳边轻声说："我宁可断掉一只胳膊也不愿和你分离；但我宁愿死也不允许任何人伤害你……或者是我们的孩子。如果你要走，那就现在走，趁着你走路还方便。"

她摇了摇头："不，我想让葛楚德给我接生，她是我唯一信任的人；另外，如果难产，待在这里也好，有通医术的魔法师。"

"不会有事的，"他说，"孩子一出生，你就去阿布隆，不要去多斯。阿布隆受到攻击的可能性更小。如果阿布隆变得太危险了，你再去贝尔山脉，和矮人生活在一起。如果加巴多里克斯进攻矮人，你就去找杜维敦的精灵。”

“如果加巴多里克斯进攻杜维敦，我就飞到月亮上去，在住在天上的神中间把我们的孩子养大。”

“诸神见了你都会自惭形秽，请你做他们的女王。”

她更紧地依偎着他。

他们就这样坐着，看着一颗星又一颗星从天上隐去不见，东方渐露鱼肚白。当天上只剩启明星时，若伦说：“你知道这意味着什么，是不是？”

“什么？”

“这意味着我们必须在你的预产期之前，杀掉加巴多里克斯的每一个士兵，攻占帝国的每一座城池，击败穆塔和荆刺，将加巴多里克斯和他的叛逆龙斩首。那样，你就不用离开了。”

她沉默了一会儿，然后说：“如果你能做到，我会很开心。”

他们正要回到床上，这时，从晨光微现的天上，突然飘来一艘用干草叶编成的小小的船。小船停在帐篷上方，随着看不见的空气的波浪起伏摇摆，它船首的龙头几乎就像在对着他们看。

若伦全身都绷紧了，凯特琳娜也是一样。

小船像个活物一样，横穿帐前的通道，去追赶一只乱转的飞蛾。只见它急速上升、盘旋，等飞蛾逃掉之后，小船又滑翔回到帐篷前面，停在距凯特琳娜的脸只有几英寸的地方。

在若伦还没决定好是否该伸手把它抓住之前，小船已经一个转身，向启明星飞去，最终消失在无尽的长空之中，身后只留下两双凝望的眼睛，还在对着天空发呆。

任务

当日深夜，死亡和杀戮的幻象纷至沓来，侵扰着他的梦境，几乎使他陷入极度的惊恐之中。他烦躁地扭动着身体，想从梦境中摆脱，却怎么也做不到。挥刺的利剑，尖叫的人们，还有穆塔愤怒的面孔，一个个瞬间的画面在他眼前凌乱地闪动着。

然后伊拉龙感觉到蓝儿进入了他的内心，像一阵大风般，她在他的梦境中横扫而过，驱散了所有的噩梦。在随之而来的沉寂中，她轻轻说道：没事了，小家伙。放心睡吧，没事了，我和你在一起呢……放心睡吧。

一种深深的宁静感，漫过他的全身；伊拉龙侧过身子，脑中浮现出一些更为快乐的画面，同时因为意识到蓝儿就在身边，于是内心变得更加安定平和。

日出前一小时，伊拉龙睁开了眼睛，发现蓝儿用尾巴环绕着自己，还伸出一侧的翼膜，覆在自己身上。他的头贴着蓝儿体侧，感觉非常温暖。他微笑着，从她的翅膀下爬出来。蓝儿同时抬起头，打了个哈欠。

早上好。他说。

蓝儿又打了个哈欠，并且像只猫似的伸了个懒腰。

伊拉龙用魔法给自己沐浴、修面，洗净前一天留在宝剑护手上已经凝结的血污，然后穿上了一件精灵的束腰短袍。

蓝儿用舌头洗完了澡，伊拉龙也觉得自己总算可以见人了，于是他们便来到娜绥妲的大帐前。帐篷外站着当班值勤的夜鹰护卫队六名士兵，他们皱纹深深的脸上保持着一贯的冷峻。伊拉龙等一名身材粗壮的矮人通报之后，才走入帐篷。蓝儿则绕到帐篷开着口的一面，把头伸进去，以参加讨论。

娜绥妲端坐在那张雕着开花蓟草的高背椅上。伊拉龙躬身行礼说："小姐，我领命前来。您说事关我的未来，说有非常重要的任务给我？"

"我是这样说的，而且也打算这样做。"娜绥妲道，"先请坐。"她指了指伊拉龙旁边的一把折叠椅，伊拉龙把腰间的宝剑提了提，以免钩住椅子，然后落座。

"你知道加巴多里克斯派了多支部队赶往阿热夫斯、费斯特尔、毕拉同那等城市，试图阻止我们对其进行包围占领，如果不能得逞，至少也要减缓我们推进的速度，并迫使我们分散兵力，这样我们就更无力防御驻扎在我军北面的军队的突袭。昨天战斗结束之后，探马报告说，加巴多里克斯部队消失了，不知撤退到了什么地方。我数日前便有意向这些部队发起进攻，但由于你不在，所以一直没敢贸然行动。没有你，穆塔和荆刺就可以虎入羊群一般屠杀我们的战士，此外……我们也没办法确定他们两个是否和那些部队在一起。现在你来了，我们的情况多少有了些改善，尽管程度并没有我希望的那么大，因为我们现在又要面对加巴多里克斯最新的把戏——那些没有疼痛感的人。唯一能鼓舞我们的，是你们两位再加上伊丝兰查蒂的魔法师，已经证明可以击退穆塔和荆刺。我们计划的成功，就建立在这个希望的基础之上。"

那个红矮子根本不足为惧，蓝儿说，如果没有穆塔保护，我不用费力就可以把他踩在脚下，咬住他的脖子猛摇，摇到他大喊投降，承认我才是老大。

"我相信你肯定会的。"娜绥妲微笑着说。

伊拉龙问："那么，接下来你决定采取什么行动？"

"我已经拟订出一个全盘的方略。想取得胜利，我们必须多头行动，几步一起做才成。首先，我们不能任由一些仍被加巴多里克斯控制的城市留在身后，继续冒险深入帝国。那容易遭受敌人的前后夹击，而且会给加巴多里克斯可乘之机，趁守备空虚攻占色达。所以，我已经命令沃顿族向北进发，开拔到距离最近的可以安全渡过吉特河的地方。等到了河对岸，我会派突击队去占领阿热夫斯，而奥林国王和我会率领余下的部队奔赴费斯特尔。有你和蓝儿的帮助，费斯特尔应该很容易可以拿下。"

"当我们沉闷地行进在穷乡僻壤之时，我却给你，伊拉龙，分派了别的任务。"她身体前倾，"我们需要矮人的全力支持。精灵在阿拉加西亚之北为我们而战，色达已经和我们团结一心，甚至巨人也和我们结成了同盟，但我们需要矮人，没有他们我们就不可能胜利，尤其当前我们要与不知疼痛为何物的士兵作战。"

"矮人们有没有选出新的国王或女王呢？"

娜绥妲皱紧了眉毛说："那亥说推选正在加紧进行，但他们和精灵一样，时间的概念比我们长。他们说的加紧，可能就是几个月的考虑思量。"

"他们难道没有意识到局势的迫切吗？"

"有一些是了解局势的，但也有很多反对帮助我们作战，所以他们尽量拖延时间，并想方设法要让自己一派的人登上崇吉海姆的大理石宝座。矮人已经躲躲藏藏地生活了太久的岁月，已经变得对外界的一切都充满了怀疑，这是非常危险的。如果某个对我们持有敌意的人赢得了王位，我们就会失去矮人的支持。我们不能容忍这样的情况出现，而且我们也不能坐等矮人按着自己的慢性子解决分歧。"她说着抬起一根手指，"离得这么远，我没法儿有效地对他们的政治施加影响，但话说回来，即便我人在崇吉海姆，也不能保证就会有很好的结果——矮人对任何试图干涉他们内政的外族人都很警惕。因此，我想请你，伊拉龙，代替我跑一趟崇吉海姆，采用一切手段，保证矮人尽快重新选出一位新君，而且是同情我们的君主。”

“我？但是……”

“罗特加国王接纳你进了银吉通部。根据他们的法律和传统，你也是矮人的一员了，伊拉龙。你有合法的权利可以参加银吉通的议事会。奥利克肯定会做他们的酋长，而他又是你的义兄，也是沃顿族的朋友，所以我肯定，他会同意你陪他参加选举新任君主的十三氏族首领秘密会议。”

她的建议在伊拉龙听来根本不可行：“那穆塔和荆刺怎么办？他们肯定还会回来，而我和蓝儿是唯一能抵挡住他们的，虽然说我们也需要一点臂助。如果我们不在，就没人能够拦住他们，你、阿丽娅、奥林和其他沃顿人，都只能任他们宰割了。”

娜绥妲的眉毛拧了起来：“你昨天让穆塔吃了个很大的苦头。他们极有可能已经飞回了乌鲁邦，就在我们说话的当口儿，加巴多里克斯可能正在向他们讯问战场的情况，为吃败仗而训斥他们呢。他在确保他们必胜无疑之前，是不会派他们来进攻我们的。穆塔对你的能力究竟有多大，想必心中也完全没底。所以，你担心的事情至少一段时间内不会发生，这期间你有足够的时间到堡藤杜尔跑个来回。”

“你的判断不是万无一失的，”伊拉龙说，“另外，你如何能确保不让加巴多里克斯知道我们不在？我怀疑你并没有把他在我们当中安插的奸细除净。”

娜绥妲的手指轻敲着椅子的扶手说：“伊拉龙，我说的是想请你去堡藤杜尔，但没说让蓝儿也和你一起去呀。”蓝儿脑袋一扭，向帐篷顶喷出一股烟气。

“我不会……”

“请听我说完，伊拉龙。”

伊拉龙闭上嘴，眼睛一眨不眨地看着她，左手紧握住剑柄的圆头。

“你对我没有义务，蓝儿，但我希望在伊拉龙去矮人那边的时候，你能同意留在这里，这样我们才能骗过帝国和沃顿族，不让他们知晓伊拉龙的行踪。如果我们能够瞒民众，”她说到这里把脸转向伊拉龙，“不让他们察觉你的离开，那么谁也没有理由怀疑你已不在这里了。我们只需给出一个说得过去的理由，解释你为什么突然白天的时候都想留在帐子里——或许就说你和蓝儿每晚都飞往敌方查探，白天必须休息。”

“计策要想成功，就必须要布洛德迦姆和他伙伴也留在这里。一方面是为了迷惑众人，另一方面也有助于守备。如果你不在的时候穆塔和荆刺真的来了，阿丽娅可以替代你在蓝儿背上的位置。有她、布洛德迦姆等精灵和杜万加塔部的魔法师联手，我们也多少会让穆塔吃点苦头的。”

伊拉龙沉声说道：“如果蓝儿不带我飞去堡藤杜尔，我怎么能如期往返呢？”

“跑路去呀。你亲口告诉我，从黑格林回来你大部分路程都是跑的。我想，前往堡藤杜尔，沿途不用躲避士兵和乡民，你一天比在帝国境内可以多赶许多路。”娜绥妲的手指又在光滑的扶手上敲了起来，“当然，我们不会傻到让你孤身上路。即便是法力无边的魔法师，如果没人在旁照应，也很容易在遥远的荒野中因为一件小意外而丧命。如果派阿丽娅陪同你穿过贝尔山区，那太大材小用了。另外，如果布洛德迦姆手下某位精灵不告而别，也会引起人们的注意。所以，我已决定派一个库尔人护送你。因为除了精灵，只有他们能跟得上你的速度。”

“库尔人！”伊拉龙实在忍不住大叫起来，“你叫一个库尔人陪我到矮人的领地去？我想不出还有什么部族比巨人更让矮人痛恨了。矮人用他们的角做弓！如果我带着一个巨人进入堡藤杜尔，那无论我说什么都别想有矮人肯听了！”

“这我都想到了，”娜绥妲说，“因此，你并非直接前往堡藤杜尔，而是先到瑟多山上的布列肯霍，那里是银吉通部古时的家园。在那里你会见到奥利克，你把库尔人留在那里，然后由奥利克陪同你前往堡藤杜尔。”

“如果我不认可你选定的计划呢？要是我觉得还有更安全的方法，可以达成你的目标呢？”伊拉龙说着，目光似乎越过了娜绥妲，看着她身后的虚空。

“那么请说说看，你有什么办法？”娜绥妲的手指停在半空。

“这我还得好好想想，但我肯定会有办法的。”

“我可是早就想过了，而且想得很仔细。伊拉龙，由你出任我的特使，是我们影响矮人册立新主的唯一指望。别忘了，我是在矮人国长大的，我对他们的了解远远超过绝大多数人类。”

“我仍觉得这是个错误，”他怒火上冲，“派约蒙杜，或者你手下另外某个将领去吧。我不会走的，我不会在……”

“你不会？”娜绥妲提高了嗓音，“不听从领主命令的诸侯，和战场上抗命的士兵没什么两样，而且也会受到相似的惩罚。作为你的领主，伊拉龙，我命令你火速前往堡藤杜尔，监控矮人下任新君的遴选，不论你愿意与否。”

伊拉龙心中暴怒，胸口剧烈地起伏着，手在剑把上抓紧又放开。

娜绥妲用更为柔和，但仍充满威严的声音说：“你要怎么决定，伊拉龙？是按我说的去做，还是退出同盟，自己做沃顿族的领袖？这是你唯一的选择。”

伊拉龙心头一震：“不，我可以和你说理，我可以说服你改变心意。”

“你不能！因为你拿不出同样可行的方案。”

他看着她的眼睛说：“我至少可以不听你的命令，随你怎样处置。”

他的话让娜绥妲吃了一惊，片刻后她说：“让你缚在刑柱上接受鞭笞，会对沃顿族造成无法弥补的伤害，同时也会损害我的权威，因为人们就会知道你根本不把我的命令当回事，想不听就不听，事后补过挨几鞭子，而且伤痕片刻后你就可以自愈。而我们又不能像对其他抗命的战士那样把你处决。与其如此，我宁可自己退位，让你来领导沃顿族。如果你相信自己更适合这个位置，那这把交椅就让给你，你就取代我，宣布自己是军队的统帅好了！但只要我还是沃顿族的领袖，我就有权做决定，对也好错也好，责任也都由我承担。”

“你什么建议都听不进吗？”伊拉龙有些不知如何是好了，“难道你要不顾周围人的建议，不顾沃顿族的前途，一意孤行吗？”

娜绥妲中指的指甲啪地在光滑的椅子上弹了一下：“我听得进意见，这一生，只要不睡觉，我每时每刻都在听别人的意见。但有时候，我得出的结论可能会与部下相反。现在，你必须决定，是尊重自己效忠的誓言，服从我的决定，哪怕你并不同意，还是效仿加巴多里克斯，另起炉灶。”

“我都是为了沃顿族的前途着想。”

“我也一样。”

“你不给我一点回旋的余地，迫使我只能做出自己不喜欢的选择。”

“有时服从是比领导更艰难的。”

“我可以考虑一下吗？”

“可以。”

蓝儿？他问。

蓝儿转动脖子，斑驳的紫色光影随之在帐篷内跳动。她凝目看着伊拉龙的眼睛。小家伙？

我该去吗？

我想你必须去。

他嘴唇紧抿成一条直线。那你怎么办？

你知道我不想和你分开，但娜绥妲的分析很有道理。如果我在的话能有助于防范穆塔和荆刺，那么也许我就该留下来。

激动、愤怒、期待、不情愿和柔情，在两颗心之间冲刷，聚成一个情绪激荡的深潭。愤怒和不情愿来自伊拉龙，来自蓝儿的则是柔和的一面，但深广的程度却与伊拉龙的情感相当，这化解了他的激怒，给了他更为全面、平和看待问题的角度，这原先他是不可能做到的。但他对娜绥妲计策的反感仍异常顽固。如果你带我飞去堡藤杜尔，那会省很多时间，也许加巴多里克斯根本来不及准备发动一轮新的攻势。

但我们一旦离开，他的间谍马上会向他报告沃顿族防守空虚。

阿拉加西亚一别之后，我真不想这么快又和你分开。

我们自己的愿望必须服从沃顿族的需要。是的，我也不愿意和你分别，但是你还记得俄拉米斯的话吗：龙和骑士的威力强弱，不但要看他们在一起配合的情况，也要看他们单独行动时的表现。尽管不愿，事实是我们俩都已有了足够的阅历，可以独自展开行动了，你离开黑格林之后的旅程就是最好的证明。

如果像娜绥妲说的那样，让阿丽娅坐在你背上出战，你会不会觉得不习惯？

我最不会介意的应该就是她了。我们以前就一起战斗过，而且，当我还在蛋里的时候，就是她在将近二十年的时间里，运送我穿过阿拉加西亚。这些你都了解，为什么还要问？小家伙，你是不是嫉妒啦？

是嫉妒又如何？

她蓝宝石一样的眼睛闪出快活的亮光，向他吐了一下舌头说：你的话真讨人喜欢……那你说我是走是留？

要做决定的是你，不是我。

但这个决定对我们都有影响。

伊拉龙抬起脚跟，靴尖在地面上蹭。片刻后他说：如果我们决定要执行这个疯狂的计划，就要尽最大努力促使它成功。留下吧，看看你是否能防止娜绥妲再出昏着儿，把她这个糟糕的计划彻底搞砸。

开心点儿，小家伙。一路快跑，很快我们又会重逢的。

伊拉龙抬眼看着娜绥妲。"好吧，"他说，"我去。"

娜绥妲的姿势稍微放松了一些，她说："谢谢你。蓝儿，你呢，你是去还是留？"

蓝儿扩大意识交流的范围，把娜绥妲也包括进来。我会留下，夜行者。

娜绥妲的头略向前倾，说："谢谢你，蓝儿，我非常感谢你的支持。"

"你和布洛德迦姆谈过了吗？"伊拉龙问，"他同意了吗？"

"还没有，我想最好由你去跟他交代细节。"

伊拉龙很怀疑，看到自己只由一个巨人陪同，孤身前往俊藤杜尔，精灵们是否会乐于接受这样的安排。他说："我能提个建议吗？"

"你知道你的任何建议我都会洗耳恭听的。"

这话让伊拉龙呆愣了半晌，然后说："嗯，我不单有个建议，还有一个要求。"娜绥妲抬了抬手指，示意他说下去，"等矮人选出新的国王或女王之后，蓝儿应该去俊藤杜尔与我会合，既是为了向新君表示敬意，也是为了履行她在崇吉海姆战役之后向罗特加国王许下的诺言。"

娜绥妲的表情一下子变得像只狩猎的野猫一样凌厉。"什么诺言？"她问，"你以前可没和我提过这事。"

"蓝儿答应要修好蓝宝石星，伊斯达米林，来弥补阿丽娅把它打碎的损失。"

她吃惊地瞪圆了眼睛，看着蓝儿问："你能创造这样的奇迹？"

我可以，但不知道站在伊斯达米林跟前时，我是否能够调运所需的魔法。我念咒作法的能力并非随心所欲。有时候，那情形就像我又多出了一种感知力，我能感觉到自己体内能量的脉动，用意念驱使能量，我就能按自己的意愿改造这个世界。但在其他时候，我施咒语的能力可不比鱼飞翔的能力强。不过，如果我能修复伊斯达米林，那么将非常有助于赢得全体矮人的好感，而不仅仅是有眼光能看到与我们合作的重要性的那几位。

"岂止是大有帮助！"娜绥妲说，"蓝宝石星在矮人的心中占有特殊地位。所有的矮人都爱宝石，但他们对伊斯达米林的珍爱更超越其他一切宝石，因其美，更因其大。让它恢复往日的光彩，你也就等于是重塑了他们种族的骄傲。”

伊拉龙道：“即便蓝儿没能修复伊斯达米林，她也该出席矮人新君的加冕典礼。你可以在沃顿族当中散布消息，说她和我去了阿布隆，很快就回，或者其他类似的幌子，这样就能遮掩几天。等加巴多里克斯的奸细意识到上当了，帝国已经来不及在我们返回之前组织起有效的进攻了。”

娜绥妲点点头：“这主意不错。一旦矮人确定了加冕日期，即刻通知我。”

“我会的。”

“建议已经说完，现在说你的要求吧，你想让我答应什么？”

“既然你坚持要我走一趟，那么如果你允许，我想在加冕之后，和蓝儿一起从崇吉海姆飞去埃勒斯梅拉。”

“为什么？”

“去请教我们在杜维敦森林的老师。我们答应过他们，只要条件允许，就回埃勒斯梅拉完成我们的训练。”

娜绥妲眉心的皱纹更深了：“我们没有条件让你们花几个星期或几个月在埃勒斯梅拉接受教育。”

“但短暂的探访也许可以吧。”

娜绥妲头靠在雕花椅的椅背上，透过沉重的眼帘看着伊拉龙：“而你们的师傅又是哪些人物呢？我注意到你对关于他们的问题总是避重就轻。在埃勒斯梅拉给你们传授技艺的究竟是谁，伊拉龙？”

捏弄着手指上的指环阿若恩，伊拉龙说：“我们向伊丝兰查蒂立过誓，没有她，阿丽娅，或任何继承伊丝兰查蒂王位的人允许，绝不讲出他们的身份。”

“真是天上地下的鬼一起见了，你和蓝儿究竟许下过多少誓言？”娜绥妲问，“你们好像逢人就立誓。”

伊拉龙有点不好意思地耸耸肩膀，张口刚要答话，蓝儿却抢在了前面：并非我们主动立誓，但在不取得阿拉加西亚的每一个种族的支持便无法推翻加巴多里克斯和帝国的情况下，我们怎能避免向人做出承诺？誓约是我们赢得那些掌权者支持所付出的代价。

“嗯……”娜绥妲说，“看来想知道真相我只有去问阿丽娅了？”

“是的，但我怀疑她是否会告诉你。我们师傅的身份，是精灵族最重要的秘密之一。除非绝对必要，他们是不会让更多人知道的，以免消息传到加巴多里克斯耳中。”伊拉龙看着戒指上镶的宝蓝色钻石，心里衡量着在不违反誓言伤及自己名誉的情况下，还可以透露多少信息，“有一点你可以知道，我们并不是像我们以为的那样孤军奋战。”

娜绥妲的表情一下子变得敏锐起来：“我明白了。这是一个好消息，伊拉龙……我只希望精灵能对我更开诚布公些。”她闭紧嘴唇，沉默片刻后接着说道：“为什么你们一定要走那么远去埃勒斯梅拉呢？你们没有办法和师傅直接沟通吗？”

伊拉龙无奈地摊开双手说：“要是有办法就好了。能够穿越罩住杜维敦森林的魔法保护的咒语还没创造出来呢。”

“精灵们也没有预留一个给自己用的通道吗？”

“如果有的话，阿丽娅在堡藤杜尔苏醒过来之后，就可以马上联络伊丝兰查蒂女王，而不必亲自往杜维敦走那一遭了。”

“我想你是对的，但你怎么能向伊丝兰查蒂请教如何处置史洛恩呢？你似乎表示过，当你和她对话时，精灵的军队还驻扎在杜维敦之内。”

“是的，”他说，“但他们驻扎在杜维敦外围，处在魔法防护范围之外。”

接下来是让人不安的沉默，娜绥妲考虑着他的要求。伊拉龙听到，帐外的夜鹰护卫们正在争论，对付大量步兵，究竟是长戟还是钩镰枪好用。更远些的地方，一辆牛车驶过发出嘎吱嘎吱的声音，一队向相反方向急行的士兵身上的甲胄声，以及其他几百种不可分辨的声音，漫过营地。

娜绥妲最终说：“你究竟想从这次拜访中得到什么？”

“我不知道！”伊拉龙用拳头敲打着宝剑的剑柄头，有些焦躁，“而这正是问题的核心——我们知道的太过有限。也许这一去什么都得不到，但另一方面，我们也许能学到些什么，可以一劳永逸地击败穆塔和加巴多里克斯。我们昨天胜得很勉强，娜绥妲，非常勉强！我担心下次面对荆刺和穆塔的时候，他们还会变得更强大。尽管加巴多里克斯已经把这么大的力量传给了我的兄弟，他本身的能力却依旧远远超越穆塔之上，想到这一点，我就浑身冰凉。向我传授的精灵，他……”伊拉龙犹豫着继续说下去是否明智，最后决定还是编一套说辞，“他曾表示知道加巴多里克斯的力量会逐年增长的原因，但当时他不愿多说，因为我们训练的程度还不够。现在，在和荆刺、穆塔交过手之后，我想他会愿意告诉我们了。此外，还有许多魔法的分支，我们完全没有探索过，其中每一种门道，都有可能提供打败加巴多里克斯的方法。娜绥妲，如果我们要拿矮人国之行赌一场的话，那我们不要把保持现状作为赌注，我们不如把赌注压在改善现状上，赌了就要赢。”

娜绥妲不言不动地坐了一分多钟，然后说：“我要在矮人的加冕典礼之后才能做出决定。你们是否可以去杜维敦森林，取决于到时帝国的动向，还要参考我们关于穆塔和荆刺行踪的谍报。”

接下来的两个小时里，娜绥妲给伊拉龙讲了关于十三个矮人部落的许多事。她说了他们的历史和政治，每一个部落主营的产品，部落首领们的姓名、家族和他们的个性；还告诉他各个部落挖掘并控制的主要地道，以及她觉得怎么样才能最有效地劝诱矮人选出一个同情沃顿族事业的国王或女王。

“最理想的结果，是奥利克能登上王位。”她说，“罗特加国王深受绝大多数臣民的爱戴，银吉通部一直是最富有、最有影响力的部落之一，这些都是奥利克的有利条件。奥利克倾向支持我们的目标，曾作为沃顿族的一员加入战斗，你我都把他看作朋友，他又是你的结义兄弟。而且，我相信他有能力成为一位出色的矮人国王。”说到这里她脸上的表情生动起来，明显来了兴致。“当然，这算不上是决定性的因素。不过，按照矮人的标准，他略有些年轻，而他和我们的关系可能是其他部落首领不可接受的一个障碍。另外一个障碍是，在被银吉通部统治了一百余年之后，其他强大的部落，比如霜胡部和石匠部，就拿这两个部落来说，可能会更愿意看到王权换一下手，转到别的部落。如果可能，你便用一切手段帮助奥利克登上王位，但如果他显然不可能成功，而你的支持又能保证另外一位同情沃顿族的首领胜出的话，你就应转换支持的目标，即便这样做会得罪奥利克。你不能让友情影响政治，在现在这个时候不能这样。”

娜绥妲介绍完矮人各部落的情况之后，她、伊拉龙和蓝儿又用了几分钟时间，计划伊拉龙该怎样神不知鬼不觉地溜出营地。每一个细节终于敲定，伊拉龙和蓝儿返回自己的帐篷，并告诉了布洛德迦姆他们的决定。

伊拉龙很意外，披着一身黑毛的精灵并没有反对。他好奇地问：“你赞成吗？”

“赞成与否都轮不到我来说，”布洛德迦姆答道，声音轻柔而低沉，“既然娜绥妲的计策看上去不会让你们置身不必要的险境，而这样一来你们又可能得到在埃勒斯梅拉深入学习的机会，我和我的同胞都不会反对。”他略一躬身，“我这便告辞了，闪鳞，阿吉兰。”精灵说完从蓝儿旁边绕过，出了帐篷，拨开入口的垂帘，阴暗的帐篷里骤然洒进一道明亮的光线。

有几分钟，伊拉龙和蓝儿默默地待着，然后伊拉龙把手放到她的头顶。随你怎么说，反正我会想你的。

我也一样，小家伙。

多保重。如果你出什么事，我……

你也一样。

他叹了口气。我们相聚才几天，又要分开，想到这一点我就觉得很难原谅娜绥妲。

不要因为她不得不做的事过分责备她。

没有，但我心里还是觉得不舒服。

那就抓紧行动，让我尽早在垡藤杜尔和你相聚。

如果能随时感应到你，那我还不会太介意远离。那可怕的空虚感，最糟的就是这一点，我们甚至不敢通过娜绥妲帐篷里的镜子对话，那样别人就会奇怪你干吗老是单独跑去见她。

蓝儿眨了眨眼，舌头一闪，他感觉到她的情绪一阵奇异的波动。

怎么了？他问。

我……她又眨了下眼睛，我同意。我希望我们相距遥远的时候也能保持精神上的联系。这会减少我们的忧虑和麻烦，也会让我们更容易击败帝国。她舒服地哼了起来，伊拉龙坐在她旁边，开始给她挠嘴角后面的细鳞。

影子的脚印

The Inheritance Cycle

经过一连串令人头晕目眩的纵跃，蓝儿带着伊拉龙穿过营地，来到若伦和凯特琳娜的帐篷。凯特琳娜在帐外，正在一桶肥皂水里洗衬裙，用一块凹凸不平的木板当搓衣板，在上面搓着白色的织物。她被蓝儿落地扬起的灰尘罩住，用一只手挡着眼睛向他们望来。

若伦从帐篷里踱出来，手里拿着皮带，在给皮带扣上油。他咳了一嗓子，在尘土中眯起眼睛。“什么风把你们吹来了？”他问正从蓝儿背上跳下来的伊拉龙。

伊拉龙简明地说了一下自己马上就要离开，并特别跟他们强调，一定对其他村民保密。“不论他们怎么误解我，以为我怠慢他们，故意避而不见，你都不能把真相说出来，甚至霍司特和伊莱恩也不能说。宁肯让他们以为我变成了一个忘恩负义的小人，你也绝不能把娜绥妲的计划透露哪怕半个字。我这样要求，是为了每一个抛开一切反抗帝国的人，你能做到吗？”

“我们永远都不会背叛你，伊拉龙。”凯特琳娜说，“对此，你不必有任何怀疑。”

接着，若伦说他也即将离开。

“去哪里？”伊拉龙叫道。

“我刚刚才接到命令，我们要去袭击帝国的补给车队，在北面很远的地方，要深入敌后。”

伊拉龙的眼睛依次向他们三个看过去。若伦的面孔沉毅、坚定，已经表现出大战将临的紧张状态；凯特琳娜则在尽力掩饰自己的担忧；再看蓝儿，随着她的呼吸，小小的火舌从鼻孔中忽进忽出。“这么说我们都要各奔前程了？”还有句话，尽管他忍住了没说出来，却像不祥的乌云般罩在众人头上，那就是他们可能再见无期了。

若伦抓住伊拉龙的小臂，把他拉过来拥抱了片刻，然后松开手，凝视着他的眼睛说：“兄弟，多加小心，加巴多里克斯可不是唯一想趁你不注意，在你背后插一刀的人。”

“你也多多保重。一旦碰上巫师，我建议你逃为上策，我在你周围布下的防护并不会永远有效。”

凯特琳娜拥抱着伊拉龙，在他耳边说：“早去早回。”

“我会的。”

若伦和凯特琳娜一起走到蓝儿跟前，用前额碰了碰她瘦长的嘴巴。她胸腔震动，喉咙深处发出一声柔和的低吟。记住，若伦，她说，不要犯对敌人心慈手软的错误；凯特琳娜，你也不要为没办法改变的事情太想不开，这只是自寻烦恼。说完，蓝儿一抖翅膀，皮肤和鳞甲瑟瑟有声，将若伦、凯特琳娜和伊拉龙全部拢在翼下，用一个温暖的拥抱，使他们暂离了外面的世界。

蓝儿举起翅膀，若伦和凯特琳娜向后退开，伊拉龙爬到蓝儿背上，向这对新婚夫妇挥手道别。他喉头发酸，不停地挥着手，直到蓝儿已经飞上天空。伊拉龙眼前已经有些朦胧，他眨眨眼，靠在身后的肉刺上，抬头看着倾斜的天空。

去炊事营？蓝儿问。

好。

蓝儿先向上升了几百英尺高，然后才向营地的西南方飞去，烟柱从地上一排排锅灶和大火堆上升起来。在两个各约五十英尺长的遮阳篷之间，有一块空地，蓝儿带着伊拉龙向空地滑降，阵阵轻风从旁掠过。早饭已过，篷里都没有人。蓝儿轰然落到地面。

伊拉龙匆匆向板桌那边的灶火奔去，蓝儿跟在他旁边。几百人在忙着烧火、切肉、打鸡蛋、揉面、搅动着铸铁盆里满满的神秘液体、擦洗着堆得山一样高的锅碗瓢盆。他们，再加上其他许多同样为了完成给沃顿族提供食物这一艰巨任务而没完没了地忙活的人们，并没有停下来呆看伊拉龙和蓝儿。因为他们正拼命应付那长着许多张嘴的饕餮巨兽的无情胃口，相比之下，一条龙和一个龙骑士又算得了什么呢？

一个留着剃得很短的花白胡子，体格粗壮的人，快步向伊拉龙和蓝儿走过来。这人个头很矮，简直和矮人差不多。他飞快地向伊拉龙和蓝儿躬了一下身说：“我是科沃斯·默里森。有什么需要我做的吗？如果你要的话，魔影杀手，那边有刚出炉的面包。”他说着用手一指旁边桌子上放在盘子里的一条双排面包。

“如果可以的话，我要半条吧。”伊拉龙说，“不过，我们来这里的目的，不是要填饱我的肚子，而是为了蓝儿，她得吃点东西，最近她都没有时间像往常那样出去猎食了。”

科沃斯瞧了瞧身后蓝儿的庞大身躯，脸色慢慢变白了：“她通常要吃多……呃，我是说，蓝儿你通常一餐吃多少？我可以马上叫人送上六扇烤牛排，十五分钟后还可以再烤好六扇。这样够不够……”他吞了口口水，喉结上下滚动着。

蓝儿不满地哼了一声，科沃斯吓得尖叫着向后倒退。“她更希望能来头活的牲口，如果方便的话。”伊拉龙说。

科沃斯尖声答道："方便？哦，是的，方便。"他频频点头，油腻腻的手在围裙上搓着。"确实不成问题，魔影杀手，蓝儿。奥林国王今天下午的餐桌不会缺东西的——哦，我不是这个意思。"

还要一桶蜂蜜酒。蓝儿对伊拉龙说。

听罢伊拉龙转述蓝儿的要求，科沃斯的瞳孔周围现出一个个白圈："哦，哦，恐怕我们的存货基本都被矮人买光了。我们只剩几桶，是为奥林……"蓝儿的鼻孔中喷出足有四英尺长的火焰，烧焦了科沃斯脚前的草地，张牙舞爪的黑烟从焦黑的草茎上飘起，他打了一个哆嗦。"我……我，我马上叫人给你送一桶过来！如……如果你方便，我现在就带你去牲口圈，随你自己怎么选都可以。"

厨子带着他们在灶火、饭桌和忙碌的人群间穿来绕去，走到一些用木栅围起的大牲畜圈旁。里面关着猪、牛、鹅、山羊、绵羊、兔子，还有一些沃顿族的突击队员在执行任务时从附近荒野猎回的野鹿。在畜圈旁还有些禽舍，满是鸡、鸭、鸽子、鹌鹑、松鸡和其他的禽类。它们一起吱吱、咯咯、咕咕发出五花八门刺耳的大合唱，伊拉龙难受得牙关紧咬。为了不至于被这么多动物的思想和情感所淹没，伊拉龙把心灵对除了蓝儿之外的其他一切都关闭了。

他们仨在畜圈外大约百英尺处停下脚步，以免圈内的牲口见到蓝儿引发恐慌。"有没有您瞧得上眼的？"科沃斯看着蓝儿问，双手焦虑地搓动着。

蓝儿的眼睛在圈内逡巡，吸着鼻子，对伊拉龙说：多可怜的猎物啊……你知道我还没那么饿呢，我前天刚狩猎，吃下的鹿还没消化完。

你的身体还在快速发育，多吃点对你有好处。

那也得吃得下才行啊。

那就选个小点的，来头猪怎么样？

那对你恐怕没什么大用。不行……我还是要那个吧。伊拉龙脑中出现了蓝儿传递过来的画面：一头中等大小的牛，身体左侧生着白色的斑点。

伊拉龙把那头牛认出来后，科沃斯向畜圈旁闲待着的几个人大喊了几句。两个人过去把那头牛和其他牲口分开，拿条绳子套在它头上，拉着那不情愿的动物向蓝儿走来。到三十英尺开外，牛说什么也不肯向前走了，它发出惊恐的哞叫，拼命想挣脱绳套逃掉。在那动物逃掉之前，蓝儿纵身跳起，掠过中间的空地。两个拉绳子的人看到蓝儿张着大口扑来，吓得趴倒在地。

牛转身要跑，蓝儿一下子在它肚子上重重一撞，将它击翻在地，用分叉的脚爪牢牢按住它。牛只来得及发出一声惊恐的号叫，便被蓝儿一口咬住脖子，接着猛一摆头，就把牛的脊椎扭断了。然后她停下动作，蹲在猎物旁，用期待的目光看着伊拉龙。

伊拉龙闭上眼睛，意识向牛延展过去。那动物的意识已经陷入了黑暗的深渊，但它的身体还活着，肉身上激荡着的能量，因片刻前充斥全身的恐惧而更加丰沛。即将要做的事使伊拉龙心中充满了厌恶，但他克制住情绪，一只手放在智者拜乐思腰带上，把他能从牛尸上得到的能量全部转入藏在腰间的十二颗钻石中，整个过程用了不过几秒钟。

他向蓝儿点点头：完事了。

伊拉龙向刚才帮忙的两个人表示了谢意，然后他们留下伊拉龙和蓝儿，自行离开了。

在蓝儿狼吞虎咽的当口，伊拉龙靠在蜂蜜酒桶上，看着厨子们忙碌工作。每一次，他们或是给他们打下手的人杀掉一只鸡或一头猪或一只羊或任何别的动物，他就把能量从垂死的动物身上转入智者拜乐思腰带。然而，这是件很压抑的工作。

因为，在他的意识进入时，那些动物大多还保持着意识。它们的恐惧、惊慌和疼痛像呼啸的风暴一般冲击着他，让他心头狂跳，豆大的汗珠从额上迸出。消除它们的痛苦，是他唯一的最强烈的心愿。然而，他知道它们不得不死，否则沃顿族就要沦为饿殍。在前几次战斗中，他已经将自己存储的能量消耗殆尽，在踏上漫长而充满危机的旅途之前，他也理应补充能量。如果娜绥妲允许他在沃顿族多停留一个星期，他就可以将自身的能量注入宝石，并有足够的时间在前往堡藤杜尔之前恢复体能。但现在他只有几个小时的时间，远远不够，就算他什么都不做，只是躺在床上向钻石内注入自己身体的能量之火，那效果也远不能与从众多动物身上收集来的能量相比。

智者拜乐思腰带上的钻石似乎可以无穷无尽地吸收能量，所以，当他觉得已经到了忍耐的极限，再也不能继续承受那些动物死前的惨痛时，就罢手告停了。他浑身发抖，从头到脚不停流汗，两手支在膝盖上，上身前倾，看着两脚之间的地面，尽力忍住不让自己倒下。一段并非他自己的记忆，侵入了他的意识：他骑在蓝儿背上，在雷欧那湖上翱翔，一头扎进冰冷的湖水中，身旁浮起阵阵白色的水泡。他感觉到了和蓝儿在一起飞翔、游泳和嬉戏的快乐。

他的呼吸平缓下来，微笑着望向蓝儿，将谢意送入她心中。蓝儿则仍守着猎物的残尸，啃着牛的脑壳。

我们可以走了。他说。

她吞下嘴里的东西说：把我的能量也拿去，可能用得上。

不。

这件事不要跟我争，我一定会坚持的。

我也会同样坚持。我怎么能吸走你的能量，然后把你留在这里，虚弱到连作战的力气都没有？要是穆塔和荆刺今天就来进攻怎么办？我们俩都必须随时准备好战斗。而你面临的危险比我还大，因为加巴多里克斯和整个帝国都会以为我仍和你在一起。

话是没错，但毕竟要单独和一个库尔人进入荒野的人是你。

我和你一样习惯荒野，远离文明对我来说没什么大不了的。至于一个库尔人，要是摔跤比赛的话，我不知道自己是否能赢，但我的护身足以防范任何背叛。我有足够的能量，蓝儿，你不必再给我更多了。

她看着他，考虑着他的话，然后抬起一只爪子，开始用舌头去舔净上面的血迹。好吧，那我就自己……顾自己好了。她的嘴角似乎觉得好笑地向上扬起。放下爪子，她说：可否劳你驾帮忙把那个酒桶给我滚过来？他不太情愿地嘿了一声，站起身，如言把酒桶滚了过去。她伸出一只爪子，在桶盖上敲出两个洞，空气中马上飘满了苹果蜜酒的香气。她脖子向后弯，让头正处在酒桶上方，然后用两只巨大的爪子捧起酒桶，举上半空，仰头咕咚咚把酒直接灌进喉咙里，最后把空酒桶往地上一丢。酒桶啪的一声摔得裂开，一个铁箍滚出几码远。她的上唇皱了起来，摇着脑袋，然后呼吸也突然停顿，紧接着打了一个非常猛烈的喷嚏，连鼻子都撞到地面上，嘴巴和鼻孔里都喷出猛烈的火焰。

伊拉龙吓得叫了一声，向旁跳开，慌忙扑打着冒烟的长衫下摆。他的右脸感觉好像给烤焦了一般。蓝儿，你也小心点儿呀。他叫道。

啊哟。她低下头，糊了一层灰的嘴巴在一条前腿的侧面蹭着，蜜酒激的。

是吗？你早就该知道的。他边爬到她的背上，边嘟囔着说。

蓝儿又在前腿上蹭了蹭嘴巴，然后高高地飞上天空，滑翔越过沃顿族的营地，把伊拉龙送回到他的帐篷。他从她背上滑下来，站直了仰视蓝儿。有一会儿工夫，他们谁都没有说话，让交融的情感取代了语言的功能。

蓝儿眨了一下眼睛，他觉得她的眼睛比往常似乎更为晶莹。这是一个考验，如果我们能够经受住考验，那么我们会因此变得更为强大，作为龙和龙骑士。

我们必须在需要时能够独当一面，不然与别人相比这永远会是我们的一个弱点。

是的。她用爪子抓着地面，但知道这一点对于缓解我的忧伤没有任何用处。一阵颤抖传遍她强健的身躯。她垂下翅膀。愿风在你的翅膀下升腾，愿太阳永远在你的身后。一路顺风，一路平安，小家伙。

再见。他说。

伊拉龙感觉到如果再和她待在一起，自己可能永远都不会走了，于是猛一转身，头也不回地冲进了幽暗的帐篷，同时彻底切断了他们之间的联系。这联系对他来说，几乎已经成了他肉体的一部分。反正，他们很快也要远远地分开，无法再感知彼此的意识，同时他也不想延长分别的痛苦。他在帐中站了片刻，手握剑把，身体摇晃，似乎眩晕一般。孤独造成的痛楚，现在已经在他身上蔓延开来，没有蓝儿的意识在一旁，他顿时觉得自己仿佛无凭无借，天地何其广阔，自己何其渺小。这样的分别我经受过，这一回同样也能承受。他想着，强迫自己挺了挺肩，扬起了下巴。

从小床下面，他取出了从黑格林来的路上打好的包裹，然后把一个用布包着的雕饰木桶放了进去，里面装着他为血盟庆典写的诗，是俄拉米斯用最精细的书法给他誊写在卷轴上的。他还放入了一瓶有魔力的菲尔尼夫酒和装着奈尔戛斯克的小皂石盒，这两样也是俄拉米斯送的礼物；他还带上了那本厚书《天意》，这是乔德送的礼物，再加上磨刀石和革砥石；犹豫了一会儿之后，他又带上了多块护甲，因为他想着，等到要用的时候，庆幸自己随身带着，总比一路上背负它们的辛苦要好受得多，或者说他希望是这样吧。他之所以带上书和卷轴，是因为在数次的游历之后，他已经明白，想不丢掉自己在意的东西，最好的办法就是走到哪里都把它们带在身边。

至于衣物，除了身上穿的，他只多带了一副手套，塞进了头盔里，还有他沉重的羊毛大氅，以防晚上露宿时太冷。其他的东西，都卷起来塞进蓝儿的鞍袋里。如果真当我是银吉通部一员的话，等我到达布列肯霍时，他们自会给我合适的衣服穿。

扎好背囊，他把未上弦的弓和箭囊横着绑在顶部的框架上，刚想把宝剑也同样绑定，又发现如果向一侧弯身，剑就会从剑鞘中滑脱。所以，他把剑竖直绑在背囊的背面，角度略微倾斜，让剑把从右肩上伸出，这样需要的时候还可以很方便地拔剑。

伊拉龙背上背囊，打开心中的壁垒，感觉到了体内和智者拜乐思腰带上的钻石中充盈的能量。伊拉龙从能量流中轻取了一点，念念有词地读了一遍以前只用过一次的咒语：这咒语让光线从他身旁绕开，使他变得透明。咒语发出后，他身上感觉到轻微的疲倦。

他向下看，身躯和腿都不见了，却能在地面的灰尘上看到靴子的脚印，这让他觉得非常别扭。下面该是更难的部分了。他想。

走到帐篷后部，他用猎刀割开紧绷的纤维，从破洞里钻了出去，悄无声息地，像只吃得很好的猫一样。布洛德迦姆站在外面等他。他向伊拉龙所在的大概位置点了一下头，嘴里轻轻说了声“魔影杀手”，然后就开始专心地修复破洞——只用了古语中大约六个很短的词就完成了。伊拉龙沿着一条夹在两排帐篷当中的巷道向前走去，充分发挥了他从前的林中经验，尽量不发出声音。每当有人接近，伊拉龙就马上从路上跳开，一动不动地站在旁边，希望他们没看到留在草上或土上的脚印。他心里咒骂着，埋怨地面太干，不管脚放得多轻，都会扬起一点灰尘。让他意外的是，隐形削弱了他的平衡感，看不到自己的手和脚在哪里，他不时地就会错误判断距离，不停地撞上东西，就像喝了太多的麦酒。

尽管脚下不稳，他还是挺快就到达了营地边缘，没有引起任何怀疑。他在一个大雨水桶后面停下，把脚印藏在它浓浓的阴影里，研究着防护沃顿族东面的夯土墙垒和立着尖木栅的壕沟。如果他的目的是潜入营地，要想逃过墙上巡逻的许多岗哨而不被发现是十分困难的事，就算是隐身也不行，但是因为壕沟和墙垣都为防备外侵之敌而设，而不是为了监禁居民，想越过它们到外面去就相对容易许多。

伊拉龙等到距离最近的两个哨兵背向着他转过身去，然后开始向前快冲，两只胳膊全力挥动。几秒钟之内，他就越过了雨水桶到工事土坡间大约一百英尺的距离，然后他沿坡奔跳到土垣顶上，速度之快，他觉得自己就像是在水面跳跃的一颗石子。在墙垣的顶上，他双腿扎进土里，胳膊挥动，凌空而起，向沃顿族的防御工事之外跃去。他在半空飞了三下心跳的时间，然后猛地落在地上，跌得好像全身的骨架都要散了。

恢复平衡后，伊拉龙马上紧贴地面躺下，屏住了呼吸。一个巡逻的哨兵停住脚步，但看来并没有发现什么异常，片刻后又向前走去。伊拉龙出了一口气，轻声说了句："Du deloi lunaea.（抚平地面。）"看着咒语抚平了他的靴子留在工事上的痕迹。

仍然保持隐形，他站起身，跑步从营地离开，尽量只踩在草上，以防扬起更多的灰尘。距离哨兵越远，他跑的速度越快，到最后飞掠的速度已经超过了奔驰的骏马。

几乎一小时之后，他跳下一道狭窄而陡直的溪谷。风雨已经侵蚀了草地的表面，沟底有一条细细的小溪，沿岸生着灯芯草和蒲草。他沿水流向下走，尽量离开水边的软泥，以防留下痕迹——直到小溪变宽，变成了一个小水塘。塘边的一块大石头上，坐着一个袒胸露怀的身躯庞大的库尔人。

伊拉龙穿过一片蒲草，草的茎叶发出沙沙的声响，让库尔人警觉他的到来。那生物把生着角的巨大头颅转向伊拉龙，鼻子嗅着空气。他是拿·葛左格，与沃顿族结成联盟的巨人首领。

"你！"伊拉龙叫道，现出身形。

"你好，火剑。"葛左格粗声吼道。他舒展粗壮的肢体和庞大的身躯，站起来足有八英尺半高，灰色皮肤下面的肌肉块鼓动着，在正午的阳光下闪着光。

"幸会，拿·葛左格。"伊拉龙不解地问，"你的部队怎么办？如果你和我去的话，谁来率领他们呢？"

"我的血亲弟弟，斯革奎兹，他来率领。他不是一个库尔人，但他有很长的角和很粗的脖子，他是个很优秀的将领。"

"哦，是这样……不过你为什么愿意来呢？"

巨人抬起他巨大的方形下巴，露出咽喉："你是火剑，你不可以死，不然我们厄格若格拉，或者按你们的叫法，巨人，就不能向加巴多里克斯报仇，我们的种族就会死在这片土地上，所以，我要和你同去。我是我们的战士中最优秀的，我曾经在一次搏斗中击败过四十二个拉姆人。"

伊拉龙点点头，事态的发展还算比较如意。在所有的巨人中，他最信任的是葛左格，因为在烈火平原战役之前，他曾探识过库尔人的意识，发现按照他们族类的标准，葛左格算是诚实可靠的了。*只要他不伤到他的荣誉，促使他向我提出决斗，那么我们就不会有冲突的理由。*

"很好，拿·葛左格，"他说着把系着背囊的带子在腰间紧了紧，"那就让我们一起跑步上路吧，这可是史无前例的事。"

葛左格在胸腔里发出低沉的笑声："好吧，火剑，咱们这就上路。"

他们一起面向东方，一起向着贝尔山脉进发。伊拉龙跑起来又轻又快，奔驰在他旁边的葛左格则迈开长腿，一步顶他两步，大地颤抖着承受他的重量。在头上，天边的雨云越积越厚，一场倾盆大雨近在眼前，盘旋的兀鹰狩猎时发出孤独的啼叫。

翻山越岭。

伊拉龙和拿·葛左格开始了漫长的旅程。他们跑到晚上，从晚上又跑到黎明，然后又飞奔了一整个白天，中途只有喝水或解手时才停下喘口气。

跑到第二天傍晚，葛左格说："火剑，我必须得吃点东西睡一觉了。"

伊拉龙靠在一个树桩上，喘着粗气，点了点头。他一直忍着不想由自己来说这话，尽管他也和库尔人一样又饿又困。离开沃顿族不久，他便发现在五英里之内，他的速度可以超过葛左格，但之后葛左格的耐力便显出了优势，甚至比他还有耐力。

"我帮你去打猎。"他说。

"不必。你弄一大堆火，食物我来负责。"

"好吧。"

葛左格向北面一片山毛榉树林走去，伊拉龙解开腰上的带子，把背囊放到树根旁边，长出了一口气。"要命的护甲！"他嘟囔道。即使在帝国境内时，他也从来没有背这么重的东西跑这么远过。他没想到会这么辛苦，脚疼，腿也疼，背更疼；往地上一蹲，膝盖好像都不会打弯了。

他尽量不去理会周身的不适，去附近拾拣干草与枯枝，在一块表面干燥的石头地上堆了一大堆。

他和葛左格此刻的位置在提图斯腾湖南端稍微偏东一点，到处是又湿又软的泥地，生长着大片六英尺高的野草，成群的野生动物漫游其间，有鹿、羚羊，还有生着向后倾斜的粗大犄角的黑毛野牛。

伊拉龙知道，这片土地的丰饶全靠了贝尔山，它形成的大片雨云在山下的平原上绵延数英里，给这一片地方带来了丰沛的雨水，否则这里会和哈德瑞克沙漠一样干燥。

虽然说他们已经跑了非常惊人的距离，伊拉龙仍然觉得太慢。在吉特河到提图斯腾之间的一段路上，为了避免被发现，他们躲躲藏藏，损失了几个小时。现在提图斯腾已经被甩在身后，他希望接下来可以加快速度。娜绥妲可没预见到会有这样的延误，是不是？嘿，她以为我可以片刻不停地从那里一直跑到佉藤杜尔呢。哈哈！他一脚踢开挡在前面的一根树枝，继续收集柴火，嘴里一直愤愤地念叨着。

一个小时以后，葛左格回来时，伊拉龙已经生起了一大堆篝火。他坐在火前，眼看着火苗，努力克服着倦意，不让自己陷进清醒的睡梦中。他抬头向葛左格望去，颈骨发出咔的一声轻响。

葛左格大步向他走来，左臂下夹着一头肥母鹿的尸体。在离篝火约二十码远的地方，他停下来，把鹿尸向上一提，鹿的脖子卡在一个树杈中间，动作轻飘飘的，好像他手里拿的不过是袋棉絮。然后他抽出刀子，开始切剥。

伊拉龙站起来，挪着两只脚向葛左格走去，感觉全身的关节好像都变成了石头。

“你是怎么杀的它？”他问。

“用弹弓。”

“你打算用炭火烤吗？还是巨人生吃肉的？”

葛左格转过头，眼睛在打弯的左犄角后面看着伊拉龙，深陷的黄眼睛闪着某种神秘难解的情绪。“我们不是野兽，火剑。”

“我没说你们是呀。”

巨人哼了一声，又开始干手里的活。

“在火上烤的话时间太久。”伊拉龙说。

“我想的是炖肉，剩下的在石头上煎。”

“炖？怎么炖？我们没有锅呀。”

葛左格伸出右手，在地上擦干净，然后从腰带上的一个小袋子里取出一个折叠成方形的东西，丢给伊拉龙。

伊拉龙伸手去接，可是由于过度疲惫，没有接到。那东西掉到地上，看起来像一卷特大的羊皮纸。他捡了起来，那东西自己散开了，形状像个口袋，宽约一英尺半，三英尺深。口袋的边上缀了一圈厚厚的皮子加固，上面还缝着金属环。他翻过来看了看，没想到这东西竟然这么柔软，而且看不到任何缝合的接口。

“这是什么东西？”他问。

“是我开始长角那年杀的洞熊的胃。把它弄个架子挂起来，或者找个洞放进去，装上水，把烧热的石头放进去。石头会把水烧开，炖出来的东西味道很好。”

“石头不会把胃烧穿吗？”

“到现在还没有呢。”

“是施过魔法的吗？”

“没有魔法，就是好胃而已。”葛左格呼了一口气，两手抓着鹿的后腿，双手一分，就把鹿臀撕成了两半，鹿的胸腔则用刀劈开。

“肯定是头很大的熊。”伊拉龙说。

葛左格的喉咙深处发出几下大树被狂风吹倒的声音：“比我现在大，魔影杀手。”

“你也是用弹弓杀的吗？”

“我是用手把它掐死的。在证明勇气的成年仪式上，不许使用任何武器。”葛左格停了片刻，手中的刀子在鹿的尸体上一直没到只剩刀把，“大多数巨人都不会选择去杀一头洞熊。大多数巨人去猎狼或者山地羊，这就是为什么我成了战斗头领，而其他巨人没有。”伊拉龙留下他继续收拾鹿肉，自己则来到火堆旁。他在火堆旁挖了个洞，把熊胃放进去，然后把棍子从金属环里插进去，把它固定住。他从附近找来十几个苹果大的石块，投进火里。等待石头烧热的时候，他用魔法在熊胃中加了三分之二的水，然后又用一棵细柳树干和一块生皮子对付成一个火钳。

等到石头已经通红，他喊道：“好了！”

“放进去。”葛左格答道。

伊拉龙用火钳从火中取出靠得最近的一块石头，把它放进熊胃里。水面被石头一碰，马上喷出大股的蒸汽。他又拿了两块石头放进熊胃，水就已经滚开了。

葛左格腾腾地走过来，在水里放了两大把肉，然后又从腰带上的口袋里捏出几大撮盐放进去，还加了一把他打猎时顺手采的迷迭香、百里香和其他一些可调味的野生植物。然后，他把一块较平的青石板放到火堆上面，等石头烧热了，就开始在上面烤粗大的肉条。

等待食物做熟的过程中，他们俩从伊拉龙背囊旁边的树桩上取下木头，做成了两把勺子。

饥饿使伊拉龙觉得时间好长，但其实没多久炖肉就好了。他和葛左格吃得狼吞虎咽。伊拉龙觉得自己这一顿是过去吃得最多的时候的两倍。他没吃下的，都被葛左格吃光了，足足吃掉了六个壮汉的量。

之后，伊拉龙仰躺在地，用胳膊肘撑着身子，看着出现在榉树林边的萤火虫。它们互相追逐，盘旋，形成了抽象的图案。某处一只猫头鹰发出一声啼叫，声音柔和低沉。紫色的天空上已经出现了最早的几颗闪闪发亮的星星。

伊拉龙视而不见地看着天空，心里想的一会儿是蓝儿，一会儿是阿丽娅，一会儿是阿丽娅，一会儿又是蓝儿。然后他闭上了眼睛，太阳穴开始一跳一跳地痛。咔嚓一声传来，他睁开眼睛，看到在空的熊胃那边，葛左格正用一根掰断的大腿骨的尖端剔牙。伊拉龙眼光下移，看到巨人光着的脚丫——葛左格在他们吃饭前脱去了绳鞋——吃惊地看到，巨人每只脚上都生着七个脚趾。

“矮人的脚趾和你们一样多。”他说。

葛左格向炭火中喷出一块肉屑：“这我可不知道，我从来没想过要去看一个矮人的脚。”

“你不觉得奇怪吗，巨人和矮人都有十四个脚趾，而精灵和人有十个？”

葛左格恶狠狠地龇了一下牙：“我们和那些没有角的山老鼠没有任何血缘关系。他们有十四个脚趾，我们也有十四个脚趾。众神在创造世界的时候就把我们造成了这样，没有别的解释。”

伊拉龙哼了一声算是回答，又去看他的萤火虫了。过了一会儿，他说：“给我讲个你们族类喜欢的故事，拿·葛左格。”

库尔人沉思了片刻，然后把腿骨从嘴里拿开。他说：“很久以前，有一位年轻的厄格若格拉，她的名字叫玛戛拉。她的角像圆滑的石头一样闪亮，头发长得垂过了腰，她的笑声能引出树上的鸟，但是她的模样却不好看，简直可以说很丑。在她的村子里，还生活着一个强壮的拉姆。他曾在摔跤比赛中杀死过四个拉姆，此外还曾击败过二十三位对手。但是，尽管骄人的战绩使他远近闻名，他却还没有一个配偶。玛戛拉有意做他的配偶，但他却不愿意正眼瞧她，因为她很丑。因为她的丑陋，他甚至注意不到她闪亮的犄角，她的长发，也听不到她动听的笑声。她心中伤痛，因为他看不上她，于是爬到斯拜恩山脉最高峰上，呼唤拉哈娜的帮助。拉哈娜是我们共同的母亲，是她发明了织布和耕种，也是她在逃避巨龙时举起了贝尔山。金角的拉哈娜，她听到了玛戛拉的呼唤，问她为什么要召唤自己。'让我变美丽吧，伟大的母亲，那样我就可以吸引我喜欢的拉姆。'玛戛拉说。拉哈娜答道：'你不需要美丽的面孔，玛戛拉，你有光亮的犄角和长长的头发，还有好听的笑声。有了这些，足够你迷住任何一个没蠢到只看重脸蛋的拉姆。'听到此话，玛戛拉匍匐在地上说：'我只有得到这个拉姆才会幸福，光荣的母亲，请把我变得美丽。'拉哈娜笑了笑说：'孩子，如果我让你变美丽，那么你拿什么回报我呢？'玛戛拉答道：'你要什么我都可以给你。'

"拉哈娜听了很高兴，于是就让玛戛拉有了一张漂亮的面孔。她回到村里，每个人都被她的美惊呆了。有了漂亮的脸蛋，玛戛拉成了她看中的拉姆的配偶，他们生了许多的孩子，一起幸福地生活了七年。然后，拉哈娜来找玛戛拉，她说：'你已经和你喜欢的拉姆一起生活了七年，你过得快乐吗？'玛戛拉回答说：'快乐。'拉哈娜于是说：'我是来取我的报偿的。'她说完在他们的石头房子里看了一圈，然后抓住了玛戛拉的长子说：'我要他作为报偿。'玛戛拉祈求金角的拉哈娜不要带走她最大的儿子，但拉哈娜无动于衷。最后，玛戛拉拿起了配偶的棒子，向拉哈娜打去，但棒子在她手里变成了碎片。作为惩罚，拉哈娜剥夺了玛戛拉的美貌，并带走了她的儿子，去到她居住的大厅。她给孩子取名叫赫魁兹，把他培养成了在大地上出现过的最伟大的战士之一。所以，我们应该从玛戛拉的故事中学到，永远不要与自己的命运抗争，因为那样你会失去自己最宝贵的东西。"

东方地平线上升起一轮新月，伊拉龙看着其闪亮的边缘，说："给我讲讲你们村里的事。"

"什么事？"

"什么事都可以。当我进入你还有卡古阿和敖特威克的意识的时候，我浏览了数百段的记忆，但能回忆起来的没有多少，而且都是不完整的片断。我想弄明白我所经历的和看到的那些画面，到底有什么意义。"

"我能跟你说的事可不少，"葛左格粗声粗气地说，他饱经风霜的眼睛若有所思，临时的牙签在一颗犬齿周围剔着，"我们弄一些树干，在上面雕刻出山中动物的面孔，然后把它们竖直钉进房子边的地里，这样就可以把荒野中的魔影吓走。有时候这些柱子上的面孔看上去和活的一样，当你走进我们的村子，你可以感觉到那些雕刻的动物都在盯着你看……”骨头在巨人的手指上停了下来，然后又开始它一前一后的运动。“在每个木屋的门口，我们都挂起一条那纳，它是一条和我巴掌一样宽的布。那纳是色彩鲜艳的布，上面的图案描述着住在这个屋子中的一家人的历史。只有年纪最大、技巧最高超的织工，才被允许在那纳上面增加图案，或者是破了之后重新编织一条……”骨头消失在葛左格的拳头里。“在冬天的月份里，那些有配偶的和配偶一起编织壁炉毯。编织完一条这样的壁炉毯至少要五年，到毯子织完的时候，你也就能知道自己选的配偶到底好不好了。”

“我从来没见过你的村子，”伊拉龙说，“肯定都藏在很隐秘的地方。”

“很隐秘而且防卫很严密。见到我们村子的，很少有能活着离开的。”

眼睛看着库尔人，伊拉龙小心地让自己的语气中稍微露出一点锋芒：“你是怎么学会这种语言的，葛左格？有人类居住在你们当中吗？是不是有人类给你们做奴隶？”

葛左格毫不畏缩地回视着伊拉龙的目光：“我们没有奴隶，火剑。我的知识是从那些与我战斗的人类心中掠夺来的，然后我把它们与我的族类分享。”

“你肯定杀死过许多人类，是不是？”

“你也杀了许多厄格若格拉，火剑。这就是为什么我们必须联合，否则我的族类将无法生存下去。”

伊拉龙抱起双臂：“我和布鲁姆追踪蛇人时，经过了亚兹科，一个在尼诺河边的村庄。我们发现所有的村民都被杀死了，尸体堆在村子中间，尸堆当中的一支长矛上，还挑着一个孩子的尸体。这是我见过的最惨不忍睹的场面，是巨人杀了他们。”

“在我长角之前，”葛左格说，“父亲带我去看我们在斯拜恩西侧的一个村庄。我们发现，我们的村民被折磨，被烧死，被屠杀。那达城的人类得知了这个村子的所在，于是派了许多士兵来偷袭。村民没有一个幸免的……是的，我们比别的种族更好战，火剑，而这是我们历经磨难的原因。我们的女性不会考虑选择一个拉姆做配偶，除非他已经在战斗中证明了自己，亲手杀死过至少三个敌人。而且，战斗也有一种快乐，不同于其他任何的快乐。但尽管我们热爱战绩，那并不意味着我们就不知道自己的缺点。如果我们的种族不能改变，加巴多里克斯击败沃顿族的话，接着就会把我们全部除掉；而你和娜绥妲如果能打败那个毒舌头的叛徒，也会把我们全都消灭。我说得对不对，火剑？”

伊拉龙动了动下巴算是点头：“是啊，没错。”

“所以，总是计较过去的仇怨没有益处。如果我们不能各自摒弃前嫌，在人类和厄格若格拉之间就永远不会有和平。”

“可是，如果我们打败了加巴多里克斯，娜绥妲也给了你们要求的土地，但二十年后，你们的下一代为了赢得配偶，又开始杀戮和劫掠，那时我们该怎么对待你们？如果你知道你们自己的历史，葛左格，那你就会了解，巨人每次签订的和平条约，结局都是如此。”

沉声叹了口气，葛左格说：“那我们就只有希望在大海的那边也有厄格若格拉，并且他们比我们有智慧，因为我们将从这片土地上消失了。”

他们俩当天晚上谁也没再说话。葛左格蜷缩身子，侧躺在地上，巨大的头以地为枕睡着了。伊拉龙用大氅包起身体，靠在树桩上，看着缓慢运行的星星，伴着时来时去的无眠之梦。

第二天晚上，贝尔山已经在望。一开始，大山只是天边一片朦胧的影子，一些相连的白色和紫色的棱角分明的形状。随着夜晚的降临，遥远的轮廓开始呈现出实在的面貌，伊拉龙逐渐分辨出山脚下绵延的深色树林带，之上是更为宽阔的皑皑冰雪。再往上，就是插天的山峰，只有光秃秃的灰色岩石，因为太高，不但英寸草不生，连雪都不下。就像第一次看到这些山一样，贝尔山脉的雄伟仍然强烈地震撼了伊拉龙。他的直觉告诉自己，这么大的东西根本不可能存在，然而他心里又知道，眼睛并没有说谎。这些山平均高度是十英里，许多山峰还要更高。

伊拉龙和葛左格那晚没有休息，而是脚步不停地跑过了黑夜，又跑过了之后的一个白天。早晨时，天空亮了起来，但由于贝尔山的关系，几乎到中午太阳才在两座山峰之间现出身形。像山脉一般广阔的一道阳光，洒在了仍笼罩在绮丽晨曦中的大地上。伊拉龙此刻停下脚步，站了好一会儿，静静地看着眼前这让人惊叹的景象。

他们在这巨大的山脉旁绕行，伊拉龙产生了一种很糟糕的似曾相识的感觉，好像又回到了他和穆塔、蓝儿还有阿丽娅一起从基里逃往堡藤杜尔的时候，他甚至觉得自己认出了穿过哈德瑞克沙漠后他们扎营的地方。

漫长的白天和更为漫长的夜晚既慢得磨人，又快得惊人，因为每一个钟点都与上一个毫无差别，让伊拉龙既觉得他们的苦难永远不会结束，又觉得其中很大一部分似乎根本没发生过。

到达了大峡谷，大山在此被劈成两半，南北相距几英里远，他们转向右方，在冷漠苦寒的山峰中间穿过。熊牙河从通往堡藤杜尔的狭窄山谷中流出，他们涉过冰冷的河水，继续南行。

那一晚，在向东进入大山之前，他们在一个小水塘边上宿营，好好休息一下。葛左格用他的弹弓又打了一头鹿，这次是雄鹿，他们俩都吃到再也吃不下为止。

吃饱了，伊拉龙弯着腰，补靴子边上的一个洞，这时听到了一声使他心跳加速的怪嚎。他向周围渐暗的荒野中看去，吃惊地看到一头巨兽的身影在布满石子的水塘边慢慢跑动。

“葛左格。”伊拉龙低声叫道，探手从背囊上拔出宝剑。

库尔人从地上拿起一块拳头大小的石块，装进弹弓的皮袋里，然后站直身体，张开喉咙，向夜空发出吼叫，挑衅的咆哮回荡在大地上。

那东西停下来，然后放慢速度继续向前走，不时嗅着地面。等它进入了火光的范围，伊拉龙不禁倒抽了一口冷气。站在他们面前的是一头灰背狼，有一匹马那么大，獠牙长如马刀，明亮的黄眼睛看着他们的一举一动，狼的脚足有小盾牌那么大。

一头索尔戈！伊拉龙心想。

巨狼绕着他们的宿营地打转，虽然体形巨大，却几乎不发出半点声息。伊拉龙想起了精灵族，还有他们对待野生动物的方式，于是用古语说道："狼兄弟，我们对你没有恶意。今天晚上我们只休息不打猎。欢迎你分享我们的食物和我们窝里的温暖，直到早晨。"索尔戈停了下来，在伊拉龙说古语的时候，向前支棱着耳朵。

"火剑，你在搞什么把戏？"葛左格问。

"不要动手，除非它先发起攻击。"

肩膀壮硕的野兽慢慢进入了他们宿营的范围，它巨大潮湿的鼻子尖一直抖动着嗅个不停。毛发蓬乱的狼头向火堆伸过去，似乎对燃烧的火苗很好奇，然后又找到葛左格给鹿开膛的那一块撒满了碎肉和内脏的地方。它弯下前腿，叼起几大块肉，站起来，头也不回地跑进了黑夜之中。

伊拉龙放松下来，插剑入鞘。葛左格还站在原地，龇着牙，眼望向远处的黑暗，细听是否有任何异常的响动。

天刚透出一丝亮光，伊拉龙和葛左格就离开了宿营地，向东跑去，进入了通往瑟多山的山谷。

他们在守护着大山的密林中前进。空气明显变凉了，地上厚积的松针消弭了脚步声。黑暗阴郁的巨树，高高耸立在头顶，似乎在看着他们。他们在粗大的树干之间穿行，不时地绕开从湿地里冒出来的树根。它们曲折扭结，高达两三英尺，甚至经常达到四英尺。个头很大的黑色松鼠在树枝间蹦来跳去，大声地吱吱叫着。倾斜的树干上生着厚厚的一层青苔。蕨类植物、顶针莓以及其他一些绿色大叶植物繁茂地生长，旁边是各种形状、大小和颜色的蘑菇。

伊拉龙和葛左格一旦真正进入了峡谷，世界就变得狭小了。两旁雄壮的山壁相距很近，巨大的体积造成强烈的压迫感。天空是遥不可及的一带海蓝色，几片淡淡的云在半山腰处飘荡，伊拉龙从未见过这么高远的天。

午后大约一小时，伊拉龙和葛左格慢下脚步。树林中传来一阵可怕的咆哮声，伊拉龙抽出宝剑，葛左格从地上拿起一大块光滑的卵石放进弹弓的袋子。

"是一头洞熊，"葛左格正说话间，突然又响起了一声狂暴而尖锐的厉啸，就像金属摩擦金属，"还有那格拉，我们务必小心，火剑。"

他们缓步向前，很快就看到了发出咆哮的野兽，在一面山坡上几百英尺高的地方。一窝长着粗大尖利獠牙的红毛野猪，正被一头巨型生物逼得尖叫着团团乱转。那东西披着一身银棕色毛皮，利爪如钩，利齿如刀，行动如电。一开始，遥远的距离欺骗了伊拉龙的眼睛，但他以动物近旁的树木作为参照，很快便发现，每头野猪的个头都会让索尔戈相形见绌，而那头熊则几乎有他在帕伦卡谷的房间那么大。野猪已经把熊的肋部抓伤流血了，但似乎只是让它更为愤怒。巨熊直立而起，大吼一声，巨掌朝一头野猪拍去，将它打翻到一边，肚皮裂开了口子。倒地的野猪三次试图站起来，三次都被洞熊击倒，到最后终于躺着不动了。熊俯身大吃起来，其余尖叫的野猪钻进了后面的树林，向山上更高处远离洞熊的地方逃去。

伊拉龙震惊于熊的力量，跟在巨人后面，小心翼翼地走进它的视野之中。熊把血红的嘴巴从猎物的肚皮上抬起来，弹子一样的小眼睛看着他们，显然觉得他们对自己没什么威胁，便又接着吃下去。

“我想，连蓝儿都可能打不过这么一个大怪物。”伊拉龙低声说。

葛左格轻轻哼了一声：“她能喷火，熊可不能。”他们俩的目光紧紧盯在熊身上，不敢离开片刻，直到它被树木挡在视线之外，这时，他们还是手拿武器，随时准备应付可能遇到的危险。

已经是下午很晚的时候，他们才又听到了另一个声音：笑声。伊拉龙和葛左格停了下来。葛左格举起一根手指，然后偷偷摸过一片浓密的灌木，安静得叫人吃惊。他们向笑声发出的地方潜过去，伊拉龙跟在库尔人后面，每迈出一步都小心翼翼，连气都不敢喘，担心呼吸声会暴露自己。

从山茱萸枝杈的缝隙间看出去，伊拉龙看到山谷底下已经有了一条踩得很明显的小路，几个矮人小孩在玩耍，互相扔棍子，叫着、笑着，附近看不到成年矮人。伊拉龙退回到安全的距离，吐出憋着的气，仔细观察天空。天上飘着几缕白烟，大约是从山谷前方一英里远的地方传来的。

树枝一声轻响，葛左格在他旁边蹲下，这样一来他们的高度就差不多了。葛左格说：“火剑，我们在这里分手吧。”

“你不和我去布列肯霍吗？”

“不。我的任务是保证你的安全。如果我和你一起去，矮人就不会那么信任你了。瑟多山近在眼前，我相信从这里到那里，没谁有胆子来伤害你。”

伊拉龙手挠着后脖颈，看看葛左格，再看看东面升起的炊烟：“你要直接跑回沃顿族吗？”

葛左格一声低笑，说道：“是的，不过可能不会像我们来时跑得那么快。”

伊拉龙一时不知该说点什么好，他用脚尖蹬着一段树干腐烂的一头，烂木头里露出了一窝白色的肉虫，正在它们蛀出的洞里蠕动：“可别让索尔戈或者一头熊把你给吃了，那样的话我只好去追踪它把它杀掉，可我现在又没这个时间。”

葛左格两只拳头都顶在自己峥嵘的前额上：“愿你的敌人都在你面前退缩，火剑。”他站起来，转身大步走了，森林很快就遮住了库尔人巨大的身形。

深吸一口清新的山地空气，伊拉龙穿过一片浓密的灌木丛。当他从凤尾蕨和山茱萸中出现时，矮人孩子都僵在当地，圆脸蛋上的表情充满了警惕。伊拉龙摊开双手，说：“我是魔影杀手伊拉龙，无父之子。我要去布列肯霍，找特里夫克之子奥利克，你们能带我去吗？”看到孩子们没有任何反应，他才想起他们一点也不懂他的语言。“我是一个龙骑士，”他说，速度放缓，清楚地念准每一个字，“Eka eddyr ai Shur’tugal...Shur’tugal...Argetlam.”

听到这里，孩子们的眼睛亮了起来，惊奇地张圆了嘴巴。“阿吉兰！”他们叫道，“阿吉兰！”他们跑过来，冲向他，短短的胳膊抱着他的腿，拉着他的衣服，高兴地嚷个不停。伊拉龙低头看着他们，感觉到自己脸上漾开了傻傻的笑。孩子们拉着他的手，他听任他们拉着自己向路上走去。他们片刻不停地用矮人语对他说着什么，尽管他听不懂，但是他喜欢听。

其中一个孩子——是个女孩子，他想——向他张开手臂。他把她抱起来，放在肩膀上，她握拳死死抓住他的头发，疼得他眼皮直跳。她笑了起来，声音又高又甜，让他再次微笑起来。于是，就在这样的陪伴之下，就这么一副样子，伊拉龙走向了瑟多山，再从那里到布列肯霍见他的义兄奥利克。

因为爱

The Inheritance Cycle

若伦看着捧在手里的扁圆形石头，眉头迷惑地蹙到了一起。

“Stenr risa（石头起来）!”他压低嗓子说。

石头还是没有任何反应。

“你在搞什么，重锤？”卡恩问道，一屁股坐在若伦坐的圆木上。

若伦把石头塞进腰带里，接过卡恩给他带来的面包和奶酪:“没什么，走神了。”

卡恩点点头:“上阵前很多人都会这样。”

若伦一边吃，一边四处打量周围的人。加上他在内，一共有三十位壮士，都是身经百战的士兵。他们每个人都带着弓，大多数还佩带着剑，不过也有几个选了长矛或狼牙棒或锤子作战。三十人中，他猜有七八个同他年龄相仿，剩下的都比他大几岁。最年长的就是他们的领队，红胡子马特兰，被篡位的图恩伯爵。他已经上了岁数，著名的红胡子已经染上了白霜。

刚归到马特兰部下的时候，若伦去他的帐篷报到。伯爵身量不高，由于一辈子骑马挥剑，所以四肢非常强壮有力。让他得名的大胡子梳理得整整齐齐，一直垂到胸口。上下打量了若伦一眼之后，伯爵说:“娜绥妲小姐对你大加赞赏，说了你很多了不起的事迹，小伙子。而且我也从我自己的人那里听到很多关于你的故事，还有各种谣言、传说、道听途说，真不少，你知道，人们总是这样。无疑，你取得过值得骄傲的战绩，比如说，在蛇人的巢穴里向他们挑战，那可不是简单的事。当然，你有你的表弟帮忙，对吧？你可能习惯了和自己村里的人相处，但你现在是沃顿族的一员，更具体地说，小伙子，你是我的士兵之一。我们不是你的家人，不是你的邻居，甚至不一定是你的朋友。我们的责任是完成娜绥妲的命令，而且我们一定会完成，不论个别人心中怎么想。你既然在我手下，就得听我的命令。我怎么说，你就怎么做，我让你什么时候做，你就得什么时候做。不然，我以我尊敬的妈妈的骨头（愿她安息）起誓——我会亲自用鞭子抽掉你的皮，不管你有什么来头。你明白了吗？”

“是！长官！”

“很好。如果你守规矩，做事踏实，并且如果你能活下来，那么在沃顿族当中，一个有决心的人还是可以很快获得升职的，但有前途还是没有前途，全部取决于我是否认为你适合带领自己的一队人。不过你千万不要以为，一分钟，片刻也不要以为，你可以通过拍马屁让我看好你。我根本不在意你喜欢我还是恨我，我唯一关心的，是你能不能完成交给你的事。”

“完全明白，长官！”

“嗯，好的，重锤。也许你能行，咱们很快就可以见分晓了。去，向我的副手尔哈特报到吧。”

若伦咽下了最后一口面包，从他带的皮囊里喝了一口酒，把面包冲下肚去。他本希望那天晚上能吃点热饭，但他们已经深入了帝国境内，士兵可能会看到他们的灶火。他叹了口气，伸直双腿。过去三天，他从黄昏到黎明连续骑着雪焰奔驰，膝盖又酸又疼。

在内心的深处，若伦感觉到一丝轻微却持续的压力，一种意识上的触感，不论白天还是黑夜，永远指向一个方向，凯特琳娜的方向。这感觉的来源是伊拉龙给他的指环，它给若伦很大的安慰。因为他知道，有了它，他和凯特琳娜可以在阿拉加西亚的任何地方找到对方，哪怕两个人都成了瞎子和聋子。

他听到身旁的卡恩正用古语嘟囔着什么，他笑了。卡恩是他们的魔法师，被派来保护他们，让他们不至于被敌人的巫师一举手全部消灭。从别人那里，若伦了解到卡恩并不是一个能力特别强的魔法师——他每次运用咒语都很费力气——但他的弱点被一些长处弥补了：他能发明很聪明的咒语，还擅长潜入对手的内心。卡恩脸瘦，身材也瘦，眼睑下垂，有点神经质，容易激动的样子，若伦一眼就喜欢上他了。

若伦对面是海尔默和福斯，坐在他们的帐篷前。海尔默对福斯说：“……士兵来抓他的时候，他把自己人全都带回了家，然后点燃了仆人一早就贮满的一个个油坑，把士兵们困住了，让后来的人以为所有人都同归于尽了。你能相信吗？五百名士兵，他一下子全给干掉，连剑都不用拔。”

“他自己是怎么逃走的？”福斯问。

“红胡子的爷爷是个狡猾的家伙，绝对是。他早就挖好了地道，从他们家一直通到最近的河边。有了它，红胡子就可以带着家人和所有仆人活着逃出来。他把他们带到色达，投奔了拉尔金国王。过了许多年，加巴多里克斯才知道他们还活着。我们能在红胡子手下干事，确实走运。他只吃过两次败仗，而且都是因为魔法的缘故。”

尔哈特走到一排十六顶帐篷当间，海尔默默不作声。这位一脸严肃的老兵两腿分开站立，好像两棵生根的橡树，不可撼动。他查看了一下帐篷，看是不是所有人都在，说道：“太阳落山了，要睡觉了。我们在第一线阳光出现前两个小时出发，护送队应在我们西南方七英里处。抓紧时间，我们要在他们刚动身时发起攻击。全歼敌人，烧掉所有东西，然后我们就回去。你们知道怎么办。重锤，你和我一队。搞砸了，我会用一个钝鱼钩把你的肠子钩出来。”大家都被逗笑了，“好了，睡觉。”

风吹着若伦的脸。他耳朵里充满了血管跳动的巨响，淹没了其他一切声音，雪焰在他胯下纵跃疾驰。若伦的视线变得很窄，眼中只看到骑在两匹棕色母马上，跟在运输队倒数第二辆大车旁边的两个士兵。

举锤过顶，若伦用全身力气，大喝一声。

两个士兵吓了一跳，手忙脚乱地去抓武器和盾牌。其中一个掉了矛，弯腰去捡。

若伦拉住雪焰的缰绳让它慢下来，在马镫上站直身体，追至和第一个士兵并肩，打在他的肩膀上，砸裂了他的锁子甲。那人尖叫一声，胳膊软了下去，若伦反手再一击，便将他结果了。

另一个士兵此时已拿回了他的矛枪，向若伦刺来，直指他的脖子。若伦一缩头躲到圆盾后面。长矛一次次扎进木盾，一次次冲击着他。他双腿夹紧雪焰的肚皮，骏马直立起来，嘶鸣着，打了铁掌的蹄子在空中。一只马蹄踢中了士兵的胸口，撕破了他的红袍。待到雪焰再次四蹄着地，若伦锤子侧向挥出，砸烂了那人的咽喉。

任那个士兵在地上抽搐，若伦的马刺一踢雪焰，向队列中的下一辆车冲去。在那里，尔哈特正以一敌三浴血奋战。每辆大车都由四头牛拉着，当雪焰经过若伦刚缴获的那辆车时，领头的牛一甩头，左边的犄角尖顶中了若伦的右腿。若伦抽了一口气，感觉好似一根通红的烙铁烫在了腿肚子上。他低头一瞧，只见靴子已经破了一大块，连着他的一层皮肉一起向外翻开。

再发出一声喊，若伦冲向和尔哈特厮杀的三个士兵中最近的一个，一锤就把他打落马下。下一个人躲开若伦紧接着的攻击，掉转马头，落荒而逃。

“别让他跑了！”尔哈特叫道，但不等他喊，若伦已经拍马追了上去。

逃跑的士兵不断地用马刺狠狠地踢着马腹，马都流血了，但不管他如何发狠，坐骑怎么也跑不过雪焰。若伦俯下身，贴在雪焰的脖子上。马放开四蹄，以惊人的速度掠过平原。发现自己插翅难逃，那士兵拉住缰绳，绕回来，扬起马刀朝若伦砍来。若伦举起锤子，挡开剃刀一般锋利的刀刃。他马上迎头挥锤反击，但那士兵灵巧地避开了，并连续向他的胳膊和腿划出两刀。若伦暗暗在心里骂了一声，这士兵显然比他更精通剑术，如果他不能速战速决，那士兵就会把他杀掉。

那个士兵肯定也感觉到了自己的优势，因为他加紧了攻势，迫得雪焰向后倒退。有三次，若伦已经觉得那士兵肯定会刺中自己了，但那人的马刀总是在最后一刻颤抖着偏离了目标，似乎被某种看不见的力量拉开了，若伦不免念起这都亏了伊拉龙的保护场。

没有别的办法，若伦只好出奇制胜，他伸长了脖子，探头大叫了一声：

“啪！”就像在黑暗的走廊里想吓唬某个人那样。那士兵果然一呆，就在他一呆的工夫，若伦抢身向前，一锤砸在了他的左膝上，那人霎时疼得脸色苍白。没等他缓过劲来，若伦又一锤砸中了他的后腰。那士兵发出一声惨叫，身子向后弯。若伦紧跟着一锤砸到他的头上，结束了他的痛苦。

若伦坐在马上喘了口气，然后一提雪焰的缰绳，催马向车队小跑回去。他的眼睛来回逡巡，不放过任何移动的物体，对战场的形势做出了大致的判断。大多数士兵已经死了，赶车的人也不例外。在打头的车旁边，卡恩和一个穿长袍的高个子相对而立。两个人完全静止，除了偶尔抽动一下，那是一场看不见的大决战的唯一迹象。就在若伦看着的工夫，卡恩的对手直挺挺地向前扑倒在地，没了动静。

但是，在车队中间，五个颇有胆略的士兵割断了三辆牛车上的套绳，把大车围成了一个三角形，凭借着几辆车的防护，把红胡子马特兰和十个沃顿人挡在了外面。其中四个士兵挺矛守住大车间的缝隙，另外一个则张弓向沃顿人射箭，迫使他们躲到最近的一辆大车后面。

若伦皱起眉头，他们不能一直暴露在帝国的通衢上，慢慢想办法对付躲在掩体后面的士兵，时间对他们不利，此时所有敌兵都面向沃顿人进攻的西方。除了若伦之外，车队的另一面没有沃顿人，所以，士兵们不知道他会从东面杀过来。

若伦想到了一个计划。换别的时候，他肯定会认为这个计划太荒谬，毫不实际，从而将它抛在脑后，但在此刻的情势下，他觉得要立刻解开僵局，再没别的办法。他没有费神去考虑自己的危险，在他们发起冲锋的一刻，他已经将生死置之度外了。

若伦催动雪焰，全速前进。他左手按在马鞍前方，靴子仅搭着马镫的一点边沿，绷紧了全身的肌肉准备着。当雪焰离那三角形的车阵还有五十英尺远时，他手向下压，身体上提，两脚站上马鞍，蹲在了雪焰的背上。他集中全部精神，使出浑身解数，才能在马背上保持平衡。正和若伦预料的一样，雪焰在靠近车阵的瞬间放慢了速度，向一旁转开。

就在雪焰转向的一刹那，若伦松开缰绳，自马背跃起，从三角阵东边的牛车上凌空扑了过去。他一扭腰，在极短的瞬间看到弓箭手仰起的脸，上面的眼睛睁得溜圆，露出一圈眼白。紧接着下一个瞬间，他已经砸在了那人身上。他们一起滚倒在地，若伦在上，那士兵的身体垫在他下面。若伦一直腰跪了起来，扬起盾牌，在士兵的头盔和长袍之间的空隙处抹了下去，砸断了他的脖子，接着挺身站起。

另外四个士兵的反应较慢。若伦左边的一个忙中出错，想把长矛从大车的夹缝中抽回来，但慌乱中，他的长矛在一辆车的车尾和另一辆车的前轮当中别住了，长矛的杆在手里折断。若伦向他冲去，士兵想向后退，但退路又被车挡住。若伦的锤子一挥，打在了他的下巴下面。

第二个士兵更聪明一些。他放开长矛，去拔腰带上的佩剑，但剑未出鞘，胸膛已被若伦一锤击中。

这时，第三和第四个士兵已经反应了过来。他们兵刃出鞘，面目狰狞，同时攻向若伦。若伦想闪到他们侧面，但受伤的腿行动不便，不由得一个踉跄，单膝跪倒。最近的士兵向下一剑，若伦用盾挡住，然后向前一扑，用锤柄砸烂了他的脚面，士兵咒骂着跌倒在地。若伦不容他喘息，又一锤砸到他的脸上，然后就地一滚，仰面朝天，心知最后一名士兵已来到身后。

若伦僵住了，四肢摊开躺着。

士兵正居高临下对着他，长剑伸出，寒光闪闪的剑尖离若伦的咽喉只不到一英寸。*原来这就是我的结局。*若伦想。

突然，一只粗壮的胳膊伸过来扼住了士兵的脖子，顺势向后一带。士兵一声闷哼，一截剑尖从胸口冒了出来，鲜血随之喷出。士兵软软地瘫倒在地，在他方才站立的地方，出现了红胡子马特兰。伯爵喘着粗气，胡子和胸口上都沾着血迹。

马特兰把宝剑插进土里，俯身趴在剑把上，看着三角车阵中的尸骸堆。他点了点头："你能行的，我想。"

若伦坐在一辆大车的车尾上，咬着牙，卡恩正用刀子把他的靴子的残余部分从他脚上剥下来。他尽量不去理会腿上传来的钻心的剧痛，抬头看着天空上盘旋的兀鹰，专心回忆他在帕伦卡谷的家。

他痛得哼了一声，卡恩的刀子在伤口里探得太深了。

"抱歉，"卡恩说，"我必须得查看清楚伤口。"

若伦眼睛依旧望着天上的鹰，没有作声。片刻后，卡恩说了一串古语。很快，若伦腿上的疼痛减弱，低头一看，腿已经好好的了。给若伦和另外两个人治伤消耗了大量体力，卡恩累得脸色灰白，站立不稳。他瘫软下去，靠在一辆大车上，胳膊抱在胸前，看样子就要虚脱了。

"你没事吧？"若伦问。

卡恩肩头轻轻一动，做了个耸肩的姿势："我只是需要一点时间来恢复体力……牛把你小腿外侧的骨头擦伤了。我治好了擦伤，但没有足够的力气把其他伤口彻底治愈。我把你的皮肤和肌肉都缝合到了一起，这样就不会流血，也不会太疼了，只会有一点轻微的疼痛。那一部分的皮肉基本只能支持你自身的体重，压力超过太多就吃不消了，要一直等到伤口完全自愈。"

"那需要多长时间？"

"一星期，也许要两星期。"

若伦把靴子剩余的部分重新套到脚上："伊拉龙在我周围布下了保护场，保护我不受伤害。今天保护场已经救了我几次命，为什么对牛犄角却不管用了？"

"我不知道，若伦。"卡恩叹了口气，"没有人能为一切可能性做好准备，这也是魔法充满风险的原因之一。如果你的咒语有任何一点疏漏，它就有可能只会削弱你自己的力量，或者更糟，它可能会造成某些你根本意想不到的可怕结果，即便是最优秀的魔法师也碰到过这样的事。你表弟的防护肯定有什么缺点——一个说错的字，或者一句不妥的话——结果牛犄角就把你顶伤了。”

若伦慢慢从大车上蹭下来，一瘸一拐地朝车队前头走去，估量着战果。沃顿族方面有五人负伤，包括他自己。两个阵亡：一个若伦都没怎么照过面，另一个是福斯，他和若伦曾说过几次话。对方的士兵和车夫，则全军覆没，没有一个漏网。

若伦停在一开始被他杀死的两个士兵旁边，看着他们的尸体。他觉得嘴里发苦，胃里一阵翻腾。现在，*我已经杀了……不知道有多少人了*。他意识到，从烈火平原那场疯狂的大战开始，他已经记不清杀了多少人了。把那么多的人送上死亡之路，多到连数目都说不清，这个想法让他心头难安。为了夺回帝国从我身边盗取的东西，难道我就必须大开杀戒吗？一个更让他不安的想法出现在心头：即便最终获得胜利，我又怎能带着一个被成百上千死者的鲜血染黑的灵魂，回到帕伦卡去过平静的生活？

若伦闭上眼睛，刻意地放松全身的肌肉，试图缓解自己的情绪。*我杀人是因为我对凯特琳娜的爱，因为我对伊拉龙以及来自卡沃荷的每一个人的爱，也是因为我对沃顿族、对我们这片土地的热爱。为了我所爱的一切，我不怕身后血流成河，哪怕结果让我自身毁灭。*

“真是大开眼界，重锤。”尔哈特说。若伦睁开眼睛，见到头发斑白的战士站在自己面前，手里拿着雪焰的缰绳。“没见过有谁疯狂到尝试那么难的花样，从大车上跳过去，有的话也准保都死掉了，肯定！不过，干得确实漂亮，可你也得多加小心。从马背上跳下来，以一打五，还指望能活着看到下一个夏天，这种事可不是天天都有的，是吧？聪明的话你以后就得更谨慎些。”

“我会记在心上的。”若伦说着从尔哈特手里接过雪焰的缰绳。

从若伦解决掉最后几个士兵到现在，在这不长的一段时间里，没有受伤的战士一直检查整个车队，一辆一辆车地把货物割开，向马特兰报告里面装的是什么东西。马特兰一一记录下来，提供给娜绥妲研究，从中能分析出加巴多里克斯未来计划的蛛丝马迹也未可知。若伦看着大家检查最后几辆车，里面装的都是一袋袋的小麦和成捆的军装。货物检查完毕之后，大家动手割断还活着的牛的咽喉，血把路都染红了。屠杀这些牲口让若伦很不安，但他理解不让帝国得回这些牛的重要性。要是有命令要他动手，他也会毫不犹豫地挥刀。如果不是因为牛走得太慢太累赘，他们本可以把牛带回沃顿族的。那些士兵的马匹可以跟得上他们在帝国内行进的速度，所以他们尽可能地把对方的战马都圈拢过来，系在自己的坐骑后面。

这时一人从鞍袋中取出浸满了松油的火把，然后用燧石和火镰磨了片刻工夫，将火把点燃。他骑在马上沿着车队上下跑了一阵，火把抵在每一辆车上，直到车烧起来，然后将火把扔进了最后一辆车上。

“上马！”马特兰喝道。

若伦跨到雪焰背上，腿上的伤处一跳跳地疼。他一踢胯下的骏马，跑上前与卡恩并驾齐驱，众位生还的战士都上了马，在马特兰后面排成两列。战马打着响鼻，蹄子刨着地面，无不急着远离火场。

马特兰策马，蹄声嘚嘚地向前疾驰，众人紧随在后。一辆辆燃烧的大车留在他们身后，仿佛是一长串发光的珠子，被抛在了孤零零的大道上。

石林

人群中发出一阵欢呼。

伊拉龙坐在矮人沿布列肯霍外墙垣底部建的木头看台上。城堡建在瑟多山半山腰一块突出的平坦地带，高出下面云遮雾绕的谷底一英里多。从这里向两边看出去，视野可达数英里之遥，直到起伏的山巅阻挡住视线。像崇吉海姆和其他伊拉龙曾到过的矮人城市一样，布列肯霍也完全是用开采的石块建成的——不同的是，这里的石头颜色发红，为堡内的房舍和通道带来一种温暖的感觉。城堡本身结实坚固，共有五层，最上面是一个开放的钟楼，楼顶有一块泪珠形的玻璃，有两个矮人大小，放在由四块条形石连接形成的尖拱之上。奥利克告诉伊拉龙，那个泪珠，是放大了的矮人无焰灯，在重大场合或危急时刻，它发出的金色光芒可以照亮整个山谷。矮人们把它叫作 Az Sindriznarrvel，意思是辛居的明珠。城堡周边还有许多外围建筑，是仆人和银吉通部战士居住的区域，还有其他一些建筑，比如马棚、铁匠铺。此外尚有一座敬奉矮人族火神莫戈瑟尔的神庙，他同时也是铁匠的保护神。在布列肯霍高大光滑的城墙下方，有十几块农田散布在林间空地里，缕缕炊烟从石头房子上升起。

所有这些，还有其他一些东西，都是由奥利克带着伊拉龙参观，并向他解释的。之前，三个矮人小孩带着伊拉龙来到布列肯霍城堡内的广场上，一直不停地大叫“阿吉兰”，所有能听见的人全都听到了。随后奥利克像对亲兄弟一样欢迎了伊拉龙，带着他去沐浴，等他洗漱完毕，命人给他换上深紫色的长袍，头上戴上一个金箍。

之后，奥利克给了伊拉龙一个意外，把他介绍给一位眼睛明亮，长着苹果脸和长头发的女性矮人，他骄傲地说，这是他新婚才两天的妻子海德拉。当伊拉龙表示意外和祝福时，奥利克挪了挪两只脚，然后回答说：“你不能参加结婚典礼让我非常失望，伊拉龙。我请我们的一个魔法师联络娜绥妲，我问她是否可以向你和蓝儿转达我的邀请，但她拒绝向你提起；她担心这个邀请可能会使你分心，影响正在执行的任务。我不能怪她，但我真希望这场战争没有妨碍你出席婚礼，而我们也能参加你表哥的婚礼。因为我们现在都是亲戚了，即便不是血缘上的，至少也是法律上的。”

海德拉带着很重的口音说：“魔影杀手，请把我看作你的亲人。只要在我的能力范围之内，你在布列肯霍城堡永远都会被当成家人一样看待，不论什么时候，你都可以在我们这里寻求庇护，哪怕要找你的是加巴多里克斯。”

伊拉龙俯首致谢，心中颇为感动。“谢谢你的盛情。”然后他问道，“如果你不介意我的好奇，我可否问一下，你和奥利克为什么选择在这个时候结婚呢？”

“我们本来计划在今年春天就结婚的，但是……”

“但是，”奥利克以一贯直截了当的口吻接过话说，“先是巨人攻击了垡藤杜尔，然后罗特加又派我和你长途跋涉去埃勒斯梅拉。当我赶回来的时候，部落各家族接受我作为他们的新首脑，我们觉得这是完婚的最佳时机了。我们都活不过今年，干吗还拖拖拉拉的？”

“那么说你已经是部落首领了。”伊拉龙说。

“是的。选择银吉通的下一任首领是个充满争议的事——我们折腾了一个星期，但最后大多数家族都同意由我来接管罗特加的位置，因为我是他唯一提名的继承人。”

此刻，伊拉龙坐在奥利克和海德拉旁边，大口吃着矮人们送上来的面包和羊肉，观看着台前进行的竞赛。奥利克告诉他，传统上，一个矮人家族，如果财富允许的话，都会举办比赛，娱乐参加婚礼的宾客。罗特加的家族财大气粗，现在比赛节目已经进行了三天，按计划还要进行四天。比赛项目多种多样：摔跤、射箭、击剑、角力，以及现在正进行的尕斯特加（ghastgar，一种矮人竞技项目）。

从草场两端，两个矮人骑在白色的山羊霜胡上，面对面向草场中间冲。长犄角的山地羊蹦跳着穿过草地，每一方要跑的距离都在七十英尺以上。右边的矮人左臂上绑着一个小盾牌，没拿任何武器。左边的矮人没有盾牌，但右手里端着一支标枪，正做投掷状。

随着霜胡之间距离的拉近，伊拉龙不由得屏住了呼吸。当他们之间的距离不到三十英尺的时候，拿着标枪的矮人手臂一挥，标枪向对手飞去。另一个矮人没有用盾牌遮挡，而是伸出手臂，以让人称奇的灵巧，抓住了标枪的杆子，举在头上挥舞着。聚在表演场周围的观众发出震耳欲聋的欢呼，伊拉龙也跟着欢呼，大力鼓掌。

“干得漂亮！”奥利克尽情地大笑，饮干了大杯中的蜂蜜酒，光亮的锁子甲在傍晚的暮色中闪闪发光。他头戴饰有黄金、白银和红宝石的头盔，手上是五枚大戒指，永不离身的战斧悬在腰间。海德拉的打扮更是富丽华贵，奢华的裙子上衬满了缤纷的刺绣布条，脖子上挂满了精美的金链和串串珍珠。头发上，象牙梳镶着一块祖母绿，大小能赶得上伊拉龙的拇指。

一排矮人同时吹响了弯弯的号角，呜呜声在山间回荡。然后一个胸粗得像水桶的矮人走上前来，用矮人语宣布刚才比赛的胜利者，以及下一对进行尕斯特加者的名字。

矮人司仪说完后，伊拉龙俯身问："你会不会陪同我们一起去堡藤杜尔，海德拉？"

她摇摇头，脸上露出灿烂的笑容："我不能去，奥利克不在的时候，我必须留下来照料银吉通的事务，省得他回来时发现我们的战士都要饿死了，钱财也花光了。"

呵呵笑着，奥利克把他的大杯递给站在几码外的一位仆人。那矮人拿着杯子，匆匆去从一个大酒桶里重新添满蜜酒。奥利克带着明显的骄傲对伊拉龙说："海德拉从不会说大话。她的身份不但是我的妻子，她还是……呃，你们的语言中没有对应的词。她是银吉通部的格瑞卡乐斯，意思是……'看家的'，或者说'管家的'。她的职责是负责保证我们家族的各个家庭按约定向布列肯霍缴纳十一税，负责确保我们的牲畜在合适的时间被赶到合适的草场放牧，负责确定我们的粮食和饲料储备不会太低，确保银吉通的妇女织足够的布，确保我们的战士装备精良，确保我们的铁匠一直有矿石来熔炼。总之，负责照看我们的家族部落一切井井有条，兴旺发达。我们有一句谚语：一个好的管家可以兴旺一个部落。"

"而一个坏管家可以毁掉一个部落。"海德拉说。奥利克微笑着把她的一只手握在自己手中："而海德拉是最好的管家。这并不是一个世袭的名位。如果想坐住这个位置，就必须得证明自己有这个能力。首领的老婆同时又是管家，这是很罕见的情况。从这方面来说，我实在是少有的幸运。"他们的头凑到一起，俩人鼻子蹭着鼻子。伊拉龙向旁边看去，感觉到一种被排除在外的孤单。奥利克身体靠回来，喝了一口蜜酒，"在我们的历史上有很多著名的管家。有一个很常见的说法是，我们这些部落族长唯一擅长的就是互相开战，还说管家更喜欢让我们彼此打来打去，这样我们就没时间去干涉家族的事务了。"

"算了吧，Skilfz Delva（我的宝贝儿），"海德拉反驳道，"你明知道这不是真的，至少就我们来说不是真的。"

"唔。"奥利克说着，额头和海德拉的额头相触，两个人又蹭起了鼻子。

伊拉龙把注意力转向下面的赛场，人群中突然爆发出一阵嘲笑和嘘声。他看到一个参加尕斯特加的矮人吓蒙了，在双方即将遭遇的最后一刻，扯着他的霜胡躲到一边。逃避一旦开始，就再没停下来，拿着标枪的矮人追着他在演武场内跑了两圈。当双方距离足够近之后，执标枪的矮人在脚镫中站起身，投出标枪，扎进了懦夫矮人的左肩后部。一声惨叫，矮人从坐骑上掉下来，侧身躺在地上，抓着插进肉里的枪尖和枪柄。一个医师向他冲去，一会儿工夫之后，所有人都转过身去不再看那场面。

奥利克不屑地撇了撇嘴："呸！这个子孙的举动，会给他的家族荣誉蒙上好多年的污点。很抱歉让你看到这样的行为，伊拉龙。”

“看到人给自己带来羞辱从来都不是快乐的事。”

下两场比赛他们三个人都默默无语，然后奥利克很突然地抓住伊拉龙的肩膀，吓了他一跳。奥利克问：“你想不想看一座石头的森林，伊拉龙？”

“怎么会有石头森林？除非是人雕刻出来的。”

奥利克摇摇头，眼睛一亮：“确实有，而且不是人工雕刻的。我再问你一次，你想不想去看一座石头的森林？”

“如果你不是在开玩笑……那，我就想去看看！”

“嗯，我很高兴你同意去。不是开玩笑，我保证，明天你和我就将漫步在大理石的树林中。这是贝尔山的奇观之一，每一个来银吉通做客的人都应该有机会去看一看。”

第二天早上，伊拉龙从小得可怜的床上起来。石头房子的屋顶很矮，家具也都只有正常的一半大小。他用脸盆里的冷水洗了脸，出于习惯，他的意识向蓝儿探去，但是能感觉到的只是城堡内外的矮人和动物的思想。伊拉龙身子一晃，俯身向前，双手扶住脸盆的边沿，完全被巨大的孤独感所淹没。他保持着这个姿势，不能动，也不能想，直到视线中只看得到一片殷红，眼前晃动着闪光的亮点。他张大了嘴，猛地吐出憋在肺里的气，又深吸了一口。

在走出黑格林之后的一路上，我也思念过她，他心中想，但那时至少我知道，我正尽快地奔向她的身边。现在，我日益远离她，而且相见无期。

他抖了抖身子，穿好衣服，沿着布列肯霍盘旋的走廊向前走去，一路对碰到的矮人点头致意。矮人们则兴奋地不停叫着“阿吉兰”。

他看到奥利克和另外十二个矮人在城堡的广场上，他们正给一排结实的小马上鞍，马匹的呼吸在寒冷的空气中凝结成一缕缕白气。看到这么多健壮的小人儿在身边忙来忙去，伊拉龙有种巨人的感觉。

奥利克大声和他打招呼，对他说：“我们的马棚里有头驴，你要不要骑了去？”

“不用，我可以步行，如果你觉得没问题的话。”

奥利克耸耸肩：“随你。”

就在他们准备停当，出发在即时，海德拉拖着长长的裙裾，从通向布列肯霍城堡大礼堂入口的宽阔台阶上走下来，向奥利克献上一只象牙号角，号角的嘴部及喇叭口都镶嵌着金丝。她说：“这是我父亲的，当年他和艾德林族长并肩驱驰。我把它送给你，是为了让你在未来的岁月里睹物思人。”接着她又用矮人语说了几句，语声轻柔得伊拉龙几乎听不到了，说完后她又和奥利克触了触额头。奥利克在马鞍上直起身，把号角放到唇边吹了起来。号角声由低沉渐趋嘹亮，越来越响，到最后整个广场上的空气都如风中的绳索一般呜呜地颤动起来。钟楼上，两只黑乌鸦呱呱叫着飞走了。号角声使伊拉龙身上的血液也兴奋起来，他移动着脚步，急于上路。

奥利克把号角举过头顶，最后再看一眼海德拉，然后催动胯下的小马驹，快步冲出了布列肯霍城堡的大门，掉头向东，沿山谷上驰去。伊拉龙和十二个矮人紧跟在后。

有三个小时，他们沿瑟多山侧的一条清晰可见的小径前进，越走越高，渐渐远离了谷底。矮人在不伤马的前提下，已经尽量催坐骑快跑，但他们的速度仍只是伊拉龙放开双腿奔跑时速度的若干分之一。尽管有些焦躁，伊拉龙还是忍着没有抱怨，因为他知道，除了精灵和库尔人之外，跟任何人同行他都得迁就对方，放慢步伐。

他打了个冷战，把身上的大氅裹得更紧一些。太阳依旧被贝尔山遮在背后，山谷中弥漫着阴冷的潮气，虽然再过几个小时就是正午了。

他们眼前出现了一片超过一千英尺宽的大理石平台，右边尽处是一排天然形成的八角石柱，陡峭地斜倚在山壁上。飘浮的迷雾阻挡住视线，看不清石台远处的情况。

奥利克举起一只手说："看，石林。"

伊拉龙皱起眉，凝目望去，却感觉只是光秃秃的一片，看不到任何有趣的东西："我没看到石林。"

奥利克从小马驹背上爬下来，把缰绳交给身后的武士，说："如果可以，请跟我来，伊拉龙。"

他们一道向搅动的浓雾走去，伊拉龙把步子放小，与奥利克同步。雾气亲吻着伊拉龙的脸，又凉又湿。湿气浓重，遮蔽了山谷，他们眼前一片迷蒙，甚至连上下的分别都没有了。奥利克不为所动，依旧迈着自信的脚步向前走去，但伊拉龙不辨东西，稍微有些提心吊胆，走路的时候一只手伸在身前，生怕撞到躲在雾里的什么东西。

一条窄窄的裂缝破坏了他们脚下大理石的平整，奥利克在裂缝前停下脚步，说："你现在看到什么？"

伊拉龙眯起眼睛，前前后后，到处看了一遍，但满眼所见，依然只有一成不变的雾气。他张开嘴刚想把这话说出来，却发现右侧的雾气中似乎有一点异常，有一些依稀可辨的形状，或明或暗，尽管雾气飘动，它们却保持不变。接着，他注意到别的地方也同样影影绰绰有些东西：一些奇异、突兀，只有明暗而看不清色彩的物体，看不出像什么。

"我不知……"他刚想说话，一阵风吹动了他的头发。在刮起的微风推送下，雾气变淡，那些互不关联的暗影慢慢清晰了，一棵棵巨大的灰色树干从雾中显现出来，光秃秃的枝丫残败而凋零。几十棵树环绕在他和奥利克周围，是远古森林的惨白的遗骨。伊拉龙一只手按在一棵树干上，树皮又冷又硬，就像石头一样，上面紧贴着一片片苍白的苔藓。伊拉龙的脖子后面起了一阵鸡皮疙瘩，他一向不觉得自己很迷信，但这鬼气森森的迷雾，半明半暗的诡异气氛，和这些树的模样——阴郁、不祥而又神秘——使他心中微微生出了一点惧意。

他舔了舔嘴唇问："它们是怎么形成的？"

奥利克耸耸肩："有的说，肯定是格美特拉从虚无中创造阿拉加西亚的时候就把它们放在这里了。还有的说，它们的创造者是赫兹尤格，因为石头是他最青睐的元素，而且石头之神用石头树装点自己的花园，不是再自然不过的事吗？又有的说不是，他们说，本来这些石头树和普通的树木没有两样，但亿万年前的一场灾难把它们埋在了地下，在漫长的岁月里，木头慢慢变成了泥土，又从土变成了石头。"

"这可能吗？"

"只有神才能确定是怎么回事。除了神祇们，谁又能指望明了这个世界的那么多为什么？"奥利克动了动身子，"在一千多年前，我们的祖先开山采石的时候发现了石头里有树，当时银吉通部的族长独臂哈尔马下令停止开采，并且让他的石匠把包在周围的石头削掉，让大树显露出来。当他们从石头里开凿出大约五十棵树的时候，哈尔马想，可能有几百，甚至几千棵石头树，埋葬在瑟多山的山壁中，所以他下令放弃继续开凿的工程。不过，从那以后，这个地方便紧紧抓住了我们种族的想象。各个部落，总有勒连（knurlan，矮人语，人）老远赶过来，费尽辛苦，从岩石中削出更多的树，甚至有勒连把一生都献给了这份工作。还有一个传统是，把难管教的青年，送到这里，在石匠师傅的监督下削出一两棵树来。"

"听起来是份蛮枯燥的工作。"

"能给他们充分的时间悔改。"奥利克用一只手捋了捋编成辫子的胡须，"当我还是个不服管教的三十四岁小青年时，也在这儿待过几个月。"

"那你悔改了没有？"

"没有。干这个活太……枯燥了。那么多星期，我只从石头里凿出一根树枝，所以我逃掉了，之后和一群沃伦索尔戈混在了一起……"

"来自沃伦索尔戈部落的矮人？"

"是的，沃伦索尔戈部的勒连格（knurlagn，男人们）。这个部落名字的意思是战狼，或者战争之狼，随你们的语言怎么叫，大约就是这个意思。我和他们混到了一起，喝多了麦酒，当时他们正去打那格拉，所以我决定我也要打一头野猪献给罗特加，好消消他对我的怒气。这事可不聪明，即使最有本事的猎手也怕打野猪，而我还是个没成年的小伙子。从酒劲中醒过来以后，我大骂自己是个傻瓜，但既然已经发誓要去，所以没有选择，只能履行誓言。"

奥利克说到这里停了下来，伊拉龙问："然后呢？"

"哦，我在战狼人的帮助下杀了一头那格拉，但是肩膀也被野猪牙挑了一下，我被甩到旁边的一棵树上。战狼人不得不抬着野猪和我，回到布列肯霍城堡。罗特加看到野猪很高兴，而我，尽管有我们最好的医师照料，还是在床上躺了一个月。罗特加说，我再不听话，这惩罚也已经够了。"

伊拉龙看了矮人一会儿，说："你很想他。"

奥利克站了片刻，下巴抵在粗壮的胸膛上。他举起斧头，斧柄在石头上一砸，发出清脆的一响，石林中回声不断："从上次德格林斯特仑——最后一次让我族蒙受苦难的部落战争——到现在，已经将近两个世纪了，伊拉龙，但是凭莫戈瑟尔的黑胡子的名义说，我们又一次处在战争的边缘。"

"现在？偏偏在这个时候？"伊拉龙震惊地叫道，"真有那么糟吗？"

奥利克闷闷不乐地说："还要更糟，部落之间的关系比记忆中的任何时候都更紧张。罗特加的死和娜绥妲对帝国的进攻煽动了大家的情绪，使旧怨变成了新恨，使那些反对把命运和沃顿族绑在一起的人又多了说辞。"

"加巴多里克斯已经派巨人攻击了崇吉海姆，怎么还有人会这么想呢？"

"因为，"奥利克说，"他们相信，打败加巴多里克斯是不可能的，而这种观点在人民当中很有说服力。伊拉龙，你跟我说实话，如果现在马上就让加巴多里克斯跟你和蓝儿对决，你能诚实地说有把握打得赢吗？"

伊拉龙嗓子发紧："不能。"

"我想也是不能。那些反对沃顿族的，对加巴多里克斯的威胁视而不见。他们说，如果我们当初拒绝庇护沃顿族，如果当初我们没有接受你和蓝儿进入美丽的崇吉海姆，那么加巴多里克斯就不会有理由向我们开战。他们说如果我们不管闲事，躲在自己的洞穴和地道里，就根本不用怕加巴多里克斯。他们没有意识到加巴多里克斯对权力的欲望是永远不会满足的，不到整个阿拉加西亚都拜倒在他脚下的那一天，他是不会善罢甘休的。"奥利克说罢摇着头，粗大的手指一下下捏着斧头的锋刃，小臂上的肌肉虬结攒动，"我不会看着我的族人像受惊的兔子一样躲到洞里，等着外面的恶狼挖进来，把我们全吃光。我们必须继续战斗，凭着终有一日会有办法杀死加巴多里克斯的希望；我也不会允许我的种族再一次坠入部落战争的深渊，在目前的情况下，一次新的德格林斯特仑会毁掉我们的文明，很可能也会毁了沃顿族。"他紧绷着双唇，转头看着伊拉龙，"为了我的人民，我要去争取王位。盖塞罗、凯尔芙之链和野猪等部落都已经保证支持我了。然而，通向王冠的路上还有许多对手，想得到足够的票数并当上国王并不容易。我想知道，伊拉龙，你在这件事上会不会支持我？"

伊拉龙抱起胳膊，在两棵树之间踱了个来回："如果我支持你，那么我的支持反而可能为你招来其他部落的反对。因为和我站在一起，你就不仅是要求你的人民与沃顿族结盟，而且还要求他们接受一名龙骑士作为自己的一员，这是前所未有的事，我怀疑现在他们也不愿意接受。"

"嗯，是可能会使一些人反对我，"奥利克说，"但也会使一些人支持我。这些事就让我自己来判断好了。我想知道的只是，你会不会支持我？伊拉龙，你为什么要犹豫？"

伊拉龙眼睛盯在从脚边的石头里冒出的树根疙瘩上，不去看奥利克的眼睛：

“你关心的是矮人族的福祉，这没有错，但我关心的范围更广大，我要考虑的是沃顿族、精灵，以及一切加巴多里克斯的反对者。如果……如果你赢得王冠的希望不大，而另一个部落首领的希望却很大，他对沃顿族又不是完全没有好感……”

“没有谁会是比我还同情沃顿族的族长！”

“我不是在怀疑你的友情，”伊拉龙纠正他说，“但如果我说的情况真的出现了，而我的支持能保证这个部落首领赢得王冠，那么为了你的人民以及所有阿拉加西亚生灵的福祉，难道我不应该支持那位更有可能胜出的首领吗？”

用平静得可怕的声音，奥利克说：“你在勒尼恩上发过血誓，伊拉龙。从我们王国的任何一条法律看，你都是银吉通的一员，不管有多少激烈的反对。罗特加接受你成为部族一员的做法，前所未有，而你唯一可能从族中脱身的办法，就是我作为首领，把你从我们的部落中驱逐出去。如果你反对我，伊拉龙，那是让我在全族面前丢尽脸面，再也不会有人听从我的号令了。此外，你的行为还会向你的反对者证明，龙骑士确实是不能信任的。同一个部落的成员不会彼此背叛，投靠其他的部落，伊拉龙。这样的事是不能做的，除非你希望哪天晚上醒来，发现心口上插着把匕首。”

“你是在威胁我吗？”伊拉龙以同样沉静的声音问。

奥利克又用斧头敲了一下岩石，咒骂了一声，说：“不！我永远不会向你抬起一根手指，伊拉龙！你是我的义兄弟，你是唯一不受加巴多里克斯控制的龙骑士，而且，老天为证，在我们一起远行的那些日子里，我对你已经产生了深厚的友谊，尽管我不会伤害你，但这并不意味着银吉通其他的人也会同样宽容。我刚才讲的话不是威胁，只是一个事实。你必须明白这一点，伊拉龙。如果部落成员听到你支持别的部落，那我可能无法控制住他们。尽管你是我们的客人，尽管有待客之道保护你，如果你公开表示反对银吉通，部落会视你背叛了他们，而我们没有让叛徒逍遥自在的习惯。你明白我的意思吗，伊拉龙？”

“你指望我能怎样？”伊拉龙伸出胳膊，在奥利克前面走来走去，“我也向娜绥妲立过誓，那些是她给我的命令。”

“但你也向银吉通部立过誓！”部落的首领咆哮道。

伊拉龙停下脚步，盯着矮人：“你难道希望我把整个阿拉加西亚推进深渊，只为保住你在部落当中的地位吗？”

“不要侮辱我！”

“那就不要要求我做不可能的事！我会支持你，如果你登上王位的希望很大的话，否则，我就不会支持你。你是为了银吉通以及整个种族的福祉考虑，而我的责任是不单为他们，也为全阿拉加西亚考虑。”说完，伊拉龙颓然靠在一根冰冷的树干上，“而我也得罪不起你或你们……我是说我们的部落，或者整个的矮人王国。”

奥利克用温和一点的口吻说："还有一个办法，伊拉龙，这对你来说可能更艰难，但会解决你的两难困境。"

"哦？还能有什么奇计妙招？"

奥利克把斧头插进腰带，走到伊拉龙跟前，抓着他的两只手臂，然后抬起头，眼睛在粗密的眉毛下看着他说："相信我会做正确的事，魔影杀手伊拉龙，请像一个真正出生于银吉通部的子民那样对我忠诚。效忠我的人永远不会反对自己的首领而去支持另一个部落，如果一个族长做错了决定，那责任只在他自己，但那并不是说我就完全不管你的担忧了。"他垂下眼睛，片刻后接着说，"相信我，我不会因为对权力的热衷而无视已经注定的败局，如果我不能当上国王，如果出现了这样的情况——尽管我相信这不太可能发生——那时，我会主动地选择支持另外某位候选者。因为我和你一样，不希望选出一位对沃顿族怀有敌意的国王。而如果我帮助别人竞争王位，那么我对那位部落首领的拥戴会有着非同小可的分量，因为其中自然也包含着你的一份支持，因为你是一个银吉通。你愿意信任我吗，伊拉龙？你愿意接受我作为你的族长，像我其他的子民一样，在礼堂里面宣誓效忠吗？"

伊拉龙一声呻吟，把头靠在粗糙的树干上，仰面看着迷雾中状如白骨扭曲的树枝。信任，在所有奥利克可能提出的要求中，这是他最难答应的。伊拉龙确实喜欢奥利克，但在如此紧要的关头，要他服从这个矮人的权威，那意味着他要放弃更多的自由，这是他很不愿意看到的。自由受到限制，也意味着他必将舍弃一部分对阿拉加西亚所肩负的责任。伊拉龙觉得自己就好像手搭在悬崖边上，身子悬空，而奥利克正努力说服他相信，下面几英尺就有搭脚的地方，但伊拉龙却怎么也不能松手，怕一下跌入无底的深渊。

他说："我不可能做一个愚忠的奴仆，随你怎么命令。事关银吉通部，我会尊重你的意见，但在其他一切事情上，我不能受你的控制。"

奥利克点点头，脸上的表情很严肃："我不担心娜绥妲会派给你什么任务，也不担心在与帝国作战中你会杀死谁。不，在我本应安然入睡的夜晚，就像阿吉哈睡在他的洞穴中，我却辗转难眠，想的是你可能试图去影响部落大会的选举。你的意图是好的，我知道，但好不好且不说，重要的是你不熟悉我们的政治，哪怕娜绥妲给了你多么详尽的指教。这是我的专长，伊拉龙，请让我按照自己认为合适的方式去办事。从小到大，罗特加培养我为的就是这个。"

伊拉龙叹了口气，有一种已经开始向悬崖深处坠落的感觉。他说："很好，关于王位继承一事，我会按照你认为对的去做，奥利克族长。"

奥利克脸上露出了舒展的笑容，他更紧地握了握伊拉龙的胳膊，然后松开手："啊，谢谢你，伊拉龙。你不知道这对我意味着什么。你能这么做太好了，实在是太好了，我不会忘记的，即使到我两百岁，胡子都长得拖到地上也不会忘记。"

尽管不想笑，伊拉龙还是忍不住笑了出来："哦，我希望你的胡子还是别长得那么好，你会天天踩着自己的胡子摔跟头。”

“那样的话也许我真的就会忘了，”奥利克笑着说，“不过我想，不等胡子长到膝盖，海德拉就会来剪了，她对胡子多长合适我有明确的看法。”

奥利克领路，两人穿过缭绕在石化的树干间那混沌一片的迷雾，大步离开石林。他们与奥利克的十二名武士会合后，便向瑟多山下走去。到达山谷底部，众人径直横穿谷底。矮人们把伊拉龙带到石壁上一个隐蔽得非常巧妙的地道口，如果没有人带路，伊拉龙自己是无论如何也找不到的。

伊拉龙带着遗憾，离开了淡淡的阳光和山里清新的空气，进入了黑暗的地道。地道八英尺宽，六英尺高，让伊拉龙感觉挺矮。和他到过的所有矮人地道一样，这条也同样笔直，一眼看不到头。他转回头，看到矮人法尔正关上装有转轴的大理石门板，黑夜顿时降临。片刻后，颜色各异的十四个光球出现了，是矮人们从鞍袋中取出了无焰灯。奥利克递给伊拉龙一个。

他们在大山的腹内前进，小马驹的蹄子在地道激起一片啪啪的回声，像是被惹怒的幽灵在朝他们喊叫。伊拉龙苦着脸，心知这噪声非得听到抵达垡藤杜尔为止，因为那里才是地道的终点，远在几英里之外。他弓着背，抓紧了背囊的带子，心里真希望自己是和蓝儿在一起，高高地在天上飞翔。

死人笑

The Inheritance Cycle

若伦蹲在地上，透过柳枝向外望去。

两百码外，五十三名士兵和车夫围坐在分成三处的灶火旁吃着晚餐，夜幕正迅速降临大地。他们选择过夜的地点是一条无名的小河边，在绿草如茵的河岸上。数辆大车绕着灶火，大致排成一个半圆，上面装满了为加巴多里克斯的部队运送的补给。几十头上了绳套的牛在营地后面吃草，偶尔低低地哞哞叫几声。河的下游大约二十码处，有一座高高的山冈，切断了那个方向的逃生之路。

*他们是怎么想的？*若伦心头大为不解。在危险地带，选择利于防守的地形，也就是说，找一处防止背后受敌的地点扎营，这固然是一种谨慎，但同时也要注意，所选地点在受到突袭时方便撤离。按目前的情势，如果若伦等马特兰麾下的战士从隐身的树林一拥而出，轻而易举地就能将帝国的人马堵在山冈和河道形成的“V”字形夹角里，然后从容地将士兵与车夫逐个击杀，这实在是太容易了。训练有素的战士怎么会犯这么明显的错误，若伦实在是想不通。*也许他们是城里的兵？*他想道，*或者他们根本就是缺乏经验？*他皱起眉头，*如果是这样，又怎么会派给他们这么重要的任务？*

“有没有发现什么陷阱？”他问。不必回头，他就知道卡恩和海尔默还有另两个人紧跟在他身后。除了代替在上次战斗中阵亡及伤残的士兵，新加入马特兰麾下的四名剑手，若伦和队里所有的人都并肩战斗过。尽管并不是每一个人他都喜欢，却觉得可以和他们性命相托，同时知道他们也信任他，这是一种超越了年龄和出身的纽带。在第一次作战之后，若伦不单惊讶于自己对战友的感觉如此亲密，也同样惊讶于他们对自己的亲密。

“我什么都看不出，”卡恩喃喃地说，“不过……”

“也许他们新创了一种你察觉不了的咒语，肯定是的，他们当中有没有魔法师？”

“说不准，不过，我想应该没有。”

若伦拨开一缕柳树叶，更清楚地观察货车的布局。“我感觉不好，”他嘟囔着说，“上次的车队有魔法师护送，这次为什么没有？”

“干我们这一行的人数比你想象的少。”

“嗯……”若伦挠着胡子，还是想不通那些士兵为什么会有如此反常的行为，难道这是他们的诱敌之计吗？看起来又不像是有所准备呀，但是，表象说明不了任何问题。他们布下的会是什么样的陷阱呢？三十英里以内，再没有别的人马，而且最新的谍报说，穆塔和荆刺正离开费斯特尔向北方飞去。“联络马特兰，”他说，“同时告诉他，他们选择的驻营地让我很不安。要么他们是一伙白痴，要么就是有我们看不透的防范：魔法或者国王的什么诡计。”

一阵静默后卡恩说：“我已经发过去了，马特兰说他也有和你一样的担心，但除非你愿意两腿夹着尾巴跑去见娜绥妲，不然我们还是得冒险试试运气。”

若伦哼了一声，视线从敌兵身上转开，用下巴示意大家和他一起手和膝盖并用，快速爬回战马等待的地方。

若伦起身跨上雪焰。

“吁，别急，小伙子。”他低声说着，用手轻拍雪焰。骏马扬起了头，幽暗中，马鬃和皮毛闪着银光。不是第一次了，若伦希望自己的马毛色不要那么显眼就好了，比如枣色或者栗色。

拿下挂在马鞍旁的盾牌，若伦将左臂套进盾牌的绑带里，然后从腰带里抽出锤子。

他做了个吞咽的动作。双肩之间有熟悉的紧张感，他动动手指，更牢地握住锤柄。

五人准备停当，卡恩举起一根手指，茫然地半闭着眼睛，嘴唇翕动，似乎在自言自语。近处一只蟋蟀低低鸣叫。

卡恩的眼睛突然睁开：“记住，视线保持向下，直到眼睛已经适应。但是，到那时也不要向天上看。”然后他开始用古语念起了咒语。不可破解的词句，震颤着充满了力量。

若伦用盾牌遮住头，眯眼看着马鞍。突然间，一道白光照亮了大地，如同正午的太阳一般耀眼。它发自驻营地上空的某处，若伦克制住诱惑，不去看究竟是什么地方。

他大吼一声，脚在雪焰的肋部一磕，在马上俯下身去。胯下坐骑嗖地向前猛蹿，在两边，卡恩等众位战士同样挥舞着兵器，策马冲锋。树枝蹭在若伦的脸上、肩膀上，转眼间雪焰便冲出树林，朝驻营地扑去。

另外两队骑兵也同时发起冲锋，一队由马特兰率领，一队由尔哈特率领。

士兵和车夫们慌成一团，喊叫着用手遮住眼睛，像盲人般踉踉跄跄，手忙脚乱地去抓武器，试图摆出防御的阵形。

若伦根本没有放慢马速，又在马腹上踢了一脚。他踩住马镫，挺直身体，极力保持在马背上的平衡。雪焰腾空一跃，越过两辆货车间的窄缝。人和马落地时，若伦的牙齿磕得嘎嘣一响，雪焰踢起的尘土飞向一处灶火，溅起一大片火星。

若伦队里的其他人也都跃过了货车。若伦知道他们会对付自己背后的士兵，他则专心对付面前的敌人。他把雪焰的马头拨向其中一个，锤头向那士兵一戳，打烂了那人的鼻子，鲜血溅了一脸。若伦紧接着又是一锤，送他上路，然后闪身躲开另一个士兵刺来的一剑。

排成弧形的大车另一头，马特兰、尔哈特和他们带领的人马也都跃入驻营地。他们轰然落地，马蹄声、盔甲武器的撞击声，响成一片。一匹马被敌兵的长矛刺中，惨叫着倒了下去。

若伦又挡开对面士兵刺来的一剑，然后一锤击中他握剑的手，打碎了他的手骨，迫使那人丢下武器。接着若伦毫不耽搁，又发一锤，落在他红色束腰上衣中部，击碎了胸骨，受了致命伤的士兵惨呼倒地。

若伦在马鞍上转身，在驻营地里寻觅下一个对手。在极度的兴奋中，他浑身的肌肉震颤不止。在他的视线内，一切细节全部显现，仿佛玻璃上的蚀刻。他有一种天下无敌，不可战胜的感觉。连时间都似乎变得迟滞起来，一只乱飞的蛾子在他面前扑棱着翅膀飞过，就像是飞在蜜里，而不是空气中。

正当此时，一双手攀住了他后背的锁子甲，将他从雪焰上拉了下来，重重地摔在坚硬的地面上。若伦跌得差点背过气去，眼前发黑，一时什么都看不到了。视力恢复过来之后，只见倒在锤下的第一名士兵正坐在自己身上，掐着他的脖子。士兵挡住了卡恩在空中制造的光亮，只有一圈光晕勾勒出他的头和双肩的轮廓，脸上的五官全都隐藏在浓浓的黑暗之中，若伦只看得到他牙齿上闪动的白光。

士兵的手狠狠地掐住若伦的咽喉，若伦拼命想透过气来。他伸手去摸掉在地上的锤子，却怎么也够不到。他绷紧脖子上的肌肉，抗拒着士兵手指上的力道，否则登时就要当场毙命。与此同时，他从腰带里抽出匕首，刺进士兵的锁子甲，刺透了里面的软甲，穿过肋骨之间，扎进了士兵的左胸。

士兵甚至连抖都不曾抖一下，手上更是毫不松劲。

一连串咯咯的笑声从士兵嘴里发出，阴森诡异到了极点，听得若伦浑身冰凉，充满了恐惧。他想起以前也听到过同样的笑声，在吉特河边的草原上，在沃顿族与那群没有疼痛感的人的恶战中，他在一旁观战时听到过这样的笑声。一瞬间，他明白了为什么这些士兵会选择这么糟糕的地点扎营，因为他们根本不在意是否会被困住，因为他们根本不会受到伤害。

若伦眼前发红，金星乱冒。眼看就要昏死过去，他从士兵身上抽出匕首，向上一刺，扎进了士兵的腋窝。他旋转匕首，大股热血喷到他的手上，但士兵似乎根本没感觉到。他不停地把若伦的头往地上撞，世界似乎在一阵阵缤纷的色彩中爆炸了。一次，两次，三次。若伦挣扎着挺起腰部，想把士兵从身上掀掉，却没能成功。眼前被黑云笼罩，若伦绝望地挥着匕首，朝估计中的士兵的脸部划去，感觉到匕首划中了柔软的皮肉。他把匕首略微收回一点，再朝同一个方向猛力一刺，刺中骨头的感觉从匕首上传来。

若伦脖子上的压力消失了。

他躺在原地，胸膛剧烈起伏，然后翻过身呕吐起来，喉咙里火烧火燎。一边喘息，一边咳嗽，他摇摇晃晃地站起身，看到那士兵一动不动地趴在脚边，匕首尖从左鼻孔露了出来。

“对他们的头下手！”若伦喊道，不管嗓子依旧刺痛，“对准头！”

他没有去拔插在士兵鼻孔里的匕首，从脚印纷乱的地上捡起掉落的锤子，又抓起一支被人扔掉的长矛，拿在持盾的手里。他从倒地的士兵身上跳过去，跑向海尔默。海尔默也落了马，正徒步以一敌三。在那几个士兵发现之前，若伦已经狠狠地刺中了前两个士兵的头，力道之大，连头盔都敲裂了。剩下的一个他留给海尔默去对付，自己则跳向被他打碎了胸骨以为已经没命的士兵。他发现那人靠在一辆货车的轮子上，口中吐着血块，正挣扎着给一张弓上弦。

若伦的长矛从他的一只眼睛里捅进去，抽出来的时候矛头上带出了什么东西。

若伦突然想到了一个主意。他把长矛向灶火对面离自己最近的一个红衣士兵投去，长矛穿透了他的身躯，然后把锤柄向腰带里一插，给那士兵的弓装上了弦。他背靠一辆车，向驻营地里四处冲杀的士兵射箭，意在幸运地射中脸、咽喉或者心脏，从而杀死他们，要不就射残他们，让同伴对付起来容易些。*至少，伤兵在战斗结束前，失血过多也会死的吧*，他想。

发起攻击时昂扬的信心已经被混乱所代替。沃顿人已经被打散，遭到了重创，有的骑着马，有的站在地上，大多数都流血带伤。仅就若伦看到的而言，至少有五人已被原以为死去的士兵击杀了。敌兵还剩下多少？在纠斗的人群中根本不可能数得清，但若伦看得出，他们的人数仍超过了仅余的大约二十五名沃顿人。*在我们拼命想把他们砍翻的时候，他们赤手就能把我们撕成碎片。*他想。他在一片混乱中东张西望，寻找雪焰。白马已经跑到河的下游，站在一棵柳树旁，鼻孔大张，耳朵紧贴着脑壳。

若伦用弓又射杀了四名敌兵，射伤了十二个人以上。只剩两支箭的时候，他看到卡恩站在营地另一侧正和一个士兵在一座燃烧的帐篷边上厮杀。他张弓搭箭，箭羽碰痒了耳朵。若伦一箭射中那士兵的胸膛，士兵一个踉跄，被卡恩斩首。

若伦把弓扔开，锤子拿在手里，一边向卡恩跑去，一边大喊：“你就不能用魔法把他们杀掉吗？”

卡恩喘息半晌，然后摇摇头说：“我发出的所有咒语都被挡回来了。”帐篷燃烧的火光照亮了他一侧的面颊。

若伦诅咒一声：“那就一起上吧！”他叫着，举起了盾牌。

肩并肩地，他俩逼向最近的一伙士兵，他们八人围攻三名沃顿人。接下来的几分钟，对于若伦来说，有的只是挥舞的兵器，横飞的皮肉，以及骤然的疼痛。敌兵的体力远胜于正常人，并且在攻击面前从不退缩，在受了最可怕的创伤之后也毫不松劲。战斗的消耗如此剧烈，若伦再次觉得反胃。第八个士兵倒下之后，他俯下身又呕吐起来。他吐着唾沫，清除嘴里的胆汁。

他们想要救援的一名同伴阵亡了，死于肾部中刀，但还站着的两个人和若伦及卡恩一道，向下一伙士兵杀去。

“把他们逼到河边上！”若伦喊道。河水和淤泥会妨碍士兵的行动，或许会让沃顿族占得上风。

不远处，马特兰成功地把十二名没有落马的沃顿人集结在一处，并且已经开始按若伦的建议行动：把士兵逼向波光粼粼的河边。

士兵和还活着的几名车夫奋力抵抗。他们用盾牌顶撞徒步的沃顿人，用长矛刺向马匹。但尽管他们勇猛异常，还是被沃顿人逼得步步后退。猩红战衣的士兵站在齐膝深的湍急河水中，加上头顶射下的神秘光一照，几乎什么都看不清了。

“守住阵线！”马特兰吼叫着跳下马来，两腿分开，生根的大树一般挺立岸边，“不能让他们回到岸上！”

若伦半蹲下身子，两只脚后跟用力，扎进松软的土里，摆出稳稳的架势，等待对面几英尺外站在冷水中的一个魁梧的士兵发起进攻。随着一声大吼，士兵踏水上前，劈出一剑，被若伦用盾牌接住。

若伦挥锤反击，但士兵用自己的盾牌防住了，一剑砍向若伦下肢。接下来的几秒钟，他们你来我往，但谁都伤不到对方。然后若伦一锤砸中那人的左前臂，打得他倒退了几步。然而士兵只是微微一笑，吐出一串使人心胆俱寒的笑声。

若伦怀疑自己和同伴们究竟能不能活过今夜。*他们比蛇人还难杀死。我们可以给他们造成重创，但他们还是会不停地向我们扑来，直到受了致命伤。*他撇开心中的杂念，士兵再次迎面扑来，锯齿剑在苍白的光线下闪耀着光芒，好像一条蹿起的火舌。

对若伦来说，这之后的战斗好像变成了一场梦魇。在诡异、阴森的白光中，河水和士兵都显得虚幻而不真实，隐去了他们身上的一切色彩，在激荡的河面上投下了犹如刀切一般瘦长的影子，而外围的一切都笼罩在沉沉的夜色之中。一次次，他击退从水中踉跄着杀回来的士兵，锤子打在他们身上，使他们几乎丧失了人形，但就是不会死去。每击中一锤，大摊的黑血像洒出的墨汁般泼溅在水面上，转瞬又被水流带走。每一次交锋，致命的相似使若伦浑身发麻，充满了恐惧。无论他出手多么用力，总会马上又上来一个肢体残缺的士兵，向他挥剑劈刺。同时那错乱的咯咯笑声却一刻不停，发自自知已经死亡、肢体却保持着生命的士兵，即便在沃顿人正摧毁他们的身体的时候也不停息。

然后，是突然的沉寂。

若伦屈膝躲在盾牌之后，半举着锤子，大口喘气，全身被汗水和血水湿透。一分钟后，他才意识到，面前的水里已经再无一人站立。他左右来回看了三次，无法相信士兵已经全数被歼灭，彻底地、可喜可贺地、再也不会还魂地，死光了。一具尸首在闪光的水面上从他面前漂过去。

一只手抓住了他的右臂，若伦不由自主发出一声低吼。他猛地转身，咆哮着向后挣开，却见原来只是卡恩。一脸疲倦、满身血污的魔法师说："我们胜了，若伦！哎！他们完了，我们打败了他们！"

若伦垂下胳膊，头向后仰，累得连坐下的力气都没有了。他觉得……他觉得自己的感官似乎超常敏锐，但情感却很迟钝，似乎有什么说不出的东西，把自己身体深深的某处塞满了。他很高兴这样，否则，他觉得自己会疯掉的。

"别闲着，去检查货车！"马特兰叫道，"越早行动，咱们就能越早离开这个鬼地方！卡恩，你去看看威马，他的伤口我看够糟糕的。"

集中起全部的意志，若伦转身艰难地迈动脚步，走过堤岸，向最近的货车走去。他眨眨眼，不让额头上淌下的汗水流进眼睛。他看到队伍现在能站起来的只剩九个人了。他把这件事从心里抛开。*过后再哀悼吧，现在还不是时候。*

当红胡子马特兰走过布满了尸体的驻营地时，一个若伦以为已经死了的士兵突然翻过身，从地上一下子砍掉了伯爵的右手。马特兰接下来的动作那么娴熟，简直像反复操练过一样。他一脚踢掉士兵手里的剑，跪在士兵的咽喉上，用左手从腰带里抽出一把匕首，从那人的一只耳朵里刺了进去，将其结果。马特兰脸色潮红，满是倦意，把没了手掌的右臂在左腋下一夹，挥手示意阻止向他跑过来的人："别管我！这根本不算个伤。去检查那些货车！你们这些废物要是不抓紧时间，我们就得一直耗在这里，等到我的胡子都白了。快去！"当卡恩还是拒绝移动时，马特兰怒气冲冲地喊道，"你快走，不然我会按违抗命令给你吃军棍，我会的！"

卡恩举起马特兰掉落一旁的手："我也许能把它接起来，不过得花几分钟。"

"嘿，算了吧！还给我！"马特兰叫喊着，把自己的断手从卡恩手里一把抢回来，塞进束腰长衫里面，"别再烦我，能的话你就赶紧去救威马和令迪尔。等我们把这些怪物甩到身后几英里了，你再试试能不能接回去吧。"

"那时可能就太晚了。"卡恩说。

"这是命令，魔法师，不是请求！"马特兰暴跳如雷。看着卡恩退开，伯爵用牙齿咬着束腰长衫的袖子，在断臂上打了个结，仍旧夹在左腋下，豆大的汗珠从他面颊上流下。"好，这就对了！这些倒霉的货车里究竟是什么鬼东西？"

"绳子！"有人叫道。

"威士忌！"另一个人喊道。

马特兰点点头："尔哈特，你替我记一下数据。"

若伦帮着大家一起，逐车翻查，向尔哈特大声报告车上的东西。然后，他们和从前一样，杀掉拉车的牛，点火焚烧货车，最后圈拢坐骑，骑上马背，伤员也都绑缚在了马鞍上。

一切结束，就要离开时，卡恩向天上的白光做了一个手势，低声说了一个长而复杂的词，黑夜便笼罩了整个世界。抬起眼，若伦看到卡恩面孔的余影闪动着，停留在暗淡的星空上。然后，等他的眼睛适应了黑暗，便看到成千上万失去方向感的夜蛾在天上乱飞，那些柔弱的灰影好像是影影绰绰的人的灵魂。

怀着一颗沉重的心，若伦脚跟一碰雪焰的腹部，离开车队的残迹。

石上的血迹

The Inheritance Cycle

伊拉龙焦躁地大步走出深藏在崇吉海姆中心的圆形会堂，橡木门在身后猛地关上，发出一声空洞的巨响。

他两手叉着后腰，站在带拱顶的走廊中间，低头瞪着由黄绿两色长条玉石拼成的地面。自从他和奥利克三天前到达崇吉海姆，矮人的十三位部落首领根本什么都没做，只是争论一些在伊拉龙看来根本无关紧要的问题，比如某个部落是否有权在某个争议地段放牧等等。听着首领们就他们法律中某些琐碎模糊的词句纠缠不清，伊拉龙经常想放声大吼，痛斥他们一个个都是些短视的傻瓜，注定要把阿拉加西亚整个葬送在加巴多里克斯的统治之下，除非他们能搁置卑俗的私心，从速选出新的统治者。

仍然陷在沉思中，伊拉龙慢慢沿着走廊向前走去，几乎没留意到跟在身后的四个警卫——不论他走到哪里，他们总是如影随形地跟在后头——以及在走廊里碰到的矮人们。他们纷纷和他打招呼，叫着“阿吉兰”的五花八门的变体。*最让人头疼的是艾奥壬。*伊拉龙想道。这个女矮人是战狼部落的首领，那是一个强大而好战的部落，而且她从谈判开始便明确表示她自己有意登上王位。公开表态支持她的只有一个洞熊部落，但她在部落首领的会议上，有许多次都表现得机智聪敏，总能扭转形势，使自己处于有利位置。*她或许可以做个非常出色的女王，*伊拉龙也承认这一点，*但她太油滑了。谁也无法预料，登上王位之后，她是否会支持沃顿族。*他无奈地露出一丝苦笑，和艾奥壬交谈总让他感觉有些局促。在矮人的眼中，她是个大美人，即使按照人类的标准，她的容貌也颇不一般。更主要的是，她似乎对伊拉龙产生了某种好感，让他百思不得其解。每次谈话，她都必然会引经据典地说起一些矮人的历史和神话传说，对此伊拉龙完全是不知所云，奥利克和其他矮人却觉得其乐无穷。

除了艾奥壬之外，还有两位王位竞争者：夸恩部落首领甘纳尔，和石匠部落首领拿度。作为矮人宗教的守护者，夸恩部在矮人中有巨大的影响力。但到目前为止，甘纳尔只获得了另外两个部落的支持：河流卫士部落，阿巴达克部落，后者是主要从事学术研究的部落。相对而言，拿度的盟友阵容更为强大，包括霜胡、尖牙兽、安胡因之泪等几个部落。

艾奥壬谋求王位只是为了随之而来的权力；看不出甘纳尔对沃顿族有什么明显的敌意，尽管也说不上有好感；拿度则公开而且激烈地反对与伊拉龙、娜绥妲、帝国、加巴多里克斯、伊丝兰查蒂女王，或者就伊拉龙看来，一切贝尔山之外的族类扯上关系。石匠部落在人力和物力上都首屈一指，因为别的部落全都依赖他们的专长来挖掘地道，建造房屋，甚至银吉通部也需要他们来为自己的铁匠开采铁矿。如果拿度竞争王位不顺利的话，伊拉龙清楚，许多其他势力较弱，但和他观点一致的部落首领就会跳出来取代他的位置。比如，在加巴多里克斯和变节者造反时，几乎被他们彻底灭绝的安胡因之泪部落。他们在伊拉龙造访塔纳哥城的时候曾宣布与伊拉龙有血海深仇，与伊拉龙、蓝儿以及所有和龙、龙骑士有关的一切势不两立。他们甚至反对伊拉龙出席部落首领会议，虽然这完全符合矮人法律，最终还是迫使大家就此进行了一次投票表决，使大会的议程浪费了六个小时的时间。

*这些天，总要找一个机会和他们达成和解，*伊拉龙想，*要么是和解，要么我就得把加巴多里克斯开了个头的事做完。我绝不能一辈子都生活在安胡因之泪部落的威胁之中，整天担惊受怕。*又一次，像过去几天他经常做的那样，他花了一些时间等待蓝儿的回应，结果依然是空等一场，一种熟悉的难过之情袭上心头。

这些部落间的联盟究竟有多牢靠，其实也很难讲。奥利克，艾奥壬，甘纳尔，拿度，谁都没有足够的支持可以赢得多数选票。所以，他们都一面忙着稳住承诺支持他们的部落，一面努力去挖对手的墙脚。尽管这些手段都至关重要，但伊拉龙却只觉得无聊和厌烦。

经奥利克的解释，伊拉龙的理解是，在部落首领选出统治者之前，他们必须先进行一次投票表决，确定选举新王的时机是否已经成熟，而这一轮表决必须要有九票赞成才能通过。目前，没有一个部落首领，包括奥利克，有必胜的信心，愿意走出关键的一步，从而推进议程，进行最终的选举。照奥利克的话讲，这是整个过程最微妙的一个环节，有先例表明，在某些情况下这一过程可能会漫长得令人无法忍受。

伊拉龙琢磨着眼下的局势，漫无目的地穿过崇吉海姆下层的一间间屋子，最后发现自己站在一个干燥的房间里。这个房间处处布满灰尘，一边墙上有五个并排的黑色拱形门洞，另一边墙上则是一幅浮雕，雕着一头狰狞咆哮的大熊。熊高二十英尺，牙齿是金子的，切面细巧的圆形红宝石是它的眼睛。

“我们这是在哪里，魁斯托？”伊拉龙看了一眼他的警卫问道，声音在室内激起无数空洞的回响。伊拉龙能够感觉到许多矮人的意识，但却无法真正触及。

领头的警卫，一个模样年轻、不到六十岁的矮人，走上前来说：“这些房间在一千年前，崇吉海姆还在建造的时候，被科根国王清空了。从那以后就没怎么用过，除了堡藤杜尔举行全族集会的时候。”

伊拉龙点点头：“你能带我回到地面上吗？”

“当然，阿吉兰。”

快步走了几分钟之后，他们便来到一处宽阔的台阶。台阶按照矮人的标准建造，一级级很是矮小，上方有通往地表的一条通道，位置在崇吉海姆底部西南方四分之一扇面内的某处。魁斯托带着伊拉龙，从这条通道转入一条向南的主通道。崇吉海姆内有四条这样的主通道，长度超过一英里，分别指向东、西、南、北四个方向。

这是数月之前，伊拉龙和蓝儿进入崇吉海姆时走过的那条路。此刻，伊拉龙故地重游，沿同一条路向着山城的中心走去，心中却涌起了莫名的怅惘。从那时到现在，不过相隔数月，他却觉得自己像是已经老了几年。

这条四层楼高的路上熙熙攘攘，来自各个部落的矮人络绎不绝。所有矮人都看到了伊拉龙，这一点他确定无疑，但幸好并非所有的矮人都肯放下架子和他打招呼，省却了他一一问候的麻烦。

伊拉龙身上一紧，见到一排安胡因之泪部落的矮人横穿过通道。他们同时扭头看着伊拉龙，动作整齐划一，仿若一人，不过面孔被这一族矮人外出时永远戴着的紫色面纱遮住，看不到脸上的表情。一行中的最后一个矮人，朝伊拉龙的方向啐了一口唾沫，然后他们穿过拱门，走出了通道。

*如果蓝儿也在，他们可不敢这么无礼。*伊拉龙暗想。

半小时后，他终于走完了这规模惊人的通道。尽管之前已经来过多次，当他走入位于崇吉海姆心脏位置的圆形大厅，看到那上半部为三块真人大小的黄色锆石、下半部为黑色玛瑙的宏伟立柱时，一种崇高和肃穆的感觉还是征服了他。

大厅直径有一千英尺，地板是光滑的红玉髓，中间镌刻着一把锤子，十二颗五角星拱卫在四周。这是银吉通部的首领，也是矮人的第一位国王科根的标志，是他在找金矿时发现了堡藤杜尔。伊拉龙正对面，以及左右两方各有一处开口，连着向外穿过山城的另外三条主通道。大厅没有封顶，一直向上，直达一英里高处的崇吉海姆城之巅，从那里又通往龙舍。在阿丽娅打碎蓝宝石星之前，伊拉龙和蓝儿就住在那儿。更往上就是天空——圆形的一片深蓝色。堡藤杜尔，这座中空的大山，高达十英里，让崇吉海姆与世隔绝。在它圆形开口的怀抱中，这一小片天空看起来不可思议般遥远。

只有很少的一点天光会透到崇吉海姆城底部，矮人们称之为永晨之城。因为照入山城的日光如此之少，只有盛夏中午前后阳光灿烂的半个小时。矮人们用不计其数的无焰灯来照亮山体内部，大厅里便有数千盏无焰灯熠熠生辉。环绕山城的每一层都有一圈带拱顶的走道，走道的柱子上，每隔一根柱子外侧都挂着一盏明灯，而走道里面的灯就更多了，标识出通向一个个神秘房间的门户，以及天梯。它在大厅周围盘旋环绕，从顶至底气派不凡，而又让人顿生压抑之感。灯有许多不同的颜色，让人觉得似乎大厅内部装点着闪光的宝石。

然而，在一块真正的宝石面前，它们的光华却黯然失色，那是世间宝石中最辉煌的一块：伊斯达米林。在大厅的地面上，矮人搭起了一个直径六十英尺的脚手架。许多根橡木梁严丝合缝地围出一块区域，他们正一小块一小块地，在里面重新拼装破碎的蓝宝石之星。每一块都珍贵无比，每一个动作都极尽小心。还没拼回去的碎片装在垫着羊毛的无盖箱子里，每个箱子上都用一行文字做了标记。箱子摆开，占据了空旷大厅西侧很大一片地方。约三百个矮人俯身坐在这些箱子旁，专心致志地想把眼前的碎片拼回到一起。另一群人在脚手架上忙碌着，有的在木梁间整理宝石碎片，有的在对脚手架进行扩建。

伊拉龙看着他们忙碌了几分钟，然后踱到杜尔查率领巨人武士从地道潜入崇吉海姆时打坏的那块地面。伊拉龙用靴子尖轻轻点着脚下光滑的石板，上面没有留下杜尔查破坏后的任何痕迹。垡藤杜尔战役的痕迹荡然无存，矮人干得非常漂亮，不过伊拉龙却希望他们能用某种形式来纪念那场战争，因为他觉得很有必要提醒后人，不要忘记矮人和沃顿族在与加巴多里克斯的斗争中曾付出过什么样的血的代价。

伊拉龙向脚手架走去，对站在蓝宝石之星上方一块平台上的歇格点点头。伊拉龙以前和这个身材瘦削、手指灵巧的矮人见过面。歇格来自盖塞罗部落，罗特加国王对他委以重任，让他主持修复矮人族最珍贵的宝物。

歇格示意伊拉龙爬到平台上来。他踏上砍削痕迹尚在的木板时，展现在眼前的是一大块倾斜、锐利的晶刺，是比纸还薄、闪着晶光的残破的边缘，以及涟漪般起伏的晶体表面。蓝宝石之星的顶部让他想起了帕伦卡谷的阿诺拉河在冬末时节的冰。那时候，天气反复多变，河面上的冰融了又冻，冻了又融，表面变得凹凸不平，走上去非常容易摔跤。只不过蓝宝石之星的残体并非蓝色、白色或透明，而呈现一种柔和的玫瑰粉色，一道道深橘色的条纹贯穿其中。

“干得怎么样？”伊拉龙问。

歇格耸耸肩，两手在空中挥动，像一对蝴蝶：“就是这个样，阿吉兰，快工出不了细活。”

“在我看来你们好像进度很快呀。”

歇格骨瘦如柴的食指敲打着自己的鼻翼，那鼻子又宽又扁：“伊斯达米林的表面现在被扣在底下，被阿丽娅打成了比较大的碎片，复原还算容易。不过，伊斯达米林的底部，也就是现在朝上的这一面……”歇格说着摇摇头，满是皱纹的脸上一副沮丧的表情，“承受了冲击力，那些碎片有的挤向宝石表面，有的被阿丽娅和神龙蓝儿砸得四下飞溅，有的向下冲向你和那黑心的魔影……玫瑰的花瓣碎如齑粉。而那玫瑰，阿吉兰，那玫瑰是宝石的精魂。它是伊斯达米林最复杂，也最美丽的部分，而它也粉碎得最厉害。除非我们能把玫瑰重新拼接复原，每一小片都回到原来的位置，否则还不如把宝石交给我们的珠宝匠，让他们研磨成指环送给我们的母亲们。”这些话不带半点停顿地从歇格嘴里冒出来，就像从大杯里溢出的水一样滔滔不绝。他用矮人语向大厅对面捧着一个盒子的矮人喊了一句，然后拉了拉自己的白胡子，向伊拉龙问道：“你有没有听过那个总被提起的故事，阿吉兰，讲的是在赫元时代，伊斯达米林是怎样雕成的。”

伊拉龙犹豫了一下，回想着自己在埃勒斯梅拉的历史课：“我知道是都若克雕的。”

“是呀，”歇格说，“是都若克，用你们的话说就是鹰眼。发现伊斯达米林的并不是他，但是，是他全凭一个人把它从石头里采出来，也是他独自完成了雕刻和打磨。五十七年，他为玫瑰星劳作了五十七年。这宝石占据了他的全部。每天晚上，他坐在伊斯达米林旁边埋头苦干，直到后半夜。他深信，玫瑰星不只是件艺术品，还能触动每个观赏者的心灵，足以让他在神的殿堂中拥有光荣的一席之地。他忘我地工作，在第三十二个年头，他的妻子对他说，要么让学徒分担，要么她就离开他的厅堂。都若克，一个字也没说，转身背对着她，继续琢磨那年早些时候着手进行的花瓣的轮廓。

“都若克无休无止地劳作着，直到对伊斯达米林的每一丝线条，每一道曲线都完全满意。然后，他扔下手中的抛光布，从玫瑰星前退开一步，说‘甘特拉，保佑我，完成了。’说完就倒下死去了。”歇格拍打着自己的胸膛，发出空洞的咚咚声，“他的心停止了工作。而且，此外还能有什么事值得他为之活着呢？这就是我们正努力修复的东西，阿吉兰，我们历史上最优秀的艺术家之一五十七年心血的结晶。除非我们能把伊斯达米林分毫不差地恢复原貌，否则就是在所有没见过它的后人面前贬低都若克的伟大成就。”歇格右手紧紧攥成拳头，边说边捶着大腿以示强调。

伊拉龙靠在身前齐腰高的护栏上，隔着宝石向对面望去。在那儿有五个矮人用绳索吊着另一个矮人，将他慢慢向下放，直到距离下方晶刺峰起的破口只有几英寸。吊在半空的矮人伸手从布衫内的一个皮夹中取出伊斯达米林的一条残片，用一个精巧的镊子夹着，安进宝石破口处的一条缝隙里。

“如果加冕典礼三天后举行，”伊拉龙说，“你到时能把伊斯达米林修复完工吗？”

歇格十个手指头一齐动，在护栏上弹出了一个伊拉龙从没听过的调子。这矮人说：“如果不是你的龙提出帮忙，我们是不会这么匆忙地对待伊斯达米林的。这样心急火燎的做事方法，对我们来说不习惯，不符合我们的本性。像惊慌的蚂蚁一样乱窜，这是人类的风格。不过，我们还是会尽最大努力，赶在加冕之前修复好伊斯达米林。如果三天后加冕，我不敢说有把握，要是放宽到后半周，那我想应该会及时完工的。”

伊拉龙对歇格的答复表示感谢，然后离开平台，警卫照旧在身后跟着。他走进山城众多的公共食堂中的一间。低矮的长条形房间里，一边摆着一行行石头饭桌，另一边许多矮人正在皂石的炉灶旁忙碌着。

伊拉龙吃了酵母面包，还有矮人们从地下湖中捕捞的白肉鱼、蘑菇，以及某种捣碎的植物块根，他此前在崇吉海姆也曾吃过，但究竟产自什么植物还待考察。进餐之前，他还是谨慎地用俄拉米斯教给他的咒语，试了一下食物中是否有毒。

伊拉龙喝了一口兑水的早餐淡啤酒，送下最后一块面包，这时奥利克带着十名贴身护卫走了进来。侍卫们另坐一桌，选择了可以监视两个入口的位置。奥利克则走到伊拉龙这一桌，在他对面的石凳上坐下，发出一声疲惫的叹息。他两肘支在桌上，双手使劲搓着脸。

伊拉龙施了几道咒语，防止任何人偷听他们谈话，然后问："我们是不是又受挫了？"

"没有，没有受挫，只是谈判拖拉得实在让人心焦。"

"我看到了。"

"你的不满大家也都看到了，"奥利克说，"以后你必须更好地控制自己的情绪，伊拉龙。在我们的对手面前暴露任何弱点，都只会对他们有利，我——"奥利克突然打住，一个胖大的矮人，慢腾腾走过来，把一盘热气腾腾的食物放在他面前。

伊拉龙拧着眉毛，看着桌子边："但你是否更靠近王位了呢？我们从那些没完没了的东拉西扯中有什么收获吗？"

奥利克嘴里嚼着一口面包，举起一根手指说："我们的收获可不小。别这么丧气嘛！你离开之后，哈瓦德同意对尖牙兽部落销往银吉通的盐减少税收。作为交换，夏季他们可以通过我们的地道去奈希瑞湖，这样就可以捕猎红鹿，它们在气候温暖的季节都聚在湖边。哈瓦德接受我的提议时，你真应该看看拿度那副咬牙切齿的样子！"

"呸！"伊拉龙啐了一口说，"税，鹿！这些跟谁会继承罗特加的王位有什么关系？告诉我实话，奥利克，跟其他部落首领相比，你的胜算究竟如何？还有，选举究竟还会拖多久？每多过一天，帝国就多一分可能发觉我们的计谋的危险，加巴多里克斯就会趁我不在，没人拦得住穆塔和荆刺的时候，对沃顿族发起进攻。"

奥利克用桌布的一角擦了擦嘴巴："我的地位非常稳固。没有一个部落首领有足够的支持可以马上召集投票，但拿度和我得到的支持是最多的。我们当中不论是谁只要再赢得两到三个部落的支持，那么胜利的天平马上就会向他那边倾斜。哈瓦德的立场已经开始动摇了。再稍微鼓动一下，我相信就能劝动他投到我们的阵营来。今晚我们会和他一起进餐，到时我再看看用什么办法来拉拢他吧。"奥利克吞掉一块烤蘑菇，"至于部落大会什么时候结束，幸运的话，可能还要一星期，如果运气不好，就可能要两星期。"

伊拉龙无声地咒骂了一句。他极度焦虑，胃里翻腾搅动，刚吃过的东西直往上涌，随时都可能吐出来。

奥利克从桌子对面伸出手，抓着伊拉龙的手腕。

“你我都无法加快部落大会的进程，既然如此，你就不要太执着于这一点了。想想那些你能改变的事，其他的就顺其自然，好吧？”他说完松开了伊拉龙的手。

伊拉龙慢慢吐出一口气，两肘支在桌上：“我知道，但是时间太紧迫，如果我们不能……”

“该来的总是会来，”奥利克微笑着，眼神却空洞而哀伤，“没人能躲避命运的安排。”

“你难道不能用武力夺取王位吗？我知道你在崇吉海姆的部队并不够多，但有我相助，谁能拦得住你？”

奥利克拿着刀子的手陡然顿在半空。片刻后他摇了摇头，又吃了起来，一边大嚼一边说：“这么干的结果将是灾难性的。”

“为什么？”

“难道还用解释吗？全族人都会起来反对我们，我得到的只会是个国王的虚名，而无法真正控制王国。如果真这么办了，让我拿把破剑来赌我们能活过一年，我都不干。”

“啊。”

奥利克不再说什么，把盘子里的食物吃个精光，然后喝了一大口啤酒，再打个饱嗝，又继续说道：“我们正走在一条狂风大作的山路上，两边都是一英里深的悬崖。我们族里的许多人，因为加巴多里克斯，变节者，以及现在的穆塔对我们犯下的罪恶，对龙骑士又恨又怕。非常多的族人，对我们藏身的大山、地道和洞穴之外的世界充满了恐惧。”他在桌子上转动着啤酒杯，“拿度和安胡因之泪部落把情况变得更糟。他们利用族人的恐惧，煽动大家来反对你、沃顿族和奥林国王。安胡因之泪代表了我要成为国王就必须克服的一切障碍。不过，我们要找到办法，减轻他们及其支持者的顾虑。因为即使我是国王，也要给他们一个公平讲话的机会，否则便会失去各部落的支持。矮人的国王或女王总是受制于各个部落，不论他手腕有多硬，就像首领总是受制于部落内的家族一样。”奥利克说完仰起头，喝干了杯中最后一点啤酒，然后把杯子啪的一声放到桌上。

“我能做些什么吗？有没有什么习俗或仪式，我履行之后，可以安抚一下斡芒及其追随者？”伊拉龙问道，专门提起了安胡因之泪部落当前首领的名字，“我肯定可以做点什么事，来打消他们的怀疑，停止这场宿怨。”

奥利克一笑从桌边站起，说：“你可以死。”

第二天一早，伊拉龙背靠弧形的墙壁，坐在深藏于崇吉海姆中心之下的圆形房间里，身边是其他够资格旁听部落首领大会的战士、顾问、仆人以及首领的亲属。开会的首领们则环绕着一张圆桌，坐在工艺精细、造型质朴的雕花座椅里。

和山城较低层里大多数的重要物品一样，桌面上也装饰着科根和银吉通部的徽标。

此时，正在发言的是加尔德海姆，霜胡部落的首领。他即使在矮人当中也是个矮子，身高刚刚到两英尺，穿着金、赤、蓝三色图案的长袍。与银吉通的矮人不同，他并不修饰胡须或者把胡须编成辫子，而是让它像一蓬乱草似的垂过胸际。他站在椅子上，用戴了手套的拳头猛捶光滑的桌面，咆哮道："……Eta! Nathoûidim etal os isûvond! Narhoûdim etal os formvn mendûnost brakn, az Varden, hrestvog dûr grimstnzhadn! Az Jurgenvren qathrid nédômar oen etal……"

"……不，"伊拉龙的翻译，一个名叫汉法斯特的矮人，在他耳边轻声说，"我不能允许这种情况发生。我不会允许那些没胡子的傻瓜，沃顿族，毁掉我们的国家！龙的战争让我们失了元气，并且……"

伊拉龙忍住一个哈欠，无聊透顶，顺着大理石桌依次望去，从加尔德海姆看到拿度。后者是一个生着亚麻色头发的圆脸矮人，对加尔德海姆激昂的演说频频点头称许。再看他旁边的哈瓦德，他正用匕首清理右手的指甲缝，这只手仅余两根手指。然后是斡芒，却只看到他的两道浓眉，其余部分罩在紫色面纱后面。接着是甘纳尔和昂丁，两人正歪着身子，交头接耳地说着什么。旁边一个上了年纪的女矮人是哈法拉，阿巴达克的部落首领，也是甘纳尔同盟中的第三位，她皱着眉头，读着一卷写满神秘文字的羊皮纸书，每次会议她都带着它。接下来是凯尔芙之链部落的首领曼多阿斯。他侧身对着伊拉龙，本来就长的尖鼻子显得更长了。再看索缀思，她是野猪部落的首领。从伊拉龙的角度只能看到她的一头褐色鬈发，编成了辫子，垂过肩膀，落到地上还盘了几道，长度足有她身高的两倍。她旁边的奥利克也同样只能看到后脑勺，正无精打采地歪靠在椅子里。再下来是盖塞罗部落的首领费奥温。这个异常肥胖的矮人盯着手里的一块木头，正忙着雕出一个什么东西，看上去好像是只乌鸦。接下来是洞熊部落首领黑达马。他与费奥温形成了鲜明的对照，身材结实，小臂上肌肉隆起，每次开会都戴着锁子甲和头盔。最后，他的目光移向艾奥壬。她栗色的皮肤上，唯一的瑕疵是左颧骨上方一条细细的新月形伤疤。一顶造型狰狞的狼头银盔压住了她满头绸缎般光亮的头发。她身穿大红裙袍，颈上戴着一串绿宝石项链。一块块方形的黄金托架镶嵌着闪亮的宝石，上面还有精雕的神秘文字图案。

艾奥壬觉察到伊拉龙在看她。她唇边漾起一抹慵懒的笑意，漫不经心而又风情万种地向伊拉龙眨了眨眼，一只杏仁形的眸子眯起来，瞥了他大约两次心跳那么久。

热血哗地涌上伊拉龙的面孔。他两耳火烫，移开视线，重新落到加尔德海姆身上。这个矮人还在喋喋不休地大放厥词，胸膛挺得老高，像只大摇大摆的鸽子。

遵照奥利克的要求，伊拉龙从始至终面无表情，不让察言观色的人看出他内心的反应。当首领大会午餐休会时，他匆匆走到奥利克身边，为了不让他人听到，俯下身子说："你自己吃午饭吧，我已经坐够了也听够了，我要去地道里四处转转。”

奥利克点点头，神情倦怠，低声答道：“随便吧，只是会议重新开始时一定得到场。你想中途溜掉是绝对不成的，不管大家的发言有多无聊。”

“照你说的办。”

伊拉龙挤在急着吃午饭的矮人当中，慢慢走出了会议室，会合了待在外面过道上的四个警卫，他们一直在和各个部落闲着没事的武士掷骰子打发时间。警卫们像尾巴一样跟在后头，伊拉龙随便选了个方向往前走，走到哪儿算哪儿，心里盘算着能不能有什么办法，让矮人充满纷争的派系团结起来，共同对抗加巴多里克斯。让他恼火的是，自己能想到的办法全都不着边际，指望它们行得通简直就是荒唐。

伊拉龙不去注意在地道中碰到的矮人，除了偶尔出于礼貌不得不含糊地打打招呼。他也不去注意走到了哪里，反正魁斯托可以把他带回会议室。尽管不太用眼睛去观察周围的环境，他却留意着半径几百英尺范围内每一个可以探测到的生命的内心，甚至连躲在房间角落蛛网背后的最小的蜘蛛也不放过，因为伊拉龙不想被弄个措手不及，不管有理由想找上门的是谁。

最后停下脚步的时候，他惊讶地发现，自己又来到了前一天无意中到过的那个满是灰尘的房间。左边还是那五个通向未知洞穴的拱形门洞，右边还是那绘着一头怒熊的半身浮雕。伊拉龙被这一巧合搞得有点心神不定，慢慢走到青铜浮雕前，仰头看着闪光的獠牙，想着究竟是什么让自己又走回了这里。

过了一会儿，他又走到五个拱形门洞中间，向里面望去。门洞后面的狭窄走廊里没有灯，很快就隐入了朦胧的暗影之中。伊拉龙的意识向前延伸，沿通道探索过去，还有与通道相连的几个废弃的房间。六七个蜘蛛，有数的几只飞蛾、千足虫和蛞蝼，就是它们的全部居民。“喂！”伊拉龙向里面叫道，听着自己的声音在大厅中回荡，越来越弱。“魁斯托，”伊拉龙看着他，“这一片古老建筑完全没有任何人居住吗？”

这个面带稚气的矮人回答道：“有一些，一些怪人。对他们来说，寂寞和孤独比老婆的抚摸或着朋友的声音更让人快乐。阿吉兰，如果你记得的话，正是一位这样的怪人提前对巨人的袭击向我们发出警告。还有一些，我们不太愿意提起，是那些触犯了我们的法律，被他们的部落首领驱逐出境数年、违令者处死的人，或者因为罪行太严重而被终生驱逐的人。所有这些人对我们来说都是活死人，如果在我们的土地之外碰到他们，我们都会远远躲开；如果在领土之内发现他们，马上就把他们吊死。”

听魁斯托说完，伊拉龙示意他准备离开了。魁斯托在前面带路，伊拉龙跟着他又回到进来时的通道里，另外三个矮人紧跟在他身后。还没走过二十英尺远，伊拉龙听到身后有一阵微弱的响声，非常轻，魁斯托似乎都没注意到。

伊拉龙回头看去。在过道两侧无焰灯琥珀色的灯光中，七个一袭黑衣的矮人，戴着黑色面罩，用布裹着脚，霍地朝他们几个扑来。那种迅疾无比之势，伊拉龙一向以为只有精灵、魔影和其他血液里流淌着魔力的生灵才做得到。这些矮人右手抓着长而尖利的匕首，惨白的锋刃上闪烁着彩色的光芒，左手持一面金属圆盾，盾心处伸出锋利的长钉。他们的意识像蛇人一样，也是伊拉龙完全无法进入的。

蓝儿！一瞬间伊拉龙首先想到的是蓝儿，然后他马上想起，这里只有自己。

伊拉龙回身面对黑衣矮人，同时伸手拔剑，并大声示警。

但是已经太晚了。

第一个字还在喉间没吐出来，三个来路不明的矮人已经抓住走在最后的警卫，举起寒光闪烁的匕首向他刺去。以超越语言甚至超越思考的速度，伊拉龙把自己的全副身心投入魔法之流中，不依靠古语来编织魔咒，而是把世界的脉络按照自己需要的方式重新组织。随后，站在他和偷袭者之间的三名警卫向他飘来，好似被看不见的绳索牵着，落地站在他身边，毫发无伤，尽管有些莫名其妙。

体力的陡然消耗令伊拉龙一阵不适。

两名黑衣矮人向他扑来，冷血无情的匕首直奔他的小腹。伊拉龙拔剑在手，避过两次攻击，对矮人的速度和凶悍大感震惊。一个警卫大喝一声，纵身向前，挥斧向这些尚未得逞的暗杀者砍去。伊拉龙急忙伸手去抓警卫的锁子甲，想把他拉回到安全地带。但说时迟，那时快，一道白刃鬼火般翻卷着，划开了警卫肌肉虬结的脖子。警卫倒地时，伊拉龙向他扭曲的面孔望去，吃惊地发现是魁斯托。他咽喉受创的地方像炸裂了一般，殷红如火。

被他们的剑轻轻划一下都不行。伊拉龙心想。

魁斯托的死激怒了伊拉龙。他挥剑向凶手刺去，剑势轻巧，那黑衣矮人根本来不及闪避，倒在他的脚下毙命。

伊拉龙用尽全力，暴喝一声："待在我身后！"

声音在走廊里炸响，地面和墙壁上震出了道道细纹，碎石从屋顶簌簌落下。偷袭的黑衣矮人慑于他暴喝之威，稍稍犹豫了一下，又重新展开了攻势。

伊拉龙向后退开几码，让开地上的尸体，给自己施展的空间。他重心下压，剑尖吞吐闪动，犹如准备发起攻击的毒蛇。他的心跳是正常速度的两倍，尽管搏斗才刚刚开始，他已经有些喘不过气了。

过道宽八英尺，只能容剩下六个敌人中的三个同时发起攻击。他们一字排开，两个人一左一右从侧面抢上，第三人则直接从正面强攻，同时以奇快的速度疯狂地劈向伊拉龙的四肢。

黑衣矮人们拿的不是普通的兵刃，伊拉龙有所顾忌，不敢与之正面交锋。他两脚一蹬地面，飞扑向前，在空中一个倒翻，脚尖点上屋顶，借势再一翻身，手脚同时着地，落在三个黑衣矮人身后一码处。他们还没完全转过身来，他已经踏步向前，反手一剑，便将三个敌人杀死。

他们的匕首落地时叮叮当当一阵乱响。

从他们的尸体上跳过，伊拉龙空中翻一个筋斗，落回到刚才跃起的地方。

动作再慢半拍都不行。脚刚落地，脖子后面一阵凉风，一把匕首的尖端紧贴着脖子掠过，另一把匕首则削到了他的绑腿，挑断了绑腿带子。他身上一紧，挥动手中的宝剑，想逼退对手，赢得施展的空间。我的魔法盾本应挡开他们的兵器的！他困惑地想道。

他一脚踏进一摊滑溜溜的鲜血中，不由自主地发出一声惊叫，失去了平衡，向后倒去。他的头狠狠地撞在石头地面上，发出可怕的咔嚓一声。

眼前蓝光一闪，他屏住了呼吸。

剩下的三名警卫跳到他身前，三斧齐挥，护住了伊拉龙上方，把他从寒光闪现的匕首下救了出来。

要的只是这一点点时间，伊拉龙马上恢复过来，腾地站起，一边暗暗埋怨自己没早一点儿想到，一边喊出了一道咒语，包含了俄拉米斯所授十二个夺命词语当中的九个。然而，魔法发出的一瞬间，他马上就放弃了咒语，因为黑衣矮人被不知多少重魔法盾保护着。如果有几分钟的时间，他也许可以绕开或破解这些魔法盾，但在当前的战斗中，几分钟就像是几天，每一秒钟都漫长如一小时。魔法用不上了，伊拉龙将自己的意识凝成一根钢铁般坚硬的长矛，掷向一个黑衣矮人的意识所在。长矛从某种思想的护甲上一滑而过，是伊拉龙从来没有见识过的一种屏障：平滑而无隙，连肉骨凡胎在生死关头自然会有的焦虑，也没有在上面造成一点裂痕。

有人在暗中保护着他们，伊拉龙想道，这次袭击的幕后还有玄机，并非表面上这七个那么简单。

单足支地，伊拉龙突然抢攻，一剑刺穿了左边袭击者的膝盖。鲜血涌出，那矮人站立不稳，伊拉龙的警卫并肩冲上前，先捉住他的手臂，不让他挥动那致命的兵刃，同时挥动月牙斧朝他砍去。

剩下两名刺客中，离伊拉龙较近的一个举起盾牌，准备迎接伊拉龙的进攻。伊拉龙运起全身力气，一剑向盾牌削去。萨若克在手时，他常常这样将对方的盾牌连同持盾的手臂一同劈为两截，但在激战之余，他忘了考虑矮人无法解释的速度。就在宝剑即将碰到目标的一瞬间，矮人将盾牌一斜，卸掉了这一击之力。

宝剑滑过盾牌的上沿，从盾心的尖钉上擦过，激起两串火星，而后余势未尽，超出了伊拉龙的预计。它在空中斜斜划过，剑锋砍到了墙上。伊拉龙胳膊一震，随着一阵叮当脆响，剑身碎成了十余截，只剩长约六英寸、断口参差的一小截还连在剑把上。

伊拉龙懊恼地丢下断剑，抓住刺客圆盾的边缘。两人你来我往，互相推搡，同时竭力用盾牌挡住裹着一层朦胧彩光的匕首。刺客的强悍超乎想象，他不单顶住了伊拉龙的劲道，甚至成功地推着伊拉龙向后退了一步。伊拉龙只留左手抓牢盾牌，收回右臂，运足了力气，一拳打在盾牌上。精钢淬炼的盾牌烂木头似的打了个对穿，由于指节上的老茧，他没有感觉到任何撞击的疼痛。

这一拳的力道打得矮人飞了出去，撞到对面墙上，脑袋在折断的脖子上摇晃不定，像个断线的木偶般掉到地上。

伊拉龙把手从盾牌参差的破洞中抽出来，被残破的铁尖划破了皮，然后他抽出了猎刀。

最后一个黑衣矮人已经攻了上来。伊拉龙从匕首底下闪开两次、三次，然后挥刀割开了持刀黑衣矮人手臂的袖管，从腕至肘划了一道口子。黑衣矮人吃痛，低吼一声，露出黑色面罩之下的蓝眼睛冒着怒火。他发起一连串的猛攻，匕首嗖嗖地划破空气，快得让人眼花缭乱。伊拉龙不得不腾挪跳跃，躲开那致命的兵刃。黑衣矮人的手下丝毫不缓，伊拉龙连连后退，退出几码远，脚后跟突然碰到了一具尸体。他抬脚想从尸体上跨过，却冷不防打了一个趔趄，肩膀在墙上撞得生疼。

黑衣矮人狰狞地一笑，猛扑上来，刀尖直指伊拉龙的胸膛。伊拉龙下意识地举起一只手臂护在胸前，同时向后翻滚，心知这回自己的运气到头，无论如何逃不掉了。

滚动中，在面朝向矮人的一瞬间，伊拉龙的眼角捕捉到雪亮的匕首正向他刺来，像凌空劈下的一道闪电。然后，让他大出意外的是，剑尖刺中了墙上的一盏无焰灯。一切发生在一瞬间，伊拉龙一连串翻身滚开，接下来发生了什么，他已经看不到了。但几乎就在同时，他的后背似乎被一只火烫的手掌猛然一击，将他在过道里抛出不下二十英尺远，撞在一个拱形门洞的边上，身体瞬间又增添了无数的擦伤和瘀伤。一声雷鸣巨响，震耳欲聋。伊拉龙觉得好像有人在往自己的耳朵里钉钉子一样，他双手捂住耳朵，身体蜷缩成一团，狂叫起来。

声音和疼痛感渐渐消退后，他放下手，摇摇晃晃地站起来，牙关紧咬，忍住从遍布全身的伤处蜂拥而来的各种痛楚。他脚步虚浮，充满困惑地看着面前的爆炸现场。

爆炸使过道十英尺长的范围一片焦黑，空气像刚从熔铁炉里冒出来一样灼热逼人，飘满了一片片烟灰。刚才差点刺中伊拉龙的黑衣矮人，倒在地上翻滚着，身上满是烧伤，又抽搐了一两下之后，终于寂然不动。伊拉龙剩下的三名警卫被爆炸的冲击波抛出好远，倒在焦黑范围的边缘。伊拉龙看过去的时候，他们正摇摇晃晃地爬起来，鲜血从耳朵和吃惊地张开的嘴巴里不停滴落。他们的胡子都被烧焦，成了一团乱麻，锁子甲边上的链环因高温而发出红光，但下面的软皮甲让他们没有受到太重的烧伤。

伊拉龙向前迈出一步，紧跟着发出一声呻吟，后面的一只脚再也迈不出去了。一阵剧痛，从两面肩胛骨当中传来。他想摇摇手臂，确定伤势的范围，但稍微牵动皮肉，引发的疼痛便强烈得无法忍受。他差点晕了过去，斜倚在一面墙上支撑住身体。他又看了一眼被炸死的黑衣矮人，心想：我后背上的伤肯定和他的差不多。

他强迫自己集中精神，默念了两道与布鲁姆同行时学会的治疗烧伤的咒语。咒语显出了功效，感觉好像有凉爽的水流，惬意地从后背缓缓淌过。他长叹了一口气，舒展了一下身体。

“你们有没有受伤？”他向一瘸一拐走过来的警卫们问。

打头的矮人皱着眉，拍拍右耳，摇了摇头。

伊拉龙诅咒一声，这才意识到自己也听不到自己的声音。他再次调集体内剩下的能量，发出咒语修复自己和他们的耳朵。咒语一念完，耳朵里马上出现了一阵难以忍受的瘙痒，很快又随着咒语一道消失了。

“你们受伤没有？”

站在右侧的矮人身材粗壮，留着分叉的几缕胡须。他咳嗽一声，吐出一口淤血，瓮声瓮气地说：“没什么大不了的伤，你呢，魔影杀手？”

“我也死不了。”

伊拉龙每迈出一步都用脚在地面上试探一下，小心翼翼地走进焦黑的爆炸范围，跪在魁斯托旁边，希望或许还能把矮人从死神手里抢回来，但他的眼睛再次落在魁斯托的伤口上，马上便知道是不可能了。

伊拉龙垂下头，最近和过往的浴血牺牲又一次使他心头充满了苦涩。他站了起来，问：“灯怎么会爆炸？”

“灯里充满了热量和光，阿吉兰，”一个警卫答道，“如果被打破，全部的热和光就会瞬间涌出，这时候当然还是躲远点为妙。”

伊拉龙用手一指刺客们扭曲的尸体，问：“知道他们来自哪个部落吗？”

留着分叉胡须的矮人在几个黑衣矮人的衣服里仔细翻了翻，然后说：“该死！他们身上没有任何能辨认来历的标志，阿吉兰，不过，他们戴着这个。”他举起了一个用马毛穿成的亮晶晶的紫水晶手链。

“这能说明什么？”

“这种紫水晶，”那矮人边说边用一枚熏黑的指甲敲打着一粒水晶石，“这种紫水晶，只出产于贝尔山的四处地方，其中三处属于安胡因之泪。”

伊拉龙皱起眉头：“这次袭击是斡芒授命的吗？”

“我不能肯定，阿吉兰，也许是别的部落故意给我们留下的证据，也许他们是故意栽赃给安胡因之泪部落，以混淆视听，让我们找不到真凶。但是……如果一定要我打赌的话，阿吉兰，我愿拿一车黄金来赌，主谋就是安胡因之泪。”

“他们不会有好下场的，”伊拉龙喃喃地道，“不管是谁，都不会有好下场的！”他握紧拳头，止住手臂的颤抖，用靴子底踢了一下刺客曾挥动过的匕首，“施在这些兵刃，以及这些人，”他用下巴一指，“这些人，矮人，随便怎么说吧，施在他们上面的咒语肯定需要无法估量的能量，并且，我甚至无法想象咒语的形成会有这么复杂。发出这些咒语一定非常困难而充满风险……”伊拉龙在警卫们的脸上逐个看去，“你们为我做证，我发誓不会让这次偷袭的主使，不会让杀死魁斯托的凶手逃脱惩罚。这些见不得人的杀手，不论是哪一个或哪几个部落派出的，我一旦查明，就会让他们后悔竟然妄想对我下手，妄想通过对我下手，进而打击银吉通部。我在此向你们立下誓言，作为一个龙骑士，也作为银吉通部落的成员，如果有任何人问起此事，就照我说的话原样转述。”

矮人们垂首遵命，留着分叉胡须的矮人答道：“谨遵所命，不敢有误，阿吉兰。你的话使罗特加身后威名不堕。”

另一个矮人接过来说：“不论是哪一个部落，他们都违反了待客之道。他们向一位客人动武，比老鼠还不如。他们是蒙克勒连（menknurlan，矮人最具侮辱性的称呼，大意为无耻之人）。”他说完在地上吐了口唾沫，其他矮人也跟着他呸了一口。

伊拉龙走到他碎落在地上的宝剑旁，单腿跪在焦黑的地上，用一个指尖抚摸着破碎剑身中的一块，抚过参差的断口。*肯定是我砍在盾牌和墙壁上力道太大，超过了当时用来强化剑身的咒语的承受限度。*他想。

然后他又想：*我需要一把剑。*

我需要一把骑士的剑。

角度问题

同是上午的天空上的热风，在山地与平原是不同的，变幻更是令人捉摸不定。

此刻，在蓝儿下方一千英尺，平坦的大地正沐浴在阳光之中。她调整双翼的角度，以补偿因风力和风速的变化而减弱的托举力。有一会儿工夫，她把双层眼皮全部闭上，安心享受这柔软的风床，以及照射在她强健修长身躯上的温暖的晨光。她想象着自己鳞甲反射的光华有多么灿烂，想象着无论是谁看到她在天空盘旋该会发出怎样的惊叹。想到自己是阿拉加西亚最美丽的生灵，她发出心满意足的低吟。当然是最美的！谁还有她那样灿烂的鳞甲，那样修长的尾巴？谁还有她那样端正、漂亮的翅膀？谁还有她那样又白又长、可以一口咬断野牛脖子的牙齿？在龙骑士的败落中失去一条腿的金鳞的葛勒多就不用说了。荆刺和苏瑞坎也不行，因为他们都是加巴多里克斯的奴隶，没有选择的奴役已经扭曲了他们的心。没有自由，龙就不再是龙。再说，他们都是雄性，雄性的龙不管再怎样威武不凡，论及美丽又怎比得过她？嗯，她才是阿拉加西亚最美丽的生灵，事实也正该如此！

蓝儿舒坦地扭了扭身子，流动的水波形光亮从脖颈一直传送到尾巴尖。今天是个好日子，阳光照在身上暖洋洋的，也吃饱肚子了，天空澄澈，除了观察一下是否有来犯的敌人，没有任何事情需要她操心，而这对于她早就是一种习惯，只是轻而易举的事。

她的快乐只有一个缺憾，但这是一个严重的缺憾——对此想得越久，她的遗憾便越大，直到最后让她的快乐烟消云散——她希望伊拉龙在自己身边，分享这美好的一天。她低吼了一声，一道蓝色的火焰从嘴巴里喷出，烧灼了前面的空气。她马上收拢咽喉，将火舌切断。火流滚过，在舌面上激起一阵热辣辣的感觉。伊拉龙，分享她思想和情感的伊拉龙，什么时候才会从崇吉海姆联络娜绥妲，要求她——蓝儿——飞到他的身边呢？是她敦促他接受娜绥妲的任务，去到那她也无法飞越的高山，但现在时间已经过去太久太久，蓝儿觉得心里发冷，空空荡荡。

这晴朗的世界上还有一处阴影，她想，这就是我不安的原因。伊拉龙遇到麻烦了。他有危险，或者最近刚刚经历了危险，而我却不能帮助他。她不是一条无牵无挂的野龙。从她孵化伊始，她整个的生命都是和伊拉龙一起度过的。没有他，她的生命就失去了一半。如果因为自己没在旁边守护而导致伊拉龙死去，除了为他报仇，她也没有继续活下去的理由。如果真是那样，她知道，自己将会把杀他的凶手撕成碎片，然后会飞去那黑暗之城，找到那囚禁了她几十年、曾捣毁龙蛋的叛徒，尽一己之力杀掉他，尽管这一去必然无法生还。

蓝儿再次发出一声吼叫，张口向一只愚蠢到竟敢飞到她嘴边的麻雀咬去，可是居然没有咬中。麻雀向旁边一闪，继续无惊无险地飞翔，简直是给蓝儿火上浇油。她想转身去追麻雀，但很快又打消了这个念头。为这么一小点全是骨头和羽毛的东西大动干戈太不值了，它连塞牙缝都不够。

她倾斜双翼，尾部逆向一摆，快速地掉转方向。她观察着遥远的地面，看着那些因遥远而显得越发渺小的动物。它们竞相奔跑，生怕被她发现，但在猎手的双眼中早已无所遁形。虽然身在数千英尺的高空，她仍能数得出在吉特河西岸贴着一片麦田飞翔觅食的苍鹰背上有多少根羽毛；看得到一只向安全的巢穴匆匆奔去的野兔的棕色身影；吉特河的一条支流边上，藏在浓密的醋栗丛下的一小群鹿也没能逃过她的眼睛；她听得到因她的出现，动物们互相发出警告时的尖叫。这些惊慌失措的尖叫让她有一种满足感：猎物怕她那就对了，如果哪一天她开始害怕起自己的猎物来，那只能说明她的大限已到。

上游一英里远的地方，沃顿人密密麻麻地聚在吉特河边，就像是站在悬崖边上的一群红鹿。沃顿族是一天前到达渡口的，到现在，大约有三分之一的她的"自己人"、"自己一边的巨人"和"不算食物的马"，他们都已经过了河。军队行动速度非常缓慢，有时她不禁怀疑，人类寿命那么短暂，行动又那么缓慢，在走路之外哪还有时间来做别的。如果他们会飞的话，那就方便多了，她想道，不明白为什么他们不选择飞翔。飞翔，多么容易的事啊，她不懂怎么会有动物就是学不会，甚至伊拉龙也依然对时软时硬的地面情有独钟，尽管她很清楚，只要他念上几句古语，就随时可以和她一道并肩遨游蓝天。不过也不奇怪，那些晃着两条腿慢腾腾走来走去的族类，很多时候都不是她所能理解的，甭管他们是圆耳朵、尖耳朵、长犄角，还是那些一不小心就会被她踩扁的小矮子。

东北方向有什么东西在移动，这引起了她的注意，她好奇地转身向那边望去，四十五匹马排成一行，无精打采地向沃顿的方向走来。多数马背上都没有骑手，因此，又过了半个小时之后，骑手的面孔大致能看得清了，蓝儿才想到这可能是若伦等人长途奔袭后收兵归队。怎么人数少了这么多？蓝儿想道，心底升起一丝不安。她对若伦并没有深厚的感情，但他是伊拉龙所关心的人，这就足够让她也对他的安危保持关注。

她的意识向下方乱哄哄的沃顿人延伸，直到感触到阿丽娅的意识。精灵发现是蓝儿，便放开屏障接纳了她。蓝儿马上说，若伦会在将近傍晚的时候赶到这里，他们的人马损失惨重，肯定是遇到了大麻烦。

谢谢你，蓝儿，阿丽娅说，我会通知娜绥妲。

把意识从阿丽娅处收回后，蓝儿又感觉到了一种带着探询之意的接触，来自生着蓝黑色狼毛的布洛德迦姆。我不是刚孵出来的小崽子！她没好气地说道，用不着隔几分钟就来关心我的健康！

我非常抱歉，闪鳞，只是你已经离开好一段时间了，如果有人注意，那他们就会想为什么你和……

好了！我知道！她愤愤地说道，我很快就回去了。她收拢双翼，身体向下倾斜，在失重的感觉中，盘旋着向下面阴郁的河流冲去。

在河水上方一千英尺的高度，她展开双翼，翼膜马上感觉到空气的巨大压力。速度减慢，几乎完全停顿，于是她折拢双翼，再次加速，降到不能喝的褐色河水上方不到一百英尺的地方。随后她偶尔扇动翅膀保持高度，向吉特河上游飞去，随时留意着流水上方的冷空气经常会出现的风向变动，因为一个不小心就可能被它吹转方向，糟糕的话还会撞上尖硬的树丛，甚至可能跌到地上摔断骨头。

她从聚在河边的沃顿人头顶高高掠过，免得距离太近，使那些愚蠢的马匹大受惊吓。之后她的翅膀一动不动，向下滑行，落在帐篷中间的一块空地上，这是娜绥妲专门给她留出来的。她慢慢走到伊拉龙空着的帐篷前，布洛德迦姆和他率领的另外十一个精灵都在等她呢。她眨了眨眼睛，吐了一下舌头，算是和他们打过招呼，然后蜷着身体卧在地上，百无聊赖地打起盹来，等待黑暗降临，假装伊拉龙还在这里，而他们每晚都一起飞出去执行任务。每天躺在这儿，这份无聊和厌倦自不必说，但为了维持伊拉龙仍在沃顿的假象，这是必需的，所以蓝儿从不抱怨。她在硬邦邦的地面上一躺就是十二个小时或者更久，这不单会弄脏鳞甲，她的身体也会疲惫得像刚和一千名士兵进行了一场鏖战，或者是用牙齿、爪子和嘴里发出的火焰摧毁了一整座森林，又像是她飞得太高太远直到再也飞不动了，一直飞到了大地、水和天空的尽头。

她气闷地吼了一声，用爪子把腿下地面扒得松软一些，然后头搭在前腿上，合上内层的眼皮，这样在歇着的时候也能继续观察旁边走过的人。一只蜻蜓从她头上飞过，蓝儿已经不是第一次感到困惑，最初那个大白痴到底是吃错了什么药，会想到用她的种族之名为这种小飞虫命名。哪有半点像龙嘛，她嘟囔了一声，渐渐睡意蒙眬。

蓝儿听到了一片欢呼之声，这意味着若伦和他的战友终于回到了营地。这时，天上巨大的火轮已经快要擦到地平线了，她睁开眼睛坐了起来。和从前一样，布洛德迦姆半像轻唱半似低语地发出一道咒语，一个伊拉龙的形象顿时出现在眼前。只见他走出帐篷，爬到蓝儿背上，坐在那里环顾四周，行动和表现完全与有血有肉的活人一般无二。表面看上去，这个假的伊拉龙可以说惟妙惟肖，但他没有自己的思想。如果加巴多里克斯的哪个奸细想窥探伊拉龙的内心，马上就会发现他只不过是一具空壳。所以，这计策要成功，蓝儿就必须每次都带着冒牌伊拉龙尽快飞走，飞出人们的视线。同时，这个办法还有赖于伊拉龙威震四方的大名，那些暗探在他的盛名之下可能有所忌惮，因为怕他报复而不敢侵入他的意识，盗取沃顿的情报。

蓝儿站起身，在帐篷之间纵跃穿行。十二位精灵跑步跟上，在她周围形成了一道防护屏障。一路上人们忙不迭地闪避，时不时有人大喊："嗨，魔影杀手！""嗨，蓝儿！"蓝儿听着，心头不由得一阵温暖。

到了娜绥妲那间像只红色蚕蛹一样的大帐，卫兵早已把一边的篷布拉开，蓝儿蹲下身子，把头从黑乎乎的入口伸了进去。这时布洛德迦姆又像唱歌一样念起了咒语，伊拉龙的替身从蓝儿背上爬下来，走进了血红色的大帐。一离开外面看热闹的人的视线，他马上消失于无形。

"你觉得我们的安排会不会露出破绽？"娜绥妲坐在高背椅上问道。

布洛德迦姆优雅地鞠了一躬，说："还是那句话，娜绥妲小姐，我不能肯定。关键看帝国是否会趁伊拉龙不在的时候有所动作，然后我们才能知道。"

"谢谢你，布洛德迦姆，没别的事了。"

精灵再次鞠躬，退出大帐，在蓝儿身后几码处站定，守护着她的侧翼。

蓝儿肚子贴地趴了下来，用舌头舔着左前足上第三只趾爪上的鳞片。鳞片之间积了一些很难看的白色灰土，她记得是上次吃猎物时沾上去的。

不到一分钟的工夫，红胡子马特兰、若伦和一个她没认出来的圆耳朵的人进了大帐，向娜绥妲鞠躬致礼。蓝儿停下清洁工作，用舌头感受着空气，马上便察觉到浓重的凝血的味道，还有汗臭味、马匹和皮具混杂的味道，以及……人类恐惧的刺鼻味道，虽然微弱，但绝对错不了。她再次仔细地观察了一下那三个人，看到生着红色长胡子的人没了右手，然后接着清理鳞片缝隙中的泥巴。

她舔着自己的爪子，让每一片鳞甲都恢复了光鲜闪亮的本色。同时，大帐之内，马特兰、圆耳朵的尔哈特和若伦依次讲述了他们充满了血与火的经历，讲了那些大限已到却拒绝死去，被安格瓦德点名之后，依然久久地怪笑着战斗的那些人。娜绥妲和她的军师，那位高个瘦脸的约蒙杜，向战士们询问此次惨烈交战的细节，蓝儿像往常一样，一直保持着沉默。她知道，伊拉龙有时不明白为什么她不更积极一点地参加讨论，她选择沉默的理由很简单：除了阿丽娅或葛勒多，她只有跟伊拉龙交流的时候感觉舒服自在。在她看来，大多数谈话就好像飞行时毫无意义的抖动。不论是圆耳朵还是尖耳朵，不论是长犄角还是小矮子，总之，两条腿的族类就是喜欢抖动。布鲁姆倒是没这个毛病，蓝儿蛮欣赏他这一点。对她而言，这是个很简单的选择：如果可以通过行动来改善局面，她便采取行动；如果任何行动都不合适，那么再说什么也是白费唇舌而已。反正，她自己对未来也毫不介怀，除非是与伊拉龙有关，他，是她永远的牵挂。

该问的都问完了，娜绥妲对断了一只手的马特兰温言抚慰，然后叫他和尔哈特出去，却把若伦单独留了下来。她说："你又一次证明了自己的勇武，重锤，我对你的英勇表现很满意。"

"谢谢，小姐。"

"我们最好的医师会给马特兰疗伤，但他的恢复还需要一段时间。即便痊愈，他只剩下一只手，也不能再率队出征突袭了，看来以后只能留在后方为沃顿效力。我想，也许可以提拔他，让他当个战争参谋。约蒙杜，你觉得怎么样？"

"我觉得这样很好，小姐。"

娜绥妲点点头，似乎很满意的样子："不过，这就意味着，我得找个新队长来当你的头儿了，若伦。"

若伦说："小姐，让我自己当队长怎么样？这两次出击，再加上我以前的表现，难道还不足以证明我自己吗？"

"如果你继续有突出的表现，重锤，那很快就可以自己带队了，但目前你得保持耐心，少安毋躁。单单两次任务，无论成绩如何显著，都不足以完全展现一个人的能力和性格。涉及把我的人交到别人手上，这方面我向来很谨慎。这一点，重锤，务必请你多多体谅。"

若伦抓紧插在腰间的锤头，手上青筋暴起，但语气依然彬彬有礼："那当然，娜绥妲小姐。"

"很好，勤务兵今天晚些时候会通知你新的安排。哦，对了，和凯特琳娜庆祝团圆之后，记得马上饱饱地吃一顿饭。这是命令，重锤，你看起来像快饿晕了。"

"是，小姐。"

若伦转身要走，娜绥妲突然又抬手让他停下，说道："若伦，根据你与那些没有疼痛感的人作战的经验，依你看，如果我们也能免除肉体的痛苦，是否会更容易战胜他们？"

若伦犹豫了一会儿，然后摇了摇头："他们的可怕之处也正是他们的弱点。如果他们忌惮刀剑或弓箭的话，就会更注意用盾牌防护，但实际上他们却因为感觉不到疼痛而毫不在意保护自己的性命。确实，他们受的伤，换为一般人早就倒地而亡，他们却仍能继续战斗，这在交战中是一个不小的优势，但由于疏于自我保护，他们死的人数也多。出于盲目的自信，他们很容易就会落入陷阱或危险之中，而这些是我们正常人都会想方设法避免的。只要沃顿保持高涨的士气，再辅以正确的战术，我相信我们能够战胜这些傻笑的怪物。如果我们也变得和他们一样，那最终的结果只能是双方互相砍杀，直至同归于尽而谁都不在乎，因为没有谁关心保护自己，这就是我的想法。"

"谢谢你，若伦。"

若伦离开后，蓝儿说：还没有伊拉龙的消息吗？

娜绥妲摇摇头：“没有，一点消息都没有，他的沉默已经开始让我不安。如果后天他还不联系我们，我就让阿丽娅联络奥利克的魔法师，要求他报告一下情况。如果他不能促成矮人的部落首领大会尽快做出决议，那么恐怕我们就不能指望矮人作为盟友参与接下来的战争了。这个灾难性的结果唯一的好处，是伊拉龙可以尽快回来，不用再耽搁。”

蓝儿离开大帐之前，布洛德迦姆又唤出了伊拉龙的替身，他爬到了蓝儿的背上。蓝儿把头从帐中缩回，和来时一样，蹦跳着穿过营地，柔韧灵活的精灵们一路跟随。

到了伊拉龙的帐前，那个影子伊拉龙马上消失在帐内，蓝儿则伏在地上，这一天余下的时间又将在百无聊赖的等待中度过。在重新开始无奈的打盹之前，蓝儿将意识向若伦和凯特琳娜的帐篷延伸，不断地在若伦的意识上施加压力，直至他降下了意识周围的屏护。

蓝儿吗？他问。

你还认识谁能像我这样吗？

当然没有，只是我一下没想到而已，刚才……我正忙着有点事。

她察看了一下他的情绪，然后是凯特琳娜的，发现的东西让她觉得很有趣。我只是想向你问好，很高兴你平安归来，没有受伤。

若伦的思想剧烈波动了一下，忽冷忽热的，似乎一时想不出该怎样作答。最后他说：谢谢你的问候，蓝儿。

如果可以的话，明天来找我一下，我们可以好好聊一会儿。天天这么等着我都快待不住了，也许你可以给我多讲一些伊拉龙在我为他而孵化之前的事情。

那……那将是我的荣幸。

蓝儿对自己很满意，因为她已经向若伦打了招呼，很符合圆耳两腿族的礼数。同时她的心情也敞亮了不少，知道明天将不会那么无聊——很难设想有谁敢不理她的邀请，把她晾在一边。她尽量选了个舒服的姿势，趴在光秃秃的硬地上，心里不知多少次地怀念起在埃勒斯梅拉，在伊拉龙随风摇晃的树巅上的家里，那属于她的柔软舒适的小窝。

她发出一声叹息，嘴中喷出一缕烟气，进入了梦乡。她梦到自己越飞越高，超过了以往任何时候，她不停地扇动着翅膀，直到飞过了那无法飞跃的博尔山脉。她在那里盘旋了一会儿，整个阿拉加西亚尽收眼底。然后，她突然产生了一种无法控制的冲动，她还要飞得更高，看得更远。于是她又开始扇动翅膀，一眨眼的工夫便飞过了明月，直到黑寂的天空上只有明亮的星辰和她做伴。她在星斗间翱翔，不知过去了多久。她是下方明亮的、宝石般的世界的女王，但就在这时，一阵心烦意乱的感觉侵入了她的灵魂，她不禁叫了起来：

伊拉龙，你在哪里？

给我一个甜甜的吻

The Inheritance Cycle

若伦醒来，从凯特琳娜光滑的手臂里脱出身来，赤裸上身坐在小床边上。他打了个哈欠，揉揉眼睛，看着从帐篷入口的缝隙透入的苍白的火光。连日的疲惫使他感觉头脑迟钝，思维缓慢。一阵寒意袭上身来，但他仍旧一动不动地坐着。

“若伦？”凯特琳娜睡眼蒙眬的声音叫道。她用一只胳膊支起身体，另一只手伸过来，抚摸他的肩膀，轻轻地按摩他的脖子，但若伦没有任何反应，“快睡吧，你需要休息，很快又得走了。”

他没有看她，只是摇了摇头。

“怎么了？”她坐了起来，拉过毯子搭在他的肩膀上，然后依偎着他躺下，面颊紧贴着他的胳膊，“你在担心新队长的人选，还是想着娜绥妲下次会派你去什么地方？”

“不是。”

她沉默了一会儿，然后说：“你每次出征，回来的时候我都感觉仿佛失去了什么。你变得越来越沉默、阴郁……如果有什么烦恼想对我说，你知道我会愿意听的，无论有多可怕。我是一个屠夫的女儿，而且也见过很多人在战争中死去。”

“想对你说？”若伦叫道，呼吸一下急促起来，“我自己都不愿回想！”他握紧了拳头，胸口起伏，“一个真正的勇士是不会有我这样的感受的。”

“对于一个真正的勇士，”她说，“战斗不是因为喜欢或愿意，而是迫不得已。一个渴望战争、喜欢杀戮的人，只不过是个野兽，是怪物。不论他在战场上取得什么样的胜利，都改变不了一个事实：他是一只会像对待敌人那样，随时扑向自己亲友的疯狂的恶狼。”她把头发从他的前额上拨开，轻柔、缓慢地拍着他的头顶，“你对我说过，布鲁姆的故事中你最喜欢的是《杰朗德之歌》，因此你才选择锤子而不是刀剑作为武器。还记得杰朗德是多么憎恨杀戮，多么不情愿重新拿起武器吗？”

“嗯。”

“但他却被认为是他那个时代最伟大的勇士。”她一手托着他的面颊，把他的脸转过来，强迫他望向自己深沉的眼睛，“而你，若伦，是我心中最伟大的勇士，不论是在这里还是其他任何地方。”

他动了动干涩的嘴巴说：“那伊拉龙呢，还有……”

“他们连你的一半勇敢都赶不上。伊拉龙、穆塔、加巴多里克斯、精灵，他们所有人都是嘴巴里念着咒语，带着远远超越我们的力量上战场的。而你……”她亲了亲他的鼻子，“你只是一个普通的人，全凭自己的力量来面对敌人。你不是魔法师，但你还是杀掉了双胞胎。你只有属于人类的速度和力量，但你并没有退缩，而是杀进蛇人的巢穴，从他们的地牢里把我救了出来。”

他喉结滚动，说：“我有伊拉龙的魔法盾保护。”

“但现在没有了。再说，在卡沃荷的时候你也没有魔法盾的保护，但你面对蛇人退缩了吗？”见他不说话，她又说道，“你只是一个人，但你做了许多甚至连伊拉龙或穆塔都做不到的事。对我来说，这就足以使你成为阿拉加西亚最伟大的勇士……除了你，我想不出卡沃荷还有谁会克服那么多艰险去救我。”

“你父亲就会。”若伦说。

他感觉到她身上一阵颤抖。“是的，他会的，”她的声音低不可闻，“但他永远做不到像你那样，说服大家跟着他。”她的胳膊用力地把他搂得更紧，“不管你经历过什么，看到了什么，你永远都还有我。”

“有你就够了，别的我什么都不要。”他说着把她揽在怀里，一动不动地呆了半晌。然后，他叹了口气，“不过，我还是希望这战争尽早结束，我想能有一块地让我去耕种，庄稼成熟的时候去收割。种地是很累的活，但至少是诚实的劳动。杀戮则相反，是一种偷窃……偷的是别人的生命，正直的人都不会愿意做这样的事。”

“就和我刚才说的一样。”

“是和你说的一样。”尽管很艰难，他仍强迫自己露出一个微笑，“我都昏头了，把我的痛苦加到你身上，你自己的麻烦就够多的了。”他说着把一只手贴在她隆起的小腹上。

“既然我们已经结婚，那你的痛苦当然也就是我的痛苦，还分什么彼此。”她喃喃地说道，用鼻子蹭着他的胳膊。

“有一些痛苦，”他说，“最好还是不要让别人分担，尤其是你的亲人。”

听了他的话，她本来挨着他的身子向后缩了一两英寸。若伦看着她的目光变得恍惚起来，充满了哀伤，每当想起被囚禁在黑格林的那段时间，她就会变成这样。“对，”她轻声说，“有些痛苦是不该让任何人分担。”

“唉，别伤心。”他把她拉到自己身边，抱着她轻轻摇晃。*要是伊拉龙没有在斯拜恩找到蓝儿的蛋就好了*，他暗暗想着，一时间痛彻心扉。过了一会儿，凯特琳娜的身体在他怀中已经松弛下来，他自己也觉得神经不再绷得紧紧的。他抚摸着她柔润的颈项说："来，给我一个甜甜的吻，然后咱们还是躺回床上吧，我太累了，得睡了。"

她朝他一笑，然后给了他一个甜蜜无比的吻，之后两个人像方才一样躺到床上。帐篷外面，到处静悄悄的，除了那永不停息的吉特河。它流过营地，流进若伦的梦中。在梦里，他看到自己站在一艘船的船头，凯特琳娜站在他身边，他们看着一个巨大的漩涡中心的空洞，那是猪目眼。

他心想，我们哪里还有逃离的希望？

格鲁玛

崇吉海姆下方数百英尺处，石壁洞开，里面是深达数千英尺的一处石穴。石穴之内，沿石壁有一看不出深浅的水池，池壁全由大理石构成。棕色和象牙色的钟乳石从石穴顶部倒挂下来，和地面上的一座座石笋针锋相对，有些已经合拢，形成了甚至比杜维敦森林最高大的树木还要粗的石柱。石柱和石笋之间，散置着一堆堆的肥料，上面长满了蘑菇。此外还有二十三座简陋低矮的石屋。每间石屋的门旁都挂着一盏无焰灯，发出暗红的光芒。灯光之外，是茫茫的黑暗。

一间石屋中，伊拉龙坐在一张对他来说实在太小的椅子里，身前的石桌只有他膝盖那么高，空气中弥漫着羊奶酪、切成片的蘑菇、酵母、炖菜、鸽子蛋和煤灰混合在一起的味道。在他对面，莫德家族的女矮人，伊拉龙被杀死的警卫魁斯托的母亲格鲁玛，正号啕痛哭，两手不停地撕扯着自己的头发，捶打自己的胸口。圆脸上泪水滑落的地方，流下一道道闪亮的泪痕。

石屋中只有他们两个。伊拉龙的四个警卫——死去的魁斯托已经由奥利克的贴身侍卫施兰德补上——都等在外面，此外还有给他担任翻译的汉法斯特，伊拉龙发现格鲁玛能讲自己的语言后，便叫他也到外面等着。

遭遇刺杀之后，伊拉龙用意念联络了奥利克，奥利克叫他火速赶往银吉通部的穴屋区，没有刺客敢去那里对他下手。伊拉龙听从了奥利克的安排。同时，奥利克要求部落首领会议到明天上午之前临时休会，理由是他的部落内部出现紧急状况，需要马上进行处理。随后，奥利克便带着他最强壮的卫士和最精干的咒语师赶到伏击现场，魔法手段和常规手法双管齐下，对现场的一切进行调查和记录。尽可能地了解了一切之后，奥利克也马上赶回银吉通部的穴屋区，见到伊拉龙后对他说："我们要做的事情太多，时间却太少。在明天上午第三个时辰，部落首领大会重开之前，我们务必查明幕后主使的身份。如果能够做到，那就等于拿住了对方的把柄；如果不成，那么敌暗我明，形势大为不利。这次遇袭，最晚可以保密到首领大会重开，更久是不可能的。你们搏斗的声音想必传遍了崇吉海姆下面的地道，矮人们不可能听不到，他们肯定担心是出现了塌方，或者其他可能导致城市坍塌的灾难。就在此刻，我相信他们已经开始查找声音的来源。”奥利克跺了跺脚，把暗杀的幕后主使的祖宗骂了个够，然后拳头支在后腰上说，“我们面临着一场部落战争的危机，而且已经迫在眉睫。要避免这可怕的结局，就必须尽快采取行动。我们得去找那些矮人，要了解情况，要威逼利诱，还要偷一些文件——所有这些都得在明天早上之前完成。”

“那我该干些什么？”伊拉龙问。

“你就留在这里，直到我们弄清楚，这次暗杀究竟是安胡因之泪，还是别的哪个部落策划的，他们是否还有更强大的刺客隐身在别的地方。此外，只要我们能封锁住消息，不让暗杀方了解你是生是死，有没有受伤，他们就会一直心里没底，不敢贸然行动。”

一开始，伊拉龙接受了这样的安排，但当他看着奥利克紧张忙碌地发出一道道指令，心情越来越焦躁，觉得自己简直成了一个没用的闲人。终于，他抓着奥利克的胳膊说：“要是让我一直坐在这里，眼睛盯着墙壁，等着你找出幕后的黑手，那我非急得把牙都咬碎了不可。一定有什么事我可以帮上忙的……魁斯托那边有没有什么事我可以做的？他在崇吉海姆有没有亲人？有人向他们通报他的死讯吗？如果没有的话，我正好可以去做这件事，因为他是为保护我而死的。”

奥利克问了一下他的卫兵，没想到魁斯托确实有亲人在崇吉海姆，更确切地说，是住在崇吉海姆之下。听卫兵说完之后，奥利克皱起眉头，咕哝了一声，那是一个很陌生的矮人语字眼。“他们是‘深居者’，”他说，“是弃绝了地上的世界，完全活在地下的矮人，只是偶尔出于特殊情况才到地面上去。崇吉海姆和垡藤杜尔的‘深居者’比别的地方都多，因为在垡藤杜尔他们既可以外出，感觉又不像真的来到了地上的世界，那对他们中的绝大多数是很难忍受的，因为他们已经完全习惯了在封闭的地下空间生活。我一直不知道魁斯托也是他们中的一个。”

“那么你是否介意我去探望一下他的家人？”伊拉龙问，“在这些房间当中就有通向下面的台阶，我说得没错吧？我们从那里走没人会知道的。”

奥利克思忖了一会儿，然后点点头说：“是的，那条路很安全，而且没人会想到去‘深居者’住的地方找你，他们首先想到的地方是这里，所以留下来反而最可能被发现……去吧，在我派人去接你之前不要回来，即使莫德家的人给你吃了闭门羹，即使你要在石笋上面一直坐到天亮，也不要提前回来。不过，伊拉龙，你要多留心，‘深居者’一般不愿意和外人接触，而且有很强烈的荣誉感，风俗习惯非常独特，一不小心就会触怒他们。千万要留心，要像走在一踩就烂的页岩上面一样谨慎，记住。”

于是，在补充了施兰德作为警卫之后，伊拉龙腰悬一把矮人短剑，一行人由汉法斯特陪同，沿最近的一道台阶，一直向下走去，走到此前他从未到达过的大地脏腑的最深处。一路上没有耽搁，他找到了格鲁玛，告诉她魁斯托已死的消息，因此便有了眼下的这一幕。他坐在旁边，听着她为被杀的孩子而哭泣，时而是无语的悲号，时而是断断续续不成曲调的矮人哀歌。

她强烈的哀痛让伊拉龙有些不知所措，他把目光从她脸上移开，随意地打量着屋内的布置。一面墙边有一个绿色皂石砌的炉灶，边沿上装饰的几何图案已经快磨平了。他的目光在壁炉前棕、绿两色的地毯上停驻了片刻，又看了看角落里的奶桶，抬头瞧了几眼挂在屋梁上的粮食，最后停在紫色圆形玻璃窗下面的一架笨重的木质织布机上。

这时，哭得正凶的格鲁玛突然引起了他的注意。只见她从桌边站起身走到煮食台前，把左手放到砧板上，抓起一把菜刀，手起刀落，剁下了小手指的第一个指节。伊拉龙想要阻止之时已经来不及了，她呻吟了一声，疼得弯下腰去。伊拉龙不由自主地发出惊叫，身子一倾，几乎就要跳了起来。他担心这女矮人是不是犯失心疯了，想着要不要上前阻止她，怕她再做出什么别的伤害自己的事情。他张了张嘴，想问她是否需要自己帮她把伤治好，但心念一转，想起了奥利克关于“深居者”奇异风俗和强烈荣誉感的警告。好意可能会被她当成冒犯，想到这里，他闭上嘴巴，又坐回到他的小椅子里。

过了一小会儿，格鲁玛直起身，深吸了一口气，然后默默无言而又平静地用白兰地清洗了一下手指头的断口，涂上一层黄色的药膏，最后用布包好。她走回来在伊拉龙对面坐下，圆脸上依然一片惨白。“谢谢你亲自把我儿子死去的消息带给我，魔影杀手。知道他死得像个男子汉，不愧为一名战士，我感到很安慰。”

“他非常勇敢，”伊拉龙说，“他明知敌人的身手和精灵一样敏捷，却依然跳上前来保护我。他的牺牲为我赢得了闪避的时间，也同时让我们警觉到对方加在兵刃上的魔法非常危险。如果不是他，我怀疑自己是否还有命坐在这里。”

格鲁玛缓缓点了点头，用手把衣服的前襟抚平，低垂了眼帘说：“你知道这次对我们部落的袭击是谁指使的吗，魔影杀手？”

“我们只是有些猜测，就在此刻，部落首领奥利克依然在为找出真相而忙碌呢。”

“是安胡因之泪吗？”格鲁玛问。她一针见血的猜测让伊拉龙吃了一惊，他尽量保持不动声色。看到他不说话，她继续说道：“我们都知道他们和你之间的血仇，阿吉兰，这大山里面的每一个矮人都知道得很清楚。他们反对你的主张，我们中有些成员对此是抱有同情之意的。但要是他们竟然想杀掉你的话，那么他们恐怕是看错了对象，注定要在劫难逃了。”

伊拉龙扬起一条眉毛，颇感意外地问：“在劫难逃？为什么？”

“魔影杀手，是你杀死了杜尔查，因此我们的崇吉海姆和它下面的家园才得以逃脱加巴多里克斯的魔掌。只要崇吉海姆还耸立一天，我们的部族就永远不会忘记这一点。此外，有传闻说，你的龙将会让伊斯达米林恢复原样，是真的吗？”

伊拉龙点点头。

“这要多谢你了，魔影杀手。你为我们矮人族做了这么多，无论袭击你的是哪个部落，我们都不会善罢甘休，一定让他们血债血偿。”

“我已经当众立下誓言，”伊拉龙说，“现在我再次向你发誓，我一定要让卑鄙凶手的幕后主使受到应有的惩罚，让他们后悔干了这件可耻的事。不过……”

“谢谢你，魔影杀手。”

伊拉龙犹豫了一下，然后身体略微前倾，说道：“不过，我们绝对不能做任何会触发部落战争的事，尤其是现在这个时候。如果武力不可避免，那也该由奥利克来决定何时、何地动武，你觉得对吗？”

格鲁玛答道：“我会考虑你说的话，魔影杀手。奥利克是……”无论她接下来要说什么，都留在嘴里说不出来了。她垂下厚重的眼皮，身体无力地向前弯了一会儿，受伤的手压在小腹上。这一阵疼痛过去之后，她重新坐直了身体，受伤的手的手背按在另外一侧的面颊上，身体左右摇晃，呻吟着说：“哦，我的儿子……我的好儿子。”

她站起身，踉跄着绕过桌子，走向伊拉龙身后的墙壁上挂着的一小排宝剑和斧头。伊拉龙以为她又要自残，吓得噌一下跳了起来，踢翻了橡木做的小椅子。他伸手要把她拉住，却发现她的目标不是那些兵器，而是旁边一个用红色绸布遮住的壁龛。伊拉龙赶紧把手缩了回来，还好很及时，没有引起什么不愉快。

格鲁玛把布帘掀开，缝在帘子顶端的铜环互相碰撞，发出清脆的响声。帘子掀开，露出后面一个又深又暗的架子，架子上雕刻着极其繁复、精细、神秘的文字和其他一些图案。伊拉龙觉得，即便盯着看上几个小时，也看不出个眉目来。低矮的架子上摆着六尊矮人主神的雕像，还有另外九尊伊拉龙不知来头的雕像，表情和造型都异常夸张，看得出是要极力地诠释个性。

格鲁玛从贴身的衣服里面取出一个用黄金和白银制成的护身符，放到嘴上亲了一下，然后拿着它紧贴在两根锁骨之间的凹处，跪倒在神龛前面。她用自己的语言，唱起了一曲忧伤的挽歌，声音随着矮人音乐特有的奇异旋律而跌宕起伏，泪水涌上了伊拉龙的眼睛。格鲁玛唱了几分钟，然后沉默下来，一直凝望着面前的那些小神像。看着看着，她那充满哀伤的面孔慢慢变得柔和起来，原本伊拉龙在她的脸上看到的只有愤怒、痛苦和绝望，但此刻却多了一份平静，表现出对命运的接受，一种超越和升华，她的脸上似乎散发着柔和的光芒。格鲁玛的转变如此巨大，简直就像变成了另外一个人。

她说：“今晚魁斯托将在莫戈瑟尔的大厅里用餐，现在我算放心了。”她说罢又亲了一下护身符，“我还有我的丈夫鲍登，多希望今晚能和他一起吃饭，但现在还不到我睡进崇吉海姆的墓室的时候，莫戈瑟尔也不允许那些时辰未到不请自来的人进入他的大厅，但我们一家人，包括那些自甘特拉从黑暗中创造出世界以来的历代祖先，迟早会重新团聚。对此我毫不怀疑。”

伊拉龙跪在她身边，哑着嗓子问：“你是怎么知道的呢？”

“我就是知道，因为这是事实。”格鲁玛用指尖把每尊神像刀痕清晰的脚掌轻轻触摸了一遍，动作缓慢而恭谨，“又怎么会不是这样呢，难道还有别的可能吗？世界不会自己创造自己，就像一把剑或者一个头盔也不可能自己凭空产生，而有能力塑造天地的，必然是有大能的神祇，所以我们也只能向诸神寻求最终的答案。因为信仰，我把世界的正义交付给神；因为信仰，我也把肉体要承受的重担交付给了他们。”

她的话讲得如此虔诚，以至于伊拉龙突然很渴望也能有和她一样的信仰。他渴望着摆脱怀疑和恐惧，渴望确定这世界不论有时变得多么可怕，生命却不是毫无意义；他渴望能确定即使自己的头颅被剑砍掉，自我却不会就此消灭；渴望能知道，有一天还会与布鲁姆、加罗以及失去的每一个亲人朋友重聚。霎时，他心里充满了对渴望、对安宁的向往，这向往如此强烈，让他心绪迷乱，连身下的地面都变得有些虚浮起来。

然而……

他心里还有一个声音在阻拦他，不让他接受矮人的神祇，把自己的人格连同幸福感都与他并不理解的东西绑在一起。另外，如果说神确实存在的话，以矮人信奉的神为唯一的神祇，这也让他很难接受。伊拉龙确信，如果去问拿·葛左格或者游牧族类的任何一员，甚至去问黑格林的黑巫师，他们都会和格鲁玛一样，坚定地说只有自己信奉的神才是真正至高无上的神。*我怎么判定哪一个宗教才是正确可信的呢？*他暗自思忖着，*不能因为某个人怀有一种坚定的信仰，就得出结论说这种信仰就是唯一正确的路……也许没有任何一种宗教能包纳世上的全部真理。也许每种宗教都含有一些真理的碎片，而我们的义务是找出这些碎片，把它们重新拼成一幅完整的图景。或者，也许精灵们才是对的，这世界上根本就没有神，但我又如何才能确定呢？*

格鲁玛长长地叹了口气，又用矮人语喃喃地说了一句话，然后站起身，用红绸帘把壁龛重新遮好。伊拉龙也站了起来，因激战而过度劳累的肌肉陡然一抻，疼得他差点打了个哆嗦。他随着她坐回桌边，重新坐进小椅子里。格鲁玛从嵌进墙内的一个碗橱里拿出两个白铁杯，然后取下吊在横梁上的一个满满的酒囊，给自己和伊拉龙都倒了一杯。她举起酒杯，用矮人语说了句祝酒的话，伊拉龙照葫芦画瓢也跟着重复了一遍，然后两个人开始喝酒。

格鲁玛说：“知道魁斯托还活着真好。就在此刻，他正穿着给国王穿也不寒碜的衣服，在莫戈瑟尔的大厅里高高兴兴地吃晚餐呢。愿他尽心服侍诸神，为自己赢得荣誉！”说罢她又喝了一口酒。

伊拉龙把杯中的酒喝完，起身要向格鲁玛告辞，却被她抬手拦住。“你要去的地方安全吗，会不会被那些想置你于死地的家伙知道，魔影杀手？”伊拉龙于是告诉她，自己要一直躲在崇吉海姆之下，直到奥利克派人来接。格鲁玛听了，不容置疑地点了一下头，“那么你和你的同伴就留在我这里吧，直到送信的人来接你，魔影杀手。”伊拉龙还想推辞，她摇摇头，“只要我还有一口气，就不会让曾经和我儿子并肩战斗过的人待在又潮又黑的山洞里受罪。叫你的同伴进来，我们高高兴兴地吃一顿，也好打发这个郁闷的夜晚。”

话说到这里，再坚持走的话，难免辜负了格鲁玛的一片盛情。于是伊拉龙把卫兵和翻译都叫了进来，他们一起帮助格鲁玛准备晚餐，有面包、肉，还有甜饼。接下来众人开始吃吃喝喝，一直聊到深夜。格鲁玛反而是劲头最足的一个，她喝的酒最多，笑声最高，而且总是带头讲些俏皮话。一开始伊拉龙还觉得有些奇怪，后来才注意到，她笑的时候，眼睛里没有一丝笑意，在她以为没人留意的时候，脸上的微笑便会马上退去，取而代之的是茫然和忧伤。他明白了，招待大家，是她怀念儿子的一种方式，同时也为了排遣儿子的死带来的哀伤。

*真是很特别的一个人。*他望着格鲁玛，心中想道。

午夜之后很久，有人敲响了房门。汉法斯特打开门，带进来一个全副戎装的矮人。此人看上去有些紧张不安，眼睛不时地打量着门窗和房间里的阴暗角落。他先用一串古语向伊拉龙证明自己确实是奥利克派来的，然后说：“我是法恩，弗罗西之子。阿吉兰，奥利克命你尽快赶回去，关于今天的事他有极为重要的消息要对你说。”

在门口，格鲁玛伸出手，铁钩般的手指紧紧握住了伊拉龙的左前臂。伊拉龙低头望着她燧石般坚定的眼睛，只听她说道：“魔影杀手，记住你的誓言，不要让杀害我儿子的凶手逍遥法外！”

“我不会忘记的！”他再次做出承诺。

首领大会

The Inheritance Cycle

站在奥利克房间外面的矮人见伊拉龙走来，连忙将对开的大门推开。门后是装饰华丽的长方形门厅，中间一排三张带红布软垫的圆形座位。房间里，墙壁上刺绣的帐幔低垂，当然也安放着无所不在的无焰灯，屋顶雕有描绘矮人历史上一次著名战役的战争画。

奥利克站在房间当中，正与手下的武士和几个胡须花白的银吉通部矮人商议。奥利克转身看着伊拉龙，脸上神色异常严峻。“很好，你没有耽搁！汉法斯特，现在你可以回去了，我们的谈话必须保密。”

伊拉龙的翻译鞠了一躬，从左边的一扇拱门走了出去，脚步声在光滑的玛瑙石地板上渐渐远去。待他走远后，伊拉龙说道：“你不信任他吗？”

奥利克耸了耸肩：“现在我也不知道谁可以信任，总之我们的发现越少人知道越好。我们不能冒任何走漏消息的风险，绝对不能让别的部落在明日之前了解到情况。否则，肯定会引发一场部落战争。”他身后的几个矮人也跟着嘀咕了一阵，似乎都很紧张。

“那你要告诉我的究竟是什么消息？”伊拉龙问。

在奥利克的示意下，站在他身后的武士们闪到一旁，露出后面角落里三个满身血污、被绳索捆住的矮人。他们一个压着一个，叠在了一起。最下面的矮人呻吟着，用力地蹬着双腿，却没办法把身体从难兄难弟的重压下移开。

“他们是什么人？”伊拉龙问。

奥利克答道：“我找了几个铁匠检查刺客用的匕首，他们根据工艺，认出那几把匕首应是出自我们部落，是一个叫长鼻子克伊夫那的著名刀剑匠人的作品。”

“那么说，他能告诉我们匕首的买主，也就知道对头是谁了。”

奥利克爆发出一阵大笑，胸膛都为之颤动：“哪有那么容易，不过我们顺藤摸瓜，查出匕首之后到了一个住在几英里之外的格尔贡的兵器商手里，这个兵器商又把匕首转手卖给了一个女矮人。”

“女矮人？”伊拉龙问道。

奥利克阴沉着脸说：“一个女人，一个每只手长着七根手指的女人，她在两个月前买走了匕首。”

“你们找到她了吗？有那么多手指的女人应该不会很多的。”

“实际上，在我族当中，这种情况是很常见的，”奥利克说，“尽管如此，在大费周章之后，我们还是在达尔根找到了这个女人，我的武士对她进行了极为细致的讯问。她属于野猪部落，但就我们了解到的情况，她的行动并非出自她部落首领的授意，完全是她个人的行为。她告诉我们，她是被一个矮人雇用，买下匕首，然后转交给一位酒商带出达尔根。那女人的雇主没告诉她匕首要送去哪里，但通过向城里的商人打听，我们了解到那个人离开达尔根之后，直接去了一个属于安胡因之泪部落的城市。”

“原来真是他们！”伊拉龙叫道。

“也许是他们，也许是有人希望我们以为是他们。要想确定，我们还需要更多的证据。”说到这里，奥利克的眼中亮光一闪，伸出一根手指接着说道，“所以，我们通过一个非常非常巧妙的咒语，沿着刺客的来路在地道和洞穴中向回追溯，最后来到崇吉海姆第十二层一块废弃的地方，紧挨着一间备用大厅，位置在西面四分之一扇面的南翼，靠着……嘿，算了，具体在哪里是无所谓的。不过，找机会我还是得跟你讲一讲崇吉海姆房屋的布局安排，这样你要想在城里找什么地方，自己就能找到。总之，我们沿着刺客的来路找到了一间废弃的仓库，这三个家伙，”他用手指了指被捆住的几个矮人，“就躲在那里。他们没想到我们会找上门来，所以没来得及自杀，出其不意地被我们活捉。尽管难度很大，我们还是攻破了其中两个人的心理防线——第三个就留给其他的部落首领们慢慢拷问吧——对于这次暗杀，他们所知道的一切都交代了。”奥利克又向几个囚犯一指，“就是他们给袭击你的刺客提供的装备，匕首、黑衣都是他们给的，刺客昨天晚上的食宿也是他们安排的。”

“刺客是什么人？”伊拉龙问。

“我呸！”奥利克向地上啐了一口说，“他们是瓦格云森一些丧失了名誉的武士，已经不属于任何部落。没有人愿意和这些丧家之犬打交道，除非想做一些见不得人的事，又不想身份败露。比如说这三个家伙，他们三个直接听命于安胡因之泪部落的首领斡芒。”

“确定无疑吗？”

奥利克点点头：“确定无疑，想杀你的正是安胡因之泪部落，伊拉龙。我们可能永远也没办法知道有没有其他的部落参与此事，但如果我们把安胡因之泪背信弃义的行为揭露出来，即使是他们的同谋，也只好反过来谴责他们，对银吉通部落的进一步攻击也将被迫放弃，或者至少要推迟。此外，如果我们处理得当，他们将不得不选我做国王。”

色彩斑斓的刀刃穿透魁斯托颈后的画面，以及那矮人倒地身亡时的痛苦表情，闪电般从伊拉龙心头掠过："我们该如何惩罚安胡因之泪的罪行？是否应该把斡芒杀掉？"

"啊，这些事就交给我吧，"奥利克手指敲着自己的鼻翼说，"我已经有了计策，但我们必须小心行事，因为目前的局势非常微妙，如此严重的倒行逆施已经多年未见。作为一个局外人，你想不到，对我们来说，袭击自己的客人是一件人神共愤的事情，而这个客人还是仅存的一位能对抗加巴多里克斯的自由龙骑士，这就更严重了。更多的流血冲突也许在所难免，但目前，只会引起一场新的部落战争。"

"战争可能是解决与安胡因之泪部落的恩怨的唯一选择。"伊拉龙说。

"我并不这么看。不过，如果我判断错误，战争真的不可避免的话，那我们必须得保证，这是安胡因之泪和其他所有部落联盟之间的一场战争，如此还不算太糟糕。联合起来，我们在一周之内就可以把他们打垮。如果各部落分裂成两三个阵营进行混战，那我们的王国将毁于一旦。所以，关键的一点是，在动武之前，一定要其他部落相信安胡因之泪确实罪不可恕。为了这个目的，你愿意让其他部落的魔法师们查验你对遇袭的记忆吗？只有如此他们才会相信事实确实如我们所言，而不是我们为了私利自导自演的一场好戏。"

伊拉龙颇为踌躇，很不想向陌生人敞开意识。他想了一下，向旁边叠在一起的三个矮人点了下头说："那他们呢？他们的记忆还不足以让各部落相信安胡因之泪的罪行吗？"

奥利克苦笑了一下："按理说应该就够了，但为了万无一失，部落首领们肯定会要求把他们的记忆与你的互相参证。如果你拒绝，安胡因之泪部落就会说我们向首领大会隐瞒真相，说我们的指控不过是子虚乌有的诽谤。"

"罢了，"伊拉龙说，"要看给他们看就是了，但如果有哪个魔法师去我的意识里不该去的地方，哪怕是出于意外，那我也别无选择，只能把他们看到的东西从他们的记忆中抹去，有些东西是绝对不能公之于众的。"

奥利克点着头说："没错，至少我眼下就想到了一个不能公开的秘密，如果传出去的话，想必会给我们造成一定的恐慌，是吧？我确信部落首领们会接受你的条件——因为他们都有不想张扬出去的秘密——但我也同样确信，他们一定会坚持检查你的记忆，尽管为此他们的魔法师要冒很大的风险。这次的袭击很有可能在我们种族内部造成重大动乱，所以部落首领们要不计代价地弄清真相，哪怕因此毁掉他们最优秀的魔法师。"

说罢他站直了身体，达到有限身高的极限，然后命人把囚犯从华丽气派的门厅搬走，遣散了所有的扈从，只留下伊拉龙和二十六位最精壮的贴身护卫。之后，奥利克优雅地抬起手，抓着伊拉龙的左胳膊肘，带着他向行馆更里面的房间走去："今晚你必须留下，和我待在一起，安胡因之泪不敢到这里打你的主意。"

“如果你今晚还想睡觉的话，”伊拉龙说，“那别怪我没有提前警告你，我今晚可不会安生地睡觉的。白天的那场恶战现在还让我气血翻涌，我的脑子也同样乱得很。”

奥利克答道：“睡不睡随你的便，反正你影响不到我蒙头大睡，我会戴一顶厚厚的羊毛睡帽，严严实实地盖住眼睛。不过，我劝你还是想办法，比如用精灵们教你的一些手段，平静一下情绪，尽量恢复体力。新的一天马上就要开始，要不了几个小时，部落首领会议就要重新召开，我们俩都应该尽可能精力充沛地面对即将到来的挑战。几个小时后，我们做的每一件事，说的每一句话，都将决定我的种族、我的国家和整个阿拉加西亚的最终命运……嘿，别总沉着脸嘛！想想吧：当然我希望我们会旗开得胜，但不论成功还是失败，我们在这次首领会议上的作为，都将使我们的名字万古流传。单单这一点，已经是足以让人自豪的一大成就！神仙不可靠，我们唯一可以信赖的不朽，是用行动赢来的名声。名垂千古或遗臭万年，都好过死后默默无闻。”

夜更深，万籁俱寂，伊拉龙瘫坐在一张矮人的短榻上，被软软的扶手环抱在中间。他思绪飘移，意识逐渐放松，进入散乱而还有点清醒的梦境。他的眼睛看着对面用彩色石板拼贴而成的墙壁，但同时，就好像被蒙上了一层半透明的织锦画一般，在这墙壁上逐渐浮现出一幅幅他在帕伦卡谷生活的画面。这些画面都是在狂暴、血腥的命运改变他的人生之前，它们并不完全符合事实，他似乎置身于用事实的碎片重新拼凑而成的想象的场景当中。就在他要集中精神，脱离这种恍惚出神的状态时，眼前突然一亮，本来有些模糊的场景突然更清晰和真实起来。

他看见自己站在霍司特的铁匠铺里，两扇门板松松地挂在合页上，像白痴张开的嘴巴。门外是一个无星之夜，那侵蚀一切的黑暗紧紧包围着炉火发出的淡淡红光，似乎迫不及待地想一口吞掉这小小的一团红光中的一切。站在打铁炉前的霍司特，高大得像一位巨人，可怕的光影在他的脸和胡子上不停地闪动。他粗壮的手臂扬起又落下，铁锤挥舞，敲打着铁条烧得发出黄光的一端，有如敲钟一般的叮当巨响震荡着空气。溅起的火星不停地落到地面，然后重归沉寂。铁锤连续挥击了四下之后，铁匠从铁砧板上拿起铁条，插进一个油桶中，油面上顿时燃起一阵轻柔缥缈的蓝色火焰，在一声凄厉的轻响之后随即熄灭。霍司特把铁条从油桶里拿开，转过身来，皱眉看着伊拉龙。他说：“你来这里干什么，伊拉龙？”

“我需要一把龙骑士的宝剑。”

“你还是走吧，我没时间给你铸龙骑士的宝剑，没见我正忙着给伊莱恩打一个挂锅子的铁钩吗？她上战场必须要用。你是一个人吗？”

“我不知道。”

“你父亲呢？你母亲在哪里？”

“我不知道。”

这时，另外一个声音响起，音质清亮，充满了力量和权威：“好铁匠，他不是一个人，他是和我一起来的。”

“那么你又是谁？”霍司特问。

“我是他的父亲。”歪斜的门板外，一个巨大的身形，轮廓外缘发出淡淡的白光，从凝结的黑暗中走了出来，站在门槛上。一件随风飘摆的大红斗篷，系在他那比库尔人还宽阔的肩膀上；他的左手里，是寒光闪闪的萨若克，锋利得让人感觉疼痛。他的蓝眼睛透过银亮的头盔上两道细细的眼缝，看着伊拉龙，那目光有如射穿兔子的劲箭，将伊拉龙牢牢钉在原地。他抬起空着的一只手，伸向伊拉龙说：“我的儿子，跟我来。我们两个联起手来，就可以摧毁沃顿族，杀掉加巴多里克斯，可以征服整个阿拉加西亚。只要把你的心给我，我们就将所向无敌。”

“把你的心给我，我的儿子。”

伊拉龙发出一声窒息般的呼叫，从矮榻上跳了起来，双拳紧握，眼睛看着地板，胸口剧烈地起伏着。奥利克站岗的卫兵警觉地望着他，但伊拉龙没去理睬他们，他半点解释的心情都没有。时间还早，所以过了一会儿之后伊拉龙又坐回到矮榻上，但这回他始终保持警醒，再不敢让自己陷入梦境，谁知道还会看到什么折磨人的幻象。

伊拉龙背墙而立，手放在矮人短剑的剑把上，看着各部落首领鱼贯走进深藏在崇吉海姆之下的圆形会议厅。他尤其留意安胡因之泪部落的首领斡芒，但那个戴着紫色面纱的矮人看到伊拉龙还好好地活着，就算很意外，也没有表现出来。伊拉龙感觉到奥利克的脚轻轻碰了一下自己的脚，他看到奥利克眼睛依然盯着斡芒，就把头倾向奥利克，只听他轻声说道：“记住，左手过三道门。”他指的是瞒着其他首领秘密布置在那里的一百名武士。

伊拉龙也压低了声音说：“如果发生冲突，我要不要借机除掉斡芒这条毒蛇？”

“别，除非他先向你或我动手，”轻笑了一声，奥利克接着说道，“杀他可不会增进其他首领对你的好感……我必须进去了，向辛居祈祷，祝我们好运，好吗？在我们面前的，可是一片从没人敢涉足的熔岩啊！”

伊拉龙依言祷告了一番。

所有的首领都在屋子中间的桌子周围落座，那些站在外围的，包括伊拉龙，也都在靠墙的一圈椅子里坐好，但伊拉龙可不像许多矮人坐得那么舒坦，而是只搭了个边，随时准备着一有危险便拔剑而起。夸恩部落的首领、身兼武士与祭师双重身份的黑眼睛的甘纳尔站起身，开始用矮人语发言，汉法斯特蹑手蹑脚走到伊拉龙的右手边，不停地低声翻译起来。

矮人说：“诸位部落首领，你们好！我们又一次聚在了一起，但这是不是祥和的相聚，我觉得还不好说，因为有一些传言——说实话是关于传言的传言——飘进了我的耳朵。我听到的只是一些模模糊糊而又让人不安的私下议论，没有任何切实的证据，能证实是谁犯下的过失。不过，既然今天是我来主持会议，我建议我们先把严肃的讨论放一放，如果你们同意的话，请允许我先提几个问题。”

会议桌边响起一阵嗡嗡的议论声，然后，明媚的、一笑露出两个酒窝的艾奥壬说：“我不反对，甘纳尔首领，你吞吞吐吐的一番话已经引起了我的好奇心，我们就听听你有什么问题吧。”

“对，说来听听。”拿度道。

“你问吧！”曼多阿斯和其他的首领都表示同意，包括斡芒。

取得大家的同意之后，甘纳尔指节压在桌面上，沉默了一阵，待到屋内所有人都静下来看着他，这才开口说道：“昨天，当我们正在各自分头去用午餐的时候，崇吉海姆南向四分之一扇面下部所有地道里的矮人都听到了一声巨响。声音究竟有多大，说法不一，但这么多人在这么广大的范围内都能听到，足以证明是出了不小的乱子。和诸位一样，我也收到报告说可能出现了塌方，但各位可能不知道的是，就在两小时前……”

汉法斯特翻译到这里停了一下，然后马上低声接着说道：“这个词很难译，我想可以译成地道巡查员吧。”说完他又开始正常翻译。

“地道巡查员发现，在一条由我们伟大的先祖长胡子科根开掘的地道里，曾发生过一场激烈的战斗。地上处处血迹，某个武士用兵刃打碎了一盏灯，引起的爆炸熏黑了地道的墙壁，周围的石头都被炸出了裂缝，而地上还有七具被烧焦的残尸，有迹象表明，可能还有其他尸体被移走了。这些并不是俗藤杜尔战役中某次被人遗忘的小规模战斗的遗迹，绝对不是！因为地上的血迹还未干，因为墙上的烟灰还很软，因为石头上的裂缝明显很新。此外，我还得到消息，现场还可以发现强大魔法的遗痕。就在此刻，我们最优秀的几位魔法师还在尝试重现事件的画面，但成功的希望很小，因为那些尸体都被异常邪门的咒语封印住了。所以，我在今天的会上要问的第一个问题是：在座各位，是否有谁对此次神秘事件有更进一步的了解？”

甘纳尔的话音落地，伊拉龙不自觉绷紧了腿部的肌肉，如果安胡因之泪部落那些戴紫色面纱的矮人有半点异动的话，他已经准备好马上跳起来迎战。

奥利克清了清嗓子说：“甘纳尔，我相信关于这件事情，我多少知道一点答案。不过，考虑到我的答案肯定要说很久，所以我建议，还是等你把所有的问题都问完了再说。”

甘纳尔面色一沉，皱起了眉头，他用指节敲打着桌面说：“那好……我还收到另外一条消息，无疑也与发生在科根的地道中的这场战斗有关，数目众多的矮人在崇吉海姆各处集结，他们都佩带武器，行为诡秘，目的不明。我的探子不能确定这些武士属于哪个部落，但与会各位，如果有谁在选举罗特加王位继承者的部落首领会议期间竟暗中调动军队，可想而知是有着不可告人的图谋。所以，我要问的第二个问题是：这些不妥当的军事行动，都是出自谁的授意？如果没有人愿意为错误负责，我强烈建议发布命令，把所有的武士，不分部落，一律遣到崇吉海姆境外，直到首领大会结束。此外，我还建议马上任命一位执法长老，对这些事件进行调查，以确定谁该受到责罚。”

听了甘纳尔披露的消息以及随后的提问和建议，部落首领们立刻七嘴八舌地说开了，一个个急着互相指责、矢口否认，情绪越说越激动，到最后索缀思的声音已经不受控制，向气得满脸通红的加尔德海姆吼了起来。关键时刻，奥利克又一次清了清嗓子，所有人马上一起住口，眼睛都盯在他身上。

奥利克不疾不徐地说：“甘纳尔，关于这件事，我相信至少在某种程度上，我同样有所了解。其他部落的行动我不好说，但方才疾步穿过崇吉海姆仆役厅一带的武士中，确有几百名来自银吉通部落，这我承认。”

有片刻工夫，所有人都保持着沉默，最后艾奥壬说：“那你怎么解释这一破坏和平的行为，奥利克，特里夫克之子？”

“美丽的艾奥壬，还是我刚才说的，我的回答会很长，所以，甘纳尔，如果你还有别的问题要问，那我建议你还是先接着问吧。”

甘纳尔两道突出的眉毛皱得快连成一线了，他说：“其他的问题我暂时先不问，因为它们都和我刚才已经提出的问题有关，现在看来，我们都得等你开金口才能对情况有更多的了解。不过，既然你与这些可疑的事件都有很深的牵涉，我突然想到了一个新的问题，特别要问你一下，奥利克首领，你昨天开会的时候中途退场究竟是出于什么原因？我把丑话说在前头，任何的搪塞和敷衍我都不会接受。现在，奥利克首领，既然你表示自己知道真相，那么就请做出详细的说明，给大家一个交代。”

不等甘纳尔坐稳，奥利克已经站了起来：“既然如此我就不让诸位再等了。”

说完他低下头，满是胡子的下巴抵在了胸脯上，停了片刻后，他便用浑厚的声音讲了起来，但出乎伊拉龙所料，而且他估计全体与会者都和他同样意外，奥利克并没有直接讲伊拉龙遭遇的刺杀，从而解释自己上次会议的时候为什么突然要求提前退场。相反，奥利克从远古时代开始说起，他讲到矮人族的先民，怎样在历史的黎明时期，从曾经草木葱茏的哈德瑞克沙漠迁移至博尔山；讲到他们如何挖掘出不知多少英里长的地道，又在地面和地下建造出宏伟的城市；讲到种族内部派系间的恶战，以及矮人族与龙族之间的战争；在数千年的历史中，矮人一直对龙族怀有矛盾而复杂的情绪，既有憎恨和恐惧，同时又有一种不情愿的敬畏。

接下来，奥利克讲到了精灵族，他们迁入阿拉加西亚，与龙族发生冲突，持续的战争使得双方都到了毁灭的边缘，于是双方在危机中达成共识，共同创造出龙骑士，来维持以后的和平。

“而当得知他们的计划时，我们又是做何反应呢？”奥利克激昂的声音在大堂内回荡，“我们有没有要求参与他们的协议？我们有没有试图分享那将会属于龙骑士的权威呢？没有！我们依然坚持自己的老路，抱住过去的恩怨。与龙族扯上关系？这怎么可能！我们也坚决不会允许王国以外的任何人来管辖我们。就这样，为了维护自主的权威，我们牺牲了自己的未来，因为，我相信如果在矮人当中也曾出过龙骑士的话，加巴多里克斯也许根本就不会有势力壮大的机会。就算无法阻挡加巴多里克斯——我对伊拉龙没有不敬的意思，他已经证明了自己是一名优秀的龙骑士——至少蓝儿也有可能是为我们族中的一员而孵化出来的！想想看，那将是何等的荣耀？

“结果怎样？自从苔蒙诺拉女王与龙族缔结和平协议之后，我们在阿拉加西亚的地位便逐渐衰弱。一开始这还算不上太难下咽的苦酒，而且如果无法接受，否认总会相对来得容易些，但之后又来了巨人，然后是人类。精灵修改了他们的咒语，让人类也可以成为龙骑士。那时，我们本可以借机要求参与他们的协定，但我们有没有那么做呢？”

奥利克摇摇头，接着道：“我们的骄傲不会允许我们那么做。作为这块大地上最古老的种族，我们怎么可能去求助于精灵的魔法呢？我们也没有必要像精灵和人类那样，为了使种族免于毁灭，把我们自己的命运与龙族绑在一起。当然，对于内部的战争就更不必考虑了，因为在我们看来，那是我们的内部事务，根本轮不到外人插手。”

听了奥利克的讽刺和抨击，首领们一阵躁动，很多人摆出一副不以为然的脸色，剩下的似乎心有疑虑，露出沉思的神情。

奥利克继续说道：“在龙骑士守护阿拉加西亚期间，我们享受了有史以来最兴盛的时期，王国空前繁荣，但带来兴盛与繁荣的原因——龙骑士，却和我们没有半点瓜葛。后来，龙骑士没落了，我们也国运艰难，但有一点不变的是，我们与造成这一切的原因——龙骑士，还是没有半点瓜葛。我认为，不论兴衰，以上状况与我们种族的地位都不相称。我们不是受外族主子随意支配的附庸，也不会接受由奥德迦和洛迪思的子孙以外的人来决定我们的命运。”

诸位首领明显觉得这一番说法更为中听，他们或点头或微笑，到最后一句的时候，哈瓦德甚至拍了几下巴掌。

“再看我们当前这个时代，”奥利克说，“加巴多里克斯势力日盛，每个种族都在为自由而战。他的实力已经变得如此强大，我们仍未沦为奴隶的唯一原因，就是他没有乘着他的黑龙直接飞来攻打我们，只是因为他迄今还没有想要这样做而已。如果他真的动手，那我们将会像面临雪崩的树苗般不堪一击。很幸运，他似乎一直满足于等着我们杀开一条血路，杀到他在乌鲁邦的城堡的门前。现在，我想提醒大家不要忘记，在伊拉龙和蓝儿被上百个不停乱叫的库尔人紧追不舍、凄惶惨淡地出现在我们的门外之前，我们击败加巴多里克斯的唯一希望，就是等待蓝儿在某时某地选中了她的骑士并为其孵化，而这个未知的骑士，如果我们比手气最旺的赌徒还幸运的话，幸而能够推翻加巴多里克斯。这算什么希望？哈！这连希望的影子都算不上。当伊拉龙首次表明自己的身份，我们许多人都感到很失望，我也包括在内。我们说‘他还是个孩子’，我们都这么说。‘他要是个精灵就好了。’我们说。但是请看！他已经证明，他的的确确是我们的唯一希望！是他杀了杜尔查，所以我们才得以挽救我们最珍爱的城市崇吉海姆。他的龙蓝儿已经许诺，会修复伊斯达米林，恢复它原先光华灿烂的状态。在烈火平原战役，他赶走了穆塔和荆刺，我们因此赢得了胜利。大家看一看，他现在的外貌已经接近精灵，通过他们奇异的魔法，他还获得了精灵的速度和力量！”

奥利克举起一根手指以示强调："此外，罗特加王以他的大智慧，做了一件任何其他国王或首领从未做过的事——他向伊拉龙提议，接纳他加入银吉通部落，作为自己家庭的一员。伊拉龙完全有自由可以不接受他的提议，确实，他知道，在银吉通部落中就有许多家族对此持反对意见，而总体上看，不赞成的矮人想必更多。尽管情势不尽如人意，尽管他已经向娜绥妲效忠，尽管他知道这只会给他的生命带来更多的艰难困苦，伊拉龙还是接受了罗特加的邀请。伊拉龙亲口告诉我，出于他对阿拉加西亚所有种族，尤其是对我们的责任感——因为，罗特加的举措表现出我们对他和蓝儿的一片好意——他在石之心上立下了最庄严的誓言。于是，凭借罗特加天才的创举，阿拉加西亚最后一位自由的龙骑士、我们战胜加巴多里克斯的唯一希望，除了那不能改变的血统外，已经自愿成为矮人族真正的一员。

"从那以后，伊拉龙在他所能了解的范围内，严格地遵守我们的法律和传统。同时，为了更好地奉行誓言的真意，他还尽力地学习我们的文化。当罗特加倒在叛徒穆塔的剑下之后，伊拉龙以银吉通部落一员的身份，对着阿拉加西亚的每一块石头向我发誓，他一定要为罗特加报仇雪恨。作为部落首领，我得到了他的尊重与服从；作为义兄弟，我为他感到自豪。"

伊拉龙眼睛看着地面，脸上发热，耳尖火烫。他觉得奥利克对自己的表扬太过火了，以后不小心就会跌得很惨。

奥利克一抬胳膊，向其他的首领伸出双臂，高声说道："我们对龙骑士一切可能的期盼，都在伊拉龙身上得到了实现！他让我们看到了龙骑士的存在，他让我们看到了他的强大！而且，以前从没有龙骑士像他这般，把我们的人民当成自家人！”

说到这里，奥利克放下手臂，声音也随之降低，伊拉龙要聚精会神才听得清。他说："可是，我们是用什么来回报他的友谊的呢？基本上，只是嘲讽、轻视和怨恨。我觉得，我们真是一个不知感恩的种族，而我们的记性也实在太差，差到了对我们不利的程度……甚至有些人，让仇恨蒙住了眼睛，竟然要用暴力来发泄私心中的怨恨。也许，他们还自以为做了件大好事，以为有功于人民，如果他们真这么想，那只能说他们的心已经像陈年的奶酪一样发霉腐烂了！若非如此，他们怎么会去刺杀伊拉龙？”

会议厅内霎时变得鸦雀无声，首领们从来不曾像此刻这般专注，眼睛全盯在奥利克的脸上。连胖首领费奥温都暂时搁下了雕刻乌鸦的手工，双手贴在大肚皮上，模样活脱脱一个矮人雕像的翻版。

在大家目光的注视下，奥利克把伊拉龙和警卫在崇吉海姆下面的地道中，遭遇七个黑衣矮人攻击的事原原本本地讲了一遍，最后说到伊拉龙的警卫怎样在一具矮人的尸体上发现了一个用马毛穿着的紫水晶手链。

“别以为凭这么一点证据就可以把账算到我们部落的头上！”斡芒蹦起来叫道，“类似的东西在国境内大多数市场都可以买到！”

“没错。”奥利克看着斡芒说了一句，然后以不温不火的语气，很快地把昨晚对伊拉龙讲的事情，向在场的听众重新说了一遍：先是他在达尔根城的部下向他证实，刺客使用的发出诡异彩光的匕首出自铁匠克伊夫那之手，然后他们又发现，买下这些兵刃的矮人设法将它们运往安胡因之泪部落的一座城市。

听到这里，斡芒再次跳了起来。他沉声怒骂了一句，然后说道：“那些匕首可能根本就没送到我们的城市，即使进了我们的城市，你也不能据此就得出结论！我们的城市里住着来自许多部落的矮人，就和布列肯霍城堡的情况一样。这根本什么都证明不了！奥利克首领，我劝你接下来说话小心点，你根本没有任何证据对我的部落妄加指责！”

“你说的我也都想到了，斡芒首领，”奥利克答道，“所以，昨天晚上，我和我的魔法师一道，沿刺客的路线回溯追查他们的来处。在崇吉海姆第十二层一间废弃的仓库里，我们抓到了三个矮人。我们攻破了其中两个人的内心，从中了解到正是他们给刺客提供的装备，同时，”说到此处，奥利克的声音陡然变得凌厉、可怕起来，“我们也知道了他们主子的身份！就是你，斡芒首领！我现在指控你，是一个凶手和背誓者！是银吉通的敌人！是本族的叛徒！因为要谋杀伊拉龙的，正是你和你的部落！”

会场一下炸开了锅，除了奥利克和斡芒，其他的首领们挥舞着手臂大喊大叫，一个个都急着让别人听自己说话。伊拉龙手握借来的短剑剑柄，剑身从鞘里拉出半英寸。如果斡芒或者他的手下突然动手的话，他已经准备好在最短的时间内做出反应，但斡芒没有行动，奥利克也一动不动地站着。他们就像两头互相凝视的恶狼，完全无视周围的混乱。

最后，甘纳尔终于让会场恢复了秩序。他说：“斡芒首领，你是否要否认这些指控？”

斡芒用平板、不带丝毫感情的语调说：“我否认，我体内的每一根骨头都要求我必须否认，而且，我要等着看有谁能在执法长老的监督下证明这些指控！”

甘纳尔转头对奥利克说：“那么，奥利克首领，就请你呈上证据，以便我们判断是否有效。如果我记得不错，今天在场有五位执法长老。”他说着向墙边一指，五个雪白胡须的矮人站起身，颔首致意，“他们将负责监督我们的调查符合法律的规定，大家对此是否还有异议？”

“我同意。”昂丁说。

“我也同意。”哈法拉说。除斡芒之外，众首领也都纷纷表示同意。

奥利克首先把那条紫水晶手链放到桌子上。每位首领都派出一位魔法师上前进行检查，大家一致认为该证据不足以说明问题。

然后奥利克叫人搬来一面立在三脚铜座上的镜子，他随从中的一位魔法师念了一道咒语，光滑的镜面上立即浮现出一个堆满了书的小房间。片刻后，一个矮人匆匆跑进房间，在镜子里面向开会的首领们鞠了一躬，然后便急促地讲了起来。他先自报姓名——允默尔，然后用古语发誓保证自己的诚实，最后向各位部落首领讲了一遍自己和助手们对袭击伊拉龙的刺客所用凶器进行调查的过程。

等首领们结束了对允默尔的提问，奥利克命武士把被银吉通部落抓获的三个矮人带进来。甘纳尔要求他们用古语发誓不做伪证，囚犯们不但拒绝发誓，还朝他啐口水，对他进行咒骂。于是各部落的魔法师联手侵入囚犯的内心，强行查看了首领们想要了解的信息，他们无一例外认定奥利克所言属实。

最后，奥利克请伊拉龙上前做证。伊拉龙走到桌前，在十三位首领凝重的目光注视下，他感觉有些紧张。他眼睛看着房间对面一根大理石柱上一小片颜色不同的地方，尽量把不自在的情绪抛开。他跟着一位魔法师重复了一遍诚信的誓言，然后挑紧要的简单陈述了一遍自己和警卫遇袭的过程。之后，首领们必不可少地提了一些问题，他一一作答，并同意让甘纳尔从在场的魔法师中随机选出两位，来检查他对该事件的记忆。随着意识屏障的降低，伊拉龙感觉到进入自己意识的两个魔法师表现得都有些战战兢兢，这让他松了口气。*如此甚好，他想，如果他们怕我的话，就不太可能去看他们不该看的东西。*

整个检查的过程出乎意料地顺利，无惊无险，两位魔法师向首领们证实了他刚才的说法。

甘纳尔从椅子里站起来，向几位执法长老问道：“你们是否认为奥利克首领和魔影杀手伊拉龙提供的证据足够采信？”

五位白胡子矮人一起点头，当中的那位说：“是的，我们认为是充分而可信的，甘纳尔首领。”

甘纳尔哼了一声，似乎早在意料当中：“斡芒首领，你造成了鲍登的儿子魁斯托的死亡，你还试图杀死我们的一位客人。你的这些行为，使我们整个种族都蒙受了耻辱，你还有什么要说的吗？”

安胡因之泪部落的首领两只手掌用力压在桌面上，血管在黧黑的皮肤下高高鼓起：“如果这个龙骑士除了血统之外，完全就是一个矮人的话，那他就算不上是客人，那我们像对付其他部落的普通仇敌一样对待他也没什么过分。”

“什么？简直是胡说八道！”奥利克气得都快口不择言了，“你怎么能说他……”

“奥利克，请你少安毋躁好吗？”甘纳尔说，“喊叫解决不了问题。奥利克、拿度、艾奥壬，你们跟我过来一下。”

看着四个矮人走过去和执法长老们商议，伊拉龙心急如焚。*他们应该不会因*

为强词夺理的几句狡辩，就让斡芒逃过惩罚吧！

几分钟后，首领们回到桌边。艾奥壬说："几位执法长老的意见是一致的。尽管伊拉龙已经发誓成为银吉通部落的一员，但他也在我们的王国之外拥有重要身份，即龙骑士，同时，他还是沃顿族的官方使节，奉娜绥妲派遣对我们的新王加冕进行观礼，此外他还是伊丝兰查蒂女王的朋友，对她和她的整个种族都有很大的影响力。综上所述，伊拉龙应该得到和来访的大使、亲王、君主或其他尊贵人士同等的待遇。"说到这里，女矮人的黑眼睛瞟向站在侧方的伊拉龙，火辣辣的目光毫无顾忌地扫视着他的身躯，"总之，他是我们的贵客，我们待他也应尽到相应的礼数……这一点，任何脑子没有石化的矮人都该清楚。"

"是的，他确实是我们的客人。"拿度勉强同意道。他说话时嘴唇扭曲泛白，一副愁眉苦脸的样子，好像刚吃了一口没熟的酸苹果。

"现在你还有什么话说，斡芒？"甘纳尔问道。

戴着紫色面纱的矮人站起身，目光在诸首领的脸上一一看过去，然后说道："首领们，请你们听仔细了，我要说的是：如果任何部落，因为这些捏造的指控，向安胡因之泪拔出他们的斧头，都将被我们视为战争行为，并做出相应的反应；如果你们囚禁我，同样我们也会看作是战争行为，并做出相应的反应。"伊拉龙看到斡芒的面纱一阵颤动，他觉得那矮人可能正在面纱遮盖下微笑，"如果你们用任何方式来攻击我们，不论是用钢铁还是语言，不论你们的攻击多么温和，依然会被我们视为战争行为，并招致我方相应的反应。除非大家希望看到我们的国家山河破碎、满目疮痍，我建议，诸位还是让今天上午的讨论随风而逝，转而把精力用来商讨该由谁坐在那花岗岩的宝座上进行统治为好。"

首领们一言不发，默默地坐着，就这样过了好久。伊拉龙咬着牙才能忍住不跳到桌上大骂斡芒的厚颜无耻，迫使首领们将其定罪绞死。他反复提醒自己，他答应过奥利克，在首领会议上要唯他马首是瞻。奥利克是我的首领，必须由他来决定如何行事。

费奥温把手从肚皮上拿开，肉乎乎的巴掌在桌子上一拍。这肥胖的矮人那沙哑的男中音响遍会议室每一个角落，尽管音量似乎并不比耳语高出多少，他说："斡芒，你让我们整个种族蒙羞，如果不追究你的过失，矮人必将名誉扫地。"

矮人老太太哈法拉把手里写满了神秘文字的书卷一抖，说："你杀掉伊拉龙，除了给我们带来灭亡，难道还有什么好处不成？就算沃顿族在失去了他的情况下还是能推翻加巴多里克斯，但蓝儿呢？我们杀了她的骑士，她会善罢甘休吗？她的满腔怒火必将发泄到我们头上，垡藤杜尔只怕会变成一片血海。"

斡芒依旧一言不发。

一阵笑声打破了沉默，这笑声来得实在太过突兀，伊拉龙一下子竟没听出发笑的人是奥利克。他渐渐收住笑声，说："如果我们对你或安胡因之泪部落采取任何行动，斡芒，都将被你视为开战，对吧？那好，我们就不动你，根本不采取任何行动。”

斡芒的眉头蹙了起来：“难道你就是为这个发笑吗？”

奥利克一听又笑了起来：“我笑是因为我想到了一个你没想到的主意，斡芒。你希望我们不干涉你和你的部落？好！那我就向首领会议提议，我们满足斡芒的愿望。如果这次暗杀是斡芒的个人行动，而不是以首领身份进行的，那正常来讲为此他应被放逐，否则受死。既然如此，我们不妨把他的部落当作个人来对待，让我们把安胡因之泪从我们的情感和头脑中驱逐出去，直至他们选出一位脾气温和的首领取代斡芒，直至他们承认自己的劣行，并向首领会议悔罪，哪怕为此等上一千年我们也要等！”

斡芒眼睛周围满是皱纹的皮肤骤然失去了血色，他说：“谅你们没这个胆子！”

奥利克又笑了：“哈，我们不会向你或你的同类抬一根手指，我们只是不理你们，不与安胡因之泪部落进行贸易而已。你会因为我们什么都不做而向我们宣战吗？斡芒。是的，什么都不做，如果首领们同意我的意见，那我们要做的，正是什么都不做。你难道会用剑逼着我们去买你们的蜜、你们的布或者紫水晶首饰吗？就算想这样做，恐怕你也没有可用的战士。”说到这里，奥利克转头看着其他首领问，“你们大家怎么说？”

首领们没用太久就做出了决议，他们一个个站起来，表示支持驱逐安胡因之泪部落，甚至斡芒的前盟友拿度、加尔德海姆和哈瓦德也都支持奥利克的提议。每多一人赞成，斡芒露在面纱之外的面孔便更白一分，到最后，他简直成了一个穿着生前衣服的魔影。

表决结束，甘纳尔向门口一指说：“走吧，被驱逐的斡芒，今天就离开崇吉海姆，安胡因之泪的任何成员都不要再来打扰首领会议，直到他们能满足我们提出的条件的那一天。在那之前，我们将避开每一个安胡因之泪部落的成员。此外，还有一点请你记住：你的部落可以有机会洗去耻辱，而你个人，斡芒，将永远是一个被驱逐者，一直到死的那一天，这是首领会议的决定。”宣告完毕，甘纳尔坐了下来。

斡芒站在原地，双肩颤动。伊拉龙无法揣测他此刻的心情，最后斡芒吼道：“是你们背叛了我们的种族，使全族蒙羞的也是你们！龙骑士当初几乎将我们整个部落赶尽杀绝，只有安胡因之泪的卫兵得以幸存。你们以为我们会忘记这血海深仇？你们觉得我们该以德报怨？我呸！我要把口水吐到你们先人的坟墓上！我们至少还保留着男儿的血性！我们绝对不会一边听着死去亲人要求复仇的呼喊，一边为这个精灵的傀儡逢场作戏！”

看到首领们都默不作声，伊拉龙的肺都快气炸了，差点就要反唇相讥。这时奥利克看了他一眼，几乎难以察觉地摇了摇头。尽管很难，伊拉龙还是强行压住怒火，他想不通奥利克为什么会对这么过分的辱骂无动于衷。

这简直就像……嘿。

这时，斡芒双手一推，离开桌边。他站在那里，双拳紧握，肩膀耸起，再次不停口地对首领们辱骂起来。他越说越激动，最后简直成了破口大骂。

但是，不管他骂得多难听，首领们就是不说话。他们一个个眼望着虚空，好似在思考着什么难题，目光从斡芒身上掠过时也毫不停留，好似根本没看到他这个人。到后来，斡芒急怒攻心，伸手揪住黑达马锁子甲的前襟。黑达马的三个警卫跳上前来，把斡芒拉开。伊拉龙看到，他们在拉斡芒的时候，脸上根本没有任何表情，好似只不过要帮黑达马整理一下他的锁子甲。把斡芒推开之后，警卫们就再也不看他一眼。

伊拉龙的脊背一阵发凉，矮人们表现得就像斡芒完全不存在一样，他有点明白矮人们所说的驱逐意味着什么了。伊拉龙觉得换作自己的话，是宁可被杀也不愿遭受这样的命运；有片刻工夫，他甚至对斡芒产生了一丝同情，但马上就想起魁斯托临死前的表情，同情心也就烟消云散了。

最后又咒骂了一句，斡芒大步走出房间，陪同前来的部落成员也都随他走了出去。

门在斡芒身后刚一关上，剩余的首领们马上放松了下来，眼睛又开始随意地东看西看，说话的声音也重新大了起来，你一言我一语地商量还要对安胡因之泪部落采取哪些措施。

这时，奥利克用短剑的剑柄敲了敲桌面，大家都转头看他有什么话说："现在斡芒的问题已经解决，我希望大会可以考虑一下另外一个问题了。我们聚在这里的目的，是选出罗特加的继任者。关于这个问题在座诸位都已经表达了许多高见，但我认为，是让我们抛开空谈、采取行动的时候了。所以，我提请大会，根据我们法律的规定，进行先期表决，以确定我们是否准备好了可以在三天后进行最终的表决——当然，在我个人看来，我们的准备已经是非常充分了。我先来，我的表决是可以。"

费奥温看着哈法拉，哈法拉看了看甘纳尔，甘纳尔看了看曼多阿斯，曼多阿斯揪着自己的长鼻子，眼睛看着拿度，拿度则堆坐在椅子里，牙齿从内侧咬着自己的面颊。

"可以。"艾奥壬说。

"可以。"昂丁跟着说。

"嗯……可以。"拿度说道。另外八个首领也都表示同意。

几小时后，午餐休会，奥利克和伊拉龙返回奥利克的行馆用饭。两个人走进房间才开始放心交谈，因为这里已经采取了防范窃听的措施。伊拉龙终于笑了出来："你早就计划好了要驱逐安胡因之泪部落，是吧？"

奥利克面有得意之色，他拍了拍肚皮，笑着说："不错，唯有如此，才可能避免一场部落战争。内战也许还是会发生，但那就不是我们造成的了。不过，我觉得发生战争惨剧的可能性不会很大。尽管对你非常敌视，大多数安胡因之泪部落的成员恐怕更难接受斡芒以他们的名义做出的事情。我想，他这个首领做不了多久了。”

“此外你还敦促会议定下了选举新国王的日期。”

“或者女王。”

伊拉龙犹豫了片刻，不想扫奥利克的兴，但最后还是问道：“你得到的支持已经够了吗？”

奥利克耸耸肩膀说：“今天上午之前，谁都没有足够的支持。现在平衡已经打破，至少眼下，更多人是倾向我们的。何不趁热打铁？再没有比这更好的机会了。不管怎么说，我们都不能让首领会议无限期地拖延下去，如果你不尽快赶回沃顿族，也许一切都失去了意义。”

“选举前我们还要做什么？”

“首先，我们要吃一顿大餐来庆祝胜利，”奥利克意气风发地说，“吃饱了以后，我们接着干以前干的活儿：争取新朋友，巩固老盟友。”他说着又笑起来，牙齿在胡子下面闪着白光，“但是还有一件你忘了的事情，你必须马上就做，否则咱们一滴蜜酒也不喝。”

“什么事？”伊拉龙问，不明白是什么事让奥利克这么高兴。

“什么？当然是把蓝儿召唤到崇吉海姆来咯！不论做国王的是不是我，三天以后总是会有一位新王要加冕的。如果蓝儿想赶上加冕典礼，那她可得快点飞才行。”

伊拉龙欢呼一声，赶紧跑去找镜子了。

抗命

肥沃的黑土触手感觉凉凉的，若伦拿起一块土坷垃，用手指捏碎，很满意地观察了片刻：土壤富含水分以及树叶、断枝、苔藓和其他有机物分解形成的腐殖质，可以给农作物提供充分的肥料。他把土按到嘴唇上，用舌头碰了碰，感觉很新鲜，充满了数百种味道，从风化粉碎的山石，到甲虫、朽木和柔嫩的草根。

这是块理想的农田，若伦心中想道，一时思绪飘飞，帕伦卡谷的景象又回到眼前：秋日的阳光洒向门外的大片麦田，一垄垄齐刷刷、金灿灿的麦秆在微风中摇动，阿诺拉河在西边流过，巍峨的雪山耸立在山谷两侧。*那才是我应该待的地方，和凯特琳娜在一起，种田养家，而不是像现在这样用人血浇灌土地。*

“喂，你！”队长艾瑞克骑在马上，指着若伦喊道，“别发呆了，重锤，不然可别怪我改变主意，安排你和弓箭手一起站岗！”

若伦在绑腿上擦了擦手，强行压住对艾瑞克的厌恶，站起来说：“是，长官！遵命，长官！”加入艾瑞克的分队以后，若伦曾尽可能地对这个人的过去做了一些了解。根据打听到的情况，若伦确定艾瑞克是一个称职的军官——否则娜绥妲也不会把这么重要的任务交给他——但其人的性格非常惹人厌，他部下的战士稍微有一点不合规矩的行为就会遭受责罚，若伦对此深有感受。加入艾瑞克小分队的第一天，就碰上了三回这样让他窝火的事。他认为这种统兵的风格会降低士气，也会打击手下人的创造力和主动性。*也许这正是娜绥妲安排我加入他的连队的原因吧*，若伦想，*要么这是她又一种考验人的花样？或许她想了解我是否能够克服自己的骄傲，长期与艾瑞克这样的人合作。*

跨回雪焰背上，若伦催马赶到由二百五十名战士组成的纵队前头。他们此行的任务很明确：自从娜绥妲和奥林国王将主力从色达撤出后，加巴多里克斯显然决定利用防御的空虚，趁机洗劫一个个城镇和村庄，放火把攻打帝国所需的庄稼粮食通通烧光。消灭这些来犯士兵的最简单的办法，当然是让蓝儿来把他们撕成碎片，但大家一致认为，除非她是去找伊拉龙，否则就应该留在沃顿，蓝儿离开太久对沃顿来说风险太大。因此，娜绥妲便派艾瑞克的分队执行驱逐士兵的任务。娜绥妲的探子最初估计士兵的人数在三百左右，然而两天前，他们根据敌人行军痕迹判断，加巴多里克斯派出的士兵应接近七百人，若伦和战士们的心一下子都提了起来。

卡恩骑在他的母花马上，若伦勒住缰绳，来到卡恩身边，与他并排而行。若伦一边挠着下巴，一边观察地形。眼前是大片起伏的草地，偶尔点缀着几棵柳树和白杨。天上，老鹰在盘旋狩猎，下面的草丛中，到处都是野兔、田鼠之类的打洞的啮齿动物以及其他一些野生动物。人类曾经来过这里的唯一迹象，是草地上一长溜被踩踏出来的痕迹，遥远地伸向东方的地平线，标志出士兵前进的方向。

卡恩眯起眼皮惺忪下垂的眼睛，眼圈周围的皮肤绷得紧紧的，向上看了看正午的太阳："在影子的长度超过身高之前，我们就能追上他们。"

"到时我们就能知道，到底是我们有足够的人马可以把他们打退，"若伦嘟囔着说，"还是反过来被他们杀个精光。这一回，我倒真希望能在人数上超过对方。"

卡恩勉强一笑说："这是沃顿的老问题了。"

"保持队形！"艾瑞克大叫一声，催马沿草地上的痕迹奔了出去。若伦紧咬着牙，脚跟在马腹上一踢，与大队人马一齐跟上。

六小时后，若伦骑在雪焰上，藏身在一小片生长在溪边的山毛榉树林后面。溪水很浅，长满了水草和漂浮的藻类。透过树枝的缝隙，若伦观察着前方一个只有不超过二十户人家的破败村落。眼前所见，让他心中的怒火止不住升腾。村民已经发现了正从西面赶来的士兵，匆匆拾掇起几个简单的包裹、物品，向南方色达的腹地逃去。如果自己能做主的话，若伦会选择向村民现身，告诉他们，只要自己和战友们还有一口气在，就不会看着他们失去家园。在若伦心里，放弃卡沃荷，背井离乡造成的痛苦和绝望仍记忆犹新。只要力所能及，他希望这些村民可以免遭同样的苦难。此外，他还会邀请男性村民与他们并肩战斗，多出来的一二十个人手可能就可以决定胜负。没有人比他更清楚，为保卫家园而战的人，会爆发出怎样的勇气，但是艾瑞克拒绝了他的提议，坚持让沃顿人继续藏在村子东南方的山坡上。

"我们很幸运，他们来的都是步兵，"卡恩指着那一队穿着红色军装、正向村庄走近的士兵，口中低声说道，"不然我们不可能先赶到这里。"

若伦回头看了看聚集在身后的战士。艾瑞克让他临时担任一支小队的队长，带领八十一名战士，其中包括剑手、长枪兵和弓箭手。艾瑞克的一名亲信桑德率领另外一队，同样是八十一人，余下的则由艾瑞克自己率领。三队人都挨挨挤挤地藏在山毛榉树林里，若伦认为这样布置大为失当，因为待会儿冲出去的时候，队伍肯定会耽搁一定的时间，这就给了帝国士兵防御的机会。

他转头贴近卡恩说："我怎么没看到他们当中有缺胳膊少腿的，也没有谁有明显的伤势，不过这也说明不了任何问题，你能不能确定他们当中是否有感觉不到疼痛的人？”

卡恩叹了口气说：“我要是能就好了，你的表弟也许可以，除了穆塔和加巴多里克斯，别人的魔法根本不入伊拉龙的眼，但我只是个末流的魔法师，不敢轻举妄动。要是有魔法师混在士兵里面，我这里一施法就会被发现，不等我攻进他们的内心，他们就会向同伴发出警告，那一来我们就暴露了。”

“这好像成了咱们每次开战前的例行讨论了。”若伦边说话边观察士兵的装备，心里琢磨着待会儿该怎样对手下的战士做出最佳部署。

卡恩笑了笑说：“这不是坏事，我倒希望这种讨论一直保持下去，因为不然的话……”

“不然的话就说明我们两人中至少有一个已经死了。”

“要么就是娜绥妲把我们分配到了不同的队。”

“那也和死了没什么两样，因为再没人能像我们这样互相掩护。”若伦说道，嘴唇上泛起一丝微笑。同样的话不知说了几回，已经成了两人间默契的玩笑。他把锤子从腰带里抽出来，右腿被牛角顶伤的地方突然一阵剧痛，他脸上的肌肉不禁抽搐了一下，然后皱着眉头，垂手揉了揉伤处。

卡恩看在眼中问：“你没事吧？”

“还要不了我的命，”若伦答道，然后想了想又说，“嗯，也许会要了我的老命，但要我留在这里，看着你们冲过去像砍瓜切菜一样地收拾那些混账，那还不如让我死了算了。”

士兵们到达村庄后并不停留，而是直接从村中穿过，只在经过每户人家的时候暂时停下来，掀掉门板，进去逐屋查看是否有人藏匿。一只狗从一个雨水桶后面跑了出来，脖子上的毛根根直竖，向着士兵吠叫。一个士兵走上前，飞出手中的长矛，将狗刺死。

走在最前边的士兵已经到了村庄另一边的尽头，若伦紧了紧握住锤柄的手，做好了冲锋的准备。就在这时，突然传来几声尖厉的呼叫，若伦的心一下子揪了起来。一伙士兵从村庄远端倒数第二间房子里走出来，押着三个不停挣扎的人：一个满头白发、瘦骨嶙峋的老人，一个衣衫被扯破的年轻妇女，还有一个不超过十一岁的男孩。

汗珠唰一下从若伦的额头上冒了出来。他压低了嗓子，喃喃地咒骂着，骂那被抓住的三个人为什么不和邻居一起逃跑，骂那些士兵已经以及将要犯下的暴行。他诅咒加巴多里克斯，诅咒造成眼前这一切的捉弄人的命运。他感觉到身后的战士们也都和他一样焦躁，他们不安地移动着身体，低声怒骂着，等不及要让士兵们为自己的残暴付出代价。

搜过所有的房子后，士兵们走回到村子中央，围着几个囚犯大致形成了一个半圆。

成了！看到士兵们转身背对着沃顿人，若伦轻叫了一声，这正是艾瑞克一直在等待的机会。若伦的臀部从马鞍上抬起了几英寸，全身的肌肉都快绷断了，等待着冲锋的命令。他想咽口水，但嘴巴里干干的。帝国士兵的统领，也是他们当中唯一骑在马上的人，这时从坐骑上下来，向那位白头发的村民问了几句什么，然后二话不说，抽出马刀将老人的头斩了下来，紧接着马上向后跳开，躲避喷溅的鲜血。那年轻女人发出更加撕心裂肺的惨叫。

“冲锋。”艾瑞克说。

若伦愣了一下，才反应过来艾瑞克如此平静地说出的两个字，便是他一直在等待的命令。

“冲啊！”艾瑞克另一侧的桑德高声喊道，带着他的人向山毛榉树林外冲去。

“冲！”若伦也高声大喝，脚跟在雪焰的肚子上用力一踢。雪焰带着他飞快地在交叉的树枝间冲过，若伦用盾牌护住头脸，冲到林外的开阔地后重又把盾牌放下。他们闪电般冲下山坡，耳边马蹄声响若雷鸣。若伦一心想救出那两名村民，催促雪焰跑到了速度的极限。他回头望了望，欣喜地看到自己这队战士已经与其他两队分开，似乎并没遇到多大麻烦，除了少数几个落在后面之外，其他都以密集队形跟在他身后三十英尺之内。

若伦又瞧了瞧卡恩，他骑在艾瑞克那一队前头，灰色的斗篷在风中飘飞。若伦心中又一次兴起深深的遗憾，要是艾瑞克允许他和卡恩待在一个分队里就好了。遵照命令，若伦没有直接冲进村子，而是先绕向左方，准备从侧翼向士兵发起冲击。桑德则绕向右侧，艾瑞克和他带领的一队人马则从正面冲进了村子。

一排房子挡住了若伦的视线，没有看到双方交锋一刹那的情形，但他却听到了一阵惊慌的喊叫，然后是一连串嗡嗡嗡的奇异金属声、人声、马声，尖叫与嘶鸣，随即响成了一片。

若伦紧张得胃都抽紧了。那是什么声音？是铁弩吗？怎么原先没有看到？不管是什么原因，这么多马发出刺痛的鸣叫总是很不对头。他的手脚一阵发凉，意识到这次攻击肯定是出了大问题，也许他们已经输掉了这场战斗。

他紧紧拉着雪焰的缰绳，绕过最后一间房子，转头向村子中心冲去，战士们也跟在他身后绕了过来。前方两百码外，三排敌兵拦在两栋房子之间，挡住他们的去路，面对奔腾而来的骑兵，他们似乎毫无惧意。

若伦不禁有些拿不定主意，艾瑞克给他的指令很明确：他和手下的人马从西侧切进，冲破加巴多里克斯部队的阵线，最终与桑德和艾瑞克合兵一处。不过，艾瑞克没有告诉他，如果到达合击的位置后，直接向士兵发起冲锋显然已非明智之举时该怎么办。若伦知道，如果不按命令行事，即使目的是为部下免遭屠杀，那也是临阵抗命，艾瑞克完全可以对他进行相应的处罚。

就在这时，拦在前面的士兵同时撩开宽大的斗篷，露出已经拉开的弓弩，搭在肩上。

若伦一瞬间便做出了决定，不惜一切也要让沃顿打赢这场战斗。他绝对不会为了逃避抗命的后果，就让自己的部下断送在帝国士兵的一阵激射之下。

“隐蔽！”若伦大喊一声，马头向右一带，强拉着雪焰闪到一栋房子后面。紧接着，十几支弩箭同时钉进了房子另一侧的墙壁。若伦回头看了看，他的部下除了一人之外，其他都在帝国士兵放箭前就近躲到了房子后面。那个反应太慢的战士倒在地上，胸口插着两支箭，鲜血汩汩流出。弩箭轻而易举地就穿透了他的锁子甲，好像那不过是一层薄纱。受到血腥味的刺激，阵亡战士的坐骑一尥蹶子跑出村外，身后扬起一道尘埃。

若伦伸手扳住房子的一根木梁，稳住胯下的雪焰，一边心急火燎地想着对策。他们已经被士兵困死，如果从房子后面出来，马上就会变成刺猬。一队战士躲在另一栋房子后面，若伦所在的房子正好将这栋房子遮住，基本挡住了敌兵的视线。

这时，几名战士从那栋房子后面出来，拍马赶到若伦身边。“重锤，我们该怎么办？”他们问。他们对若伦的抗命似乎并不在意，相反，看着他的眼神中反而多了一份信任。

若伦四下打量，脑子飞快地转着。突然间，他的眼睛落在了一名战士挂在马鞍后面的弓箭上。若伦的脸上露出微笑，他这一队人中只有寥寥几个弓箭手，但所有人都携带着弓箭，因为在荒野中单独行军，得不到来自沃顿其他方面的补给，所以大家都要打猎以补充军粮。指了指自己靠着的房子，若伦说：“拿上你们的弓箭，爬到房顶上去，能容得下几个就上几个，但如果你们不想死的话，就乖乖地藏好，直到我下命令。听到我的命令后，你们就开始放箭，一刻也别停，直到射完最后一支箭，或者士兵全死光了，明白没有？”

“明白！”

“那就快去吧！分头找适合放箭的房子上去！哈若尔得，把话给所有人传下去，然后再尽快给我挑十个最好的长枪手和十个最好的剑手过来。”

“是！”

战士们哄然应诺，纷纷依命行事。那些离若伦最近的战士从鞍后解下弓箭，站在马背上，爬到房子的茅草屋顶上。四分钟后，若伦部下中的大半都已经在七栋房子的屋顶上就位，每个房顶上有八人左右的样子，这时哈若尔得也把剑手和长枪手带了过来。

若伦对围在自己身边的这些战士说：“现在大家听仔细了，待会儿听到我的命令，上面的兄弟就会开始射箭。第一批箭射中士兵的同时，我们就骑马冲出去营救艾瑞克队长。如果救不出他，我们至少也要让红皮小子们尝尝咱们兵刃的滋味。屋顶的箭手会给士兵们造成很大的干扰，在我们交锋之前他们应该来不及使用弓弩，大家听明白了没有？”

“明白！”

“好！放箭！”若伦大喝一声。

战士们吼声震天，从倾斜的屋顶上露出身形，齐刷刷地将箭向下面的敌兵射去。箭雨呼啸着从空中掠过，像一只只猛扑猎物的嗜血鸱鸮。

霎时，敌兵中箭后痛苦的惨号声响成一片。

“跟我冲！”若伦一声暴喝，鞋跟猛地一踢马腹。

他一马当先，带着战士们从房后冲了出来。在陡急的转弯中，他们的人和马倾斜得几乎贴到了地面，原本拦在路上的士兵已经乱成一团。凭借速度和弓箭的掩护，若伦毫不停留，拍马从他们旁边绕了过去，径直冲到艾瑞克等人与士兵交锋的地点。地面就像被血洗过一样，房屋之间散布着一具具勇士与骏马的尸骸，处处昭示着这场冲锋的凄惨结局。艾瑞克手下幸存的战士与敌人短兵相接，进行鏖战。让若伦意外的是，艾瑞克竟然还活着，与五名部下背靠背站在一起，与敌人进行厮杀。

“跟着我！”若伦向部下大吼一声，冲进了战圈。

雪焰蹄子一抬，踹倒了两名士兵，踢断了他们持剑的胳膊，连胸腔也给踩塌了。若伦对爱驹的表现大为满意，自己也挥舞着锤子一顿乱砸，口中因战斗的快意发出可怕的咆哮。一个又一个士兵在他面前倒下，没人能挡得住他疯狂的攻击。“到我这边来！”他大喊着冲到与艾瑞克和其他幸存战士平行的位置，“到我这边来！”前边，箭雨仍不停地向士兵头上洒落，迫使他们用盾牌掩蔽，同时还要抵挡沃顿人刺来的枪剑。

一队骑兵将失去坐骑的沃顿人围在当中，若伦叫道：“快退，快退！到房子那边去！”他们慢慢地向后退却，一旦脱离敌人兵刃攻击的范围，马上转身向最近的房子跑去。在这过程中，士兵们用箭射倒了三名沃顿人，但其他人都安全地到达了屋后。

艾瑞克靠着墙，瘫坐下来，大口喘气。等到能讲话了，他用手指着若伦的部下说：“你们来得太及时了，重锤，但你们怎么会在这里，而不是像我安排的那样突破堵截，从士兵当中冲杀过来呢？”

若伦指了指远处屋顶上的弓箭手，把自己的战术讲了一遍。

艾瑞克越听脸色越黑，不过，他并没有因若伦的违命而责备他，只是说：“叫他们马上下来，他们已经成功地打乱了敌兵的阵脚，现在必须得靠明刀明枪的真本事来解决他们了。”

“我们剩下的人太少，不足以正面发起攻击！”若伦表示反对，“他们的人数三个对我们一个还多。”

“人数上的不足就用勇气来补！”艾瑞克咆哮道，“有人说你很勇敢，重锤，但显然这话并不可信，你的胆子比受惊的兔子还小。现在你只管照我的命令去做，不要再怀疑我！”队长向若伦手下一名战士一指，“喂，你！把马借我。”战士下马后，艾瑞克翻身上马，“有马骑的，过来一半跟我去增援桑德，剩下的跟若伦原地战斗。”说罢，他两脚一踢坐骑，带着选择跟随他的骑兵奔了出去。他们在房舍之间躲闪着前进，想从聚集在村子中央的敌兵侧面绕过去。

若伦气得浑身发抖，要是平时，谁敢这样怀疑他的勇气，他早就反唇相讥，或者干脆直接饱以老拳了，但是现在，只要战斗还没结束，他就不能和艾瑞克正面冲突。好吧，若伦想，他说我没有勇气，我就拿出勇气给他看看。不过，别想让我按他的那一套办，我可不会把弓箭手从安全又有利的位置叫下来，让他们去和敌兵硬碰硬地拼命。

若伦转身看了看艾瑞克给他留下的人手，很高兴地看到，卡恩也在刚才被他们救出来的人当中。他身上有些伤口，满身血污，但总的来说并无大碍。

他们互相点了点头，然后若伦对大家说："你们听到了艾瑞克说的话，我不同意他的看法！如果我们照他说的做，那不等太阳下山，我们就统统进了坟坑。这场战斗，我们仍然可以获胜，但不能明知是死还要向前硬冲！人数上的不足，我们要用计谋弥补。你们都知道我是怎么参加到沃顿中来的，你们也知道我对抗过帝国的兵马，并击败了他们，而且就是在这样的一个村子里！我还可以再次击败他们，我向你们发誓！但靠我一个人不行。你们愿意跟我一起干吗？请你们想仔细，我会主动承担违抗艾瑞克命令的责任，但他和娜绥妲还是有可能会惩罚参与的每一个人。"

"那他们就是傻瓜！"卡恩喊道，"他们难道更希望我们全都死在这儿吗？我想不会！若伦，我跟着你干！"

卡恩表态之后，战士们一个个挺直了肩膀，咬紧了牙关，眼光中重新燃起决心与斗志。看到这些，若伦便知道，战士们已经决定和自己生死与共了，哪怕仅仅是为了不与连队中唯一的魔法师分开。沃顿族中的许多战士都曾被杜万加塔部的成员救过命。若伦知道，许多人宁肯自残，把自己的脚扎穿，也不愿在没有魔法师的情况下上战场。

"对，"哈若尔得说，"我们都跟你干，重锤。"

"那就跟我来！"若伦说罢，伸出手来，把卡恩拉到马背上，坐在自己身后，然后和大家一起，向后绕回到刚才出发的位置，屋顶上的弓箭手仍在不停地向士兵射箭。

他们借房舍的掩护，闪躲着回到原地。弩箭不时地从身边掠过，呼啸声犹如发自狂暴的巨型昆虫，一支箭甚至钉在了哈若尔得的盾牌上。

待到大家都安全地隐蔽起来之后，若伦立即命令还骑在马上的战士，把自己的弓和箭交给失去马匹的战士，让他们也爬上屋顶支援那里的弓箭手。众人领命，匆忙展开行动。方才卡恩在雪焰一停下来时，就从马背上跳了下来，此时若伦示意他过来，对他说："我需要一道咒语，你能护住我和另外十人不被弩箭射伤吗？"

卡恩犹豫地说："要持续多久？"

"一分钟……一小时？谁知道呢。"

“保护那么多人不被箭阵射伤，很快就会超过我力量的极限……不过，如果你不要求弩箭中途停下的话，我可以让它们偏移方向，这样的话……”

“可以。”

“你想保护哪些人？”

若伦用手指了指他挑选出来的人。卡恩挨个问了他们的名字，然后站在当前的位置，耸着双肩，开始用古语念咒，脸色苍白而疲惫。他一连试了三次，结果三次都失败了。“对不起，”他说，哆哆嗦嗦地呼出一口气，“我好像集中不了精神。”

“见鬼，道歉干什么，”若伦吼道，“只管念咒就是了！”说着他从雪焰上跳下来，双手紧紧捧住卡恩的脑袋，“看着我！看着我的眼睛。对了，一直看着我……好，现在给我们设下魔法盾。”

卡恩的表情舒展开来，肩膀也放松了，用自信的声音念起了咒语。说完最后一个字，他的身子在若伦的两手之间一软，不过马上又站直了。“成了。”他说。

若伦拍了拍他的肩膀，重又翻身上马，然后目光一扫，看着十个骑兵说：“护住我的两边和后面。不过，只要我还能挥动锤子，就一直待在我后面！”

“是！”

“记住，弩箭现在已经伤不到你们。卡恩，你留在这里，尽量不要活动，保存体力。如果你觉得力量耗尽，咒语快维持不住了，在终止之前最好通知我们一下，好吗？”

卡恩在房前的台阶上坐下，点点头说：“好的。”

若伦把盾牌和锤子重新拿好，深吸一口气，稳定一下自己的情绪，然后说：“大家伙儿打起精神来！”说罢卷起舌尖，发出嗒嗒两声，安慰一下雪焰。

他率领十名部下，策马奔到房屋之间的土路上，再次与士兵正面相对。大约五百名加巴多里克斯的士兵聚在村子中心，多数或蹲或跪，藏在盾牌后面，手忙脚乱地给弩上装箭。时不时，某个士兵站起身，向屋顶上的弓箭手放出一箭，然后又赶紧缩到盾牌后面，头顶上紧接着就会有几支箭嗖嗖地飞过。空地上到处是尸体，插在地上的箭看起来像是血染的大地上生出的一丛丛杂草。几百英尺外，村中央这群敌兵的另一侧，若伦看见有一群人正战斗成一团，估计是艾瑞克和桑德率领残余的部下，正在那里与敌兵激战。那个年轻妇女和小男孩不知是否还在村中心的空场上，即使在，若伦也没有看到。

一支弩箭嗡一声向若伦飞来，距离他的前胸不到一码远时，突然改变了方向，斜着从若伦和战士们身边飞开。若伦身子一抖，但弩箭已经飞过去了。他嗓子一阵发紧，心跳快了一倍。

若伦环顾四周，看到左边一栋房子的墙上靠着一辆破旧的大车，他指着大车说：“把车拖过来，倒放在地上，尽量把路挡住。”然后又向上面的弓箭手喊道，“别让士兵摸过来从侧面袭击我们！等他们冲过来的时候，尽量多射倒几个，一旦箭射完了，马上就下到我们这里来。”

“是，长官！”

“小心别误射到我们，不然你们就等着家里一辈子闹鬼吧！”

“是，长官！”

更多的弩箭向若伦和路上的其他骑兵射来，但每一次都被卡恩的魔法盾挡开，歪向一边，不是射到墙上，就是插进地里，要么就消失在天上。

若伦看着手下把大车拖到路上，等他们快忙完了，若伦仰起头，深吸了一口气，朝对面的敌兵放开喉咙大吼：“喂！你们这些吃腐肉的丧家犬！我们十一个人就把你们拦住了！从我们这里冲过去，就给你们自由！有胆子的话就来闯一闯吧！什么？不敢？你们还算男人吗，你们这些蛆虫，你们这些生着猪脸的阴险的凶手！你们的爹是流口水的白痴，生下来就该马上淹死！你们的妈是专和巨人交配的满身脓疮的妓女！”看到几个士兵愤怒地吼叫着，开始和他对骂，若伦脸上露出满意的微笑。不过，有一名士兵似乎在此时失去了斗志，只见他跳起来，向北方跑去，一路左晃右闪，用盾牌遮着身体，拼命想躲过射来的箭。尽管逃得很辛苦，但没等跑出一百英尺，还是被沃顿人射死在地。“哈！”若伦叫道，“懦夫！你们个个都是懦夫，是恶心的老鼠！听好了，我给你们壮壮鼠胆：重锤若伦是我的名字，魔影杀手伊拉龙是我的表弟！杀了我，你们的狗屁国王就会赏你个伯爵，或者更大的官做做，但弩箭伤不了我，想杀我必须得用真刀真枪！来呀，你们这些蛐蜒，你们这些水蛭！你们这些永远吃不饱的白肚皮的虱子！来呀，看你们能不能打败我！”

伴着一阵呐喊，有三十名士兵放下了弓弩，拔出闪光的长剑，高举盾牌，向若伦等人冲来。

若伦听到身后右手边的哈若尔得说：“重锤，他们人数超过我们很多。”

“嗯。”若伦眼盯着正在靠近的敌兵说。有四个敌兵在中途身上多处中箭，一动不动地倒在路上。

“如果他们一起冲过来，我们半点儿机会都没有。”哈若尔得说。

“没错，但他们不会那么做。你看，他们秩序混乱，毫无章法，敌兵统领肯定已经阵亡了。只要我们自己不乱，他们就别想打败我们。”

“但是，重锤，我们怎么杀得完那么多人！”

若伦回头看了看哈若尔得说：“当然能！我们是为保护我们的家人，为了夺回家园和土地而战！他们则是被加巴多里克斯强迫来打仗，根本无心恋战。想想你们的家人，想想你们的家园，记住你们是为此而战！一个为了高于自身的目标而战斗的人，可以轻易地杀掉上百个敌人。”说话的时候，若伦脑海里浮现了身穿蓝色结婚礼服的凯特琳娜，他闻到了她肌肤的味道，听到了两个人深夜聊天时她那喁喁的声音。

凯特琳娜。

然后士兵就冲到了面前，接下来的一段时间，若伦耳中只听到长剑从他盾牌上弹开的叮当之声，手中铁锤砸中士兵头盔的哐啷声，以及敌兵在他的重击下委顿倒地时发出的惨叫。士兵们发狂一般奋力冲上来，但根本不是若伦等人的对手。杀掉最后一个扑向他的士兵，若伦爆发出一声长笑，心情大畅。消灭可能会伤害妻子和未来的孩子的家伙，真是莫大的快乐！

手下的战士一个受重伤的都没有，这让他很高兴。他还注意到，在刚才的冲突当中，有几个弓箭手从屋顶上下来，上马和他们并肩作战，他咧嘴笑着对他们说："欢迎参战！"

"这欢迎的仪式可是够热烈的！"一位新加入到他们当中的战士说。

若伦用沾满了血污的锤子向路右边一指说："你，你，还有你，去把尸体堆到那头，在尸体和大车中间留个一次只能容两三名士兵通过的小豁口。"

"是，重锤！"几个战士应声从马背上跳了下来。

一支弩箭呼啸着向若伦飞来，他毫不理睬，继续盯住敌兵的主力。此时有百余名帝国士兵，正列队准备发起第二次进攻。"赶快！"他向搬尸体的战士喊道，"他们都快到眼皮底下了，哈若尔得，去帮帮手。"

战士们忙着搬运尸体的同时，敌兵已经越来越近。若伦紧张地舔了舔嘴唇，让他长出一口气的是，四名沃顿人刚好在敌兵冲到之前，将最后一具尸体放好，并重新骑回马上。路两边的房子，加上倒放的大车和尸体形成的骇人路障，使士兵无法一拥而上，被迫放缓脚步，等逼到若伦跟前的时候，基本就已停了下来。他们限于地形，紧紧地挤在一起，对上方嗖嗖飞来的弩箭毫无办法。

前两排的敌兵全部手持长矛，向若伦和其他沃顿人刺来。若伦连续挡开三次刺杀，同时嘴里不停地咒骂。他的锤子相对于长矛太短，无法对士兵构成威胁。这时，一名士兵刺中了雪焰的肩部，战马被刺痛，长嘶一声，一跃而起。若伦身体贴住马背，以免从马鞍上颠下来。

等雪焰前足落地之后，若伦从马背上轻巧地滑落，让坐骑挡在他和一排挥舞着长矛的士兵中间。又一枪刺破了雪焰的皮肤，它猛地一跳。若伦不给士兵继续伤害它的机会，赶紧拉住缰绳，扯着雪焰在其他战士们的坐骑之间向后退，等到有了足够的空隙，便掉转马头，在马臀上一拍，口中说了声"去吧！"看着雪焰跑出了村子。

"让开！"若伦向众沃顿人挥手大吼。他们拨马给他让出一条路，若伦把锤子插进腰带，几个箭步再次冲到最前面。

一个士兵举枪向他胸口刺来。若伦伸手一抓，尽管手被坚硬的木柄擦伤，对方的枪却被他夺了过来，持枪的士兵被他带得扑倒在地。若伦唰的一下掉转枪头，刺死那名士兵，然后纵身上前，又连挑两个人。他两腿分开，牢牢站定，脚下肥沃的土地，在从前只会让他想到适合种庄稼。他向敌人挥舞着长矛，叫道："来呀，你们这些有人生没人养的狗杂种！有本事就来杀了我！我是重锤若伦，我什么人都不怕！"

士兵们又慢腾腾地拥了上来，三个人踏过倒下的同伴的尸体，向若伦发动攻击。若伦闪身一跳，长矛刺进了最右边的士兵的嘴巴，把他的牙床尽数捣烂。然后他将长矛向外一拔，矛尖上带出一溜鲜血，接着单膝跪地，闪电般又将长矛刺进当中那名士兵的腋窝。

这时，若伦感觉左臂猛地一震，盾牌似乎突然重了一倍。他站起身，只见一支长矛深深地扎进了盾牌的橡木板里，三个士兵中仅存的一个正拔剑向他冲来。若伦举起长矛，做出要投出去的架势，趁那士兵一慌的工夫，抬脚踢中了他的裤裆，然后一枪将其结果。在接下来的短暂战斗间歇中，若伦把已经没用的盾牌从胳膊上摘下来，连着扎在上面的长矛一起扔到敌人脚下，希望能把他们绊倒。

更多的士兵慢慢涌上前来，但在若伦狰狞的笑脸和犀利的矛枪面前都有些战战兢兢。若伦面前逐渐形成了一个尸堆，越来越高，到与他腰部齐平时，若伦纵身跳到这鲜血淋漓的防御工事顶部，尽管脚下不稳，还是一直站在上面，因为居高临下的形势大为有利。敌兵想攻击他的话就必须爬上尸堆，爬的时候难免会在死人的胳膊或腿上绊一下，或者踩到软软的颈部，要么就会在倾斜的盾牌上滑一跤，这都给了若伦大开杀戒的机会。

站在高处，若伦可以看到敌兵们已经全部向自己这边攻来，只余二十来人仍在村子对面与艾瑞克和桑德率领的战士厮杀。他意识到在战斗彻底结束前，自己恐怕没有歇口气的机会了。

随着战斗的进行，若伦身上已经几十处挂彩，很多是轻伤——小臂内侧被割了一道口子，断了一根手指，肋部被一柄穿透锁子甲的短剑划伤——但也有一些伤势不轻。一个倒在尸堆上但还未死的士兵，刺穿了他右腿的腿肚子，让他自此只能一瘸一拐地行动。片刻后，一个满嘴葱头和奶酪味的彪形大汉，垂死之际猛扑到若伦身上，把一支弩箭扎进了他的左肩，使得他再也不能把胳膊举过头顶。若伦让箭留在肉里，因为他知道，一旦拔出来，可能会失血而死。疼痛成了若伦几乎唯一的感觉，每一个动作，都会增添一分新的痛楚，但停下不动就意味着死亡，所以他不管伤痛，不顾疲劳，继续不停地给敌人致命打击。

若伦不时地能感觉到同伴战斗在两旁和身后，一会儿有长矛从身后掷出，一会儿是一柄剑越过他的肩膀，撂倒某个就快击中他脑袋的士兵，但因为他站在尸堆上头，而倒放的大车和两侧房屋之间留出的空隙又非常有限，大多数时候，若伦都是独自一人挡在士兵前面。屋顶上，还有弩箭可用的弓箭手继续射下致命的箭雨，灰鹅毛的羽箭一律穿筋透骨。

战到后来，若伦把手中的长矛向一名士兵投去，矛尖刚撞上对方的甲胄，矛柄就咔吧一声纵向裂开了。那士兵似乎很意外自己居然还活着，愣了片刻才挥剑反击，但他关键时刻的犹豫却给了若伦闪躲的时间，若伦一俯身让剑从头上唰地掠过，抓起落在地上的一支长矛，将士兵刺死，但让若伦气恼的是，这根长矛用了不到一分钟，枪柄也裂开断掉了。他把手中剩下的一截枪杆向士兵们掷去，从一具尸体上抓起一面盾牌，把锤子从腰带里抽了出来。至少，他的锤子还从来没让他失望过。

剩下的最后一批士兵慢慢靠上前来，每一个人都等着和他一决生死。这时，疲倦成了他最大的敌人，他的四肢沉重而麻木，视线也变得模糊，似乎一直喘不过气来，但不知为何，他总是能运起足够的力量，击败下一个对手。随着反应变得迟钝，士兵们给他身上又添了数不清的伤痕，在正常情况下，这些攻击他本来是可以轻而易举地避开的。

等到士兵之间逐渐出现了空当，透过间隙可以瞧见他们身后空荡荡的路面时，若伦知道自己的煎熬快要到头了。他没有对最后的十二名士兵手下留情，他们也没求他网开一面，尽管他们很清楚，要想从他和其他沃顿人旁边冲过去基本没有可能。士兵们也没有临阵脱逃，相反，他们尖叫着、咒骂着继续向他扑来，一心只想在自己被超度之前，结果这个杀死了那么多战友的人。

在某种程度上，若伦倒有点钦佩他们的勇气。

四名士兵胸前中箭倒地，一根长矛从若伦身后什么地方飞出来，刺进了第五名士兵的锁骨下方，他也倒在了满地的尸首之上。紧接着，又有两名士兵被飞来的长矛了结了性命。这时，余下的士兵已经到了若伦近前，打头的一个挥着狼牙战斧向他砍来。尽管能感觉到扎进肩膀的箭尖刮着骨头，他还是硬生生抬起左臂，用盾牌挡开了这一击。伴着疼痛和愤怒，以及结束战斗的强烈愿望，若伦暴吼一声，抡锤砸碎了士兵的脑袋，随后没受伤的腿用力向前一跳，不给对方做出任何防守动作的机会，连续两锤，击塌了下一名士兵的胸口；第三名士兵挡开了若伦攻来的两锤，但若伦在虚晃一招后，又当即将其击杀。剩下的最后两名士兵同时从两侧夹攻，他们爬上尸堆，边爬边挥动兵刃斩向若伦的踝骨。此时若伦的力气已快耗尽，他和两名士兵来来往往地斗了起来，时间似乎变得如此漫长而难挨，双方都挂了彩。最后，他终于一锤砸扁其中一人的头盔，将其击毙，然后又是精准的一击，砸断了最后一人的脖子。

随后，若伦身子一晃，倒了下去。

他感觉到有人把自己扶了起来，睁开眼睛，见是哈若尔得，他正拿着一个酒囊凑到自己的满是燎泡的嘴上。“喝点酒，”哈若尔得说，“会让你感觉好一些的。”

若伦胸膛起伏，气喘吁吁地灌了几口，被太阳晒热的酒刺激得口腔一阵生疼。感觉到双腿已经有了力气，他说：“没事了，你不用扶着我了。”

若伦手支在锤柄上，扫视着战场。他这才看出，脚下的尸堆已经高到什么程度。尸堆已经快与两边的屋顶持平，他和战友们离地面至少有二十英尺之遥。从尸体来看，大多数士兵都是中箭身亡，但若伦清楚，被自己杀掉的也绝对不少。

“我……我杀了多少？”他问哈若尔得。

浑身沾满血迹的战士摇了摇头，说：“我数到三十二之后就乱了，也许别人知道吧。重锤，你所做的……我从来没见过凭人类的力量，能完成这样的壮举。蓝儿的眼光不错，你们家的人确实是顶尖的战士。重锤，你的勇猛没人比得上，不过你今天到底杀了多少，我……”

“是一百九十三个！”卡恩叫着向尸堆上爬来。

“没数错吗？”若伦自己都不敢相信。

卡恩点点头，爬了上来：“没错！我一直盯着，数得仔细着呢。一百九十三，就是这个数。如果算上那个在给弓箭手射死之前被你挑中肚子的士兵，就是一百九十四个。”

这个数目让若伦大吃一惊，没想到竟然会有这么多。他哑着嗓子笑了几声，说道：“很可惜他们已经没人了，不然再有七个就能凑够二百。”

大家都跟着笑了起来。

卡恩瘦削的面颊担心地紧绷着，露出深深的皱纹。他伸手去摸扎进若伦左肩的弩箭，说：“来，让我看看你的伤。”

“不用！”若伦说着挡开他的胳膊，“可能有人伤得比我严重，先去给他们疗伤！”

“若伦，你身上有几处伤，如果不先把血止住的话，很可能会致命的，不会花太久……”

“我没事！”若伦吼道，“别管我！”

“若伦，你看看你自己都成什么样子了！”

若伦向自己身上看了一眼，马上又将目光移开，说：“那就动作快点。”卡恩为他拔出肩头的箭，口中念念有词。若伦抬头看着凝滞的天空，心头一片空洞。经魔法处理的伤口一处接一处奇痒无比，感觉像有虫子在爬，跟着痛感便无比舒坦地消失了。等卡恩结束治疗，若伦身上还是有些疼痛，但已不那么厉害，脑子也清醒多了。

卡恩累得脸色灰白，浑身发抖，一直用双手扶着膝盖，直到止住颤抖。“我去……”他喘了口气接着说，“……去看看其他人的伤势。”说完他直起身，像喝醉了酒似的摇摇晃晃地走开，小心翼翼地爬下尸堆。

若伦担心地目送他离去，然后突然想起，不知另外两支小分队怎样了。他向村子另一头望去，只看到横七竖八的尸体，有些穿着帝国的红袍，有些则穿着沃顿青睐的棕色羊毛罩衫。“艾瑞克和桑德情况怎样？”他问哈若尔得。

“抱歉，重锤，我刚才根本没往比剑尖更远的地方看。”

若伦向几个仍站在屋顶上的战士喊道：“看到艾瑞克和桑德了吗？”

“我们不知道，重锤！”他们答道。

若伦用锤柄支撑身体，慢慢地走下乱尸堆，然后和哈若尔得以及另外三名战士一起，向对面村子中央的空场走去，路上见到还没咽气的帝国士兵便马上将其结果。走到空场的另一边时，地上沃顿人的尸首开始明显多于帝国的士兵。哈若尔得用剑敲了一下盾牌，提起嗓子喊道：“还有人活着吗？”

过了一会儿，某栋房子后面有人叫道："报上名来！"

"我们是哈若尔得和重锤若伦！还有其他的沃顿战士！如果你们是帝国的，那就赶紧投降，你们的同伙都死光啦，你们也赢不了我们！"

兵器落地声隔着房子传了过来，然后，沃顿的战士们三三两两地离开藏身之处，一瘸一拐地走向空场。他们互相搀扶，神情迷茫，有的简直成了血人，让若伦一开始还以为是被活捉的帝国士兵。他数了数，一共二十四人。艾瑞克走在最后出来的几个人当中，搀着一个在战斗中失去了右臂的战士。

若伦打了个手势，两名战士马上赶过去替艾瑞克扶住那名伤员。艾瑞克慢慢走向若伦，直视着他的眼睛，脸上的表情让人难以理解。他走到若伦面前，两个人相对而立，谁都没有动。若伦突然感到，空场上陡然变得出奇安静。

艾瑞克打破了沉默："你的人还剩下多少？"

"大部分，不是全部，但大部分还活着。"

艾瑞克点点头："卡恩呢？"

"他也活着……桑德怎样了？"

"他冲锋的时候中了一箭……几分钟前死的。"艾瑞克的目光越过若伦，看着对面的尸堆说，"重锤，你违抗了我的命令。"

"是的。"

艾瑞克向他伸出一只手掌。

"队长，不要这样！"哈若尔得高声叫着，踏步上前，"要不是若伦，我们谁都不会站在这儿了。你难道看不到他的功劳吗？他一个人就杀敌将近二百！"

艾瑞克对哈若尔得的求情无动于衷，仍然摊着一只手向前伸着，若伦也依旧面无表情地站在原地。

哈若尔得见状，转身看着若伦说："若伦，你知道弟兄们都跟着你。只要你一句话，我们……"

若伦瞪了他一眼，让他住口："别傻了。"

艾瑞克抿着薄薄的嘴唇说："至少你还没有完全失去理智。哈若尔得，如果你想一路牵着驮马走回去的话，就给我闭嘴。"

若伦抬起锤子，递给艾瑞克，然后解下挂着长剑和短剑的腰带，也交给了艾瑞克。"我没有别的武器。"他说。

艾瑞克寒着脸点了点头，把挂着剑的腰带甩到肩上，"重锤若伦，我现在解除你的指挥权，你是否愿意以名誉向我保证不会试图逃走？"

"是的。"

"那么此后有用得上你的地方你就照常出力，但其他方面，希望你不要忘了自己的囚犯身份。"艾瑞克说完，四下里看了看，然后向一名战士一指，"弗勒，你接替若伦的职务，直到我们返回沃顿大营，到时再由娜绥妲对此事进行裁断。"

"遵命！"弗勒答道。

接下来的几个小时，若伦和其他的战士一起，弯着腰在尸骸中寻找死难战友的遗体，然后在村边掩埋。其间若伦得知他手下的八十一人在战斗中只有九人丧生，而艾瑞克和桑德的两队则一共损失了将近一百五十人。如果不是被若伦救出来之后，艾瑞克部下中有一些留在了若伦身边，他那一队可能会损失更多。

葬好死者之后，沃顿人先把射出的箭矢收集起来，然后在村中央垒起一个大柴堆，解下帝国士兵有用的装备，把他们的尸体丢到柴堆上，然后点火。焚烧的尸体冒出油腻的黑烟，遮蔽了天空，烟柱升起足有几英里高。隔着黑烟，太阳看上去像一个薄薄的红色圆盘。

先前被士兵抓住的年轻妇女和男孩哪里都找不到，若伦猜测他们可能在战斗刚一开始时就逃掉了，因为没看到他们的尸体。对他们来说这可能是最好的结果了吧。不管他们去了哪里，他都希望他们好运。

让若伦惊喜的是，再有几分钟沃顿人就要撤离的时候，雪焰慢步跑回了村庄。一开始它有些怕人，谁都不让靠近。若伦低声安慰它，慢慢地让它放松下来，然后给它清洗包扎了伤口。由于伤势痊愈之前雪焰已经不适合骑乘，若伦就把它拴在了驮马的前头，结果雪焰马上就表现出不满：耳朵贴向后面，来回地甩着尾巴，扭曲嘴唇露出牙齿。

“听话！”若伦轻轻拍着它的脖子。雪焰翻着一只眼珠子看着他，打了几个响鼻，耳朵稍微松弛了一些。

若伦骑上一匹原属一位已经死去的沃顿人的马，来到在两面房屋当中排好的队伍后头。若伦不去看大家向他投来的目光，但听到几个战士低声说“干得漂亮”，还是感到一阵开心。

骑在马上等待艾瑞克下达出发的命令时，若伦想着娜绥妲、凯特琳娜和伊拉龙，心里不觉升起一片阴云，他们知道自己阵前抗命会有什么反应？但很快他就把担心撇开了。我做了正确而且必要的选择，他告诉自己，不管有什么后果，我都不会后悔。

“出发！”艾瑞克在队伍前头喊道。

若伦脚跟一踢，胯下的坐骑快步走了起来。他和战士们一起向西行去，渐渐远离了村庄，只留下一大堆士兵的尸体，慢慢烧成灰烬。

镜子里的消息

The Inheritance Cycle

一块平整的大石头高出伊拉龙的空帐篷数英尺，蓝儿正趴在上面晒太阳。上午的阳光照在身上，通体暖洋洋的非常舒服。昨晚的飞行让她有些困倦，自从伊拉龙被娜绥妲派去那中空的大山堡藤杜尔以后，四处飞行，监视帝国各处的据点成了她每晚例行的工作。这对于隐瞒伊拉龙的离去是必要的，但沉闷的飞行让她非常厌倦。此外，尽管黑暗对她来说没有半点可怕之处，但她不习惯在夜间行动，而且她也不喜欢做任何太有规律的事情。更要命的是，沃顿行军的速度太慢，所以她每晚大多数时间都是在大致相同的地貌上空飞翔。最近发生的唯一让她略感兴奋的事，是昨天上午她在东北方紧贴地平线的地方，发现了呆头呆脑的红鳞荆刺，但他并没掉头与她对峙，而是继续向前飞进帝国的腹地。听到她的报告之后，娜绥妲、阿丽娅和护卫她的精灵们一下炸开了，他们那副样子，活像一群受到惊吓、叽叽喳喳地到处乱窜的松鸡。他们甚至坚持让长着蓝黑色狼毛的布洛德迦姆扮成伊拉龙骑着她飞行，她当然不会同意。每当在沃顿人当中起飞和落下时，允许精灵把一个伊拉龙的幻影放到背上，还勉强可以忍受，但她绝对不会让伊拉龙以外的任何人骑着自己飞翔，除非战斗已经迫在眉睫，就连这个，她到时同不同意还不知道呢。

蓝儿打了个哈欠，伸出右前腿，舒展了一下趾爪，之后放松身体，尾巴折回来圈住自己，又动了动放在爪子上的脑袋，让自己更舒服一点。就在此时，鹿和其他一些猎物的形象在她心头掠过。

过了一会儿，她听到脚步声，有人穿过营地向娜绥妲的红帐跑去。蓝儿没有在意，信使一天到晚总是来来回回跑个不停。

就在她快睡着的时候，又一个人跑了过去，很快又是两个人。蓝儿依旧闭着眼睛，伸出舌尖，舔了舔空气。没发现任何不寻常的味道，蓝儿断定这阵忙乱不值得关注，便慢慢地进入梦境之中，梦见自己正在一个碧绿清凉的湖泊中潜水捕鱼。

一阵愤怒的叫声吵醒了蓝儿。

她身子不动，听着一大群圆耳朵两条腿的生物在争吵。距离太远，她听不清吵的是什么，但从声音语气判断，他们已经愤怒到足以行凶杀人的程度。沃顿内部有时会爆发争执，这在任何数量庞大的群居动物当中都很常见，但以前她还从没听到过有这么多的两条腿在一起吵这么久，而且情绪还如此激动。

两条腿们越吵越起劲，蓝儿的脑壳底开始一跳一跳地嗡嗡作响。她爪子一收，指甲在满是石英石的岩石表面留下一道道沟壑，一时石屑纷飞。

我数到三十三，如果到时吵闹还不停止，那他们最好希望引发争吵的事情足够严重，抵得过打扰风的女儿休息后付出的代价！

当蓝儿数到二十七的时候，两条腿们突然静了下来。总算完了！蓝儿换了一个更舒服的姿势，准备重新开始她的睡眠。

突然间金属铿锵，包着皮肤的布片迎风响，包爪子的皮子砰砰踏着地面，风中送来黑皮肤战士娜绥妲的味道，绝对不会错。又怎么了？蓝儿心想。有一会儿，她真的在考虑要不要怒吼一声，把所有人都吓走，让她独自安静地待着。她睁开一只眼睛，看到娜绥妲和她的六个警卫向自己趴着的地方大步走来。

在石块较低的一端，娜绥妲命令警卫止步，和正在一小块草地上对练的布洛德迦姆等精灵待在一起，然后独自爬上岩石。

“你好，蓝儿。”娜绥妲说。她身穿一条红裙子，映着身后一棵苹果树的绿叶，越发鲜艳夺目。蓝儿鳞甲的反光在她脸上留下细碎的光影。

蓝儿没有情绪说话，只眨了一下眼。

四下看了看，娜绥妲抬脚走近蓝儿的头部，轻声说：“蓝儿，我和你的谈话必须保密。你能把思想传给我，但我做不到把思想传给你，所以你能否进入我的内心，并留在里面，这样只要我想什么，不用说出来你就可以知道，你能做到吗？”

蓝儿将意识向那女人紧张、坚硬而又疲倦的内心延伸，把自己一直无法入睡的愤怒全部倾泻给她，然后说：只要我愿意就可以做到，但请你放心，没有你的同意，我永远不会这么做的。

当然，娜绥妲答道，我明白。一开始，蓝儿从娜绥妲那里只接收到一些不连贯的意象和情绪：一个绞刑架、空着的绳套、地上的血迹、狰狞的面孔，忧虑、疲倦以及潜藏在表象之下的坚毅、深沉的决心。抱歉，娜绥妲说，我度过了一个非常难熬的上午，如果我的思绪太散乱，还请你多担待。

蓝儿又眨了一下眼睛。什么事让沃顿人这样激动？一群人吵得很凶，把我吵醒了，之前我还听到很多传令兵跑过营地。

娜绥妲紧闭着嘴唇把头转开，抱起胳膊，手掌轻抚伤口还没有全好的小臂。她思想的颜色变得像子夜的乌云一般漆黑，处处预示着死亡和暴力。

她罕有地沉默了很久，然后说：一个名叫奥斯芒德的沃顿人，昨天晚上偷偷潜入了巨人的营区，趁他们围着火堆睡觉的时候，杀死了三个巨人。巨人并没有在现场抓到奥斯芒德，但今天一早，他却在军中四处宣扬，唯恐别人不知道是自己干的。

他为什么要这样做？蓝儿问，巨人杀了他的家人吗？

娜绥妲摇摇头。我倒希望有，因为那样的话巨人就不会如此愤怒了，至少复仇还在他们的理解范围之内。此事怪就怪在这里，奥斯芒德对巨人的恨没有任何理由，他恨他们，只因为他们是巨人。巨人从来没有伤害过他或他的任何亲人，但他的每一个毛孔都充满了对他们的憎恨，至少这是我在和他谈过话后得出的结论。

你打算怎么处置他？

娜绥妲重又将头转向蓝儿，眼睛里有深深的哀伤。他会被处以绞刑。当初我接受巨人加入沃顿族的时候，就申明任何人如果侵犯巨人，将会受到和侵犯自己的同类一样的惩罚，我说过的话要算数。

你后悔当初的承诺吗？

不，当时我必须让大家知道，这样的行为我是不会容忍的，不然，他们很可能在我和拿·葛左格订立协议的当天就向巨人下手了。不过现在我必须让大家明白，我会说到做到。否则，就会有更多的谋杀，而巨人就会自己动手讨回公道，我们两个种族将再次陷入你死我活的仇杀之中。为谋杀巨人和违抗我的命令而将奥斯芒德处死，这当然绝对没错。可是，蓝儿，沃顿人是不会高兴的。我付出血的代价才赢得他们的忠诚，但现在他们会因绞死奥斯芒德而恨我……会因为我把巨人的生命看得和人类同样贵重而恨我。娜绥妲放低了胳膊，手指扯着袖口，而且，我不能说自己就比别人更心甘情愿。尽管我那么努力，像我父亲会做的那样，尽量开诚布公、平等地对待巨人，但我却忘不掉父亲正是被他们杀害的，我忘不掉在垡藤杜尔战役中，沃顿人被巨人屠杀的一幕幕惨象，我忘不掉孩提时代听到的许多关于巨人的故事，讲他们从大山中席卷而来，将多少无辜的人在睡梦中杀死。巨人从来就是代表恐惧的怪物，现在我却把民族的命运与他们绑在了一起。我忍不住会想起这一切，蓝儿，有时我甚至怀疑自己是否做出了错误的决定。

这一切说明你毕竟还只是人类的一员而已，蓝儿试图安慰娜绥妲，但你却没必要让旁人的观念来束缚你。你可以超越自身种族的局限，只要你有这个愿望。如果说我们能从历史中学到任何东西的话，那就是，在阿拉加西亚建立最伟大的功业、为苍生谋得最大福祉的，正是那些能让不同种族放弃成见，走到一起的国王、女王或其他领袖。我们必须警惕的是纷争和愤怒，而不是与曾经的敌人化敌为友。不要忘记你对巨人的戒心，因为他们确实让人不放心，但也要记住，曾经，矮人和龙族的关系并不比人类和巨人之间更友善。而一度龙与精灵的战斗也如火如荼，如果能做到，我们早就把他们灭族了，但这些都只是曾经的事实，之所以能够改变，是因为有和你一样的勇敢者，在只有仇恨的地方，建造出友谊的桥梁。

娜绥妲将前额抵在蓝儿嘴角，然后说：你真智慧，蓝儿。

蓝儿觉得有些好笑，她把头从爪子上抬起来，用嘴巴尖碰了碰娜绥妲的额头。我只是如实说出了心中的看法，仅此而已。如果这算是智慧的话，那你尽管取用，不必客气。不过，我相信你已经拥有自己所需的全部智慧。处决奥斯芒德可能不会讨得沃顿人欢心，但还不至于瓦解他们对你的忠诚。再说，我相信你会有办法安抚他们的。

是的，娜绥妲用手指擦了擦眼角说，没办法也要想办法。然后，她微微一笑，犹如云霁初开，脸色霎时转为明媚，但我来找你可不是为了奥斯芒德。伊拉龙刚和我联系，叫你去垡藤杜尔找他。矮人们……

蓝儿昂起脖子，啸声直贯苍穹，腹内火焰翻卷，冲出喉咙，高高地喷向天空。娜绥妲踉跄后退，啸声所及，所有人都僵住了，呆呆地看着蓝儿。她站了起来，从头至尾猛地一抖，舒展双翅准备飞翔，疲倦早就被忘到了九霄云外。

娜绥妲的卫兵作势向这边冲来，但被娜绥妲挥手制止。一阵烟雾将她罩在当中，她用袖子遮住鼻子，咳嗽了几声。蓝儿，你的热情值得表扬，但是……

伊拉龙受伤了还是有麻烦了？蓝儿问。娜绥妲略显踌躇，蓝儿已经紧张得快炸开了。

和从前一样，他好好的，娜绥妲答道，不过，昨天……出了一件事。

什么事？

他和他的警卫遭遇了袭击。

蓝儿一动不动地听着娜绥妲为她转述刚才伊拉龙所讲的每一件事。听完后，她嘴唇掀动，露出牙齿。安胡因之泪部落的人应该庆幸，我没和伊拉龙在一起。谁敢打暗杀他的主意，我绝对不会轻易放过他！

娜绥妲浅浅一笑说：正因为如此，你也许还是待在这里为好。

也许吧，蓝儿承认道。她又喷出一道炙热的烟气，尾巴来回地甩动，不过，我并不意外，这已经成了惯例。每次我们分开，就会有人向他下手，现在他一旦离开我的视线超过几小时，我就会担心得满身鳞甲发痒。

他的能力足以自保。

没错，但我们的敌人也不是吃素的。蓝儿焦急地移动着身体，翅膀举得更高，娜绥妲，我急着出发，还有什么我需要知道的情况吗？

没了，娜绥妲说，祝你一路顺风！到达垡藤杜尔之后，不要耽搁，尽快返回。你一离开营地，帝国用不了几天就会明白，你和伊拉龙并非是外出执行短暂的侦察任务。加巴多里克斯也许会、也许不会选择你们不在的时候发动攻击，但总之你们多离开一小时，这种可能性便多增加一分。还有，我非常希望攻打费斯特尔时有你们俩助阵，尽管没有你们我们也照样拿得下来，但人员损失会严重得多。总而言之，整个沃顿的命运就全倚赖你的速度了。

我们会如疾风一般归来的。蓝儿安慰她道。

之后娜绥妲向她道别，走下岩石离去。这边，布洛德迦姆和众精灵一起，匆忙地将那不舒服的皮鞍，即伊拉龙的座位，固定在她背上，又在鞍袋里装满食物等应用品，都是和伊拉龙一道上路时她会携带的东西。她并不需要这些——她靠自己甚至都取不到——但为了装样子，只好带上。一切准备停当后，布洛德迦姆一只手放在胸前，做出精灵表示敬意的手势，用古语说：“再见，闪鳞蓝儿，愿你和伊拉龙平安归来。”

再见，布洛德迦姆。

蓝儿站在原地等待着，蓝黑色狼毛的精灵念起咒语。伊拉龙的幻影从帐篷中走出，向蓝儿背上爬去。

当那不具实体的伊拉龙踏着她的左前腿，登上腿根部，随后跨到她的肩上时，蓝儿没有任何感觉。布洛德迦姆向她点点头，表示假伊拉龙已经坐好。蓝儿尽力扬起翅膀，直到双翅在头顶合到了一起，然后她纵身一跳，从岩石边缘跃出。

下方灰色的帐篷扑面而来，蓝儿翅膀用力一扇，将身体从可以跌断骨头的地面生生拉起，然后掉转方向，向着堡藤杜尔飞去。她不停地扇动着翅膀，升向空气寒冷而稀薄的高空，希望在高处找到平稳的气流，载着她更快速地前进。

她飞过树木茂密的河岸，那是沃顿人今天选定的宿营地。在强烈的快乐中，她浑身一时如波纹般颤动起来。

结束了，伊拉龙只身涉险而她却只能枯坐等待的日子，结束了！一晚又一晚在相同的地方飞行的日子！那些想对她思想和情感的伙伴下毒手的家伙，你们再也休想逃脱惩罚！张开嘴巴，蓝儿向着全世界吼出自己的快乐和自信。不论有什么神祇，不服气就尽管过来，她，埃俄曼戈和沃瓦达——他们那个时代最伟大的两头龙的女儿，向你们挑战！

当蓝儿飞到沃顿大营上空一英里有余的高度时，一阵强烈的西南风吹了过来。她调整身体的角度，借助风势，从洒满阳光的大地上方高高地飞过。思绪向前方投射，她唤道：我来了，小家伙！

四 声鼓响

白发的女矮人哈法拉，阿巴达克部落首领，从召开部落大会的桌边站起，用本族语简短地说了一句话。伊拉龙倾着身子，全身每块肌肉都绷得紧紧的。

汉法斯特在伊拉龙左耳边低声翻译道："我代表族人，推选奥利克为新任国王。"

伊拉龙吐出憋在胸中的一口气。一票。要成为全族的统治者，部落首领必须赢得其余大部分首领的支持。如果没有人能够达到这个标准，按照矮人族的法律，选票最低的首领将被淘汰，首领大会在最多三天以后重新开始选举。这个过程会一直持续，直到某位部落首领得到过半的票数。这时候，首领大会会承认她或者他是新任君主，并宣誓效忠。沃顿族的形势危如累卵，伊拉龙一心盼望选举一轮便知分晓，如果做不到的话，矮人们最好休息几个小时就开始下一轮选举。否则，他觉得自己在气急败坏之余，肯定会砸烂那张石桌。

哈法拉将选举的第一票投给了奥利克，这是个好兆头。正如伊拉龙所知的，在袭击伊拉龙的事件发生以前，哈法拉一直支持夸恩部的甘纳尔。如果哈法拉改变了立场，那么甘纳尔的另一位支持者——昂丁——也可能会把票投给奥利克。

霜胡部落的加尔德海姆跟着从桌边站起身，他本来就很矮，这一站又比坐着的时候更矮了些。"我代表族人，"他宣布，"推选拿度为新王。"

奥利克转过头来，回望伊拉龙，低声说道："嗯，不出所料。"

伊拉龙点点头，向拿度看去。圆脸矮人正摸着自己的黄胡须，一副志得意满的样子。

然后，凯尔芙之链部落的曼多阿斯说："我代表族人，推选奥利克为新王。"奥利克冲他点头致谢，曼多阿斯也点了点头，长鼻子尖忽上忽下。

曼多阿斯落座的时候，伊拉龙和所有人一起都望向了甘纳尔，室内一片安静，伊拉龙甚至听不到矮人的呼吸声。夸恩部掌管全族的宗教事务，作为这个部落的首领，同时也是矮人族众神之首甘特拉的最高祭师，甘纳尔在族中享有巨大的威望，他支持的人选一般就是最终获得王位的人。

“我代表族人，”甘纳尔说，“推选拿度为新王。”

一片低声的惊呼在围绕圆形议事厅的矮人中响起，拿度更是欣然自喜。伊拉龙握紧了交叉的双手，暗暗地诅咒了一句。

“先别灰心，伙计，”奥利克说，“我们还有希望，夸恩部首领支持的人也落选过。”

“这种事常见吗？”伊拉龙小声问。

“算得上。”

“上一次是什么时候？”

奥利克看向别处：“八百二十四年以前，当时女王……”

河流卫士部落的昂丁表态了，奥利克陷入沉默：“我代表族人，推选拿度为新王。”

奥利克抱起了双臂，伊拉龙只能看到他的侧脸，很明显他正紧锁着双眉。

伊拉龙咬紧牙关，盯着地上拼凑的图案，心中默默计算已经投出的票数和还没投出的票数，试着估计奥利克还有没有获胜的可能。按最乐观的估计，胜负也悬于一线。伊拉龙双手握得更紧，指甲深深地掐进手背里。

野猪部落的索缀思站起来，一只胳膊上搭着她粗粗的长辫子。“我代表族人，推选奥利克为新王。”

“这回三比三。”伊拉龙低声说道，奥利克点点头。

轮到拿度发言了。石匠部落的首领用一只手掌抚平胡须，向所有与会者微微一笑，带着一种掠食动物的眼神：“我代表族人，推选自己为新王。如果得到大家的拥护，我发誓将清除污染本族的异族人，我发誓我们的黄金和战士将致力于保卫我们的人民，而不是精灵、人类和巨人的脖子，我以我家族的荣誉起誓。”

“四比三。”伊拉龙数道。

“嗯，”奥利克说，“叫拿度不选自己，选其他人，那是痴心妄想。”

费奥温放下手里的木块和刻刀，从椅子上半欠着胖大的身躯，低垂着眼帘，用浑厚的嗓音嘀咕了一句：“我代表族人，推选拿度为新王。”然后他坐回椅子上，继续雕他的乌鸦，对室内响起的一片惊讶之声置若罔闻。

拿度欣然的表情已经换上了一副得意扬扬的样子。

“该死的，”奥利克低声怒吼，眉头越发紧皱。他的小臂用力按在扶手上，手上的青筋绷得紧紧的，椅子发出嘎吱一声响，“这个虚伪的叛徒，他答应投票给我的！”

伊拉龙的心沉了下去：“为什么他要背叛你？”

“他一天要到辛追的庙里参拜两次，我早该想到，他不会跟甘纳尔唱反调。呸！甘纳尔一直在算计我，我……”这时，与会者的注意力全都转到了奥利克身上。他克制心中的愤怒，站了起来，视线从众位部落首领脸上一一掠过，然后用本族语说道，“我代表族人，推选自己为新王。如果得到大家的拥护，我承诺为我们的人民带来黄金、荣耀和自由，让我们的人民生活在地面之上而无惧加巴多里克斯摧毁家园，我以我的家族荣誉起誓。”

“五比四，”奥利克坐下时，伊拉龙说道，“我们居于劣势。”

奥利克重重地哼了一声：“我会数数，伊拉龙。”

伊拉龙双肘支在膝盖上，看向一个又一个矮人。行动的欲望啃噬着他的心，可是如何行动，他却一筹莫展：然而事关重大，他迫切地希望能找到一个办法，保证奥利克登上王位，从而让矮人族继续支持沃顿人反抗帝国的斗争。可是，纵然伊拉龙苦苦思索，除了坐着干等以外，再也想不出别的什么办法。

下一个站起来的矮人是尖牙兽部落的哈瓦德。他下巴抵在胸口上，伸出右手仅余的两根手指轻按台面，一副沉思未决的样子。伊拉龙在椅子里朝他凑近一些，心脏怦怦跳动。他会支持奥利克吗？伊拉龙在心中问道。

哈瓦德最后敲了一下手指，然后手掌在桌面上啪地一拍，抬起头来，说道：“我代表族人，推选奥利克为新王。”

拿度瞪大了眼睛，然后咬牙切齿，脸颊上肌肉扭曲。伊拉龙看在眼里，心头一阵快意。“哈！”奥利克说，“这回算是把芒刺扔进了他的胡子里。”

最后两名没有投票的是黑达马和艾奥壬。黑达马，这位结实健壮的洞熊部落首领，似乎对面前的局势感到不安，而艾奥壬——战狼部落首领——正伸出尖尖的指甲，轻轻抚摸左颧骨上的新月形疤痕，脸上微微含笑，十足一只自我感觉良好的猫。

伊拉龙屏住呼吸，等着他俩表态。如果艾奥壬选了自己，他心想，如果黑达马还是追随她，那么选举不得不进入第二轮。不过，她没有理由这么做，除非有心拖延，但据我判断，拖延下去对她并没有好处。她眼下已经没有当女王的希望了，下一轮选举中她不再具有候选资格，我怀疑她不会这么傻，浪费眼前这个决定大局的权力，只换来对子孙吹嘘自己曾经是一名王位候选人，但是如果黑达马与她选的不一样，选举还是不分胜负，不管怎样都要进入第二轮……啊！如果我能未卜先知就好了！如果奥利克输了怎么办？我应该控制部落大会吗？我可以封锁议事厅，谁都不能进出，然后……不行，那就会……

艾奥壬向黑达马点点头，打断了伊拉龙的沉思，然后她厚眼皮下的视线向伊拉龙扫来，那眼神让他感觉自己是被她打量的一头冠军公牛。黑达马站直身子，锁子甲上的铁环叮当作响。他说道：“我代表族人，推选奥利克为新王。”

伊拉龙登时喉头发紧。

艾奥壬鲜红的嘴唇愉快地翘了起来，她婀娜地从椅子里站起，用低沉沙哑的声音说道：“看来，今天会议的结果如何，全在于我了。我极其认真地听了你的辩论，拿度，还有你的，奥利克。你们俩有许多观点，我都是赞同的，但有一个至关重要的问题，眼下需要我们做出抉择，那就是要不要与沃顿族联手反抗帝国。如果这只是一场种族之间的战争，谁赢我都无所谓，而且我绝对不会考虑为外族人的利益流本族战士的鲜血。然而，情况不是这样，远远不是。如果加巴多里克斯赢得了这场战争的胜利，那么在他的淫威之下就连博尔山脉也不能给我们以庇护。如果我们想保住自己的领土，就一定要推翻加巴多里克斯。而且，我突然想到，躲在地道与洞穴之中，听任别的种族决定阿拉加西亚的命运，这不是一个古老强大的种族应该做的事。当这个年代的历史书写之日，我们希望后人怎么评说呢？是说我们像古老年代的英雄那样，与人类和精灵并肩战斗，还是说我们躲在屋子里，像被门外的激战吓坏了的乡下人？至少，我，知道自己的回答。”艾奥壬一甩头发，接着说道，“我代表我的族人，推选奥利克为新王！”

在圆形议事厅靠墙而站的五位执法长老中，最年长的一位踏步上前，锃亮的手杖在石地上重重一敲，高声叫道：“向垡藤杜尔山崇吉海姆城第四十三任国王——在博尔山脉之下而凌驾于博尔山脉之上的矮人——奥利克国王致敬！”

“向奥利克国王致敬！”议事厅里欢声雷动，人们纷纷起立，掀起一片衣物及盔甲的摩擦之声。伊拉龙脑子晕晕乎乎的，也随着众人站了起来，这才想起此刻面前有一位国王。他向拿度看去，但矮人的双眼死气沉沉，没有半分表情。

白胡子的执法长老再次用手杖敲了敲地板：“让史官马上记下首领大会的决定，让这喜讯立即传遍王国。传令官！速速通知那些用镜子遥视的魔法师，告诉他们今日发生的一切；找到山中所有的守望者，传我的话：‘擂鼓四下。四下，用你以前从没有过的劲头，甩开你的鼓槌，因为我们有了新国王。就这样击鼓四下，让这个消息在整座垡藤杜尔山上回响。’我命令你，把这话告诉他们。去！”

传令官离开了，奥利克从椅子里撑起身子，站了起来，环顾周围的矮人。伊拉龙觉得，他的表情有一点恍惚，好像没有想到会赢得王位。“谢谢你们，”他说，“将这个沉重的责任交给我。”他停了停，而后继续说了下去，“我现在唯一想的，是本族的兴旺发达。我将毫不动摇地追求这个目标，直到我石化的那天。”

各部落首领轮流走上前来，一个接一个地在奥利克面前跪下，发誓做他忠实的臣民，效忠于他。轮到拿度宣誓的时候，这位矮人没有流露任何情绪，而是语调平平地背诵了誓词。一句句话从他嘴里说出来，仿佛一条条铅块落到地面。他说完以后，会场上所有人都明显地松了一口气。

宣誓结束之后，奥利克宣布他的加冕礼将于次日早晨举行，然后带着随从退场，到了另一个房间。进了房间之后，伊拉龙看着奥利克，奥利克看着伊拉龙，半晌谁都没有说一句话。然后，一个大大的笑容出现在奥利克脸上，他突然纵声大笑，笑得脸都憋红了。伊拉龙欢畅地笑着，一拉他的小臂，紧紧地拥抱他。奥利克的护卫和谋士围在他俩身边，拍打奥利克的肩膀，由衷地发出热烈的欢呼，向他表示祝贺。

伊拉龙松开奥利克：“我没想到艾奥壬会站在我们一边。”

“哎，我很高兴，不过这样一来，事情倒是更加复杂了，”奥利克紧锁眉头，

“为了报答她的帮助，我可能得在我的议事会里给她留个位置，这是至少的。”

“也许是最好的！”伊拉龙在喧闹中扯着嗓子喊道，“如果战狼部落名副其实，我们在攻到乌鲁邦城门之下前，会很需要他们。”

奥利克张嘴正欲答话，一个低沉、悠长的声音，在地面、在房顶、在整个房间中回荡，充满了威慑之力。“听！”奥利克叫了一声，举起一只手。所有人都静了下来。

低沉的鼓声响了四次，每一下都撼动了整个房间，似乎有一位顶天立地的巨人正在崇吉海姆城边跺着脚行走。过后，奥利克说：“我从没想过，有朝一日达瓦鼓会宣布我登上王位的消息。”

“这些鼓有多大？”伊拉龙满怀敬畏地问。

“直径接近五十英尺，如果我没记错的话。”

伊拉龙忽然想到，虽然矮人族是身量最矮的一个种族，但阿拉加西亚最宏伟的建筑却出自他们之手，让他感觉很奇怪。也许，他心想，造出这么大的东西，会让他们觉得自己没那么小。他正想把这个感想告诉奥利克，却在最后关头想到这也许会冒犯他，所以还是把话咽了回去。

奥利克的随从簇拥着他，用矮人语和他商议着什么，不时地互相高声发出一连串乱七八糟的叫嚷。伊拉龙本来有另一个问题想问奥利克，不知不觉被挤到了墙角里。他耐着性子等谈话的间隙，但几分钟过去，矮人的问题和建议还是滔滔不绝，明显不打算放过奥利克。他断定，这种状况会一直持续下去。

因此，伊拉龙开口道：“奥利克康纳格尔。”他在这个表示“陛下”的古语中渗透了能量，可以引起在场所有人的注意。房间里安静下来，奥利克挑着一边的眉毛看着伊拉龙，“陛下，可以允许我告退吗？有些……事情需要我去办，再不去来不及了。”

会意的神色照亮了奥利克褐色的双眼：“赶紧去，快点！不过你不用叫我‘陛下’，伊拉龙，‘国王’也不用，别的什么尊称通通不用，我们终究是朋友加结义兄弟。”

“是的，陛下，”伊拉龙回答道，“但从现在开始，我还是遵守和众人一样的礼节为好。你已经是本族的国王，也是我的国王，因为我是银吉通部的一员，这是我必须谨记的。”

奥利克看了他好一会儿，好像中间相隔着很远的距离，然后点了点头，说道：“如你所愿，魔影杀手。”

伊拉龙鞠了个躬，离开房间。在四名警卫的陪伴下，他走进通道，走上通往崇吉海姆地面第一层的楼梯。一来到将城山分成四个区的主通道中向南的那条，伊拉龙就转身对他的卫士长施兰德说：“剩下的路我打算一直跑过去，建议你们到崇吉海姆的南大门那儿停下，在那里等我回来。”

施兰德建议道：“阿吉兰，请求你，你不应该单独行动。我能否说服你放慢速度，让我们跟上来？我们也许没有精灵跑得快，但我们可以从日出一口气跑到日落，身上还戴着全副盔甲。”

“谢谢你的关心，”伊拉龙说，“但我一分钟也不想等了，哪怕每条柱子后面都躲着刺客。再见！”

说完，他冲进宽敞的通道，一路闪开挡路的矮人。

重聚

此处距离南大门一英里远，不出几分钟，伊拉龙便跑完了这段路程。他的脚步声重重地敲打在石头地面上，奔跑中，眼前闪过一幅幅华美富丽的挂毯，挂在两旁岔道的拱形门洞顶上；沿拱形通道排列的血红色水苍石立柱之间，隐藏着造型奇异的野兽和怪物雕像。四层高的通道很宽敞，伊拉龙能轻松地避开居住在里面的矮人。不过在一个地方，一队石匠走在前面，他眼看就要闪避不及，只得越了过去。矮人们惊叫着纷纷躲闪，伊拉龙从他们头顶飞过，欣赏着他们震惊的表情。

伊拉龙迈着舒展的大步，从护卫着城山南出口的厚重木门下跑过，听到守门卫士冲自己喊："你好，阿吉兰！"大门缩进了崇吉海姆城的底层，二十码外才是那对黄金打造的狮身鹰首兽。他飞跑着从中间穿了过去，冲到开阔地上。两头巨兽瞪着眼睛，眺望着远方。

空气清凉湿润，仿佛刚下过雨。虽然现在已是早上，但崇吉海姆四周圆形的平地上仍然只有一层灰蒙蒙的微光。地面英寸草不生，只有地衣和苔藓，点缀着一片片气味很冲的伞菌。头顶上，堡藤杜尔山直插天空，高逾十英里，尽头是一个狭小的开口，浅淡的天光经过折射，从这里照进巨大的山腹中。伊拉龙抬头仰望，只觉得这山高不可测。

他一边跑，一边倾听自己有节奏的呼吸声，还有轻灵的脚步声。身边没有其他人，只有一只好奇的蝙蝠，在他头顶盘旋飞舞，发出吱吱尖叫。空心山里一片静谧，他不由得放松了心情，萦绕在心头的种种忧虑一扫而空。

一条鹅卵石小径从崇吉海姆的南门边伸出，通向堡藤杜尔南面的山脚，在那儿有两扇三十英尺高的大门。伊拉龙沿着小径来到门边，停下了脚步。从隐蔽的岗哨里走出两名矮人，急忙为他打开了大门，露出门后无穷无尽的通道。

伊拉龙继续向前。一开始，通道的两边都立着饰有红宝石和紫水晶的大理石柱，但在五十英尺过后，便不再有任何装饰，显得冷清而荒凉，光滑的墙壁上只有相隔二十码便出现的无焰灯，偶尔还有一扇紧闭的门。不知道门后面通向什么地方，伊拉龙心想。一想到头顶压着高达数英里的石头，难以忍受的压抑之感便油然而生，他赶紧不再想下去。

走到一半，伊拉龙感觉到了她。

“蓝儿！”他大喊一声。发自心灵和喉咙的呼喊回荡在石壁上，她的名字持续不断地响起十余次。

伊拉龙！片刻之后，遥远的一声大吼，像隐隐的雷声，从通道另一头向他滚来。

伊拉龙脚下速度加快，同时向蓝儿敞开心灵，抛开了围绕自我而设的所有保护，让彼此毫无保留地融为一体。他的意识朝她奔去，与此同时，像一股温暖的潮水，她的意识也向他席卷而来。伊拉龙倒吸一口气，脚下一乱，差点跌倒。他们彼此将对方紧紧拥抱在心灵的怀抱中，让彼此的自我再次合而为一，世上没有任何一种身体上的依偎可以企及这样的亲密与无间。他们最深的喜悦来自同一个简单的感受：他们不再孤单。身边有一个关心你，对你的全部存在体察入微，在最艰难困苦的绝境中也不会离你而去的同伴，是人所能够拥有的最珍贵的关系，这是伊拉龙和蓝儿都珍惜的东西。

没过多久，伊拉龙便看到蓝儿在不让头撞到通道顶部，也不让双翅蹭上墙面的情况下，用最快的速度向自己跑来。她的双爪在石地上一路抓过来，滑过最后一段距离，然后在伊拉龙面前骤然停下，峥嵘、辉煌而华美。

一声欢呼，伊拉龙跳了起来，不顾她鳞甲的尖锐，用双臂搂着她的脖子，用尽力气抱得紧紧的，双脚悬空数英寸。小家伙，蓝儿说，她的舌头好暖和。她低头将他放在地上，打了个响鼻，然后说道，小家伙，不想掐死我的话，最好松开胳膊啦。

对不起。他咧开大嘴笑了，往后退了一步，然后又哈哈笑出了声，用额头抵在她的嘴上，挠她嘴角两边后面的细鳞。

蓝儿低低的哼唧声在通道中响起。

你累了，他说。

我从没飞过那么快，那么远。离开沃顿族之后，我只休息过一次，要不是渴得飞不动了，我连这一次都不会停。

你是说，你已经有三天不吃也不睡啦？

她向他眨了眨眼，光华灿烂的宝石蓝色眸子有一瞬间隐没在眼帘之后。

你一定饿得要死了！伊拉龙心疼地大叫起来。他在她身上到处打量，看有没有伤口，没有找到之后才放下心来。

我是累了，她说，但不饿，现在不饿。等我缓过劲儿来，会想吃东西的，但现在我可能一只兔子都吃不下……脚下的地面好像在晃动，我觉得自己好像还在飞一样。

如果不是分别了那么久，伊拉龙可能会责备她做事不计后果，但此刻，他大为感动，而且对她的苦心充满感激。谢谢你，他说，我再等一天都受不了啦。

我也一样。她闭上眼睛，将头放在他的双手里，让他继续替她挠痒痒，而且，稍有耽搁，加冕礼就赶不上了，我没错过吧？首领大会最后决定谁……

不等她问完，伊拉龙就把奥利克的形象送入她脑中。

啊，她轻叹一声，满意之情流溢在她心中，他会是一位明君。

但愿如此。

伊斯达米林准备好让我去修复了吗？

如果现在还没有拼完的话，到明天也一定完成了。

那就好。从眯起的眼帘下，她尖锐的目光向他射来，娜绥妲把安胡因之泪部落的阴谋告诉我了。只要我一不在，你就惹麻烦。

他笑容渐深。那你在的时候呢？

没等麻烦干掉你，我就干掉了它。

是吗？那在基里城巨人偷袭然后抓走我那一次又怎么说？

蓝儿的獠牙之间喷出一股烟。那次不算。那时候我个头比较小，也没什么经验。这种事再也不会有了，你也不再像以前那么好欺负。

我从来都不好欺负，他抗议地说，就是敌人太强了。

不知为什么，最后一句话把蓝儿逗乐了。她从胸腔深处发出笑声，很快伊拉龙也笑了起来。他们俩笑得停不下来，到最后伊拉龙躺在地上，大口喘气，蓝儿则费劲地憋着一直从鼻孔里往外喷的火苗。然后，蓝儿发出了一种伊拉龙从未听过的声音，一种奇怪的跳跃的低吼，同时，一种非常古怪的感觉从她那儿传了过来。

蓝儿又发出了一声，然后摇了摇头，好像赶苍蝇一样。啊，天哪，她说，我好像打嗝儿了。

伊拉龙张大了嘴巴，就这样愣了半天，然后捧腹大笑，笑得眼泪哗哗地往下流。每一次他刚刚止住笑，蓝儿就像只鹳鸟似的脑袋往前一顿，又打一个嗝儿，他便再次笑得抽筋。最后他用手指堵住耳朵，两眼盯着通道顶，拼命在心里默背能想起来的每一种金属和石头的真名。

背完之后，他用力吸了一口气，从地上站起来。

好点儿啦？蓝儿问道。她双肩颤动，又是一个嗝儿。

伊拉龙死命咬住自己的舌头。好了……来，咱们去崇吉海姆吧。你该喝点水，可能会管用，然后你就睡一觉。

咒语不能治打嗝儿吗？

也许，可能。但无论是布鲁姆，还是俄拉米斯，都没教过我这个。蓝儿哼了一声，表示理解，一个嗝儿紧随其后。伊拉龙更用力地咬着舌头，盯着她的趾尖。可以吗？

蓝儿伸出右前腿，以示邀请。伊拉龙热切地爬上她的背，坐进她脖子根儿上的鞍里。

他们一起向崇吉海姆走去，既体会着自己的幸福，同时也分享着对方的幸福。

登基

达瓦鼓的鼓声传来，召集崇吉海姆的矮人参加新国王的加冕典礼。

“通常来说，”头一天晚上，奥利克告诉伊拉龙，“首领大会选出国王或者女王之后，当选的矮人就开始实行统治，不过加冕典礼至少要在三个月以后才举行，好让想参加的人有时间安排手头的事情，赶到垡藤杜尔来，有时候甚至是从我们的领土最边远的所在赶来。新王加冕可不是常常发生的，所以每到这时候，我们的习惯是隆重庆祝，连续数周的酒席，载歌载舞，还有智力和体能的竞赛，铸造、雕刻等工艺的比试……然而，这些都是在和平时期。”

伊拉龙站在蓝儿身边，在崇吉海姆的中央大厅边上，听着巨鼓的擂动。一英里外的大厅另一头，几百名矮人挤在每一层的拱门下，亮闪闪的黑眼睛全都看着伊拉龙和蓝儿。

蓝儿舔了舔她的肋部，生着倒刺的舌头从鳞片上沙沙地掠过。这是她每当美美地睡了一觉之后必有的举动。然后她抬起前腿，伸出长吻在上面蹭，她浑身散发出木头燃烧后的气味。

别那么多小动作，伊拉龙说，大伙儿都看着我们呢。

蓝儿轻轻地嘟哝了一声。我忍不住，羊毛塞在我的牙缝里，现在我想起为什么讨厌吃绵羊了。毛茸茸的鬼东西，吃到嘴里都是毛球，还消化不良。

先忍忍，等这儿一完事，我就帮你剔牙。

哼。

布洛德迦姆在鞍囊里放了火草没有？可以给你消消食。

不知道。

哦……伊拉龙想了想，如果没有，我去问问奥利克，看崇吉海姆有没有，我们要……

他咽下了后面的话。鼓声的余韵慢慢消逝，人头攒动，他听到窸窸窣窣的衣物摩擦之声，以及用矮人语轻声说出的只言片语。

数十个号角同时吹响，激动人心地在城山里回荡。不知在何处，一组矮人齐声歌唱，听得伊拉龙头皮发紧，血脉流动加速，似乎狩猎在即。蓝儿左右拍打着尾巴，他知道她也有同样的感受。

开始了，他心想。

他和蓝儿随着各部落首领、行业领袖以及其他重要人物走进城山的中央大厅，环绕宏伟的殿堂站成了一圈，大厅中间安放着在搭起的木框架里重新拼好的伊斯达米林。庆典开始前一个小时，歇格送信给伊拉龙和蓝儿，说他和工匠们已经拼上了宝石的最后一块碎片，伊斯达米林正等待着蓝儿将她恢复如初。

黑色花岗岩的矮人王位已经从崇吉海姆城底下的收藏处搬了出来，放置在伊斯达米林旁的一处高台上，面向崇吉海姆的东面主通道。之所以朝向东方，是因为那是太阳升起的方向，标志着新时代的开始。数千名矮人武士，身着金光闪烁的盔甲，笔挺地在王位前布成两个方阵，同时在东向主通道里也列队两行，绵延一英里，直抵崇吉海姆东门，许多人手中的长矛上都饰有带着古怪图案的旗帜，奥利克的妻子海德拉站在众人之首。在首领大会驱逐了斡芒之后，奥利克见有望当上国王，便召唤她过来，她于当天早上才抵达崇吉海姆。

号角声和不知来处的歌声持续了半个小时，然后，奥利克迈着从容的步伐，一步一步地从东门向崇吉海姆的中心走来。他的卷曲的胡子梳过了，脚下蹬着一双上好的亮皮半高筒靴，鞋跟上镶着银马刺，小腿上打着灰色的羊毛绑腿。在灯光照耀下，他身上的紫色丝衬衣闪闪发亮。在衬衣外面是一副锁子甲，上面的每一个链环都由精纯的白金打造而成。一件镶貂皮的长斗篷从他肩头垂下，拖在身后的地面上，上面绣着银吉通部的徽章，矮人的开国之君科根铸造的战锤沃伦德挂在他腰间镶有蓝宝石的宽腰带上。在尊贵奢华的衣饰和富丽堂皇的盔甲下，奥利克似乎由内到外闪闪发光，看得伊拉龙眼花缭乱。

十二个矮人孩童跟在奥利克身后，可能是六名男童，六名女童，伊拉龙只能从他们头发修剪的不同式样猜个大概。孩子们穿着红色、棕色和金色的束腰上衣，每人手里都捧着一个直径六英寸的光亮的圆球，由十二种不同材质的石头雕刻而成。

随着奥利克步入城山的中央，大厅突然暗了下来，斑斑驳驳的影子洒满大厅。伊拉龙不明所以，抬头一看，不由得大感意外。只见粉红色的玫瑰花瓣飘飘洒洒，从崇吉海姆之巅落下。丝绒般的花瓣宛如轻柔密集的雪花，落在人们的头上、肩上，铺在地板上，空气中充满了馥郁甜美的玫瑰花香。

号角和歌咏沉寂不闻。奥利克在黑色王位面前单膝跪地，垂下头来。在他身后，十二名孩童停住脚步，站立不动。

伊拉龙一只手按在蓝儿温暖的身体一侧，与她分享心中的期待和激动。他不知道接下来会怎样，因为奥利克不肯透露更多。

接着，众人环绕大厅形成的圆圈中出现了一个空缺，夸恩部落的首领甘纳尔跨步上前，在王位的右手边站定。这位身负重任的矮人身披一袭华贵的红袍，衣边上镶有金属丝勾勒的神秘文字。长长的法杖握在他的手中，一枚晶莹透亮的尖顶水晶高踞杖顶。

甘纳尔握住法杖，双手高举过头，用力向石头地面一敲，铿锵之声久久不绝。“Hwatum il skilfz gerdûmn（听我说）!”他高声说了一句，接着又用矮人语说了几分钟。由于翻译不在身边，伊拉龙对他的话全然不懂，但是随即甘纳尔的语调一变，伊拉龙听出他说的是古语，于是省悟到他是在念咒，不过这咒语与伊拉龙练习的都不一样。祭师并没有将咒语投向某个物体或者某种元素，他用这种神秘而强大的语言说的是：“甘特拉，天空、大地和辽阔海洋的创造者，听听你忠实的仆人的呼喊吧！感谢你的慷慨，我们的种族兴旺发达。今年，以及今后每一年，我们向你供奉羊群中最肥美的公羊，加香料的蜂蜜酒，还有一部分果实、蔬菜和谷物的收成。你的庙宇在大地上极为丰裕，你的荣耀无人能及。啊，伟大的甘特拉，众神之王，听听我的呼告，接受这请求吧：我们要为这凡尘俗世立下一位人间的统治者，你可否屈尊为特里夫克之子奥利克赐福，像为他的前任加冕一样，加冕于他？”

一开始，伊拉龙以为甘纳尔的请求不会得到什么回应，因为在矮人说完那番话之后，伊拉龙并没有感觉到从他那儿涌出的魔法流，然而，蓝儿拱了拱他，说：看。

伊拉龙顺着她的视线看去，头顶三十英尺处，有什么东西搅乱了飘落的花瓣：一道缝隙，或者一片空洞，挡开了飘落的花瓣，似乎有一个看不见的物体占据了那儿的空间。花瓣中的动荡向下蔓延，一直伸到地面。密集的花瓣勾勒出这片空洞的轮廓，出现一个四肢俱全的生灵的模样，像矮人，又像人，也像精灵和巨人，但整体上与伊拉龙知道的任何一个种族都不一样：头与肩齐宽，粗壮的手臂长到膝盖以下，虽然躯干雄壮，但双腿却短而弯曲。

这个形体散发着淡淡的光，花瓣勾勒的轮廓显现出一个朦胧的雄性形象，有着雄伟的身躯和一头浓密蓬乱的毛发。这位神灵，如果他是神的话，身上不着衣物，只系了一条缠腰带。他的神情阴郁而肃穆，在那上面冷酷与仁慈以对等的分量同时并存，似乎他就是会毫无征兆地完成从此及彼的极端转换。

伊拉龙细细观望的同时，感知到了一个奇怪的、广阔无垠的意志就在大厅里。这个意志有着不可解的思绪和不可测的深度，这个意志从各个无法预知的方向闪动着、咆哮着、奔涌着，就像夏日的一场雷雨。伊拉龙迅速地在它面前封闭了自己的心灵，他汗毛倒竖，一阵战栗传遍全身。他不知道自己感觉到的是什么，但恐惧紧紧攫住了他。他向蓝儿看去，寻求安慰，只见她正紧紧地盯着那个形象，猫一般的蓝眼睛晶莹闪烁，亮得异乎寻常。

周围的矮人齐刷刷地跪了下去。

神灵说话了，他的声音就像巨石互相碾压，像从荒凉贫瘠的山峰之巅刮过的风声，像扑向乱石滩的水声。他说的是矮人语，虽然伊拉龙听不懂，但饱含威力的话语还是叫他瑟缩不安。神灵向奥利克提了三个问题，奥利克一一回答了这些问题，他的声音相比之下显得模糊而微弱。明显对奥利克的回答感到满意，这个幻影伸出发光的双臂，两根食指分别按在奥利克没戴头盔的脑袋两侧。

神灵两指之间的空气泛起了涟漪，而后在奥利克的额头上慢慢凝聚成形，是罗特加国王过去佩戴的那顶镶嵌宝石的金盔。神灵拍拍肚子，在雷鸣般的大笑声中，慢慢隐身不见，玫瑰花瓣的飘洒之态又恢复如常。

“Ûn qroth Gûntera（甘特拉如是说）!”甘纳尔大声宣布。霎时号角齐鸣，喧声震天。

奥利克站起来，登上高台，转身面向人群，然后坐到了坚硬的黑色王位之上。

“万岁，奥利克国王！”矮人们放声高呼，用战斧和长矛击打身上的盔甲，在地上重重地跺着脚，“万岁，奥利克国王！万岁，奥利克国王！”

“向奥利克国王致敬！”伊拉龙喊道。蓝儿昂头长啸，以示祝贺。一串火焰从矮人们的头顶掠过，将一溜儿玫瑰花瓣化为灰烬。热浪扑向伊拉龙，他的眼里冒出了泪水。

甘纳尔在奥利克面前跪下，又用矮人语说了几句话。他说完以后，奥利克伸手碰了碰他头上的冠冕，而后他便退回了原位。在他之后，拿度走到王位前，也说了几句同样的话。再之后上去的是曼多阿斯、哈法拉等其余各位部落首领，只有斡芒不在此列，因为他被禁止参加加冕典礼。

他们一定是在向奥利克宣誓效忠。伊拉龙对蓝儿说。

不是已经向他发过誓了吗?

没错，但那次不是公开的。伊拉龙看着索缀思向王位走去，然后接着说道，蓝儿，你对我们刚刚看到的一幕有何感想？真的是甘特拉，还是一个幻象？他的意志好像是真实存在的，我不知道在这一点上有什么可能做出假象，但是……

应该是幻象，她说，矮人的神灵从没有在战场上帮助过他们，在我所知道的任何其他方面都没有。我也不相信，一个真正的神，会像头训练良好的猎狗一样，听到甘纳尔一声招呼就跑出来。连我都不会呢，神不是应该比龙更了不起些吗？……不过，阿拉加西亚确实有许多神秘的事物。也许我们看到的是不知多久以前的阴魂，一个旧时的惨淡的残余，在大地上徘徊不去，渴望恢复力量，谁又知道真相呢?

最后一位部落首领从奥利克面前退下后，各行业领袖也依样而行，然后奥利克向伊拉龙招了招手。伊拉龙迈着缓慢而均匀的步伐，穿过矮人武士的行列，来到王位前跪下，以银吉通部落成员的身份，承认奥利克是他的国王，誓死效忠并保卫他。接着，作为娜绥妲的使节，他代表娜绥妲和沃顿族向奥利克表示祝贺，同时表达了沃顿族友好相处的意愿。

伊拉龙退下之后，又有各方人士上去和奥利克交谈，矮人们排起了长龙，争相向新登基的国王表白忠心。

这个过程持续了几个小时，然后开始了赠送礼物的环节。矮人们纷纷献出本部落或者本行会的贺礼：一个装满红宝石和钻石的金杯；一件施过魔法、刀枪不入的盔甲；一张集霜胡部的胡须织成的极轻柔的羊毛挂毯；一块刻有奥利克历代祖先姓名的玛瑙牌匾；一把用龙牙制成的匕首，总之是琳琅满目，不胜枚举。奥利克回赠每位矮人一枚戒指表示谢意。

伊拉龙和蓝儿排在最后，他们来到奥利克面前，伊拉龙再次下跪，从怀里掏出头天晚上向矮人要来的金臂章，举上去递给奥利克。“这是我的礼物，奥利克国王。臂章不是我做的，但我在上面设下了保护你的符咒。只要你戴着它，就不用害怕毒药。如果有刺客妄图击打、劈刺或者朝你投射任何物体，他们的武器都会失去了准头。它还能让你免于大部分来自敌人的魔法伤害，此外还有一些别的保护，遇到危险时你会发现有用的。”

奥利克俯首接过伊拉龙手中的臂章，说道：“你的礼物珍贵无比，魔影杀手伊拉龙。”当着众人的面，他将臂章戴到左臂上。

接下来蓝儿说话了，将她的思想送入在场每一个人的脑中：我的礼物是这个，奥利克。她走过王位，足爪敲打着地面，然后抬起两条前腿，搭在了支起伊斯达米林的架子上。木架被她压得吱吱作响，不过还撑得住她。几分钟过去了，没有任何动静，但蓝儿一直保持着这个姿势，注视着巨大的宝石。

矮人们看着她，眼睛一眨也不眨，几乎连呼吸都停顿了。

你有把握吗？伊拉龙本来不想让她分心，但还是忍不住问了一句。

不知道。我前几次施魔法的时候，没有停下来想自己到底有没有使用咒语。只是心里希望事物有所改变，结果就真的变了。不是什么特别费心的事……我想，得等我感觉来了，才能开始修复伊斯达米林。

让我帮你吧，让我通过你施一道咒语。

不，小家伙，这是我的责任，不是你的。

一个声音，低微而又清晰，在大厅里轻轻飘荡，唱起一支悲伤而缓慢的曲子。一个接一个，藏身在某处的矮人歌者加入进来，哀婉动人的歌唱响彻崇吉海姆城。伊拉龙正想叫他们保持安静，蓝儿说：没关系，别去打扰他们。

虽然伊拉龙不知道歌里唱的是什么，但从那曲调中，也能领会到它是一曲对曾经存在而终于消逝的事物的挽歌，就比如这伊斯达米林。

一曲将尽，伊拉龙发现自己心中所想的，是逝去的帕伦卡谷的生活，泪水涌出了眼眶。

从蓝儿那里，他感觉到了一种类似的情绪，一种深沉的愁思，让他大为诧异，因为她的性格一向与忧郁和哀怨无缘。本想问一问她，但是他同时还体会到，有一种东西在她内心深处涌起，仿佛她身上某个古老的部分正在苏醒。

一曲终了，余韵也渐渐散去。此时，蓝儿体内能量澎湃——强大得令伊拉龙为之倒吸一口冷气——她低下头颅，用鼻吻的尖端轻触伊斯达米林。框架吱吱作响，巨大的宝石发出闪电般的强光，而后整个框架轰然散开，碎了一地，伊斯达米林已完好如初。

但也不是完全一样。宝石的颜色是一种比以前更深、更艳的红色，接近花心处的花瓣上还夹杂有淡淡的金丝。

矮人们目瞪口呆地看着伊斯达米林，然后全体欢呼雀跃，向蓝儿爆发出热烈的掌声，声势堪比飞流直下的瀑布。她向人群略一颔首，踏着玫瑰花瓣，回到伊拉龙身边。谢谢你，她对他说。

为啥？

你帮了我，在你的情绪感召下，我才知道该怎么做。不然的话，要等灵光闪现，我可能得在这儿待上好几个星期才能修好伊斯达米林。

奥利克举起双臂，让众人安静下来，然后说："我代表整个矮人族，谢谢你的礼物，蓝儿。今天，你为我们的王国重拾了往日的骄傲，我们会永远记住你的功绩。为了不让世人说矮人是一个不知感恩的民族，从现在到永远，你的名字将列入'大匠师'名册，在冬季庆典中吟诵。当伊斯达米林重新安放在崇吉海姆城巅之后，你的名字将刻在环抱宝石的基座上，与宝石的雕刻者都若克的名字一同流传后世。"

面对伊拉龙和蓝儿，奥利克说："你们再一次对我的人民表现出了深厚的情谊。让我高兴的是，你们通过行动，证明了我的养父接纳你们为银吉通部成员的决定是英明的。"

参加了加冕礼之后的一大堆仪式，又帮蓝儿剔完牙——一个滑溜溜、黏糊糊、臭烘烘的工作，让他完事后急需洗澡——伊拉龙和蓝儿参加了奥利克的庆祝宴会。这是一场闹哄哄的狂欢，一直持续到深夜。变戏法的、耍杂技的纷纷登台献技，娱乐宾客，还有一群演员表演了一出名叫 *Az Sartosvrenht rak Balmung, Grimstnzborith rak Kvisag* 的戏剧，汉法斯特告诉伊拉龙，意思是"克威塞格的勃曼格王传奇"。

欢宴接近尾声，大部分矮人都已酩酊大醉，伊拉龙向坐在石桌一头的奥利克欠过身去，说道："陛下……"

奥利克将手一挥："我才不要你一直陛下前、陛下后地叫我，伊拉龙，不行。不是必要场合，就像以前那样叫我的名字，这是个命令。"他伸手去抓高脚杯，却一把抓了个空，还差点把杯子打翻了，自己却呵呵呵笑了起来。

伊拉龙微微一笑，说："奥利克，我很想知道，给你加冕的真是甘特拉吗？"

奥利克下巴抵在胸口，手指摩挲着杯脚，表情严肃起来："是我们在世上能看到的最接近甘特拉的事物。这算是回答了你的问题吗，伊拉龙？"

"我……我想是吧。一有召唤他就会出来吗？他有没有拒绝过为某位统治者加冕？"

奥利克双眉之间的沟壑更深了："你以前听说过荷瑞提克国王和荷瑞提克女王吗？"

伊拉龙摇头。

"他们没有得到甘特拉的祝福，但还是坚持要接过王位。"奥利克撇了撇嘴，"他们的统治，毫无例外全都是短命而且痛苦的。"

伊拉龙胸口一紧："这么说，虽然首领大会选你继任王位，但如果甘特拉没有为你加冕，你现在也当不上国王。"

"是这样，要不我就会成为一个内战中的民族的国王。"奥利克耸耸肩，"我没怎么想过这种可能性。沃顿族与帝国之战打得正激烈，只有疯子才会冒着分裂王国的危险阻止我获得王位，甘特拉也许什么都是，唯独不是疯子。"

"但你并没有十足的把握。"伊拉龙说。

奥利克摇了摇头："直到他把头盔戴在我的头上。"

两难处境

“对不起。”伊拉龙撞到了水盆，赶忙说了一句。

娜绥妲皱起眉头，盆里的水面泛起波纹，她的面孔忽而缩短，忽而拉长。“为什么？”她问道，“我还以为应该先祝贺你，你做到的事，不但达到而且超出了我的期望。”

“不是，我……”伊拉龙收住口，这才想起她看不到水被搅乱。这道咒语可以让娜绥妲通过镜子清楚地看到他和蓝儿，但他们俩眼中看到的东西她是看不到的，“只不过是我的手碰到了水盆。”

“噢，是这样，那我现在正式向你道贺，伊拉龙，你扶助奥利克登上了王位……”

“虽然我自己却因此受到袭击。”

娜绥妲笑了，“没错，虽然你自己受到袭击，但你保住了我们和矮人族的同盟关系，这是关系生死存亡的大事。现在的问题是，其余的矮人军队什么时候才能与我们会合？”

“奥利克已经命令士兵随时准备开拔，”伊拉龙说，“各部落召集人马可能需要几天时间，一旦准备好了，他们就会立即出发。”

“这也是个好消息，我们能尽快得到他们的支援。我倒想起来了，我们什么时候可以见到你？三天以后？四天？”

蓝儿动了动翅膀，呼吸热烘烘地吹在伊拉龙脖子上。伊拉龙瞧了她一眼，小心地想了想该怎么说，然后答道：“很难说，你记得我走之前跟你谈过的事吗？”

娜绥妲嘟了嘟嘴：“当然记得，伊拉龙。我……”她侧过脸去，听什么人对她说话，伊拉龙和蓝儿含含糊糊地听不清楚。接着娜绥妲又转了回来，说，“艾瑞克队长带领的人马已经回来了，看样子人员伤亡惨重，但哨兵说若伦还活着。”

“他受伤了吗？”伊拉龙问。

“我了解清楚之后马上通知你。不过，我并不太担心。若伦的运气……”一个看不见的人又打断了娜绥妲，她走出了伊拉龙可见范围之外。

伊拉龙心里七上八下地等着。

“抱歉，”娜绥妲说，她的面容再次出现在水盆里，“我们正准备包围费斯特尔，不时地要对付罗兰娜夫人从城里派出的突击队……伊拉龙、蓝儿，这边的战斗需要你们。如果费斯特尔的人发现，集结在城墙外的只有人、矮人和巨人，会以为有守住城门的希望，会因此竭尽全力地抵抗。当然，守是肯定守不住的，但现在他们还没认清这一点。如果他们看到率军冲锋的是龙和龙骑士，一定会立即失去斗志。”

“但是……”

娜绥妲举起一只手，打断了他：“叫你回来还有其他理由。由于在‘长刀血拼’上受的伤，我不能像以前那样亲自督战。我需要你代替我，伊拉龙，监管军令的执行，并且鼓舞士气。而且，虽然我们已经做了许多掩饰工夫，但你不在的传言已经开始在营地里散播了。如果最终导致穆塔和荆刺直接向营地发起攻击，或者加巴多里克斯派他们支援费斯特尔……那么，就算有精灵相助，我怀疑我们也对付不了。我很抱歉，伊拉龙，但是我眼下不能答应让你重回埃勒斯梅拉，太危险了。”

水盆放在一张冰凉的石台之上，伊拉龙双手按住石台边缘，说道：“娜绥妲，拜托了，如果现在不行，什么时候才可以？”

“很快，你要有耐心。”

“很快，”伊拉龙长长地吸了一口气，抓住台面的手更加用力，“到底是多快？”

娜绥妲向他皱起双眉：“你不能指望我说得出确切的时间。我们先是要夺下费斯特尔城，然后必须控制周边地带，再然后……”

“再然后你要向毕拉同娜或者雷欧那城进军，接下来是乌鲁邦。”伊拉龙接话道。娜绥妲想说什么，但他没给她机会，抢着说了下去，“你离加巴多里克斯越近，穆塔和荆刺，甚至国王本人，向你发起攻击的可能性就越大，你就会越发不想让我们离开……娜绥妲，蓝儿和我杀不了加巴多里克斯，我们没有那个技能，没有那个知识，也没有那个力量，你知道的！加巴多里克斯如果愿意离开城堡，亲自出手打击沃顿族，用不了多久便可以结束这场战争，我们必须再和师傅谈谈。他们可以告诉我们，加巴多里克斯的力量从哪里来，他们也许能教我们几招对付他的方法。”

娜绥妲垂下眼帘，看着自己的双手：“你不在的时候，穆塔和荆刺会让我们全军覆没。”

“可是如果我们不走一趟，哪怕打到乌鲁邦，我们也会被加巴多里克斯消灭……你不能等几天再袭击费斯特尔吗？”

“可以，不过围城一天就有一天的伤亡，”娜绥妲用手掌根揉着太阳穴，“你的要求代价很高，收获却不确定，伊拉龙。”

"也许收获是不确定的，"他说，"但如果不试一下的话，我们的毁灭却是肯定的。"

"真的吗？我不太肯定。不过……"娜绥妲双眼凝望图像之外的远方，沉吟不语，时间长得令人不安。然后她点了一下头，好像下定了决心，开口说道，"我可以让队伍到达费斯特尔的日子再往后拖两到三天，这一带还有另外几座城镇，我们可以先把它们拿下来。到达城外之后，可以再花两三天，让沃顿族架设攻城器械，修筑防御工事，这不会引起任何怀疑。不过，再往后我就必须向费斯特尔发起强攻，哪怕是只为抢夺他们的供给，在敌人的领地枯坐不动的队伍非饿死不可。因此，我最多可以给你六天时间，很可能只有四天。"

她一边说，伊拉龙一边在心里飞快地盘算。"四天时间不够，"他说，"六天都可能太短。蓝儿飞到垡藤杜尔花了三天，而且还是在不眠不休，也不用背负我的情况下。如果我看到的地图是准确的，从这里去埃勒斯梅拉和她从你那里飞到垡藤杜尔的距离相当，也许更远，从埃勒斯梅拉飞往费斯特尔也差不多远。而且，带着我的话，蓝儿一路上飞不了那么快。"

不行，我做不到。蓝儿对他说。

伊拉龙接着说下去："就算在最顺利的情况下，我们到达费斯特尔与你会合，也要一个星期，这还是按我们在埃勒斯梅拉片刻不停估计的。"

娜绥妲脸上露出深深的疲惫："你们一定要飞到埃勒斯梅拉不可吗？越过埃勒斯梅拉的魔法屏障之后，用法术与你们的导师联系可不可以呢？你们省下来一分一秒都是生死攸关的。"

"不知道，我们可以试试。"

娜绥妲闭起了双眼，过了好一会儿，她沙哑着嗓子说道："我也许可以推迟四天到达费斯特尔……去不去埃勒斯梅拉，我把决定权交给你。如果你要去，那就待够必要的时间。你说得对，除非找到战胜加巴多里克斯的办法，否则我们没有胜利的希望。不过，要时刻记住我们冒着巨大的风险，记住为了争取你需要的时间，可能会牺牲的沃顿战士的性命，还有我们围城时因为没有你，会增加多少的死伤。"

伊拉龙心头沉重，应道："我不会忘记。"

"我希望如此。快去吧！别再耽搁了！飞吧，飞吧！蓝儿，比捕猎的鹰更快，别让任何事情拖慢了你。"娜绥妲将指尖在嘴唇上轻轻一触，然后按向他们看不见的镜面，他知道她在上面能看到自己和蓝儿的活动映像，"一路平安，伊拉龙，蓝儿。再见之日，恐怕就是在战场上了。"

随后她倏地从眼前消失，伊拉龙收回咒语，盆里又是一汪清水。

鞭刑柱

若伦直挺挺地坐着，眼睛越过娜绥妲，看着猩红色帐篷上的一道褶子。

他能感觉到娜绥妲在观察自己，但就是不肯和她的目光对视。在笼罩着他们的漫长而单调的沉默中，若伦设想着一大堆有可能出现的可怕后果，太阳穴像发烧一般剧烈地跳动着。他希望能离开沉闷的帐篷，去呼吸外面凉爽的空气。

最后娜绥妲开腔了："我该拿你怎么办，若伦？"

他脊背挺得更直："悉听尊便，小姐。"

"这是一个令人佩服的回答，重锤，但却无助于解决我的难题。"娜绥妲端起高脚杯，呷了一口葡萄酒，"你两次违抗艾瑞克队长当面下达的命令，不过，如果你没有违命的话，他和你以及你们队里的所有人，恐怕都没命回来了，但你的功劳并不能抹去抗命的事实。根据你自己所讲，你的抗命属于明知故犯。如果我还想在沃顿人当中维持军纪的话，就必须惩罚你。"

"是，小姐。"若伦的眉头越发阴沉。

"见鬼！重锤。如果你不是伊拉龙的表兄弟，如果你的计谋有哪怕一点点的失算，我都会毫不犹豫地把你吊起来绞死。"

若伦想象着绳索在脖子上收紧的感觉，用力吞了一下口水。

娜绥妲右手中指敲打着高背椅的扶手，速度越来越快，最后突然停顿。她说："你希望继续与沃顿人一起战斗吗，若伦？"

"是的，小姐。"他毫不犹豫地回答。

"为了继续留在我的军队中，你愿意承受什么样的责罚？"

若伦没容自己去仔细琢磨她这个问题的含义，当即答道："任何必须承受的责罚，小姐。"

娜绥妲紧绷的表情缓和下来，点点头，似乎颇为满意："我原本就希望你会这么说。根据传统和可依的先例，我只有三个选择：一、我可以绞死你，但我不会那么做……原因很多；二、我可以罚你受三十下鞭刑，然后将你从军中除名；三、受五十下鞭刑，但你继续留在我的麾下。”

五十鞭并不比三十鞭多多少。若伦心里想着，努力给自己打气。他舔了舔嘴唇问：“我要当着大家的面受鞭刑吗？”

娜绥妲的眉毛微微一扬：“重锤，这不是你顾虑自尊的时候。惩罚必须严厉，他人才会引以为戒，而且必须公开，这样才能让全体沃顿人受到教训。如果你的智慧有表面看起来的一半那么多，那么在当初抗命的时候，你就该知道自己的决定必然会带来某种后果，而这后果极可能是不愉快的。你现在要做的选择很简单：你是愿意留在沃顿族里，还是要抛弃朋友和亲人，自奔前程？”

若伦抬起下巴，对她怀疑自己说过的话感到气愤：“我不会离开，娜绥妲小姐。不管要受多少鞭，都不会比失去家园和父亲更痛苦。”

“是不会，”娜绥妲柔声说，“也不可能会……杜万加塔部的魔法师会监督鞭刑过程，之后会给你疗伤，以保证不造成永久性的伤害。不过，他不会把你的伤完全治愈，你也不可以自己找魔法师来治疗。”

“我明白。”

“等约蒙杜把军队集合起来之后，鞭刑便马上执行。在那之前，你得待在鞭刑柱旁边的一个帐篷里，由专人监押。”

知道鞭刑很快开始，若伦叹了口气，他可不想在这个沉重的阴影下连等几天。

“是，小姐。”他说。她动了动指头，示意他可以走了。

若伦原地转身，大踏步走出帐篷。刚到外面，两名卫兵便走上前来，一左一右把他夹在中间。他们既不看他也不跟他搭话，带着他一路穿过营地，来到一个很小的空帐篷前。鞭刑柱离帐篷不远，在刚刚越出营地边缘的一块低矮的坡地上。

柱子有六英尺半高，颜色已经变得乌黑，接近顶端的地方有一根很粗的横梁，受刑时囚犯的手腕就绑在上面，横梁上布满了指甲留下的一道道抓痕。

若伦强迫自己把眼睛转开，低头钻进了帐篷，一张破烂的木头板凳是帐篷里面唯一的摆设。他在板凳上坐下，专心致志地呼吸，力图让自己镇静下来。

随着时间一分钟一分钟地过去，若伦听到外面开始传来噔噔的脚步声和环甲碰撞发出的叮当声——沃顿人正在鞭刑柱周围集合。若伦想象着数千男女的目光全集中在自己身上，其中还有来自卡沃荷的村民，不由得脉搏跳动加快，额头冒出冷汗。

大约半个小时后，女魔法师特里安娜进了帐篷，吩咐他把上衣脱掉，只剩长裤。若伦有些尴尬，可那女人似乎没有任何感觉。她给他彻底检查了一遍，甚至给他左肩被士兵用弩箭扎伤的地方又额外施了一道疗伤的咒语。检查完毕，她宣布他的身体没问题，鞭刑可以进行，并给了他一件粗麻布衫代替他原来的衣服。

若伦刚把布衫套到头上，凯特琳娜就冲进了帐篷。看到她，若伦心头霎时又是欢喜又是担忧，也不知哪个更多些。

凯特琳娜来回看了看若伦和特里安娜，然后向女魔法师屈膝为礼，说：“请问我可以和我丈夫单独说一会儿话吗？”

“当然，我在外面等。”

特里安娜刚一离开，凯特琳娜便扑向若伦，张开双臂抱住了他，若伦也同样用力地把她搂在怀中，回到营地后他们一直都没见上面。

“啊，我多想你啊！”凯特琳娜在他的右耳边低声说道。

“我也想你。”他喃喃地道。

他们稍稍分开一点，刚好可以看到彼此的眼睛，凯特琳娜突然怒气勃发：“这不公平！我去找了娜绶妲，乞求她宽恕你，至少减少鞭打的数量，但她拒绝了我的要求。”

他的双手上下抚摸着凯特琳娜的后背，说道：“我希望你没有去。”

“为什么不去？”

“因为我说了我会留在沃顿，我不想食言。”

“但这是不对的！”凯特琳娜双手抓着他的肩膀说，“卡恩什么都告诉我了，若伦，你一个人就杀了将近两百个敌人，要不是因为你的英勇，没一个人能活着回来！娜绶妲应该做的是在你面前堆满礼物和赞誉，而不是把你像个普通的囚犯一样大加鞭笞！”

“对或错并非关键，”他说，“关键是必须要这么做。如果我处在娜绶妲的位置，我想我也会下达同样的命令。”

凯特琳娜的身体一阵颤抖：“可是，五十鞭……为什么一定要这么多？被打这么多鞭送命的人也不是没有。”

“那只是因为他们的心太柔弱。不要担心，想让我死可没那么容易。”凯特琳娜强颜做出一个微笑，呜咽之声却难以遏制。她把头埋进他的胸膛，他轻柔地把她揽在怀里，一下下拍着她的头发，尽力地安慰她，尽管他自己的感觉也好不到哪里去。几分钟后，号角声从帐外传来，若伦知道两人相聚的时间到头了。他从凯特琳娜的双臂中挣脱出来，“我想请你为我做件事。”

“什么事？”她擦了擦眼睛问。

“回到我们的帐篷去，不要离开，直到鞭刑结束。”

凯特琳娜似乎被他的要求吓了一跳：“不！我不会离开你……尤其是现在！”

“求你，”他说，“你不是非看不可。”

“你也不是非挨鞭子不可！”她反驳说。

“这个话就不要再提了。我知道你想陪着我，但如果你不在这里，如果我知道你看不到，那我就会更容易承受……这一切都是我自找的，凯特琳娜，但我不想你也因此受苦。”

她的表情越来越惨淡：“既然已经知道你要面对的一切，那我无论在哪里都会同样痛苦。不过……我会按你说的做，但只是因为这样有助于你忍受磨难……你知道，如果能够的话，我宁愿替你挨鞭子！”

“你也知道，”他亲了亲她两侧的面颊说，“我不会同意让你替我挨鞭子的。”

泪水又涌出了她的眼眶。她又把他拉向怀中，抱得如此用力，若伦几乎喘不过气来。

约蒙杜和两名侍卫掀开门帘走进来时，若伦和凯特琳娜仍然紧紧相拥。凯特琳娜松开若伦，向约蒙杜屈膝一礼，然后一言不发，无声无息地走出帐篷。

约蒙杜向若伦伸出一只手说：“时间到了。”

若伦点点头，站了起来，听凭约蒙杜和卫兵在身后拥着他走向外面的鞭刑柱。一排又一排的沃顿人站满了柱子周围的空地，每一个男人、女人、矮人和巨人，都肩平背直地肃然而立。看了一眼聚在周围的战士，若伦便将目光投向远处的地平线，尽量忘掉他们的存在。

两个卫兵把若伦的胳膊高举过头，手腕固定在鞭刑柱的横梁上，同时约蒙杜绕到柱子对面，举着一个外面包了层皮子的木榫钉说：“给，咬住这个，”他低声说，“不然你会咬伤自己。”若伦心怀感激地张开嘴，让约蒙杜把木榫钉在上下牙齿之间放好。硝制的皮子有些苦涩，味道和没熟的橡树果实近似。

号角和鼓声响起，约蒙杜宣读了对若伦的指控，卫兵用刀子把若伦的粗麻布衫划落在地。

冰冷的空气袭上赤裸的躯干，若伦不禁打了个寒战。

在鞭子触到肌肤前的一瞬间，他先听到了鞭梢划过空气的尖锐哨音。

那感觉就像有一根通红的铁棍按在了皮肤上。若伦的背弓了起来，紧咬着木榫钉，不自觉地呻吟了一声，不过有木榫钉堵着嘴，他相信应该不会有人听到。

“一下。”挥鞭子的人说。

第二鞭的剧痛使若伦又呻吟了一声，但之后他便一声不吭，下定决心不在全体沃顿人面前示弱。

过去数月来，若伦负伤不知多少次，其中也不乏异常痛苦的，但鞭笞的疼痛绝对不亚于他受过的任何一次伤。十几鞭之后，他不再与疼痛抗争，而是听之任之，进入了朦胧恍惚的状态。他的视野越来越窄，最后眼中只剩了残旧的木柱。有几次，他视线抖动，然后一片空白，陷入了短暂的昏迷。

在似乎漫长到没有尽头的一段时间之后，他听到一个模糊而遥远的声音念道：“三十。”他绝望了：*我怎么可能再承受二十鞭？*然后，他想起了凯特琳娜和他们还没出世的孩子，这让他又有了力量。

若伦醒来，发现自己面朝下躺在他和凯特琳娜那间帐篷里的小床上。凯特琳娜跪在他旁边，轻抚他的头发，对着他的耳朵喃喃低语。有人正在他后背的伤痕上涂抹着什么凉冰冰、黏糊糊的东西，那人的手指捅到一个尤其疼痛的地方，他不禁抖了一下。

“我绝对不会用这种方法治疗我的病人。”他听到特里安娜的声音不屑地说。

“如果你对所有病人都像对若伦那样，”另一个女人回答，“那我真想知道究竟有谁曾在你的治疗下幸免于难。”片刻之后，若伦想起来，第二个说话的应该是那位古怪的草药师，亮眼睛的安吉拉。

“失陪了！”特里安娜说，“我可不会站在这里，任由一个连发最简单的咒语都要用上吃奶力气的下等算命师傅侮辱！”

“愿意你就坐下呗，但不论你站着还是坐着，我都会继续侮辱你，直到你承认他的背肌应该连在这里，而不是那里。”若伦感觉到一根手指在他背上相距半英寸的两个地方各点了一下。

“哦，天哪！”特里安娜说着走出了帐篷。

凯特琳娜向若伦露出微笑，他这才注意到她脸上晶莹的泪珠：“若伦，你听到我的话了吗？你醒了吗？”

“我……我想是的。”他说，声音嘶哑刺耳。木榫钉咬得太久太用力，腮帮子生疼，他咳了一声，面孔不由得一阵抽搐，背上的五十道鞭痕一起火烧火燎地疼了起来。

“好了，”安吉拉说，“全妥了。”

“真了不起！我没想到你和特里安娜会给他治得这么彻底。”凯特琳娜说。

“是娜绥妲的命令。”

“娜绥妲……为什么她……”

“那你得自个儿去问她。告诉他，尽量别碰着后背，转动身体的时候也得小心，会把已经结的痂撕开。”

“谢谢你。”若伦声音含混地说。

安吉拉在他身后一声轻笑：“别太当回事，若伦，要么你可以当它是一点点事，但别看得太重。我觉得挺逗的，你和伊拉龙两个人背上的伤我都治过。好了，我这就走了。当心白鼬！”

草药师离开后，若伦又闭上了眼睛。凯特琳娜柔软的手指在他额上轻轻抚摸，她说：“你真勇敢。”

“是吗？”

“是的，约蒙杜，还有所有和我说话的人，都说你一声没吭，也没哀求别打了。”

“那就好。”他想知道自己伤得有多重，但又不愿意强迫她描述背上的伤势。

她似乎感觉到了他的想法，说道：“安吉拉认为，运气好点的话，不会留太多伤疤。不管怎样，等你伤口完全愈合，伊拉龙或别的魔法师可以施法把伤疤全部去掉，就好像从来没挨过鞭子一样。”

“嗯。”

“你想喝点什么吗？”她问，“我泡了一壶蓍草茶。”

“好的，谢谢。”

凯特琳娜站起身，这时若伦听到帐外又有一个人走了进来。他睁开一只眼睛，吃惊地看到娜绥妲站在靠近帐篷门的立柱旁边。

“小姐。”凯特琳娜说，声音像锥子一样尖锐。

忍住背上刀割般的疼痛，若伦勉强欠起身，然后在凯特琳娜的帮助下用力一挺，坐了起来。他刚要扶着凯特琳娜从床上下来，娜绥妲抬起一只手说：“请不要多礼。我已经给你造成了很多痛苦，不能让你因为我再受更多的罪。”

“你来有何贵干，娜绥妲小姐？”凯特琳娜问，“若伦需要时间休息和恢复身体，而不是把时间花在没必要的闲话上。”

若伦一只手按住凯特琳娜的左肩，说道：“如果必要，我当然可以讲话。”

娜绥妲又向帐篷内走了几步，提起绿裙子，坐在一个小箱子上，里面装的是凯特琳娜从卡沃荷带来的物品。她先理了理裙褶，然后说：“我有一个新任务给你，若伦，一次小规模突袭，和你已经参与过的那些相似。”

“什么时候出发？”他问道，他想不通这么简单的一个安排为什么会劳她亲自上门通知。

“明天。”

凯特琳娜的眼睛一下子睁得老大。“你疯了吗？”她叫了起来。

“凯特琳娜……”若伦低声叫道，试图让她平静下来，但她把他的手从肩膀上抖开，说道，“上一次的任务几乎要了他的命，刚刚你又把他打得只剩半口气！你不能命令他这么快返回战场，你不能这么做！加巴多里克斯的士兵不会让他活过一分钟！”

“我能，而且我必须这么做！”娜绥妲的口吻不容置疑，凯特琳娜不自觉地住了嘴，等她进一步解释，不过若伦看得出来，她的怒气一点没有减少。娜绥妲的眼睛牢牢地盯在若伦脸上，“若伦，不论你知道还是不知道，事实是我们与巨人的同盟已经到了崩溃的边缘。你随艾瑞克队长在外作战时——顺便说一个你可能愿意听的消息，他已经不再是队长了——我们的一个人谋杀了三个巨人。我虽然绞死了那个谋杀巨人的倒霉鬼，但从那以后，我们与葛左格手下的拉姆战士的关系就变得越来越不稳定了。”

“但这和若伦有什么关系？”凯特琳娜问。

娜绥妲抿了抿嘴唇，然后说：“我需要说服沃顿人，让他们接受巨人的存在，避免更多的流血冲突，而我能想到的最佳办法，就是让沃顿人看到，我们两个种族为了追求共同的目标，能够和平协作。为此，和你一起上路的这支队伍里，将有同等数目的人类和巨人。”

“但这仍然不能……”凯特琳娜的话没有说完。

“并且，我让你来指挥他们，重锤。”

“我？为什么？”若伦大感意外。

娜绥妲苦笑着说：“因为你为了保护朋友和亲人可以不惜一切，在这方面，你和我很像，尽管我的亲人比你要多，因为我把全部的沃顿人都当作亲人。此外，由于你是伊拉龙的表兄，我不能再冒险让你有抗命的机会，那样的话我将别无选择，要么将你处决，要么将你逐出沃顿族，这两样我都不愿意。

“所以，我让你自己当队长。这么一来你就无从抗命了，因为根本不会有人向你下令，除了我。如果你要无视我的命令，那最好是为了杀死加巴多里克斯，其他任何理由，都不足以使你逃过比今天的鞭笞可怕得多的下场。我让你率队，还有一个原因：你已经用行动证明，即使在最不利的条件下，你依然有能力让他人信任并追随你，你成功驾驭一队由人类和巨人联合组成的战士的机会，不比任何人少。当然，如果可能的话，我更愿意派伊拉龙去，但他不在，所以任务便落到你的肩上。当沃顿人听到伊拉龙的表兄、一人杀敌将近两百的重锤若伦和巨人一道执行任务，并且取得了胜利，那么我们仍有望在战争期间保住和巨人的同盟关系。这就是我让安吉拉和特里安娜给你额外多做了一些治疗的原因：不是要减轻对你的惩罚，而是为了让你尽快康复，好带兵出发。现在你怎么说，重锤？我能把任务交给你吗？”

若伦看着凯特琳娜，知道她发疯似的盼着自己能拒绝娜绥妲，告诉娜绥妲自己带不了这样一支队伍。他垂下眼帘，不敢看到她难过的样子，心里想着沃顿人要对抗的庞大军团，然后用嘶哑的嗓音低声说：“你可以把任务交给我，娜绥妲小姐。”

云层中

从崇吉海姆出发，蓝儿飞了五英里，来到堡藤杜尔山的内墙，然后和伊拉龙一起进入山脚下向东绵延数英里的地道。伊拉龙十分钟就可以跑完全程，但地道顶太矮，蓝儿既不能飞，也不能跳，连站都站不直，所以他只是快步地走着。

一个小时之后，他们到了俄得瑞德山谷。狭长的山谷蕨草丛生，呈南北走向，尽头的山脚下是法诺斯湖。这个湖相当大，在博尔山脉耸峙的群山之中像是一滴墨水。当姆河从法诺斯湖北端发源，蜿蜒曲折，沿山谷流淌，于博尔山脉最北的山峰“骄傲的莫当”侧面山脚汇入阿拉哥尼河。

他们在离天亮还早的时候就离开了崇吉海姆，虽然在地道里花了不少时间，但出来时还是大清早。阳光从高耸的山峰间一泻而下，头顶一线曲折的天空上布满道道浅黄色霞光。山谷之中，浓重的云带紧贴在山腰，像巨大的灰蛇，缭绕的白雾从玻璃一般的湖面上袅袅升起。

伊拉龙和蓝儿停在法诺斯湖边喝水，又灌满了水囊，以备下一程之用。湖水来自高山上融化的冰雪，凉极了，他的牙疼了起来。他挤着眼睛，在地上乱蹦，冰冷造成的痛感像一支长矛直捅他的天灵盖。

疼痛平息后，他望向湖对面。透过一阵阵飘动的雾气，他看到一座废弃的岗哨，建在一道光秃秃的岩石裸露的山脊上。厚厚的常春藤在倾颓的墙垣上纠缠，除了它们，岗哨没有任何生命迹象，伊拉龙打了个冷战。这一片废墟看上去阴森森的，仿佛是一具正在腐烂的动物的遗骸，让人心头有一种不祥之感。

准备好了吗？蓝儿问。

准备好了。他说着，攀上龙鞍。

蓝儿从法诺斯湖向北飞，沿着俄得瑞德谷，朝博尔山外飞去。山谷的走向并不是正对着埃勒斯梅拉，还偏西得多，但他们不得不这么飞，因为越过博尔山的隘口有五英里之高。

蓝儿在伊拉龙能承受的范围内尽可能地向高处飞，因为在长途飞行中，高空的稀薄空气比地面充足而潮湿的空气更能节省力气。伊拉龙穿了好几件衣服御寒，还用咒语将迎面而来的气流劈成两股，从身子两侧流过，从而不为寒风扑面所苦。

乘蓝儿飞行可说不上轻松写意，不过此时与她转弯、俯冲或交战时不一样，她翅膀的拍动缓慢而有节奏，无须伊拉龙用上复杂的控制技巧，也用不着专心保持平衡。大多时候，他都在和蓝儿聊天，或者回想过去几周发生的事，观察下方不断变化的地貌。

矮人袭击你的时候，你不用古语就使出了魔法，蓝儿说，那样做很危险。

我知道，但我没时间去想古语，而且，你在施咒的时候不也没用古语嘛。

那不一样，我是龙。我们施展魔法的时候不用借助古语。我们知道自己的目的，不像精灵或者人类那么容易转移。

橘红色的太阳挂在地平线上，只有巴掌宽。蓝儿飞出了谷口，飞到毗连博尔山脉的平坦而空旷的草原上。伊拉龙在鞍上舒展一下身体，环顾四周，想到他们已经赶了那么远的路，不由得惊叹地摇了摇头。如果一开始就能直飞埃勒斯梅拉，他说，可以与俄拉米斯和葛勒多多待上好些日子。蓝儿点了点头，表示同意。

蓝儿一直飞到太阳落下，天空布满星星，身后的山峦变成一团紫色的暗影。她本来还想一直飞到第二天早上，但伊拉龙坚持要休息。你才飞到岱藤杜尔，一路上的辛苦还没缓过来呢，明天晚上再飞个通宵好了，实在不行，以后天天这样都可以，但今晚你非得睡觉不可。

虽然蓝儿不情不愿，但还是接受了他的建议，落在一条小河边的柳树林里。伊拉龙从龙背上爬下来，这才发现两条腿都硬了，站都站不稳。他为蓝儿卸了鞍，在她身边把铺盖卷打开，背靠着她温暖的身体，蜷着腿躺下。他不需要帐篷，因为她可以用一边翅膀盖住他，像保护幼崽的母鹰。他们俩很快睡着了，各自做着自己的梦，但那些梦又以一种奇异而美妙的方式丝丝相连，因为哪怕是在睡梦中，他们的心意仍然息息相通。

当东方出现第一道曙光，伊拉龙和蓝儿便继续上路了，高高地飞翔在绿色的原野上空。

上午的时候，刮起了猛烈的顶头风，蓝儿的速度只有平时的一半。她用尽了力气，也冲不到气流的上方，整整一天都顶着劲风飞行。这可是一项艰巨的任务，虽然伊拉龙把敢于分出来的能量都给了她，到了下午她还是精疲力竭。她盘旋下降，落在草原的一处小山丘上，翅膀拖在地面，颤抖着连连喘息。

我们就在这里过夜。伊拉龙说。

不。

蓝儿，你没力气再飞下去了。我们就在这儿宿营，直到你恢复体力。说不定，晚上风就停了。

他听着她湿乎乎的舌头吧嗒吧嗒舔在肋部的声音，还有又开始喘气时肺部起伏的声音。

不，她说，在这样的旷野里，风可能连续刮上几个星期，甚至几个月，我们不能等它停。

可是……

我可不会因为难受就停下来，伊拉龙，代价太大了……

那就让我把阿若恩的能量给你，里面的能量让你飞到杜维敦都绰绰有余。

不要，她又是一口拒绝，把阿若恩的能量留到万不得已的时候再用。我可以到森林以后再休息。我们随时可能用得上阿若恩，可不能为了让我舒服一点就把它用光了。

可是，我不想看到你这么辛苦。

一声低吼从她身体里传出。我的祖先，那些野龙，不会被这点小风吓倒，我也不会。

说完，她再次腾空而起，带着他一头扎进风里。

白天已经快要过去，风依然在他们身边呼啸着鼓荡不息，阻挠蓝儿前进，似乎命运决定不让他们到达杜维敦。伊拉龙想起了女矮人格鲁玛，还有她对矮人族众神的虔诚，生平头一回有了祈祷的冲动。他中断了与蓝儿的联结——她太累了，而且正全力对抗强风，所以没有注意到——而后伊拉龙小声地说："甘特拉，众神之王，如果你存在，如果你能听到，如果你有这样的伟力，那么，请求你，让风停下来。我知道，我不是矮人，但罗特加国王接纳我加入他的部落，这样我大概有了向你祈祷的资格了吧。甘特拉，求你了，我们必须尽快到达杜维敦，不仅是为了沃顿人，也为了你的人民——矮人。求你，我请求你，让风停下。蓝儿坚持不了多久了。"说到这里，伊拉龙觉得自己有点冒傻气。他重新向蓝儿的意识探了过去，感觉到她肌肉中火辣辣的痛楚，不由得一惊，心中充满了爱怜。

那天夜深的时候，当一切都笼罩在黑暗和寒冷之中，风势开始减弱，最后只是偶尔有一股疾风扑来。

天刚破晓，伊拉龙俯瞰下方，看到的是干燥而坚硬的哈德瑞克沙漠。该死，没有他预计的远，他不由得咒骂了一句，我们今天到不了埃勒斯梅拉，对吧？

除非风掉个头，变成顺风。蓝儿在沉默中吃力地飞了几分钟，接下去说道，不过，如果没有别的讨厌的意外，晚上可以到杜维敦森林。

伊拉龙郁闷地哼了一声。

那天他们只降落了两次。其中一次落地时，蓝儿吞掉了两只鸭子，是被她喷火烧死的，除此以外，她再没吃过别的。为了节省时间，伊拉龙在鞍上吃自己的食物。

如蓝儿所言，就在太阳快要落下的时候，杜维敦森林出现在视野中。眼前是一望无际的绿色，橡树、山毛榉和枫树等落叶树占据了森林的外围，但伊拉龙知道，越往深处，高大挺拔的松树越多，它们构成了森林的主要部分。

到达杜维敦森林边上的时候，薄雾笼罩了四野。蓝儿滑翔一段，轻轻落到一株枝叶舒展的大橡树下。她收叠双翅，静静地坐了一会儿，累得不能动了，血红的舌头从嘴里伸了出来。在她休息的时候，伊拉龙侧耳倾听，头顶树叶沙沙作响，猫头鹰发出呼呼的叫声，四周有夜虫唧唧鸣唱。

恢复过来以后，蓝儿向前走去，从两棵覆满青苔的参天橡树当中穿过，步行进入杜维敦森林。在精灵的防卫下，任何人、任何事物都不能凭借魔法闯入林中，而龙的飞行并非单纯依靠身体的运动，所以蓝儿也无法从空中进入森林，不然她的翅膀会不听使唤，让她从天上掉下来。

路还远着呢，蓝儿说着，停在离森林边缘几百英尺的一小片草地上。

伊拉龙解开绑住双腿的皮绳，从蓝儿背上滑下来。他两眼在草地上搜索，找到了一小片泥地，然后用双手挖出一个一英尺半宽的浅坑，引出水来注满它，再念了一道咒语。

水面闪动，而后出现昏黄的光，伊拉龙眼前出现了俄拉米斯小屋里的画面。银发的精灵坐在厨房的桌子边，读着一卷残旧的卷轴。他抬头看着伊拉龙，并不意外地点了点头。

“师傅。”伊拉龙说着，在胸前屈指做了个问候的手势。

“你好，伊拉龙，我一直等着你呢，你在哪里？”

“蓝儿和我刚刚抵达杜维敦……师傅，我知道回埃勒斯梅拉是我们早就说好了的，但沃顿人离费斯特尔只有几天的路程，我们不在，他们会很被动。我们没有时间飞到埃勒斯梅拉去，你可不可以通过这个遥视的水面，解答我们的问题？”

俄拉米斯向后靠进椅子里，严肃的面孔上露出沉思的表情。然后他说：“我不能在远处给你指点，伊拉龙。你想问的是什么，我能猜到一些，这些问题是必须当面谈的。”

“师傅，求你了，如果穆塔和荆刺……”

“不行，伊拉龙，我理解你焦急的原因，但是你的学习和保卫沃顿族一样，都是至关重要的，也许更重要一些。必须是面授机宜，否则免谈。”

伊拉龙叹息一声，瘫坐在地上：“是，师傅。”

他浑身发木，精疲力竭，结束了咒语，水又被吸进了地里。他两手捧着头，盯着两脚之间那一片湿泥。蓝儿粗重的呼吸很响，就在他身边。我想还是得走下去，他说，对不起。

她舔舔身子，呼吸声停了一下。没事，我顶得住。

他抬头看着她。真的吗？

嗯。

伊拉龙不情愿地站起来，爬到她背上。在去埃勒斯梅拉的路上，他边说边绑紧固定双腿的带子，咱们再去蒙诺阿树下走一趟，也许会弄明白索伦明说的到底是什么意思，八成我能得到一把新的剑。

伊拉龙在台姆城初次遇见索伦明的时候，猫人对他说，当你需要武器的时候，看看蒙诺阿树的根下；当一切似乎山穷水尽，而你的力量亦告不足时，到库西恩石面前说出你的名字，开启灵魂之窖。伊拉龙还是不知道库西恩石在什么地方。他们上一次逗留在埃勒斯梅拉的时候，他和蓝儿已经把蒙诺阿树查看了好几遍，一点关于那所谓的武器的线索都没有。在蒙诺阿树的根部，眼中所见不过是苔藓、泥土、树皮，偶尔还有一只蚂蚁，没有一样能指明应该从哪里开始挖。

索伦明说的不一定是剑，蓝儿指出，猫人和龙一样爱打哑谜。如果真有武器，说不定是一小片写着咒语的羊皮纸，或者一本书，一幅画，一块尖利的石片，或者别的什么有杀伤力的东西。

不管是什么，找到就好，天知道我们下次来埃勒斯梅拉是什么时候呢。

蓝儿拨开倒在面前的一棵树，身子一蹲，柔韧的双翅霍然展开，肩膀上鼓起雄健的肌肉。然后她骤然发力，向前蹿上半空，伊拉龙哇哇大叫，抓紧鞍子的前部。随着这一下叫人头晕眼花的猛跳，蓝儿跃到了树顶之上。

枝叶的海洋在眼前飞速掠过，蓝儿在半空里转身一周，找准西南方向，缓慢而有力地挥动着双翅，向精灵国的首都开进。

冲突

对补给车队的袭击几乎完全按若伦的计划进行：离开沃顿族的主力大军三天以后，他率领手下的骑兵沿峡谷边缘前进，从侧面攻向弯弯曲曲的牛车队伍。与此同时，巨人从散布在谷底的巨石后面突然杀出，从前方堵截车队。帝国士兵和车夫顽强抵抗，但这次袭击完全瞅准了他们睡意正浓，队形分散的时机，若伦的人马很快就占了上风。这次战斗中人类和巨人都没有战士阵亡，只有三人受伤：两个人类，一个巨人。

若伦亲手杀了几名士兵，但大部分时候，他都待在后面，专心指挥战斗，现在这才是他的职责所在。那一顿鞭子还是让他浑身僵硬，肌肉酸痛，没有必要的时候，他也不想动得太多，以免后背上横七竖八的硬痂再次裂开。

到目前为止，若伦率领这支由二十个人类和二十个巨人组成的队伍，还没遇到任何困难，虽然这两部分人谁也不信任谁是显而易见的。他自己也不例外，因为和在斯拜恩一带长大的所有人一样，他对他们怀着同样的怀疑和憎恶。这支队伍已经成功地合作了三天，连一点高声的异议都不曾听到。他心知，双方的这种通力合作与他这个指挥官的关系并不太大，娜绥妲和拿·葛左格为他准备的人马是经过精心挑选的。他们都以身手敏捷、头脑清醒著称，最重要的，还有性格沉稳。

然而，袭击补给车队的战斗结束后，若伦带领的人马正忙着把敌兵和车夫的尸体堆在一处，他自己则骑着马，沿车队来来回回地在一旁巡视。这时，车队尽头的某处传来一声怒吼。若伦想着也许是碰上了正巧经过的敌军分遣队，立即朝卡恩一声吆喝，马刺在雪焰腹部一磕，带着几个人向车队后方疾驰而去。

四名巨人将一名敌兵捆在了一棵虬曲的柳树上，正用剑在他身上乱捅乱刺，拿他取乐。若伦骂了一声，跳下马背，手起斧落，只一下便结束了那人的苦难。

一股灰尘打着旋扑了过来，卡恩等四名武士催马飞奔到柳树下。他们勒住马头，在若伦身后分两边排开阵势，手中的武器已随时待命。

一个名叫亚勃格的身形最魁梧的巨人拉姆战士踏步上前："重锤，为什么打断我们的游戏？他还可以再为我们跳几分钟的舞哩。"

若伦从牙齿缝里把话挤了出来："只要在我手下，就不准无故折磨俘虏。明白了吗？很多士兵都是不得已才为加巴多里克斯卖命的，虽然我们必须与他们作战，我也不允许你们毫无必要地施以暴行。如果不是命运的安排，我们中的任何一人都可能处在他们的位置。他们不是我们的敌人，加巴多里克斯才是，就如他也是你们的敌人一样。"

巨人粗大的眉骨扭结起来，几乎盖住了深陷的黄眼睛："可是你到底还是杀了他们，不是吗？为什么我们就不能先看着他们乱扭乱动，找点乐子呢？"

若伦心想：*不知道巨人的头盖骨是不是厚得锤子都砸不开*。他极力按捺着心中的怒火，说道："不说别的，只因为这样不对！"他指着死去的士兵，"如果他是你的同胞，被迫为杜尔查卖命呢？你也会这样虐待他吗？"

"当然了，"亚勃格说，"他们会盼着我们用剑挠挠痒呢，这样才有机会在临死之前，证明自己的勇气。你们这些不长角的人类不这样吗？还是你们没有忍受痛苦的勇气？"

若伦拿不准这"不长角"的形容在巨人族里，侮辱的意味到底有多重，不过就算撇开这个，质疑对方的勇气，对人和巨人来说都是一种冒犯。"我们中的任何一个人，都比你更能忍受痛苦而不叫出声来，亚勃格，"他握紧了锤子和盾牌，"除非你打算尝尝想象不到的苦头，否则就把你的剑交给我，然后解开那个可怜人，把他和其余尸体放在一起。完事以后，再去看着那些马，回到沃顿族以前，它们由你照管。"

不待巨人答应，若伦转过身，抓住雪焰的缰绳，准备上马。

"不。"亚勃格低吼一声。

若伦僵住了，一只脚踏在马镫上，心里咒骂了一句。他早就暗暗地想过，这次行动最好不要出这种事。他转过身去，问道："不？你是在拒绝执行我的命令吗？"

亚勃格咧着嘴唇，露出短短的獠牙："不，我是在挑战你的首领身份，重锤。"说完，巨人仰天长啸，声势惊人。沃顿人和巨人纷纷抛下手里的活，向柳树这边跑来，最后整支队伍都集合在了亚勃格和若伦周围。

"要我们替你打发这东西吗？"卡恩声如洪钟。

若伦闻言摇了摇头：只希望不要有那么多人在旁边看着。"不，我自己对付。"话是这么说，身边有人与那一排灰皮肤的巨无霸对峙，还是让他感到安慰。沃顿人的身材比巨人矮，但除了若伦，他们全都骑在马背上，若是双方动起手来，还是占了一点上风。真到了那一步，卡恩的魔法也许帮不上什么忙，因为巨人也有自己的巫师，一个名叫达兹古拉的巫医。据若伦观察，对这种神秘的技艺，达兹古拉掌握得或许没那么精细，但法力却更高强。

若伦对亚勃格说："用武力赢取首领地位，不是沃顿族的传统。如果你想打一场，我就跟你打一场，但你什么也得不到。如果我输了，卡恩会接替我的位置，你要服从的不是我，而是他。”

“呸！”亚勃格说，“我挑战的不是你对你们自己人的领导，我挑战的是你对我们的领导，来自波瓦克部落的拉姆战士！你还没有证明过自己，重锤，所以你还不配当头儿。如果你输了，就由我说了算。对其他人，我们连下巴都不用抬一抬，无论是你、卡恩，还是别的我们瞧不上的废物！”

若伦权衡了一下，认为这一场比试在所难免。虽然有可能因此送掉性命，但是他必须在巨人面前树立威信，否则沃顿族就会失去他们的支持。深吸一口气，他开口说道：“按我族的习俗，是由接受挑战的一方决定交手的时间和地点，以及双方使用的武器。”

亚勃格的喉咙深处发出咯咯的笑声，他说道：“时间就是现在，重锤，地点就在这里。按我们的规矩，双方不拿武器，只系一根缠腰带。”

“这很不公平，因为我没有角，”若伦提出，“为公平起见，你能同意我用铁锤吗？”

亚勃格想了想，说道：“你可以戴头盔，拿盾牌，但不能使铁锤。我们争夺首领地位的角斗是不能用武器的。”

“这样……好吧，如果不能用铁锤，盔甲和盾牌我也不要了。比试的规矩是什么，怎么决定谁赢谁输？”

“只有一条规矩，重锤：逃跑就是认输，就会从部落里被驱逐出去。逼得对手认输才算赢，不过，既然我永远不会认输，那咱们就只好拼个你死我活了。”

若伦点点头。*要的就是这句话，不过，不到万不得已，我都不会杀他。*“开始吧。”他大喝一声，铁锤在盔甲上重重一磕。

在他的命令下，沃顿人和巨人在峡谷中清出一片空地，用木桩钉出一块长十二步、宽十二步的场子。然后若伦和亚勃格脱去衣物，两名巨人在亚勃格身上涂抹熊油，卡恩和另一个名叫洛夫顿的人也在若伦身上涂着。

“后背上能擦多少就擦多少。”若伦喃喃地说。他希望尽量软化那些硬痂，尽可能地减少裂开的地方。

卡恩凑过去，对他说：“为什么你要放弃保留头盔和盾牌？”

“带着它们只会碍手碍脚，我要是不想被他压个粉碎，动作就得像受惊的兔子一样快。”卡恩和洛夫顿向下往他的四肢上擦油，若伦趁此机会细细打量对手，在巨人身上寻找能利用的弱点。

亚勃格站直了超过六英尺，后背宽阔，胸膛雄伟，四肢上是高高凸起的腱子肉。他的脖子粗如公牛，这样才能负担脑袋和弯角的重量。三道伤疤斜斜地挂在他的左侧腰部，是动物抓伤后的痕迹，稀疏的黑色硬毛遍布他的全身。

*万幸他还不是库尔战士，若伦心想。*他对自己的力量有信心，但虽是如此，战胜亚勃格也不是十拿九稳的事。人类想在体能上与一名健康的巨人拉姆相匹敌

几乎是不可能的。而且，若伦知道，亚勃格有巨大的黑色指甲、尖利的牙齿，头顶犄角，身披坚韧如革的硬皮，在这场赤手空拳的角力中占尽了上风。有什么招数都用上吧，若伦下定决心，把能用来对付巨人的狠招在心里想了一遍。因为他深知，对付亚勃格不同于和伊拉龙、波多尔等卡沃荷人一较高下，他面临的将是一场凶狠无情、百无禁忌的打斗，类似两头野兽之间的厮杀。

若伦的眼睛一次次落在亚勃格的巨角上。他知道，这是巨人身上最危险的部位。亚勃格可以仗着这只犄角毫无顾忌地撞他、戳他，而且在它的保护下，若伦的一双空拳再如何发力，也难以伤及亚勃格头颅的两侧，虽然这犄角同时也影响了巨人两边的视野。心念至此，若伦突然意识到，犄角既是亚勃格天生的利器，也可能是他致命的弱点。

若伦活动双肩，踮着脚在地上弹跳，心里只希望这场恶斗尽快结束。

若伦和亚勃格全身涂遍熊油之后，双方助手各自退开，两人跨过木桩围出的边界，走进场中。若伦一直保持双膝微弯的姿势，亚勃格只要稍有动作，他立即就能朝任何方向闪开。他赤着双脚，感觉到粗糙的石地冰冷而坚硬。

微风吹来，近旁的柳树枝叶婆娑。套在车上的一头牛举蹄扒拉着草丛，身上的挽具吱呀作响。

伴随着一声越扯越高的咆哮，亚勃格冲了过来，不过迈出三大步，已来到若伦面前。若伦一直等他靠近身边才向右跳开，然而，他低估了对方的速度。巨人低下头，犄角顶到若伦的左肩，将他撞得四仰八叉，摔倒在地。

着地时，尖利的石块狠狠戳在若伦身上。电流般的痛楚刷地漫过后背，沿着将愈未愈的伤口一直痛下去。他哼了一声，一骨碌爬了起来，感觉到有几块痂已经裂开，新生的肌肉暴露在外，刺痛不已。因为熊油、泥土和小石子沾了若伦一身，他双脚不离地面，摇晃走向亚勃格，双眼不曾从喷着鼻息的巨人身上稍离片刻。

亚勃格再次发起冲击，若伦再一次闪身躲避。这一次他成功了，在千钧一发之际闪了开去。亚勃格一个转身，第三次扑向他，若伦又躲开了。

然后亚勃格改变了策略，他像螃蟹一样横走，伸出弯曲如钩的一双巨掌，抓向若伦，想将他拉进置人于死地的怀抱中。若伦心中一凛，向后退去。在任何情况下，他都要避免被亚勃格抱住。巨人力大无穷，顷刻间便会要了对手的命。

围在场外的沃顿人和巨人鸦雀无声，个个面色凝重，看着若伦和亚勃格在泥地里你来我往，贴身缠斗。

若伦和亚勃格互相以快速的斜击拳展开了对攻。若伦尽力避免离巨人太近，想拉开距离，消耗对方的体力，但相持数分钟之后，亚勃格手下的劲道丝毫不减。若伦意识到，拖延时间只会对自己不利，如果想克敌制胜，就必须速战速决。

若伦退到场地的角落里，开始嘲笑亚勃格，意在挑动他再次发起攻击，这是若伦克敌之策得以奏效的前提：“哈！好一头慢吞吞的肥奶牛！你能抓到我吗，亚勃格？你的腿难道是猪油做的？被人类玩得团团转，你真该害臊地把角切下来。你未来的配偶听说这事会说些什么？你会不会告诉她……”

亚勃格的怒吼淹没了他后面的话。巨人微微侧身，向他猛冲过来，企图用全身的重量压倒若伦。若伦闪过一旁，向亚勃格右侧犄角尖伸出手去，但却抓了个空，自己反而踉跄着跌进场地中央，伤了两边的膝盖。他暗暗咒骂一声，站了起来。

眼看就要一头冲出场地边界，亚勃格硬生生止住了身形。他转过来，黄色的小眼睛到处乱看，寻找若伦的所在。“嗬！”若伦大声吆喝，向对方吐舌头，做出各种他想得起来的侮辱性手势，“你连立在面前的树干都碰不着！”

“受死吧，小不点儿！”亚勃格一声暴吼，张臂向若伦扑来。

亚勃格的两根指甲在若伦的肋部抓出了两道血口子，但若伦还是抓住了巨人的一边犄角，而后不待他摆脱，将另一边也抓在手中。若伦抓着巨人的犄角，将他的头扭向一边，继而用尽全身之力将巨人摔在地下。他的后背一片烧灼般的痛楚，为这个动作向他发出愤怒的抗议。

亚勃格的胸膛刚一沾地，若伦的一个膝盖就顶住了他的右肩，将他死死按在地上。亚勃格口鼻中呼哧作响，身子发力猛挺，想挣脱开去，但若伦不松手，一面用脚撑着一块石头借力，一面将巨人的头颅掰向一边，力道之大，换成是任何一个人，早被他拧断了脖子。由于手掌上有油，若伦想抓紧亚勃格的犄角特别不容易。

亚勃格放松了一会儿，然后用左臂将身体从地面上撑起来，连带着若伦也被抬了起来。同时他的双腿往上缩，想弓起身子伏在地上。若伦咬牙切齿，全身压在亚勃格的肩颈部位。几秒钟过后，亚勃格左臂一弯，身体再次平趴在地。

两人都气喘如牛，好像跑了很长的路。若伦身上只要是挨着巨人的地方，都有铁丝般的硬毛在戳着他。他们全身都是泥土，数道鲜血从若伦的肋部和疼痛的后背汩汩淌下。

亚勃格稍稍喘过气来，又开始乱踢乱打，像上钩的鱼那样身子打挺。若伦使尽了全身的力气，毫不松懈，极力不去理会刺破双脚和双腿的石块。这样挣扎了一番却徒劳无功之后，亚勃格放松了四肢，转而一次次地弓起脖子，想耗尽若伦双臂的力气。

他们躺在地上，僵持不下，谁都无法移动一点儿。

一只苍蝇嗡嗡地飞过去，落在若伦的脚脖子上。

牛发出哞哞叫声。

就这样差不多过了十分钟，若伦汗流满面，肺里好像吸不进足够的空气，双臂剧烈地疼痛。他背上的道道伤口好像就要裂成碎片，肋部被亚勃格抓破的地方一跳一跳地痛。

若伦知道自己就快坚持不住了。*该死！他心想，他真是死不认输吗？*

就在这时，亚勃格的脑袋一阵颤抖，颈上的一条肌肉抽了筋。他闷声哼哼，足有一分钟之久，然后用细不可闻的声音说道："杀了我吧，重锤，我打不过你。"

若伦调整了一下姿势，继续牢牢抓着他的犄角，然后用同样低的声音喘息着说："不，如果你想死，找别人来杀你。我照你的规矩跟你打过了，现在轮到你照我们的规矩认输。向大伙儿宣布你将服从我的命令，说你不该向我挑战。乖乖地照做，我就放了你。不然的话，我就这样按着你，直到你改变主意，要多久都行。"

亚勃格再一次企图挣扎，脑袋一阵乱扭，然后泄了气，吹起地上的一股灰尘。他嘶声说道："我丢不起这个人，重锤，杀了我吧。"

"我不是你的族人，我也不会按你们的规矩行事，"若伦说，"如果你这么重视自己的荣誉，那就告诉所有感兴趣的人，是魔影杀手伊拉龙的表哥打败了你，这就没什么可耻的了。"几分钟过去，亚勃格毫无反应，若伦一扯他的犄角，大声喝问，"怎样？"

亚勃格放开嗓门，让在场所有人和巨人都听得见。他说道："司瓦沃克诅咒我吧。我认输了！我不该向你挑战，重锤。你配当首领，我不配。"

沃顿人同时欢呼鼓噪起来，用剑柄击打身上的盔甲，嘭嘭之声大作。巨人们沉默不语，骚动不安。

若伦感到满意，松开亚勃格的犄角，翻身从灰色的巨人身旁滚开。浑身上下好像又受了一次鞭刑，他慢慢地站起身来，蹒跚着走出场子，走到等在一旁的卡恩身边。

卡恩为若伦披上一条毯子，它刚一碰上饱受蹂躏的皮肤，若伦便痛得全身一激灵。卡恩咧嘴一笑，递上皮酒囊："他把你撞倒之后，我还以为你这下死定了。现在看来，永远不能小看你，嗯，若伦？这是我见过的打得最精彩的一架，你肯定是有史以来第一个和巨人干仗的人。"

"那倒未必，"若伦一边啜饮葡萄酒，一边说道，"但我可能是第一个活下来的。"卡恩放声大笑，他也微微一笑。若伦向巨人们看过去，只见他们正围着亚勃格，低声跟他说着什么，两名巨人正为他擦去身上的熊油。虽然巨人们意气消沉，但照他看来，并没有显出愤怒和怀恨在心的样子。他有把握，这些巨人在他手下不会再出什么乱子了。

虽然伤处疼痛不已，但若伦对这场格斗的结果深感满意。*这不会是我们两族人马之间的最后一次争斗，*他心想，*但在安全回到沃顿大营以前，巨人是不会哗变了，至少不会因为我。*

最后喝下一口酒，若伦塞紧酒囊，还给卡恩，然后大声招呼："得了，别再像鱼和绵羊似的围在一起哼唧个没完，把牛车上拉的货清点出来，列个单子！洛夫顿，把敌兵的马匹赶拢来，如果它们还没有跑得追不着的话！达兹古拉，看着那些牛。快点！荆刺和穆塔也许这会儿正赶过来。快，利索点儿！"

"呃，卡恩，见鬼！我的衣服呢？"

族谱

离开坌藤杜尔后第四天，伊拉龙和蓝儿抵达埃勒斯梅拉。

时值正午，阳光明媚。依稀可以看到城市的外围建筑。首先映入眼帘的是坐落于三棵参天松树之间的盘旋塔楼，塔楼由纵横交错的树枝联结而成，外部为树皮包裹，远远看去，窗子宛如闪烁的光点。更远处，可以看到星罗棋布的片片空地，那里正是向四周蔓延的埃勒斯梅拉都城之所在。

蓝儿掠过波浪起伏的树冠，伊拉龙意识探出，搜索智人吉尔德林。作为凡蒂尔的白焰部落酋长，他守护埃勒斯梅拉已逾两千五百年。伊拉龙的意识向城市伸展，嘴里用古语问道：吉尔德林长老，我们可以过去吗？

迅即，伊拉龙的脑海回响起一个深沉平和的声音：魔影杀手伊拉龙和闪鳞蓝儿，你们可以通过。只要你们保持宁静，欢迎你们在埃勒斯梅拉停留。

谢谢，吉尔德林长老。蓝儿说。

下方的黑针松树拔地而起，高达三百多英尺，蓝儿的爪子掠过树冠，飞越松林之城，朝埃勒斯梅拉另一端的斜坡飞去。在纵横交错的松枝之间，他瞥见了一座座流线型的房子、一片片鲜花绽放的花圃、蜿蜒曲折的溪流、无焰灯发出的赤褐色光亮，以及精灵间或昂首时闪现的一两张面孔。

蓝儿双翼一斜，顺着坡地向上飞驰，直达迢内尔乱崖。宽度达两英里的突兀悬崖直落一千英尺，底部是波浪起伏的森林海洋。接着，蓝儿向右转，振翅两下，保持着速度和高度，沿着崖边朝北飞去。

悬崖尽头出现一片绿草覆盖的空地。在一大片森林的环抱之中，是一座由四棵松树长成的单层小屋。一条小溪从苔藓覆盖的森林里涓涓流出，经过一棵树根，消失在杜维敦森林之中。身躯庞大、流光溢彩的金龙葛勒多蜷缩在屋子一旁，龙牙有伊拉龙的身子一般粗，龙爪状若长柄大镰刀，合拢的翅膀看上去像绒面草一样柔软，粗壮的尾巴有整个蓝儿那么长。葛勒多那只完好的眼睛上的条纹，如同一颗蓝宝石，闪烁着光芒，残存的左前肢隐于身子的另一侧。其身前摆着一张小圆桌和两张椅子，俄拉米斯端坐于紧挨葛勒多的椅子上，满头银发如同金属一般，在阳光下闪烁着耀眼的光芒。

随着蓝儿在空中立起身子，放慢速度，背上的伊拉龙身体向前倾，他们在一片绿草地上降落，蓝儿一边向前跑了几步，一边向后挥动着双翼，终于停稳下来。

伊拉龙疲惫至极，感觉手指都已麻木。他笨拙地解开绑在腿上的系带，然后试图顺着蓝儿的右前腿往下爬。在这个过程中，膝盖一下支持不住，他摔了下去。他不由自主地伸手挡住脸，结果仰面落到地上，颈部还被草地里的一块石头划伤，痛得他直哼哼。他挣扎着要站起来，觉得自己四肢僵硬，像个老人似的。

一只手伸到他眼前。

一抬头，伊拉龙看到了俄拉米斯以及他那张淡淡的笑脸。只听他用古语说道："伊拉龙腓尼睿尔，欢迎回到埃勒斯梅拉。还有闪鳞蓝儿，欢迎。欢迎二位。"

伊拉龙抓住他的手，俄拉米斯似乎毫不费劲地将他拉起。一开始，伊拉龙觉得自己舌头打了结，自离开堡藤杜尔那一刻起，他几乎都没有开口说过话，旅途的劳顿也使他感到有些恍惚。他两指触唇，以古语应道："尊敬的俄拉米斯，愿您吉祥如意。"接着，他屈臂抵胸，行精灵族恭敬礼。

"愿你福星高照，伊拉龙。"俄拉米斯应道。

接着，伊拉龙向葛勒多行礼。跟以往一样，金龙那充满血腥的意识令他心存敬畏，觉得自己无比渺小。

蓝儿全然不理会俄拉米斯和葛勒多，而是待在原地。她垂下脖子，直至鼻子触及地面，背部和腰腿仿佛怕冷似的颤抖着，嘴角冒着黄色的泡沫，长着倒钩的舌头吊在两齿间。

伊拉龙解释道："离开堡藤杜尔第二天，我们遇上了逆风，于是……"他打住了，眼见葛勒多抬起硕大的龙首，移过空地悬于蓝儿上方。蓝儿依然一动不动，似乎懒得去理会金龙的出现。于是，葛勒多鼻孔喷出道道火焰送向蓝儿。觉察到能量迅速进入蓝儿体内，使得她停止了颤抖，四肢力量得以恢复，伊拉龙顿时觉得心里一块石头落地。

随着一道青烟，火苗消失于葛勒多的鼻腔内。*上午我去捕猎*，伊拉龙脑海里回响起葛勒多心灵交流的声音，*还留了些猎物，放在空地尽头那棵长着白色树枝的树旁。喜欢什么就吃什么吧。*

致以无言的感谢后，蓝儿拖着尾巴，朝葛勒多指明的那棵树爬去。她在树旁趴下，开始撕咬着一头鹿。

"来吧。"说着，俄拉米斯朝桌椅指了指。桌上有一个盘子，几碗水果，半块奶酪，一条面包，一瓶葡萄酒，两个水晶杯子。

伊拉龙坐下来，俄拉米斯指着瓶子问道："要不要先来一杯酒洗洗尘？"

"好的，谢谢！"伊拉龙答道。

俄拉米斯优雅地拔去长瓶的塞子，给两个杯子倒上酒，给伊拉龙递上一杯，然后坐回到椅子上，用修长的手指理了理白色的束腰外衣。

甘美的酒夹杂着浓郁的樱桃和李子味，伊拉龙呷了一口，说道："师傅，我……"

俄拉米斯挥手止住了他："如非万分火急，我们还是等蓝儿回来再谈你们为何回来，好不好？"

伊拉龙犹豫片刻，即点头答应，专心享受起美味的鲜果来。俄拉米斯悠然自得地默默坐在一旁，一面喝酒，一面欣赏迢内尔乱崖边上的景色。其身后，葛勒多宛如一尊鲜活的黄金雕像，注视着眼前发生的一切。

半个小时过去，蓝儿终于吃饱，爬到溪流边上，舔食溪水。又过了十分钟，她才转过身来，爪子上滴着水，喘了一口气，缓慢爬到伊拉龙身边。她半梦半醒似的耷拉着眼皮，打了个哈欠，露出闪亮的利牙，接着分别向俄拉米斯和葛勒多打了个招呼。你们想说什么尽管开口，她说，不过，别指望我说什么，我随时都会睡着。

如果真的这样，我们就等你醒了再继续。葛勒多说。

这真是，真是，太……太好了。蓝儿应道，眼帘垂得更低了。

"再来点酒？"俄拉米斯说着端起桌上的酒瓶。见伊拉龙摇头，他便放下瓶子，十指相交，圆形的指甲有如打磨的宝石般光洁。"伊拉龙，你不必告诉我过去这几周发生了什么。伊丝兰查蒂离开森林之后，阿丽娅一直与她保持联系，通报情况。女王每隔三天派传令兵回杜维敦，因此，我知道你在烈火平原上与穆塔和荆刺的对决，知道你去黑格林以及如何惩治同村的屠夫，还知道你在垡藤杜尔参加了矮人族的大会以及结果。你想说什么尽管开口，不用担心重复。"

伊拉龙手里把玩着一颗圆圆的蓝莓："你知道埃娃吗？知道我要除去施加在她身上的咒语时发生了什么吗？"

"知道，这个也知道。尽管你没有完全除去咒语，却偿还了你所欠之债。事情无论大小难易，尽忠职守，这正是一个龙骑士的应有作为。"

"她现在还能感受周围人的痛楚。"

"但那已是她自己的选择，"俄拉米斯说，"并非你的咒语迫使……你到这儿不是为了征询我对埃娃的看法。伊拉龙，久悬于你内心的究竟是什么？你问吧，我会尽我所知回答你的提问。"

"假如，"伊拉龙问，"我不知该如何开口怎么办？"

俄拉米斯两眼一闪："啊，看来你开始学会像一个精灵那样思考了。对我们这些做师傅的，你和蓝儿应该充分信任，相信我们一可传道解惑，二可决定传授内容的先后顺序，因为你们训练必须循序渐进。"

伊拉龙将蓝莓放回盘子正中，用平静坚定的口吻道："似乎还有好些内容您未加传授。"

一时间，耳边仅闻树枝沙沙作响，溪水汩汩在流淌，远处松鼠吱吱在鸣叫。

伊拉龙，如果你有心要吵架，葛勒多说，那就吵出来，别像个闷葫芦似的怒火中烧。

蓝儿挪了挪身子，伊拉龙似乎听到了她低沉的咆哮声。他飞瞥了蓝儿一眼，竭力控制住奔腾而来的意识流。接着，他开口问道："上次我来此时，你们是否已知道我父亲是谁？"

俄拉米斯头一点："是的。"

"那你们知道穆塔是我哥哥吗？"

俄拉米斯再次点头："知道，不过……"

"可是，你们竟然不告诉我！"伊拉龙跳嚷起来，撞翻了椅子。他一拳击在腰上，向前跨了几大步，目光盯住茂密森林里的树影。他飞快地踱着，眼见俄拉米斯平静如初，顿时火冒三丈。"你们想过要告诉我吗？你们隐瞒我的家世秘密，是因为害怕会影响我的训练，还是害怕我会步我父亲的后尘？"他脑海里突然出现一个更加糟糕的想法，"难道你们觉得这件事根本就不值一提？布鲁姆呢？他知道吗？他为何要藏身卡沃荷？是因为我吗？因为我是他的敌人之子吗？别以为我会听信你们的一派胡言，说什么我和他生活在一个村子里，还有阿丽娅在斯拜恩山中将蓝儿的蛋传到我手里，这一切都是巧合。"

"阿丽娅所做之事确属巧合，"俄拉米斯肯定道，"当时，她不知道你的存在。"

伊拉龙紧紧抓住剑柄的圆头，身体如同铁一般僵硬："布鲁姆第一次见到蓝儿时，我记得他似乎说不知'这'是一次命运的捉弄还是一场悲剧。当时，我以为他的意思是想不到一个像我这样的普通农民竟然成为一个多世纪以来的首位新龙骑士。不过，那不是他的真实意思，对不对？他其实是说：莫赞的小儿子成为继承龙骑士衣钵之人，不知这究竟是命运的捉弄还是悲剧一场！

"于是，你和布鲁姆就对我加以训练，不过是要把我变成对付加巴多里克斯的武器，以便让我为父亲赎罪而已，对不对？对你们来说，我不过是天平上的一个砝码而已，对不对？"未待俄拉米斯开口，伊拉龙继续咆哮道，"我的一生都是一个谎言！从我出生那一刻起，这个世界上，除蓝儿之外，我的母亲、加罗、玛丽安婶婶，甚至还包括布鲁姆，没有一个人想要我。一直以来，我只是一个累赘，布鲁姆是因为莫赞和蓝儿才对我有兴趣。不过，不管你们怎么想，我不是我父亲，也不是我哥哥，我绝对不步他们的后尘。"说着，他撑住桌边，身子向前倾，"我不会将精灵族、矮人族或沃顿国出卖给加巴多里克斯，或许你们就是为此大伤脑筋。我会履行我的职责，不过，从现在起，你们别指望我忠诚于你们，也别指望我信任你们。我绝对不……"

葛勒多嘴一张，露出长长的尖牙，一声咆哮，地动山摇。如果你还有点理智，就应明白，我们是你最值得信赖的，小家伙，他说，声音在伊拉龙的大脑里回荡，如果没有我们，你早就死了。

接着，令伊拉龙吃惊的是，蓝儿对俄拉米斯和葛勒多说，告诉他。伊拉龙惊讶地觉察到蓝儿脑海里的忧伤。

蓝儿？他问道，告诉我什么？

她不理会他，这场争吵来得莫名其妙，不要让伊拉龙继续难受了。

俄拉米斯眉头一皱："你知道？"

我知道。

"你知道什么？"伊拉龙大声喝道，几乎要拔剑威胁他们把话说个明白。

俄拉米斯伸出一根修长的手指，指着翻在地上的椅子说："坐。"见伊拉龙拒绝坐下，一副气急败坏的样子，俄拉米斯不由得一叹，"伊拉龙，我知道这对你来说很难，不过，如果你老是这样不停地发问，拒绝听我们的答案，你只会更加气馁。现在请先坐下来，这样我们可以以一个平和的方式谈论这个问题。"

伊拉龙两眼冒着怒火，扶起椅子，一屁股坐了下去。"为什么？"他问道，"你为什么不告诉我我的父亲就是变节者之首莫赞？"

"首先，"俄拉米斯说，"如果你能像你父亲那样，我们就幸运了。不过，你确实像你父亲。别打断我，我要告诉你的是，其实穆塔不是你亲哥哥，至多只是同母异父的哥哥。"

伊拉龙顿时觉得周围的世界出现了倾斜，他感到一阵眩晕，不得不抓住桌子使自己稳定下来："同母异父的哥哥，那，那谁……"

俄拉米斯从盘子里拿起一颗蓝莓，打量了一会儿，塞进嘴里："我和葛勒多也不愿对你保密，不过我们没有选择。我们都以最严厉的咒语发过誓：除非你自己发现真相或者你家人的身份危及你的安全，我们不得向你透露你的父亲和哥哥的身份，也不得谈论你的家人。烈火平原上你和穆塔之间所发生的事符合了这些条件，所以，现在我们可以自由谈论这个话题了。"

伊拉龙全身颤抖，对自己的激动也丝毫不加掩饰："俄拉米斯长老，如果穆塔是我同母异父的哥哥，那我的父亲是谁？"

聆听你内心的声音，伊拉龙，葛勒多说，你知道他是谁，你早就知道了。

伊拉龙摇着头。"我不知道！我不知道！请……"

葛勒多鼻子一鼓，鼻孔喷出一束烟火：这还不够显而易见吗？你的父亲是布鲁姆。

分飞燕

伊拉龙目瞪口呆地看着金龙。

“这究竟是怎么回事？”他大声问道。未待葛勒多和俄拉米斯开口，伊拉龙已冲向蓝儿口脑并用，说道，“你知道？既然你知道，竟然让我一直蒙在鼓里，让我相信莫赞就是我父亲？全然不管他……全然不管我，我……”伊拉龙胸口起伏着，变得有些语无伦次，说话结结巴巴的。他不禁浮想联翩，满脑子全是有关布鲁姆的种种回忆。他回想起布鲁姆说过的每一句话，琢磨着其背后的真实含义，渐渐开始相信葛勒多的话。当然，他还需要进一步的解释，不过，并不是要通过这些解释来验证葛勒多的话，因为在他骨子里，他感受到金龙说的是真话。

俄拉米斯抚了一把伊拉龙的肩膀，让他几乎跳了起来。“伊拉龙，此刻，你需要冷静下来，”俄拉米斯安慰道，“想一想我教你的冥想方法：控制呼吸，凝神聚气，将焦虑通过四肢释放，排解于身下的地里……对，对，就这样。再来一次，深呼吸。”

伊拉龙听从俄拉米斯的引导，双手不再挥舞，心跳也平缓下来，顿觉脑海一片清明。他将目光再次投向蓝儿，平静地问道：“你事先就知道？”

蓝儿抬起头：啊，伊拉龙，我早就想告诉你，看到你因穆塔的话伤心成那个样子，我却无能为力，我好难过。我曾试图帮助你——我试过好多次——可是，跟俄拉米斯和葛勒多一样，我也用古语发过誓，要对布鲁姆的身份保密，我不能违背自己的誓言。

“那……那他什么时候告诉你的？”伊拉龙问道，一激动，声音不免又高了起来。

蛇人在台姆城外袭击我们那天，当时你昏过去了。

“当时他是不是也告诉你如何与基里的沃顿人联系？”

对，我还没弄明白他要说什么，他就要求我发誓：除非你自己发现，绝不将这些告诉你。很遗憾，我同意了。

“他还跟你说了什么？”他怒火中烧，口气变得严厉起来，“还有没有我不知道的别的秘密，比如穆塔不是我唯一的兄弟，比如说如何击败加巴多里克斯？”

那两天里，我和布鲁姆到处追杀蛇人，他将他的身世一一告诉了我。他是担心，一旦他死了，或者一旦你得知与他的关系，这样你就可以知道他究竟是一个什么样的人，还有他为何那么做。另外，布鲁姆还有一件礼物要我转交给你。

“礼物？”

是他作为父亲——而非说书人布鲁姆——要对你说的话。

“不过，在蓝儿与你分享记忆之前，”俄拉米斯插话道，伊拉龙此刻才意识到蓝儿同时还让精灵听到他们之间的交谈，“我想，最好先将事情的来龙去脉弄清楚。你是否愿意听我一言，伊拉龙？”

伊拉龙不知如何是好，有些犹豫不决，不过最后还是点了点头。

俄拉米斯举起水晶杯，呷了一口酒，把杯子放回桌上：“你知道，布鲁姆和莫赞都是我弟子。布鲁姆比莫赞小三岁，他对莫赞崇拜得五体投地。所以，莫赞蔑视他、对他呼来唤去，甚至羞辱他，他都听之任之。”

伊拉龙刺耳的声音应道：“难以想象布鲁姆竟然还能听任别人的支使。”

俄拉米斯的头像鸟儿一般飞快地一点：“不过，事实正是如此。无论莫赞如何待他，他热爱莫赞如同兄长。直到莫赞将龙骑士出卖给加巴多里克斯，并将布鲁姆的龙蓝儿杀害，他才看清莫赞的真实面目。犹如地狱前的一盏明亮的蜡烛，黑白分明。原来他对莫赞爱戴有多真，现在他的仇恨就有多深。布鲁姆发誓无论如何要挫败莫赞，要毁掉他所取得的一切，要将他的野心变成无尽的悔恨。我曾提醒布鲁姆，他会因此走上一条充满仇恨和暴力之路，可是，布鲁姆因蓝儿之死悲痛欲绝，他对我说的话置若罔闻。”

“其后的数十年间，布鲁姆的仇恨丝毫未减。他一直不遗余力地要推翻加巴多里克斯，要杀死变节者，当然，更重要的，是要对自己所受到的伤害进行报复。布鲁姆成了坚忍不拔的象征，他的名字成了变节者的噩梦，他自己成了那些抵抗帝国力量的希望。”说着，俄拉米斯注视着地平线上的一抹白线，又呷了一口酒，“他没有龙的协助，只身完成了一系列壮举，我为他感到骄傲。看到学生能如此出类拔萃，作为师傅，感到多么令人欣慰……不过，我有些跑题了。事情就是这样，大概二十年前，沃顿人从他们安置在帝国内部的密探那里得到情报，说出现了一个神秘的女人，只知道她的名字叫莎伦娜。”

“是我母亲。”伊拉龙说。

“是你和穆塔的母亲，”俄拉米斯补充道，“一开始，除了知道这个女人特别危险和她忠于帝国外，沃顿人对她一无所知。后来，经过大量的流血事件后，他们慢慢弄清楚，她服务于莫赞，且仅效忠于他，莫赞渐渐依靠她在帝国实施自己的计划。得知这个情报后，布鲁姆开始着手除去这个黑手，以此打击莫赞。由于你母亲神出鬼没的，沃顿人把握不了她下一次会何时何地出现，布鲁姆来到莫赞的城堡，经过侦查，终于找到办法，打破层层封锁渗透了进去。”

“莫赞的城堡原在何处？”

“不是‘原在’，而是‘现在’。那城堡依然在，加巴多里克斯在用着。城堡坐落在斯拜恩山脚下，靠近雷欧那湖西北畔一带，位置非常偏僻。”

“乔德说，布鲁姆是装扮成城堡的仆人，混进去的。”

“确实如此，那并非易事。为了防御敌人，莫赞给城堡施加了成百上千的符咒。另外，他下令所有手下宣誓效忠，用的都是他们的真名。不过，经过多次尝试，布鲁姆发现了莫赞的层层防御中的一个漏洞，自己变身成为城堡的园丁，混了进去。正是这样，他第一次见到了你母亲。”

伊拉龙垂下目光，看着自己的双手，说：“我猜，接着他就会引诱她去袭击莫赞。”

“不是这么回事，”俄拉米斯回答道，“或许，一开始，他抱着这个目的，但是，接着发生的事情出乎他们二人的意料：他们相爱了。由于莫赞对她和新生的孩子穆塔极其残忍，她原先所有对莫赞的好感都已化为乌有。接下来的具体情形我不是很清楚，不过，后来布鲁姆告知她自己的真实身份。她没有告发他，反而给沃顿人提供了很多有关加巴多里克斯、莫赞以及帝国的其他情报。”

“可是，”伊拉龙说，“难道莫赞没有要求她以古语向其宣誓效忠吗？她怎么能与他对着干？”

俄拉米斯薄薄的嘴唇上露出淡淡一笑：“那是因为，相比城堡里的其他下属，莫赞给予她更多的自由，目的是要让她在执行任务时更能发挥自己的聪明才智。莫赞狂妄至极，确信她对自己的爱比宣誓更能确保忠诚。况且，此时她不再是当初那么迷恋莫赞的那个小鸟依人的女子了。生子以及与布鲁姆相遇，使她性情大变，她的真名也随之变化，她也因此摆脱了以前的誓言和束缚。如果莫赞够仔细的话——如果，他对她施加一个符咒，一旦她没有遵守承诺，自己就能够得到警示——她失控的那一刻，他就应该察觉了。不过，莫赞总有那么一个致命的弱点：他设计的魔法通常都很精妙，可是往往都以失败告终，因为他缺乏耐心，总是会忽略一个关键细节。”

伊拉龙皱了皱眉：“我母亲为何不寻机会离开莫赞呢？”

“她以莫赞的名义完成了无数任务，此时，她觉得自己有责任帮助沃顿人。但是她不忍心将穆塔扔给莫赞，自己独自离开。”

“难道她不能带他一起走吗？”

“如果能办到，我想她肯定会这么做。可是，莫赞早已意识到那个孩子能让自己更易于控制她。于是，他强迫她将穆塔交给一个奶妈照看，只是偶尔允许她去探望一下。莫赞不知道的是，在去看望孩子的同时，她也去看布鲁姆。”

说到这里，俄拉米斯抬头看着天空中两只嬉戏的燕子。从侧面看去，他就像一只鹰或者一只长着一身油亮毛皮的猫。他目光盯着空中飞燕，继续说道：“你母亲自己都不知道下一次莫赞会派她去哪儿执行任务，也不知道何时能回到城堡，因此，为了见到她，布鲁姆不得不长期羁留在莫赞的地盘上。近三年时间里，布鲁姆成了城堡里的一个园丁，间或溜出去给沃顿人送送情报或跟自己在帝国部署的密探联系。其他时间，他英寸步不离城堡。”

“三年！难道他不怕莫赞看见并认出他来吗？”

俄拉米斯收回目光，看着伊拉龙：“布鲁姆最善于伪装自己，况且，他和莫赞已有多年没碰过面了。”

“哦。”伊拉龙手里转动着杯子，观察光线如何透过水晶折射出来，“接下来呢？”

“接下来，”俄拉米斯继续道，“布鲁姆在台姆的一个密探遇到了一个叫乔德的年轻学者，他要投奔沃顿国。据说，他发现了一个秘密隧道，可通向乌鲁邦城堡中精灵所修建的那一区域。布鲁姆准确地判断出这一发现的重要性，于是，他打点行装，向其他园丁编了些借口，以最快速度赶往台姆城。”

“那我母亲呢？”

“她已于一个月前离开，执行任务去了。”

伊拉龙努力将众人断断续续的回忆拼接在一起，说道：“这么说，接下来……布鲁姆见到了乔德，一旦弄清通道之事真实无误，就派一个沃顿人，试图将加巴多里克斯藏在乌鲁邦的三枚龙蛋偷出来。”

俄拉米斯的脸一沉：“不幸的是，由于迄今尚未完全明了的原因，他们选派去执行任务的人，是来自弗诺斯特的一个叫黑格林的人，他从加巴多里克斯的宝库中只拿到一枚龙蛋——也就是蓝儿的蛋——而且，龙蛋一到手，他便四处躲避沃顿人和加巴多里克斯的手下。由于这个人的背叛，在接下来的七个月里，布鲁姆四处追寻黑格林，要夺回蓝儿的蛋。”

“在此期间，我母亲秘密回到卡沃荷，并且五个月后生下了我？”

俄拉米斯点头应道：“在执行最后一项任务前，你母亲怀上了你。结果，由于忙于追踪黑格林和蓝儿的蛋，布鲁姆对你母亲的状况一无所知……当布鲁姆和莫赞最终在基里对决时，莫赞问黑手的失踪是否乃布鲁姆所为。由于此前好几个变节龙骑士命丧布鲁姆之手，很自然，莫赞会认为布鲁姆与这件事脱不了干系。布鲁姆推断，你母亲出事了。后来，他跟我说，正是这一点，给予他力量和勇气，使他能够杀死莫赞和他的龙，然后从莫赞的尸首内取走蓝儿的蛋——因为此前莫赞找到黑格林并夺走了龙蛋。布鲁姆将龙蛋藏在一个沃顿人能找到的地方，然后立即离开基里。”

“怪不得乔德认为布鲁姆死于基里。”伊拉龙说。

俄拉米斯点点头：“内心害怕至极，布鲁姆不敢等待他的伙伴。他担心，即便你母亲还好好活着，加巴多里克斯会将她变成自己的黑手，这样一来，她就不再可能有机会逃脱了。”

伊拉龙热泪盈眶：得知她处境危险，便立即孤身涉险，他是多么爱她啊！

“布鲁姆从基里一路飞骑往莫赞的城堡赶，中间只因稍作休息而停顿。尽管如此，他还是没赶上。到了城堡，他得知她已在两周前到达，而且那一次神秘的任务令她病魔缠身，奄奄一息。莫赞的治疗师想尽法子要救她，却无济于事。在布鲁姆回到城堡前几个小时，她撒手而去。”

“他没能见她最后一面？”伊拉龙问道，喉咙有些发涩。

“没有，”说着，俄拉米斯停了下来，表情趋于缓和，“我想，失去她，对他的打击，应不亚于失去他的龙。这件事也将他内心之火熄灭殆尽，不过，他并没有放弃，也没有像以前变节者杀死他的蓝儿后那样丧失理智。相反，他决定查明你母亲的死亡真相，并对作恶者实施报复。他询问莫赞的治疗师，逼迫他们描述你母亲死前的症状。根据他们的描述以及城堡里那些下人的闲言碎语，布鲁姆猜到应该是你母亲怀孕了。于是，抱着一丝希望，他直奔他所知道的一个地方，那就是你母亲在卡沃荷的家。在那里，他发现了由你舅舅和舅母照看着的你。”

“不过，布鲁姆并未在卡沃荷停留。弄清那里无人知道你母亲就是黑手，而且你暂时也安全后，他立即秘密返回垡藤杜尔，找到沃顿当时的首领戴诺，向他表明了自己的身份。见到他，戴诺惊讶不已，因为大家都以为他早已葬身基里。布鲁姆说服戴诺，将其回来之事仅向少数几人透露，然后……”

伊拉龙竖起一指：“可是，为什么？为什么要假装死了？”

“布鲁姆希望能活长命些，这样他就能训练新的龙骑士。布鲁姆知道，他杀了莫赞，要想避开复仇暗杀，最好的办法就是让加巴多里克斯相信自己死了。而且，布鲁姆也不希望有人注意卡沃荷，这样他就可以在那里安顿下来，尽量离你近些，他后来就是这么做的。不过，他打定了主意，绝对不能让帝国知道你的存在。”

“在垡藤杜尔期间，布鲁姆帮助沃顿人与伊丝兰查蒂女王达成协议，内容涉及精灵族与人族如何分担龙蛋的看管责任，如何训练新的龙骑士，龙蛋是否能以及何时能孵出，等等。接着，他护送阿丽娅将龙蛋从垡藤杜尔运回埃勒斯梅拉。到这里后，他将我刚才跟你说的告诉了我和葛勒多，以防他一旦死了，有关你父母的真相不会因此石沉大海。那是我最后一次见到布鲁姆，离开这里后，他回到卡沃荷，以一个吟游诗人和说书人的身份出现。至于后面发生的事情，你自己要比我清楚。”

俄拉米斯不再言语，大家都默不作声。

伊拉龙目光下垂，盯着地面，仔细琢磨俄拉米斯说过的每一句话，同时，努力理清繁复的思绪。最后，他开口道：“这么说，不是莫赞，布鲁姆才是我的父亲？我的意思是说，如果我目前是莫赞之子，那……”他支吾着，觉得尴尬无比，不知如何把话说完。

“你是你父亲之子，”俄拉米斯说，“你的父亲是布鲁姆，这一点是毫无疑义的。”

“什么毫无疑义？”

俄拉米斯摇头应道：“没什么。”

伊拉龙突然觉得一阵眩晕，原来，他一直屏住呼吸。他喘了一口气，说："我知道布鲁姆为什么……"他停下来吸一口气，"为什么在我发现蓝儿的蛋之前对这些只字不提，可是，此后他为什么也不说？他为什么要你和蓝儿发誓保密？难道他不想认我这个儿子吗？难道他因为我而感到耻辱吗？"

"伊拉龙，我不能摆出一副对布鲁姆所作所为无所不知的样子。不过，至少我确信这么一点：布鲁姆无时无刻不想认你这个儿子，并将你抚养成人。可是，他不敢承认你们之间的关系，主要是担心一旦被帝国发现，你就可能陷入危险，这是他不能承受的。他这么小心翼翼，还是有道理的。你也看到了，加巴多里克斯就曾试图抓住若伦，并通过他迫使你屈服。"

"布鲁姆可以将实情告诉舅舅，"伊拉龙反驳道，"加罗不会向帝国告发他的。"

"你想一想，伊拉龙。假设你跟布鲁姆生活在一起，假设他还活着的消息被国王的探子获知，你们就得离开卡沃荷，仓皇逃命去了。将实情隐瞒，不告知你，布鲁姆是希望能保护你，让你免于这种危险。"

"他还是失败了，我们最终还得逃离卡沃荷。"

"没错，"俄拉米斯说，"我想，尽管利大于弊，布鲁姆的失误在于他不愿意与你彻底分开。如果他能下狠心不再回到卡沃荷，你就不会发现蓝儿的蛋，蛇人就不会杀害你舅舅。许多没有发生之事，就可能发生，而许多已发生之事，就可能不会发生。不管怎么说，他内心无法割舍你。"

伊拉龙觉得全身发抖，不由得紧紧抓住下巴："那蓝儿因我而孵出之后呢？"

俄拉米斯有些犹豫，平静的表情出现了些许不安："我不敢肯定，伊拉龙。也许布鲁姆是要保护你，免受敌人的侵扰。他隐瞒实情，跟他没直接将你带去沃顿国，是出于同样的原因，那是因为你还没有能力应对这一切。也许，在你要去沃顿国之前他是打算告诉你的。不过，如果要我猜，我想，布鲁姆之所以守口如瓶，并不是因为他以你为耻，而是因为他惯于守着秘密生活，而不愿将其告知于人。也因为——当然这只不过是我的推测而已——因为他不敢肯定你会做何反应。按你说的，在你们离开卡沃荷之前，你对布鲁姆所知甚少。很可能，他害怕，一旦告诉你他是你父亲，你会恨他。"

"恨他？"伊拉龙嚷道，"我不会恨他。尽管……我可能不会相信他说的。"

"如果像现在这样向你坦白一切，你会相信他吗？"

伊拉龙咬住嘴唇："不，我不会相信。"

俄拉米斯继续道："在那种艰险的情况下，布鲁姆竭尽了全力。当时，首要的任务就是让你们俩活下来，对你进行训练和教导，这样，你就不会像加巴多里克斯那样，利用所获能力去谋私利。在这一点上，布鲁姆无疑出色地完成了任务。或许他不是你想象中的父亲，可是，他留给你的遗产，其伟大不亚于任何儿子所能得到的。"

"换了别的新龙骑士，他也会这么做。"

"这丝毫无损于其价值，"俄拉米斯指出，"不过，你错了，布鲁姆对你的付出远胜于别人。为了救你，他牺牲了自己，你只需想想，就该知道我说得没错。"

顺着树木年轮的一道淡淡的脉络，伊拉龙的右手食指不停地在桌子边上抠："阿丽娅将蓝儿传送给我是纯属巧合吗？"

"是的，"俄拉米斯肯定道，"不过，并非完全巧合。阿丽娅没将龙蛋传给父亲，而是选择了儿子。"

"她当时根本不知道有我，她又如何能做到？"

俄拉米斯瘦弱的肩一耸："我们研习魔法数千载，现在却依然无法完全预测或解释其可能产生的效果。"

伊拉龙继续抠着桌边上的纹路。*我有父亲，他想，我目睹他死去，却不知他跟我的关系……*"我的父母，"他问道，"他们结为夫妻了吗？"

"我知道你为何有此一问，伊拉龙。不过，我不知道我的回答能否让你满意。精灵族没有结婚的习俗，因此，婚姻的奥妙之处我并不明了。没有人见证他们的婚礼，将他们的手牵到一起，可是，我知道，他们彼此以夫妻相认。希望你能明智些，不用担心他人会叫你私生子。你只需要记住：你是你父母的孩子，为了你能活下来，他们都奉献了自己的生命。有这一点，就应感到足够了。"

伊拉龙意外地发现，此刻自己内心异常平静。长期以来，他总在猜想自己的父亲究竟是谁。当穆塔说是莫赞时，给他的冲击不亚于加罗舅舅的死。葛勒多说是布鲁姆，同样让他震惊不已，不过那只是一瞬间，也许是因为这个消息并不那么让人难以接受。尽管此刻他心若止水，伊拉龙想，也许需要几年的时间，自己才能真正转过弯儿来。*我的父亲曾是一名龙骑士，而我的母亲竟然是莫赞的配偶，是黑手！*

"我能告诉娜绥妲吗？"他问。

俄拉米斯两手一摊。"你想告诉谁都可以。这个秘密属于你了，可任由你处置。我想，现在即使全世界都知道你是布鲁姆之子，也不会给你带来更大的危险。"

"还有穆塔，"伊拉龙说，"他以为我们是亲生兄弟，他是用古语告诉我的。"

"加巴多里克斯肯定也是这么想的。双胞胎推断出你和穆塔的母亲是同一人，并且告诉了国王。不过，他们不可能将布鲁姆与此事的关系告知他，毕竟，沃顿国没人知道这一点。"

伊拉龙抬头看着上方飞掠而过的一对燕子，脸上露出一丝苦笑。

"你笑什么？"俄拉米斯问。

"我不敢肯定你能理解。"

精灵双手叠放在膝盖上，说道："必须承认，或许理解不了。不过，除非你解释一番，否则就难说了。"

伊拉龙犹豫了好一会儿，寻找恰当的字眼："我小的时候，我是说，在这些……事情之前，"说着，他朝蓝儿、俄拉米斯、葛勒多以及周围指了指，"我老在想，我母亲是因为贤惠美貌而进了加巴多里克斯的王宫，整日与贵族为伴。我想象她在城市间旅行，在高堂大殿里与贵族进餐，还有……这样，她后来疯狂地爱上了一个有权有势的人，可是，不知何故，她不能让他知道有我，于是，她把我委托给舅舅加罗和舅母玛丽安。不过，总有一天她会回来，告诉我我是谁，并且说，离开我非其所愿。"

"这与事实大体一致。"俄拉米斯说。

"不，不一样，不过……想象中，我父母都是大人物，我也不是无名之辈。天遂人愿，可是，真相并没有我所想象的那么堂皇、那么令人愉快……我在嘲笑自己的无知，我想，也在嘲笑发生在我身上的不可思议的种种事情。"

空地上，一阵微风轻拂而过，吹动了脚下的小草和附近树上的枝叶。看着小草拂动，伊拉龙缓慢地问道："我母亲是个好人吗？"

"我不敢妄加评论，伊拉龙。她的事情很复杂，对一个知之甚少的人妄加评判，愚蠢至极。"

"可是我要知道！"伊拉龙紧握着手，手指触压着关节间凸起的老茧，"我问过布鲁姆，问他是否知道我母亲。他说她是一个高贵的女人，常常扶贫帮弱。可是，这怎么可能？她怎么可能是那样的人，同时又是黑手？乔德跟我说过一些她的事——极其恐怖——那是她为莫赞执行任务时所做之事……那么，她是不是一个邪恶之人？难道她对加巴多里克斯的暴政丝毫不在意吗？最重要的是，她为什么要跟莫赞走到一起？"

俄拉米斯停顿了一会儿："爱情有时会变成一个可怕的诅咒，伊拉龙。它会令你对一个人行为中的重大瑕疵视而不见。我怀疑，跟莫赞离开卡沃荷时，你母亲并未看清莫赞的真实面目，即使当她看清了，莫赞也不会允许她违抗自己的意志，她成了他的奴仆任其驱使。好在她并未以真实姓名效忠于他，所以，后来她的本性改变了，终于得以摆脱他的控制。"

"可是，乔德说作为黑手，执行起任务来，她乐此不疲。"

俄拉米斯脸上露出不屑的表情："人们回忆过去发生的灾难时，通常会加以夸大和歪曲。你必须牢记这一点，究竟做了什么，只有你母亲一人知道。至于为什么以及她自己是何感受，别人也无发言权。当然，她已去世，不可能解释这一切。"

"那我该相信谁？"伊拉龙恳求道，"布鲁姆还是乔德？"

"你向布鲁姆打听你母亲的事情时，他告诉你的，就是他认为你母亲所具有的品德，我建议你相信他的判断。如果这还不足以消除你的疑问，就要记住，且不论她作为莫赞的黑手所犯下的种种罪行，最终，她毕竟与沃顿人站到了一起，并竭尽全力保护你。知道了这一点，你就不必再为她究竟是一个怎样的人这个问题折磨自己。"

微风中，垂在一根细丝上的一只蜘蛛从伊拉龙眼前飘过，在无形的气流中起伏着。蜘蛛从眼际消失后，伊拉龙开口道："我们第一次到崇吉海姆时，占卜师安吉拉跟我说，除了杀死莫赞，布鲁姆注定一事无成。”

俄拉米斯微微点头：“有人会这么想，不过，也有人认为布鲁姆有过许多伟大而艰难的壮举。这取决于一个人如何看待这个世界，算命者的话一般很难解读。根据我的经验，通常他们的话只会让人心神不宁。伊拉龙，如果你想快乐些，就不要去想那些未来之事，也不要去想那些你无法控制之事。多想想现在，想想你能改变之事。”

突然，伊拉龙有了一个想法。“勃列登，”他说，那是时常陪伴伊丝兰查蒂女王的白渡鸦，“他知道布鲁姆，对吧？”

俄拉米斯的一边眉毛向上一耸：“他知道？我从未跟他提过此事。这家伙变化无常，信不得。”

“我和蓝儿赶往烈火平原那天，他给我背诵了一个谜语……我记得不是很真切，大概意思是两个中的一个是一个，而一个可能是两个。现在想起来，他是不是在暗示，说我和穆塔只共父亲或母亲。”

“这并非不可能，”俄拉米斯说，“布鲁姆将你的事告知我时，勃列登也在埃勒斯梅拉。我们谈话时，如果说碰巧这个尖嘴的小贼就栖身在附近的某棵树上，那也不奇怪，这家伙有爱偷听的不良习惯。当然，那个谜语也可能是那家伙时常不太灵光的预言之一。”

不一会儿，葛勒多挪动了一下。俄拉米斯回头瞥了金龙一眼，一边优雅地从椅子上起身，一边说：“水果、坚果，还有面包，都是好东西，不过，长途跋涉之后，你的肚子需要些更耐久的食物。我屋里还熬着汤，需要看看。不过，你就坐着不要动了，熬好了我就给你端来。”他步履轻盈地滑过草地，来到树皮盖顶的房前，进了屋子。随着门一关，葛勒多喷了一口气，合上双眼，似乎睡着了。

万籁俱寂。微风中，唯有树枝在摇曳，沙沙作响。

遗产

The Inheritance Cycle

在圆桌旁呆坐了一会儿，伊拉龙起身走到迢内尔乱崖边上，放眼俯视一千英尺下方犹如波浪起伏的树的海洋。他用左脚尖踢了一块卵石，看着它从崖石上弹开，坠入下方的树冠之中。

蓝儿从后面跟上来，其间踩断了一根树枝。她在他身旁蹲了下来，看着同一个方向，片片鳞甲将成百上千蓝色的光块折射到伊拉龙身上。你生我气了？她问。

不，当然没有。我知道，你以古语起誓，那是不能违背的。我只是希望布鲁姆本可亲口告诉我，希望他能觉得完全没必要对我隐瞒实情。

蓝儿转过头来：你现在觉得怎样？

你知道的不是同我一样吗？

几分钟前我知道，不过现在就说不上了。你内心已趋平静，此刻，要探知你的内心，就跟观察深深的湖泊一样，深不见底。你内心到底感受如何，小家伙？愤怒？快乐？或者什么感觉都没有？

只是接受事实罢了，说完，他转而面对她，我的父母是谁，这个事实我无法改变。烈火平原之战结束后，我就开始妥协。木已成舟，无论我怎么咬牙切齿，也无法改变事实。我……我高兴，我想，能有布鲁姆这样一个父亲。不过，我不敢肯定……一下子要接受这一切，还真的很难。

也许我要给你的东西对你会有用。布鲁姆给你留下了记忆，你是想现在看，还是等以后？

不，不等了，他说，如果推迟，可能就没有机会了。

那就闭上眼睛，我展示给你看。

伊拉龙依言闭上眼，顿时，从蓝儿那儿传来一股强大的信息流：图像、声音、味道等等，蓝儿当时所经历的一切尽在其中。

伊拉龙眼前出现一幅图像，那是斯拜恩山西翼山麓林中的一块空地。那里长着茂盛的青草，苔藓覆盖的参天大树，下垂的枝叶上，悬挂着一层层淡黄绿色的地衣。由于来自海洋雨水的浇灌，与帕伦卡谷相比，这里的森林更绿更滋润。透过蓝儿的眼睛，伊拉龙看到的那些红色绿色显得淡了许多，蓝色却更加耀眼，空气中弥漫着湿润的泥土和朽木的味道。

空地中央倒着一棵树，树上坐着布鲁姆。

老人长袍上的风帽已摘下，露出光脑袋。他的剑横搁在腿上，刻着如尼文的弯曲长棍竖立在树旁，右手上的阿诺林戒指闪闪发光。

好一会儿，布鲁姆一动不动地呆坐着，接着抬头眯眼看了看天空，鹰钩鼻子在脸上投下一道长影。他的声音粗哑，伊拉龙不由觉得一阵眩晕，仿佛时空交错了。

只听布鲁姆说："日出日落，周而复始，月亮相伴而行，日子一天天过去，全然不会理会其消磨掉的一个个生命。"说完，他低下头，直视着蓝儿以及后面的伊拉龙，"人类总是试图摆脱死亡，却终究逃不过一死，精灵和矮人亦然。对于所有生命来说，死亡意味着终结。如果你此刻在看着这一幕的话，伊拉龙，那说明我已走到终点，已死亡，并且你已知道，我就是你的父亲。"

说完，布鲁姆从身旁的皮袋里抽出烟斗，把一些蓟草塞进烟锅，嘴里轻轻吐出"火"，将其点燃。他吸了几口，让火苗燃烧着，接着刚才的话："如果你看到了这一幕，伊拉龙，希望你此刻安全健康地活着，希望加巴多里克斯已死亡。当然，我也知道这不可能，因为你是一位龙骑士。这个世界上只要还存在不公正，龙骑士是不可能置之不理的。"

布鲁姆轻轻一笑，摇了摇头，胡子像涟漪一般荡漾起来。"啊，我有好多话想对你说，恐怕要两辈子才能说完。可是，现在时间不多了，恐怕一半都说不完。我就长话短说，我想此时蓝儿已将我和你母亲如何相遇、你母亲是怎么死的，以及我怎么来到卡沃荷等，都告诉了你。伊拉龙，我多么希望能当面告诉你，这样就不需通过蓝儿来转述这段记忆。当然，我恐怕做不到。伊拉龙，无情的岁月压得我喘不过气来，此刻，我感到一股寒意正侵入我的肢体，这是以前从未有过的事。我想，这是因为我知道现在是该你来承担起这个责任的时候了。我依然渴望能做更多的事，不过，不是为了我自己，一切都是为了你。你必将青出于蓝而胜于蓝，这一点，我敢肯定。在我的墓门关闭之前，我希望能够，就这么一次，能够叫你一声儿子……我的儿子……伊拉龙，从你出生的那一刻起，我多么希望能告诉你我是谁。看着你一天天长大，人世间的快事无过于此。同时，由于内心隐藏的秘密，我也承受着巨大的折磨。"

接着，布鲁姆发出凄厉的一笑："其实，我没能真正保护你，是不是？如果你现在还不知该由谁来为加罗的死负责，你就不必再找了，因为他此刻就坐在你眼前。是我自己愚蠢至极，我不应该回到卡沃荷去的。结果呢，加罗死了，而你成了龙骑士。伊拉龙，我警告你，留心你所爱上的那个人，因为命运似乎对我们家人特别眷顾，总在捉弄我们。"

布鲁姆含住烟嘴，又吸了几口，将吐出的白烟吹到一边。透过蓝儿的鼻息，伊拉龙似乎闻到了浓烈的烟草味。布鲁姆继续说道:“我有很多的遗憾，但是，伊拉龙，绝对不是你。你行事偶尔会有些糊涂，比如让那些该死的巨人溜走，不过，你比同样年纪的我要聪明多了。”说着，他点了点头，“确实要比我聪明。有你这样的儿子，我感到非常骄傲，这种自豪远远超乎你的想象。我从来没有想过你会成为一名龙骑士，也不希望你会这样。不过，看到你跟蓝儿在一起，我禁不住想像公鸡一样，对着太阳昂首高歌一番。”

布鲁姆又吸了一口烟:“我知道，瞒着你这些，你也许会很生气。换了我，要我通过这种方式获知父亲的名字，我也不敢说会高兴。无论你是否喜欢，你和我，我们毕竟是一家人。既然无法尽一个父亲的责任，我就给你一些忠告吧。伊拉龙，你要恨我就恨吧，不过，一定要留意我下面所说的，我知道自己在说什么。”

布鲁姆另一只手抓住剑鞘，手背上青筋暴突。他嘴角叼住烟斗:“好，听着，我的忠告有两个。无论你做什么，保护好那些你关心的人。失去他们，你的生活会比你能想象的还要凄惨。我也知道这是个大道理，却很有道理，这就是我的第一个忠告。至于其他的……如果你有幸杀死加巴多里克斯，或者有人成功切断那叛徒的喉咙，就祝贺你们。如果没有，那你必须记住:加巴多里克斯是你最大、最危险的敌人。只要他还活着，你和蓝儿都别指望平安无事。你可以跑到天涯海角，可是，除非你们加入帝国，否则，你们迟早有一天要面对他。很抱歉，伊拉龙，事实就是这样。迄今为止，我跟很多魔法师，还有几个叛徒交过手，我从未输过。”布鲁姆额头上的皱纹越来越深，“当然，只有一次例外。不过，那是因为那还不是我全盛时期。不管怎么说，我一直是个常胜将军，那是因为我与众不同，因为我肯动脑子。与加巴多里克斯相比，我的法术并不强，你也好不到哪里去。不过，魔法师对决时，智力要胜过体力。要打败另一个魔法师，靠的不是胡缠烂打，不是！要确保胜利，就得想想你的对手是如何解读信息和如何对外界事物进行回应的。这样一来，你就能抓住他的弱点，然后一招制胜。其中诀窍并非要想别人未曾想到的，而是要找到一个被对手忽略的咒语，然后攻击对手。诀窍并非要竭力突破别人的思维屏障，而是要从屏障的下面或旁边偷偷潜入。没有人是万能的，伊拉龙，要记住这一点。加巴多里克斯也许强大无比，可是，他也不可能预知一切。无论做什么，头脑要保持清醒。不要总是盯着一点，而忘了别的可能性。加巴多里克斯是个疯子，变幻莫测，可是，他的思维中也有常人没有的空白。伊拉龙，如果你能发现这些空白，你和蓝儿就有可能击败他。”

布鲁姆垂下烟斗，神情很严肃:“希望你能意识到，我最大的愿望，就是你和蓝儿能免受加巴多里克斯和帝国的侵扰，活得长寿，活得有意义。我希望能保护你，替你抵挡可能威胁你的种种危险。可是，唉，罢了，那已非我所能。我现在能做的就是给你忠告，趁着我还活着，尽可能地教你……我的儿子。无论发生什么，记住我爱你，你妈妈也爱你。愿你福星高照，伊拉龙·布鲁姆逊(布鲁姆之子)。”

蓝儿的回忆渐渐退去，留下无底的黑暗，不过，布鲁姆的话依然在伊拉龙脑海里回响。他睁开眼睛，发现自己早已泪流满面，不禁感到有些不好意思。他难为情地一笑，用衣服下摆擦去眼泪。“布鲁姆真的害怕我恨他。”他抽着鼻子说。

你不会有事吧？蓝儿问道。

不会的，伊拉龙答道，说着抬起了头，实际上，我想肯定没事的。布鲁姆所做之事，有些我并不赞成，不过，能称他为我的父亲并延续他的姓氏，我感到很骄傲。他说一个伟大的人……不过，我竟然没机会以儿子的身份跟父母说话，这太令人难受了。

至少你曾跟布鲁姆一起度过一段时光。我就没有这么幸运了，父母在我孵出之前早已过世，只能从葛勒多的一些模糊记忆，了解个大概。

伊拉龙一手扶住蓝儿的脖子，他们就这样立于迢内尔乱崖之边缘，放眼精灵森林，极目远眺，相互抚慰。

不久，俄拉米斯端着两碗汤出来，伊拉龙和蓝儿离开悬崖，漫步朝葛勒多庞大身躯前的那张小圆桌走去。

心如磐石

伊拉龙推开空碗，只听俄拉米斯说："想不想看看你母亲的镜像？"

伊拉龙一下子呆住了："当然，让我看看。"

俄拉米斯从长袍里掏出一块灰石板，递给伊拉龙。

握在手里，石板冰凉爽滑。伊拉龙知道，在石板的背面，他会看到母亲的照片，那是用魔法将精灵很久以前注入石板的色料凝聚而成的。此刻，伊拉龙觉得内心有些慌乱。他早就想哪一天能见到母亲，现在，机会就在眼前，可是，他害怕真相会令自己失望。

伊拉龙一狠心，将石板翻转，呈现在眼前的图像那么清晰：那是一个花园，红白玫瑰在凌晨的微光中绽放。花圃间是一条石子小径，一个女人跪在路中央，两手捧着一朵白玫瑰，眯着眼贪婪地嗅着，嘴唇上露出淡淡的笑容。她真的好美，伊拉龙想，她的表情柔和，却一身皮装，前臂上戴着黑护腕，胫甲裹住小腿，腰间垂挂着刀剑。从她脸形来看，伊拉龙找到了自己和加罗舅舅跟她的一些相似之处。

伊拉龙看呆了。他用手指压着板面，渴望自己能进入图像之中，触摸她的手臂。

妈妈。

俄拉米斯插话道："布鲁姆去卡沃荷前把它交给我保管，现在把它交给你。"

伊拉龙头也不抬，问道："你帮我保管，好不好？旅途或战斗中可能会弄坏了。"

留意到俄拉米斯不吱声，伊拉龙转过头去，却发现俄拉米斯看上去一副失魂落魄的样子，显得十分忧郁："不，伊拉龙，我不行，你得另想法子保管图像。"

为什么？伊拉龙想问，俄拉米斯悲痛的眼神阻止了他。

只听俄拉米斯继续说："你在这里的时间非常有限，有很多事要商量。是不是让我猜猜你下一步要做什么，还是你直接告诉我？"

伊拉龙极不情愿地把石板放到桌上，将其一转，让图像倒过来："我和蓝儿跟穆塔和他的荆刺有过两次交手，穆塔的能力远胜过任何人类。在烈火平原，我们失手，是因为我们没想到他竟然那么强大。如果不是他改变主意，我们此刻应被关在乌鲁邦。你以前说你知道加巴多里克斯为何变得那么强大，能不能告诉我们，师傅？就是为了自身的安全，我们也需要知道。”

“这不能由我来告诉你。”俄拉米斯说。

“那该由谁说？”伊拉龙逼问道，“你不能——”

俄拉米斯身后的葛勒多此时睁开了一只盾牌般大小的炽眼，说：由我来说……加巴多里克斯的力量来自龙的心。他从我们这里窃取能量。没有我们的帮助，他早就成了精灵和沃顿人的阶下囚了。

伊拉龙不由得一皱眉。“我搞糊涂了。你们为什么要帮加巴多里克斯？怎么帮的？阿拉加西亚仅存四条龙和一枚龙蛋……对不对？”

许多龙被加巴多里克斯和变节者毁去了肉身，可是，他们今天依然活着。

“还活着……”伊拉龙茫然地看了俄拉米斯一眼，他却依旧一声不吭，从表情上看不出任何端倪。让伊拉龙更感窘迫的是，蓝儿似乎不像他这么满头雾水的。

随着一阵鳞甲摩擦声，金龙挪了挪搭在爪子上的脑袋，这样可更好地看着伊拉龙。跟其他生物不同，他说，龙的意识并非仅存于龙的大脑。我们的胸口附近有一颗坚硬、宝石状的东西，叫作艾尔都纳力，意思是“晶核”。龙孵出的时候，其晶核透明，无光泽。大多情况下，龙晶一直会保持这样的状态，并在龙去世时与龙的尸首一起分解掉。不过，如果愿意，我们可以将意识输入晶核，这样龙晶就会变成跟鳞甲一样的颜色，会发光。结果，作为龙的精髓的晶核就能超越龙的血肉之躯，永续长存。在世期间，龙也可以将其晶核吐出。这样一来，龙的身体与意识可以分开，却保持联系。这在某些情况下非常有用。不过，龙这样做要冒很大的风险，因为谁拿到了晶核就等于控制了龙的灵魂，龙就得听命于他，任其驱使。

葛勒多话里的寓意让伊拉龙惊呆了。他将目光转向蓝儿，问道：之前你知道吗？

蓝儿的脑袋像蛇一样怪异地蠕动了一下，脖子上的鳞甲波浪似的鼓动起来：我早就知道我有晶核，能感觉到它存在于我体内，不过没想过要跟你说。

既然如此重要，怎么能不跟我说？

伊拉龙，你有胃，可是你认为这值得一提吗？还有你的心脏，你的肝，还有其他器官呢？我的晶核是我身体的一部分，我从来不觉得它的存在有什么好说的……至少在我们上次来埃勒斯梅拉前没想过。

这么说你是知道的！

就那么一丁点儿。葛勒多暗示说我的晶核要远比我想象的重要，警告我要保护好，以免一不留心受制于敌人。他还有很多没明说，不过，从那时起，我大概能琢磨出他刚才说的。

可是，你依然觉得不值一提？伊拉龙追问道。

我想过，她低声怒吼道，不过，跟布鲁姆一样，我向葛勒多保证过，绝不将此告知于人，包括你。

你竟然同意了？

我信赖葛勒多，我也相信俄拉米斯，难道你不相信他们吗？

伊拉龙绷着脸，转向精灵和葛勒多："你们为何不早告诉我？"

俄拉米斯拔掉酒瓶的塞子，给自己的杯子倒上酒，然后开口道："为了保护蓝儿。"

"保护她？要防范谁？"

要防范你，葛勒多说，这话令伊拉龙又惊又怒，可是，没等他来得及反驳，葛勒多继续道，在自然界，待龙长到一定的年龄，能够明白晶核的作用之时，就会有一只成年的龙来告知这些。这样，龙就不会在不知道其行为可能产生的重大后果的情形下，将其意识注入晶核里。骑士中间也出现了一些新的做法。龙和骑士结对的开始几年，对两者之间建立良好的关系至关重要。骑士们发现，对于新加入的龙和骑士，要等他们彼此非常默契之后，再将晶核之事告诉他们。否则，为了满足或取悦骑士，年轻的龙就可能草率地把晶核吐出来。一旦吐出来，龙就等于永远放弃了自己身体的一部分。晶核一旦离体，就不能再放回原处。龙不应轻易将意识与肉体分离，因为，龙接下来可能还要存活上千年，这样做注定会改变其余生。

"你的晶核还在你体内吗？"伊拉龙问。

葛勒多鼻孔喷出炽热的气息，将桌下的草都吹倒了：这个问题，除了蓝儿，你不该问任何别的龙。别再向我问同样的问题，小家伙。

葛勒多的斥责令伊拉龙感到脸上一阵灼热，不过他还是做出了回应。只见他微微颔首，"好的，师傅，"不过，他却追问道，"可……可是，如果晶核碎了，会怎么样？"

如果意识已经转移到晶核上，龙就会彻底消亡。只听咔嚓一声响过，葛勒多一眨眼，随着上下眼皮的翻动，露出光芒四射的眼球，在龙族与精灵族达成盟约之前，我们的晶核存放在哈达拉沙漠之中的杜费南格勒山里。后来，龙骑士在伏莺迦岛立稳了脚跟，并在岛上建立了晶核储藏库，龙族都将其晶核交给骑士保管。

"后来，"伊拉龙说，"加巴多里克斯是不是窃取了晶核？"

这次，出乎他意料的是，俄拉米斯接过了话："是的，不过并没有一次拿走所有的晶核。长期以来，无人能真正威胁到龙骑士，因此，我们这个体系就疏于对龙族晶核的保护。加巴多里克斯反叛之前，有主之龙为方便起见，常常将晶核吐出。"

"为了方便？"

持有龙族晶核之人，葛勒多插话道，无论距离多远，都可以与龙联系。阿拉加西亚尽管很大，在距离上可以将龙和骑士分开，可是如果骑士身上带着晶核，就可以像你跟蓝儿现在这样与他的龙沟通。

“另外，”俄拉米斯说，“有了晶核，魔法师可以从中汲取能量来增强自己的法力，同样不用顾及龙身在何方。当——”

一只色彩艳丽的蜂鸟飞到他们桌上，打断了他们的谈话。小鸟飞快地振动着轻盈的翅膀，在果盘上盘旋，舔食着从一颗裂开的黑莓里流出的果汁，接着振翅而去，消失在树林里。

俄拉米斯继续道：“加巴多里克斯杀害第一位骑士后，窃取了他那条龙的晶核。后来几年里，加巴多里克斯藏身荒野，突破了那条龙的意识，迫使它听命于他，其间可能得到了魔影的帮助。他带领莫赞反叛之时，法力已超越其他任何一位骑士。他的法力不仅仅就是魔法，还有意志力，因为晶核中龙的意识可以帮助增强他的意志力。”

“加巴多里克斯的目的不仅是要杀死骑士和龙，他要得到尽可能多的晶核，手段不外乎从骑士们身上抢夺，或者对骑士施以酷刑，逼迫骑士的龙吐出晶核。待我们发觉他的行径之时，他已经变得十分强大，再无人可阻止他。加巴多里克斯十分走运，因为很多骑士身上不仅有自己的龙的晶核，而且还带着一些躯体业已毁灭的龙的晶核，因为这些龙长期待在储藏库里，早已厌烦至极，都渴望能外出游历。当然，有一次，加巴多里克斯和其他变节者洗劫了伏鸾迦岛上的多路城，拿到了储藏在那里的所有晶核。”

“加巴多里克斯利用他从龙身上获取的能量和智慧，渐渐成功控制了阿拉加西亚。一开始，他最多只能控制住少数几枚晶核。一个人无论多么强大，要迫使龙屈服，并非易事。于是，在清除其他骑士并在乌鲁邦自立为王后，他就将所有的精力用于征服其他的晶核上。”

“我们相信，在其后的四十年里，他主要专注于这项任务，而很少理会阿拉加西亚的统治事务，这也是色达国人得以从帝国脱离的原因。完成征服晶核后，加巴多里克斯出了关，便开始致力于恢复对帝国的控制，并急剧向外扩张。不知什么原因，在两年半的杀戮和扰民之后，他又回到了乌鲁邦，并从此住在那里，虽然不像以前那样闭关，不过很明显是在专注于一件只有他自己知道的事情。他罪恶滔天，不过并未放纵声色。这些就是沃顿的密探确证了的情报，至于其他的，还有待于我们去发现。”

伊拉龙两眼看着远处，陷入了沉思。此前，听闻过种种有关加巴多里克斯神奇法力的传闻，现在终于了解了个究竟。他内心油然生出一丝淡淡的乐观来，他对自己说：虽然现在没想清楚，不过，只要能让晶核摆脱加巴多里克斯的控制，他不过就是一个普普通通的龙骑士罢了。尽管前途依然渺茫，一想到国王毕竟也有弱点，且不论这一弱点有多么小，还是给了他一丝希望。

想着想着，伊拉龙突然想到了另外一个问题：“在那些古老传说中，为何从未听人提到过龙的晶核？既然它们如此重要，那些吟游诗人和文人总不该只字不提吧？”

俄拉米斯一手平放在桌面上，说："阿拉加西亚有很多秘密，其中守护得最严的就是有关龙晶核的，即使在我的族人中也是如此。纵观历史，龙族一直将它们的晶核隐藏起来，不让世人知道。只是我们两族达成盟约之后，龙族才让精灵族中少数几人知道晶核的存在。"

"那又为什么呢？"

哦，葛勒多说，一般而言，我们龙族根本没有什么秘密要保守。不过，一旦晶核之事尽人皆知，心怀不轨的小人就会企图盗取龙族晶核，时间一长，有人可能会成功，因此，我们必须竭力避免这样的结果出现。

"难道没有办法让龙族通过晶核来保护自己吗？"

葛勒多两眼一下子变得更加炯炯有神：问得好。吐出晶核、躯体依然存活的龙当然是用利爪、尖牙、尾巴以及双翼的猛击来捍卫自己的晶核。可是，躯体消亡后，龙就不具有这些优势了。他们剩下的唯一武器，来源于他们的意识。机缘巧合的话，还有魔法，不过他们通常无法随意操控。因此，躯体消亡后，许多龙不愿继续留存世间。此时的龙，再也无法任意移动，除非通过别人的大脑，再也无法感知周围的世界，仅能通过自己的思想以及偶尔灵光一现的魔法来影响事情的发展方向，对大多数生灵而言，这种存续状态都是难以忍受的，更何况是龙族，他们毕竟是最自由的生灵。

"为什么会这样呢？"伊拉龙问。

有时纯属巧合。躯体日益衰竭之时，龙会惊恐不安，会躲进晶核里去。当然，如果此前已将晶核吐出，就没了选择的余地，只能忍耐着生活下去。不过，大多情况下，选择在晶核继续存活的都是一些年长的龙。他们的年龄远远超过俄拉米斯和我，大到无法计算，大到他们不再看重肉体。此时，他们会将自己封闭在体内，他们更愿意将今后永恒的岁月用于思考一些年轻后辈无法企及的问题。我们无比崇敬并珍惜这样的龙心，因为其中包含了无上的智慧与知识。遇上重大之事，龙族和骑士都会向这些晶核征求意见。加巴多里克斯竟然役使他们，其罪恶滔天。

我有一个问题，蓝儿说，一阵思绪穿过伊拉龙的脑际，一旦被困于晶核，我们龙族是否必须这么存活下去？如果无法继续忍受，是否可以自我放弃，归于寂灭？

"靠自己做不到，"俄拉米斯说，"除非不顾一切地使用魔法，从内部破核。据我所知，这样的事有过，不过极其罕见。剩下的最后一个选择，就是说服别人帮助捣碎晶核。因此，除非受困无法脱身，对于是否将自己转移到晶核这个问题，龙族都万分谨慎。"

伊拉龙能感受到蓝儿听到这个答案时内心爆发出的憎恶之情。她没有说出来，而是追问道：加巴多里克斯手里掌握了多少枚晶核？

"我们不知道确切的数字，"俄拉米斯答道，"不过估计有数百枚。"

蓝儿身子一扭，全身上下发出道道蓝光。这么说，我们龙族还没有到灭绝的边缘。

俄拉米斯有些犹豫，葛勒多接过了话。小不点，他说，这个称谓吓了伊拉龙一跳，即使满地铺满了晶核，我们龙族也注定要灭绝。保存在晶核里的龙虽然还是龙，不过，没有肉体和器官，还是没辙，他们无法繁衍生息。

伊拉龙觉得脑袋发痛，意识到自己过去四天来的长途跋涉早已令自己疲惫不堪。他感到精疲力竭，再也无法集中思考。一不留神，就会与它们失之交臂。

蓝儿的尾巴一甩，我不会无知到认为晶核也能繁殖后代的地步。不过，一想到自己不再像以前所想的那么孤独，我就有了些安慰……我们龙族或许会灭绝，可是，这个世界上，现在至少有四条龙活着，且不管它们的肉体是否尚存。

“你说得没错，”俄拉米斯说，“可是，像穆塔和荆刺，只不过是加巴多里克斯手下的俘虏罢了。”

解救他们，顺便把最后那枚龙蛋找出来，这让我有了奋斗目标。蓝儿说。

“这是我们共同的奋斗目标，”伊拉龙说，“我们是他们的唯一希望。”他用右手拇指揉了揉脑门，接着说，“还有些事我没弄明白。”

“哦？”俄拉米斯问，“哪里不明白？”

“如果加巴多里克斯从那些晶核中汲取能量，他所使用的能量，晶核是怎么提供的呢？”他停顿了一会儿，琢磨着如何把问题说得更明白些，他指着天空中飞翔的燕子，“所有生物都需要吃喝才得以生存，就是蚂蚁也不例外。食物能提供能量，使我们的身体正常运转。食物同时也提供我们施展魔法时所需的能量，因此，无论我们使用自身的力量还是借助别人的力量，都离不开食物。那些晶核如何提供能量？它们没有皮骨肌肉，对吧？它们不吃不喝，是吧？那它们如何存活？它们的能量来自何方？”

俄拉米斯一笑，露出搪瓷般富有光泽的长牙：“来自魔法。”

“魔法？”

“如果把魔法定义为对能量的操纵，也算恰当。对了，是魔法。无论对于精灵族还是龙族来说，晶核究竟从何处获取能量依然是个谜，谁也无法找到其真正来源。也许是因为它们吸收了阳光，就像植物那样；也许它们是从周边的生物身上汲取能量。无论答案是什么，已经证实的是：当龙的肉体死亡时，其意识就会占据晶核，并带走原来身体剩余的所有能量。因此，在随后的五到七年时间里，晶核所储存的能量稳步增加，直到达到顶峰，那是巨大的能量。一枚晶核的容量取决于其大小，龙的年龄越大，其晶核也越大，能储存的能量也就越多。”

回想起自己和蓝儿与穆塔和荆刺之间的对决，伊拉龙说：“加巴多里克斯肯定给了穆塔几枚晶核，这才能解释他力量上的突飞猛进。”

俄拉米斯点头应道：“好在加巴多里克斯给穆塔的晶核不多，否则，你们、阿丽娅，还有沃顿国所有其他魔法编辑手，就会轻易地被他击败。”

伊拉龙记得，他和蓝儿两次遭遇穆塔和荆刺，穆塔给他的感觉就像集数人的力量于一身。他将这个想法传输给蓝儿，说：我所感觉到的，应该就是晶核……穆塔会放在哪儿呢？荆刺身上没有鞍袋，穆塔的衣服上也没有什么特别凸出的地方。

我不知道，蓝儿答道，你应该想到，穆塔说他宁愿撕裂自己的那些心，而不愿撕裂你的心，当时，他指的肯定是龙的心。注意，他说的是“那些心”，而不是“心”。

你说得对！也许他是在警告我。伊拉龙吸了一口气，松开护肩上的结，靠在椅子上，“除了蓝儿的，还有葛勒多的晶核，是否还有其他晶核未落入加巴多里克斯之手？”

俄拉米斯低着头，嘴角露出浅浅的皱纹：“据我们所知，没有了。骑士时代过去后，布鲁姆尝试过要寻找加巴多里克斯可能忽略的晶核，可是无功而返。这些年，我用神识不断搜索阿拉加西亚，未发现丝毫发自晶核的信息。加巴多里克斯和莫赞叛乱之前，每一枚晶核都有出处，就是有消失的，也有所解释。难以想象哪里还储存有大量的晶核，待我们去发现、去利用。”

这个答案在伊拉龙意料之中，不过，他还是觉得失望至极：“最后一个问题，龙和骑士之一死亡时，活着的一方通常很快就被废掉或自杀。我是说其中没有因为失去伙伴而发疯的，对不对？”

对。葛勒多答道。

“那么，龙将其意识转移到晶核之后，其肉体毁灭了，会出现什么结果？”

葛勒多挪动了一下身子，隔着靴子，伊拉龙能感觉到大地的轻微震动。金龙说：如果龙的肉体毁灭而骑士依然活着，他们这样的联合叫因得范。这个过渡对于龙实属不易，不过，许多龙和骑士成功地适应了改变，这令龙骑士如虎添翼。不过，如果是骑士先死，龙一般会自己破核，或者，如果自己的肉体已毁灭，就会借助其他龙来破核，以此自毁并追随骑士，遁入空明。不过，并非总是这样，也有龙能克服失去伙伴的痛苦——像骑士失去龙一样，比如布鲁姆——通过其肉体或龙晶继续为我们服务。

你的话真是发人深省，金龙。蓝儿说。伊拉龙点点头，却并不言语，因为他早已陷入沉思。

战士之手

The Inheritance Cycle

伊拉龙凝视着无垠的苍穹，手里拿了一颗温润甜美的草莓。吃完后，他把柄放回眼前的果盘里，用食指尖将果柄推到一个适当位置，然后张嘴要说话。

没等他说出来，俄拉米斯问道："怎么了，伊拉龙？"

"什么怎么了？"

"我们就你感兴趣的话题做了长谈。现在你和蓝儿想干什么？你和蓝儿不能在埃勒斯梅拉久留，所以，我不知道你们此行还有什么目的，或者你们是不是明天一早就离开？"

"根据原计划，"伊拉龙说，"我们回来是要继续原来的训练。很显然，现在没这个时间了。不过，我还有别的事要做。"

"什么别的事？"

"……师傅，我和布鲁姆在台姆城还有些事没跟你说。"接着，伊拉龙讲述了他的好奇心如何引他进了安吉拉的店、安吉拉如何给他算命，以及其后索伦明给他的忠告。

俄拉米斯一指压住上唇，一副若有所思的样子："今年我听到这个算命者被提及的频率越来越高，包括你，还有阿丽娅从沃顿国送来的报告。有重大事情发生的地方和时刻，总有这个安吉拉的身影。"

*确实如此。*蓝儿证实道。

俄拉米斯接着说："她的所作所为，让我想起以前来过埃勒斯梅拉的一个人类魔法编辑手，不过，那人当时用的名字不是安吉拉。她是不是个子不高，长着棕色浓密鬈发，目光如电，机智却十分怪诞？"

"你说得分毫不差，"伊拉龙说，"是不是同一人？"

俄拉米斯左手轻轻一挥："如果是她，这个人不简单……至于她的预言，我建议不必想得太多。其结果不外乎要么实现，要么落空。既然一切还不可知，我们谁都无法改变结局。"

“不过，那个猫人的话，倒是值得我们多加留意。遗憾的是，她所说的两件事，我都无法加以解释。我从未听说过灵魂之窖这个地方。苦汀岩这个名字似曾相识，不过想不起在哪儿见过。我会查找一下古卷，不过，本能告诉我，精灵族的记载里从未提到过这个地方。”

“蒙诺阿树下的武器呢？”

“我也不知有这样的武器，伊拉龙。同时，有关这个森林的种种传说，我也十分熟悉。在这一点上，整个杜维敦森林里只有两个精灵能超过我。我会向他们咨询此事，不过，恐怕不会有什么用。”见伊拉龙满脸失望的样子，俄拉米斯说，“伊拉龙，我理解你想找一把合手的剑来替代失去的萨若克，这个我可以帮忙。除了我自己的纳吉林，精灵族还保存了两把骑士剑，分别是厄文狄和塔莫林。厄文狄剑此刻收在奈丁达城，那里你没时间去了。不过，塔莫林剑留在了埃勒斯梅拉这里。那是沃塔洛斯家族的传家之宝，其族长菲奥勒不会轻易相送，不过你去求他，我想他会给你的。我会安排你明天上午见他。”

“如果不适合我用怎么办？”伊拉龙问。

“希望适合你用，不过，我会给铸剑师胡娜传话，让你们下午见面。”

“可是，她曾发誓不再铸剑。”

俄拉米斯叹了一口气：“她是发过誓，不过，听听她的意见，还是很值得的。如果说要找谁给你推荐合用的剑，她是不二人选。另外，即使你会喜欢塔莫林，在你拿走前，我想还是让她检测一下。塔莫林已经有上百年未用于战场，或许需要进行些许打磨。”

“可以让别的精灵帮我铸剑吗？”伊拉龙问。

“不行，”俄拉米斯断然否定道，“如果要铸造一把可以与萨若克或者被加巴多里克斯窃取的剑这两把中的任何一把相媲美的剑，那绝对行不通。胡娜是精灵族的元老之一，精灵族的剑都是她铸造的。”

“她有龙骑士那么老吗？”伊拉龙惊讶地问道。

“比他们还老。”

伊拉龙沉默了一会儿，接着问道：“师傅，从现在起到明天，我们该做什么？”

俄拉米斯看了一眼伊拉龙和蓝儿，说：“去看看蒙诺阿树吧。否则，我知道你无法安宁下来，看看你是否能找到猫人跟你说的什么武器。好奇心满足之后，回到你的树屋，好好休息。伊丝兰查蒂的仆人已收拾妥当，以迎接你和蓝儿，明天该干什么就干什么。”

“可是，师傅，我们时间有限……”

“你们两个已够累了，今天的刺激也够多了。相信我，伊拉龙，你今后一定可以做得更好。我想，接下来的几个钟头，可以让你们好好消化我们刚才的话。就是换作国王、王后或者龙族，我们今天的谈话也并非一般的闲聊。”

尽管俄拉米斯反复安慰，一想到要优哉游哉地度过其余的几个钟头，伊拉龙不免有些忐忑。他有些迫不及待，尽管知道自己应该休息一下，但总免不了想找事做。

伊拉龙在椅子上挪腾了一下，这个举动也许暴露出他的矛盾心理。只见俄拉米斯一笑，说："伊拉龙，如果这样能让你放松，我就给你一个承诺，在你和蓝儿回沃顿国之前，你们可以任选一个魔法。在我们后面的课程中，我会倾囊相授。"

伊拉龙的左手拇指转动着右手食指上的戒指，心里琢磨着俄拉米斯的许诺，思忖自己最想学的是什么。最后，他说："我想学如何召唤灵魂。"

俄拉米斯脸上忧郁的神色一闪而过。"我会信守诺言，伊拉龙。不过，巫术是一门阴暗的诡术。你不能为了自己的目的而企图控制别的生命。即使撇开其不道德之处不谈，巫术复杂而又极其危险。魔法师需要经过至少三年的强化训练，才能学会召唤灵魂而不为其反噬。"

"巫术不同于普通的魔法，伊拉龙。使用巫术，意味着试图迫使极为强大和敌对的生物听命于你。这些生物被困期间，每时每刻都会算计，希望找到束缚中的漏洞，然后发动反击，将你制伏。有史以来，还没有人能既做龙骑士又做幻影的。这个世界上，还找不出比这个更为邪恶的行径，这比加巴多里克斯还要邪恶。换一个魔法，伊拉龙，为了你，也为了我们的事业，换一个魔法。"

"那么，"伊拉龙说，"你教我真名吧？"

"伊拉龙腓尼睿尔，"俄拉米斯说，"你的要求越来越难。如果想做，我能猜出你的真实姓名来。"满头银发的精灵凝视着伊拉龙，仔细打量着，"是的，我想我能做到。可是，我不愿这样。从魔法角度来说，一个人的真实姓名很重要，不过，真名本身并非魔法。所以，这不在我许诺之列。伊拉龙，如果你是想进一步了解自己，那就努力去自我发现。如果直接告诉你，你或许可以直接受益。可是，这样一来，你就失去了寻找自己真名这个过程可能给你带来的智慧。一个人应该努力去开启自己，伊拉龙。这种智慧，并非由别人传承给你，无论这个人是多么的可敬。"

伊拉龙摆弄着戒指。过了一会儿，他清了一下喉咙，摇着头说："我不知道……我问不出问题了。"

"我非常怀疑。"俄拉米斯说。

伊拉龙觉得难以集中精力思考眼前的问题，他的思绪老是不由自主地跑到龙晶和布鲁姆身上。种种往事，让他感到十分神奇，最终竟然联结在一起，促成布鲁姆来到卡沃荷，自己变成了一名龙骑士。如果阿丽娅当初没有……突然，念头一闪，他笑了："你能否教我将物品瞬移，就像阿丽娅传送蓝儿的蛋那样？"

俄拉米斯点头应道："选得好。这个魔法很耗费时日，不过用途广泛。我敢肯定，这将极大地有助于你与加巴多里克斯及帝国作战，阿丽娅本身就是一个很好的证明。"

俄拉米斯拿起桌上的酒，朝着太阳举杯，阳光之下，杯里的酒显得晶莹剔透。他端详着酒，过了好一会儿才放下，说："在你进城之前，有一件事应该让你知道，被你遣往我们这儿生活的那人不久前到了。"

伊拉龙愣了一阵，才明白俄拉米斯指的是谁。"史洛恩到埃勒斯梅拉了？"伊拉龙惊讶地问道。

"他独自一人住在埃勒斯梅拉西边的一座小房子里。他摇摇晃晃走出森林时，仅一息尚存。我们给他疗伤，现在他恢复了。有精灵给他送去衣食，还确保他得到好的照顾。他去哪儿都有人陪着，有时还有人读书给他听。不过，大多时候他宁愿自己一人待着，不跟身边的任何人说话。有两次他曾试图离开，不过你的咒语阻止了他。"

没想到他这么快就到了。伊拉龙对蓝儿说。

那说明你给他施加的强制比你预料的要大。

"是的。"然后，伊拉龙低声问道，"你觉得现在可以恢复他的视力了吗？"

那人整天哭哭啼啼的，那是因为其内心像一盘散沙，葛勒多说，这样，即使有一双眼睛也无法看清事物，毫无用途。

"那我该去看看他吗？"伊拉龙问，至于俄拉米斯和葛勒多会怎么想，他心里没底。

"这该由你自己定，"俄拉米斯说，"再见你可能只会让他不安。可是，他的惩罚是你施加的，伊拉龙，你可不能把他忘了。"

"不，师傅，不会的。"

头轻快地一晃，俄拉米斯放下杯子，将椅子移近伊拉龙。"天已晚，我也不留你了，否则会妨碍你休息。不过，你走之前，我还有一事要处理。那就是你的手，能让我检查一下吗？我想看看你的手，看看你变得怎样了。"说着，双手伸向伊拉龙。

伊拉龙伸出双臂，掌心朝下，盖在俄拉米斯手上。感觉精灵的细指触及自己手腕内侧，伊拉龙不禁微微一颤。俄拉米斯抓住他的手左右移动，仔细看着，他指节上的老茧在手背上投下道道长影。接着，俄拉米斯稍一使劲，将他的手翻转过来，仔细观察掌心和手指内侧。

"看到什么了？"伊拉龙问。

俄拉米斯将他的手转回去，指着指节上的老茧说："伊拉龙，现在你已拥有一双战士之手。要注意，千万别让它们变成战场上的杀戮工具。"

生命之树

The Inheritance Cycle

离开迢内尔乱崖，蓝儿在起伏的森林海洋上方低空掠飞，一直来到蒙诺阿树所在的空地。蒙诺阿树拔地而起，仿佛擎天一柱，直插云霄，树身比一百棵大松树合起来还要粗，树冠直径达数千英尺。树的根系发达，盘根错节，从被苔藓覆盖的魁梧树干向四周延展，连绵十几英亩，然后探入松软的泥土，消失于其他小树树根之下。大树附近，空气湿润阴凉，薄雾从上方网状针叶不断向下飘，滋润着树根周围繁茂的阔叶蕨丛。红松鼠在古树枝间奔跑，成百上千的鸟叽叽喳喳地鸣叫欢唱，从刺藤一样的枝叶间传出，响彻四周。整个空地似乎有人在守护着，那是因为大树里驻留了一个叫琳妮娅的精灵的意识，是她的意识在引领着大树以及外边森林的生长。

伊拉龙在大树根部崎岖的地面不停地寻找，看看是否有什么武器的痕迹，可是，未见蛛丝马迹。他从脚下的苔藓里撬起一块松动的树皮，递给蓝儿看。你怎么想？他问，将魔法注入其中，能用它杀敌吗？

如果你想，就是用一株小草，也可杀敌，她答道，可是，要跟穆塔和荆刺，或者国王与他的黑龙斗，与其用那块树皮，还不如用一根湿布条。

有道理。说着，他扔了树皮。

在我看来，蓝儿说，你完全不必为了证明索伦明的话是对的而把自己变成一个傻子。

不是，要找到武器，或许我应该从另一个角度去看问题。正如你刚才说的，这个武器可以是一块石头、一本书，或者一片什么东西。我想，用蒙诺阿树枝削一根棍棒，也可称为一件好武器。

可比剑差远了。

不……未经树的允许，我也不敢砍下她的枝来。况且，我也不知道如何说服她同意我的请求。

蓝儿拱起弯曲的脖子，向上凝视着大树，然后上身一颤，把缀在鳞甲的锋利边缘上的露珠抖掉。冰冷的水花落到伊拉龙身上，吓得他尖叫起来，手臂护着脸，赶紧往后跳。如果有什么生物敢伤害蒙诺阿树，蓝儿说，我敢肯定，它肯定来不及后悔就会没命了。

在接下来的几个钟头里，伊拉龙和蓝儿在空地上仔细搜寻。伊拉龙一直幻想着，能在盘根错节中某个凹处或者某个不引人注意的角落，不经意间看到一个箱子的一角，打开后，能赫然发现一把宝剑。穆塔有了萨若克，那原来是我父亲的剑，伊拉龙想，按理，我应该持有胡娜为布鲁姆锻造的那把剑。

颜色也正好匹配，蓝儿补充道，他那只跟我同名的龙也是蓝色的。

最后，无奈之下，伊拉龙将意识朝蒙诺阿树探去，希望以此引起她的注意，以便能向她解释自己在找什么并请求她的帮助。可是，蒙诺阿的意识是如此广袤、如此缓慢，她仿佛是在跟风雨交流，就像一只蚂蚁在用触角拍打自己的靴子似的，大树根本不埋会他。

太阳业已靠近地平线，失望之余，伊拉龙和蓝儿只好离去。蓝儿从空地飞到埃勒斯梅拉正上方，她从那里一路滑翔，最后停落在精灵族给他们准备的树屋卧室里。他们的树屋包括几间圆形房间，屋子悬挂于一棵高达数百英尺的大树的树冠之下。

餐厅里已摆放着水果、蔬菜、豆和面包，供伊拉龙食用。他只是取食了少许，便紧挨着蓝儿蜷缩在铺着毡子的平台之上。他不愿到床上去，宁愿跟蓝儿在一起。他躺着，对周边却时刻保持警觉，相反，蓝儿早已酣睡。从躺着的地方，伊拉龙可以看到星星在森林的夜空中起落，脑海里不仅回想起布鲁姆，还想起母亲身上的种种不解之谜。后半夜，伊拉龙渐渐入梦。梦中，他跟父母说话，由于自己和他们都是言而无声，他听不到父母说了什么，不过，他能感受到父母对自己的爱，感到他们为自己而骄傲。尽管明知这不过是自己焦躁之余产生的一些幻象，他自此还是将这份父母关爱的回忆倍加珍惜。

天亮时，一位身材修长的精灵女孩领着伊拉龙和蓝儿，穿过埃勒斯梅拉的蜿蜒小径，来到沃塔洛斯家族大院。他们在阴暗的松树间穿行时，伊拉龙突然觉得这个城市比他们上次来时更显空旷、宁静。一路上，他在树林里只见到三个精灵，他们都身材修长，步履飘逸，落地无声。

精灵族上战场去了，蓝儿说，留守的数量很少。

是的。

领主菲奥勒在一间拱形大厅里迎候他们，大厅上方飘悬着几盏冥灯，将室内照得通亮。领主长着一副修长冷峻的面孔，棱角比别的精灵更为突出，让伊拉龙想起长矛锋利的边。他身着绿色锦袍，后面的领子呈喇叭形高高展开，宛如一只奇异鸟的项羽。他左手持白木权杖，杖上刻着丽雯薇获象形文字，杖的顶部是一颗闪光的明珠。

伊拉龙与菲奥勒领主相互鞠躬致礼，互致精灵族的传统问候。接着，伊拉龙感谢领主如此慷慨，能让自己来一睹塔莫林剑的风姿。

菲奥勒领主说："长期以来，塔莫林一直是我家族传家之宝，对我本人而言也弥足珍贵。你知道塔莫林的来历吗，魔影杀手？"

"不知道。"伊拉龙答道。

"我的配偶是聪明贤惠的娜乌达，她兄长阿尔瓦是骑士毁灭时代的一名龙骑士。加巴多里克斯和变节者从北部发动突击时，娜乌达与其兄长恰好正在伊里利尔。阿尔瓦与其他龙骑士并肩作战，捍卫伊里利尔。可是，在战斗过程中，他受到变节者贾兰迪致命一击。临死前，他将佩剑塔莫林给了娜乌达，让她进行自卫。有了宝剑，娜乌达成功摆脱了变节者的围攻，与另一名骑士和他的龙回到这里。由于伤势过重，她不久也撒手而去。"

菲奥勒领主单指一弹权杖，杖顶的明珠闪出一道柔光："塔莫林剑对我如同我所呼吸的空气一般珍贵。即使放弃生命，我也不愿放弃它。不幸的是，无论我还是族里的其他人，都无法使用它。塔莫林是一把专为龙骑士铸造的宝剑，而我们都不是龙骑士。我愿意将此剑借给你，魔影杀手，以助你战场杀敌。不过，塔莫林将永远属于沃塔洛斯家族，你必须承诺，一旦我或者我的后人提出要求，你须将其归还。"

伊拉龙做出保证后，菲奥勒领主领着他和蓝儿来到一张光滑的长桌旁。桌子由地板的活木长成，经打磨，光洁至极。桌子的一端有一装饰架，架上搁着塔莫林和剑鞘。

跟剑鞘一样，塔莫林剑刃呈深墨绿色，剑柄圆头上镶嵌着一颗硕大的绿宝石。剑身以蓝钢锻造而成，平直护手上镌刻着一行精灵族的象形文字，意思是：我是塔莫林，沉睡的缔造者。其长度与萨若克相仿，不过刃更宽、尖更圆、柄更沉。那真是一件工艺精湛、很有杀气的武器，不过，仅从外观判断，伊拉龙可以看出，胡娜的这把剑，是给一个招式与自己大相径庭的人使用的。这个人的招式更多是砍劈，而布鲁姆所教伊拉龙的招式则要优雅敏捷得多。

一握住塔莫林的剑柄，伊拉龙发现柄太粗，他立刻知道此剑不适合自己用，它无法像萨若克那样给自己一种剑人合一的感觉。尽管如此，伊拉龙有些犹豫不决，他还能上哪儿去找这么一把好剑？俄拉米斯提到的另一宝剑厄文狄，此时远在数百英里外的另一座城市。

这时，蓝儿说：不要这把剑。如果你是持剑战斗，如果你我的生命都要仰仗于它，必须是一把完美无缺的宝剑，其他的就无关紧要。而且，我也不喜欢菲奥勒领主的附加条件。

于是，伊拉龙将宝剑放回架上，向菲奥勒领主道歉，解释自己无法接受宝剑的原因。瘦脸的精灵似乎并未表现出很失望的样子，相反，伊拉龙觉得自己似乎看到他厉眼中闪过一丝满意的笑容。

离开沃塔洛斯大殿，伊拉龙和蓝儿自行穿过幽深的森林，经山茱萸隧道，来到胡娜房子的露天中庭。一出隧道，伊拉龙就听到锤子敲打凿子的声音。只见胡娜正坐在中庭中央的铸铁炉棚旁的一张凳子上，摆弄着眼前的一方钢块。她具体是要刻什么，伊拉龙也猜不出来，毕竟现在只是一方钢块，远未成形。

“是魔影杀手，原来你还活着，”胡娜说，头也懒得抬，声音就像在坑坑洼洼的磨石上磨刀子发出的刺耳声，“俄拉米斯说，你的剑被莫赞之子夺走了。”

伊拉龙眉头一皱，不过还是点了点头，尽管她没在看他。“是的，胡娜前辈，在烈火平原上被他夺走的。”

“哼。”胡娜继续以人类无法企及的速度挥动锤子，专心敲打着凿子。接着，她停下手里的活，说，“这么说，那把剑找到它真正的主人了。尽管我不喜欢他用萨若克所做之事——他叫什么来着？对叫穆塔——可是，每一位龙骑士都应该有一把称手的剑。除了莫赞的剑，我知道他儿子找不到更好的。”说着，胡娜透过皱纹满布的眉间瞥了伊拉龙一眼，“想想吧，魔影杀手，我当然愿意你能持萨若克，不过，如果你有一把专为你铸造的剑，我会更加高兴。萨若克你用起来应该还行，不过剑形并不适合你的身材。至于塔莫林，跟我提都别提。如果你认为自己可以使那把剑，那你就是个白痴。”

“您也知道，”伊拉龙说，“我没有从菲奥勒领主那儿拿塔莫林。”

胡娜点头，继续凿：“好啊，很好。”

“如果萨若克适合穆塔用，”伊拉龙继续道，“难道布鲁姆的剑就不能成为我最好的武器吗？”

胡娜眉头一皱：“纹比剑？你怎么会想起布鲁姆的剑来？”

“因为布鲁姆是我父亲。”伊拉龙应道，同时为自己能说出这样的话来感到内心一激。

“是这样啊？”说着，胡娜放下手中的锤凿，出了炉棚，来到伊拉龙跟前。几个世纪埋头锻造的岁月在她身上还是留下了痕迹：她的背已有些驼，因此显得比伊拉龙矮了一两英寸。“哦，没错，看得出有点像。那是一个粗鲁的家伙，我是说布鲁姆。说话直来直去的，从来没半句废话，我很喜欢。看精灵族都变成什么样了，都变得彬彬有礼、举止端庄、矫揉造作，简直令人难以容忍。哈！我记得，以前精灵族跟普通人一样有说有笑、奋勇杀敌。现在却变得这么保守，简直成了冷冰冰的大理石雕。”

蓝儿插话道：你说的是不是跟龙族结盟前精灵族的样子？

胡娜绷着脸转向蓝儿：“闪鳞，欢迎。没错，我说的就是两族结盟以前的那个时候。我见证了那个时候起我们两族的种种变化，你都会觉得难以置信，但是，它们确实都发生了。现在我依然活着，成了少数几个还记得我们以前是什么样子的人之一。”

接着，胡娜目光回到伊拉龙身上：“纹比剑现在是远水救不了近渴。骑士毁灭期间，龙族丧失了纹比剑。如果不在加巴多里克斯手里，那把剑要么毁了，要么就埋在一个早已被人们忘得一干二净的昔日战场上，埋在尸骸碎骨之下。即使能找到，还没等你取来，恐怕你又得去迎战敌人了。”

“那，那我该怎么办，胡娜前辈？”伊拉龙问道。接着，他告诉她，自己在沃顿国的时候选择了用弯刃大刀，并且给刀加持了无数个防护咒符，可是，在堡藤杜尔的地道里，大刀却令自己大为失望。

胡娜嗤之以鼻：“不，那绝对不行。刀刃经锻造淬火后，尽管可以加持令人眼花缭乱的防护咒语，可是，金属本身的脆弱性却丝毫未改。龙骑士需要一把更具威力的剑，能抵御最猛烈的击打，能免疫于所有的魔法。其实，真正要做的是从矿石中萃取金属时，趁着金属灼热，不断吟诵咒语。在锻造过程中也该如此，这样就可改变并增强金属的结构。”

“我怎样才能拥有一把这样的剑？”伊拉龙问道，“您能帮我铸造一把吗，胡娜前辈？”

胡娜脸上的细纹变得更深。她伸手揉了揉左肘，露出前臂上粗壮的肌肉：“你也知道，我早就发过誓，今生今世决不再造武器。”

“我知道。”

“我必须遵守誓言。无论我多么想，也不能违背誓言。”说完，她一边揉着肘部，一边回到原来的地方，坐在凳子上，“我为什么要这么做，龙骑士？告诉我，为什么我还要让另一夺命摄魂之物流入人间？”

伊拉龙仔细推敲了一会儿，说：“因为，您这么做，将有助于推翻加巴多里克斯的统治。他和那些变节者用您亲手锻造的剑杀害了那么多的龙和骑士，如果我能持一把您铸造的剑将他杀死，这不正合适吗？他们用您造的武器为非作歹，令您厌恶。何不铸造一把令其毁灭之剑，以其人之道，还治其人之身？”

胡娜两手抱臂，仰望着天：“一把剑……一把新剑。隔了这么久，又要重操旧业……”说着，她收回目光，下巴朝伊拉龙一点，说，“本来我可能有一个办法可以帮你，不过仅仅是可能。你也不用猜，因为我做不到。”

为什么做不到？蓝儿问。

“因为我找不到所需的金属！”胡娜抱怨道，“你不会以为用普通的钢就能造出骑士宝剑吧？那怎么可能？很久以前，我在杜维敦森林里转悠的时候，无意中碰上了些流星的碎片，里面含有一种我以前没见过的矿石。我带回来加以冶炼，得到一种合成金属，其强度、硬度和柔韧性远胜过地球上的其他金属，而且，还带有罕见的光泽。因此，我把它叫作‘星钢’。苔蒙诺拉女王叫我给骑士铸第一把宝剑时，我用的就是星钢。后来，一有机会，我就到森林里寻找流星碎片。一般很难找到，不过，一旦找到，我就留存下来，专门用于铸造骑士宝剑。”

“过了几个世纪，这种碎片越来越少。后来，我推断，不会再有了。我花了二十四年时间找到最后一些碎片。利用这些金属，我造了七把宝剑，其中就包括纹比剑和萨若克。骑士毁灭之后，我又去找了一次。那就是昨天晚上，俄拉米斯告诉我你的事之后。”胡娜歪着头，水汪汪的眼睛盯着伊拉龙，“我四处寻找，发出了很多的探索和锁定咒语，可是没发现丝毫星钢的踪迹。魔影杀手，如果真的可以采集到，也许我们就可考虑帮你造一把剑。否则，我们现在不过是在说废话而已。”

伊拉龙给精灵女士鞠躬致礼，表达谢意，然后跟蓝儿一起经山茱萸隧道，离开了中庭。

他们并排朝蓝儿可以起飞的空地走去时，伊拉龙说：星钢，索伦明说的应该就是它。蒙诺阿树下肯定有星钢。

他怎么知道？

也许是大树告诉他的，这要紧吗？

管它是星钢还是什么别的，蓝儿说，问题是，如果东西埋在大树根下，我们怎么取出来？总不能把树根都砍了吧？况且我们还不知道从哪儿砍起呢。

我得仔细想想。

蓝儿和伊拉龙从胡娜房子附近的空地起飞，回到迢内尔乱崖时，俄拉米斯和葛勒多正在等着他们。蓝儿落地，待伊拉龙下来，便跟葛勒多一起飞离悬崖，振翅高飞，当然他们并非要去哪儿，只不过享受一下比翼双飞的快乐时光罢了。

两头龙在云雾间穿梭的时候，俄拉米斯教伊拉龙如何让物品无须穿越空间而将其从一个地方传送到另一个地方的魔法。“随着你与目标之间距离的增大，”俄拉米斯说，“大多数的魔法就依赖更多的能量来支撑。可是，我们现在这个魔法不是这么回事。我要将手中的石头传送到小溪的对岸，跟将其传送到南部小岛所需的能量是一样的。因此，按照一般方法进行的远距离传输，会让你能量枯竭而死。但是，用这种魔法来做，就显得非常有用。不过，这个魔法依然需要消耗很多能量，只有在万不得已的情况下，才能使用。举一个例子，要传送蓝儿那么大的物件，就会让你精疲力竭，无法动弹。”

接着，俄拉米斯将魔法口诀和变化教给伊拉龙。伊拉龙按要求熟记口诀后，俄拉米斯就让他尝试传送自己手中的那块小石头。

伊拉龙完整发出口诀的那一瞬间，俄拉米斯手中的石块顿时消失，随着一道蓝光闪过，轰的一声，石块伴随着一道炽热的气流出现在空地的中央。那声音让伊拉龙向后一退，感觉两腿发软，四肢发冷，连忙抓住附近一棵树的树枝才站稳。看着地上一圈烧焦的草和中间的石块，伊拉龙感到头皮有些刺痛，不禁想起了自己见到蓝儿的蛋那一刻的情景。

“很好，”俄拉米斯说，“现在能否告诉我，石块出现在草地上时，为什么会发出声音？”

伊拉龙留心听取俄拉米斯的教诲，可是，学习过程中，他脑海里也一直在想蒙诺阿树的问题。他知道，蓝儿在振翅高飞的同时，也在思考着同样的问题。他越想越觉得毫无头绪，不知道怎么办。

教完魔法后，俄拉米斯问：“既然你拒绝了菲奥勒领主的塔莫林剑，你和蓝儿还要继续在埃勒斯梅拉停留吗？”

“我不知道，师傅，”伊拉龙回答道，“对于蒙诺阿大树，我还想继续试一试。如果不成功，我想我和蓝儿就别无选择，只能两手空空地回沃顿国了。”

俄拉米斯点点头：“走之前，你跟蓝儿再来我这儿一下。”

“好的，师傅。”

蓝儿驮着伊拉龙朝蒙诺阿树飞去。途中，她说：以前不行，为什么还要再试？

不行也得行。况且，你有什么更好的主意吗？

没有，不过我不喜欢这样。我们根本不知道她会有何反应。别忘了，在琳妮娅一边唱一边与大树合为一体之前，她杀死了出卖其感情的那个年轻人，她很可能再次付诸暴力。

有你保护我，她不敢的。

嗯。

蓝儿轻轻地飞落在一段离地面数百英尺的树根上，根上长着瘤状枝节。看见一个庞然大物突然到来，躲藏在大树里的松鼠四处逃窜尖叫，向同伴发出警告。

伊拉龙滑到树根上，在大腿上搓了搓手掌，咕哝道：“开始吧，别浪费时间。”说完，他展开双臂，一边保持着身体平衡，一边如蜻蜓点水般沿着树根往上跑，靠近了树干。蓝儿漫步跟在其后，每向前一步，爪下的树皮便随之开裂。

伊拉龙在一块很滑的地方蹲下，手指紧抠住树干上面的一道裂缝，以防滑落。待蓝儿到了上方，他闭上双眼，深深吸了一口凉爽潮湿的空气，然后将意识铺开，推向大树。

蒙诺阿树对他的探寻并未加以阻拦。其意识广袤、浩瀚至极，同时又与森林里的其他植物联结在一起，根本无须设防。谁想控制大树，必须先把握住一大片杜维敦森林的思维。不过，对任何一个人来说，这简直是妄想。

伊拉龙感觉到大树传来的一丝温润、一丝光芒，以及四周数百码范围内的土地紧贴大树根部所带来的压力。同时，他也觉察到空气穿过缠结的树枝引发的丝丝波动、黏稠的树液从树皮裂缝缓慢渗出，以及蒙诺阿大树看护之下的其他植物传递的类似信息。跟血盟庆典上大树所展示的意识相比，此时的蒙诺阿似乎在沉睡之中。伊拉龙能体察大树唯一有意识的反应是如此漫长，以至于他根本无法解读。

于是，伊拉龙聚集自己所有的能量，用意识大声向蒙诺阿恳求道：大树啊！请听我说。我需要您的帮助！整个大地已陷入战争，精灵族已经离开杜维敦，我要参加战斗，却手中无剑！猫人索伦明说，如果我需要武器，就来蒙诺阿大树下寻找。现在，我来了！伟大的森林之目，请听我说！助我一臂之力吧！他脑海里一边诉说一边将荆刺、穆塔，以及帝国部队的图像灌入大树的意识。蓝儿也通过自己的意识给伊拉龙助力，灌输了好些其他记忆。

当然，伊拉龙并不是仅仅依靠语言和图像。他和蓝儿联手，将一道厚重的能量输入大树，向其传递一个善意的信息，以期能引起大树的注意。

过了好几分钟，大树没有丝毫反应。不过，伊拉龙毫不气馁。他想，大树的思维远比人类和精灵慢，所以，对于他们的请求，不可能很快做出反应。

我们不能再耗费精力了，蓝儿说，否则我们无法及时赶回沃顿国。

伊拉龙认同蓝儿的话，无奈之余，只得停止向大树输送能量。

他们依然不断向大树发出请求。已过正午时分，太阳渐渐西斜。天空中，云彩如波涛般翻腾、收缩、飞掠而过，小鸟在树木间扑棱棱地飞，愤怒的松鼠吱吱叫个不停，蝴蝶悠然地在花间徘徊，一对红蚂蚁钳着蚜虫从伊拉龙的靴子旁列队而过。

忍无可忍的蓝儿终于怒声咆哮起来，吓得四周的鸟儿仓皇逃离。够了，别再这么低三下四的了！她喊道，我是龙，谁都不能对我视而不见的，就是一棵树也不行。

“不，等一等。”觉察到蓝儿已经怒火中烧，伊拉龙赶忙出声制止，不过蓝儿全然不听。

蓝儿向后退了退，与大树保持一定的距离，接着，她蹲下来，将爪子深深刺入下面的树根，然后奋力一扳，撕下三大条根块来。给我出来，跟我说话，精灵树！她咆哮道。接着，像一条巨蟒要发动攻击一般，她向后缩回脑袋，嘴里喷出一团蓝白相间的火焰，烧向树身。

伊拉龙连忙蒙脸跳到一旁，以避开热浪。

蓝儿，停下来！伊拉龙惊恐地喊道。

回应我，我就停下来。

一阵乌云状的水雾飘落而下。伊拉龙抬起头，看到巨杉的枝叶在发怒般颤抖、摇摆，越来越猛烈。树干与树干摩擦碰撞，发出嘎吱嘎吱的怒号，响彻林间。同时，冰冷的微风扑面而来。伊拉龙觉得脚下传来低沉的隆隆声响。环视四周，他发现空地周围的树木似乎突然长高了许多，不复原来的环状，出现了许多的角，似乎在向里靠拢，弯曲的树枝仿佛成了伸向他的爪子。

伊拉龙感到很害怕。

蓝儿……他说，身子半蹲着，做好了随时逃命或迎战的准备。

蓝儿收起爪子，停止喷火，将目光投向四周。见到四周步步逼近的树林，她身上鳞甲一阵蠕动，甲尖倒竖，活像一只被惹恼了而竖起颈毛的猫。她左右晃着脑袋，朝树林发出低沉的咆哮。接着，她展开双翼，一边向后退一边催促道：快，快爬上来。

没等伊拉龙迈开脚步，一条手臂粗的藤从地上蹿起，缠住了他的左脚，让他无法动弹。更粗大的藤出现在蓝儿两侧，将其腿和尾巴缠住，牢牢困住。蓝儿愤怒地咆哮着，脖子一弓，又喷出一道火焰。

随后一个低沉、缓慢的声音在伊拉龙和蓝儿脑海里响起，那声音听起来就像树叶在沙沙作响。蓝儿嘴里的火一闪，随后熄灭了。那个声音说：是谁在这里捣乱？是谁胆敢咬我、烧我？报上名来，让我知道要死的是谁。

脚上的藤缠得越来越紧，伊拉龙不禁龇牙咧嘴。再紧的话，他的骨头就要裂了。我是魔影杀手伊拉龙，这是闪鳞蓝儿，我签约的龙。

那就一路走好，魔影杀手伊拉龙和闪鳞蓝儿。

等一等！伊拉龙说，我还没说完。

隔了很久，那声音继续说：继续。

我是阿拉加西亚的最后一位自由龙骑士，蓝儿是世间仅存的雌龙。这个世界上，也许只有我俩联手才能打败加巴多里克斯。他是一个叛徒，他杀害了其他龙骑士，占领了阿拉加西亚一半的疆土。

你为何要伤我躯体，龙？那声音叹道。

蓝儿张嘴应道：因为你不跟我们说话，精灵树，因为伊拉龙失去了自己的剑，而猫人说如果他需要武器，就来蒙诺阿大树之下寻找。我到处找，就是找不到。

那你们就白死了，龙，因为我的根下没有什么武器。

担心大树就此不再言语，伊拉龙连忙插话：我们认为猫人指的是星钢。胡娜给龙骑士造剑时，用的就是星星坠落带来的金属。没有星钢，她就无法帮我铸剑。

随着覆盖整块空地的大树根系轻轻移动，整个大地似乎都扭动起来，惊动了无数的兔子、老鼠、田鼠、鼩鼱，还有其他小动物，只见它们从窝洞里奔出，惊恐万状地朝森林深处逃窜。

伊拉龙瞥见十来个精灵向空地跑来，脑后的长发像丝绸旗子在飘荡。如同幽灵一般，他们默默站在外围的树下，看着伊拉龙和蓝儿，却并不靠近，也没有要帮忙的意思。

伊拉龙正要跟俄拉米斯和葛勒多联系时，那个声音再次响起。猫人说得没错，我的根下埋了一小块星钢，但是不能给你们。你咬我、烧我，我不会原谅你。

听到这个消息，伊拉龙真是又惊又喜。可是，蓝儿是最后一条雌龙！他惊叫道，您不会杀了她吧？

龙会喷火，那个声音道，空地周边的树林为之一震，火必须灭掉。

蓝儿怒声道：如果我们无法除去那个杀害龙骑士之人，他就会来这里，将你周围的森林一把火烧光，然后把你也烧了，精灵树。如果你帮我们，我们就可阻止他。

两根树枝相碰，摩擦发出尖锐刺耳的声音。如果他企图毁了我的孩子，那他就死定了。那声音说，没人能强大过森林，无人能打败森林，我就代表森林。

我们输入的能量还不足以修复您的伤口吗？伊拉龙问，这样赔偿够了吧？

蒙诺阿树没有回答伊拉龙的问题，而是像一阵骤风扫过他的意识。你究竟是什么人，骑士？大树问，森林里的所有生物我都知道，可是，从来没见过像你这样的。

我既不是精灵也不是人类，伊拉龙说，我是介于两者之间，在血盟庆典上那些龙把我变成这样的。

他们为何要改变你，骑士？

这样我就能更好地与加巴多里克斯和帝国作战。

记得在庆典过程中，我感应到出现了空间翘曲，不过当时觉得没什么大事……对我来说，现在似乎一切都不重要了，除了太阳和雨。

伊拉龙说，如果您愿意接受，我们愿意给您的根和躯干施以治疗。可是，能否将星钢给我们？

周边的树如同被遗弃的灵魂呻吟般嘎吱作响。那个声音飘浮再现：我想要什么，你是否能答应，龙骑士？

当然能。伊拉龙毫不犹豫地应道。为了一把骑士剑，他可以不惜任何代价。

蒙诺阿树的华盖渐渐静止，过了几分钟，空地上的一切趋于平静。接着，地面震动起来，伊拉龙眼前的根系开始缠绕移动，随着层层树皮脱落，树根向两侧移开，露出一块空地，呈现出一团两英尺长、一英尺半宽的、锈迹斑斑的矿石。待矿石完全露出沃土，伊拉龙突然觉得腹部隐隐作痛。他皱着眉，搓了搓痛处，不过，痛感只是瞬间发作，业已消失。接着，脚上的树根也已松开，缩回了地里，蓝儿也同样得以脱困。

这就是你要的金属，蒙诺阿树低声说，拿走吧……

可是……伊拉龙想问。

走吧……蒙诺阿树说，声音渐行渐远，走吧……大树的意识从伊拉龙和蓝儿的脑海撤出，渐渐退隐，直到伊拉龙再也无法感应到丝毫。他们周围那些逼近的树木也放松下来，恢复了常态。

“可是……”伊拉龙大声嚷道，他不明白大树为何没告诉他到底要什么。

迷惑不解的伊拉龙朝矿石走去，双手握住石块的底部，将其抱了起来，嘴里嘟囔着怎么这么重。他怀抱着矿石，转身朝胡娜的家走去。

蓝儿跟上来，嗅了嗅矿石。你说得没错，她说，我本不该攻击大树。

至少星钢到手了，伊拉龙说，还有，蒙诺阿树……算了，我也不知道大树得到了什么。我们终究不虚此行，这才是重要的。

精灵们聚集在伊拉龙所经路旁，目光注视着伊拉龙和蓝儿。伊拉龙觉得脖子后针刺般的痛，不禁加快了步伐。精灵们都一声不吭，只是斜眼看着他们，戒备森严，仿佛一只危险的动物进了自己的家。

蓝儿的鼻孔喷出一阵轻烟。我想我们就此要抱憾终生了，她说，除非加巴多里克斯先将我们干掉。

匠心独运

“你们在哪儿找到的？”见伊拉龙步履蹒跚地迈进了房子的中庭，将星钢矿石丢在她脚边，胡娜急促地问道。

伊拉龙尽可能简短地将索伦明和蒙诺阿树的事情解释了一番。

胡娜蹲下来，抚摸着坑坑洼洼的矿石块，手指顺着散布在矿石表面的金属块不停地探究着。“她可不好戏弄啊，你们那么去惹蒙诺阿树，要么是脑子出了问题，要么是头脑发热了。”

这么多矿石够造一把剑吗？蓝儿问。

“依过去经验，几把都够了。”胡娜说着站了起来，她瞥了一眼中庭中央的铸铁炉，一击掌，两眼因急切和坚毅变得炯炯有神，“我们动手吧！你需要一把剑，对吧，魔影杀手？很好，我要给你造一把剑，造一把阿拉加西亚独一无二的剑。”

“可是你的誓言怎么办？”伊拉龙问。

“先别管那个，你们要什么时候回沃顿国？”

“实际上，我们到的那天就该走了。”伊拉龙说。

胡娜停顿了一会儿，脸上一副若有所思的表情：“看来不能再像以前那样，这次得赶工了。如果单纯手工操作，得花几个星期，现在也只能用魔法了。你和闪鳞得帮我，”她当然不是在征求意见，不过伊拉龙还是点头表示同意，“我们今晚不要休息了，不过，魔影杀手，我保证你的剑明天早上就能造好。”说着，胡娜一弯腰，轻而易举地拿起矿石，来到自己的工作台前。

伊拉龙脱去外衣和衬衫，以免工作时弄破了。胡娜给他拿来一件无袖紧身外套和一条阻燃围裙，她自己也是同样打扮。伊拉龙问是否有手套，她笑着摇头道：“笨铁匠才用手套呢。”

接着，胡娜领着伊拉龙来到一间低矮的洞室。胡娜的房子由数棵大树联结而成，洞室位于其中一棵树干中。室内有大袋大袋的炭，还散乱地堆放着几堆泛白的泥砖。伊拉龙和胡娜用魔法将数百块砖移至工作棚一旁，接着又采用同样的手法，将和人的个头般大小的一袋袋炭也搬移出去。

准备工作完成后，胡娜和伊拉龙便开始着手建一个熔炉。熔炉的结构比较复杂，胡娜也不愿意使用魔法，因此他们耗掉差不多一个下午的时间。他们首先挖了一个五英尺深的长方形坑，在坑里分别铺上沙子、沙砾、黏土、炭和灰，中间还预留了排湿通道和空间，以免炉火受潮。铺平地面后，他们把水和黏土和成灰浆，用砖在坑上搭了一个炉子。接着，胡娜钻进自己屋里，拿出一对风箱，分别放进炉底预留的两个通风口。

他们稍事休息，喝了些茶，啃了几口奶酪面包。

短暂进食后，胡娜将一把小树枝放入炉中，嘴里一念叨，点上了火。待火苗稳定时，在四周堆入大小和长度合适的风干橡木。在接下来的近一个小时里，胡娜就像一个园丁守护花园里的玫瑰一般侍弄着炉火，直到炉里的柴火都烧成了厚厚的一层炭。这时，胡娜朝伊拉龙一点头，说："动手。"

伊拉龙捧起矿石块，轻轻放入炉子。待觉得手上烫得受不了时，他才松手。见火花像一群萤火虫一般向上蹿，他连忙跳着向后退去。接着，他往矿石和煤块上加了一层厚厚的炭，以增加炉温。

伊拉龙搓掉手上的炭灰，抓起风箱的手柄，开始鼓风。站在炉子另一边的胡娜同时也给炉子鼓风。在他们不停地鼓风之下，炉火越烧越旺。

炉子的火苗跳跃着，在炉火映照之下，蓝儿胸前以及脑袋和脖子下方的鳞甲闪烁着炫目的蓝光。蓝儿蹲在离炉子数码远的地方，眼盯着熊熊的火苗。*你们知道，我可以助一臂之力，*她说，*要熔掉矿石，让我来，一分多钟就够了。*

"没错，"胡娜说，"可是，如果熔得太快，金属无法与炭火结合，就无法达到铸剑所需的强度和韧度。你的火先留着，龙，我们后面会需要的。"

炉子的高温和不停地鼓风，很快就让伊拉龙汗流浃背，在火光映照下，他汗淋淋的膀子也闪闪发亮。

每隔一定的时间，他或者胡娜就给炉子添上一层炭。

这个活单调至极，很快，伊拉龙完全失去了时间概念，唯一能感受到的，就是火苗发出的呼呼声，手中的风箱杆和空气流窜的嗖嗖声，还有蓝儿警觉的意识。

"够了，停止鼓风。"胡娜一声令下，吓了伊拉龙一跳。

伊拉龙抹了一把额头上的汗，动手帮胡娜把炉里炽热的炭铲出来，放入旁边一个盛着水的桶里。热炭一接触水就嗞嗞作响，冒起一股带酸味的白烟。

铲完上面的炭，他们看到炉底一摊闪烁着白光的金属，此时矿渣和其他杂质在焚烧的过程中业已排出。胡娜在金属上撒了一层一英寸厚的细白灰，把铲子靠在炉子旁，然后在凳子上坐了下来。"现在做什么？"伊拉龙走过去，开口问道。

"现在等着。"

"等什么？"

胡娜朝天上指了指。此时夕阳西坠，在余晖的映照下，天空的云彩呈现出红色、紫色和金黄，一片斑驳。“要准确辨别金属的颜色，得等到天黑了才能动手。而且，星钢也需要时间冷却，等它变软时，就容易成形了。”

胡娜伸手到脖子后，解开绑住头发的绳子，把头发再收拢，重新系好。“趁着有时间，我们来谈谈你的剑。你是怎么使剑的，单手还是双手？”

伊拉龙想了一下，说：“看情况。如果有选择，我宁愿一手持盾，另一手拿剑。不过，事情通常不随我所愿，我常常没有盾牌。这个时候，我喜欢双手握剑，这样击出去更有力。萨若克的剑首很大，可握在左手里，不过，上面的红宝石的边角握起来不太舒服，感觉老抓不牢，如果剑柄长一些就好了。”

“我的理解是，你并不是真正要双手握剑？”胡娜说。

伊拉龙摇头说：“是的，那样剑太长了，无法用于室内搏击。”

“那要取决于剑柄和剑身加在一起的长度。不过，笼统地说，你说得没错。是不是改为手半剑呢？”

伊拉龙脑海里浮现出穆塔原来那柄剑的样子来。他脸上一笑。为什么不呢？他想，“对，手半剑，我想那是最佳选择。”

“剑身要多长？”

“不要超过萨若克。”

“嗯。剑身要直的还是弯的？”

“直的。”

“护手有什么特别要求吗？”

“没有。”

胡娜两臂交叉，下巴垂在胸前，闭上了眼睛。不过，她的嘴皮子在动：“剑身的宽度呢？记住了，无论有多窄，剑也不会断。”

“也许靠近护手的地方要比萨若克稍宽些。”

“为什么？”

“我想这样会好看些。”

胡娜的喉咙爆发出一阵刺耳的尖笑：“这有助于提高剑的功能吗？”

伊拉龙不禁脸一红，在凳子上有些坐立不安，茫然不知所措。

“不要仅仅为了外观叫我对一件武器进行改动，”胡娜警告道，“武器只是一件工具。如果说一件武器很美，也美在实用。在我看来，一把剑如果无法起到剑的用途，无论其外形有多美，即使上面缀满了华美的珠宝，刻上最精巧的图案，那还是丑陋至极。”说完，她一边思索一边噘着嘴唇，“好了，你要的是一把既可用于战场上自由劈刺，也可用于在堡藤杜尔地道里自我防卫的剑。一把用途广泛的剑，中等剑身，剑柄要比一般的剑长些。”

“一把用于对付加巴多里克斯的剑。”

胡娜点点头：“既然如此，这把剑必须能抵御魔法……”说着，她的下巴又垂到了胸前，“一个世纪以来，盔甲技术日新月异，因此，剑尖比我原来做的要窄些，这样才能透过铠甲和锁子甲的空隙进行刺穿。嗯。”说完，胡娜从身旁的一个袋子里掏出一团细绳，仔细量了量伊拉龙的手和手臂。接着，她从锻造炉取来一根锻铁棍，扔给伊拉龙。他一把接着，眉毛一抬，看着胡娜。她指着他说：“现在继续吧。站起来，让我看看你是怎么用剑的。”

伊拉龙走出工作棚，演示了布鲁姆教的几手剑法。不一会儿，耳边传来金属击打石头的声音，只听胡娜一边咳一边嚷道：“天哪，简直朽木不可雕也。”她手里拿着一根铁棍，走到伊拉龙跟前。只见她双眉紧锁，随着厉声一喝，将铁棍举起，摆出一个起剑式，大声喊道：“出手吧，魔影杀手！”

胡娜挥舞着铁棍呼的一声奋力向伊拉龙劈来，伊拉龙身子一侧，挺棍挡击。两棍相交，伊拉龙觉得铁棍在手里不停地跳动起来。接着，他们你攻我防比试了一番。胡娜显然已很长时间没练过剑，可是，伊拉龙依然觉得她是个令人生畏的对手。最后，他们不得不停手，因为手里的铁棍太软，击打之下，早已变成像紫杉树枝般弯弯曲曲的了。

胡娜拿过伊拉龙的铁棍，将两根弯曲得不成样子的玩意儿丢到废弃工具堆里。回到伊拉龙跟前，她抬起下巴，说：“现在我知道你的剑该铸成什么样了。”

“可您如何铸造呢？”

胡娜的眼睛闪现出一丝笑意：“不是我。这把剑由你来铸造，魔影杀手。”

伊拉龙目瞪口呆地看着胡娜，然后结结巴巴地问道：“我？可是我从来没有跟铁匠或铸剑师学过。就是让我打一把普通的柴刀，我也不会啊。”

胡娜眼里的笑意更浓：“无论如何，铸剑的人是你。”

“可是怎么造？您可不可以站在一旁，我一边锤，您一边教我？”

“不，”胡娜说，“绝对不行。我会通过你的大脑指挥你的行动，这样假你之手，就可完成我自己做不到的事。办法尽管不尽善尽美，不过，暂时我也想不出别的法子，让我既可重操旧业，却又不违背我的誓言。”

伊拉龙一皱眉道：“如果由您来操纵我的手，这跟您自己动手有何区别？”

胡娜脸色一沉，口气生硬地问道：“你到底想不想要剑，魔影杀手？”

“当然想。”

“那就别拿这些问题来烦我。假你之手造剑与我亲手造不同，因为我认为不同。如果我认为相同，我的誓言就会让我无法参与此事。所以，除非你希望两手空空回沃顿国，否则你就给我闭嘴。”

“好的，胡娜前辈。”

于是，他们回到炉子旁。胡娜让蓝儿把已经凝结却依然温热的星钢从炉底撬出来。“把它分成拳头般大小的块。”胡娜指挥道，说完赶紧躲到安全距离之内。

蓝儿抬起左腿，全力踏在金属块上，大地为之一震，星钢随着出现数道裂纹。蓝儿接着又踹了三脚，才令胡娜满意。

胡娜捡起金属块，放入围裙，搬到工作棚旁的一张矮桌上。在那儿，她对金属按硬度进行分类，依据（或者说她跟伊拉龙说的依据）是看断裂层的颜色和纹路。“有的太硬，有的太软，”她说，“尽管可以补救，不过那得再加热一次。所以，我就挑那些软硬适当的来铸剑。剑的边缘要求钢的强度稍大些——”说着，她摸了摸一堆晶粒闪亮的钢块，“锋利的边就用这些。剑身内部用稍软的一些。”她摸了摸一堆颜色暗些、光泽不是很强的钢块，“这些韧性好，抗折，便于吸收击打带来的冲击力。不过，在金属成形前，还得加工一下以去除杂质。”

怎么做？蓝儿问。

“你很快就可看到。”说着，胡娜朝棚柱走去，背靠着柱子坐下，盘腿闭眼，脸色寂静安详。“准备好了吗，魔影杀手？”她问。

“好了。”尽管越来越紧张，伊拉龙还是立时应道。

随着两脑意识相交，伊拉龙首先感应到的是胡娜深邃、杂乱意识里不断回响的低沉心弦。心弦的节奏极其缓慢、从容，主调怪异而令人不安，不断地刺激着他的神经。这暗示着胡娜究竟是什么样的性格，伊拉龙也不敢肯定，不过，这怪异的旋律使他重新考虑让胡娜如此控制自己的身躯是否明智。不过，一想到蓝儿就坐在炉旁密切注视着，他内心的恐惧消退了。于是，他降低了意识的最后一道防线。

随着胡娜的意识将伊拉龙的意识包围着，他感觉仿佛一块羊皮滑过自己的肌肤，于是，胡娜进入了他自己最深邃的底层。胡娜的接触令他战栗，他差点就要退却出来，却被胡娜粗暴的声音制止住：放松，魔影杀手，不会有事的。

好的，胡娜前辈。

于是，胡娜开始支起他的手臂，挪动他的腿，转动他的脑袋，以及尝试他身体的其他功能。觉察到自己的脑袋和四肢未经自己使唤在动，伊拉龙感到十分诡异。更怪异的是，自己的两只眼睛竟然不由自主地四处打量，这种无助感让他突然感到很害怕。当胡娜指挥着他向前走时，他一脚踢到了锻造台的一角，感觉自己仿佛就要摔倒，伊拉龙立即要夺回对身体的控制，慌忙中抓住了胡娜的铁砧才稳住身体。

别瞎掺和，胡娜呵斥道，铸剑过程中，如果你神经走了岔，就会给你造成不可修复的伤害。

你自己一不留心也会这样啊。伊拉龙反驳道。

耐心点，魔影杀手。天黑时我就能运用自如了。

他们一直等到最后一缕光线从天鹅绒般光滑的天空中消失。在此之前，胡娜在忙于给接下来的锻造做准备，同时练习使用各种锻造工具。一开始，她指挥起伊拉龙的身体还是笨手笨脚的，有一次，她本来是要取锤子，却把他的手指头戳到桌面上，伊拉龙痛得直流眼泪。胡娜道歉说：你的手臂比我长。不过，很快，她就变得非常娴熟。几分钟后，他们就要正式开始了。只听胡娜评论道：魔影杀手，好在你具有精灵般的速度和力量，否则，我们今晚就别指望能完工了。

“胡娜”收起要用到的那些软硬钢块，放到锻造台上。应胡娜所请，蓝儿微微张嘴，对着钢块吐出一束蓝白火苗，火苗非常集中，未烧及车间的其他地方。呼啸的火柱散发出璀璨的蓝光，使得整个中庭亮如白昼。在火光映照下，蓝儿身上的鳞甲闪烁着炫目的光彩。

待星钢变成樱桃红，胡娜让伊拉龙用钳将钢块夹走。她把它放到铁砧上，连续快速重锤，将钢块打成不到四分之一英寸厚的钢板，此时火红的钢板表面上依然翻滚跳跃着炽热的微粒。每锤完一片，“胡娜”就将其扔进旁边的一个盐水槽中。

全部打完后，“胡娜”从盐水槽中取出钢板，在这个过程中，伊拉龙能感受到槽水冒出的热气。接着，胡娜用砂岩将每一块钢板仔细打磨，去掉金属表面的垢痕。经打磨，金属呈现出其晶莹剔透的内质。胡娜再次仔细检查，根据金属晶体的材质，分拣出硬度和纯度较合适的来。

由于此时二人思维如此接近，伊拉龙实际上知道胡娜的每一个想法，体察到她的每一次感受。其造诣之深厚，让伊拉龙惊讶不已。在伊拉龙看来完美无缺的金属，在她的眼里却粗糙不堪，可以说任何瑕疵都逃不过她的法眼。在对金属的加工处理过程中，她那些繁复的计算早已非伊拉龙所能及。他也觉察到，她对他锻打过程中大锤的挥舞姿势不甚满意。

胡娜的不满越来越甚，终于她忍不住说：见鬼！看看这些凹痕！我怎么能造这样的剑？我对你的手和臂的控制还不够娴熟，还无法锻造一把值得一看的剑。

伊拉龙还没来得及劝说，蓝儿开腔了：并不是有了工具就成了工匠，胡娜前辈。这点小小的不便，你肯定有办法弥补的。

不便？胡娜轻蔑地哼了一声，我连一个初出茅庐的生手都不如，简直成了个愣头青。她嘟囔着，陷入了伊拉龙无法解读的沉思，然后继续道，好了，我这儿有个法子，不过，我警告你，如果达不到我平时的水平，我就不干了。

她懒得跟伊拉龙和蓝儿解释具体是什么法子，而是将那些钢板一一摆上铁砧，将其掰成玫瑰花瓣大小。接着，她将其中硬些的聚拢，码成砖块状，用黏土裹住，外面再包上桦树皮。弄好后，她将“砖块”放到一个厚钢铲上，钢铲带一点七英尺长的把手，跟面包师烤面包时用的炉铲相似。

胡娜把铲子放入炉膛，叫伊拉龙握住把手尽头，让蓝儿继续喷火。顿时，中庭映照在一片璀璨的蓝光之中。蓝儿喷出的火热度极高，砌炉子的花岗岩石被烧成金黄色，伊拉龙觉得自己外露的皮肤都被烤焦了。

换了用炭火烧，可能需要半个小时以上才能达到适合的温度。可是，蓝儿喷出的火焰炽热至极，不到几分钟金属便泛白。于是，胡娜让蓝儿停止喷火。随着蓝儿嘴唇一闭，炉子顿时陷入一片黑暗之中。

胡娜让伊拉龙上前，把炽热的“砖块”搬到铁砧上。接着，她拎起锤子，把那些分散的钢碎片锤成一体。她不停地锤打，直到将钢块打成一长条，再在中间开一道口，将金属条对折在一起，继续锤打。锤打金属发出的清脆声音，如同铃声般在中庭周围的古树间回响。

待金属的色泽由白泛黄，胡娜让伊拉龙将其送回炉内，蓝儿则再次喷火烧灼。如此这般，前后重复了六次，直到金属渐渐变得更圆润、更有韧性，无论怎么折也不会断。

在胡娜指挥之下，伊拉龙不停地挥动着锤子，精灵女士则用自己和伊拉龙的声音一同唱了起来。他们的声音随着锤子的节奏起伏，配合还算默契。感觉胡娜持续将一股能量传输到他们一同哼唱的词语里，伊拉龙不禁觉得脊梁骨有些隐隐作痛。不过，他意识到，那歌曲里含有铸造、成形和黏合等魔法。胡娜通过两个声音向铁砧上的金属吟诵着，描述其特质——以伊拉龙无法理解的方式对其进行改变——同时给星钢注入一系列复杂的符咒，使其具有远胜于一般金属的强度和弹性。胡娜也对伊拉龙挥动锤子的手臂唱起来，在她那低吟般的轻唱引领下，她通过伊拉龙挥动的每一锤都能准确地落在点上。

第六次——也是最后一次——对折锤打之后，胡娜给星钢条淬了火。对剩下那部分业已变硬的碎钢片，她重复了这个过程，最后锻造出一段一模一样的钢条。紧接着，她把那些软碎片集中起来，反复折打了十次，锤成一个短楔形。

接下来，胡娜让蓝儿再次给两根钢条加热，将其并排放在铁砧上，用钳子夹住两根钢条的两端，旋转了七次，将钢条扭在一起，然后继续锤打成一根。如此这般，胡娜再将钢条对折、锤打成条形，重复了六遍。金属达到要求时，她将其锤成长方形的厚板，用锋利的剪子纵向剪开，再将钢板条对折弯成V形。

伊拉龙估计，胡娜前前后后花了一个半小时。尽管出力干活的是自己，伊拉龙还是折服于胡娜的速度。此前，他从未见过铁匠能像胡娜那样轻松让金属变来变去的。霍斯特要花数小时的活，胡娜只需几分钟就可完成。而且，无论锻造过程多么艰难，她嘴里还是不停地哼着，将无数的咒语编辑进星钢里，同时还能精确地控制伊拉龙的手臂。

锤打叮当、火焰呼呼、火花飞溅当中，随着胡娜通过伊拉龙扫了一眼锻造炉，伊拉龙透过眼角似乎瞥见三个细小的身影立于中庭边上。蓝儿很快证实了他的猜想，只听她说道：*伊拉龙，有人来了。*

*是谁呢？*他问。蓝儿给他传来矮瘦的猫人茉德的图像。此时，猫人以人形出现，站在两个精灵中间。那两个精灵脸色白皙，跟猫人一般个子。其中一个是男性，另一个是女性，不过，即使按照精灵族的标准，两个都长得极其俊美。他们的脸呈瓜子形，表情庄重、睿智，却又天真无邪。光从外表看，伊拉龙无法判断他们的年龄。他们的肌肤散发着一层淡雅的银光，仿佛体内充满了能量，随时都可能会透过皮肤渗出来。

待自己的躯体得以休息片刻，伊拉龙向胡娜探问那两个精灵的身份。胡娜扫了一眼，让伊拉龙看得更清，嘴里的歌也不歇停，将意识传了过来：*他们是埃勒斯梅拉唯一的小精灵阿兰娜和杜山。十二年前他们刚孕育之时，整个森林为之欢*

呼雀跃呢。

他们跟我见过的精灵不一样。他说。

魔影杀手，精灵族的孩子是很特殊的。他们都拥有一些天赋——优雅和法力的天赋——这是成年精灵无法比拟的。随着年龄的增长，我们在某种程度上会渐渐衰老，只是早年获得的那些魔法并不会离我们而去。

胡娜就此打住。她让伊拉龙将楔形星钢置于两根V形钢板条之间，对其锤打，直至钢板条几乎裹住楔形钢。至此，三段钢件锻接熔合在一起。接下来，胡娜将其打成一体，并趁着钢件还热，对其拉伸，做成剑的粗坯。这样一来，软楔件成了剑脊，两根硬些的钢板条成了剑面、剑刃和剑尖。当剑坯拉伸得跟实剑差不多长时，胡娜的速度慢了下来，从柄舌开始，仔细锤打剑身，使其角度分明，比例匀称。

接着，胡娜将剑身举到蓝儿的鼻孔前，让蓝儿喷火，分段对剑身加热，每次六七英寸。火焰每次喷出，可见阵阵弧形的热浪冲向中庭四周。

伊拉龙惊讶地见证了一块矿石变成一件精美的武器的整个过程。随着一锤锤落下，剑身渐渐成形，仿佛星钢想成为一把剑，迫不及待地想变成胡娜所期待的模样。

终于锻造工序完结，铁砧上躺着长长的黑色剑身。尽管还未完工，依然粗糙，却已散发出一股冷冷的杀气。

胡娜让剑身自然冷却，伊拉龙那疲惫的双臂得以休息。接着，她让伊拉龙拿着剑身来到工作棚的另一角落。那里有六个不同用途的砂轮，一张小凳子上还堆放着各式锉刀、刮刀和磨石。胡娜将剑身用两块木板固定住，接着用刮刀抛光剑面，用锉子锉磨剑身，前后花了一个小时。胡娜每一次击打以及每一次锉磨，似乎都起到了事半功倍的效果，仿佛那些工具有了灵性，知道该去掉多少钢，不差毫厘。

锉磨工序完成后，胡娜在铸铁炉里生起炭火。趁着火未烧旺，她用黑细黏土、灰、轻石粉以及杜松浆晶和成泥浆。接着，她把泥浆涂抹在剑身上，其中，涂在剑脊上的厚度是剑刃和剑尖的两倍。这样一来，淬火时，泥浆越厚的部位，冷却的速度就越慢，该部位就越软。

胡娜吟诵了一个快速咒语，让剑身上的泥浆迅速变干变轻。随着胡娜发出指令，伊拉龙持剑身来到炉前，将其平放在熊熊燃烧的火炭上，一只手鼓动着风箱，一只手将剑身缓慢往外抽。待剑尖离开火头，胡娜让他将剑身翻面，重复前面的操作。如此这般，待剑刃部分呈均匀的金黄色，剑脊成了鲜红，胡娜便飞快地将剑身抽离炭火，挥手将闪耀的钢棒划过空中，投入炉子旁的水槽里。

旋即，蒸汽犹如爆炸般从水面升腾而起，伴随着咝咝声，剑身周围冒出无数水泡。一分钟后，随着沸腾的水渐渐平息，胡娜抽出此时已呈朱灰色的剑身，接着给剑身回火。她将炉温降低，放入整个剑身，这样就可增强剑刃的韧性，然后再次淬火。

本来，见他们完成了锻造、硬化和热处理等工序，伊拉龙还以为胡娜会释放自己的躯体。可是，令他惊讶的是，她没有丝毫放弃的意思，依然停留在自己大脑里，驱动自己的四肢。

胡娜让伊拉龙熄了炉火，回到放着各式锉刀、刮刀和磨石的凳子前。接着，她让伊拉龙坐下，用更细的磨石锉磨剑身。从她的记忆里伊拉龙得知，过去她一般要花上一个星期或者更长的时间来锉磨剑身。这一次，由于他们不停地在吟诵着魔法，通过伊拉龙，胡娜得以在几个小时内完成这道工序，另外还给两侧剑面刻上一道浅浅的血槽。随着星钢变得越来越圆润，其真正的美开始呈现出来。伊拉龙可见剑身里细密的、微微闪烁的纹理，每一道纹理联结着两层丝绒般柔滑的星钢。两侧的剑刃流溢着银白色的光芒，有他拇指宽，仿佛剑刃在向外吐出冰冷的火舌。

接下来，胡娜在剑身的柄舌上锉了几道装饰用的交叉排线。突然，伊拉龙的右臂不再听胡娜的使唤，锉刀在柄舌上一滑，从他手里掉了。伊拉龙没料到自己累到了如此地步，此前，他满门心思全扑在了铸剑上，根本无暇旁顾。

好了。说完，胡娜干净彻底地撤出了伊拉龙的意识。

胡娜的撤离突如其来，吓了伊拉龙一跳。即使坐着，他依然感到一阵恍惚，差点摔倒。他好不容易才能恢复使唤四肢。“可是，我们还没做完啊！”他朝胡娜喊道。此刻，没了他俩此前漫长的二重唱，夜晚显得异常的静谧。

胡娜一直背靠棚柱盘腿坐着。听了伊拉龙的话，她起身，摇着头说：“现在不需要你了，魔影杀手。去，埋头睡到天亮。”

“可……”

“你累了。如果还让你继续干，即使有我的魔法支撑，你也很可能随时毁了剑。现在剑身造好，其余的就让我来完成，这又不违背我的誓言。所以，走吧。我房子的二楼有一张床，饿的话，厨房里有吃的。”

一开始，伊拉龙有些犹豫，不太愿意离去，不过，最后还是点了点头，从凳子上站起来，拖着沉重的步伐走了。他已累得说不出话来，经过蓝儿身边时，只是用手碰了一下她的翅膀，算是道了晚安。作为回应，蓝儿喷出一丝暖气，吹乱他的头发，然后说：小家伙，我给你看着。

走到胡娜家门口，伊拉龙停下了脚步，目光扫过阴暗的中庭，对着茉德和两个小精灵挥手打了个招呼。茉德回了一笑，露出尖利的牙齿。相反，那两个小精灵只是盯着他，大大的斜眼在黑暗中微微闪亮，令伊拉龙脊梁发冷。见他们没有进一步的动作，伊拉龙头一低，进了屋子，迫不及待地要找一张软床躺下来。

名副其实

醒醒，小家伙，蓝儿喊道，太阳出来了，胡娜都不耐烦了。

伊拉龙一掀毛毯，跳了起来，速度快得如同他出入入定状态一般。头一天的过度劳累，令他感到腰酸腿疼。他套上靴子，激动之中手胡乱系上鞋带，从地上抓起脏兮兮的围裙，顺着精雕细琢的梯子，一路往下跳，来到胡娜家的门前。

外面，尽管中庭依然笼罩在阴暗之中，黎明的曙光已照亮了天空。伊拉龙一眼瞥见胡娜和蓝儿已立于工作棚一旁，赶紧一边用手指理了理头发，一边快步朝他们走去。

胡娜背靠凳子站着。她眼睛上出现了黑眼袋，脸上的皱纹似乎也更深了。

她眼前放着长剑，外面用一条白布裹着。

“不可能之事，还是让我做到了，”她说，声音有些嘶哑，“尽管发誓不做了，我还是做了。而且，仅用了不到一天的工夫，还不是我亲自动手。结果呢，剑丝毫不显粗陋，绝对不粗陋！这简直是我所铸造的剑中最好的一把。本来，铸造过程中我不愿意使用过多的魔法。这是我唯一担忧的地方，可是，与如此完美的结果相比，那简直太无足轻重了。看！”

胡娜抓住布的一角，轻轻一掀，露出了宝剑。

伊拉龙顿时屏住了呼吸。

本来，他思忖，自己只睡了几个小时，胡娜至多能做成一个普通的剑柄和护手，大不了再加上一个简单的木剑鞘。出乎意料的是，与萨若克、纳吉林和塔莫林相比，凳子上的长剑毫不逊色。在他看来，甚至远胜于它们。

剑鞘浑体光洁，跟蓝儿背部鳞甲一样，主体呈深蓝色，其间色彩斑驳，有如光线照射到林间清池底部所呈现出的云纹。鞘尾以雕刻成叶片状的星钢包裹成鞘标，鞘口用的同样是蓝色星钢，藤蔓花饰。弧形护手以及剑首上裹住一颗硕大的蓝宝石的地方均采用了蓝色星钢，一手半长的剑柄用的是硬黑檀木。

怀着敬畏之心，伊拉龙朝凳子上的剑伸过手去，中途停了下来，瞥了胡娜一眼，问道："可以吗？"

她微微一颔首："当然可以。我把它给你了，魔影杀手。"

伊拉龙伸手拿起剑，握在手里，感觉到剑鞘和木柄处传来的凉意。有好几分钟时间，他好奇地打量着剑鞘、手柄和剑首，不放过任何一个细节。接着，手紧握剑柄，长剑出鞘。

长剑通体蓝色，只是剑身的蓝稍浅，犹如蓝儿颈部鳞甲的颜色不如其背部的浓重。如同萨若克，长剑的色泽如同彩虹般璀璨。持剑一挥，满目流光溢彩，深浅不同的蓝色，一览无遗，仿佛蓝儿在舞动。在满目充盈的色泽中，剑身上星钢细腻的纹理和剑刃上淡淡的光芒也清晰可见。

伊拉龙单手挥动长剑，感到轻快至极，仿佛有了生命一般，不禁哈哈笑了出来。接着，他双手握剑，觉得加长的手柄正合适。他弓箭步一跨，刺向前面的假想敌，心里笃信可以一剑杀敌。

"来。"胡娜指着竖在锻造炉旁地上绑在一起的三根铁棍说。伊拉龙呀的一声，长剑砍下，铁棍立断，清脆的声音缓缓萦绕在耳际。伊拉龙检查了剑刃，发现刚才的一击竟然没留下丝毫痕迹。

"满意吗，魔影杀手？"胡娜问。

"何止满意，胡娜前辈，"说着，伊拉龙对她鞠躬致谢，"不知该如何感谢您的这份礼物。"

"杀了加巴多里克斯，就算感谢了。要取国王首级，非此剑莫属。"

"我当竭尽全力，胡娜前辈。"

胡娜满意地点了点头："好了，你终于有了本应拥有的自己的剑，你现在是一位名副其实的龙骑士了！"

"是的，"伊拉龙举剑朝天，满心欢喜地说，"我终于成为一名真正的龙骑士了。"

"走之前，你还有一事要做。"胡娜说。

"哦？"

她朝长剑一指："你得给长剑起名，我好给剑身和剑鞘刻字。"

伊拉龙走到蓝儿身旁，问道：你觉得呢？

用剑的又不是我。你觉得什么合适就叫什么吧。

你说得没错。可是，你总该有些主意吧？

蓝儿低头嗅了嗅长剑，说：要是我，就叫它"蓝钻牙"，或者"蓝牙红"。

人类会觉得很可笑的。

"夺命剑"或"丧魂剑"怎么样？或者叫"战爪"或"亮刺"？当然，考虑到钢里的那些纹路，也可叫"恐怖"、"痛苦"、"无坚不摧"、"锋芒"或"纹甲"什么的。还可叫很多别的名字，比如：死亡之舌、精钢剑、星钢剑等等。

蓝儿猛然像倒豆子般数了一长串名字，吓了伊拉龙一跳。你真是太有才了。他说。

胡乱起名小菜一碟，可是，要起一个恰当的名字，就算是精灵，也得琢磨半天。

叫“屠王剑”怎么样？他问。

如果我们真的杀了加巴多里克斯怎么办？接下来呢？难道就刀枪入库，不再作为了？

嗯。伊拉龙将长剑靠在蓝儿的左前腿上，说，跟你的颜色似乎一样……我就用跟你一样的名字。

蓝儿发出一声低沉的咆哮：不。

伊拉龙还以微笑：不行吗？试想一下，我们并肩作战，然后……

蓝儿的爪子杵到地里：不，我又不是一件物品，让你挥来舞去地玩耍。

对，你说得对。对不起……那么，我用古语叫它“希望”怎么样？萨若克的意思是“凄惨”，如果我用的剑光名字就跟它的对着干，那岂不正合适？

想法挺崇高的，蓝儿说，可是，难道你真的要给敌人以希望吗？你想满怀希望杀向加巴多里克斯吗？

一语双关，开玩笑而已。伊拉龙咯咯笑着说。

一次可以，不可再二再三。

一时不知如何是好，伊拉龙皱着眉头，一边搓着下巴，一边打量着剑身闪烁出的光芒。他目光渐渐深入，无意中看到剑脊与剑刃之间那些火焰般的纹理。他想起，在蓝儿跟他分享的那些记忆中，布鲁姆点烟时说出的那个字。他想起了亚兹科，在那里，他首次学会使用魔法，想起了在垡藤杜尔与杜尔查的对决。顿时，他确信，自己给长剑找到了合适的名字。

伊拉龙征求了蓝儿的意见，得到了她的同意。于是，他举剑齐肩，说：“我决定了，宝剑，给你起名‘布里星迦’！”

只听呼的一声，随着疾风刮过，剑身迸发出火焰来。宝石蓝的火焰裹住了剑身，在锋利的剑刃上飞舞跳跃。

一惊之下，伊拉龙喊着扔了手中长剑，还怕被火烧着，赶紧向后跳开。落地的长剑依然熊熊燃烧着，半透明的火焰烧焦了附近的一簇草丛。此刻，伊拉龙才明白，无名之火乃源自他自身的能量。他飞快终止了魔法，剑上的火焰顿时消失了。对于为何会无意中启动了魔法，他还是迷惑不解。他捡起长剑，手指弹了弹剑身，没觉得温度有什么变化。

胡娜沉着黑脸，大步走上前去，一把夺过长剑，从头到尾仔细检查了一番：“算你好运，我给剑加持了抗热和破损保护，否则，你那样肯定会划伤护手，破坏宝剑的剑气。千万别再扔剑，魔影杀手——即使变成一条蛇，也不行——否则，我就将剑收回，给你一把破锤子。”见伊拉龙连忙道歉，胡娜神色缓和了些，将剑还给他，“你是故意让剑着火的吗？”她问。

“不是。”伊拉龙回答道，可是又说不出所以然来。

“再说一遍。”胡娜命令道。

“什么？”

“名字，剑名，再说一次。”

伊拉龙尽量把剑举得离自己远些，嘴里喊道：“布里星迦！”

顿时，一束跳跃的火焰裹住了剑身，热气有些逼人。这一次，伊拉龙觉察到，魔法消耗了自己体内的些许能量。过了一会儿，他熄掉无名之火。

接着，他又一次喊：“布里星迦！”幽灵般的蓝色火焰再次闪现。

终于，骑士和龙有了一把名副其实的宝剑！蓝儿高兴地说道，它能跟我一样随意喷出火来。

“可是，我没有故意要启动魔法啊！”伊拉龙抗议道，“我只不过说了个‘布里星迦’，而且……”见火焰第四次迸出，他急得喊了起来，一边辩解，一边再次把火熄灭。

“我可以看看吗？”胡娜伸过手来，问道。他将剑递过去，胡娜也说了一声“布里星迦！”剑身似乎震颤了一下，不过仅此而已，再无别的反应。胡娜把剑还给伊拉龙，若有所思地说道：“这个奇迹可以有两个解释。首先是因为整个锻造过程你都参与了，你的个性部分注入了剑身，于是，你心有所思，剑身会加以配合。我的另一个解释是，你找到了剑的真名。也许两者都起了作用。不管怎么说，你给宝剑起了个好名，魔影杀手。布里星迦！对，我喜欢这个名字。是个好剑名。”

非常好。蓝儿补充道。

于是，胡娜一手罩在剑身中央上方，嘴里念念有词，剑身两面立时显出“布里星迦”字的精灵族象形符号。接着，她又在剑鞘的正面刻上符号。

伊拉龙再次向胡娜鞠躬，并和蓝儿一道向她表达了谢意。她饱经风霜的脸上露出满意的笑容，胡娜用满是老茧的手触摸了伊拉龙和蓝儿的额头，说：“很高兴能再次帮助龙骑士。走吧，魔影杀手。走吧，闪鳞，回到沃顿国去。愿你们宝剑出鞘，所向披靡。”

于是，伊拉龙和蓝儿向她道别。仿佛对新生婴儿一般，伊拉龙怀抱着布里星迦，与蓝儿离开了胡娜的家。

整装待发

灰色羊毛帐篷里点着一支蜡烛。

若伦展开双臂，凯特琳娜在一旁帮他系上，她亲手给缝上了夹层的紧身外套。系好后，她扯了扯下摆，拉平皱褶，问道："好了，紧不紧？"

他摇头道："不紧。"

摇曳的烛光之中，她从轻便床上取过胫甲，在他面前跪了下来。她给若伦小腿扣上胫甲，在扣第二块胫甲时，还抱住了他的小腿肚。这个过程中，若伦一直看着她，虽然隔着裤子，他依然能感受到她肌肤传来的温暖。

她站了起来，走到床边，拿起若伦的护臂。若伦手臂伸向她，看着她的眼睛，她回看过来，两人对视着。她用护臂把他前臂扎紧，动作缓慢而仔细。她的手从他肘内侧滑到手腕时，他将其握住。她微微一笑，抽开了。

接着，她从床上取过锁子甲，踮起脚，把铠甲举过他的头，待他将手臂伸进袖子，一放手，只听清脆的一阵丁零声，锁子甲落到他肩上，向下一展，下摆垂及他的膝盖。

接着，她给他戴上皮帽衬，在下巴下打好结，把帽子系稳。她双手捧着他的脸，在他唇上印上一个吻，取过有帽舌的头盔，仔细给他罩在帽衬之上。

见她走向床边，若伦的手臂滑到她日益渐宽的腰间，抱住了她。"听我说，"他说，"我没事的。"他希望，通过自己说话的口气以及自己坚定的目光，让她明白自己对她的爱，"不要整日呆坐着，答应我。去找伊莱恩，她会需要你的帮助。她病了，过了预产期。"

凯特琳娜抬起头，眼泪在眼眶里打转。他知道，当着自己的面，她的眼泪不会流出来。"你必须行走在队伍的前列吗？"她低声问道。

"总得有人走在前面，当然也可以是我，不然的话，你说让谁去替我呢？"

"谁……谁都可以啊。"她垂下目光，一时不说话，然后从紧身胸衣里掏出一块红手绢，说，"若伦，带上我的心爱之物，让所有人都知道我多么为你骄傲。"

说着，她将手绢系在他剑带上。

若伦吻了她两下，松开了手。她从床上给他取过盾牌和长矛。他接过来，再次吻了她，然后将手臂穿过盾牌的皮带。

“如果我出了什么事……”他开口说道。

凯特琳娜手指压住他嘴唇。“嘘！别说，否则会应验的。”

“好吧，”她再次拥抱他，“保重。”

“你也是。”

尽管不愿离开她，若伦还是提起盾牌，大步跨出帐篷走进晨曦中。人类、矮人和巨人们正鱼贯而出，穿过营地，向西朝沃顿国的集结地而去。

若伦深深吸了一口早晨凉爽的空气，跟上人流，他知道，自己的部队正等着自己。到达集合点，找到约蒙杜的部队，他首先向约蒙杜报到，然后走到队伍前面，紧挨着雅博格站好。

巨人瞥了他一眼，瓮声瓮气地说了一句：“真是战斗的好日子。”

“好日子。”

随着太阳越过地平线，沃顿国部队的前线响起一声号角。若伦举起长矛，声嘶力竭地咆哮着，与众人一齐向前冲锋，他们前后的飞剑和巨石犹如雨下。在他前方，矗立着一道高达八十英尺的石墙。

费斯特尔攻城战就此打响。

告别

The Inheritance Cycle

蓝儿和伊拉龙离开胡娜的家，飞回他们的树屋。伊拉龙收拾好自己卧室里的物品，给蓝儿装上鞍座，坐到自己在蓝儿颈脊的位置。

去迢内尔乱崖前，他说，在埃勒斯梅拉还有一件事要做。

是吗？她问。

不做我就会不舒服。

蓝儿从树屋向外一挣，朝西滑行，直到下方的房子渐渐模糊，然后朝下缓慢降落在一条布满苔藓的小径上。跟在附近一棵树上坐着的精灵问明方向后，伊拉龙和蓝儿继续穿过森林，来到一座单间房子前。房子在一棵杉树的树巅上，树有些斜，仿佛长时间被风吹拂所致。

房子的左侧有一道软土坡，比伊拉龙还高几英尺。一道溪流从坡顶顺流而下，坠入下方清澈的池子，然后继续蜿蜒而下，消失于森林深处。池子周边长着白色的兰花，兰花丛中，裸露着一段球茎状的树根，上面盘腿坐着史洛恩。

伊拉龙屏住呼吸，不想让他觉察到自己的到来。

屠夫打扮类似精灵族，身穿棕黄色长袍，头上绑着一根黑布条，蒙住了眼洞。他一手拿着一段干木头，另一只手持一小弯刀，不停地削着。脸上的皱纹比伊拉龙记忆中的要多出许多。双手和手臂上还有几处新的疤痕，与周围皮肤相比显得乌青。

在此等我。伊拉龙对蓝儿说，从鞍座上滑下。

伊拉龙走上前去。史洛恩突然停下手中的雕刻，头一侧，用粗哑的嗓门说：“滚开。”

伊拉龙不知如何应答，只得停在原地，一声不吭。

史洛恩咬牙切齿地又削了几刀，在膝下的树根上轻轻敲了敲刀尖，说：“见鬼！我这个惨样，难道你就不能让我清静一下？我不想听你们那些什么吟游诗人唱的什么。无论问我多少次，我都不会改变主意。算了吧，滚开。”

伊拉龙内心渐渐感到既可怜又愤怒。眼见一个自己在他身边长大、如此害怕和讨厌之人变成这样，他同时感到十分同情。“你现在很自在吧？”伊拉龙用轻快的语调以古语问道。

史洛恩发出一声厌恶的怒吼：“你明知我听不懂你们的话，也没有兴趣学。你整日喋喋不休的，除非你用我的本族语跟我说话，否则就免开尊口。”

伊拉龙懒得理他，既没有用通用语重复刚才的提问，也没有离开。

史洛恩骂了一句，继续用刀削着，每削两刀，就用右拇指摸摸木头的表面，确认自己大概刻到了什么地步。过了几分钟，史洛恩又开口了，声音变得柔和了些：“你说得没错。手头有事做，可以让我平静下来。有时……有时几乎会忘了自己失去了什么。可是，过后老会想起来，简直令人窒息……谢谢你帮我磨刀，男人的刀子随时都应锋利无比。”

又看了一会儿，伊拉龙转头朝蓝儿走去。在鞍座上坐下时，他说：史洛恩似乎还没什么改变。

蓝儿答道：短短时间里，你别指望一个人能洗心革面。

是的，可是，我本来希望他在埃勒斯梅拉至少会变得明智一些，这样他就可能会有所悔悟。

如果他自己不愿承认自己所犯之错，谁也无法强迫他。不管怎么说，你为他已竭尽所能。现在，他必须学会接受自己的命运。如果做不到，就让他到永恒的坟墓去寻找安慰吧。

蓝儿从史洛恩房子附近的一块空地起飞，极力振翅，飞跃到周围森林之上，然后向北朝迢内尔乱崖飞去。太阳已完全脱离了地平线，阳光穿过树冠，投射出道道长影，仿佛紫色的长条旗，一齐指向西边。

蓝儿在俄拉米斯松木房子旁的空地降落时，葛勒多和俄拉米斯已在等候。伊拉龙惊讶地发现，葛勒多背上两颗硕大的脊刺之间已装上了鞍座，俄拉米斯穿上了蓝绿相间的旅行长袍，外面是一件金黄色的护身铠甲，手臂上戴着护臂，背后斜背着钻石形长盾，左臂弯处托着一个古典头盔，腰带上系着青铜色长剑——纳吉林。

蓝儿在空中振翅，随着一阵巨大的气流，在草地上降落。她舔了舔舌头，似乎是要尝尝空气的滋味，伊拉龙从其背上滑到了地上。你们要一起去沃顿国吗？她问，激动得翘起了尾巴。

“我们跟你们一起飞到杜维敦边上，从那里分头走。”俄拉米斯说。

伊拉龙失望地问道：“然后呢？你们要回埃勒斯梅拉吗？”

俄拉米斯摇了摇头：“不，伊拉龙，接着我们要去基里城。”

蓝儿惊奇地发出了嘶嘶声，伊拉龙也有同感。“为何要去基里？”他茫然问道。

因为伊丝兰查蒂和她的部队已从赛隆出发，准备围攻基里。葛勒多说。金龙那怪异、闪现的思维轻捷地触及伊拉龙的大脑。

可是，你和俄拉米斯不是想保密，不让帝国知道你们的存在吗？蓝儿问。

俄拉米斯闭上双眼，脸上的表情淡定而令人费解。“蓝儿，躲躲藏藏的日子过去了。你们跟我们学习的时间有限，我们已经尽所能倾囊相授。跟你本来能从老一辈那里学到的东西相比，我们的训练简直不能与他们相提并论，可是，情势所逼，我们有幸已竭尽所能教授你们。你们现在已掌握了可能有助于击败加巴多里克斯的一切，我和葛勒多为此感到十分欣慰。”

“因此，在战争结束前，既然你们都没有机会回到这里接受训练，而且，由于现在加巴多里克斯统治着温暖的大地，我们更不可能还有机会教授另外一对龙和骑士。于是，我们认为，没有理由继续隐居于杜维敦森林。比起在此无聊地守候另一对龙和骑士的出现，更重要的任务是帮助伊丝兰查蒂和沃顿国推翻加巴多里克斯。

“当加巴多里克斯知道我们依然存在时，这会打击他的自信，因为他不知道是否还有别的龙和骑士从他的魔爪下生存下来。另外，我们依然存在的消息可以鼓舞矮人族和沃顿人的士气，消除穆塔和荆刺在烈火平原出现给士兵们的信心造成的负面影响，还可有助于娜绥妲在帝国招募新兵。”

伊拉龙看了一眼纳吉林，说：“当然。不过，师傅，您不会冒险亲自参加战斗吧？”

“为什么不呢？”俄拉米斯头一歪，问道。

因为不想冒犯俄拉米斯和葛勒多，伊拉龙一时不知该如何应答。最后，他说：“请原谅，师傅。可是，使用魔法需要不小的能量，这已非您力所能及，那您又如何战斗呢？另外，您有时还得承受痉挛之苦，那该怎么办？如果在战斗中出现这样的事，那可是致命的。”

俄拉米斯答道：“现在你应该很清楚了，两个魔法师对决之时，决定胜负的往往不是力量。即使是这样，我也具有战斗所需要的力量，就蕴藏在我宝剑的这颗宝石里。”说着，他右手探过来，握住纳吉林剑首的黄色钻石，“一百多年来，我和葛勒多把我们多余的每一丝能量都储存在宝石里，当然还有其他人的贡献。埃勒斯梅拉的好几位精灵每周来我这里两次，每次都将他们的能量倾注到宝石中。所以，伊拉龙，宝石现在储存了巨大的能量。有了这个，我可以举起整座大山。因此，要保护自己和葛勒多，抵挡刀枪弓箭，甚至是攻城机械投掷的巨石，不过是小事一桩。至于痉挛症，我已在纳吉林的宝石里加持了一些保护场，即使在战斗中我失去了行动能力，也能使我免受伤害。所以，看到没有，伊拉龙？我和葛勒多并非那么弱不禁风啊。”

心里一块石头落地，伊拉龙颔首低声答道：“是，师傅。”

俄拉米斯的表情缓和了些：“我知道你是出于关心，伊拉龙。你这样做是正确的，因为，战争是一场毁灭行动，战斗到白热化之时，即使是一名战士，无论技艺多么高强，都得面对死亡的威胁。可是，我们是为正义而战，即使血洒疆场，我和葛勒多也义无反顾。因为，我们的捐躯，可以帮助把阿拉加西亚从加巴多里克斯的暴政中解脱出来。”

“可是，如果你们没有牺牲，”伊拉龙说，内心觉得底气越发不足，“如果我们依然没有成功杀死加巴多里克斯，而是拯救出了最后一枚龙蛋，到时候，谁来训练那条龙和那个龙骑士？”

俄拉米斯伸手拍了拍伊拉龙的肩膀，吓了他一跳。“如果真的到了那个地步，”精灵说，表情变得异常严肃，“那么，训练新的龙和骑士的责任就落到了——你，伊拉龙，还有你，蓝儿——的身上。哈，别这么忧心忡忡的，伊拉龙。到时会有人帮助你的，伊丝兰查蒂和娜绥妲肯定会派出我们两族中最优秀的智者来帮你的。”

一种异样的不安袭来。伊拉龙一直希望能被当作成人对待，可是，不管怎么说，他还没有做好接替俄拉米斯的准备，即使有这样的念头都是错的。伊拉龙第一次明白，自己最终也会成为老的一辈。真的到了那一天，他就不可能再找师傅寻求指引。一想到这，他喉头不禁一紧。

俄拉米斯从伊拉龙肩上抽开手，指着他怀抱中的火剑，说：“蓝儿，你唤醒蒙诺阿树那一刻，整个森林为之震动。埃勒斯梅拉过半的精灵跟我和葛勒多联系，极力请求出手帮助大树。同时，我们还替你们向智者吉尔德林请求，以免他因你们粗暴对待大树而惩罚你们。”

我是不会道歉的，蓝儿说，我们当时时间太紧，根本无法耐心劝说。

俄拉米斯点了点头，“我理解。我也不是在批评你，蓝儿。只是要你们知道自己的行为所产生的结果。”于是，伊拉龙把新铸造的剑递了过去，还顺手接过了他的头盔。俄拉米斯端详着剑。“胡娜超越了自我，”他说，“无论是剑还是别的武器，现在很难找到能与此相匹敌的了。能拥有一把这样的好剑，你真是太幸运了，伊拉龙！”看到剑身上的铭文，俄拉米斯的一只眼睛跳了一下，“布里星迦……对于龙骑士的剑来说，没有比这更贴切的名字了。”

“是啊，”伊拉龙说，“可是，不知什么原因，每次我说那个名字，剑身就会迸发出……”他犹豫了一下，没有说“布里星迦”——古语里叫 brisingr——而说“火苗来”。

俄拉米斯眼睛瞪得更大。“真的？这么奇特的现象，胡娜解释原因了吗？”说完，他把剑还给伊拉龙，取回自己的头盔。

“解释了，师傅。”伊拉龙应道。于是，他把胡娜的两种说法复述了一遍。

听了他的话，俄拉米斯自言自语道：“我怀疑……”目光越过伊拉龙，看着地平线。接着，他摇了摇头，注意力回到伊拉龙和蓝儿身上，脸上的表情更显庄重。“恐怕我刚才话说过头了。我和葛勒多虽然不至于束手无策，可是，正如伊拉龙你指出的那样，我们身体并不健全。葛勒多受过伤，我呢，也有……残疾，大家叫我瘸子完人并非无缘无故。”

“如果敌人只是人族，我们的残疾也不是问题。即使在现在这个状态下，我们要杀一百个普通人，那也是小事一桩。一百或者一千，分别也不大。可是，我们要面对的，是这块土地上有史以来最危险的敌人。尽管我不愿意承认，我和葛勒多现在处于劣势，很可能无法从未来的战争中生存下来。我们活在世上的时间已十分漫长，背负着数个世纪磨难的记忆。可是，你们俩年轻，充满朝气和希望。我相信，你们比别人更有希望打败加巴多里克斯。”

俄拉米斯瞥了一眼葛勒多，表情显得十分痛苦：“因此，为了提升你们的生存能力，并预防我们生命可能终结这种情况的出现，葛勒多决定，我也赞同……”

我已决定，葛勒多接过了话，把我的晶核给你们，闪鳞蓝儿，魔影杀手伊拉龙。

蓝儿和伊拉龙一下惊呆了，目光凝视着高大、威武的金龙。蓝儿说：师傅，您对我们的信任，我们感到无上荣幸。可是……您真的要将您的心托付给我们？

真的，说完，葛勒多将巨大的头垂到伊拉龙上方，我这么做有几个原因。如果我的晶核在你们手里，你们就随时随地可以跟我和俄拉米斯联系，而且一旦你们陷入困境，我可以用我的能量支持你们。如果我和俄拉米斯战死沙场，我们的知识和经验，当然还有我的能量，可任由你们支配。这个办法我想了很久，我相信这是一个正确的选择。

“可是，如果俄拉米斯牺牲了，”伊拉龙细声问道，“难道您真的愿意独自作为一颗晶核存活下去吗？”

葛勒多转过头来，硕大的双眼凝视着伊拉龙：我不愿与俄拉米斯分离，可是无论发生什么，我都将为推翻加巴多里克斯的统治继续尽力。那是我们追求的唯一目标，即使死亡也无法阻挡。伊拉龙，你害怕失去蓝儿，这很正常。不过，我和俄拉米斯共同生活了几个世纪，我们早已接受这样一个事实：我们迟早有一天要分离。无论我们多么小心，活的年头长了，我们中的一个终将离世。这个想法让人不舒服，可它是事实，这是自然规律。

俄拉米斯变换了一下站立的姿势，说：“如果说能心情愉快地想这个问题，那是违心的。可是，生命的目的不是做想做之事，而是做该做之事，命运要求我们这么选择。”

所以，现在，我要问，葛勒多说，闪鳞蓝儿和魔影杀手伊拉龙，你们是否接受我的礼物以及它带来的一切？

我愿意。蓝儿说。

我愿意。伊拉龙迟疑了片刻，也应道。

葛勒多的头缩了回去，腹部的肌肉开始蠕动收缩，喉咙开始抖动，仿佛被什么东西卡住了。接着，金龙伸直脖子，金黄的鳞片之下的一道道绳纹和一股股肌肉彻底放松。葛勒多的脖子不断地收放，速度越来越快。最后，待脑袋垂到与伊拉龙相同的高度时，葛勒多张开巨嘴，一股热乎辛辣的气味从胃部倾泻而出。伊拉龙憋住气，眯着眼向其嘴里看去，只见金龙的喉部再次收缩，渐渐地隐约可见层层血丝包裹之中的一团血淋淋的金光。不一会儿，一个直径约一英尺的圆形物体从葛勒多绯红的舌头上滑下，快速滚了出来，伊拉龙连忙伸手，差点儿没接住。

伊拉龙双手抱住满是唾液的圆滑晶核，感到上气不接下气，脚下不停向后退，因为他突然感应到了葛勒多的所有思想和情感，以及他身体的种种感觉。所有这些信息，因他们彼此的思维接触，有如巨浪般袭来。尽管事先心里有所准备，待葛勒多的整个存在真正捧在手里，他依然体会到巨大的震撼。

葛勒多向后一退，仿佛被什么蜇了似的晃了晃脑袋，接着关闭了自己的意识。尽管如此，伊拉龙依然能感应到金龙忽隐忽现的意识流动，以及他的各种感情色彩。

龙的晶核外形就像一颗巨大的金色钻石，表面温润，有数百个大小不一、角度奇特的锐面。晶核的内核隐约可见暗光，就像罩上了灯罩的灯，弥漫的光线缓慢而持续地跳动着。第一眼看去，那些光线似乎齐整，可是，看的时间越长，便可发现越多的细节：其内，旋涡和电流似乎在肆意盘旋穿梭，浮着无数几乎静止的黑色微粒，还有无数如同针头般细小的光点，时隐时现。晶核是有生命的！

“拿着。”说着，俄拉米斯递给伊拉龙一个结实的布袋。

宝石般的晶核一离手进入布袋，伊拉龙与葛勒多的联系立即中断，他顿时感到轻松了许多。不过，他依然觉得余震未消，不由得将布袋紧紧抓在怀里。一想到葛勒多整个精髓此刻就在自己掌间，他内心敬畏之感油然而生，生怕一下失手，会发生什么不测。

“谢谢您，师傅。”伊拉龙对葛勒多一鞠躬，嘴里好不容易挤出了几个字。

我们会用生命保护您的心脏。蓝儿补充道。

“不！”俄拉米斯喊道，声音异常严厉，“绝不能用你们的生命！这正是我们希望能避免的。不要因为你们自己疏忽大意而致葛勒多的晶核遭遇不测，可是，也不要为了保护他、我或任何其他人而牺牲自己。你们要不惜一切代价生存下去，否则，我们的希望就会破灭，等待我们的就是无尽的黑暗。”

“是的，师傅。”伊拉龙和蓝儿异口同声道，当然，伊拉龙是用嘴，而蓝儿是用脑。

葛勒多说：由于你已向娜绥妲宣誓效忠，你应该忠诚并听命于她。因此，如果有必要，你可将我心脏之事告诉她，当然是在万不得已的情况下才能这么做。为了龙族的命运，考虑到现存于世的龙的数量极少，关于龙的晶核，不应让人人得知。

能告诉阿丽娅吗？蓝儿问。

“布洛德迦姆和伊丝兰查蒂派去保护我的那些精灵呢？”伊拉龙问，“上次我和蓝儿与穆塔作战时，我曾允许他们进入我的意识。如果您在战斗中帮助我们，他们会觉察到您的存在。”

你可以将此事告知布洛德迦姆和他手下的魔法编辑手，葛勒多说，条件是他们得对你发誓保密。

俄拉米斯戴上头盔:“阿丽娅是伊丝兰查蒂的女儿，所以，我想应该让她知道。不过，至于娜绥妲，除非有绝对必要，否则不要告诉她。一个秘密一旦被别人得知，就不再是秘密。如果能控制自己，就不要心存此念，脑海里也不要考虑晶核这件事。这样一来，就无人能从你们的脑海里窃取这些信息。”

“是的，师傅。”

“我们出发吧，”说完，俄拉米斯戴上防护手套，“听伊丝兰查蒂说，娜绥妲已经包围了费斯特尔，所以，沃顿人现在迫切需要你们。”

我们在埃勒斯梅拉停留的时间太长了。蓝儿说。

时间是不短，葛勒多说，不过很值得。

俄拉米斯短距离起跑，跃上葛勒多的单前腿，爬到高耸崎岖的背部，入座后，绑好腿上的皮带。“我们一边飞，”俄拉米斯朝下对伊拉龙喊道，“一边复习你上次来时学过的那些真名。”

伊拉龙朝蓝儿走去，小心爬到背上，在布袋之外又包了一层毯子，放入鞍袋里，然后像俄拉米斯那样绑好腿。此时，他可以感受到身后涌来葛勒多晶核中的股股能量。

葛勒多走到乱崖边上，展开巨大的双翼，随着大地一抖，金龙跃入云层满布的天空，巨翼向下一振，空气被震动，爆发出轰隆声，金龙已翱翔于下方的林海之上。蓝儿紧随其后，俯冲而下，直落数百英尺，再攀升而上，与葛勒多比翼齐飞。这个过程中，伊拉龙不得不紧紧抱住前面的龙刺。

葛勒多领头，蓝儿跟随其后，二龙的巨翅以不同的节奏挥动着，一齐朝西南方向飞，振翅翱翔于波浪般起伏的森林之上。

蓝儿颈部一弓，发出清脆响亮的吼叫，前方的葛勒多回应了她。厉声的龙吟在苍穹间回响，吓坏了下方无数飞禽走兽。

相伴而行

The Inheritance Cycle

离开埃勒斯梅拉后，蓝儿和葛勒多在参天的黑松林上空持续翱翔，飞越精灵族的古森林。间或，森林会出现一些断带，那些地方要么是一个湖泊，要么是一条蜿蜒穿过森林的河流。经常可看到一群群的小野狍聚集在水边，听到龙吟，它们都会停下来，抬头仰望二龙呼啸而过。不过，大多时候，伊拉龙无暇顾及下方的景色，因为他在忙于默记俄拉米斯教的古语。一旦发现忘记或发错了一个词的音，俄拉米斯会要求他不断重复，直到记牢为止。

第一天傍晚，他们抵达杜维敦森林边上。在森林和一望无垠的草地分界线上，葛勒多和蓝儿相互盘旋飞行，只听葛勒多说：保护好你的心脏，蓝儿，也保护好我的。

我会的，师傅。蓝儿答应道。

葛勒多背上的俄拉米斯高声喊道："祝你们一路顺风，伊拉龙，蓝儿！下次相会，我们就约定在乌鲁邦的城门前吧。"

"也祝您一路顺风！"伊拉龙回应道。

接下来，葛勒多掉头沿着森林一路向西，那里通向艾森斯塔湖北端，从那儿再往西，就是基里。蓝儿未改方向，继续朝西南而去。

一整个晚上蓝儿都在飞行，中间落地只是为喝一口水，也顺便让伊拉龙能活动活动筋骨，放松一下。跟他们来时路程不同，这一次他们没有遭遇逆风，空气清明平和，仿佛老天爷都迫不及待地要让他们尽早回到沃顿国。第二天日出时分，他们已深入哈达拉沙漠，径直向南，沿着帝国东面边境线飞行。夜幕再次降临，将天地染成一片漆黑，还带来寒意。此时，蓝儿和伊拉龙终于出了沙漠，再次翱翔于帝国碧绿的田间上空，这样一来，他们要在乌鲁邦和图多斯坦湖之间穿行，方可到达费斯特尔。

连续飞行两天两夜后，蓝儿无法再坚持下去。她在靠近池塘边的一小片白桦树林中降落，蜷缩在树荫下，小睡了几个小时。在此期间，伊拉龙一边警戒，一边用火剑练习剑法。

自从与俄拉米斯和葛勒多分手后，一想到不知前方的费斯特尔究竟有什么在等着自己和蓝儿，伊拉龙不禁有些忐忑不安。他知道，现在已没有多少人能伤害到他们。可是，回想起烈火平原和堡藤杜尔等战斗，想到那些人失去四肢后血淋淋的样子，还有那些伤者的痛苦尖叫，再想到对手的利剑穿透自己肉体那一刻，伊拉龙的胃便翻腾起来，浑身肌肉紧张得发抖。他不知道自己究竟是想到战场上奋勇杀敌，还是掉头找一个隐蔽的深洞躲藏起来。

再次起程时，沿途看到下方一队队士兵在行军，伊拉龙的恐惧愈甚。劫后的村落，四处冒着白烟。这种恣意烧杀的行径，让他看了万分难受。他忍不住将目光移开，紧紧抱住前面的龙刺，眯着眼，死死盯住自己手指关节上的老茧。

小家伙，蓝儿说，思维显得缓慢而疲惫，这些我们以前也经历过，不要为这个如此不安。

觉得自己让蓝儿分心了，伊拉龙有些后悔。他说：对不起……到那儿后就没事了，我只是希望这一切早点结束。

我知道。

伊拉龙抽了一下鼻子，用袖口擦了擦有些冻僵的鼻子：有时候，我真希望自己能跟你一样喜欢作战，那样就会好过些。

如果真是那样，蓝儿说，整个世界，包括加巴多里克斯，都会匍匐于我们脚下。不，你最好还是不要像我那样嗜血。这样，我们就可以取长补短，相得益彰，伊拉龙……尽管我们彼此都有不足，合在一起却完美无缺。现在去掉你脑海中那些有害的想法，给我出一个谜语，让我保持清醒。

好的，伊拉龙想了一会儿，说，“我”的颜色蓝黄红，宛如空中七彩虹。可长可短，可厚可薄，时常蜷缩成一团。“我”可一次吃下一百只羊还不饱，“我”究竟是什么？

是龙，肯定是。蓝儿毫不犹豫地答道。

不对，是一团毛线。

呸！

第三天的旅程更加缓慢，也更加艰辛。伊拉龙唯一能听到的就是蓝儿的振翅声、喘息，以及风刮过耳际发出的单调呼啸声。因长时间坐着，他感到腿和腰部以下部位疼得厉害。可是，与蓝儿相比，这简直是小巫见大巫。她的翅膀肌肉早已疼痛难忍，尽管如此，她一直毫无怨言地坚持着，甚至还拒绝伊拉龙使用魔法来替她减轻痛楚，说：到了目的地，你更需要能量。

天已黑了几个小时。突然，蓝儿身子一晃，在空中急坠了几英尺。伊拉龙惊得顿时直起身子，向四周打量，看看到底是什么干扰了蓝儿的飞行。不过，此时映入眼帘的只有下方黑压压的一片和上头闪烁的星星。

我想我们到吉特河了，蓝儿说，这里的空气凉爽湿润，应该是在水面上方。

这么说离费斯特尔也不远了。你肯定能在夜里找到城市吗？我们完全有可能偏离了上百英里啊！

不，不可能的。我的方向感尽管不是无可挑剔，但还是远比你或其他凡间生物强。如果我们看到的那幅精灵地图准确无误的话，那么，我们即使偏离，也绝不会超过五十英里。在这个飞行高度上，五十英里范围内可以清楚地看到城市，甚至还可能闻到烟囱冒出来的烟味。

事实确实如此。又过了些时候，离天亮还有几个小时，西边地平线上隐隐出现了一团红光。见到此景，伊拉龙转身从鞍袋中取出铠甲，套上锁子甲，戴上衬帽、头盔、护臂和胫甲。他想要是再有一张盾牌就好了，可是，在跟拿·葛左格前往瑟多山前，盾牌已留在了沃顿国。

接着，伊拉龙一只手伸到袋子里摸索着，终于找到了俄拉米斯给他的那一银瓶斐尔乐芙。金属瓶子握在手里感觉有些冰冷，伊拉龙呷了一小口，嘴里传来一股烧灼感。魔剂混合了接骨木、蜂蜜酒和加香苹果酒的味道。一股热气在体内升腾而起，涌上脸庞。随着斐尔乐芙的恢复功能发挥作用，他的疲惫之感顿时消失。

伊拉龙摇了摇瓶子，此前，他也曾喝过一小口，现在感觉珍贵的魔剂似乎已喝去了三分之一，不由得感到有些舍不得。以后得更小心些。他想。

他和蓝儿飞得越来越近，原来地平线上的那一团红光，已变作成千上万个光点，小到手持的照明灯、炊火、篝火，大到整片燃烧着的沥青，沥青燃烧散发出滚滚浓烟，弥漫于空中。借着火光，伊拉龙看到，工事牢固的巨城脚下，无数的矛头和头盔在闪亮。城墙上，簇拥着无数蚂蚁般细小的人，忙于向下射箭、从城齿上将一锅锅滚油倒下、砍断抛上城墙的绳索、将攻城者靠到城墙上摇摇晃晃的木梯推倒。地面不时传来微弱的呐喊声和攻城槌撞击铁城门发出的隆隆声。

伊拉龙仔细打量着战场局面，研究了一下人员、建筑和各种攻城机械的布局，困意立消。从费斯特尔城墙，一路向外，是一溜摇摇欲坠的棚屋区，有数百间棚屋，屋与屋之间过道十分狭窄，几乎连马都过不去。住在棚屋里的都是些穷人，无法在城里找到住所，只好栖身于此。现在看去，棚屋大多已无人居住，大部分已被拆毁，以便沃顿国的部队接近城墙。伊拉龙看到，其中二三十间还在熊熊燃烧着，火苗从一间茅屋顶蔓延到下一间，火势越来越猛。棚屋区西侧，地面上有几道黑线，那是沃顿部队为保护营地而挖设的壕沟。城市的另一侧是一些码头和船坞，跟伊拉龙在台姆城所见差不多。再远处，就是黑乎乎、看不到边的波涛滚滚的海洋。

伊拉龙内心激起一股野性的冲动，同时感到身下的蓝儿浑身震颤起来，手不由自主地抓住了剑柄。他们似乎没注意到我们，要不要现一现身啊？

作为回应，蓝儿释放出震天一吼，同时向空中喷出一道蓝色火焰，把背上的伊拉龙震得牙齿直打架。

下方，攻城的沃顿部队和城墙上的守城部队同时停了下来。一时间，战场笼罩在静谧之中。紧接着，沃顿部队用长矛刀剑敲打着盾牌，欢呼雀跃起来，而守城部队则发出绝望的哀叫。

哎呀！伊拉龙不停地眨着眼，惊叫道，要是你刚才没那么做就好了，现在我什么都看不见了。

对不起。

依然不停眨着眼的伊拉龙说：现在我们首先要做的就是找一匹刚死的马或其他动物，这样我就可以用它们来补充你的能量。

你没必要……

这时，另一个思维跟他们联结到一起，蓝儿只得停了下来。瞬间的惊慌之后，伊拉龙辨认出那是特里安娜。伊拉龙，蓝儿！巫师惊叫道，你们来得正是时候！阿丽娅和另一位精灵攻上城墙，他们被一大群士兵围住了。如果不赶紧支援，他们马上就坚持不住了。赶快！

布里星迦

蓝儿收叠翅膀，让翅膀紧贴身体，头朝下向地面陡直地俯冲，朝城中黑压压的房舍飞去。伊拉龙低下头，顶着疾扑面庞的气流。眼前景物飞旋，蓝儿向右翻滚，让地面的射手难以命中目标。

她骤然收起下冲之势，变为水平飞行。伊拉龙感觉四肢一沉，随后复又一轻。就像尖声呼啸的怪鸟，羽箭嗖嗖地从他们身旁掠过，一些失却了准头，另一些则被伊拉龙的魔法盾拦下。

蓝儿在外城墙上低空盘旋，随着又一声厉吼，她的双爪和长尾连扑带扫，一群人跌出护墙，一面向八十英尺之下的地面坠落，一面惨叫不迭。

一座设有四架弩炮的方形塔楼耸立在城墙的南端。巨弩上已经架好了十二英尺长的标枪，对准了兵临城下的沃顿人。城墙内，伊拉龙和蓝儿看到约莫一百名帝国士兵正在围攻两位武士。后者背靠塔楼底部，奋力抵挡面前霍霍飞舞的刀山剑林。

虽然身在高处，四周一片昏暗，伊拉龙还是认出其中一名武士正是阿丽娅。

蓝儿从护墙一扑而下，落在那群士兵当中，当场踩死数人。其余士兵又惊又怕，尖叫着四下里散开。看到猎物逃走，蓝儿大声怒吼，龙尾一摆，十几个敌人应声倒地。有一个士兵企图从她身边跑过，却被她张开巨嘴一口咬住。她的动作快逾灵蛇出洞，只一甩头，便折断了那人的脊梁骨。接着她照此办法，连毙四命。

在这当儿，其余士兵已经逃得干干净净，消失在房舍之间。

伊拉龙迅速解开系腿的皮绳，跳下地面。全副盔甲的重量让他不由单膝跪倒在地，他怒哼一声，挺身站起。

“伊拉龙！”阿丽娅叫了一声，向他跑来。她气喘吁吁，汗水淋漓，身上唯一的防护只是一件皮革连缀的马甲，和一顶为防止反光而涂成黑色的轻便头盔。

“欢迎，闪鳞。欢迎，魔影杀手。”布洛德迦姆在她身边发出轻柔含混的声音。在火把的照耀下，精灵短短的犬牙闪着橘红色亮光，眼睛里黄光灼灼，加上颈背之上那一绺冲天竖起的鬃毛，悍猛之相比平时更胜了三分。他和阿丽娅皆浑身浴血，就连伊拉龙也分不清那血是不是他们的。

“你们受伤了吗？”他问。

阿丽娅摇摇头，布洛德迦姆则说：“挂了几处彩，小事一桩。”

你们俩孤军深入是怎么回事？蓝儿问。

“城门，”阿丽娅气息不匀地说，“三天了，我们一直试图攻破它，但魔法不起作用，攻城槌再怎么撞，在木门上几乎连个凹陷都没留下，所以我说服了娜绥妲……”

阿丽娅说到这里，一时接不上气来，布洛德迦姆接过话说了下去：“阿丽娅说服娜绥妲，在今天晚上发起攻击，我们趁乱潜入费斯特尔，从里面打开城门。不幸的是，我们遇到了三名咒语术士。他们用意念截住了我们，一面让我们无法施展魔法，一面召集了大群士兵，想以多取胜。”

布洛德迦姆说话的同时，伊拉龙一手按在一名死去士兵的胸口上，将那人身体中残留的能量引入自身，而后传递给蓝儿。“那几个术士这会儿在哪里？”他一边问，一边转向另一具尸体。

布洛德迦姆毛森森的肩头耸起又落下：“好像一看到你们现身，他们就溜了。”

算他们识相。蓝儿吼道。

伊拉龙从另外三具尸体上尽数取走能量，还取走了最后一人的圆木盾。“那么，”他说着站了起来，“咱们去给沃顿人开城门，好吗？”

“嗯，别再耽搁了。”阿丽娅说。她迈步向前走，一面侧目看着伊拉龙，“你得了一把新宝剑。”

他点了点头：“胡娜帮我铸的。”

“武器的名号是什么，魔影杀手？”布洛德迦姆问。

伊拉龙正待回答，从一条幽暗的巷口跑出了四名帝国士兵，长矛端在手中。他一挥手，布里星迦铮然出鞘，破开当先一人的矛杆，顺势劈下对方的人头，动作干净利落，一气呵成，布里星迦一瞬间寒光遍体。阿丽娅抢上前去，没等对方做出反应，便刺中两名士兵。布洛德迦姆从侧面跃出，抓住最后一名士兵，用匕首结果了他。

“快！”阿丽娅发出一声喊叫，向城门奔去。

伊拉龙和布洛德迦姆跑在她身后，蓝儿紧紧跟随，利爪在铺路的石砖上敲出巨响。头顶箭矢如雨，城墙上的射手朝他们连连发射，另外分别有三批士兵从主城区涌来，向他们猛扑。然而他们的脚步不曾稍有停滞，来袭的敌兵纷纷倒在伊拉龙、阿丽娅和布洛德迦姆面前，要不就是在蓝儿毁灭性的烈焰中化为飞灰。

四十英尺高的城门出现在他们眼前，攻城槌持续不断的撞门声越来越响。伊拉龙看到了两个男人和一个女人，他们身着黑色长袍，面朝铁皮包边的城门站着，高举双臂，身体左右摇摆，嘴里用古语唱念不休。三名咒语术士看到伊拉龙等人，顿时噤若寒蝉，长袍飘飘，跑进了费斯特尔的主街。主街通向的正是位于城市另一头的堡垒。

伊拉龙很想追上去，但是，首要的任务应该是把沃顿人放进城中，在里面可以免受城头飞箭之苦。*不知道他们有什么阴谋。*他眼看着术士们离开，不无担忧地想道。

阿丽娅、布洛德迦姆和蓝儿赶在伊拉龙前头到达了城门边，五十名盔甲鲜明的士兵从哨塔涌出，在巨大的木门边摆开了阵势。

一名士兵将剑把向盾牌上一叩，大声喝道："别想闯过去，恶鬼！这是我们的家，我们不会允许巨人、精灵，还有别的什么不是人的妖魔鬼怪闯进来！快滚开，除了血和痛苦，你们在费斯特尔什么都得不到！"

阿丽娅一指哨塔，对伊拉龙低语："开启城门的机关就藏在里面。"

"去吧，"他说，"你和布洛德迦姆从他们旁边绕过去，溜进哨塔里。蓝儿和我会缠住他们。"

阿丽娅点头，和布洛德迦姆悄然隐入伊拉龙与蓝儿身边的浓重阴影里。

通过与蓝儿的意识联结，伊拉龙感觉到她正跃跃欲试，准备对那群士兵动手。他一手按住她的前腿。*等等*，他说，*让我先试试别的办法。*

*如果你的办法不灵，我可以把他们撕成碎片吗？*她舔着獠牙问。

行，到时候他们随你发落。

伊拉龙缓步向士兵们走去，双手分执剑与盾，摊开在身体两侧。一支箭从上方直奔他而来，眼见离胸膛只有三英尺，却硬生生地定在了空中，接着便垂直跌落在地。伊拉龙看着士兵们一张张骇然变色的面孔，朗声说道："我是魔影杀手伊拉龙！这个名字你们可能听到过，也可能没有。不管怎样，有一点你们必须知道：我是一名龙骑士，我已经发誓扶助沃顿人推翻加巴多里克斯。告诉我，你们当中有谁曾经用古语向加巴多里克斯或帝国宣誓效忠吗？……嗯，有吗？"

先前发话那人看来是这群士兵的队长，他说道："就算剑架在脖子上，我们也不会向国王宣誓效忠！我们的忠诚属于罗兰娜夫人。她的家族加上她，已经统领了我们四代之久，他们都是英明的领主！"一片嗡嗡声响起，众兵士纷纷表示赞同。

"那就加入我们！"伊拉龙高声道，"放下武器，我保证你们和你们的家人安然无恙。在沃顿族和色达国联手，并有矮人族和精灵族协助的情形下，你们不可能保得住费斯特尔。"

"就算是这样，"一名士兵喊道，"穆塔和他的红龙再来又怎么办呢？"

伊拉龙顿了顿，然后用坚定的语气说："在我和为沃顿助战的精灵面前，他不是对手，我们以前已经击退过他一次。"

在士兵的左侧，伊拉龙看到阿丽娅和布洛德迦姆从一道通往墙头的石阶下侧身闪出，静悄悄地向最左侧的哨塔潜去。

士兵队长说："也许我们没有被迫向国王发誓，但罗兰娜夫人却发过誓了。你们会怎么对待她？杀了她？囚禁她？不，我们不会背叛自己的职责而放你过去，也不会放那些正在爬城墙的妖魔鬼怪进来。你和沃顿族什么也做不了，除了让那些被迫为帝国卖命的人兑现他们的死亡誓约！

"为什么你非要掺和进来呢，龙骑士？为什么不能安分些，让我们太太平平过日子？名声、荣耀、财富诱惑太大了，你非得弄得我们家破人亡不可，这样才能满足你的野心。好吧，龙骑士，我诅咒你！我全心全意地诅咒你！我咒你有朝一日被迫离开阿拉加西亚，永世不得返回！"

寒意向伊拉龙袭来。这人的诅咒与蛇人在黑格林的死前恶咒不谋而合，让他想起安吉拉为自己预言的，也正是这一命运。他努力排除杂念，说道："我不想杀你，可必要时也决不手软，放下武器吧！"

阿丽娅无声地打开左侧哨塔底部的门，闪了进去。布洛德迦姆从士兵们身后经过，向另一座哨塔接近，动作轻巧灵动，有如捕食的野猫。只要有人转过头去，立时便能发现他。

士兵队长一口啐在伊拉龙脚边的地上。"你连长相都不是人样了！你是人类的叛徒，就是！"说着，那人举起盾牌，挺剑慢慢走向伊拉龙。"魔影杀手，"他叫嚣着说，"哈！听说我兄弟十二岁的儿子也像你当年一样杀死过魔影呢，我怕是马上就会相信这事不是假的！"

伊拉龙肃立不动，等着那队长走到身前数英尺之处，这才稍稍踏前一步，布里星迦从手中递出。宝剑破开浮雕盾牌的中心，穿透其后的铠甲，没胸而入，穿背而出。那人抽搐一下，便再无声息。伊拉龙从尸身上拔出宝剑，这时，异样的嘈杂声从哨塔中传出，齿轮和链条辚辚转动，紧锁城门的粗重门闩开始向上吊起。

"放下武器，可免一死！"伊拉龙喝道。

二十名士兵齐声呐喊，舞剑向他冲来。其余士兵有的作鸟兽散，逃入城区中央，有的接受伊拉龙的建议，双手扶膝，在路边跪下，刀剑、长矛和盾牌在灰色的铺路石上抛了一地。

伊拉龙杀入人群，偌大一团血雾立时腾起，笼罩他的全身。他游走于一个又一个敌人之间，没有给对方留下反应的机会。蓝儿击杀两名士兵，又从鼻孔里喷出两道急促的火焰，点着另外两名，隔着铠甲烤熟了他们。只剩最后一名士兵，伊拉龙送出一剑，此后再不变招，顺势从对方身侧向前滑出，于数英尺之外骤然停顿，剑与臂皆笔直前伸，凝固了那最后的一击，直到身后传来尸体颓然倒地的声响：半边倒下，再半边。

阿丽娅和布洛德迦姆从哨塔里走了出来，城门呻吟着向外打开，现出沃顿族巨大的攻城槌，它的一头已经撞得又秃又裂。头顶、护墙上的弓箭手哗然惊叫，退向更利于防守的位置。许多只手立即出现在门边上，将门缝越推越大，伊拉龙看到了一群面容坚毅的沃顿人和同样神情的矮人，他们在门洞的另一边一拥而入。

“魔影杀手！”他们喊道，还有的叫的是“阿吉兰！”和“欢迎回来！今天猎物多得很！”。

“那些都是我的战俘！”伊拉龙挥剑一指跪在道旁的士兵，高声说道，“绑起来，好好对待，我许诺不会伤害他们。”

六名武士急忙遵令行事。

沃顿人冲上前来，潮水般涌进了城里。盔甲与盔甲相撞，一双双靴子在地面踏得山响，汇成了经久不息的滚滚惊雷。在第四排武士中，伊拉龙欣慰地看到了若伦、霍司特，还有其他几名来自卡沃荷的村民。他向他们大声喊叫，若伦一面举起铁锤回应，一面用尽全力向他奔来。

伊拉龙抓住若伦的右臂，把他拉过来，用力地抱了抱。他退后一步，发现比起以前，若伦显得老了些，眼窝也凹了下去。

“这城墙久攻不下，”若伦低沉地说，“你赶到这里的时候，我们都快给逼死了。”

“蓝儿和我已经是尽快了，凯特琳娜还好吗？”

“她没事。”

“等打完这场仗，你一定要把我离开后发生的所有事情好好给我说一说。”

若伦抿了抿嘴唇，然后点点头。他指着布里星迦说：“从哪儿弄来的这把剑？”

“精灵那里。”

“叫什么？”

“布里星……”伊拉龙话没说完，伊丝兰查蒂派来保护他和蓝儿的另外十一名精灵从人类的纵队中疾驰而出，围住了他们俩。阿丽娅和布洛德迦姆也走了过来，阿丽娅边走边擦拭着细长的剑刃。

没等伊拉龙重拾话头，约蒙杜骑马穿过城门，向他大声招呼，喊着：“魔影杀手！看到你真高兴！”

伊拉龙也向他致意，然后问道：“下一步我们该做些什么？”

“你看着办，”约蒙杜答着，勒马放慢了速度，“我们要一路攻过去，拿下堡垒。大部分的房子蓝儿好像都进不去，所以你们就到处飞吧，给他们添添乱。如果能攻破堡垒，或者生擒住罗兰娜夫人，那可就帮了大忙了。”

“娜绥妲在哪儿？”

约蒙杜的手往肩后一指。“在队伍后面，调配我们的人马和奥林国王的行动，”他两眼扫了扫涌进城里的战士，回头看着伊拉龙和若伦说，重锤，你的位置在队伍里，不是在表弟旁边拉家常。”说完，瘦高而结实的指挥官勒马前进，在昏黑的街道上疾驰而去，向沃顿人呼喝着命令。

若伦和阿丽娅正想跟上去，伊拉龙一把拉住若伦的肩头，又用剑身拍了拍阿丽娅的剑。“等一下。”他说。

“干吗？”阿丽娅和若伦同时恼火地问。

就是，干吗啊？蓝儿也问，游戏开始了，我们可不能只在一旁待着闲扯。

“我的父亲，”伊拉龙大声宣布，“不是莫赞，是布鲁姆！”

若伦连连眨眼：“布鲁姆？”

“没错，布鲁姆！”

就连阿丽娅也露出诧异之色：“你肯定吗，伊拉龙？你怎么知道的？”

“当然肯定了！以后再解释，只不过我现在等不及要把真相告诉你们。”

若伦摇着头：“布鲁姆……怎么也想不到是他，不过我觉得这说得通，你一定很高兴摆脱了莫赞的名字。”

“比高兴还高兴。”伊拉龙笑得合不拢嘴。

若伦拍拍他的后背，说了句：“小心点，嗯？”然后便疾步向霍司特等村民追去。

阿丽娅也向那个方向走去，但没走几步，伊拉龙便叫了她一声，说道：“瘸子完人已经离开杜维敦森林，准备与伊丝兰查蒂在基里城会合。”阿丽娅睁大了碧绿的眼睛，嘴唇微张，好像有什么话想问，但没等她说出来，就被前进的队伍裹挟着往城里去了。

布洛德迦姆迈着轻捷的步子走近伊拉龙：“魔影杀手，为什么悲悼圣人要离开森林？”

“他和他的同伴都认为到了该出手抗击帝国，让加巴多里克斯知道他们的存在的时候了。”

精灵身上的皮毛泛起层层波纹：“这个消息堪称惊人。”

伊拉龙爬到蓝儿背上，对布洛德迦姆及众精灵说：“你们向堡垒前进，我们在那儿会合。”不待精灵回答，蓝儿已经跃上通向墙头的石阶。

石阶在她的重压下现出裂缝，她来到宽阔的护墙上，飞进费斯特尔城外火光熊熊的棚屋上空，双翅急速拍打，越飞越高。

俄拉米斯和葛勒多的事，未经阿丽娅同意，我们不能告诉别人。伊拉龙说道。他想起了他、奥利克和蓝儿初次进入埃勒斯梅拉时，曾向伊丝兰查蒂发誓保守秘密。

听我们说完经过之后，她肯定就会同意啦。蓝儿道。

嗯。

伊拉龙和蓝儿在费斯特尔城内各处飞行，只要看到大队人马的厮杀，或者不管人数多少，但凡是沃顿人处于下风的，他们就立即落下去。每到一处，伊拉龙都会先劝说敌人缴械投降，除非对方立即发起攻击。劝降成功和失败各占一半，但这一番努力让他自己心里好受了一些，因为挤在街道上的许多人只是费斯特尔的普通民众，而不是训练有素的士兵。对他们每个人，伊拉龙说的都是：“帝国才是我们的敌人，你不是。不拿起武器抵抗，就完全用不着害怕我们。”有几次，伊拉龙看到女人或孩子在黑暗的城市里奔跑，便命令他们就近躲到房子里去，他们无一例外地听从了他。

伊拉龙检查了他和蓝儿身边每一个人的意识，寻找可能对己不利的魔法师，但除了已经见过的三位，再没发现其他咒语术士。那三人将自己的意识收藏得非常小心，他找不到一丝踪迹。他们似乎没有以任何可以察觉的方式加入战斗，这引起了伊拉龙的注意。

也许他们想弃城逃跑。他对蓝儿说。

加巴多里克斯会同意他们中途撤出战斗吗?

也许他不想损失任何一位术士。

也许吧，不过我们还是要仔细追查到底，谁知道他们在搞什么鬼。

伊拉龙耸耸肩：眼前我们能做的最好的事，是帮助沃顿人尽快拿下费斯特尔。

她表示同意，调整角度，飞向附近广场上的一个战团。

在城市里开战，和伊拉龙与蓝儿习惯的在开阔地交锋不同。虽然伊拉龙不等敌来到便早早有了察觉，但狭窄的街道，还有拥挤的房屋，都妨碍了蓝儿的行动，让他们不容易做出反应。他们与敌方士兵的交手变成了黑暗中的混战，偶尔被喷涌的火焰或魔法带来的光亮打破。不止一次，蓝儿的尾巴一不小心就扫垮了一座房屋的前部。一直以来，她和伊拉龙都没有受到永久性的伤害，靠的是运气、身手加伊拉龙的魔法盾，但面对此时的攻击，他们不得不打起更多的精神，额外加上几分小心。

在第五场战斗中，打到最后，士兵们像往常一样开始向后退去，伊拉龙此时已经打得心浮气躁，在后面穷追不舍，决意杀个片甲不留。那群士兵出其不意地跑离了街道，在一家售卖女式帽子的商辅前砸开闩紧的店门闯了进去。

伊拉龙紧紧追赶，从破烂的门板里跳了进去。店铺中漆黑一团，有一股鸡毛混着陈年香水的味儿。他本可以用魔法照亮，但在黑暗中士兵比他更为不利，所以他便打消了这个念头。伊拉龙感觉到他们的意识就在附近，还能听到他们此起彼伏的呼吸声，但不清楚双方之间还隔着些什么东西。他一点一点地走进黑如墨汁的店里，用脚摸索前进，盾牌护在身前，布里星迦举过头顶，随时准备出手。

破空之声响起，轻微得就像一根纱线掉落地面，伊拉龙听出有东西正向自己飞来。

他向后一跳，随后一个踉跄，盾牌被某种类似狼牙棒或铁锤之类的武器击中，随之被砸成数块。

四周杀声顿起。有人撞翻了桌椅，一个东西摔碎在墙面上。伊拉龙猛力刺出一剑，感觉到布里星迦没入肉体，陷进骨头里。剑尖沉了下去，伊拉龙用力一拔，被刺中的士兵倒在脚边。

伊拉龙慌忙中回头看了蓝儿一眼，她在外面的巷道中等着他。这时，伊拉龙才发现路边的一根铁柱上挑着一盏灯，在士兵们眼前暴露了他的行迹。他扔掉了盾牌的残片，迅速离开洞开的门边。

碎裂声再度于店内响起，随着杂乱的脚步声，士兵们从店铺深处冲出来，攀上一段楼梯，伊拉龙在后面急起直追。二楼住着店主一家，伊拉龙在叫人晕头转向的众多小房间中奔来跑去。好几个人尖声惊叫，一个婴儿号哭起来，但他毫不理会，专注于自己的猎杀行动。终于，他将所有士兵逼到了一间狭小客厅的角落里，这儿只点着一根闪动不止的蜡烛。

伊拉龙用四招灭掉了四名敌人，躲开泼洒而来的血花。他从一人身上取走盾牌，停步打量尸体。就这么把死尸留在客厅中央过于无礼，于是他又将之一一抛出窗外。

他向楼梯走去，拐角处闪出一个黑影，一把匕首朝他当胸刺来。刀尖在离伊拉龙身体不足一英寸处停顿，被他的魔法盾防御在外。伊拉龙吃了一惊，布里星迦扬起，转眼间便要让偷袭者身首分离。就在一瞬间，他看清了面前的人，手持匕首的是一个瘦弱的男孩，年龄不会超过十三岁。

伊拉龙彻底定住了。*我可能就是他，他心想，换成我，也会做同样的事。*

他的目光越过这个男孩，看到穿着睡衣、头戴睡帽的男人和女人。他们互相搂抱着，魂飞魄散地看着自己。

伊拉龙心头巨震，布里星迦从手中垂下。他伸出另一只手，从男孩已经放松的手里取走匕首。“如果我是你，”伊拉龙说着，被自己的声音吓了一跳，“仗没打完，就不会走出这屋子。”犹豫片刻，他加了一句，“对不起。”

他带着羞愧，匆匆离开小店，回到蓝儿身边。

他们继续沿街道前进。

离开女帽铺子没多久，伊拉龙和蓝儿遇到了奥林国王的几名部下。他们手上拿着金烛台、银器、珠宝和各式各样的摆设，走出被破门而入的一处豪宅。

伊拉龙打落一名男子手中捧着的一堆地毯。“把东西还回去！”他朝这些人吼道，“我们来这里是为了帮助人们，而不是窃取他们的财物！他们是我们的兄弟和姊妹，是我们的父亲和母亲！这一次姑且放过，不过，把我的话传出去：你们或者别的什么人，如若再有掠夺战利品的行为，我将以窃贼对待，吊起来抽鞭子！”蓝儿低声咆哮，壮其声威。在他们严厉的注视下，灰溜溜的武士们将赃物送回了外墙拼镶着大理石的宅第中。

现在，伊拉龙对蓝儿说，也许我们可以……

“魔影杀手！魔影杀手！”一名男子大声呼喊，从城里向他们跑来，从兵器和铠甲可知他是一名沃顿人。

伊拉龙握紧了布里星迦。“怎么了？”

“我们需要你的帮助，魔影杀手，还有你，蓝儿！”

他们跟着这名武士，穿过费斯特尔，来到一幢石砌的大屋前。数十名沃顿人屈身躲在屋前一列矮墙后面，看到伊拉龙和蓝儿，个个露出如遇救星的神情。

“别过来！”一名沃顿人用力挥手，“里面有一整队人马朝我们放箭。”

伊拉龙和蓝儿停在从屋内难以望到的地方，领路的武士说：“我们无法靠近，门窗都被封死了，硬冲上去只会变成他们的箭靶子。”

伊拉龙看着蓝儿：我来，还是你来？

交给我吧。说完，她展翅一扑，直蹿上半空。

蓝儿落在屋顶上，整幢房子震颤起来，窗户瑟瑟抖动。伊拉龙和众武士满怀敬畏，看着她将爪尖塞进注满砂浆的石砖缝隙里，在发力的暴吼声中，将石屋撕扯得四分五裂，露出里面战战兢兢的敌兵，然后她像猎狗捕杀老鼠一样，将他们屠杀殆尽。

蓝儿回到伊拉龙身边，沃顿人悄悄地退避。很明显，刚才她那番凶悍绝伦的表演把他们吓坏了。她舔着爪子，清除鳞甲间的凝血，对他们不加理睬。

我有没有告诉过你，我有多庆幸咱们不是敌人？伊拉龙问道。

没有，不过你可真会讨好人。

敌兵的抵抗遍及整座城市，其顽强精神给伊拉龙留下了深刻印象。他们不到万不得已绝不放弃阵地，想尽一切办法阻挠沃顿族的推进。因为他们的坚决抵抗，直到天边微微发白，沃顿人才攻到堡垒所在的西城。

这座堡垒令人叹为观止。它巍然高耸，外观方正严谨，参差不齐的塔楼林立其上。屋顶由石板铺设而成，令侵略者无法展开火攻。堡垒前面是一片开阔的庭院，里面有若干附属建筑，四架弩炮并排而立。围绕庭院的是厚厚的幕墙，墙头不时耸起一座座哨塔。数百名士兵驻守在城垛上，另有数百人列阵于庭院之内。从地面进入庭院的唯一通路，就是开在幕墙中的一条宽阔的拱顶通道，此刻由一道铁吊闸和一扇沉重的橡木门把守得密不透风。

数千名沃顿人紧贴幕墙，极力试图用从主城门运来的攻城槌捣毁闸门，同时纷纷用绳钩、云梯往城头爬去，但都被守城士兵推开。箭矢如云，一阵阵在双方之间呼啸着你来我往。双方相持不下，谁都不占上风。

到门那儿去！伊拉龙伸手一指。

蓝儿凌空扑下，朝弩炮上方的护墙喷出滚滚火浪，一举扫清此处的敌兵。鼻孔冒出的黑烟缓缓飘散，她轰然降落在墙头上，震得伊拉龙全身一抖。蓝儿说道：去吧，我负责不让弩炮向沃顿人发射石弹。

小心点。他从她的背上爬下，立在护墙上。

该小心的是他们！她回应道，朝聚向弩炮周围的持长枪的士兵发出咆哮。

半数人转身就逃进了堡垒中。

墙头太高，伊拉龙想平安地跳到下面的路上有困难，于是蓝儿垂下龙尾，伸进城池之间。伊拉龙将布里星迦归还剑鞘，以龙尾上的锯齿为梯档，攀下城去。到达龙尾末梢的时候，他放开手，跳下最后的二十英尺，而后就地一滚，卸去冲力，落在沃顿人当中。

“你好，魔影杀手。”布洛德迦姆从人群中出现，十一位精灵如影随形。

“你好，”伊拉龙拔出布里星迦，“怎么还没有帮沃顿人把城堡门打开？”

“大门被众多的咒语保护着，魔影杀手，捣毁它需要很大的能量。我和同伴在这儿的任务是保护你和蓝儿，如果能量耗尽，我们就无法完成任务。”

伊拉龙将一声怒斥咽了回去，说道：“那么你宁愿看到蓝儿和我耗尽自己的能量了？难道这样更安全吗？”

精灵静静地看了伊拉龙好一会儿，眼中的神情不可捉摸，然后他略一欠首，说道：“我们立即将门打开，魔影杀手。”

“不，算了，”伊拉龙闷声道，“在这儿等着。”

伊拉龙在人群中挤到最前头，大步走向落下的吊闸。“让开！”他向战士们挥手喝道。沃顿人从他身边退开，留下二十英尺宽的一处空地。一支标枪从弩炮上发射出来，擦过他的魔法盾，旋转着飞向一条侧路。蓝儿的咆吼在庭院里响起，接着是木梁断裂和拉紧的绳索被绷断的声音。

伊拉龙双手持剑，将之高举过头，大喝一声：“布里星迦！”蓝色火焰从剑身上蹿起，身后的战士发出高声的惊叹。两根铁条交叉钉在闸门上，伊拉龙跨前一步，朝其中一条劈去。随着耀眼生花的一道强光，城墙和四周的房舍为之一亮，剑身切开了粗大的铁条。布里星迦破解护闸魔咒的一瞬间，一阵倦意向伊拉龙袭来。他露出微笑，如他所愿，胡娜在剑身注入的反魔咒足够强大，制得住魔法。

他以迅捷而平稳的手法，在闸门上切开一个尽可能大的开口，然后站到一旁。被切下的闸铁平整地倒在路面的石块上，发出刺耳的哐啷声。他从闸铁边走过，走到嵌在幕墙更里层的橡木门边，然后竖起剑锋，对准两扇门之间细如发丝的缝隙，发力推动剑身，将它楔入细缝，再穿了过去。接着，他更强地催动魔法流，注入环绕剑身熊熊燃烧的火焰，让它的热力足以像刀切新鲜面包一样，划破质地坚硬的木头。剑身冒出大量烟雾，他的喉咙和双眼都刺痛不已。

伊拉龙运剑上行，从门里灼断粗大无比的门闩。一旦剑身感觉到的力道消失，他立即抽出宝剑，熄灭了火焰。门板的边缘依然红热灼人，但凭着厚厚的手套，他毫无顾忌地把住一侧的门边，猛力一抬，然后将门拉开。另一扇门也同时向外开启，仿佛是自动的一样。不过稍后伊拉龙便发现，其实是蓝儿在里面推开的。她蹲踞在门道右侧，晶光闪烁的蓝眼睛注视着他，身后，四架弩炮已经变成了一堆废料。

伊拉龙走过去，站在蓝儿身边。沃顿人杀声震天，向庭院内一拥而入。一番辛苦之后，伊拉龙已疲惫不堪。他手抚智者拜乐思腰带，用存储在十二颗宝石中的能量补充了自己的耗损。他想将余下的能量交给同样疲乏的蓝儿，但她谢绝了。她说道：留给你自己，没剩多少了。我真正需要的，是吃饱之后睡个囫囵觉。

伊拉龙靠在她身上，任自己的眼皮半开半合。快了，他说，很快这一切就结束了。

但愿如此。她答道。

涌动的武士队伍中出现了安吉拉的身影。她穿着那套怪模怪样的黑绿二色凸边铠甲，手执赫施渥，即矮人祭师使用的双刃杖剑。这位草药师在伊拉龙身边停步，带着一副促狭的表情，说道：“好精彩的表演，不过你不觉得有点儿过头吗？”

“这话什么意思？”伊拉龙说着，皱起了眉头。

她高高挑起一道眉毛：“得了，真的有必要让剑上冒火吗？”

伊拉龙表情一松，明白了她批评的是什么，他笑了起来：“不是为了闸门才冒火的，不是，不过我喜欢。而且，我也拿它没办法。我用古语的‘火’给剑取了名字，结果每次一说这个词，这把剑就像篝火堆里的柴火一样烧起来啦。”

“你给自己的剑起名叫‘火’？”安吉拉不敢相信地嚷嚷起来，“火？！哪来这么个没劲的名字？八成你还想把它叫成‘烧着了’拉倒呢。火，晦……为什么不想有一把叫作‘咬绵羊者’的剑，或者起个‘菊花砍刀’之类有想象力的名字？”

“我已经有一个‘咬绵羊者’啦，”伊拉龙将手往蓝儿身上一放，“为什么还要一个？”

安吉拉蓦地咧嘴笑了起来。“看来你还不是一点幽默感都没有！那你还有点指望。”说完她一边手舞足蹈地向堡垒走去，一边在身旁抡着她的杖剑。“火？啊呸！”

蓝儿发出一声轻吼，说道：你叫谁“咬绵羊者”呢？小心点儿，伊拉龙，不然被咬的怕是你自己。

遵命，蓝儿。

末日阴影

The Inheritance Cycle

这时，布洛德迦姆及同伴来到伊拉龙和蓝儿身边，但伊拉龙没理会他们，一味寻找阿丽娅的身影。看到她时，她正奔跑在骑着马的约蒙杜身边。伊拉龙大声唤她，挥舞盾牌引她向这边看。

听到他的叫喊，阿丽娅轻快地跑了过来，优雅之处犹如瞪羚。在他们分头作战的这段时间里，她弄到了一面盾牌，一顶头盔，还有一副锁子甲。在弥漫于整个城市的苍茫晦暗的晨光中，她铠甲上的金属闪出光辉。

等她停下脚步，伊拉龙说道："我和蓝儿打算从空中进入堡垒，设法抓住罗兰娜夫人，你想一起来吗？"

阿丽娅只是略一点头，表示同意。

伊拉龙从地面腾身跃起，落在蓝儿的前腿上，然后攀进鞍中坐好。阿丽娅效法于他，紧接着坐到了他的身后，锁子甲的链环紧贴着他的后背。

蓝儿展开柔韧的双翼，飞了起来。布洛德迦姆等众精灵留在地面，带着沮丧的神情抬头仰望。

"你不该随便撇下护卫。"阿丽娅在伊拉龙的左耳边低声说道。蓝儿在庭院上空回旋飞舞，阿丽娅用持剑的手臂紧紧抱着伊拉龙的腰。

伊拉龙正待回应，葛勒多宏大的意念向他伸了过来。一时间，下方的城市消失了，他的所见所感全都来自葛勒多。

他飞向空中，下方是一些两腿圆耳生物的木头窝，稀稀拉拉的。若干小黄蜂似的箭从他的腹部弹开，双翅下的空气平滑而坚实，对他眼下的飞行再合适不过。俄拉米斯调整了一下坐姿，鞍具摩擦着他的鳞甲。

葛勒多伸出舌头，品尝那迷人的气味，一种焦木、熟肉加流血的味儿。他从前多次来到过这里。在他的青年时代，这儿为人所知的是另外几个名字，并不叫基里，而唯一的居民是那些笑容忧伤、说话飞快的精灵，以及精灵的朋友。他过去的数次造访都非常愉快，但想到死在这儿的两位同巢的伙伴，他就感到痛苦，意志扭曲的变节者杀了他们。

懒洋洋的太阳紧贴着地平线。北面，大水洼伊森达湖是一张起皱的亮银片。下方，大群尖耳的族类在伊丝兰查蒂的号令下排成阵势，包围了那座被捣坏的蚂蚁窝般的城市，他们盔甲犹如碎冰般闪亮。蓝色烟雾笼罩了整个地区，浓厚得就像冷冷的晨雾。

而在南面，气冲冲的尖爪子小龙荆刺拍打翅膀，向基里飞来，一面高声吼叫，威慑能听到这叫声的一切。莫赞的儿子穆塔坐在龙背上，右手中，萨若克闪亮如一枚长钉。

葛勒多看着那两个可怜的小辈，内心充满悲伤。他真希望自己和俄拉米斯用不着杀死他们。历史重演，他想道，龙与龙为敌，骑士与骑士较量，这一切都要归罪于那个毁蛋者加巴多里克斯。葛勒多心情沉重，双翼加速拍动，利爪张开，准备迎击即将到来的敌人。

伊拉龙的头猛地一摆，因为蓝儿突然歪向一边，向下坠了二十英尺，然后才恢复平衡。你看到了吗？她问。

看到了。伊拉龙心中牵挂，回头看看鞍囊，那里面藏着葛勒多的“心中之心”。他犹豫着要不要和蓝儿飞过去，为俄拉米斯和葛勒多助上一臂之力，随即又想到精灵族当中有众多的魔法师，老师不会需要他的援助，这才打消了念头。

“怎么了？”阿丽娅大声地朝伊拉龙耳边问道。

俄拉米斯和葛勒多就要和荆刺、穆塔开战了。蓝儿说。

伊拉龙感觉到身后的阿丽娅浑身一紧。“你怎么知道的？”她问。

“稍后给你解释，我现在只希望他们不要受伤。”

“我也是。”阿丽娅说。

蓝儿在堡垒上空高高飞翔，然后双翼静止不动，向下飘落，停在最高一处塔楼的尖顶上。伊拉龙和阿丽娅攀上陡峭的斜顶，蓝儿说：我到下面的屋子里等你们。这儿的窗户太小，我进不去。说完她振翅起飞，掀起的劲风扑打着他们俩。

伊拉龙和阿丽娅从塔顶边缘翻身下去，落在一条八英尺宽的石板边上。如果失足掉下去，人在半空中就会头晕眼花，但伊拉龙不管这些，在石板边上一点点移动，来到一个十字形窗口，从这儿钻进了一个方形的大房间，里面满是一捆捆的方镞箭和一架架沉重的十字弓。刚才房间里有人，看到蓝儿降落也赶紧逃跑了。

阿丽娅在他之后从窗户里钻进来。她扫视房间，然后朝远处角落里的楼梯打个手势，轻轻走了过去，皮靴踏在石砖地面上，没有一丝声响。

伊拉龙跟上她，感觉到下方有能量交汇融合的异动，还有五个人的意识就在他附近。为了防御来自意念的攻击，伊拉龙的意识退了回来，集中精神背诵一段精灵族的诗篇。他碰碰阿丽娅的肩头，小声问道：“你感觉到了吗？”

她点点头：“我们应该叫上布洛德迦姆。”

他们一起走下楼梯，尽量不发出任何声音。下层的房间比上面那间大得多，顶部高逾三十英尺，挂有一盏格子的玻璃吊灯，里面燃烧着黄色的火焰。上百幅油画悬挂在各处的墙面上：身着华服的大胡子男人；面无表情地坐在一群大板牙儿童中间的女人；还有色调阴暗的海景画，上面的水手正溺毙在狂风呼啸的海水中；在一幅战争画里，人类正屠杀一群群丑陋的巨人。北边的墙上开着一排高高的百叶木窗，外面是带有石头栏杆的阳台。与窗户相对的最里头的墙边，聚着许多小圆桌，上面散放着若干卷轴，此外还有三张软椅和两个硕大无朋的黄铜缸，里面插满了干花。一个矮胖的灰发女人身着淡紫色长裙，坐在其中一张软椅上，面貌酷似油画上的几个男人，她的头上还戴着一顶镶有翡翠和黄金的冠冕。

房间的正中央站着伊拉龙见过的三个咒语术士。那两男一女已掀开长袍的帽兜，此刻正面对面地站着，两臂平举，彼此指尖对着指尖。他们动作划一地摇摆身体，用古语喃喃地念着某种陌生的咒语。第四个人坐在他们围成的三角形当中，一个同样衣着的人，他一言不发，脸上表情充满痛苦。

伊拉龙用意念向一个男术士发起冲击，但那人专注于自己正在做的事，伊拉龙无法进入他的意识，从而也无法摆布于他，那人似乎对他的攻击浑然不觉。阿丽娅一定也做了同样的尝试，因为她双眉紧蹙，小声说道："他们受过良好的训练。"

"你知道他们在干什么吗？"他低声问。

她摇了摇头。

这时，穿紫色长裙的女人抬起头来，看到伊拉龙和阿丽娅蹲身于石阶之上。叫伊拉龙惊讶的是，那女人没有大喊救命，而是竖起一根手指贴在嘴唇上，然后向他们招了招手。

伊拉龙和阿丽娅交换了一个困惑的眼神。"可能是个陷阱。"他小声道。

"很可能。"她说。

"我们怎么办？"

"蓝儿到了吗？"

"是的。"

"那就让我们去问候主人吧。"

他们步调一致，轻轻走下最后几级阶梯，静悄悄地穿过房间，眼睛一直紧紧盯在全神贯注的魔法师身上。"你是罗兰娜夫人吗？"他们在端坐的女人面前停下，阿丽娅柔声问道。

女人颔首："是的，美丽的精灵。"她的目光移到伊拉龙身上，然后说道，"而你就是最近时常被人提起的龙骑士了？你是魔影杀手伊拉龙？"

"我是。"伊拉龙道。

女人高贵的面孔上露出如释重负的神色："啊，我一直盼着你来。你一定要阻止他们，魔影杀手。"说完她指了指几个咒语术士。

"为什么你不下令叫他们住手？"伊拉龙小声问道。

"我做不到，"罗兰娜说，"他们只服从于国王和国王手下的新骑士。我自己也曾向加巴多里克斯宣誓效忠——对此我别无选择——所以，我无法违抗他或者他的仆从，不然的话，我早就亲自下令消灭他们。”

“怎么了？”阿丽娅问道，“是什么让你如此恐惧？”

罗兰娜眼眶周围的皮肤绷紧了：“他们知道凭自己无法击退沃顿人，加巴多里克斯又没有派兵支援。所以，他们就企图——我不知道是用什么办法——制造一个魔影，指望这个魔鬼和沃顿人作对，并在你的队伍中散布消沉和动摇的情绪。”

伊拉龙心中一阵恐惧，他不敢想象再与另一个杜尔查交手：“可是，魔影虽然有可能与沃顿人作对，但也同样可能反对他们自己以及所有费斯特尔人。”

罗兰娜点点头：“他们不在乎。他们疯了，只想在死前尽可能地制造痛苦和毁灭。魔影杀手，请求你，为了我的人民，一定要阻止他们！”

她的话刚说完，蓝儿落在房间外面的阳台上，尾巴撞断了栏杆。她抬起爪子轻轻在窗板上一拨，整个窗框碎如齑粉。随后，她将头和肩挤进屋内，大吼一声。

魔法师继续念咒，对她的出现恍若根本没有觉察到。

“啊，天哪！”罗兰娜夫人抓紧了椅子的扶手。

“好吧。”伊拉龙说。他举起布里星迦，向魔法师走去，对面的蓝儿同时也走了过去。

身边的一切旋转起来，伊拉龙再次感觉到自己正通过葛勒多的眼睛向外看。

红色、黑色、急促闪动的黄色。痛楚……腹部传来筋断骨折的痛楚，还有左翅与肩膀接合处久违了一百年的痛楚。随后是一阵轻松，他的生命伴侣俄拉米斯治好了他的伤处。

葛勒多稳住了身体，寻找荆刺的踪影。那红彤彤的龙崽儿比葛勒多料想的更强壮，行动更快捷，是加巴多里克斯干的好事。

荆刺撞上了葛勒多的左侧身体，正是他失去左前腿后的弱点所在。他们彼此交缠，笔直地向坚硬、平坦足以摧折翅膀的地面坠落。葛勒多张开巨嘴撕咬，后腿抓挠扑打，力图制伏体形较小的龙。

你赢不了，雏儿，他暗暗在心里发狠道，你还没出世，我就是老龙了。

白刃般的利爪沿葛勒多的肋骨划下，撕破了皮肉。葛勒多屈起龙尾，扫中咆哮的长牙荆刺，一枚尾刺陷进他的前股中。这场争斗早就耗尽了双方隐形的魔法盾，让他们袒露于各式各样的伤害面前。

飞旋的大地只在数千英尺以下，此时葛勒多深吸一口气，昂起头来。他绷紧了脖子，腹部收缩，引出肚腹深处浓稠的火液。液体一经与喉咙中的空气混合，立即熊熊燃烧。他将巨颚张到最大限度，朝红龙喷出火焰。高热的火团吞没了对方，贪婪的火流滚滚而出，葛勒多的嘴里痒痒的。

他喉咙闭合，两条狂舞厉叫的龙彼此分开。葛勒多听到背上的俄拉米斯说：“从对方的动作上看，他们的力量正在消失。再过片刻，穆塔就难以保持专注，我将可以控制他的思想，否则，就让他们死于我们的剑与牙之下。”

葛勒多一声闷吼，表示同意。此时俄拉米斯与他不敢像平时那样，用心灵沟通，这让他很是恼火。他驾着肥沃大地上升起的热气流，向荆刺转过身去。猩红的热血从荆刺的四肢上淋漓而下，他嘶吼着，准备再一次的搏杀。

伊拉龙看着房顶，心中一片迷茫。他正仰面躺在堡垒的塔楼上，跪在身旁的阿丽娅满脸的关切之色。她抓着胳膊将他扶了起来，并架住浑身颤抖的他。伊拉龙看到房间对面的蓝儿晃了晃脑袋，感觉到了她的迷惑。

三名魔法师依然伸臂站立，摇晃着用古语念咒。

他们的咒语在室内响起，带着诡异的力量，每一个字都不曾立即消逝，而是久久地徘徊在空气中。坐在他们脚下的男人紧紧抓住自己的膝盖，整个身体都在颤抖，拼命地左右摇晃着脑袋。

“怎么了？”阿丽娅带着紧张，压低声音问道。她拉近伊拉龙，用更低的声音问，“葛勒多离你那么远，他的意识甚至对俄拉米斯都是关闭的，你怎么会知道他在想什么？请原谅，伊拉龙，未经同意我便接触了你的思想，不过当时我在为你担心，你和蓝儿与葛勒多之间的联结到底是什么？”

“以后告诉你。”他说着挺了挺肩膀。

“是俄拉米斯给你的护身符，或者别的物件，让你可以联系葛勒多吗？”

“说来话长，以后会告诉你，我保证绝不食言。”

阿丽娅犹豫片刻，点了点头，然后说道：“我会让你做到的。”

伊拉龙、蓝儿、阿丽娅同时向魔法师走去，各自找准一人，出手发动攻击。

金属的铿锵之声大作。布里星迦还没碰上瞄准的目标便滑向一边，带动伊拉龙的肩膀向旁一扭。同样，阿丽娅的剑也被一道屏障反弹回来，蓝儿的右爪受阻后落在石头地面上，抓出刺耳的锐响。

“合力对付这一个！”伊拉龙喝道，伸手一指最高的那位魔法师。此人面色苍白，长着一团纠缠不清的大胡子。“快，趁他们还没招来什么恶灵！”念出一个咒语，避开或者化解这些魔法师的魔咒，伊拉龙和阿丽娅都可以做到。但是，用魔法强行与另一个魔法师硬碰硬地相抗，是一个具有高度危险性的办法，除非对方的意识已经在自己的控制之下。无论是伊拉龙还是阿丽娅，都不想冒被一个不了解的魔咒杀死的危险。

伊拉龙、蓝儿、阿丽娅轮番上阵，或劈，或刺，或打，朝大胡子咒语师攻击了近一分钟，然而没有一次打击能落在他的身上。终于，在一丝轻微的抵抗之后，伊拉龙感觉到有什么东西在布里星迦面前让了路，宝剑长驱直入，劈下了魔法师的头颅。面前的空气抖动起来，与此同时，伊拉龙感觉到能量骤然流失，魔法盾为他抵挡着一个不知名的咒语。这个攻击在数秒钟之后消退了，他只觉得头晕眼花，胃里翻江倒海。伊拉龙紧皱眉头，用智者拜乐思腰带补充了能量。

面对同伴的死亡，另两名魔法师唯一表现出来的反应便是更加急切地作法。他们翻着白眼，唾沫四溅，在嘴角结成黄色的硬壳，但毫无逃跑或发起攻击的企图。

接着轮到下一个魔法师——一个大拇指上套着戒指的肥胖男子。伊拉龙、蓝儿、阿丽娅按刚才对付第一个魔法师的方式如法炮制：轮流出招，直到成功破除他的魔法盾。这一次是蓝儿杀死了对方，利爪将其掀上半空，砸落在楼梯上，在一级台阶角上撞裂了头骨。这回没有出现魔咒的反扑。

就在伊拉龙移步向女魔法师走去之时，一簇色彩斑斓的光从打破的窗户冲进室内，聚向坐在地上的男子。灵魂闪动着愤怒而恶毒的光芒，围着那人急速旋转，形成了一堵无法穿越的光墙。那人放声尖叫，伸出双臂似乎想保护自己。空气嗡嗡轰鸣，闪动跳跃的球体释放能量，在空中噼啪爆响。酸涩的金属味道在伊拉龙舌面泛起，他浑身刺痛起来。女魔法师的头发根根直立，在她对面，蓝儿发出嘶声的吼叫，弓起长颈，浑身肌肉尽数绷紧。

恐惧有如电击，袭上伊拉龙心头。不！他觉得就要呕吐了，不要在这个时候，不要在我们眼看就要成功的时候。比起在崇吉海姆面对杜尔查，他此刻更为强大，但也更清楚魔影的危险。只有三名武士曾经杀死过魔影：精灵勒厄提、骑士恩斯达，还有他自己。他没有信心可以再次完成这样的壮举。布洛德迦姆，你在哪里？伊拉龙在心中狂呼，我们需要你！

接着，一阵闪动之后，眼前的一切消失了，伊拉龙所看到的是：

白色，茫茫无际的白色。天上的水，清凉柔和，驱散格斗中令人窒息的闷热，轻抚葛勒多的肢体。他舔了舔空气，享受裹在干涩的舌头外那薄薄一层的湿润。他又拍了一下翅膀，天之水在眼前分开，露出烤焦脊背的灼灼红日和绿色与褐色交错的朦胧大地。他在哪里？葛勒多心中问道。他举头四顾，寻找荆刺的身影。红色的龙崽儿高高飞在葛勒多头顶，在寻常鸟儿难以到达的高处，在那里空气稀薄，呼气成雾。

“葛勒多，小心后面！”俄拉米斯叫道。

葛勒多急速摆尾转身，但已经来不及了。红龙狠狠撞上他的右肩，令他在空中连连翻滚。一声怒吼，葛勒多用残余的前腿抱住狂暴地抓挠挣扎的雏儿，试图从荆刺扭动不止的身躯里挤出他最后的一口活气。

红龙厉声怒吼，从葛勒多的抱持中半挣出来，利爪深深地刺进了他的胸膛。葛勒多龙颈暴起，牙齿陷进荆刺左侧的后腿，而后毫不松口，任凭红龙的身体如何翻滚扭动，任凭他狂踢乱打，红龙始终像一只被钉住的野猫般无法脱身。

咸而热的血，注入葛勒多的口中。

双龙齐齐坠向地面，葛勒多听到宝剑与盾牌相击的声响，俄拉米斯和穆塔展开了恶斗。荆刺身体抽搐，葛勒多向莫赞之子穆塔投去一眼。他觉得这个人有害怕的神情，但不能完全肯定。虽然与俄拉米斯彼此联结了漫长的岁月，但他对分辨这些两腿无角族类的神情还是颇感吃力，都是因为他们有着一张软绵绵的扁平面孔，而且没有尾巴的缘故。

兵刃相交之声减弱，穆塔吼道：“我诅咒你，不早点现身！诅咒你！你本来可以帮助我们！你本来可以——”穆塔似乎哽住了一会儿。

葛勒多低吼一声，一股看不见的力托住了他们的下坠之势，几乎震得他松开了荆刺的腿。随后，这股力量又将他们一直朝天空举去，越来越高，直到崩溃的蚁巢城变成身下一个隐约的斑点，稀薄的空气令葛勒多也觉得呼吸困难。

这雏儿在干什么？葛勒多心中不解，同时感到不安，他想杀死自己吗？

然后穆塔再度开腔，这时，他的声音变得低沉雄浑，带着混响，仿佛身处空洞的大厅。葛勒多感觉到肩上的鳞甲慢慢竖了起来，因为他听出了这是宿敌的声音。

“这么说你们还活着，俄拉米斯，葛勒多。”加巴多里克斯说。他的语气殷勤有加，仿佛出自老练的演说家之口，带着做作的友好之意，“长久以来，我一直怀疑精灵可能背着我，藏起了一条龙，或者一名骑士，现在怀疑得到了证实，着实令我心情愉快。”

“滚开，邪恶的叛徒！”俄拉米斯斥道，“你从我们这里得不到任何愉快！”

加巴多里克斯轻声笑了：“多么不友好的问候，真可惜，俄拉米斯前辈。在过去的一个世纪里，精灵已经忘记他们传说中的礼仪了吗？”

“你不比一头患狂犬病的狼更值得尊重。”

“啧啧，俄拉米斯，记得我站在你和其他前辈面前时，你对我是怎么说的吗？‘愤怒是一剂毒药。要将之从心灵中彻底清除，否则它会腐蚀你的美好天性。’你该听听自己的劝告。”

“毒蛇的舌头迷惑不了我，加巴多里克斯。你已激起人神共愤，我们决意将你铲除，为此付出生命也在所不惜。”

“为什么一定要这样，俄拉米斯？为什么你一定要与我作对？说起来叫我伤心，你居然放任仇恨扭曲了你的智慧。以前的你见识过人，俄拉米斯，可能是我们当中最具才智的一个。是你第一个发现了吞噬我灵魂的狂魔，是你说服众位长老拒绝了我索取另一枚龙蛋的要求。确实聪明，俄拉米斯。徒劳，但是聪明。还有，你在身负重伤的情况下，居然设法从卡亚兰狄和弗莫拉手底逃了出去，然后隐匿不出，直到仇敌全都死去，只剩一人。这也是聪明睿智之举，精灵。”

加巴多里克斯顿了顿：“现在已经没有继续与我为敌的必要了。我完全承认，年轻时我确实犯下了滔天罪行，但那已经是过去很久的事了，每当我回想起自己手下流出的鲜血，良心便大受折磨。但是，你想叫我怎么做呢？已经做过的事我无法令它没有发生。现在，我最关心的是帝国的和平与繁荣，我发现自己已经是它的主人和君王。你没看到我已经不再有报仇的渴望了吗？在许多年里驾驭着我的愤怒已经燃烧殆尽，灰飞烟灭。

“你问问自己：是谁要为波及整个阿拉加西亚的战争负责？不是我，沃顿族才是激起争端的祸首。我本来只满足于统治自己的人民，让精灵族、矮人族和色达人充分自治。但沃顿人不肯善罢甘休，是他们要偷走蓝儿的龙蛋，是他们让大地上的尸骨堆积如山，不是我。过去的你才智卓绝，现在也可以聪明一回。放下你的仇恨，跟我回尤利瑞。有你的辅佐，我们可以结束这场争端，迎来持续千年以至更久的和平。”

葛勒多不为所动。他更紧地闭上坚硬有力的下颚，荆刺连声哀叫。在加巴多里克斯的长篇大论之后，这痛苦的叫声响得令人吃惊。

清朗干脆的声音响起，俄拉米斯叱道：“不，花言巧语无法令我们忘记你的暴行。放开我们！你困不了我们多久了，我不想和你这样的叛徒废话！”

“呸！你这老朽的傻瓜！”加巴多里克斯说道，声调陡然一变，变得粗哑而恼怒。

“你本可以接受我的好意，你本来可以在我的奴隶当中获得一个最高、最显要的位置。我会让你后悔的，后悔你对你那所谓正义的盲目偏执。还有，你错了，我可以把你们永远定在这儿，只要我愿意，因为我的能力已经可以与神媲美，谁也阻止不了我！”

“你不会得逞的，”俄拉米斯说，“就算是神灵，也担负不起永远。”

加巴多里克斯发出恶毒的咒骂：“你的哲学用不到我身上，精灵！我是世界上最伟大的魔法师，很快我会变得更加强大。死亡也无法带走我，但是，你却是会死的。不过，你死前必受折磨，你们俩吃的苦头会超出想象，然后我才杀死你，俄拉米斯。我会取走你的心中之心，葛勒多，你将为我奴役，直到时间的终点。”

“休想！”俄拉米斯厉声答道。

兵刃相交之声再次在葛勒多耳边响起。

在战斗中，葛勒多已经向俄拉米斯关闭了心灵，但他们的联系早已超越了有意识的思想，因此，他还是感觉到了俄拉米斯突然而至的僵硬和无力，蚀骨钻心却永不至死的疼痛向他袭来。葛勒多悚然一惊，松嘴放开了荆刺的腿并向他踢去，试图将他踢开。荆刺被踢得号叫起来，但还是待在原地。加巴多里克斯的魔咒定住了他们——向哪个方向都无法逾越数一点。

头顶又是哐啷一声，随后葛勒多就看到，尼尔戈林从身边坠落。金色宝剑闪动着长长短短的光芒，翻滚着向下界跌去。生平头一次，恐惧那冰凉的爪子攫住了葛勒多。俄拉米斯大部分能量都储存在这把剑里，他的魔法盾也维系于它。失去宝剑，他将任人宰割。

葛勒多奋起全身的力气，在加巴多里克斯咒语的束缚中挣扎，他拼尽一切力量想挣脱开去，然而不管他如何努力，总是不能摆脱。就在俄拉米斯的疼痛即将缓解的时候，葛勒多感觉到萨若克劈在了俄拉米斯身上，从肩膀一直砍到胯部。

葛勒多大声号叫。

他的号叫，一如当年葛勒多失去前腿时，俄拉米斯的号叫。

一股势不可当的力量从葛勒多身体深处涌起。他未曾细想可不可能，魔力的狂流便从体内汹涌而出，像风吹落叶一般，将荆刺和穆塔席卷而去。随后他将双翼收叠在身侧，向基里城高速俯冲。如果飞得够快的话，伊丝兰查蒂和她的魔法师也许能挽救俄拉米斯的性命。

然而，城市如此遥远，俄拉米斯的意识在颤动……消散……滑向远方……

葛勒多将自身的能量倾入俄拉米斯残毁的身躯，试图让他维持到降落，但是他注入的所有能量，也不能停止鲜血的流失，那触目惊心的血的流失。

葛勒多……放开我，俄拉米斯用心灵喃喃说道。

片刻之后，用更微弱的声音，他说道：别为我伤心。

说完，葛勒多的生命伴侣坠入太虚。

走了。

走了！

走了！

黑暗。空虚。

他孑然一身。

猩红的薄雾笼罩了这个世界，随着他的脉搏起伏悸动。他展开双翅，冲上云霄，循着来处寻找荆刺和他的骑士。他绝不放过他们，他要抓住他们，将他们撕成碎片，将他们化骨扬灰，将他们在这世上连根拔起。

葛勒多看到红色的龙崽儿振翅向自己急速逼近，他放声吼出心中的悲痛，加快速度迎面冲上前去。红龙在就要相撞的最后一刻陡地一折，企图转向葛勒多的侧面，但是葛勒多不容他闪避，以雷霆万钧之势扑了上来，一口在红龙的尾部咬断了三英尺长的一截，断尾上顿时洒下满天血雨。红龙发出痛苦的厉叫，转身游走，进而掉头从后方袭向葛勒多。葛勒多摆动身躯，想转身面对红龙，但小龙行动如风，灵敏而迅疾。锥心的痛楚从葛勒多头颈处传来，眼前景物闪动，随后消失不见。

他在哪里？

他孑然一身。

茫茫黑暗中，他孑然一身。

在一片茫茫的黑暗中，他孑然一身，既不能动，也不能看。

他能感觉到身边有别的意识，不过并非来自荆刺和穆塔，而是阿丽娅、伊拉龙和蓝儿。

然后，葛勒多明白了自己身在何方，赫然领悟了自己处境的真正可怕之处。他向着黑暗大声号叫。他号叫，再号叫，将自己彻底抛给心中的悲恸，对未来再没有一丝的关心，因为俄拉米斯死了，他孑然一身。

孑然一身！

伊拉龙浑身一震，意识回归。

他蜷成了一个球，面上布满泪痕。喘着气，他从地上撑起身子，寻找蓝儿和阿丽娅。

过了好一会儿，他才明白眼前发生了什么。

伊拉龙原本准备攻击的女魔法师躺在他面前，被一剑毙命。她与同伙招来的灵魂现在已经不见踪影，罗兰娜夫人依然端坐在椅子里。蓝儿在房间的另一头，正挣扎着站起来。在三名魔法师当中席地而坐的那人，此刻正站在伊拉龙身边，他扼着阿丽娅的咽喉，将她举离了地面。

那人的皮肤已经失去了血色，只余尸骨似的惨白，原本褐色的头发此刻变得火红一片。他望向伊拉龙，脸上露出微笑，伊拉龙发现他的眼睛变成了红褐色。从外表到举止，他都与杜尔查一般无二。

“我们的名字是瓦拉乌格，”魔影说道，“发抖吧！”阿丽娅伸腿朝他踢去，但对他完全没有影响。

魔影的意念带着烧灼的压力向伊拉龙头脑中侵入，冲撞他的屏障。冲力撼动了伊拉龙，他费尽九牛二虎之力，才勉强防御住了魔影思想的触须，此时连行动和挥剑的能力都没有了。不知道为什么，瓦拉乌格比杜尔查更为强大，伊拉龙不知道在魔影的威力面前，自己还能支撑多久。他看到蓝儿也同样受到了攻击，她僵直不动地蹲踞在阳台边，如泥塑木雕般保持着咆哮的姿势。

阿丽娅前额上的血管突了起来，脸涨得通红，张着嘴却无法呼吸。她右臂挥出，击向魔影卡着她的手肘。瓦拉乌格的关节发出咔嚓一声爆响，胳膊随之垂了下去。有片刻工夫，阿丽娅的脚尖已经碰上了地面，但紧接着又是吧嗒一声，魔影臂骨归位，将她举得更高。

“你受死吧，”瓦拉乌格吼叫道，“将我们困在这冰冷坚硬的躯壳里，你们通通都得死！”

看到阿丽娅和蓝儿危在旦夕，伊拉龙抛开了一切，只余下不可动摇的斗志。他的意念澄明而锋利，犹如一片玻璃，向魔影沸腾的意识刺去。瓦拉乌格太强大，栖身于他体内的灵魂又太怪异，伊拉龙无法压倒并控制他们，所以他试图禁锢魔影的意识。他用自己的意念包围瓦拉乌格的意念：每一次瓦拉乌格想伸向蓝儿或阿丽娅，都被伊拉龙切断了念力的射线；每一次魔影起念动弹身体，伊拉龙都用自己的意念将他的想法打消。

他们的交手以思维的速度进行，沿魔影的意识边缘时进时退地相持着。这儿是一片混乱和破碎，伊拉龙担心，如果看得久了，恐怕自己会陷入疯狂。他对抗着瓦拉乌格，将自己发挥到了极限，将他每一个行动的意念按捺下去，但他知道，这场决斗最终必将以自己的失败而告终。他的意念虽然已经很快，但却快不过魔影体内包含的惊人智能。

伊拉龙的专注终于开始动摇，瓦拉乌格乘虚而入，闯进了伊拉龙的意识世界，围困他……禁锢他……打压他的思想，直到伊拉龙什么也做不了，只能在浑身的僵硬中，狂怒地盯着魔影。钻心的刺痛传遍伊拉龙全身，灵魂们掠过他的身体，沿着他的每一根神经窜动奔走。

“你的戒指贮满了光！”瓦拉乌格大叫起来，愉快地睁大了眼睛，“美丽的光！够我们吃上好久！”

说完他怒吼起来，因为阿丽娅抓住了他的手腕，将之扭为三截。她趁他治好伤处之前脱身出来，跌落到地面上，大口大口地喘息。瓦拉乌格朝她踢去，她和身一滚避开了，顺势抓起失落的宝剑。

伊拉龙浑身颤抖着，力图摆脱魔影狂暴的意识。

阿丽娅双手持剑，魔影发出无声的吼叫，扑到她身上，他们一起滚倒在地，在搏斗中争夺武器。阿丽娅一声怒吼，剑柄击中瓦拉乌格头部一侧。魔影一瞬间动弹不得，阿丽娅一个后翻，站了起来。

顷刻间，伊拉龙摆脱了瓦拉乌格。他没有想到自己的安全，重聚力量，再次向魔影的意念发起攻击，唯一想到的就是将魔影再控制片刻也好。

瓦拉乌格从地上单膝跪了起来，伊拉龙见状立即加紧催动意念，令他颤抖着无法继续。

“上啊！”伊拉龙大喝一声。

阿丽娅飞身刺出一剑，她的黑发逆风飘扬……

剑刃穿透魔影的心脏。

魔影在阿丽娅面前向后退去，身体从长剑上抽了出来。伊拉龙急忙收回意念，从瓦拉乌格的脑中撤退。魔影张大嘴，发出高亢而颤抖的哀号，头顶的玻璃吊灯立时粉碎。他向阿丽娅伸出双臂，蹒跚着向她走去，然后又停了下来。他的皮肤失去了颜色，慢慢变得透明，困在皮囊中的数十个闪动的灵魂赫然在目。灵魂们突突地跳动，越来越大，瓦拉乌格肌肉鼓突之处的皮肤霍然开裂。随着最后爆发的一阵强光，灵魂们挣裂了瓦拉乌格，逃出塔楼的房间，四壁的石墙对它们而言形同无物。

伊拉龙的脉搏慢慢平缓下来，然后，他感觉自己忽然间老了，累到了极点。他走到阿丽娅身边，她正倚在椅子上，一只手捂着咽喉。随着一声咳嗽，鲜血从她嘴中涌出。

她似乎说不出话来了。伊拉龙将手放在她的手上，说道：“Waíseheill（伤口愈合）。”随着为她疗伤的能量从体内流出，伊拉龙的双腿开始发软，不得不靠在了椅子上。

“好些了吗？”咒语的效力发挥完毕后他问道。

“好些了。”阿丽娅轻声说道，虚弱地露出令他欣喜的笑容。她朝瓦拉乌格方才所在的位置指了指，“我们杀了他……我们杀了他，活了下来。”听起来她有些难以置信，“没什么人能杀死一个魔影而保存性命。”

“因为他们和我们不一样，他们是孤军奋战，我们是并肩战斗。”

“对，和我们不一样。”

“堡藤杜尔那次，我有你的帮助，而这一次，你有我。”

“是的。”

“现在我是不是该叫你一声魔影杀手了。”

“我们俩都是——”

蓝儿长长的悲号惊动了他们。她哀叫不止，爪子抓挠着地面，石屑纷飞，地上留下道道划痕。她的龙尾左右拍打，粉碎了室内的摆设和墙壁上阴沉的油画。

走了！她说，走了！再也回不来了！

“蓝儿，怎么了？”阿丽娅高声问道。蓝儿没有回答，她又向伊拉龙问了一次。

伊拉龙痛恨他自己说出的话：“俄拉米斯和葛勒多死了，加巴多里克斯杀死了他们。”

阿丽娅如受重击，站立不稳。“啊。”她叫了一声，紧紧抓住椅背，抓得指节发白。泪水充盈了她的双目，随后便倾泻如注，沿面颊滚滚而下。

“伊拉龙。”她伸出双臂，抱住了他的肩膀。几乎是在无意识之中，他发现自己也抱紧了她。伊拉龙觉得自己的眼睛也湿润了，他紧咬牙关，努力保持着冷静。他知道，一旦自己开始哭泣，便会无法停止。

他和阿丽娅良久地紧紧拥抱着对方，互相安慰着彼此，然后阿丽娅向后退开，问道：“怎么会这样？”

“俄拉米斯的顽疾发作，在他失去行动能力的时候，加巴多里克斯利用穆塔……”说到这里伊拉龙的声音变了调，然后他摇了摇头，“等娜绥妲在场的时候我再告诉你，这件事应该告诉她，而我不想多说一遍。”

阿丽娅点点头：“那我们现在去见娜绥妲吧。”

日出

伊拉龙和阿丽娅陪同罗兰娜夫人走出房间，走下塔楼，这时见到了布洛德迦姆等众精灵。他们在楼梯上奔跑如飞，一次跨越四级。

“魔影杀手！阿丽娅！”一个黑色长发的女精灵高声唤道，“你们受伤了吗？我们听到蓝儿的悲号，还以为你们当中有一人已经阵亡了。”

伊拉龙看了看阿丽娅。他向伊丝兰查蒂女王发过誓，不得到女王或阿丽娅，或者任何接过伊丝兰查蒂的荆冠在埃勒斯梅拉继任为王的人的同意，不当着任何并非来自杜维敦森林的人，比如罗兰娜夫人，提到俄拉米斯或者葛勒多。

她点点头，说：“我免除你的誓言，伊拉龙，还有蓝儿，你们愿意对谁说起他们都可以。”

“不，我们没有受伤，”伊拉龙说，“但是，俄拉米斯和葛勒多死了，他们在基里的战斗中阵亡。”

精灵们大为震惊，同声叫了起来，然后向伊拉龙提出了无数个问题。阿丽娅扬起一只手，说道：“请各位控制自己。想满足好奇，现在不是时候，也不是地方。周围还有敌兵，我们不知道是否隔墙有耳。把你们的悲伤藏在心里，直到我们到达安全的所在。”她停了停，看了一眼伊拉龙，接着说道，“在我了解情况之后，我会把他们的死原原本本地告诉你们。”

““Nen ono weohnata,Arya Drottningu（遵命，阿丽娅公主）。”他们嗫嚅地说道。

“你听到我的召唤了吗？”伊拉龙问布洛德迦姆。

“听到了，”毛皮披身的精灵说道，“我们已经是尽快赶来了，但路上遇到了太多的敌兵。”

伊拉龙在胸前屈起手指，按精灵的习俗做出表示敬意的手势。“我向你道歉，不该撇下你们就走了，布洛德迦姆前辈。我打昏了头，狂妄自大，这个错误差点置我们于死地。”

“不需要道歉，魔影杀手。我们也犯了一个错误，这个错误，我保证下次不会再犯。从现在起，我们将毫无保留地与你和沃顿人并肩战斗。”

他们一起走下楼梯，来到外面的庭院中。沃顿人已经将大部分敌兵或杀或捉，余下少数坚持抵抗的士兵看到罗兰娜夫人已经在沃顿族的控制之下，也就缴械投降了。楼梯对蓝儿来说太小，她早已飞下塔楼，在庭院里等着众人。

伊拉龙与蓝儿、阿丽娅和罗兰娜夫人站在一起，等候一名沃顿人叫来约蒙杜。约蒙杜赶来之后，他们将塔楼之战的情形和盘托出，令他惊奇不已，然后将罗兰娜夫人交给了他。

约蒙杜向她躬身为礼。“您可以放心，夫人。我们将以合乎您身份的尊重和体面善待您。我们也许是您的敌人，但同时也是文明人。”

“谢谢，”她答道，“你这样说让我放下心来。不过，我此刻最关心的，是我的民众的安全。如果可以的话，我想与你们的首领娜绥妲见面，谈谈她对他们的处置问题。”

“我相信她也期待着与您会晤。”

分手前，罗兰娜夫人说：“我衷心地感谢你，精灵，还有你，龙骑士，在那个魔鬼酿成悲剧、毁灭费斯特尔之前，你们消灭了他。在这场战争中，命运让我们成为敌人，但这不等于我就不能赞赏你们的勇气和身手。也许我们没有再见之日，所以，永别了，二位。”

伊拉龙鞠了一躬，说道：“再会，罗兰娜夫人。”

“愿您吉星高照。”阿丽娅说。

布洛德迦姆率领众精灵，陪同伊拉龙、蓝儿和阿丽娅一起，在费斯特尔城内寻找娜绥妲。找到她时，娜绥妲正骑在马上巡视灰色的街道，了解城市的受损情况。

看到伊拉龙和蓝儿，娜绥妲明显舒了一口气。“太好了，你们终于回来了。这几天我们都盼着你们赶快来支援呢。看来你有了一把新宝剑，伊拉龙，一把龙骑士的剑，是精灵送给你的吗？”

“是的，可以这样说，”伊拉龙看了看周围形形色色的人，压低嗓音说道，“娜绥妲，我们必须和你私下谈谈，有很重要的事。”

“很好。”娜绥妲看了看街道两边的房屋，然后朝一间似乎已经被弃置的屋子指了指，“就到那里去谈吧。”

两名夜枭侍卫跑上前去，进入屋子。几分钟以后，他们走出来对娜绥妲躬身说道：“是空的，小姐。”

“好，谢谢。”她跨下马背，把缰绳交给一名随从，大步走进屋内。伊拉龙和阿丽娅跟了进去。

三人在寒酸的屋子里转了一会儿，找到一个房间，一间窗户很大的厨房，可以让蓝儿把头伸进来。伊拉龙推开窗板，蓝儿把头靠在煮食的木台上，她的呼吸让房间里充满了肉类焦煳之后的味道。

“可以放心地说话了。”阿丽娅宣布，她已设下一道防止偷听的咒语。

娜绥妲抚着胳膊，打了个寒战。“什么事，伊拉龙？”她问道。

伊拉龙艰难地咽了咽口水，真希望自己不用复述俄拉米斯和葛勒多的命运。然后他说：“娜绥妲……蓝儿和我并不是唯一的……反抗加巴多里克斯的还有另一条龙，另一位骑士。”

“我知道，”娜绥妲双目闪闪，轻声说道，“只有这样才说得通。他们是你们在埃勒斯梅拉的师傅，对吗？”

过去是，蓝儿说，但再也不是了。

“再也不是？”

伊拉龙摇摇头，紧紧抿着嘴唇，泪水模糊了视线。“就在今天早上，他们死了。加巴多里克斯利用荆刺和穆塔杀死了他们，我听到他通过穆塔之口在说话。”

兴奋之色从娜绥妲脸上消失，取而代之的是一片茫然。她跌坐到近旁的一把椅子里，盯着冰冷壁炉里的煤渣。厨房中静默无声。终于，她动了动，问道：“你确信他们真的死了？”

“是的。”

娜绥妲用衣袖上的褶边拭了拭眼睛：“跟我说说他们，伊拉龙，求你了，好吗？”

于是，在接下来的半个小时里，伊拉龙讲起了俄拉米斯和葛勒多。他解释了他们如何在骑士的没落时期幸存下来，为什么从此隐世不出，说到了他们各自的残疾，并对他们的个性以及在他们手下受教的情形做了一番描述。伊拉龙回想起在迢内尔乱崖上与俄拉米斯共度的许多日子，回想起精灵为他和蓝儿做过的许多事，那种丧失之痛越发深刻。当说到他们与荆刺、穆塔在基里城的交手时，蓝儿的头从台面抬起，哀声吟叫，悲鸣之声凄恻婉转，悠悠不绝。

之后，娜绥妲轻声叹息，说道：“真希望我能亲眼一睹俄拉米斯和葛勒多的风采，唉，不可能了……有一件事我还是不明白，伊拉龙。你说你听到加巴多里克斯对他们说话，这怎么可能呢？”

“对，我也想知道。”阿丽娅说。

伊拉龙想找点东西润润喉，但厨房里既没有水也没有酒。他清了清嗓子，开始讲述他们最近的埃勒斯梅拉之行。蓝儿偶尔插上一句话，但大部分时间她都是让他说下去。从他的身世开始，伊拉龙一件接一件地说出了他们逗留期间发生的事，从在蒙诺阿树下发现“星钢”，到铸造布里星迦，到与史洛恩的一番交谈。最后，他把龙族的心中之心告诉了阿丽娅和娜绥妲。

“这么说，”娜绥妲说着站了起来，在厨房里踱了一个来回，“你是布鲁姆之子，加巴多里克斯则是依附于身躯已死、灵魂犹在的龙身上的吸血鬼。太不可思议了……”她又紧紧抱起了自己的双臂，“至少现在我们知道加巴多里克斯的能量从哪里来了。”

阿丽娅一动不动地站着，呼吸急促，似乎大受震惊。“那些龙还活着，”她喃喃地说道，她做出类似祈祷的姿势，合掌按在胸口之上，“这么多年来，他们一直活着。啊，如果能告诉我的族人该有多好。他们会有多高兴！听说尔戳奈瑞受到奴役，他们又会多么愤怒！我们会直奔乌鲁邦，我们将不遗余力地解救被加巴多里克斯禁锢的龙之心，不管要付出多少生命的代价！”

可是我们不能告诉他们。蓝儿说。

“是，”阿丽娅悲伤地垂下眼帘，“我们不能，可我真希望可以。”

娜绥妲看着她：“请别介意，但我确实觉得你母亲，伊丝兰查蒂女王，应该早点让我们知道这件事，那样的话我们早就可以利用它了。”

“我同意，”阿丽娅秀眉微蹙，“烈火平原之战，穆塔之所以能战胜你们，”她指了指伊拉龙和蓝儿，“是因为你们不知道加巴多里克斯给予了他一些来自尔戳奈瑞的力量，从而防不胜防。如果不是穆塔一时良知未泯，你们俩现在可能已经被加巴多里克斯所奴役。俄拉米斯和葛勒多，还有我母亲，具有充分的理由保守尔戳奈瑞的秘密，但他们的沉默也差一点毁了我们。下次见到我母亲时，我会跟她好好谈谈这件事。”

娜绥妲在煮食台和壁炉之间踱来踱去：“伊拉龙，你说的事让我大费思量……”她用靴尖轻点着地面，“在沃顿族的历史上，这是我们头一次知道了有望成功杀死加巴多里克斯的办法。如果能从他身边夺走心中之心，他将失去大部分的能力，到那时，你或者其他的魔法师就可以战胜他。”

“没错，但怎样才能夺走心中之心呢？”伊拉龙问。

娜绥妲耸耸肩：“我也不知道，但我相信这是做得到的。从现在起，你的任务就是找到办法，没有更重要的事了。”

伊拉龙感觉到阿丽娅带着异样的关注，正仔细地打量他。他不明白，便向她做了个询问的表情。

“我一直不懂，”阿丽娅说，“为什么蓝儿的龙蛋会出现在你的面前，而不是某处的旷野里。如果说是凑巧，那也巧合得太离奇，但我一直找不到合理的解释。现在明白了，我早就应该猜到你是布鲁姆的儿子。我对布鲁姆了解不深，但却是见过他的，你们俩有相像之处。”

“真的吗？”

“你应该为有布鲁姆这样的父亲而自豪，”娜绥妲说，“所有人都说，他是个不世出的奇人，如果没有他，就没有沃顿族。由你来继续他的事业，似乎再合适不过了。”

然后，阿丽娅说道：“伊拉龙，我们可以看看葛勒多的尔戳奈瑞吗？”

伊拉龙犹豫片刻，然后走出屋外，从蓝儿的鞍囊里取出袋子又返回屋中。他小心翼翼地不碰到尔戳奈瑞，解开袋口的拉绳，将袋子轻轻放下，露出其中金灿灿的宝石般的晶石。相比上一次见到它，心中之心内在的光芒显得黯淡无神，似乎葛勒多已近乎无知无觉。

娜绥妲凑上前去，看进尔戳奈瑞中央的旋涡深处，双眼闪亮，反射着晶石的光辉。“葛勒多真的在里面吗？”

是的。蓝儿说。

“我能和他说话吗？”

“你可以试试，不过我怀疑他不会回应。他刚刚才痛失自己的骑士，需要相当长的时间才能从这个打击当中恢复过来，如果还能恢复的话。请让他自己待着吧，娜绥妲。如果他愿意跟你说话，可能已经开腔了。”

“当然，我不想在这个伤痛的时候打扰他。我会一直等，直到他心情平复。”

阿丽娅走近伊拉龙身边，双手放在尔戳奈瑞的两侧，离它不到一英寸远。她充满敬意地注视着晶石，似乎迷失在它的深邃之中。然后，她悄声用古语说了些什么。葛勒多的意识有轻微闪烁，似乎在予以回应。

阿丽娅收回双手：“伊拉龙，蓝儿，你们已经接受了一个最庄严的使命——另一个生命的安全。无论发生了什么事，你们一定要保护好葛勒多。俄拉米斯不在了，我们比以前更需要他的力量和智慧。”

不必担心，阿丽娅，我们不会让他有任何闪失。蓝儿坚决地说。

伊拉龙重新用布袋装好尔戳奈瑞，在系拉绳的时候费了好大的一番力气，疲惫令他显得无比笨拙。沃顿人赢得了一个重要的胜利，精灵们攻下了基里，但他几乎高兴不起来，他看着娜绥妲问道：“现在要做些什么？”

娜绥妲下巴一扬。“现在，”她说，“我们要向毕拉同那进军，得手后再奔雷欧那城，同样将之一举拿下，之后就是乌鲁邦，在那里与加巴多里克斯一决生死。这就是我们现在要做的，伊拉龙。”

与娜绥妲分手后，伊拉龙和蓝儿一致决定离开费斯特尔，回到沃顿族的大营去，在那里可以好好休息，远离城内的喧嚣。在布洛德迦姆等众位精灵的护卫下，伊拉龙和蓝儿向费斯特尔的主街走去，路上一直将葛勒多的心中之心抱在怀里，所有人都一言不发。

他盯着两脚之间的地面，身边有人在跑，有人列队走过，他几乎不曾注意。他在这场战斗中的任务已经完成了，心中所想的，只是躺下来，忘掉今天的忧伤。葛勒多最后一刻的感受在他的心中徘徊不去：他孑然一身。茫茫黑暗中，他孑然一身……孑然一身！伊拉龙胸口一窒，反胃的感觉突然涌起，这就是龙失去骑士，或者骑士失去龙的感觉吗？难怪加巴多里克斯会变得疯狂。

只有我们了。蓝儿说道。

伊拉龙皱了皱眉，不明白她话中所指。

只有我们是自由的龙和骑士，蓝儿解释道，最后只剩下我们。我们……孑然一身。

是的。

伊拉龙不小心踢到一块石头，踉跄了一下。真可悲，他将双眼闭上一会儿。

我们独力难当，他心想，我们做不到！

我们还不够强大。蓝儿也说道。她的悲伤和忧虑，加上他的，沉甸甸地压得他几乎无法动弹。

他们走到城门边，伊拉龙停了下来，望着聚集在门口的人群，很不想从里面挤出去，只想快快离开费斯特尔。他举目四顾，寻找另一条出路。就在视线掠过外墙的时候，他心中突然生出一股冲动，想在日光下看看这座城市。

他突然从蓝儿身边跑开，冲上了通向墙头的阶梯。蓝儿不满地发出一声短促的低叫，跟了上去，双翼半张，一纵身便从大街跃到了护墙上。

有大半个小时，他们并肩而立，在城垛上看着旭日升起。东方的天空放射出浅金色的光束，一道接着一道，在翠绿的原野次第展开，亿万颗飘浮在空气中的尘埃熠熠生辉。数道光束投入一柱轻烟，所到之处的烟气发出橘红色的光亮，携着一股重燃的劲力翻涌升腾。城外棚屋的火大部分已经熄灭，而城内自伊拉龙和蓝儿到来后被战火点着的二十处房舍依然在燃烧，瓦砾堆上火舌吞吐，一条条指向天空，为这城市带来一种异样而惊悚的瑰丽。费斯特尔城后方，波光粼粼的海面铺向天尽头的平直的海平线，一艘船乘风破浪驶向北方，数张风帆小得几乎看不见。

朝阳隔着盔甲，温暖了伊拉龙，他的忧郁随着城墙下缭绕于河面的雾气，渐渐散去。他深吸一口气，然后呼了出来，放松了身体。

不，他说，我们并不孤单。我还有你，而你还有我。还有阿丽娅、娜绥妲和奥利克，一路上还有许许多多愿意帮助我们的人。

还有葛勒多。蓝儿说。

嗯。

伊拉龙低头看看怀中布袋里的尔戳奈瑞，深切的同情和保护的欲望油然而生，向困居于心中之心的龙涌去。他更用力地搂紧了怀里的晶石，一只手放在蓝儿身上，为有他们的陪伴而心中感激。

我们能做到，他心想，加巴多里克斯绝非坚不可摧，他有弱点，他的弱点就是我们的机会……我们做得到。

我们做得到，也一定要做到。蓝儿说。

为了我们的朋友和我们的家人，为了所有阿拉加西亚的生灵，我们一定要做到。

伊拉龙将葛勒多的尔戳奈瑞在头顶高高举起，将它举向太阳，举向新的一天。他笑了，热切地期待着即将展开的征战与厮杀，期待着终有一天，他和蓝儿与加巴多里克斯当面对决，将黑暗之王彻底终结。

第三部结束

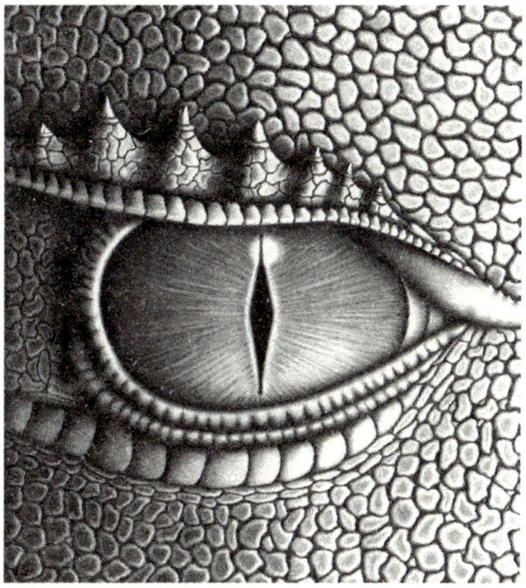

欲知后事如何

请看“遗产系列”之四

——《帝国》（下）

鸣　谢

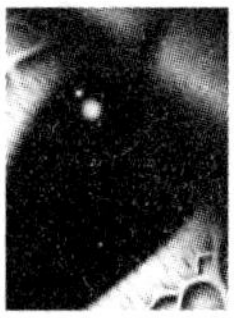

大家好，朋友们。

写作《帝国》是一件有趣而又紧张的事，有时候还很困难。刚开始动笔的时候，我感觉这个故事就像一个庞大的三维游戏，必须在没有提示、没有说明的情况下去解决它。我发现这段经历极其愉悦，尽管也偶有挑战。

因为情节的复杂性，《帝国》的篇幅大大超出了我的预想——事实上，它长得令我不得不将第三本书一分为二。如此一来，“遗产系列”第三部就变成了《帝国》（上）和《帝国》（下）两部。对这个改变我也挺高兴，增加一卷可以让我更从容地丰富并发展人物的性格和关系。

和写作《伊拉龙》与《长老》一样，如果没有许许多多聪明能干的人在背后支持，我不可能完成这本书。对他们我永远心怀感激，他们是：

家人：感谢妈妈，谢谢她的食物、茶水、建议、同情、无穷无尽的耐心，以及乐观态度；感谢爸爸，谢谢他对故事和文字的独到观点以及尖锐评价，他帮助我拟定书名，并想出了让伊拉龙的剑每当他念出它的名字时就冒出火焰的点子（非常酷）；还谢谢我唯一的姐姐，安吉拉，感谢她再一次同意在书中重现她的个性，还有为名字、植物和各种织物提供的大量信息。

Writhers House：西门·立普斯卡，我的经纪人，感谢他的友谊、他的辛勤工作，感谢他在《帝国》写作之初非常必要地在我裤子上踢了一下（否则我还得再花两年才能写完这本书）；还有他的助手乔什·盖兹勒，感谢他代表西门和“遗产系列”所做的一切。

Knopf出版集团：谢谢我的编辑米歇尔·弗雷，她为整理和精简我的初稿做了惊人的工作（第一稿长得多）；谢谢助理编辑米歇尔·伯克，她也为编辑本书付出了勤勤恳恳的劳动，并协助我将《伊拉龙》和《长老》的梗概连缀起来；谢谢公关主任朱迪思·赫特，她将这个系列宣传到全国各地；谢谢出版主管克里斯汀·拉波芙；谢谢艺术主管伊莎贝尔·沃伦林奇和她的团队，感谢他们打造出这么一本漂亮的书；谢谢约翰·裘德·帕伦卡气派非凡的封面设计（我不知道在下一本书里他还能如何超越这一本！）；谢谢总编辑亚蒂·本纳特，他小心至极地校对每一个字，不管是常用的还是自创的；谢谢兰登书屋少儿部主管奇普·吉布森；谢谢knopf集团出版主任南茜·辛克琳毫不动摇的支持；谢谢营业部主任琼·迪玛可和她的团队（欢呼！多谢！）；谢谢市场部主管约翰·阿达马，他的团队设计了令人瞩目的相关产品；谢谢新媒体的琳达·里奥纳多，谢谢她在网络市场的所有努力；谢谢琳达·帕拉蒂诺、密尔顿·威克尔若，还有生产部的卡罗尔·诺顿；谢谢帕姆·怀特、乔思琳·兰格等所有版权贸易团队的人，他们为“遗产系列”以各种语言在世界各地的销售做了非凡工作；谢谢简妮·瑞恩纳德的编辑；谢谢knopf出版集团所有支持我的人。

Listening library有声出版集团：谢谢杰勒德·道尔，他用声音活现了阿拉加西亚的世界；谢谢塔罗·迈尔恰到好处地为我自创的语言发音；谢谢奥力·摩斯考威茨理清千头万绪；谢谢有声出版集团的发行人阿曼达·达西诺。

谢谢你们所有人。

在《匠心独运》一章中，我需要对冶炼和铸造技艺进行细致的描写，利昂·卡普、宽子·卡普和吉原义人所著《武士刀工艺》一书为我提供了大量的参考。我向每一个有兴趣研究刀剑（尤其是武士刀）铸造的人大力推荐这本书。知道日本铁匠是怎么生火的吗？他们锤打铁条的一头，直到它变热发红，然后用它去碰铺在雪松木板上的硫黄。

对于那些听懂了“孤独的神灵”的弦外之音的读者，就是伊拉龙和阿丽娅坐在篝火边那一段里提到的，我唯一的解释是“博士”哪里都能去，甚至能随意在不同的现实中穿越！

嘿！我也是电视剧《神秘博士》的粉丝啊！

最后同时也是最重要的，谢谢你。谢谢你看这本《帝国》（上）。谢谢你这么多年来一直追看“遗产系列”。没有你的支持，我永远写不出这个系列作品，我也无法想象自己还有什么更好的事做。

伊拉龙和蓝儿的冒险再一次结束，我们再一次到达这条迷离蜿蜒的小径的终点……但这只是暂时的，前面的路还很长。第四部将在我完成之后立即出版问世，我向你保证，它将是本系列作品中最激动人心的一部。我迫不及待地想让你读到它！

愿你剑锋常利！

克里斯托弗·鲍里尼
2011年11月8日

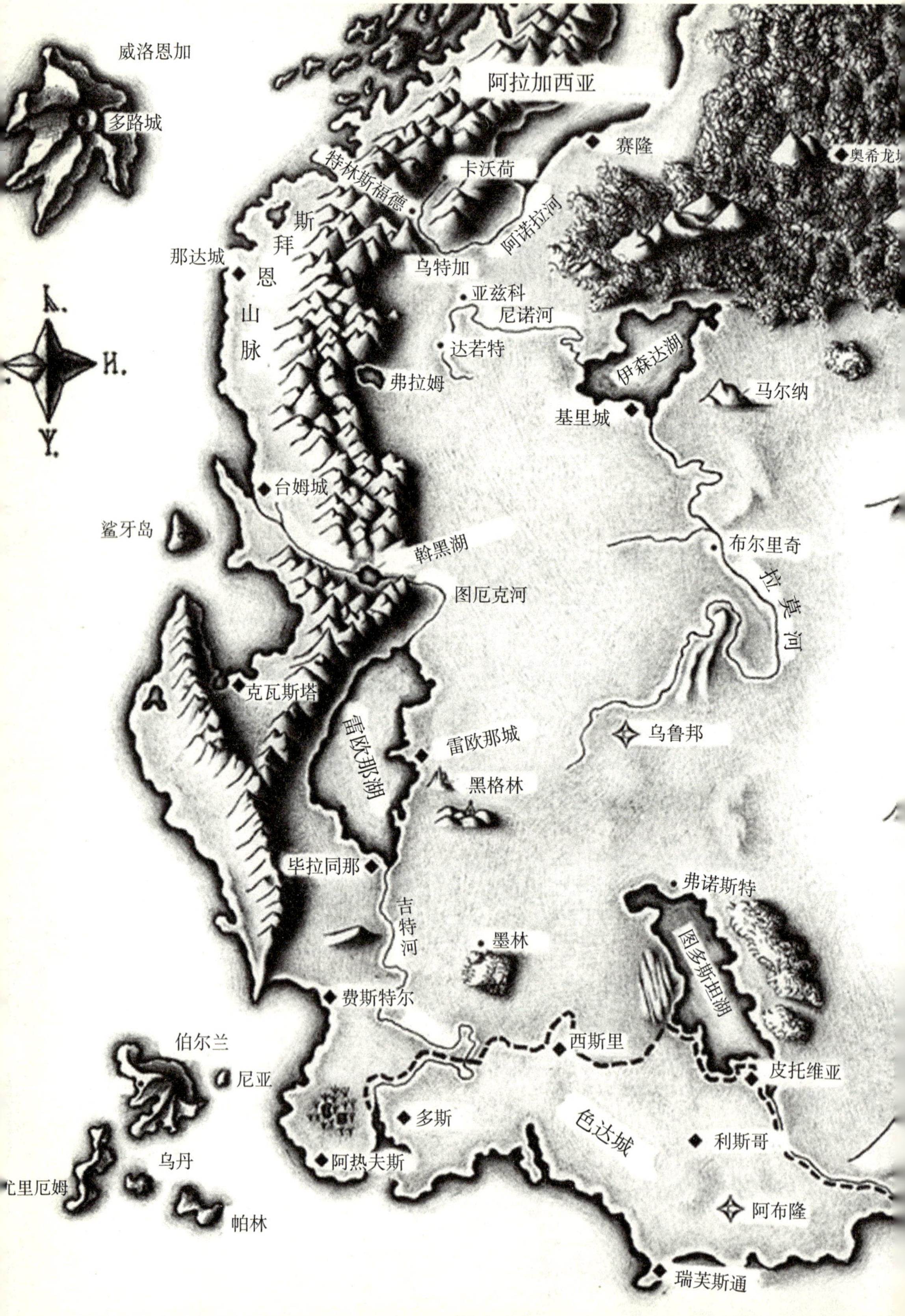

威洛恩加
多路城
阿拉加西亚
赛隆
奥希龙
特林斯福德
卡沃荷
阿诺拉河
斯
拜
恩
山
脉
那达城
乌特加
亚兹科
尼诺河
达若特
伊森达湖
弗拉姆
马尔纳
基里城
台姆城
鲨牙岛
翰黑湖
布尔里奇
图厄克河
拉
莫
河
克瓦斯塔
雷欧那湖
雷欧那城
乌鲁邦
黑格林
毕拉同那
弗诺斯特
吉
特
河
墨林
图多斯坦湖
费斯特尔
西斯里
伯尔兰
尼亚
皮托维亚
多斯
色达城
利斯哥
乌丹
阿热夫斯
里厄姆
阿布隆
帕林
瑞芙斯通

罗纳湖
埃勒斯梅拉
奈丁达
杜维敦森林
阿顿湖
希尔希林
科坦
格纳河
艾尔多湖
哈德瑞克沙漠
塞理斯
伊利费恩
艾达
赫达斯
阿拉哥尼
布拉克
塔纳哥
佬藤杜尔
奥萨德
熊牙河
达尔根
博尔山
哥芙尼